GOTHIA
MUERTE EN BARCINONA

GOTHIA
MUERTE EN BARCINONA

Santiago Castellanos

Papel certificado por el Forest Stewardship Council®

Primera edición: marzo de 2020

© 2020, Santiago Castellanos
© 2020, Penguin Random House Grupo Editorial, S. A. U.
Travessera de Gràcia, 47-49. 08021 Barcelona

Printed in Spain – Impreso en España

ISBN: 978-84-666-6734-0
Depósito legal: B-555-2020

Compuesto en gama, s. l.

Impreso en Black Print CPI Ibérica
Sant Andreu de la Barca (Barcelona)

BS 67340

Penguin
Random House
Grupo Editorial

Para Delfina, Vega y Enrique

En el verano del año 415 d. C., el rey godo Ataúlfo
fue asesinado en Barcinona, actual Barcelona

Este libro imagina lo que pudo o no pudo
haber ocurrido

BARCINONA

Marzo del año 415 d. C.

1

Minicio

—¡Escuchadme! —Apolonio intentaba hacerse oír en el alboroto de voces de la curia de Barcinona.

—Ya te hemos escuchado, *hirce*, cabrón —gritó Helvio. Odiaba a Apolonio. Se creía alguien. Pero no era nada más que un sucio griego. De las provincias orientales. Eso. Un griego porque hablaba griego. Aunque era sirio. Como tantos otros comerciantes que habían llegado a las costas de la Narbonensis, en la Galia, y de la Tarraconensis, en Hispania.

Habían venido a estropearles el negocio. ¡A ellos, cuyos *maiores* se remontaban a la fundación de la ciudad por Augusto! Le sacaban de quicio. Esos advenedizos que se ufanaban de ser más dinámicos que ellos, de tener mejor ojo con los negocios, le estaban jodiendo.

A él y a todos los demás, claro. Ya estaba harto de ser el único que decía a las claras lo que sus compañeros de curia pensaban, aunque callasen; el único que decía con palabras soeces lo que el resto solamente insinuaba con eufemismos y suavidades hipócritas.

—Tranquilo, Helvio —susurró Lucio Minicio a los oídos de su colega, mientras se levantaba muy lentamente de su asiento. Lo hizo a duras penas dada su avanzada edad y su grasienta obesidad—. Apolonio, querido, te hemos oído. No eres tú quien va a convencernos de que dejemos nuestras *domus* a los bárbaros. Son el emperador Honorio y el general Constancio quienes lo han hecho. Sus cartas han sido claras. Haced como yo, y esconded los sacos de monedas en vuestras villas de los valles del interior. —Minicio esbozó una mueca, al tiempo que deslizaba las últimas palabras con un tono pretendidamente amistoso.

Mientras, Helvio se inflaba de altivez y arrogancia por la brillantez de su maestro de infamias. Se solían repartir así las intervenciones. Él abría con sus salidas de tono, sus palabras gruesas y chabacanas. Y luego Minicio remataba. Echaba mano de ironías, o de mensajes inconclusos que eran perfectamente entendidos, y temidos, por quienes escuchaban.

Minicio era incapaz de reír, y sus numerosos enemigos en la curia sabían interpretar ese gesto, su leve sonrisa, como un símbolo de su maldad, que no pocos de ellos habían comprobado en sus carnes durante años.

Había logrado arruinar a varios de los curiales con su competencia desleal. Tenía proveedores de aceite y vino en el interior de la provincia que poco menos que le regalaban las ánforas por centenares a cambio de la extorsión y las amenazas encubiertas de una supuesta protección.

Además, Minicio controlaba a los modestos dueños de *tabernae* de casi toda la ciudad, que vendían sus productos textiles, alimentarios, o de otro tipo, solamente con el permiso de sus intermediarios, a veces más temidos que el máximo *patronus*.

—¿Tenemos que dejarles vivir con nosotros? ¿Qué será de nuestras mujeres y de nuestros hijos? —preguntó desde un extremo de la sala y con profunda angustia Domicio, otro de los curiales de la ciudad.

La curia. El viejo edificio rectangular en el foro de Barcinona que acogía a los miembros más señeros de la oligarquía local, cuyas familias habían copado durante generaciones las magistraturas de la ciudad. Allí estaban reunidas dos o tres decenas de decuriones.

En las últimas semanas, no pocos de los miembros de la curia habían salido de la ciudad para siempre, desafiando las órdenes imperiales de aguantar y esperar a los godos, acampados a algo más de diez millas. Debían acoger a su rey y a sus jefes en las mejores casas de la ciudad.

Hubo un silencio. Todos miraban a Domicio. Su retórica era casi tan hiperbólica como la de Helvio, aunque menos soez. Pero ambos compartían la influencia que sus poderosos amigos, Apolonio y Minicio, tenían en la ciudad y en sus *suburbia*.

—¡Esto es indignante! ¡Una humillación! ¡Y, lo que es peor, tenemos miedo! —Domicio quiso concluir con exclamaciones en un tono muy elevado.

—Domicio tiene razón. Minicio, si nuestros antepasados supieran... —comenzó a argumentar Titio, mientras se recogía la incómoda toga que portaba esa mañana como todos los curiales de la reunión.

Se hizo un silencio. Admiraban a Titio. Había logrado sobrevivir a las extorsiones de Minicio. Sin embargo, dado que era aún más viejo que este, todos temían que pronto pasara a mejor vida.

—Apreciado Domicio, y muy querido Titio —cortó Minicio sin remisión, mientras lanzaba una sonrisa irónica a sus colegas y acomodaba sus gruesas manos encima de su barriga descomunal. Hizo una pausa y dirigió sus palabras al resto de los curiales, mientras les miraba fijamente escrutando sus debilidades—. Comprendo vuestro temor. Y me enternece vuestra bondad. Vuestras esposas hace tiempo que os han convertido en cornudos, como a mí la mía, pero eso mismo os protegerá. Dejadles que se las follen e intentad ganar dinero con ello.

—¡Pero qué dices, gordo seboso! —Domicio no pudo controlarse, mientras Titio, más experimentado en las tretas de Minicio, intentaba calmarlo.

Domicio sentía en su interior el paso del enojo a la cólera. Aquel Minicio era lo peor del ser humano. Siempre le había parecido tan feo por dentro como lo era por fuera.

—Mmm, no te alteres, Domicio. —Minicio le dirigió una sonrisa que por un momento heló la sangre de su oponente—. ¿No estamos aquí para enriquecernos con esta jodienda? Los godos son bestias inmundas, no discutiré eso. Pero pueden abrirnos mercados si el emperador les encarga misiones militares desde aquí y en los próximos meses.

»Recordad que las otras provincias de Hispania están repletas de esos otros bárbaros que entraron hace seis años, y las cartas parecen apuntar a que por ahí va la jugada. Aprovechemos esta oportunidad para llevarnos bien con ellos. No seáis hipócritas. Si no, os hubierais marchado. ¿O no es así? —Recreándose en su sonrisa maliciosa, la misma con la que ordenaba extorsionar y asesinar, hizo una nueva pausa, esta vez muy prolongada. Cuando obtuvo el efecto deseado, dejó caer su cargamento—. ¡Que se las follen a todas! Nosotros, a lo nuestro.

Domicio se levantó para contestar. Estaba lleno de ira.

Pero fue entonces cuando lo oyeron. El alboroto que esperaban ya estaba fuera. En el foro.

2

Tulga

—Ssshhh, ¡calla, atontado!

Agila me da un codazo. Siempre hace lo mismo. Al menos, siempre que quiere avisarme de algo.

—Sigue caminando y no digas nada. Escucha a los mayores. Y ya está. —Hace un gesto indicando con la barbilla hacia delante, mientras levanta las cejas y arruga la frente.

Los mayores. Bueno, él también lo es. Dice que tiene veintitrés, cinco más que yo. Pero se refiere a los otros. A los que marchan media docena de pasos por delante de Agila y de mí. Son unos quince, y nosotros dos somos los más jóvenes del grupo. Vamos pertrechados. Cada uno llevamos nuestra espada. Aunque no nos disponemos a combatir. Hemos elegido los mejores ropajes, y los mayores se han puesto sus anillos de oro.

Yo llevo el cinturón que me dio mi padre en Italia cinco o seis años atrás, justo antes de morir en una de las emboscadas con las tropas imperiales. ¡Hace frío! Me ciño un poco el manto. Estamos a finales del invierno y las pieles aún vienen bien.

Haré caso a Agila. Él sabe. Escucharé. Para eso han

decidido que sea mi primera misión importante. Para ir aprendiendo de los mayores.

Así que esto es Barcinona.

Había gentío en el camino de unas diez millas que nos ha traído desde el campamento hasta la ciudad. Pero esas personas iban en sentido contrario. Huían. ¿Va algo mal?

Nos dijeron que la mayoría de la población se quedaría. Después de todo, ha sido el emperador quien nos ha empujado hasta aquí. Dicen los mayores que el augusto Honorio y ese general suyo, Constancio, han dado orden a la ciudad para que acoja a nuestros jefes. Sobre todo a Ataúlfo y a Placidia. Se rumorea que el emperador la odia, pero sigue siendo su hermana, por más que se haya casado con nuestro rey.

Quieren que todo sea pacífico. Ya veremos.

De momento, por lo que veo, no todo es como se había previsto. Esas decenas de carruajes de gentes modestas que nos hemos cruzado salían hacia el norte. Imagino que muchos más habrán ido hacia el sur. Nos tienen miedo.

Dice Agila que el emperador ha obligado a los poderosos de Barcinona a quedarse dentro de sus casas lujosas. Y ahora nos toca a nosotros; es nuestra misión. Hablar con ellos. Aunque solamente los mayores saben lo que tienen que decir.

Miro hacia arriba. La muralla es muy elevada, quizá para la altura de seis tipos enormes subidos uno encima de otro, acaso siete. O más. No me da tiempo a contar, porque estamos ya en la puerta.

Hay vigías en las murallas. Las torres son imponentes, desde aquí veo cuatro o cinco, así que creo que deben de ser unas cuantas decenas de torres las que jalonan la muralla.

Nos esperaban. Fredebado habla con ellos y les enseña un documento.

Vamos a entrar.

Hemos cruzado una de las puertas principales de la ciudad. Sí, la muralla es enorme, mayor que otras que hemos visto por el camino desde el sur de la Galia. Hay guardias, desde luego. Tanto en las puertas como en el paseo de ronda de la parte superior de la muralla. Pero no son muchos. Creía que habría más.

No esperábamos otra cosa que un recibimiento distante. Sabían que veníamos como embajadores de Ataúlfo. Vuelvo a notar el frío. Más que en Narbona. Pensábamos que no sería así, pero nos hemos dado cuenta del error desde que acampamos a unas millas de la ciudad hace semanas.

Ya estamos dentro.

Entramos por una calle un poco más ancha que las que quedan perpendiculares a nuestra derecha y a nuestra izquierda. Los pasos del grupo se oyen en el enlosado por el que caminamos, retumban en los inicios de las adyacentes. Parece como si la ciudad estuviera desierta y nos quisiera escuchar, como si las calles fueran el oído de los barcinonenses que no quieren mostrarse.

Pero no está desierta.

Nos dijeron que Barcinona estaba mejor conservada que otras ciudades cercanas. Puede ser. Claro que solamente hemos visto las murallas y este sector por el que hemos entrado.

No sé si será la razón de que hayamos venido hasta aquí. ¿Por qué demonios venimos aquí y no a Tarraco? Queda más al sur, y quizá allí hace menos frío.

La verdadera razón es que Honorio y Constancio nos han obligado. Bloquearon los puertos del sur de la Galia y nos han conminado a pactar nuestra estancia en Barcinona.

Agila, que siempre busca el lado frívolo de las situaciones difíciles, dice que aquí habrá más mujeres. Cuando está de misión se le olvidan sus obligaciones con Nigidia. Y sé que se quieren, pero le pierden los ojos y las caderas de las romanas. ¿Qué estará haciendo mi Noga en el campamento? Allí se han quedado las dos, con los tres pequeños de Agila y Nigidia. Le dije a Noga que tardaríamos poco tiempo en regresar. La verdad es que no tengo ni idea.

Vuelvo a ceñirme el manto. ¿Qué hacemos entrando solos, sin las tropas? Aunque somos buenos guerreros, aquí nos pueden liquidar en cualquier escaramuza. Las calles son estrechas y nosotros no las conocemos.

De todos modos, noto algo raro. En las largas series de viviendas de dos plantas que acabamos de dejar tras cruzar la muralla, había decenas de ojos en los ventanales. Nos miraban con curiosidad, pero en completo silencio.

Hemos girado en otra calle. Ahora son casas de una sola planta, como las que tenían los ricos en Narbona. En una de ellas hay dos tipos negros, parece que vigilan la entrada. Pasamos a su lado. Nuestros mayores los han mirado de soslayo, pero las dos torres negras ni se han inmutado. Deben guardar algo importante en esa *domus*.

Sí, definitivamente, hay algo extraño.

Las gentes nos miran en silencio. Son muy pocos los que deambulan por las calles. Está claro que han debido de decirles que se quedaran en las casas. En Narbona no pasó nada similar. Más bien al contrario, aquello era una juerga constante durante el tiempo que estuvimos viviendo allí.

Es la primera vez que veo una ciudad silenciosa. Esto no me gusta nada. Las calles son aquí más estrechas, al menos en este barrio por el que hemos entrado. Ya no veo casas de dos plantas. Conforme avanzamos hacia el foro, solamente hay casas de una sola, como la *domus* de los dos africanos.

Hemos girado a la izquierda y luego a la derecha. Tres guardias de la puerta de la muralla por la que hemos entrado van guiándonos. Caminan deprisa. Llevan una lanza y una *spatha* larga cada uno. Estaban nerviosos al recibirnos; me parece que tienen muchas ganas de llegar donde quiera que nos lleven. Aceleran el paso otra vez.

Esta otra calle es más estrecha. Hay comercios, pero no clientes. Solamente asoman los dueños con sus ayudantes. Miro al frente. Los mayores avanzan; hemos girado ahora a la derecha, tomamos una calle mucho más amplia que las anteriores.

Las cantinas están cerradas. Seguimos caminando.

Aquel espacio abierto al fondo debe ser el foro. Por lo que veo desde aquí hay dos niveles, uno inferior, a la altura de la calle por la que estamos llegando, y otro un poco elevado. Hay un templo en la parte superior, pero está deteriorado, como otros que hemos visto en Narbona. No me da tiempo a ver mucho más.

—Atento. Creo que hemos llegado. Ponte más cerca de mí, anda. —Agila ha dulcificado el tono.

Al menos esta vez me ha guiñado un ojo y no me ha dado un codazo. Se mesa la barba rubia y el cabello con trenzas aún más rubio. Me hubiera gustado ser tan rubio como él, pero ya cuando empezó a salirme barba en las Galias perdí esa esperanza. El mío es del color de la miel de monte alto, como me dice Noga.

Sí, es el foro, desde luego.

Los mayores han empezado a ralentizar el paso. Se paran.

Aquí hay mucha gente, ahora sí. Son al menos varios centenares. Se han congregado en la gran plaza enlosada y porticada. Se oía un runrún cada vez más intenso conforme nos íbamos acercando al foro. Pero al vernos entrar ha ido cesando.

Ahora mismo hay un silencio casi absoluto. Están callados. Nos miran. Son gentes humildes. No creo que sean los que viven en las *domus* de antes. Esos nos esperan en la curia. Veo bastantes niños, parecen divertidos. Sus padres, sin embargo, nos dirigen miradas temerosas. Esta gente tiene miedo.

Agila niega con la cabeza. Me conoce. Sabe que quiero preguntarle por la misión. Es costumbre entre nosotros que algunos jóvenes acompañemos a los mayores en misiones de guerra y de paz, para aprender. Es mi primera misión de paz. He guerreado siendo un muchacho de trece años en Italia y luego en la Galia, desde los catorce hasta ahora. Aunque esto no lo había hecho nunca, y menos con miembros del Consejo de Ataúlfo.

El rey no ha venido. Algunos jefes se niegan a llamarlo *rex*, *Rex Gothorum*. Dicen que es una palabra romana, y que en todo caso habría que utilizar nuestra lengua original, un *thiudans*, o acaso un *reiks*. Sin embargo, no son palabras que encajen con el poder actual de nuestro rey, que sobrepasa esos poderes.

Fue primero Alarico al que algunos jefes de entre los nuestros reconocieron con ese título. Agila dice que nosotros debemos tener reyes, que la época de los caudillajes ya pasó. Que desde que cruzamos el Danubio unas dos décadas antes de que yo naciera ya empezaron a cambiar las cosas. Que estamos dentro del Imperio. Que tenemos que estar unidos para sobrevivir entre romanos.

Pero no me ha querido decir sobre qué tenemos que hablar con los gerifaltes de Barcinona. Pasa por mi mente la conversación que hemos tenido algunas horas antes, en el *suburbium* de la ciudad, mientras esperábamos la orden de los mayores.

—Escucha, Tulga. Vamos a entrar en Barcinona —me había dicho mientras me ponía una mano en el hombro. Aún era de noche, pero el amanecer comenzaba a insinuarse.

—¿Qué? ¿Una invasión? ¿No decían que nos esperaban? ¿Que esta vez no iba a pasar nada malo? ¡Pero si se supone que por eso no hemos traído al ejército! ¡Si están todos en el campamento!

—Sí, y así es, espero. Ataúlfo envió una embajada hace tres días. Y el emperador ha enviado su orden. Saben que vamos a entrar. Pero de momento solamente a hablar. Será tu primera misión diplomática, vamos unos quince miembros del Consejo de Ataúlfo. Y tú vas a acompañarme.

—Agila, no esperaba que...

—No esperabas que fuera tan pronto, ¿verdad? A mí me pasó lo mismo hace siete años. Y fue en Roma. ¡En el Senado! En el primer asedio, dos años antes del saqueo.

—Esa historia de tu visita al Senado me la tienes que contar un día, ¿eh? Nunca quieres hablar de ello. Y yo era un chaval.

—Otro día. Ahora piensa en oír y aprender. Entraremos en Barcinona para hablar con la curia local. Prepárate, en un rato salimos para allá.

Mientras recuerdo la conversación con Agila, seguimos caminando. Estamos atravesando el foro. Dejamos el nivel superior con el templo a la derecha, y nos dirigimos hacia el fondo a la izquierda. Una niña sostiene una muñeca entre la multitud. Un viejo con un ojo completamente blanco me hace una mueca. Me da la sensación de que todos me miran.

El foro no es grande, tiene una plaza amplia enlosada y varios edificios a cada lado, además del templo, seguramente al puñetero emperador. Aunque ahora debe de estar dedicado a otras cosas, claro. Esta gente ha tenido templos dedicados a sus emperadores durante siglos. Hay otros edificios más pequeños, pero están muy deteriorados. Algunos han debido ser templos para los dioses hasta hace unos años, cuando el emperador Teodosio decidió cerrarlos, un poco antes de que yo naciera. Impuso lo que llaman catolicismo por decreto. Y su hijo Honorio no ha sido menos drástico.

Nosotros también somos cristianos, pero eso de que Jesucristo fuera dios y hombre no nos lo creemos. Al menos la mayoría de los nobles. Nuestros clérigos dicen que un tal Arrio tenía razón, que esas piezas no encajan. Es algo que decidieron hace tiempo.

Nos acercamos a uno de los pequeños templos. Han derribado parte de las paredes, parece abandonado hace como mínimo unos meses. Pregunté en Narbona por algo parecido y me dijeron que usan las piedras para hacer casas y también iglesias.

La turba nos ha hecho un pasillo hacia un edificio pequeño más hacia el fondo, está menos deteriorado que los otros. Desde aquí parece cuadrado, aunque ahora veo que es algo más alargado hacia el fondo. Debe de ser la curia, porque los mayores han vuelto a acelerar el paso.

A pesar de que Agila no quiso soltar prenda, pude saber que seguramente íbamos a visitar la curia. Aunque el viejo que me lo dijo, que va al frente de la embajada, no quiso confirmármelo, el muy cabrón. Les gusta hacer notar que son ellos los que saben lo que debemos hacer.

Hay mucha gente en el foro. Están cagados de miedo. Agila me mira y me sonríe. Ahora noto un olor fuerte. Me gusta. Porque tengo hambre; no hemos probado bocado desde el amanecer. Debe de proceder de las tiendas de especias que acabamos de dejar atrás en la esquina de la derecha.

Se han detenido. Creo que vamos a entrar.

Han salido dos ancianos a recibirnos.

3

Clodia

—Hoy tendrá que ser rápido —se lo dijo al oído en un susurro trastabillado mientras apretaba con sus manos las nalgas de él y lo atraía hacia sí.

—Lo sé. La reunión en la curia puede llevarles horas. O no. Puede acabar pronto, aunque... —Él no quiso terminar la frase.

Le acarició un mechón de pelo oscuro que asomaba por su frente. Sabía que a ella le encantaba. Él estaba ya completamente desnudo desde que habían entrado en la sala. A pesar de la gélida mañana, no tenía frío; todo lo contrario. La *domus* tenía un buen sistema de calefacción en el subsuelo y en las canalizaciones escondidas en el interior de algunas de las paredes. En ese mismo instante no hubiera sentido frío aunque hubieran estado apagados los hornos del hipocausto que alimentaba la cálida y agradable sensación dentro de algunas estancias de la mansión.

Ella siempre se cuidaba de poner en el pasillo que daba acceso a la sala a los dos esclavos africanos que sabía que morirían por ella antes que dejar pasar a nadie.

Clodia le abrazaba con fuerza, y su lengua parecía hoy más deseosa que nunca. Había cortado con ella el final de la frase que Rufo hilvanaba con dificultad.

Introdujo sus uñas pintadas en un color ocre en los cabellos castaños y cortos de su amante, y las dirigió después hacia su nuca. Notaba el fuerte impulso de apretar con ellas su espalda fornida, y también de deslizar la lengua por su torso. Y no lo refrenó. Pero de inmediato tuvo otro pensamiento.

Comenzó a retroceder muy poco a poco hacia la mesa ovalada de mármol rojizo. La sala era rectangular, decorada con pinturas con motivos vegetales en la parte superior de las paredes. Un mosaico cubría el suelo con escenas de la historia de la vieja República romana. Los artistas habían querido recrearse en las victorias navales de los romanos sobre los púnicos. De aquello hacía más de seiscientos años.

Decenas de armarios cubrían los muros hasta media altura. Algunos tenían portezuelas, aunque casi todos exhibían las estanterías desvestidas. Tanto unos como otros estaban repletos de libros.

La mayor parte eran rollos de pergamino; algunos, muy pocos, de papiro. Otros eran códices. Desde hacía unas décadas comenzaban a proliferar más que los rollos. El *codex* había ido ganando terreno al *volumen*.

Cuando era una niña y ya afloraba su afición a los libros, había oído a sus abuelos que el cambio comenzó varias generaciones atrás. Pero Clodia, siempre que podía, adquiría copias en *volumina*. No estaba dispuesta a ponerle tan fácil el triunfo a semejante modernez. Ella prefería la lectura tradicional, desplegando los rollos, y no esa impersonal acumulación de páginas unidas en un lomo de escasa pulcritud. Consideraba unos idiotas a los ricos aristócratas que compraban en Tarraco —o incluso en Roma— esos nuevos libros carísimos, haciendo ostentación ante sus amistades de la cantidad de plata que portaban los dichosos lomos, ignorando su contenido. ¡Imbéciles!

En su fuero interno pensaba que el antiguo soporte lograría subsistir y que, finalmente, triunfaría sobre el nuevo. La biblioteca era su sala preferida. Había hecho decorar uno de los rincones con enormes y cómodos almohadones que servían a sus largas horas de lectura. Y a todo lo demás. Aquel conjunto abigarrado de armarios rebosantes de libros, de mesa y sillas desvencijadas, de almohadones, todo eso, era un trasunto de la propia Clodia. Era su refugio.

Sonreía al pensarlo; mientras, asía con fuerza la mano de Rufo y ambos se acercaban cada vez más hacia la mesa central.

Clodia notó que sus nalgas topaban con el frío borde marmóreo que la seda de su vestido apenas amortiguaba.

Minicio, su esposo, apenas entraba en aquella sala inmensa. Tenía en el *tablinum* su propia estancia de trabajo. Se trataba de una habitación cuadrangular en el extremo opuesto del *atrium*, el patio porticado con peristilo y jardines que distribuía las estancias de la *domus*. En el *tablinum* Minicio despachaba a sus *clientes*, sus patrocinados, que eran decenas en la ciudad y sus *suburbia*, y centenares en el resto de la provincia Tarraconensis. Hacía favores y recibía obediencia y trabajo apenas pagado. Allí cerraba sus negocios y daba sus órdenes.

Maldito animal. No le habían interesado los libros nunca. Salvo los de cuentas, claro. Dudaba que supiera quién era Terencio, Tácito, o Suetonio. Siempre le había llamado la atención semejante ignorancia, porque en la familia de su esposo había antepasados sabios.

Otra rama de los Minicios había alcanzado el rango senatorial hacía siglos; pero la de su esposo no había pasado de las influencias en las ciudades de la Tarraconensis. Minicio se vanagloriaba de sus antepasados ilustres, pero él era un cerdo incapaz de otra iniciativa que no fuera mercadear con trampas y explotar sus rentas ancestrales.

A Clodia le gustaba hacer el amor con sus amantes allí mismo, en la bilioteca. Para ella aquello aunaba tres placeres: follar, hacerlo entre libros, y saber que Minicio nunca sabría apreciar los dos anteriores.

Como ahora con Rufo.

Empezaba a gustarle mucho aquel tipo. Tenía algunos años, pocos, menos que ella. Era alto y gustaba de practicar deporte en los gimnasios de los baños de Tarraco, donde pasaba la mayor parte del tiempo en el que podía escaparse. Pertenecía a la curia de Barcinona, pero sus negocios le ocupaban muchas jornadas cada mes en la capital de la provincia. Su cabello era castaño, pero muy oscuro, casi tanto como el suyo; a veces bromeaba con él por ese motivo. Los ojos, en cambio, eran más bien verdosos.

Solamente lo había hecho seis veces, ocho a lo sumo, pero le parecía uno de los mejores amantes que había tenido nunca. Al menos en los últimos años. Lo acercó a ella, mientras apartaba del lateral de la mesa unos rollos que había adquirido la semana anterior y que podían esperar a mejor ocasión. Los alejó hacia el centro de la enorme losa de mármol.

La Filosofía y la Historia. Y el sexo. Todo en la misma sala. A veces, el amor. Aunque por eso hacía ya tanto tiempo que había decidido no torturarse siquiera por la mera posibilidad. No necesitaba enamorarse ni quería. No podía pedir más.

Sí, definitivamente era su estancia preferida. Además de a los dos africanos que siempre la protegían y a quienes pagaba ella misma de su propia fortuna familiar, había ordenado a otros sirvientes de la *domus* que vigilaran las puertas de la gran casa, que se hallaba en el mejor barrio intramuros de Barcinona. De ese modo podría estar con Rufo sin preocuparse por si regresaba el animal. Los africanos le avisarían con prontitud y esconderían a Rufo si los sirvientes del exterior daban la voz de alarma. Por unas monedas lograba que la lealtad variase en aquella *domus* cuando a ella le interesaba. Ahora le interesaba y mucho.

¿Se estaba enamorando de Rufo? No, seguro que no. O eso quería pensar. De momento, se había asegurado la compra de las lealtades en aquella gigantesca *domus*. Ya no quedaban muchas mansiones en la ciudad, pero sí las suficientes como para albergar a las decenas de familias más acaudaladas.

Barcinona, como empezaba a ser conocida, era una *civitas* fundada con el nombre de Barcino en los lejanísimos días de Augusto, cuatrocientos años atrás.

Sabía que Minicio estaría un buen tiempo en la curia con aquellos bárbaros. Tenían tiempo de sobra.

Rufo también debía estar presente en la reunión, pero unas inoportunas fiebres le habían mantenido en casa. O eso es lo que uno de sus sirvientes había comunicado a sus compañeros de la curia de Barcinona.

A Clodia el riesgo le excitaba profundamente. A pesar de la protección que le otorgaba haber comprado el silencio del servicio de la *domus* y la adhesión absoluta de sus dos africanos, cualquier eventualidad podía precipitar el regreso del cerdo a su pocilga. Hasta hacía unos instantes pensaba que tenían mucho tiempo. Mientras acariciaba la espalda de Rufo y después apretaba con fruición sus muslos y lo atraía hacia sí, empezó a temer que la reunión acabara antes de tiempo.

Y eso le excitaba aún más.

Se sentía viva. El beso se prolongaba y Rufo notaba una erección brutal. Intentó seguir la furia deliciosa de la lengua de Clodia, mientras levantaba con suavidad las sedas de su vestido. Rufo sabía que a Clodia le gustaba mantener al menos alguna prenda hasta el último instante. Y a él le encendía esa costumbre de su amante.

A sus treinta años, Clodia había dejado atrás la juventud. Tenía casi el doble de años que las muchachas que se casaban. Cuando pensaba en eso, sentía amargura y repugnancia imaginando a las chicas que, como ella tantos años atrás, debían prestar sus cuerpos y sus almas a tipos indeseables solamente porque sus familias hubieran llegado a un acuerdo. Era la costumbre entre las oligarquías romanas desde tiempo inmemorial. Y esos cristianos no habían cambiado nada. Otras cosas sí. Ella creía que para peor. Pero en eso no había cambiado nada, solamente aspectos rituales que le provocaban náuseas intelectuales.

Mantenía intacto el atractivo que siempre había tenido. Sus cabellos ondulados y oscuros, que ya albergaban alguna cana, provocaban un contraste seductor con su tez blanquecina y sus ojos azulados. Sus pechos turgentes y sus caderas sinuosas habían vuelto locos a los muchachos desde que ella aprendía Filosofía.

Y no estaba dispuesta a que eso cambiara con los años. Quizá para olvidar la vida asquerosa que padecía con el imbécil de Lucio Minicio, que tenía sesenta años y otros sesenta defectos insoportables.

Ella había hecho una lista.

Una noche del inicio del invierno decidió anotar dos al día. Le gustaba regodearse eligiendo entre las decenas que se le ocurrían. No le procuraba placer la lista en sí, sino los instantes de ironía invertidos en escoger los dos defectos diarios. Dedicaba prolongados momentos a la elección, mientras sorbía su vino preferido, procedente de los valles del interior de la provincia. Le llevó un mes componer la lista. Aun así, estaba segura de haber dejado de lado numerosos defectos del puerco.

Su padre había negociado el matrimonio cuando ella apenas tenía quince años.

«¡Nada menos que con un Minicio!» Aquella frase aún asordaba su mente y sus sentidos. Su padre había logrado el objetivo de su vida, que no era otro que emparentar por fin con la familia más poderosa de Barcinona. Claro que era una rama menor dentro de los Minicios. «Pero es más que algo. Es mucho, hija.»

Que Lucio tuviera tres veces la edad de su hija no le importó en absoluto. Para eso era el *pater*. Después de todo, era lo que hacían sus colegas de aristocracia en la provincia Tarraconensis. Él no iba a ser menos. Pensó que la muchacha se apañaría, y que sus otros hijos medrarían con el apoyo de las otras ramas de los Minicios. Como así fue. Ambos varones fueron escalando en la carrera política en la provincia, y luego en Italia. Sus nietos ya habían nacido allí.

La chica ya saldría adelante. Los Minicios eran ricos y estaría rodeada de esclavos y de lujos. Pensaba que era una estúpida. Él había movido todos los hilos posibles para que Lucio, que era un viudo amargado, la aceptara por esposa. No estaba muy claro que fuera a aceptar. Y no porque no le atrajera. Cada vez que la veía en alguna de las fiestas que daba en su casa, mucho más modesta que la de los Minicios, el tal Lucio no quitaba ojo a sus tetas.

Menudo impresentable.

Pero la estúpida, pensaba, no podía reprocharle nada. Viviría mejor que él. Le podrían comprar todos los libros que quisiera. Y, si era lista, podría tener amantes porque ese inútil de Lucio ni le llevaría el ritmo ni se enteraría de nada.

Así que no comprendía por qué la caprichosa de Clodia protestaba por el acuerdo matrimonial. Solamente debía obedecerle. Para eso era su padre. Era el jefe. Era el *pater*.

De aquello habían pasado quince años.

Desde el principio, Lucio Minicio despreció a Clodia, y solamente se dirigía a ella para buscarla en el lecho de la estancia que le había habilitado en su mansión urbana. Con el tiempo, ni eso. No habían tenido hijos. Ahora, a sus sesenta años, Minicio no recordaba la última erección. En las chácharas con sus compañeros en los baños de Barcinona, y también en los de Tarraco, les escuchaba contar sus hazañas con amantes y meretrices.

Les había visto sus miembros, mucho más potentes que el suyo. Por más brebajes que le hubieran pasado —a un precio desorbitado, eso sí— no había manera de que se le enderezara.

Y odiaba a su esposa. Quizá no era odio, al fin y al cabo. Muchas veces se lo preguntaba a sí mismo. Simplemente, la detestaba. Le aburría su interés por la Filosofía y la Historia, y su apatía por los negocios. Negocios que ahora temía perder. Habían llegado los godos y habían acampado a pocas millas de la ciudad. Tenía que asistir a la reunión en la curia, y lograr revertir la situación en su propio beneficio. Como siempre.

El rey de esos bárbaros, un tal Atavilfo, o Atalulfo, o Ataúlfo, o como quisiera que se llamara ese hijo de perra, había anunciado que enviaba una embajada a la curia. Y el emperador había remitido instrucciones para escucharlos y acogerlos en la ciudad, al menos de momento.

Tendría que moverse con cautela, pero con decisión. Se contaban atrocidades de lo que esos mismos godos habían hecho cinco años antes en Roma con su cuñado

Alarico al frente. En la curia camelaría a unos y a otros. Sí, saldría ganando algo en semejante enredo.

Ella había levantado sus nalgas para que él pudiera sostenerlas con sus manos, mientras dejaba caer su espalda sobre la mesa y él besaba sus pechos y su vientre. No le importó sentir el frío del mármol. Llevaba solamente una prenda de seda con amplias aberturas, puesto que, al llegar Rufo, se había desprendido de la túnica bordada que aún llevaba en la casa a esas alturas del final del invierno.

Sintió tensión y placer al notar la gélida sensación del contacto de su espalda con la mesa. Mientras, Rufo se agachaba y, a la altura del borde de la mesa, besaba el interior de sus muslos. Luego, dirigía con parsimonia su lengua hacia el centro, mezclando delicadeza con fruición.

Pensó que Rufo sí sabía comérselo bien, y no los últimos memos engreídos de Tarraco con los que había estado.

—¡Entra! ¡¡Entra!! —le apremió.

En los otros polvos había dejado que Rufo se recreara comiendo su sexo, pero esta vez empezaba a temer que Minicio se presentara antes de tiempo. ¿Y si los bárbaros no habían sido puntuales? ¿Y si esos salvajes se habían marchado repentinamente?

—¡Entra!

Irguió su cabeza y vio cómo Rufo arqueaba su pelvis para ajustarse a la posición que ella tenía encima de la mesa.

Pero su cabeza no podía dejar de pensar. Hacía años que era capaz de disfrutar del sexo mientras cavilaba en sus inquietudes más acuciantes. No había visto nunca a los godos, pero sabía bastante de ellos y de su fama de impulsivos como para sospechar que la reunión acabase antes de lo previsto.

Al sentir el miembro de Rufo dentro de sí, decidió olvidar a semejantes bestias, incluyendo a su esposo, que, imaginó divertida, seguramente no desentonaría mucho entre tanto salvaje.

Quiso pensar que sonreía mientras llegaba al orgasmo casi al mismo tiempo que Rufo la llenaba.

4

Tulga

—Ahora sí que tienes que estar callado.

Agila me habla en voz alta. Está nervioso.

Fredebado dialoga con los dos ancianos que han salido a recibirnos. Deben de ser de la misma quinta. El nuestro le ha dicho algo al oído de uno de ellos, que ha sonreído y asiente. Luego ha hecho un gesto a Agila, que me pone la mano en el pecho, me mira con una sonrisa cómplice y se adelanta al grupo para acudir hacia Fredebado.

No me extraña que Fredebado sea la cabeza visible del Consejo de los godos. Su autoridad se basa en el prestigio que ha adquirido durante años como árbitro en numerosos conflictos entre las principales familias. Nadie sabe la edad que tiene. Unos dicen que más de cincuenta; otros, que más de sesenta. Los años le han ido secando el cutis, que queda marcado por arrugas, y su melena entre blanca y gris está cada vez menos poblada.

Está claro que Fredebado y esos dos ancianos romanos se llevan bien; después de todo, están negociando desde hace semanas. Se han visto en la ciudad, y también en el *suburbium*. De hecho, las dos o tres primeras veces fue ahí, en el taller de un lapicida que prepara las piedras que los ricos de la ciudad colocan en sus necrópolis que salpican las afueras. Solamente cuando tenían cocinados los acuerdos, Fredebado y alguno más empezaron a ser recibidos dentro de la ciudad. Agila era uno de ellos. Me lo ha contado.

—¡Fredebado, di a tus hombres que pueden pasar! —El más alto de los dos ancianos romanos eleva la voz y le escuchamos bien no solamente nosotros, sino también las gentes que se agolpan en el foro y que han guardado un silencio absoluto. Pese a los años, conserva un vozarrón potente.

A un gesto de Fredebado, todos vamos entrando en el viejo edificio.

—Querido Titio, es un honor poder hablar con vosotros. Nada menos que la curia de Barcinona, ciudad fundada por orden del mismísimo Augusto, cantada por los poetas...

Fredebado se deshace en elogios a la historia pasada de Barcinona y a su presente. Menciona sus murallas gigantescas, sus más de setenta torres...

Hemos pasado hacia una estancia rectangular, con unos asientos ocupados por los curiales de la ciudad. Han dispuesto, además, unos bancos corridos de madera para que nos sentemos nosotros.

Fredebado sigue con sus palabras encomiásticas, que han acallado el jaleo que parecen tener aquí dentro.

—Menudo peloteo baboso, ¿eh? —Agila me guiña un ojo mientras me hace un gesto para que me siente a su lado.

Le contesto con una sonrisa. Pienso cumplir su orden y no decir ni una sola palabra. Está sentado a mi izquierda. Tiene un porte poderoso, y los curiales que están sentados enfrente de nosotros no le quitan ojo.

—Nuestro Fredebado sabe iniciar una conversación con politicastros romanos. —Agila mantiene la sonrisa mientras me hace un gesto, mueve ligeramente la cabeza señalando a la oligarquía de la ciudad.

Entonces el anciano de la voz potente toma la palabra.

—Veo, Fredebado, que conoces bien la historia de Barcinona, la Colonia Iulia Augusta Faventia Paterna Barcino. —Me sigue impresionando su voz. Todos, romanos y godos, estamos ya en silencio—. Sed bienvenidos, godos, a la curia de esta ciudad.

—Gracias, *nobilis* Quinto Titio, descendiente por rama paterna y materna de las familias de más abolengo de esta provincia Tarraconensis y de esta ciudad que nos recibe con amabilidad... —Fredebado adopta un tono ampuloso y engola la voz.

Habla un latín prodigioso. Me cuesta seguirlo en algunas frases. Más bien en muchas. Yo lo hablo bien, pero aún tengo que pensar el significado exacto de algunas palabras.

Fredebado, Agila, Wilesindo... todos ellos lo hablan a la perfección. Fueron educados en el latín hablado y escrito, igual que yo. Pero me llevan algunos años de distancia. Espero hablarlo como ellos cuando tenga su edad.

Embebido en mis pensamientos, no me doy cuenta de que Fredebado ha levantado los brazos. Como si quisiera abrazar a los curiales. Lo veo ahora, cuando mi mente se vuelve a concentrar en lo que debe. Menos mal que Agila no puede leerla. Ahora mismo me hubiera soltado una buena leche en la nuca. Me fijo en Fredebado. Al menos a mí me provoca la sensación de que domina la escena. Después de todo, lleva años declamando ante auditorios romanos en el Ilírico, en Italia, en la Galia, y ahora lo hace aquí, en Hispania.

De repente, todo parece torcerse.

—¡Escucha, godo de los cojones! —Un tipo de mediana edad, con pelo rubicundo, aunque muy escaso, pega un grito desde la parte de la sala que queda más alejada a los bancos que ocupamos nosotros—. ¡En tu puta vida hubieras soñado con vivir dentro de una ciudad como Barcinona! ¡Deja de dar lecciones!

Espero que esto no se vaya al garete. Tenemos a nuestras gentes en los campamentos pendientes de que salga bien. Unos días, unas semanas aquí, y podremos recibir alguna instrucción de nuestro rey y del emperador.

Pensaba que estaba todo negociado. No esperaba que uno de estos tipos saltara así en pleno discurso de Fredebado. Miro a Agila y su expresión lo dice todo. Está preocupado. ¡Como para no estarlo!

Veo cómo un tipo obeso y de aspecto horripilante tira del brazo del rubicundo y consigue que se siente. El gordo le lanza una mirada fulminante, con sus ojos pequeños escondidos en una cara abultada repleta de verrugas deformantes.

Parece que intenta calmarlo, pero lo hace con vehemencia, como ordenándoselo. ¿Quién será? Miro a Agila. Me entiende a la primera y se inclina ligeramente hacia mí sobre el asiento.

—No recuerdo cómo se llama el pelirrojo, pero el que le ha ordenado sentarse es Minicio. —Agila pone sus labios junto a mi oreja y susurra—. Un hijo de puta. Pero muy listo. Cuando le conocí hace unas semanas, en las negociaciones previas, ya me advirtió Fredebado sobre él. Al parecer tiene enemigos dentro de la ciudad, pero otros muchos le deben su prosperidad. Me dio la impresión de que mide cada palabra y piensa mucho más allá de lo que dice o calla. Ojo con él. Además, iremos a su *domus*. —Agila me vuelve a guiñar un ojo. Pretende parecer divertido con la escena. Pero le conozco bien. Está preocupado.

—¡Oh, Helvio! Tu vocabulario es digno de Prudencio... ¡Qué digo de Prudencio! ¡No! ¡Del mismísimo Virgilio! —exclama con autoridad el anciano Titio.

Tras un momento de incertidumbre, todo el auditorio prorrumpe en una carcajada, incluido el tal Minicio.

Helvio agacha la cabeza; casi ni lo veo ahora mismo.

—Gracias, Titio, por tu intervención. —Fredebado retoma la palabra—. Nobles romanos de Barcinona, como sabéis no estamos aquí por placer o por gusto. Nuestros abastecimientos en el sur de la Galia fueron bloqueados por el emperador y por ese..., en fin, por su mano derecha, Constancio. Nos han empujado hasta aquí. Es claro que el Imperio desea que lleguemos a un acuerdo. Y se ha decidido que, para tal fin, es preciso que nos instalemos temporalmente en Barcinona. Serán unas semanas. A lo sumo. Ataúlfo, nuestro rey, así lo ha expresado, y es la misión que llevamos semanas negociando con vosotros.

Hay un silencio. Todos los curiales miran al anciano. Nosotros también.

—Así es, Fredebado. Y así se hará. Las consignas imperiales han llegado hasta nosotros. —Titio eleva su poderosa voz y la dirige no solamente hacia nosotros, sino también hacia los romanos, clavando sus ya cansados ojos en Helvio, que permanece con la cabeza agachada—. Como bien sabéis, y tal y como está previsto, los hombres más nobles entre vosotros os instalaréis en las *domus* más lujosas de la ciudad.

»No habrá esposas ni hijos de momento en el interior, salvo, por supuesto, vuestro rey Ataúlfo y nuestra amadísima Gala Placidia, hija del difunto augusto Teodosio y hermana de nuestro gloriosísimo emperador Honorio. Se alojarán en mi propia *domus* y, en ella, Placidia podrá dar a luz a su esperado bebé.

»Como ya sabéis, vuestras familias y las masas que traéis con vosotros van a permanecer, de momento, en los campamentos que quedan a unas diez millas de la ciudad. En los siguientes días o semanas se nos comunicará lo que haya de hacerse con ellos. Tales son las órdenes que nos han cursado, y que bien conocéis.

Se oyen murmullos en la sala.

No quieren que miles de godos desborden la ciudad, eso está claro.

Ya lo sabíamos. Es lo que llevan semanas hablando entre Titio y algunos de sus colegas de la curia y la legación de Fredebado, Agila, y algunos más.

Nuestro Consejo ya ha elaborado la lista de los nobles que van a alojarse en la ciudad. Agila me adelantó que yo iba a ir con él. Fue él quien se lo explicó a Noga y a Nigidia. No tuve arrestos para decírselo a Noga. Como siempre, Agila me ha tenido que ayudar. También en eso. Lleva años sacándome de apuros, desde mi infancia.

—Titio ha medido muy bien sus palabras, no quiere sorpresas. Tal y como estaba pactado —me susurra Agila de nuevo, pegando sus labios a mi oreja.

Ha recobrado su habitual expresión de serenidad, que contrasta con la que percibo en algunos de los nuestros, en particular en Guberico. Ese gigante... Joder, me sigue dando miedo como cuando lo vi por primera vez cuando llegamos a Italia, siendo yo un chaval, un niño. Me pareció un monstruo sacado de mis peores pesadillas. Y, aún hoy, sigue pareciéndomelo.

Toma la palabra Fredebado una vez más.

—Noble Titio, y no menos nobles miembros de la curia de Barcinona. —Fredebado se toca ligeramente la ya escasa melena con la mano izquierda, como si quisiera buscar en ella las palabras que necesita—. No es deseo de nuestro rey emprender nuevas guerras contra el Imperio. Al contrario, su matrimonio con Gala Placidia el año pasado en Narbona es una buena muestra de lo que desea. ¡¡Romanos!! ¡¡El bebé que ha de nacer en los próximos días o semanas es la esperanza de una paz sempiterna, que se unirá a la *Aeternitas* de Roma que tanto han cantado vuestros poetas!!

Mientras habla Fredebado, miro de reojo a Guberico. Me confirmo a mí mismo que su rostro muestra una tensión creciente.

Agila me había avisado hace días sobre él. Aunque no hacía mucha falta, claro. Mientras miro al gigantón de Guberico, recuerdo las palabras que me dijeron Agila, Fredebado y Wilesindo. Guberico era algo así como la mano derecha de Sigerico. Este, a su vez, era un pez gordo. Hermano de Saro, a quien Alarico y Ataúlfo habían liquidado hacía unos pocos años.

Se rumoreaba que podía enfrentarse a Ataúlfo buscando venganza, como era costumbre entre nuestros antepasados. Pero lo tenían muy controlado. Ataúlfo era listo, muy listo. Había logrado aislarlo y no sería tan loco para intentar nada contra nuestro rey. Al instante caerían sobre él los guardias del rey y lo condenarían todos los nobles del Consejo. No tenía nada que hacer. Y seguramente lo sabía.

De todos modos Agila y Wilesindo me habían avisado.

—No le quitemos ojo. Ese Guberico es el puto lacayo de Sigerico. Casi nunca da la cara, y lanza a su perro de presa en el Consejo de los nobles godos para criticar a Ataúlfo siempre que puede —me había explicado Agila entre cerveza y cerveza en el campamento, mientras asentían Fredebado y Wilesindo.

—Joven Tulga —intervino este último—, no olvides las sabias palabras de tu mentor, Agila. Vigilemos a este

Guberico. Él, en sí mismo, no es nada. Una alimaña. Pero sus movimientos, por improvisados, nos pueden conducir al conocimiento de lo que trama Sigerico contra Ataúlfo. Vigilémosle.

Eso fue hace semanas.

Wilesindo es, acaso, el miembro más culto del Consejo. Como Agila, es discípulo de Fredebado, también férreo defensor de Ataúlfo, de su matrimonio con Placidia, y abierto partidario del entendimiento con los romanos.

Me impresionan los tres.

Con Agila me une una confianza a muerte. Soy como un hermano menor para él, o más que eso. Alguna vez me lo ha dicho.

Fredebado encarna en sus arrugas la historia de nuestro pueblo, desde las aldeas fuera del Imperio hasta ahora, que estamos en su mar interior. Generaciones de godos lucharon contra el Imperio, y luego pactaron con él. Fredebado es algo así como un tesoro andante de lo mejor de nuestras tradiciones. Como Becila, el viejo Becila. Pero este apenas se mueve, está encerrado en su tienda, y morirá más pronto que tarde. Fredebado aún está en plenitud, pese a su edad.

Y Wilesindo es algo así como la prueba andante de que romanos y godos tenemos que entendernos. Sabe latín y griego como ninguno entre nosotros. Junto a Agila, son los dos mejores discípulos de Fredebado. Y ha tenido muchos durante décadas. Leal al rey en los momentos difíciles. Incluso antes de serlo. De hecho, Wilesindo fue un hombre clave cuando murió Alarico en Italia, y no todos los jefes compartían que le sucediera su cuñado Ataúlfo. Logró convencerles.

Me impresionan, sí. A veces pienso que Agila ha

apostado demasiado fuerte por mí. Que no valgo. Que soy un imbécil, que no doy la talla. Que le fallaré.

Otra vez mi mente se ha marchado de aquí. Menos mal que regresa. Agila siempre me lo dice: «¡En qué cojones estarás pensando!». «¿Dónde tienes la cabeza, muchacho?» Son algunas de sus frases preferidas. Ya veo por qué lo dice tantas veces.

En la reunión de la curia, continúa hablando Fredebado. Su discurso es un canto a la esperanza de paz.

—Hace una generación, casi dos, que estamos dentro del Imperio. Y hemos tenido guerras contra vosotros. La mayor parte de las veces, favorables a nosotros. Bien lo sabéis. —Hay runrún de fondo.

»A mí, romanos, pronto me llegará la hora de la muerte. No tengo ninguna estrategia, sino solamente ayudar a que caminemos juntos hacia la paz. No la paz de Augusto, no el dominio sobre los demás pueblos. No. La nueva paz. La paz del entendimiento entre pueblos diferentes. Hora es de que abramos las puertas a un mundo nuevo. —Fredebado parece exhausto. Da un largo suspiro y toma asiento.

Vuelvo a mirar a Guberico. En verdad, el tipo da miedo. A diferencia de Fredebado, por más que este sea mayor, o de Wilesindo, otro de los miembros del Consejo que han adoptado algunas vestimentas romanas, él exhibe siempre ropajes guerreros. Aunque, como ahora, no lleve las mallas de combate, sí porta una *spatha*. Es unos años, pocos, mayor que Agila y Wilesindo, y bastante más joven que Fredebado. A estos dos últimos los ve como débiles, afectados, volubles... que han sucumbido a los vicios romanos. Es el más alto de los miembros del Consejo godo, y yo al menos no he visto a nadie que le supere en estatura ni entre los nuestros ni, desde luego, entre los romanos; ni siquiera entre sus esclavos nubios en Italia.

Las palabras de Titio resuenan en la sala, pero observo que Guberico masculla. Agila también se ha percatado, y me hace un leve gesto con su cabeza para indicarme la posición de Guberico. Como para no verlo.

—No te sientes, anciano. No te sientes. Sigue hablando. —Se oye una voz entre los curiales, procede de los asientos traseros. No puedo verle la cara, no se ha levantado—. Nos gustaría que precisaras un poco más.

Fredebado se levanta una vez más. Parece realmente fatigado.

—Como iba diciendo —lanza una mirada de desprecio a Guberico, mientras este sigue mascullando— nuestro sabio rey, Ataúlfo, quiere la paz. Afirmó ya ante no pocos godos y bastantes romanos, tras sus esponsales con Placidia, que, al principio, no descartaba hacer del mundo romano una *Gothia*. ¿Sabéis lo que eso significa? ¡Dominaros, conquistaros! Pero ahora está decidido a poner las armas godas al servicio del entendimiento con Roma. Lo he dicho antes... ¡va a tener un bebé de Placidia! Llevará la sangre imperial romana y la de la nueva realeza goda. ¡Esa criatura será nuestra esperanza! ¡La de todos! Esta estancia en Barcinona puede ser temporal, unos días, unas semanas. Pero, sea como fuere, romanos, ¡abramos las puertas a un nuevo mundo!

Silencio. Solamente se escucha el crujir de la vieja madera de los asientos mientras los cuerpos inquietos buscan la postura para digerir todo lo que están escuchando.

Fredebado parece emocionado.

Su generación había peleado por conseguir que los godos fuéramos aceptados en el Imperio. Cuando lograron cruzar el Danubio, él era entonces muy joven, como yo ahora.

Al poco, vencieron a los romanos en la gran batalla

de Adrianópolis con la muerte de aquel emperador, Valente. Luego vinieron las estancias en las provincias de la zona del Danubio y del Ilírico. Allí nací yo. Después, siendo yo poco más que un niño de cinco años, las primeras campañas en Italia. Y, finalmente, el saqueo de Roma con Alarico. Ya con Ataúlfo, el paso a las Galias. Fredebado había perdido a toda su familia. A sus dos hijos en las batallas en el Ilírico. A su esposa antes, en las campiñas de Mesia. Por unas fiebres que diezmaron mucho a nuestras gentes. Por eso Agila y Wilesindo, mucho más que cualquiera de los otros nobles a los que había enseñado, son para él como dos hijos. Fue su maestro, su mentor, su amigo.

Como luego lo ha sido Agila para mí.

Todo eso debe de estar recorriendo su cabeza ahora mismo. Estoy seguro. Me da la impresión de que está emocionado, porque le tiemblan las manos más de lo que en él ya es habitual, e inclina la cabeza hacia el suelo. Miro a Agila. Parece identificarse más que nunca con Fredebado y, si no fuera él, diría que está también al borde de las lágrimas, como su maestro.

Wilesindo comienza a aplaudir, después lo hace Agila, y los otros miembros de la embajada les emulan. Yo también aplaudo.

Guberico, no.

Muchos curiales se nos unen. En un instante, la sala parece vibrar en una ovación atronadora. Fredebado se vuelve hacia nosotros. Lo veo más de cerca.

Es entonces cuando me doy cuenta de que no parece conmovido, sino satisfecho. Lanza una mirada hacia Agila. Y sonríe.

5

Noga

—Me duele mucho la cabeza, mamá...

El niño tenía muy mal aspecto. A sus tres años, había estado al borde de la muerte en tres ocasiones. A diferencia de tantos otros, había sobrevivido.

Nació ya en las Galias, aunque su madre se había quedado embarazada en pleno viaje desde Italia. Dijeron que el padre había muerto en una de las emboscadas contra los señores de la guerra que pululaban entre Italia y las Galias.

Era como un aviso de lo que estaba por venir.

Desde el principio, el niño fue muy débil y tuvo problemas. Pero ella estaba convencida de que haberlos superado era la garantía de que su primer niño sería indestructible. Y unas lluvias en la Tarraconensis no iban a acabar con él. No.

—Ssshhh, no te preocupes. Mamá te va a curar. Ya verás cómo Noga nos va a traer agua y estos trapos fresquitos te aliviarán...

Su madre sonreía. Pero era una sonrisa forzada. No creía que fuera grave, pero aquello no le gustaba nada. Las últimas lluvias habían empeorado su situación. Pero saldría. Sí. Su niño era indestructible.

Las ancianas le habían dicho que no se preocupase, y para ella la opinión de aquellas mujeres sabias era una garantía. Habían recibido de sus madres, y estas de las suyas, una sabiduría ancestral, que venía de la época en la que vivían en las tierras altas, muy lejos del Imperio. Y mucho antes de cruzar el gran río.

Los campamentos de los godos se encontraban a unas diez millas de Barcinona. Algo más de tres mil tiendas se distribuían entre las lomas y las tierras del valle que se extendían al norte de la ciudad. El invierno había avanzado y, aunque aquellas tierras no eran tan frías como otras en las que les había tocado vivir, los últimos días habían sido complicados por las bajas temperaturas y las lluvias torrenciales que habían castigado sus maltrechos cuerpos.

Hacía semanas que estaban acampados en las afueras de Barcinona, tras haber abandonado la ciudad de Narbona, en el sur de la Galia. Guerreros, ancianos, mujeres, niños, se agolpaban con sus carruajes, sus caballos, sus enseres.

—Noga es muy buena, ¿verdad, mamá? —La vocecita del niño apenas se oía en el jaleo del campamento. Los cabezas de cada agrupación daban órdenes para los avituallamientos y el trasiego era frenético.

—Sí, lo es. Y Nigidia también. Las dos te están cuidando mucho y te traen cositas buenas que encuentran. Ahora vendrán con agua. —Dio un beso a su hijo en la frente. Ardía.

Nigidia había tomado la decisión de cuidar de la madre y del bebé cuando se dijo que el padre había muerto. Había acudido a ella puesto que no tenía a quién hacerlo. Según había contado muchas veces la propia Nigidia, la fama de justo que Agila tenía entre las masas le hacía ser uno de los nobles más accesibles para los más pobres.

No era el primer favor que hacían Agila y Nigidia. Habían dado cobijo a ancianos, a muchachos que habían perdido a sus padres. Se había ido corriendo la idea según la cual era algo así como una última esperanza para aquellos que necesitaran que una mano les sacara del fango más profundo. Y, una vez fuera, todos encontraban ánimos y fuerzas para seguir con sus vidas.

Así que era muy frecuente que, cada cierto tiempo, alguien les llevara pollos, frutas, verduras, incluso buenas cervezas. Las entregaban o bien en la tienda si estaban de marcha, o bien en las moradas que ocuparan en las ciudades en las que habían vivido. No hacía falta mucha conversación. Quien llevaba los regalos deseaba hacerlo en primera persona. Porque lo que pretendía no era otra cosa que fundirse en un abrazo con su salvador y hacerle ver que había logrado sobrevivir gracias a él y a Nigidia.

Los godos estaban acostumbrados desde siempre a montar y desmontar sus tiendas, a avituallarse con lo mínimo imprescindible en los campamentos, a desprenderse de sus muertos sobre la marcha, a guerrear contra Roma y a favor de Roma. Durante decenios habían vivido en campamentos, ciudades y aldeas en regiones tan diferentes como el Ilírico, Italia, o la Galia. Y eso contando solamente desde el paso del Danubio y la entrada en el Imperio, algo más de tres décadas atrás. La etapa más reciente les había tenido alojados en el sur de la Galia hasta hacía unas semanas.

Pero todo había cambiado.

Constancio, el hombre fuerte del emperador Honorio, provocó la marcha de los godos hacia Barcinona, en Hispania, en la costa nordeste de la provincia Tarraconensis. Lo había logrado sobre la base de una política de bloqueo de los puertos del sur de la Galia. Quería presionar a Ataúlfo para que devolviera a Gala Placidia.

Los godos se la llevaron de Roma un lustro antes, cuando el saqueo de Roma por Alarico. El mismísimo Alarico, a quien muchos consideraban el primer rey godo. Hasta entonces, las tribus y agrupaciones habían tenido grandes jefes, como Atanarico o Fritigerno. Este último, junto a otros jefes, les había conducido al Imperio cruzando el Danubio.

Pero había sido Alarico quien había logrado imponerse sobre otros cabecillas. Logró un reconocimiento temporal como general por el Imperio. Pero sus miras estaban en que ese reconocimiento fuera definitivo. Y en lograr buenas tierras para su pueblo. En ese empeño había conducido a los godos hacia Italia. Al principio, con derrotas. Luego, con los repetidos asedios nada menos que a Roma. Y, finalmente, con el saqueo de la ciudad.

De eso hacía cinco años.

Tras su muerte repentina en Italia, su cuñado, Ataúlfo, le sucedió en la jefatura de los godos, y los sacó de Italia. Las relaciones con Honorio fueron tirantes. Hubo pactos y rupturas. Fue entonces cuando se establecieron en la Galia durante algo más de tres años. Pero ahora Constancio tenía otros planes. Para el Imperio y para él.

Y eso incumbía a los godos. De momento, deseaba a Gala Placidia, y sus esfuerzos se dirigían a que Ataúlfo la entregase al emperador Honorio, hermano de la dama imperial.

El Imperio tenía muchos problemas, desde luego. Entre otros, y sin ir más lejos, en la propia Hispania. Miles de suevos, vándalos y alanos se habían instalado hacía seis años, y no había forma de armar un ejército potente para expulsarlos. Había otros frentes, como los usurpadores que se habían levantado contra Honorio, y como otros pueblos bárbaros que presionaban en las fronteras. Así que en la corte no eran pocos quienes pensaban que quizá fuera más interesante pactar con los godos que enfrentarse a ellos. Y usarlos como tropas de choque contra los otros bárbaros. Después de todo, ya se había hecho más veces.

Las tropas en Hispania, incluyendo el acuartelamiento legionario de Legio, así como las unidades auxiliares repartidas por las provincias, no parecían ser un recurso sólido. No daban señales de vigor como para resistir a los bárbaros, y mucho menos para vencerlos.

Y el de Hispania era solamente uno de los problemas de un Imperio que, desde la muerte de Teodosio, se había dividido en dos partes. Una, la oriental, gobernada desde Constantinopla, la ciudad fundada hacía casi un siglo por Constantino. Otra, la occidental, desde Roma. O, mejor dicho, desde Rávena, porque Honorio no se fiaba ni del populacho de la gran urbe ni de sus murallas, y había optado por refugiarse en Rávena, mucho más aislada y fácil de defender.

Constancio había logrado ir escalando posiciones entre las altas comandancias militares y entre los viperinos cenáculos de la corte; y ahora, revestido de poder militar y de la máxima influencia sobre Honorio, estaba dispuesto a reordenar la situación en la parte occidental. Luego, ya se vería.

—Corre, Noga, tráeme un cubo de agua, voy a ver quién necesita beber entre los niños y los viejos.

Nigidia exhortaba a la joven mientras la empujaba con las dos manos por la parte de atrás de su cintura, apremiándola. Estaba preocupada. En los últimos dos días había varios casos de enfermedad; el frío del final del invierno y la humedad habían comenzado a hacer algunos estragos entre los menos fuertes.

Nigidia era la esposa de Agila y madre de sus tres vástagos, todos ellos varones, de los cuales el mayor no superaba los ocho años. Se apartó su amplio flequillo castaño con los dedos índice y corazón de la mano derecha mientras colocaba con el pulgar los cabellos que se le agolpaban en la sien, y se secaba el sudor con el brazo izquierdo.

A pesar del frío estaba empapada, y no pensaba en que el sudor pudiera causarle un mal en mitad de aquella humedad mezclada con las bajas temperaturas.

Le preocupaban los niños y los más viejos. Entre los primeros, al que ella y Noga habían atendido especialmente en las últimas horas. Agila y ella habían ayudado a la madre y a la criatura. Y estaba profundamente afectada por la situación del pequeño.

La cosa estaba complicada. Había hablado con las ancianas sabias. Y no la habían tranquilizado. Más bien al revés. Nigidia se dirigió hacia el niño y su madre, mientras oía por detrás la respuesta de su inexperta ayudante.

—Sí, iba a ir ahora mismo. En nada lo tendrás aquí... —Noga se apresuró hacia las zonas de abastecimiento de los campamentos.

Era más joven que Nigidia, rondaría los diecisiete años, y estaba prometida a Tulga. Ambas sabían la especial relación que unía a Agila y a Tulga, y ellas mismas habían ido tejiendo una relación de amistad profunda y de confidencias. Noga había hablado con Nigidia sobre el amor, sobre el sexo. Antes de la primera vez que estuvo con Tulga, se había encerrado con Nigidia. Tenía mil preguntas que hacerle. Y su amiga contestó una a una con paciencia y afecto.

A Noga no le inquietaba la religión. Los sacerdotes cristianos godos avisaban a los jóvenes una y otra vez. «¡No forniquéis antes del matrimonio! ¡Es pecado! ¡Así lo quieren los textos sagrados y nuestros padres y concilios!» Pero no le preocupaba. Había visto tanta muerte y tanta desgracia en su vida que, a pesar de su juventud, ningún dios la iba a asustar. Lo que había encontrado en Tulga era tan bueno y profundo que estaba decidida a entregarse en cuerpo y alma. Ya se encargaría ese dios de acoger a esta última si era tan magnánimo. Pero no se fiaba de sus sacerdotes. Ni de quienes estaban al tanto de cualquier rumor para trasladarlo y para intentar medrar con una brizna infame de información.

Ahora ya, pasados los tiempos más complicados, el matrimonio con Tulga era inminente. En cuanto se solucionara lo que debiera ocurrir en Barcinona y el Imperio y su rey llegasen a nuevos acuerdos, serían esposo y esposa. Pero ambos habían decidido no esperar para hacer el amor. Los sacerdotes no lo sabían ni tenían por qué saberlo. Claro que arriesgaban. Arriesgaban a que los excomulgaran. Y eso, para Tulga, era un revés. El rey y sus nobles no podrían apoyar por mucho tiempo a uno de entre ellos que fuera expulsado de la comunidad cristiana goda. Pero estos últimos tiempos lo habían llevado muy bien.

Contaban, una vez más, con la protección de Agila. Tulga se lo había contado. Noga al principio pensó que era idiota por decírselo. Luego cambió de opinión. Al ver cómo Agila y Nigidia compartían y cubrían su secreto, cómo les daban mil coartadas ante los nobles, y cómo les ocultaban de los ojos de los chivatos, se convenció de que Tulga había hecho muy bien en decírselo a su amigo.

Noga pensaba que Tulga era muy afortunado por haber sido criado y formado por Agila y su esposa. Y que ella, a su vez, también lo era. Había encontrado un espacio de protección, de cariño y de comprensión. Toda su familia había ido muriendo, como la de tantos otros, en los viajes que les habían llevado desde el Ilírico a Italia.

Tendría unos doce o trece años cuando conoció a Tulga en uno de los campamentos en la marcha desde Italia hacia las Galias. Estaba con otras muchachas sin familia que ayudaban en las limpiezas de los campamentos, y él iba con frecuencia a visitarla. Saltaba a la vista que era noble, pero le daba igual. Ella apenas había conocido el afecto. Solo las órdenes de los jefes de las divisiones y la obligación de cubrir sus necesidades a diario. Una supervivencia sin destino fijo. Le parecía que ya era suficiente despertarse cada mañana y certificar que no se había unido aún a sus familiares muertos.

Así que los primeros besos con Tulga y, luego, todas las ocasiones en las que habían hecho el amor, en las que habían paseado, en las que habían discutido, fueron para ella una nueva vida.

Una vida feliz.

Todos esperaban lo que pudiera ocurrir en los próximos días en Barcinona para celebrar la boda de los dos jóvenes. Sabían que durante varias semanas los hombres estarían alojados en las casas de los oligarcas de Barcinona para terminar de negociar los detalles de lo que ocurriera después. Noga siempre decía que tendría más voz el propio Agila que Tulga en fijar el momento conveniente, a lo que Nigidia siempre respondía con una carcajada.

Noga se acercó al punto de abastecimiento, y pudo hacerse con dos cubos de agua. Afortunadamente, con los ríos cercanos y el final de la época invernal que atravesaban, teniendo a mano ya el inicio de la primavera, no había ningún problema. Las nieves quedaban lejanas de los campamentos.

Los enormes rizos oscuros que poblaban sus cabellos enamoraban a la mayoría de los jóvenes de su generación, pero eran sabedores de su compromiso con Tulga. Sabiendo que este era noble y, sobre todo, que era el gran amigo de Agila, ninguno de ellos intentaría nada con Noga. Pero su sola presencia portando agua o víveres hacía estragos entre los varones.

Al acercarse al grupo que se arremolinaba en torno a Nigidia, Noga posó con cuidado los dos cubos de agua. Ambas fueron dando de beber a los ancianos y a los niños, incluidos los de Nigidia, que estaban a su alrededor. Dieron un cazo al chaval mayor, que rondaba los ocho años, y fue él quien dio de beber a sus dos hermanos. Luego, Nigidia se apartó con celeridad para dirigirse al rincón en el que se encontraba el niño y su madre. Les sonrió.

—Bueno, bueno, esto está mucho mejor... —dijo, poniendo una mano en el hombro de la madre después de humedecer unos paños y haberlos dispuesto en la frente del pequeño.

La madre contestó agradecida con una sonrisa tenue.

—Nig... Nig... Nigidia... Eres muy buena —se esforzó el niño con una frase casi entonada como un pequeño canto. Sus ojillos brillaban de agradecimiento.

Noga seguía la escena a unos treinta pasos, mientras terminaba de dar de beber a los ancianos y a los niños que ya se dispersaban. Sabía que el niño estaba muy enfermo, pero esperaba que, si las lluvias aminoraban y el tiempo ayudaba un poco, pudiera comenzar a recuperarse. Más que una esperanza, estaba segura de que sería así. Nigidia siempre exageraba.

De repente, se escuchó una voz, un grito, que se impuso sobre el vocerío.

—¡Noga!

Era Tulga. Habían regresado muy pronto, no sabía si lo vería ya durante esa jornada. La tarde se había echado encima y el ocaso se adueñaba del día. La joven esbozó una sonrisa.

6

Clodia

—Ssshhh, *Domina*, *Domina*, ssshhh...

La joven se esforzaba por avisar, pero no podía alzar la voz.

Quería que su señora la escuchara. Pero no él. Giró la última esquina hasta toparse con ella. La encontró sentada. Temía otra cosa.

Ahora, cuando se vio más protegida, elevó el tono.

—¡Señora, vuestro esposo está llegando! ¡Los africanos han dado la voz de alarma desde los portones de entrada!

La voz suave de Cerena iba por delante de ella en su angustia.

Clodia podía leer la palabra miedo en su cara, pero intentó tranquilizarla.

—Sí, tranquila, no te preocupes. Rufo ya se ha marchado hace rato. Y yo estoy peinándome. De hecho, iba a decirte que me ayudaras. Ven, anda, ponte detrás de mí y pasa varias veces el peine, creo que esto está un poco enmarañado. —Clodia contestó con un tono dulce, mientras hacía un gesto a Cerena para que se le acercara.

Estaba sentada frente al espejo situado encima del aparador de su cubículo, esbozando una sonrisa de complicidad con la joven. El pie del espejo era una pequeña diosa Venus en bronce, con un cuerpo sinuoso y unos pechos turgentes. Su rostro se giraba hacia su izquierda, a la derecha de Clodia, de modo que no miraba de frente a quien se asomara al espejo. Solamente lo hacía con quien se pusiera a su lado.

Clodia sentía el suave deslizamiento del peine en sus cabellos aún húmedos después del baño apresurado que se había dado tras la marcha de Rufo.

Cerró un instante los ojos.

El polvo con Rufo había sido bueno de verdad. Normalmente, él se colocaba el capuchón de vejiga de cabra o de piel de cordero justo antes de terminar. Esta vez no había sido así. Pero no temía quedarse embarazada. No iba a suceder, estaba segura, ya no tenía edad para eso.

Y, si sucedía algo, conocía quién le podía ayudar. No iba a ser la primera vez. En su juventud tuvo que recurrir dos veces a ella. Una vieja del puerto de Tarraco sabía preparar los brebajes necesarios. Sus hijos vivían como reyes a cuenta de las habilidades de su madre anciana, que había aprendido de su madre. Y esta de la suya. Los ricos podían permitirse pagar sumas considerables por las pociones. Había sido siempre así. Solamente hacía falta saber a quién recurrir. Pero ya, a su edad, estaba convencida de que no iba a ser necesario.

Mientras experimentaba la placentera sensación que le provocaba el peine manejado con suavidad por su sirvienta, recordaba todos los detalles. Sabía que en los próximos días sería más complicado hacerlo con Rufo en casa. Tendrían que acudir a su otra alternativa. No era problema. Le parecía haber rejuvenecido. Le apetecía tenerlo dentro de ella cuanto antes. Apretarle su culo y sus muslos poderosos. Y mandar ella.

Al notar que empezaba a excitarse, y a sabiendas de que hasta al menos un día más no vería a Rufo, cambió de pensamientos. Mucho menos placenteros.

Nada, en realidad. Esos godos iban a llegar pronto a casa. Tenían casi todo preparado. Pero la sensación de incertidumbre le provocaba cierta ansiedad. No sabía cuánto tiempo estarían. Ni si darían problemas.

Decidió dejar de pensar en los godos. Sí. Los dichosos godos. Y en el Imperio del parásito de Honorio y de su hermanita. ¡Hijos de Teodosio tenían que ser! El gran criminal. El carcelero de los dioses romanos. El candado de los templos.

Notaba que se empezaba a encender, pero ya no por el deseo de ver a Rufo. Algo debía notar Cerena porque la miraba con cara de extrañeza. Como si hubiera podido leer su mente y los insultos. Ella, que apenas la había visto nunca decir una mala palabra.

Volvió a pensar en Gala Placidia. Si no había entrado ya en la ciudad, debía estar a punto de hacerlo. La arpía se había casado con el rey godo. Muy cristianos, muy beatos, pero se jodía al bárbaro.

Esperaba que, cuando terminara todo aquello, al menos pudiera seguir viva y que no quemaran su biblioteca.

Dejó de pensar también en los godos. Cerró los ojos para sentir plenamente el placer que Cerena le estaba proporcionando. No había avisado a su sirvienta tras el polvo con Rufo. Una vez que su amante había salido de la *domus*, ella misma se había preparado un baño. No había estado mucho tiempo. Sabía que el cerdo regresaría pronto y prefería que la encontrara ya vestida. Había echado solamente la mitad del frasquito de sales. Otras veces lo volcaba al completo. Pero tenía prisa. Se dejó llevar por las aguas calientes que los hipocaustos subterráneos lograban caldear a la perfección. Aunque era consciente de que no podía alargarlo mucho. Sin avisar a Cerena, se había secado con celeridad y se había sentado frente al espejo. Fue entonces cuando su sirvienta preferida apareció. Ahora, al recordar el polvo y el baño, se encontraba serena. Se sentía relajada, y, por lo que se daba cuenta mientras Cerena la peinaba, también estaba cansada. Entreabrió los ojos, sonriendo satisfecha ante el espejo que le devolvía su imagen relajada. Se encontraba bella. Acarició el torso de la imagen de Venus con sus dedos finos.

Pero fue entonces cuando lo vio.

El déspota estaba observándola en silencio. La respiración cansina y resonante había delatado la presencia de Minicio en la puerta del cubículo de su esposa.

Hacía ya años que ocupaban cubículos diferentes.

Tras el efímero instante en el que lo vio reflejado en la misma lámina en la que acababa de encontrarse a sí misma, dirigió su mirada al espejo una vez más. Pero en esta ocasión para ver su propia faz. Había cambiado. Ese rufián tenía una influencia directa en ella. Y, si el espejo no mentía, acababa de comprobar que no era únicamente en su ánimo interior.

Miró una vez más la pequeña imagen de Venus, preparándose para escuchar la voz odiosa.

—A ti todo te da igual, ¿verdad? —El cerdo fue a sentarse en una silla de madera con remates en plata que estaba junto a la puerta del cubículo.

—¿Por qué dices eso, Minicio?

Contestó sin girarse, mientras hacía un gesto a Cerena para que no se marchara, pese al ademán de la sirvienta, que había dado dos pasos a la izquierda para marcharse y dejar al matrimonio a solas. Le instó a que la siguiera peinando. Le sentaba bien, y, sin duda, le ayudaría a soportar la conversación con el batracio.

—Mientras tú te peinas, mejor dicho, mientras te peinan, Clodia, el mundo se cae. El Imperio se hunde, querida. Desde Italia hasta aquí todo es un desastre. Mis amigos de Lusitania y de Gallaecia me escriben con menos frecuencia, pero tengo ya bastante claro que sus negocios se debilitan. Los bárbaros que entraron hace años se han quedado por el resto de Hispania. Pero ni siquiera aquí, en la provincia Tarraconensis, andan las cosas mucho mejor... —Le costaba hablar, tenía que hacer pausas y su respiración sonaba cada vez más fuerte y, al tiempo, defectuosa.

—Ya, los godos. Lo sé. No hablas de otra cosa desde hace semanas. Ni tú ni nadie en esta ciudad. ¿Cómo ha ido en la curia?

Clodia pretendía fingir interés, aunque cada palabra de Minicio le provocaba un asco nauseabundo.

En realidad, sí estaba afectada por la situación. De su familia había aprendido el amor a Roma, a sus tradiciones. No era cristiana, aunque aparentaba serlo en las grandes ceremonias públicas. Ese Teodosio había decretado que el credo de Nicea fuera la religión oficial del Imperio. Lo llamaban «catolicismo». ¡Menudo tipejo! ¡Malnacido él y su descendencia! Sonrió un instante fugaz. Otra vez su lenguaje, en su fuero interno, se deterioraba por momentos. ¡Bah! Es lo mínimo que habría que decirles.

Así que siguió recreándose en lo que de veras pensaba.

¡Se habían lucido las provincias hispanas con el emperador que habían dado a Roma! Y su hijo Honorio no le iba a la zaga. Clodia estaba convencida de que eran unos intolerantes, que perseguían a otras religiones, incluso a los de la suya propia que no satisficieran sus exigencias. Les llamaban «herejes», de la palabra griega que significaba «desviación». ¡Vaya panda de fanáticos!

Su visión del Imperio era pesimista. Lo veía en decadencia. Y, para colmo, esos godos a las puertas de Barcinona. Algunos decían que eran más de diez mil; otros, que bastantes más de treinta mil. Nadie lo sabía con certeza. Rufo le había dado mucha información, pero el seboso de su marido también. El jodido estaba bien informado. Muy bien informado. Sabía moverse, aunque no en un sentido físico, y mucho menos follando. Claro que de eso casi ni se acordaba. Debía de tenerla ya atrofiada para siempre. En todo lo demás, sí se movía. Mucha gente le debía favores. Y él los movía a su antojo en aquella ciudad tan pequeña. Al menos en eso le era de alguna utilidad. Aunque intentaría no tener que necesitarla.

—Bien, todo va según lo previsto. Las órdenes del emperador y del general Constancio son muy claras. Lo que ya sabíamos hace semanas. Hay que dejarles que se asienten en la ciudad. Al menos a su rey y a Gala Placidia, y a decenas de los hombres de su aristocracia. No se sabe por cuánto tiempo. —Minicio intentaba respirar de modo más pausado. Le había venido bien sentarse.

—Pero eso ya lo sabíamos, ¿no? —Clodia dejó caer la interrogación con una sutileza nacida de su odio más íntimo—. Entonces ¿por qué te noto preocupado?

Fingió ahora. Intuía que su esposo no se lo tragaría, pero pretendió parecer preocupada por la inquietud de Minicio. En realidad, era consciente de que el baboso era un agudo observador de la realidad, y que desgranaba con acierto los engranajes de la política. Incluso Rufo le había confirmado que era con diferencia el más listo de aquella curia a la que su propio amante pertenecía.

—Esos patanes de la curia no entienden nada. El tal Apolonio, el de Siria, les ha manipulado el cerebro, si es que lo tienen. Con eso de que habla griego se piensan que es la sabiduría andante. ¡Idiotas! ¡Puto griego de mierda!

—¿Por qué lo dices?

Clodia quería información. La contrastaría con la de Rufo la próxima vez que se vieran. Se animaba a sí misma en la esperanza de verlo cuanto antes. Se dio la vuelta en su asiento, mientras con la mano izquierda le hacía un gesto a Cerena para que saliera del cubículo. La muchacha asintió. Al pasar junto a la silla en la que se desparramaba Minicio, inclinó la cabeza y aceleró el paso.

—Tienen miedo, los jodidos. Todos. Helvio es el único que tiene algo de nervio ahí, pero, como siempre, he tenido que contenerlo. Me es leal y útil, pero poco más. Y no entienden que estamos ante una oportunidad de negocio. ¡A la mierda las tradiciones! ¿Vienen los godos? ¡Que vengan!

—No comprendo...

—Si les damos a los godos lo que piden, Constancio y el emperador estarán contentos con nosotros. Eso para empezar. Pero, además, los usarán para enfrentarse a esos otros bárbaros que andan por las otras provincias hispanas. Y ahí veo ganancia. Ganancia segura. Tenemos que aprovechar que somos la avanzadilla en Hispania para esos godos. Y nos abrirán las puertas de los negocios que a otros se les están arruinando. La crisis dejará muchos muertos por el camino. Pero también ricos.

—Ya...

Clodia sentía cómo una arcada se abría camino dentro de ella. Iba a vomitar. Hizo un gesto que pretendía pedir un instante a la bestia, que la miraba con una expresión de mezcla de asombro y de aversión.

Logró controlarse.

—Titio es el único listo en este Senado local nuestro, pero no me engaña. Finge estar en la línea de entenderse con ellos, pero está con los otros. Opta por el acuerdo porque no tiene más remedio, él es consciente de ello. Y no me extrañaría nada que Apolonio, en el fondo, también. Están cagados. Pero desean echarlos, revolverse contra ellos. ¡Ja, ja, ja! ¿Con qué van a atacar? ¿Con sus pollas? ¡Si las tienen aún más diminutas que la mía! —La baba de Minicio asomaba por las comisuras de los labios castigados por el frío.

—Ya...

Clodia sabía mejor que nadie hasta qué punto aquello era cierto. La de Minicio no alcanzaría a medirse con su propio pulgar. Pensar en ello le provocaba una mezcla de sarcasmo y asco. Era un símbolo de la medida del alma, de la humanidad, de aquella bestia inmunda.

—Domicio, como Titio y la mayoría, quisieran que la tradición nos sacase de esto. ¡Ja, ja, ja! ¿Acaso creen que el *mos maiorum* va a venir a echar a los godos? La tradición de nuestros antepasados murió con ellos, Clodia. Solo nos quedan los bustos de mármol, esas *imagines maiorum* de nuestras mansiones. Son otros tiempos. Esos melifluos deberían saberlo.

Clodia volvió a girarse en su silla. Fijó la mirada en el espejo una vez más. Al principio, clavó sus pupilas en el reflejo de su marido. Observaba a través de la infalible lámina cómo se agachaba en la silla y bajaba la cabeza lo poco que su corpulencia sebosa le permitía. Estaba tosiendo. Deseaba que se muriera allí mismo.

Deslizó de nuevo los dedos sobre la imagen de Venus.

Al momento, un pensamiento se instaló en su mente. Una idea profunda, certera, y sugerente. Lástima que fuera fugaz. Pero no lo fue tanto como para que a ella no le diera tiempo a percatarse de que la lámina especular le estaba devolviendo la imagen que le había regalado antes de que el infame apareciera en la puerta de su cubículo.

Era una faz de sosiego y satisfacción.

7

Tulga

—¿Ves? No pasa nada... Aquí estoy. —Mientras nos abrazamos noto la tensión que ha pasado Noga. Están repartiendo agua. Pero no puedo quedarme.

—Estábamos preocupadas. Nigidia está más acostumbrada que yo, y ella me ha ayudado durante estas horas. Ahora ya te lo puedo decir, temía que os prepararan una emboscada dentro de la ciudad.

Está azorada, pero temo que pase a estar irritada en cuanto se lo diga.

—No puedo quedarme ahora con vosotras, hay una reunión urgente del Consejo en la entrada de los campamentos. No vendrá el rey; le informarán Fredebado, Walia, y alguno más. —Me adelanto a su enfado—. Ya has visto que Agila ni siquiera ha venido a ver a Nigidia... Está preparando la reunión.

Una expresión sombría se apodera de Noga. Su mirada es muy distinta de la que me ha dirigido cuando he llegado. Es triste.

—Aprende todo de él. Agila te quiere y te enseña. Aprende todo... menos eso.

Noga me mira con una expresión de dulzura que me turba. Me estremece. La abrazo de nuevo y beso su boca.

Nigidia se gira para mirarnos y sonríe mientras trae más mantas para los enfermos.

Me dirijo a la reunión.

Agila me había explicado que Fredebado, otros mayores del Consejo, y el mismísimo Ataúlfo, habían dado el permiso para que yo fuera uno de los cuatro jóvenes que asistieran a las reuniones del Consejo de los godos.

No se me permitía hablar, y mucho menos opinar. Pero entrar ya en el grupo de los más jóvenes del Consejo es algo inesperado.

Nunca lo hubiera pensado. No puedo estar más agradecido a Agila. Ha confiado en mí, y todo lo que sé, que es muy poco, de política, de milicia, de estrategia, se lo debo a él.

He logrado hacerme con un mendrugo de pan y lo mastico con fuerza, está muy duro. Camino entre las tiendas más próximas a la entrada principal del campamento; ya estoy saliendo. Hay algunos niños jugando aquí fuera. Un chaval con el pelo rojizo va corriendo y el resto intenta alcanzarlo. Lo pillan. Se tiran todos encima de él y se parten de risa. Los guardias de la entrada les miran con regocijo. No me extraña que hayan apostado, porque hay uno de ellos que parece haberse perturbado cuando las dos niñas y los tres chicos han alcanzado al pelirrojo.

Llego al espacio abierto, al lado del río, en el que los jefes godos están reunidos. No está Ataúlfo. Apenas se deja ver. Ha delegado en sus hombres de confianza, como Fredebado, Wilesindo, Walia, y el propio Agila.

Desde el mismo momento de la sucesión tras la muerte de Alarico en Italia, han sido leales a él. Fueron esenciales para que Ataúlfo se consolidara en los primeros instantes en los que no estaba nada claro que no nos fuéramos a dividir. Había algunos nobles que preferían quedarse en Italia. Otros querían intentar pasar a África. Otros se planteaban incluso regresar al Ilírico.

Me contó Agila cómo Fredebado había logrado la lealtad del resto de los jefes. Aunque él se quitaba méritos, yo sabía que Agila los tenía. Ya lo creo que los tenía. Me lo habían contado.

Desde entonces, la posición de mi amigo y maestro dentro del grupo escogido de los nobles más influyentes en nuestro pueblo había crecido mucho. Había sido capaz de urdir alianzas con jefes de los griegos, algunos hunos, y otros grupos que se nos habían ido uniendo desde el Ilírico hasta Italia. Todos respetaban a Fredebado. Pero también a Agila.

Los tengo ya enfrente de mí. Me parece que está hablando Wilesindo. Imagino que están puliendo los últimos detalles de la partida de las decenas de nobles que acudiremos a las *domus* de Barcinona.

Ya me ha visto Agila.

—¡Vamos, vamos, ven para aquí! —Muestra su sonrisa más abierta.

Lo conozco tanto que sé que está tranquilo. Lo que hemos escuchado en la curia no ha debido gustarle mucho, pero no como para alterarle. Lo sé. Interpreto todas y cada una de sus expresiones.

Acelero. Bajo a paso muy ligero una suave cuesta que lleva hasta la vega. Oigo la cálida y convincente voz de Fredebado, que ha tomado la palabra. El resto de los jefes godos escuchan con atención.

—Amigos, todo ha ido bien. Lo esperado. No habrá problemas en Barcinona.

—¡Porque nosotros no queremos! Esos problemas de los que hablas tendríamos que dárselos nosotros a esos afeminados, metiéndoles nuestros poderosos rabos por el culo, a ellos y a sus mujeres, y luego liquidando a todos esos curiales de mierda en su foro. Tomar toda la ciudad. Es pequeña y podríamos sin problema. Y acto seguido dejar entrar a las multitudes. ¡Eso habría que hacer! —Guberico aprieta los puños mientras proclama sus deseos.

A su lado, Sigerico mantiene silencio. Su presencia es imponente. Algo más bajo que Guberico, como todos allí, tiene una barba recortada que termina en dos pequeñas trenzas atadas con cueros muy oscuros. Una cicatriz enorme cruza su frente y se deja caer en su sien izquierda. Es hermano de Saro, un antiguo enemigo de Alarico y de Ataúlfo, que había sido eliminado por este. Todos aquí saben que la posible venganza de Sigerico es una amenaza para Ataúlfo. Agila me lo ha explicado una y mil veces, pero él, Fredebado y Wilesindo, entre otros, piensan que no tiene margen de maniobra, que no tiene apoyos, que el Consejo es leal al rey y que el matrimonio con Placidia le disuade de intentar nada.

—Calma, Guberico, calma. —Fredebado baja aún más el tono de su voz, como para apaciguar al gigantón, que lo observa con fiereza—. Conoces bien la orden de nuestro rey. La vieja idea de hacer de todo lo romano una Gothia ya no es viable. —Recorre con su mirada al resto de los miembros del Consejo, mientras se agacha para hundir sus manos en unas plantas cercanas al río—. ¿Veis estos hierbajos? —Hace una leve pausa clavando su mirada en Sigerico, y no en Guberico. Acto seguido, los casca con un movimiento enérgico y súbito de sus manos—. ¡Pues esto es lo que nos haría el Imperio si hacemos lo que algunos de vosotros estáis pensando!

Se impone un silencio solamente fragmentado por el suave sonido de las aguas del pequeño río que tenemos detrás.

—¿Tan seguro estás, Fredebado? —Quien habla ahora es nada menos que el mismísimo Sigerico.

Posa los dedos de su mano derecha en uno de los dos extremos inferiores de su barba y acaricia el cuero con placidez. Me sorprende su quietud. Lo había visto en otras ocasiones, pero es la primera vez en la que le escucho. Con todo lo que me han contado de él, pensaba que habría alzado la voz como su lacayo Guberico. Pero no es así.

—Es palabra de Ataúlfo, tu rey. —Fredebado ha querido ser tajante.

—Mmm, solamente dos preguntas, y con la admiración que siempre te he tenido, sabio Fredebado. —Sigerico esboza una muy leve sonrisa—. Primera, dime en qué se basa nuestro rey, como tú dices, para afirmar eso. Segunda, cuéntanos cuándo tendremos el honor de que vuelva a reunirse con nosotros, con su Consejo, con el Consejo de los nobles godos.

Me fijo en la reacción de Fredebado y en la del resto de los miembros del Consejo. Tienen prisa por ir a ver a sus mujeres y a sus familias. Es casi inmediato que acudamos a las *domus* de la ciudad. Pero todos son conscientes de la batalla que se libra. No es solamente una cuestión de rivalidad con respecto a Ataúlfo, sino de la manera de entender la relación con el Imperio y de cómo vivir en suelo romano.

Todos dirigen las miradas a Sigerico mientras formula con aplomo las preguntas, y ahora las rebotan hacia Fredebado, que sonríe.

—Son dos buenas preguntas, noble Sigerico. Tú y tu familia conocéis bien la historia de nuestras gentes. —Mientras Fredebado contesta, Agila tuerce levemente la boca, en un gesto de preocupación que me sobresalta—. La época de los *reiks* y de los *kunja*, de los jefes y los clanes, sin una autoridad fuerte, ya pasó, Sigerico.

Que tu hermano Saro y tú mismo no lograrais imponeros sobre Alarico y sobre Ataúlfo no altera la situación. Hemos conseguido más cosas con un gran jefe, un rey que comande todas nuestras tropas y esté por encima de todos nosotros, que actuando sin él.

»Y, contestándote, no te preocupes, Ataúlfo tiene información de primera mano. Recuerda quién es ahora su esposa.

»En cuanto a la segunda, lo ignoro. Pero nosotros le transmitiremos nuestras deliberaciones. Si lo deseas, puedes formar parte de la comisión que despacha cada mañana con el rey.

—¡Los godos no tenemos emperador! ¡Tenemos rey, como mucho rey! ¡Pero es uno de nosotros, no un déspota! —Guberico protesta en su tono habitual, que, aun así, me sigue asustando. Sin embargo, en lo que dice estamos todos de acuerdo.

Me doy cuenta de que Sigerico abre levemente sus brazos, pidiendo la palabra en un gesto sosegado.

—Mmm, interesante... Transmítele a Ataúlfo mi gratitud. Lo haré yo mismo en persona cuando tenga oportunidad. —Inclina levemente la cabeza en señal de asentimiento a la propuesta de Fredebado, que mira con complicidad a Agila.

Mi amigo mantiene su rictus severo mostrando su desasosiego.

—Bien, creo que todos los jefes estamos de acuerdo entonces. La curia de Barcinona acatará las órdenes de Honorio y Constancio. Algunos lo harán a regañadientes, otros han calculado que hacerlo es lo que más les conviene, con independencia de que no tengan alternativa.

»Los magistrados de la ciudad se encargarán de la documentación, las anotaciones y las adscripciones de los miembros del Consejo que seremos instalados en sus mansiones. Nuestras gentes permanecerán unas semanas en los campamentos, a la espera de las nuevas decisiones que lleguen desde Rávena.

Es entonces cuando mi amigo y mentor pide la palabra. Esperaba su intervención de un momento a otro.

—Hay algo que todos sabemos. Fredebado ya lo dijo ante la curia de Barcinona. Placidia está a punto de dar a luz al bebé que espera de Ataúlfo. Ese bebé es la esperanza de nuestro pueblo. Aunque Ataúlfo tiene varios hijos de otras mujeres, ese niño puede ser un día nuestro rey. Y también podría ser el futuro emperador...

—¡Ja, ja, ja! —La risotada de Guberico resuena en toda la vega—. Te admiro, Agila, eres un gran guerrero y un político hábil. ¡Pero también eres un poco imbécil! Honorio nunca lo permitiría, nuestros informes dicen que, en realidad, odia a su hermana. No proceden de la misma madre, y dicen que nunca se han entendido.

—Yo también admiro tu fortaleza y tu valor, Guberico. —Agila está siendo irónico, creo que ha podido darse cuenta hasta el mismo cafre de Guberico, y de hecho me fijo en que el párpado derecho empieza a vibrarle mientras habla mi amigo. Sus nervios acusan el golpe—. Pero hay un pequeño detalle que olvidas. Ese incapaz de Honorio no tiene hijos, y dudo que los tenga alguna vez.

—El niño estaría en la línea sucesoria para el Imperio de las provincias occidentales, amigos. —Fredebado apoya el argumento de Agila—. Imaginad, podría ser nuestro rey y el emperador. ¡En una misma persona! Es la garantía, por fin, de un futuro de paz y de prosper...

—¡Ja, ja, ja! —De nuevo Guberico prorrumpe en una risotada, que esta vez no permite a Fredebado acabar su frase.

Agila me mira. Está preocupado.

8

Aniano

El atardecer había invadido el firmamento sobre Barcinona.

En una de las más ostentosas *domus* intramuros, situada al nordeste de la ciudad, se iba a celebrar una cena. Dos de los curiales más influyentes, Apolonio y Domicio, habían sido invitados por Aniano, un maduro emprendedor, dueño de importantes *societates* de negocios con intereses en la Galia, en Italia, y en algunos puertos del mar central y oriental.

Aniano vivía en la Tarraconensis ocasionalmente, puesto que tenía casas en Tarraco y en Barcinona. Pero su domicilio más estable se encontraba en Arelate, la gran ciudad del sur de la Galia, de la que era originario. Y también tenía dos casas en Italia, nada menos que en las lujosas bahías de Campania. Disfrutaba así de las costas itálicas sin estar muy lejos de Roma.

En los últimos años la corte se había asentado muy al norte, en Rávena. Pero Roma siempre sería Roma. Incluso a pesar del saqueo godo de hacía cinco años. Su padre había hecho una gran fortuna, y le había enseñado lo importante que era mantener propiedades en Italia. Así que cuando Aniano multiplicó por diez la fortuna familiar, no dudó en invertir en las villas de recreo de Campania. Y en visitar Roma con frecuencia.

Últimamente, se le había visto más que nunca por Barcinona. Las malas lenguas de la curia, a la que Aniano no pertenecía, hablaban mucho sobre él. Que si olía el negocio a distancia. Que si quería apartar a su bella esposa, Lucilia, de un amante en Arelate. Que si, sabedor de la presencia de los godos en la ciudad, pensaba que hallaría mil maneras de engrandecer aún más sus reservas de oro. Que si sus modales educados no eran, sino la fachada de un comprador a la baja que se enriquecía con las desgracias de los demás. Todo eso y algunas cosas más contaban sobre Aniano en la curia de Barcinona.

Él lo sabía, y no se decantaba por cuál de todas esas versiones pudiera ser más certera.

—Acomodaos, acomodaos. Es un honor que hayáis querido visitar mi humilde casa. Probad este vino de Focea. A ti te resultará muy familiar, Apolonio.

Aniano pasó suavemente una mano por el antebrazo de su interlocutor, que alargó el brazo derecho para tomar la copa en la que un sirviente había vertido el vino. Le impresionaba el porte de Aniano. De unos cuarenta años, y de complexión fuerte, las canas poblaban sus sienes y parte de su flequillo corto. La nariz afilada parecía escrutar cada movimiento de sus invitados. Y estos se percataron de ello.

Apolonio paladeó el caldo.

—El honor es nuestro, Aniano —contestó con celeridad Domicio, que también se dispuso a probar el vino.

—Mmm... realmente bueno, Aniano —dijo Apolonio colocando el nudillo y flexionando su dedo índice sobre sus labios—. Bueno, en realidad, soy sirio. Me llaman «griego» aquí por mi lengua. Después de todo, sigue siendo la más usada por las tierras orientales del Imperio. Yo soy de Antioquía, que queda bastante al sureste de Focea —contestó con cierta sequedad, aunque luego quiso contentar a su anfitrión—. Pero sí, es cierto. ¡Focea está mucho más cerca de mi ciudad que Barcinona, por descontado!

Sonrieron la ocurrencia de Apolonio. Necesitaban distender un poco la situación. Todos los rumores que se habían oído sobre Aniano les habían puesto en guardia cuando recibieron la invitación para acudir a cenar a su casa.

Lo habían hablado entre ellos y no tenían claro el motivo. ¿Querría comprarles sus casas?

Algunos ciudadanos las habían vendido nada más conocerse que la llegada de los godos no era una fanfarronada de Modesto o de Atilio. Nadie sabía con certeza a quién. Los más creían que a Minicio. Los menos imaginaban que era Aniano quien estaba comprándolas con alguna de sus *societates*, que pertenecían a intermediarios que apenas daban la cara salvo para la compra efectiva de las casas. Y no solamente las de dentro de las murallas. También se decía que algunas de las *villae* en los valles del interior habían sido vendidas en las últimas semanas. Los rumores se habían disparado.

Así que, cuando recibieron la invitación, Apolonio y Domicio pensaron que les había tocado a ellos. Desde luego no tenían ninguna intención de vender. Como la mayoría de sus colegas, iban a intentar mantenerse a flote ante la tormenta que se avecinaba. Y eso incluía recibir uno o más huéspedes de la nobleza goda durante un tiempo indeterminado que todos esperaban que fuera efímero.

El mismo esclavo que había servido el vino se había marchado de inmediato hacia la zona de cocinas, y trajo una hermosa fuente de cristal con olivas oscuras.

—Lucilia, mi esposa, está a punto de unirse a nosotros. Estuvo ayer en Tarraco y, a pesar de la cercanía, los viajes le cansan. Se ha estado bañando toda la tarde. Dime, Apolonio, ¿cómo un sirio como tú recaló en el otro extremo del mar? —quiso saber Aniano.

—Digamos que fue por casualidad. Mi familia había abierto algunos mercados en el norte de África y en el sur de la Galia, pero no en Hispania. Pensaron que Tarraco era una buena avanzadilla. Estuve allí unos meses, pero me di cuenta de que Barcinona ofrecía más oportunidades desde su puerto hacia el interior, todo lo de Tarraco está ya muy copado.

»Al ser casi ya el único gran centro de la administración imperial en Hispania, el margen de negocio estaba ya muy pillado. Así que llevo aquí ya cinco años. Es extraño que no nos conociéramos en Tarraco, Aniano. Tengo entendido que vas con frecuencia por la capital de la provincia.

Apolonio miró a Domicio. Habían discutido previamente cómo sondear a Aniano y obtener alguna información que les permitiera interpretar las verdaderas intenciones de un hombre de negocios tan poderoso en una ciudad pequeña como Barcinona.

—No, no lo creas. Paso allí poco tiempo, y más en mi casa de Arelate. Y algunas temporadas las paso en mis villas de Campania, pero voy menos por mis propiedades itálicas de lo que me gustaría. —Aniano parecía mostrar pesar en su expresión.

En ese instante, el sirviente regresó a la sala, junto con dos muchachas. Una de ellas empujaba un carro con frutas confitadas y pastas saladas que le llegaba a la altura de la cintura. La otra portaba dos bandejas de mariscos, y el hombre cargaba con unas fuentes de cordero asado, cortado en piezas muy pequeñas, preparadas ya para los comensales. De inmediato fueron colocando los manjares en las mesas del *triclinium*.

—Espero que os guste esta humilde cena; en breve mi esposa y yo daremos una gran fiesta y...

En este momento una dama de unos treinta y cinco años, con pelo castaño que recogía en un moño en lo alto de su cabeza, y algo más joven que Aniano, entró en la sala. Acudía recién perfumada, de manera que el olor inundó el espacio que le separaba de sus invitados, que fue acortado cuando se acercó para saludarlos.

Aniano presentó a Lucilia con verdadero fervor. Sentía un amor intenso por su esposa. El matrimonio llevaba muchos años de convivencia. Habían tenido una niña al principio, pero no había llegado a cumplir ni los dos años. Como tantas veces ocurría, las fiebres se la habían llevado. Por más que las muertes de los niños fueran algo frecuente, ambos tardaron mucho en recuperarse.

Ahora tenían un hijo de ocho años que estaba estudiando en Arelate con maestros muy cotizados. El chico había resultado muy despierto. Y sus padres querían esmerarse en que recibiera lecciones de los mejores profesores del sur de la Galia, una zona que tradicionalmente tenía escuelas y maestros excelentes, más o menos al nivel de los precios que había que pagar.

—Es un honor, como ya os habrá anunciado mi esposo, recibiros en nuestra morada de Barcinona. —Lucilia sonrió mientras daba dos palmadas para que los sirvientes estuvieran muy atentos y se esmeraran en que nada faltara a sus invitados.

—Señora, vuestra belleza es algo muy comentado en nuestra ciudad. En las reuniones de sociedad suele ser un tema recurrente, y pensábamos que se debía a la envidia lenguaraz. Hoy vemos que no es así. En absoluto. —Apolonio echó mano de sus recursos hiperbólicos a los que era tan aficionado, aunque en este caso le pareció que no lo eran tanto.

—Todo en la vida no es la belleza, como bien se sabe... —Lucilia intentaba no incomodarse.

—Disfrutaremos la compañía de Lucilia solamente unos días: parte para Arelate, puesto que quiere supervisar la educación de nuestro hijo. Tenemos toda la confianza en sus tutores allí. Lo hemos dejado a su cargo. Eso sí, a cambio de un salario desproporcionado... —Aniano animó con un gesto a sus invitados para que comenzasen a degustar las viandas.

—Merecen sus salarios. Son los mejores maestros de Arelate... —Lucilia picoteó una oliva y depositó el hueso en uno de los cuencos dispuestos a tal efecto.

Apolonio se lanzó a por un trozo de asado, que se llevó a la boca con los dedos, mientras se manchaba levemente las comisuras de los labios. Era un hombre de delicados modales, y pareció molestarse por la salpicadura de la grasa del cordero. No obstante, tomó la palabra.

—Dinos, Aniano. Hemos coincidido en algunas fiestas. Muy pocas. Y, desde luego, sin Lucilia. Tus viajes hacia Barcinona eran pocos.

—Sí, así es. —Aniano bebió un sorbo de vino mientras la línea extremadamente fina que formaban sus ojos rasgados y estrechos no perdía detalle de las expresiones tensas de Apolonio y de Domicio.

—Últimamente nos regalas tu presencia más que antes, y ahora nos convidas a nosotros dos. Tú tienes buena información, la que corre por las principales vías de Occidente. Vienes de Arelate, y también vives en Italia. Dinos... ¿qué ocurre?

—Bueno, realmente no me interesa la política. Ni lo más mínimo. —Aniano sonrió mientras acercaba su mano para coger un trozo de asado—. Eso es cosa de magistrados, oficiales, cosas así. Yo soy un hombre de negocios. Como tú, Apolonio. Como tú.

—Tiene razón Apolonio —intervino Domicio, que se llevaba una pasta salada a la boca—. Tu presencia en Barcinona es cada vez más frecuente, afortunadamente para todos. ¿Acaso vas a invertir en las obras de la iglesia? Está en el otro lado de la calle, y se rumorea que los presbíteros están captando benefactores para llevar a cabo una ampliación... Se hizo sobre las antiguas *domus* de la familia de Modesto, pero han empezado los preliminares de las obras.

—¡Ja, ja, ja! No lo sé, es posible que done algo... Y hacen bien en ampliarla. Esa iglesia tan pequeña tiene ya que adaptarse a los nuevos tiempos, cada vez hay más *fideles* que desean oír la palabra de Dios. ¿No quiso vuestro Teodosio que todo el Imperio fuera...? ¿Cómo lo llamó? ¿Católico?

—Bastante discuten Atilio y Modesto en la curia por este asunto. Nosotros somos hombres de negocios, como tú. —Apolonio parecía querer cambiar el tema.

Los dos curiales apartaron sus platos y los colocaron encima de la mesa. Daban así a entender a su anfitrión que esperaban una respuesta.

Lucilia miró a su esposo instándole a contestar. Aniano la miró y transmitió una sensación de calma.

—Estoy viniendo porque voy a ampliar mis negocios de importaciones hacia el interior de la comarca. Hay muchas villas que desean abastecerse de vinos, cerámicas, vidrios, que no bajen la calidad a la que han estado acostumbrados durante décadas. Y la situación necesita que alguien asegure esos mínimos. Esto no debe sorprenderte, Apolonio. En parte tú te dedicas a eso también.

El sirio levantó las cejas, mientras tomaba otro trozo de asado. Era una señal. La respuesta le había convencido. Era lo que quería saber.

Apolonio pensó deprisa.

Así era. Hasta hacía relativamente poco, los grandes propietarios, los *domini*, no tenían problemas para abastecerse de los bienes suntuarios. Los que les permitían pavonearse entre ellos. Competir en prestigio. Exhibirse. Contrataban artistas que diseñaban sus mosaicos, pintores que decoraban sus paredes, cocineros caros que preparaban sus manjares para ellos y para sus invitados. Compraban vasijas de cerámica cotizada, fuentes y copas de cristales carísimos, vinos de distintas regiones del Imperio —además del que se producía en la propia Tarraconensis—, especias, telas, joyas...

Pero en los últimos años todo eso había empezado a circular con dificultad.

Porque muchos se habían arruinado y no habían podido mantener las propiedades que sus padres o sus abuelos habían acumulado, en no pocas ocasiones por encima de sus posibilidades.

Y porque las grandes rutas comerciales estaban empezando a sufrir los avatares de la guerra y de la política.

Algo estaba cambiando en el mundo romano. No sabían muy bien qué. Echar la culpa a los bárbaros era un argumento recurrente, pero nadie estaba muy convencido de que fuera la única causa. Sabían que su mundo estaba cambiando, pero no acertaban a decidirse a qué o a quién debían aferrarse.

Apolonio dejó de repasar todos estos asuntos por su mente.

—Tú estás a otro nivel, Aniano. Pero sí, en esencia, es lo mismo.

—¡Por eso estoy viniendo! Tú, Apolonio, conoces mucho mejor que yo a los *domini* locales, sabrás bien lo que quieren continuar exhibiendo ante sus colegas. Esos grandes propietarios están deseando desplegar sus encantos ante sus iguales. Y yo les proporcionaré el medio. Ganaremos los dos. Tú con la información que me des para colocar mis productos, y yo vendiéndolos. Y tú, Domicio, también puedes sacar lo tuyo. Ayudando a Apolonio.

—Mmm, suena muy bien lo que dices, Aniano. En verdad es una gran idea. ¡Y nosotros que pensábamos que nos habías invitado para hablar de política! O, peor aún, ¡para comprarnos nuestras casas a la baja!

Al instante, se instaló entre ellos un ambiente de confianza.

—¡Ja, ja, ja! ¡No os preocupéis, ya hablaremos de política en la gran fiesta que daremos Lucilia y yo! —contestó Aniano mientras él mismo servía el vino a su esposa y a sus invitados.

—Sin embargo... —quiso apuntar Domicio—, hay un problema.

—Tú dirás. —Aniano le miraba fijamente con una sonrisa mientras tomaba unas piezas de fruta confitada.

—Los *domini* ya no son lo que eran, Aniano. Al menos en esta zona. Hay algunos que, de hecho, han perdido sus villas. El miedo a los bárbaros que entraron hace unos años, y ahora a los godos, se ha sumado a los cortes de abastecimiento, a las malas cosechas, a los problemas que los campesinos han tenido para hacer frente a sus rentas...

Era otra versión, otra cara, de la misma moneda que había rodado por la mente de Apolonio tan solo unos instantes antes.

—Sí, lo sé. Son menos los *domini* ahora que hace una generación. Pero algunos son aún más ricos. El pez grande se come al chico, ¿no? Ha sido siempre así. Y así lo seguirá siendo. —Aniano se llevó otra porción de fruta a la boca, y bebió un largo sorbo de vino.

—¿Y los godos? —preguntó Apolonio con gesto de preocupación. Dejó la copa de vino encima de una de las mesas para escuchar con toda la atención a Aniano.

Era la pregunta que todos los oligarcas de la ciudad se habían hecho en las últimas semanas.

«¿Y los godos?»

Cuando supieron que las muchedumbres godas venían hacia su ciudad, les entró el pánico. Pero la mayoría aguantaron el tirón. Si el Imperio los había empujado desde la Galia hacia su pequeña ciudad, sería por algo. El mismísimo emperador había hecho llegar informaciones según las cuales todo estaba acordado y no habría ni violencia ni saqueos. O eso se dijo.

Así que, ante Aniano, un tipo que oteaba la realidad con la superioridad que da tener informaciones de los altos escalafones de la sociedad y de la propia Italia, Apolonio no tuvo dudas en repetir la pregunta que todos se hacían en la ciudad, acojonados como estaban, parapetados en el imponente cinturón que suponía la muralla y sus setenta y tantas torres: «¿Y los godos?».

Seguro que él sabría dar una respuesta. Y, por lo que empezaba a pensar, también estaba cada vez más convencido de que un individuo tan acaudalado no habría venido nunca a que le jodieran los bárbaros en una ciudad que para él era una nimiedad en su red de propiedades.

Se dijo a sí mismo que semejante águila debía saber bien lo que hacía. Así que Apolonio depositó esperanzas en las palabras que aquel estirado le fuera a soltar.

—Afortunadamente, tengo buenas relaciones con ellos. Recordad que han estado durante un tiempo asentados en las Galias, y aunque en Arelate hubo algunas campañas militares, logré negociar con ellos para mantener mis abastecimientos en los negocios que tengo allí desde la costa hacia el interior.

»Ataúlfo es un rey muy sabio, la experiencia en Italia les hizo recapacitar, pese a haber saqueado Roma. Claro que entonces todavía no era rey... —Hizo una leve pausa para beber un sorbo de vino. Sonrió a su esposa y miró fijamente a Apolonio para continuar—. Voy a verme pronto con mi mejor contacto en su Consejo, Fredebado, otro hombre inteligente, como su rey. Hicimos buena amistad en las negociaciones que tuve con ellos en Arelate y en Narbona.

Así que Apolonio confirmó sus expectativas.

Aniano no había venido a perder su vida, su patrimonio ni a que violaran a esa esposa. Las envidias, pensó. Bastante habían hablado sobre él mismo, sobre qué diantres pintaba un sirio que venía a llevárselo crudo.

Ahora entendía todo.

Aniano era un tipo extremadamente inteligente, y había venido porque conocía a los jefes godos y porque olía el oro. Qué listo. Ya les gustaría a los que lo ponían a parir tener la décima parte de su visión.

Habría que arrimarse a él.

—Veo que tus negocios van a seguir prosperando a pesar de los godos... —sugirió Domicio.

Antes de que Aniano respondiera, Apolonio tenía claras cuáles iban a ser las palabras que el anfitrión iba a soltarle a su amigo. Y no se equivocó.

—No. A pesar de los godos, no, Domicio. Gracias a ellos.

9

Tulga

La noche va ganando la partida al atardecer. La tienda de Fredebado es la segunda más grande. Solamente la supera la de los mismísimos Ataúlfo y Placidia, que queda a unos treinta o cuarenta pasos de distancia, con tiendas más pequeñas de la guardia personal del rey rodeando el espacio que ocupa la tienda regia en la sección más protegida de los campamentos.

No me sorprende la altura de la tienda de Fredebado, puesto que la había visto en numerosas ocasiones. Sin embargo, noto el estómago removido. Estoy nervioso. He de entrar ahora mismo, y nunca lo había hecho ni aquí ni en el trayecto desde la Galia.

A las tiendas de los grandes jefes, como Fredebado, Wilesindo, incluso Sigerico, solamente pueden entrar sus amigos más próximos, además del rey, claro.

Que Fredebado quiera que entre es una novedad más de las muchas que están aconteciendo desde que nos pusimos de camino a Hispania.

Claro que no sé de qué se trata.

Antes, al finalizar la reunión del Consejo, Agila me había cogido del brazo y me había llevado a un aparte, acercándome a las aguas del río.

Por un instante pensé que se trataba de una broma de las suyas y que me iba a lanzar. Desde que yo era un chaval me hacía putaditas de esas. Al principio me sentaba fatal. Mi primera reacción era a veces caliente. Hasta que comprendí que eran pequeñas lecciones. Tirándome a un riachuelo, poniéndome en pequeños ridículos delante de otros nobles, Agila, en realidad, estaba moldeando mi ira, controlando mi vanidad. Me costó comprenderlo, pero lo he entendido tiempo después.

Así que esperaba que me fuera a tirar al río.

Pero su semblante anunciaba que esta vez no se trataba de eso. Mantenía el mismo gesto de inquietud que había mostrado durante la reunión.

—Tienes que acudir a la tienda de Fredebado.

—¿Cómo? —No acertaba a comprender.

—Ya me has oído. Fredebado quiere verte. En su tienda.

Miré a mi amigo intentando descubrir si era otra de sus bromas recurrentes. Porque a veces exageraba o directamente intentaba engañarme, sondeando hasta qué punto me había crecido en aspiraciones o en deseos.

—Da un paseo ahora por el río, para dar tiempo a que todo el mundo se disperse. Puedes llegar hasta aquella pequeña colina. —Señaló con el índice un pequeño montículo, más que colina, que estaba al otro lado del río; debía cruzarlo por un vado que se vislumbraba como a ochenta pasos aproximadamente de donde nos encontrábamos—. No dirás que tu aprendizaje no está siendo intenso, ¿eh? Mira otra vez esa pequeña colina para que no te confundas... —Señaló de nuevo con su dedo y entonces me empujó levemente, lo justo para desequilibrarme y caer de bruces en el agua—. ¡Ja, ja, ja! ¡Anda, coge esta manta y sécate un poco! Luego ve hacia esa colina. Y tómate tu tiempo.

—Vaya, Agila... Ya había empezado a creer que...

—Otra vez me había engañado.

Pero, para mi sorpresa, terminó de otro modo la conversación, de uno muy distinto al que yo esperaba una vez que me veía en el puñetero río.

—Al regresar, te espero en la tienda de Fredebado.

Eso había ocurrido hacía un buen rato. Agila me había dado, en realidad, dos mantas, que después me han servido para secarme. Las he entregado a uno de sus sirvientes, que ha venido a buscarlo después de la reunión para ir a revisar sus caballos.

Ahora, al regresar del montículo que Agila llamaba colina, los guardias que el propio Fredebado tiene a su servicio custodian la entrada en la tienda. Me tienen identificado como el discípulo de Agila, me han visto muchas veces con él, incluso hablando con Fredebado. Pero no en su tienda.

Sin duda, les han dado órdenes para que me permitan entrar, porque ambos me hacen gestos claros para que avance.

Entro en la tienda y una sensación cálida y agradable recubre mi rostro. En torno a una decena de lucernas cerámicas de fabricación romana la iluminan. Aun así, hay cierta penumbra en la parte posterior. Una alfombra de pieles muy gruesas se exhibe a los pies de la entrada. No hay ningún guardia dentro. Agila me ha visto de inmediato. Se levanta de una silla muy baja, como todas las que hay aquí. Fredebado y Wilesindo me sonríen y me hacen gestos para que me una a ellos.

—Pasa, joven Tulga. Tu amigo Agila ha depositado mucha confianza en ti, tienes que estar orgulloso de tu mentor. Ya te lo he dicho en alguna ocasión. Pero me reafirmo día a día en ello. Y tú deberías hacer lo mismo.

—Lo estoy, noble Fredebado. Es todo un honor para mí que...

—Toma asiento y abre bien los oídos. —Me corta tajante Fredebado, con su tono de voz poderosa—. Ha llegado el momento de que compartas algunas de nuestras reuniones, muchacho. Bien, Wilesindo. Prosigue con tu informe de la situación.

Miro a mi maestro. Agila parece muy satisfecho, y yo rozo una emoción que en modo alguno puedo dejar traslucir. Aguanto como puedo.

—Como iba diciendo —toma la palabra Wilesindo— creo que no debemos preocuparnos. Ataúlfo y Gala Placidia están seguros. Hemos redoblado la guardia que siempre les acompaña. Va a dar a luz enseguida, de un momento a otro. Tal y como estaba dispuesto, están ya instalándose en una de las principales *domus* de la ciudad. Se comunicará al Consejo mañana por la mañana. Espero recibir esta misma noche, o justo antes del alba, al mensajero que me confirme que todo está bien. Según lo planeado, han salido mientras el Consejo estaba reunido en la vega. El trayecto habrá sido un poco incómodo para Placidia dado su estado...

Yo me quedo de piedra. No sabía nada. Pero es totalmente comprensible que Agila no me lo haya dicho. Han salido de incógnito y el rey ha confiado en el secreto de estos hombres. Lo que me hace temblar las piernas es que hayan querido hacerme partícipe ahora mismo.

—Bien, muy bien. En cuanto llegue el mensajero házmelo saber. —Fredebado está satisfecho.

Pero de repente percibo un rasgo de preocupación en la expresión de su rostro, que es el mismo que no ha abandonado a Agila desde la reunión del Consejo, salvo cuando hace un rato ha escuchado las palabras de su propio maestro. Fredebado hace un gesto a mi mentor. También se ha dado cuenta.

—Agila... te conozco bien... habla.

—Ya lo creo que me conoces: tú, y Wilesindo, y Tulga, por supuesto...

Mi amigo está serio y apoya su mano, apretando con fuerza los dedos flexionados formando un puño cerrado sobre sus labios, que enrojecen por la presión.

—No me fío, Fredebado. Creo que Sigerico actuará.

—No es imposible. Pero no creo que lo haga —afirma con rotundidad Wilesindo, que se sirve una copa de vino.

Me he fijado en que nuestros nobles beben cada vez más vino del caro. ¡Y eso que los romanos dicen de nosotros que solo bebemos cerveza! En Wilesindo quizá me extraña menos, porque es acaso el más refinado de los nobles godos. Pasó un tiempo estudiando nada menos que en Constantinopla, la capital de la parte oriental del Imperio.

No es algo extraño. Algunos de los nuestros lo han hecho casi desde la misma época de la fundación de la ciudad por Constantino, algo menos de un siglo atrás. Entre la nobleza goda siempre ha habido tres o cuatro en cada generación que han estudiado en las ciudades más grandes del mundo romano.

Y Wilesindo es uno de ellos. Los otros que han podido hacerlo en su momento han fallecido. Así que, de su generación, es el único que ha vivido en la gran ciudad romana de Oriente. No es que lo quiera hacer constar en todo momento. No lo va exhibiendo por ahí. Pero los demás nobles godos se descojonan de él. Porque cada vez que hace un comentario un poco subido de retórica, la cae la chanza. «¡Vaya, ya habló el romano!» «¡Joder con el griego!» «¡Vete a seguir aprendiendo filosofía!»

Pero todos le quieren mucho. Lo he comprobado yo muchas veces. Con su pelo ensortijado y oscuro, que se repite a pequeña escala en su barba, y su aspecto enclenque, transmite bondad allá por donde pasa. Las bromas de sus compañeros no son, sino la expresión del cariño que le tienen. Y, a la hora de la discusión política, su voz es de las más respetadas de toda la nobleza goda. Así que no me extraña que los demás le sigan escuchando con atención y respeto.

—Mi impresión es que es más inteligente que todo eso. Se moverá en otro sentido, intentará captar adeptos en el Consejo, incluso entre las masas, o buscará hacerse un hueco en el Imperio si no prosperan sus propuestas. Pero no pasará de ahí. Sabe que le va la cabeza en ello.

—Mmm... puede ser, puede ser. ¿Creéis los dos que Sigerico está tan controlado? —Mi mentor parece empezar a relajarse.

—Sí, absolutamente. Como mucho el cafre de Guberico montará algún jaleo. Y no os digo nada en las cantinas de Barcinona, en cuanto esté instalado. No me gustaría ser el esposo de ninguna dama bella de la ciudad... —Wilesindo tuerce su boca en señal de desaprobación.

—¿Cuándo nos instalamos nosotros? ¿Mañana? ¿Pasado mañana? —Agila ha recobrado su ímpetu habitual.

Eso me tranquiliza.

Ver a mi amigo muy preocupado deriva en que mi inquietud por las horas y días que nos esperan sea incontrolable; apenas duermo ya por las noches. Parece como si Fredebado hubiera intuido mis sensaciones, porque se levanta y se dirige hacia mí, aunque habla para todos.

—Mañana mismo nos instalaremos los miembros del Consejo y los principales nobles, solamente los hombres de la aristocracia. Si las negociaciones con el Imperio se van dilatando, es posible que los demás hombres, las mujeres y los niños vayan instalándose a las pocas semanas, pero las masas permanecerán en los campamentos, a la espera de las noticias definitivas. Es el propio Ataúlfo quien lleva las negociaciones con el Imperio a través de emisarios. Solamente sabemos que ese pájaro de Constancio quiere a Placidia, así que imaginamos que estaremos como mínimo unas semanas aquí, hasta que el rey le convenza a él o al mismísimo emperador de que nos dejen en paz.

Fredebado vuelve a sentarse.

Lo tiene todo perfectamente calculado. Da una sensación de tranquilidad que en estos momentos es como un bálsamo. No me extraña que lleve tantos años en la primera línea de nuestra gente. Ha vivido lo mejor y lo peor de nuestra historia, y la atalaya de la edad y de la experiencia le hace hablar con una seguridad que impresiona al resto de los jefes godos. Señala con el dedo hacia unos documentos que están encima de una mesa amplia que le sirve para tramitar despachos y burocracia que filtra a Ataúlfo.

—Y que nos comuniquen los planes que tienen para nosotros —apunta Wilesindo con cierta ansia.

—Todo se andará, Wilesindo, todo se andará. —Fredebado se levanta de su silla otra vez, ahora dando por terminada la reunión.

Se dirige hacia mí y puedo observar cómo su mano, adelgazada y salpicada de numerosas manchas por el peso de su edad, se posa sobre mi hombro derecho.

—Joven Tulga, acompáñanos. Vas a conocer a alguien. A alguien muy respetado por todos.

Miro a Agila con inquietud. ¿A quién se refiere Fredebado? No puede ser el rey, porque se ha marchado ya de incógnito para Barcinona, como acaban de afirmar sus más leales consejeros.

—Sabe quién es. Le he hablado de él a veces. —Afirma con sequedad Agila.

—Becila. Vamos a ver a Becila. Debe de estar a punto de quedarse dormido. ¿Qué te ha contado Agila de nuestro Becila, joven Tulga? —pregunta con ironía Fredebado, como hurgando.

«¡Becila! ¡Seré imbécil! ¡Claro!», pienso para mí.

Becila es una leyenda goda.

El único superviviente de la generación que hizo frente a los ataques de los hunos en las aldeas al norte del gran río. En la época en la que el Imperio negociaba con nuestros jefes, pero también estábamos en guerra con su emperador.

No teníamos un rey. Solamente Atanarico reunió poderes suficientes para imponerse sobre los caudillos de los *kunja*, de las tribus y los linajes. Pero no como rey. Uno de esos jefes era Becila. Cuentan de él que fue un guerrero capaz de matar a diez hunos en un solo lance, y también de hablar en griego ante la corte imperial de Constantinopla y todo con el mismo gesto. ¡Becila!

—Vamos, cuéntanos qué sabes de Becila. —Fredebado mira a los otros nobles, mientras me doy cuenta de que guiña un ojo a Agila.

Sabe bien que mi amigo me ha enseñado muchísimas cosas sobre el origen de nuestras gentes hasta nuestros días.

—Noble Fredebado... —Me sigue dando un respeto infinito hablar delante del maestro de mi maestro. Miro a este último como pidiendo permiso para contestar. Agila lo confirma con un doble movimiento de su cuello y cabeza—. Todos los jóvenes sabemos quién es Becila. Fue uno de nuestros mejores guerreros en las contiendas contra las legiones del emperador Valente, e incluso antes. Hoy es un anciano, acaso el más viejo de entre nosotros. Suele estar al lado de nuestro rey y apenas se deja ver.

—Vas bien. Sigue, sigue. —Fredebado apoya en el hombro de Agila la misma mano que había posado sobre el mío.

—Lo veía en Burdigala, y también en Narbona, cuando yo acompañaba a Agila a las recepciones de Ataúlfo. Pero nunca he oído su voz. Dicen que fue uno de los caudillos que logró apartar a Atanarico para apoyar a Fritigerno, nuestro gran jefe que nos trajo al Imperio cruzando el gran río. El único superviviente de la generación de jefes anterior a Fritigerno. Y que ya antes os había enseñado a vosotros, los de tu generación, noble Fredebado, de los que apenas quedas tú y algún otro entre los mayores. Dicen que es depositario del saber sobre el origen de nuestro pueblo. Que conoce los secretos de nuestra historia y de nuestros dioses antiguos...

—Así es. Veo que Agila te ha enseñado bien. —Fredebado esboza una sonrisa que me sirve para tranquilizarme. Me tiemblan las manos—. Becila era uno de los jefes guerreros cuando nuestros padres y sus hijos vivíamos en las tierras altas, al norte del Imperio. Es una leyenda, Tulga. —«Una leyenda. Eso mismo»—. Una leyenda y aún viva, puesto que, afortunadamente, está entre nosotros.

—Decían que conocía los arcanos de la sagrada religión de nuestros antepasados. Los conjuros, las canciones, las maldiciones. Todo lo que se sabía desde *Scandza*... —Wilesindo afirma, pero sin mucha seguridad, como queriendo saber la opinión de Fredebado.

«*Scandza*, Escandia.» Pienso para mis adentros. La mítica isla. Agila me había contado algo.

Se decía que nuestros ancestros vivían en una isla al norte de todo el mundo. Y que nuestros primeros jefes conocidos decidieron pasar a tierra firme, aún muy lejos del Imperio. Según las canciones y las historias que nos cuentan a los niños de la aristocracia, después de aquello costó al menos dos o tres siglos entrar en Roma. *Scandza*, Escandia... Yo pensaba que era eso, un cuento para niños.

Pero que sea Wilesindo, precisamente Wilesindo, quien haya mencionado la gran isla... Clavo mi mirada en Fredebado para ver qué contesta.

—Eso es. Antes de que nuestros jefes decidieran que convenía ser cristianos. —Fredegado parece hablar ahora sin mucho entusiasmo—. Mucho antes.

—Así que es cierto... Lo de Escandia. —No me he podido controlar.

—¡Ninguno de nosotros estuvo allí! —Todos ríen con la respuesta de Fredebado. Agila también, así que no me siento muy culpable por haber metido la pata.

—Se cuenta que de la isla se trajeron sortilegios que solo conocen los iniciados. Muy pocos. Claro que se extinguieron hace mucho tiempo, incluso antes de la época de las aldeas al norte del gran río. —Wilesindo parece hablar ahora con seguridad.

Fredebado parece satisfecho. Asiente a las últimas palabras de Wilesindo. Lo que han dicho coincide con lo que Agila me venía contando estos últimos años. Escandia es un mito. Puede tener parte de verdad, puede que nuestras primeras tribus vivieran allí. Pero de eso hace siglos.

Fredebado hace un gesto con su brazo a Wilesindo para que aparte los cortinajes de la entrada.

—Vamos a visitarle a su tienda. Hablo con él todos los días. Está al tanto de todo lo que ocurre, y su consejo siempre es palabra de sabiduría.

Al salir de la tienda de Fredebado caminamos unos treinta pasos a la derecha. Nos acercamos a una de las tiendas más próximas, notablemente más pequeña que la del propio Fredebado.

Hay un solo guardia custodiando la entrada.

Becila, desde luego, tiene la protección del rey en la zona más vigilada del campamento. Nadie haría daño a nuestra última leyenda viva. Pero hay que protegerla. El mero hecho de hacerlo supone resaltar su importancia ante todos los nobles y ante las gentes comunes. Es una especie de altar a nuestra historia más antigua.

Entramos.

Dos lucernas apenas iluminan una mesa de madera pequeña, con un taburete recubierto de cueros. Reconozco a Becila. Lo veo aún más viejo que en la anterior ocasión, que fue en Narbona.

En su extrema delgadez, con unos cabellos sorprendentemente largos y absolutamente blancos, está escribiendo en un pergamino. Me pregunto cómo podrá ver sus propias letras. Agila había explicado que rondaba los ochenta años, acaso los noventa. El último gran guerrero godo. El último gran jefe de la época en la que nuestros antepasados vivían en aldeas lejos del Imperio.

—Mmm, qué grata sorpresa, Fredebado, amigo mío.

Becila hace esfuerzos por levantarse de su taburete. Apenas puede moverse. Fredebado se adelanta y le ayuda a incorporarse. ¡Con cuánto cariño lo agarra de un brazo y de la casi inexistente cintura! Se abrazan.

—Nadie diría que nos vemos todos los días a esta hora de la noche, ¿verdad, Becila?

Fredebado mira con devoción al anciano, mientras Wilesindo y Agila se unen a él para llevar a Becila al lecho. Ayudan al viejo a sentarse en uno de los bordes del camastro.

Yo me mantengo dos o tres pasos hacia atrás.

—Mmm... —Hace una pausa larga. El anciano dirige hacia mí sus ojos grises que destacan gracias al hilito de luz que le llega de una de las dos lucernas que estaban en la mesa, y que Fredebado ha acercado a una mesita al lado del camastro—. Tú debes ser Tulga. Fredebado me ha hablado mucho de ti. Tienes un buen maestro en el noble Agila, muchacho. Guarda sus enseñanzas en tu corazón.

—Noble Becila, es un honor escucharte. Así es, las guardo con el mayor afecto. —Creo que he hecho el ridículo con mis palabras, pero Agila me mira satisfecho.

—Bueno, bueno. Decidme. ¿Está ya nuestro rey en Barcinona?

Me doy cuenta de que Becila sí está enterado de todo, como había asegurado Fredebado.

—Espero aún la confirmación del mensajero. Ha debido llegar hace rato a la ciudad, en todo caso. —Fredebado habla con verdadera devoción ante el anciano. Está claro que lo venera.

—Bien. Eso está bien. ¿Estáis seguros de que estará bien protegido?

—Sí, Becila. Algunos de nuestros mejores guerreros protegerán el cubículo regio en la *domus* que acogerá a la pareja. Y decenas de soldados rodearán la casa y sus alrededores. Es imposible que nadie se acerque a ellos.

—Wilesindo parece estar orgulloso. Agila me había explicado que era el encargado de organizar los planes de seguridad del rey desde que se supo que íbamos a entrar en Barcinona. Los conocimientos de estrategia urbana que obtuvo en Constantinopla le convertían en el más idóneo para tal labor.

—¿Y la dama imperial? ¿Cómo habrá hecho el viaje? En su estado... —Becila se reclina en el lecho, sin llegar a tumbarse. Parece fatigado, casi extenuado.

—Está bien tratada. No nos preocupemos de eso mucho más de lo necesario. Hasta el momento en el que llegue el parto, claro está. —Wilesindo pone las palmas de las manos en posición horizontal, como intentando aportar calma.

—Ese niño será la gran esperanza, Fredebado. —Becila traga saliva. A pesar de su edad mantiene una dicción muy clara y poderosa. Pero parece que hablar del futuro niño le ha puesto en dificultades—. Algo que ni el mismísimo Atanarico hubiera pensado jamás. Una alianza gigantesca entre nuestra gente y el Imperio. Un emperador romano y godo a la vez. Nuestro anhelo de paz, por el que lucharon nuestros ancestros, sería por fin una realidad.

—Sí, así es. Lo he argumentado en la curia de Barcinona. Esos curiales son mequetrefes en comparación con los senadores de Italia o de Galia, pero...

—Mmm, no... no menosprecies el poder de los decuriones. Las ciudades siempre serán la clave de Roma. Siempre. ¡Siempre! —Becila comienza a toser y Agila le acerca el vaso con agua que asoma en su mesa de trabajo.

—Ataúlfo tiene bien atado el pacto con Honorio. Aunque todo se puede venir abajo por las ansias de ese Constancio para hacerse con Placidia. Pero no lo veo. Eso no sucederá nunca. —Wilesindo, una vez más, parece muy seguro de lo que afirma.

—Y mientras Honorio no tenga hijos, la esperanza irá creciendo en el futuro bebé. Día a día, año a año. —Mi maestro pronuncia sus palabras esperanzadas mientras ayuda, ahora sí, a acostarse a Becila.

—No, no dormiré aún. Meditaré, pensaré... —Becila sonríe mientras con una mano hace un gesto para que nos marchemos—. Joven Tulga, me gustaría que vinieras a verme más a menudo. Podrás hacerlo en Barcinona, yo también estaré en una de esas *domus*.

Fredebado le da un beso en la frente. Mientras, Becila yergue su cuello y cabeza, me mira, y me lanza una sonrisa engullida por las arrugas de su rostro al tiempo que entorna los párpados sobre sus ojos grises y avejentados.

10

Clodia

Había pasado una mala noche.

La conversación con el cerdo le había dejado, una vez más, muy mal cuerpo. Añadía a su malestar la sensación de inquietud que le provocaba la instalación de los godos. Mientras se acicalaba dispuesta a no desayunar nada aquella mañana, recordaba cada detalle del final de la charla con Minicio. Pero también de la que sostuvo con Cerena.

Recordaba que Minicio estaba desencajado. Había comenzado un monólogo. Como casi siempre. Hacía años que había aprendido que era lo más práctico.

—Creo que nos van a asignar a una pareja de amanerados. En todas las *domus* nos van a meter a uno o dos de esos animales. Aquí, dos. Dicen que se trata de los nobles. ¡Cabrones! No se van a las casas de los pobres, no. ¡Hijos de puta! ¡Vienen a las nuestras, a las mejores *domus*, los jodidos!

»Habrá que atenderlos bien. He intentado explicarlo en la curia, pero no me entienden. No están a mi nivel, Clodia. No se dan cuenta de las enormes posibilidades de negocio que esta crisis nos presenta. Me dan más asco a mí los godos que a todos los demás curiales juntos.

Pero no soy tan estúpido como para no darme cuenta. Aquí hay negocio... —A Clodia le pareció detectar que la saliva se acumulaba en la boca de Minicio. Le solía pasar cuando hablaba largo y tendido sobre negocios.

Y no podía darle más asco.

—Así se hará —contestó ella con desdén mientras se iba preparando para acostarse. En realidad, estaba enviando al patán un mensaje: vete de mi cubículo. No parecía darse por enterado.

—Mañana me veré a primera hora con Aniano. Él sí me comprende. Es un tipo listo. Es un hombre de negocios. De hecho, su fortuna es inmensa. Y quiere engrandecerla desde los puertos de Barcinona y Tarraco hacia el interior. De momento, hacia el interior de la Tarraconensis, y puede que, luego, hacia las otras provincias hispanas. Ahí entran los godos, y ahí entro yo.

—Ya...

A Clodia le pareció que de nuevo la saliva se concentraba en la boca del cerdo. Tanto que tuvo que hacer una pausa para tragársela. Ella, mientras tanto, hacía ademanes ostentosos de irse a la cama. Pero Minicio no se percataba, enfrascado como estaba en su propio monólogo.

—Lo que ocurra en Barcinona en los próximos días es vital. Todos pensamos que el Imperio tiene reservada una misión para los godos aquí. Si Aniano ha venido a Barcinona precisamente ahora, cuando antes venía muy poco, no puede ser una casualidad. Huele el oro a distancia. Siempre se ha dicho eso de él. ¿Qué cojones hace aquí ahora, si no?

Clodia estaba exhausta.

Llevaba años disimulando delante de su marido el asco que sentía por él. Maldito indeseable. Pero estaba decidida a no perder la vida confortable que llevaba. La lectura, la compra de nuevos libros y la copia de otros, le proporcionaban un aire vital que de otro modo no tendría jamás.

Las necesidades físicas las tenía más que cubiertas con sus amantes. Y, por si fuera poco, ahora estaba Rufo. Se negaba a plantearse en serio si realmente se estaba enamorando de él. Pero comenzaba a sentir la llama de la ilusión, porque la de la pasión estaba en su plenitud desde el primer polvo que habían echado. Rufo mostraba una ternura y una cercanía que ninguno de los otros habían ni siquiera atisbado. Sentía que era una relación recíproca, en la que los dos aportaban cosas.

Ahora, en la tranquilidad del amanecer, recordaba que fue en ese momento de la conversación o, mejor dicho, del monólogo, cuando se le ocurrió una solución a su problema más inmediato, que era largar al cerdo de su cubículo y, a poder ser, poner en orden sus pensamientos.

—Querido, he de hablar con Cerena, son cosas sin importancia, cuestiones de intendencia para el alojamiento de los dos godos mañana. Unos detalles de última hora que he de tratar con ella.

—¿Eh? Ah, claro, sí. Por supuesto. No te preocupes. Creo que estaba en la cocina, o en el peristilo, no lo sé bien. La hago llamar. Que descanses, querida. Mañana puede ser el inicio de una etapa gloriosa. Un primer paso hacia algo muy grande. Veo un futuro de oro. Y lo sabré invertir bien.

El cerdo se dio media vuelta sin ni siquiera acercarse a su esposa. Cosa que ella agradeció en lo más profundo de su alma resquebrajada. Los libros y el sexo le permitían respirar, pero ni mucho menos se sentía colmada. No era feliz. No recordaba cuándo lo había sido por última vez. Acaso de niña, y poco más. Por eso notaba que empezaba a ilusionarse con Rufo. Cada vez más.

Tomó asiento y dispuso otro para Cerena. En los últimos meses se había abierto mucho a su esclava preferida. A pesar de su juventud, tenía conocimientos de la vida. Había estado liada con al menos dos sirvientes de otras casas, que ella supiera. Y tenía sospechas de un romance con un oligarca de la ciudad. Ella le había dejado caer algo, pero no sabía de quién se trataba. Ya se enteraría.

—Señora... —Escuchó la dulce voz de Cerena que solicitaba permiso para entrar en el cubículo.

—Cerena, pasa. Y cierra la puerta al entrar. —Clodia hizo una pausa y elevó un poco el tono de su voz, pensando en la posibilidad, que en el fondo creía remota, de que Minicio o uno de sus esclavos de máxima confianza estuviera escuchando el inicio de la conversación—. ¿Qué tal van los preparativos para mañana?

—Bien, señora. Sabes que los muebles han sido ajustados y que los que comprasteis en Tarraco han sido colocados esta misma mañana. Tú misma lo has supervisado y...

—Sí. Muy bien. Debes tener presente que nuestros dos huéspedes han de sentirse cómodos. Te hago responsable de ello. Es una prioridad para Minicio.

—Por descontado, señora.

Cerena estaba extrañada. Su señora la había convocado a conversaciones largas durante los últimos días. Y, aunque en las primeras charlas se había sentido muy incómoda y tensa, en las tres últimas ocasiones se sorprendió a sí misma porque estaba plenamente a gusto.

Le encantaba su *domina*. Desde luego, estaba al tanto del desprecio que Clodia sentía hacia Minicio. Cerena pensaba que el *dominus* no se había comportado bien con ella. Le había dado numerosos motivos para que ella tuviera amantes. Y se sentía muy honrada de ser su confidente.

—Cerena. —Clodia hizo una pausa. Midió sus palabras. No le importaba sincerarse con Cerena. Era una sirvienta, sí. Pero ella no era una déspota, o eso pensaba. No quería tratarla con el desprecio que otros miembros de la oligarquía zaherían a sus sirvientes y a sus esclavos—. ¿Tú eres feliz?

—Yo... señora, es una pregunta muy difícil.

—No, no lo es. Y tiene fácil respuesta. Lo difícil es saberla.

—Señora, tú me conoces; yo procedo del puerto de Tarraco, me crie allí, en rincones cochambrosos, entre comerciantes sirios y mesoneros locales. He visto de todo, señora.

Clodia se puso tensa en ese momento. Conocía bien la historia de Cerena. Sabía que la primera vez que la violaron no tenía ni once años. Y solo fue la primera de varias.

Cuando la conoció, en una de sus visitas clandestinas a los barrios portuarios de Tarraco, hacía ya casi seis años, se dio cuenta al instante de que la vida le había pegado duro a aquella muchacha de pelo lacio y oscuro, con ojos asombrosamente grandes.

Clodia iba a esos barrios de los que procedía Cerena. Los visitaba para comprar quincalla, pero también para descender a su particular inframundo, pasando horas hundida en la dulzura a la que le transportaban las hierbas que aspiraba. Y también en sus encuentros secretos con amores que nunca iban a prosperar, o que ni siquiera lo eran.

Era una buena alternativa al otro inframundo: el de su vida cotidiana con el cerdo. Logró salvar a Cerena de aquello, creyendo que así empezaba a salvarse ella misma.

—No me has contestado. —Clodia fue intencionadamente tajante. Quería involucrar a Cerena en la conversación de un modo o de otro.

—Señora, si lo comparo con mi infancia, sí, desde luego, lo soy. Contigo como *domina* he sido feliz. Me salvaste del horror.

—¿Y si no comparas con aquello?

Clodia estaba introduciendo unas simientes machacadas en unas hojas alargadas y muy finas. Las enrolló con precisión con los dedos pulgares e índices de sus dos manos y utilizó su lengua y su saliva con calma, cerrando el envoltorio vegetal. Aproximó un extremo del preparado hacia una de las lucernas del cubículo y lo prendió aprovechando la tenue fuerza del fuego, mientras aspiraba del otro extremo bien sujeto a su boca.

—No lo sé, señora. Es cierto que... Es cierto que...

—Es cierto que ¿qué?

Clodia sonreía mientras exhalaba humo por su boca y nariz. Se lo ofreció a Cerena, haciéndole suaves gestos para que lo aceptase. No era la primera vez que ambas aspiraban juntas las hojas y las simientes que Clodia conseguía en los barrios del puerto de Tarraco que tan bien, o tan mal, había conocido Cerena en su infancia.

En ocasiones dedicaba horas a las hierbas o las simientes: las aspiraba, las bebía, las masticaba, en función de los preparados que hubiera conseguido. Le relajaban, le abrían puertas en su mente. Otras veces las usaba para el sexo con Rufo o con sus amantes anteriores.

No era tampoco infrecuente que, para leer, tomara algunas, muy pocas, de las más suaves. En sus días y noches más densas, era capaz de leer hasta un máximo de una decena de horas, y los preparados más ligeros le permitían concentrarse en Ovidio, en Virgilio, en Tácito... La poesía y la historia de Roma eran sus terrenos predilectos, en particular esta última. Pero también disfrutaba de las hierbas y de las simientes en sus charlas con Cerena.

En realidad, ambas cosas no estaban tan alejadas. Mientras aspiraba, recordaba cómo Ovidio había dejado dicho a las mujeres en su obra amatoria que podían dormir a sus maridos con la misma sustancia que ella ahora disfrutaba. Así, decía el poeta, podrían acudir con tranquilidad al encuentro de sus amantes.

También le venía a la cabeza Virgilio, que en la *Eneida* contaba cómo Eneas y la Sibila habían logrado dormir a Cerbero con una torta amasada con adormidera y así habían conseguido adentrarse en el inframundo.

Ahora, mientras aspiraba, su mente se regocijaba con serenidad en los pasajes de los grandes poetas.

El bestia de Minicio no sabía ni una palabra de ambos. Le sonaban de oídas, de su educación como muchacho miembro de la oligarquía local, pero poco más. Ella, por el contrario, había leído a los dos con fruición, y los tenía muy presentes en sus momentos de zozobra.

—Pues... Es cierto que los sirvientes y los esclavos estamos lejos de dejar de serlo, de pertenecer a una sociedad más igualitaria, señora. Cada vez hay menos distancias entre nosotros. Las leyes imperiales nos diferencian, pero en la práctica somos todos esclavos de los *domini*. —Cerena aspiró con suavidad, sintió el calor en su boca, y luego en su nariz al exhalar lentamente.

—Mmm, no lo creo. Las cosas están cambiando, Cerena. No solamente por la llegada de estos bárbaros. No diré que no sea algo muy nuevo. Pero ya antes las cosas estaban cambiando. —El rostro de Clodia parecía sombrío. Cerena se percató de ello.

—¿A qué te refieres, señora? —Se lo pasó a su *domina*.

—El Imperio se hunde. No creo que dure más de dos generaciones. Eso si sobrevive a la nuestra. ¿Esclavos, dices? Puede ser. Cada vez hay menos. Al menos en lo que las leyes dicen. Pero lo sois, en el fondo. No discutiré eso. En cuanto a ti, no te preocupes, puedes quedar totalmente libre si me lo pides. Minicio no se opondrá, estoy segura. Es de las pocas cosas que me concederá.

—Lo sé, señora. No tengo ninguna duda de tu voluntad. —Cerena lo recogió de mano de su señora, pero esta vez quiso disfrutar el preparado varias veces, tomándose tiempo entre cada aspiración. Quería sentir más profundamente los efectos de las simientes—. ¿Y crees que los cambios son buenos o malos?

—En este caso, malos. Los cristianos dominan el mundo, Cerena. Cada vez es más difícil encontrar los buenos libros. Y ahora, esos godos.

—¿Has visto alguna vez alguno? —Cerena aspiró por tercera vez consecutiva. Se deleitaba cada vez más tiempo, y procuraba exhalar cada vez más despacio. Se lo pasó a su *domina*.

—No. Pero he oído hablar de ellos. Y he leído. Algunos textos dicen que son altos, rubios, de ojos claros. —Lo tomó y aspiró. Se sentía cada vez más relajada. No se acordaba de Minicio en ese instante. En absoluto.

—¿Cómo serán los que...? —Cerena sonrió a su señora. Sabía que podía hacerlo.

—¿Los que vienen a esta casa? Los listados que elaboraron en la curia nos adjudicaban a uno de los jefes guerreros y a su pupilo. Ese muchacho puede ser de tu edad, quizá más joven aún que tú. —Fue Clodia quien devolvió la sonrisa en esta ocasión. Volvió a aspirar, se levantó y se acercó a la lucerna para prenderlo un poco más.

—Señora, yo tengo algo... Pero nunca se sabe... —Cerena levantó sus cejas, buscando la reacción de Clodia, que justo en ese instante se lo pasaba.

—Lo sé, Cerena, lo sé. Barcinona es muy pequeña. Sé que es un curial, y de los influyentes. Para serte sincera, no sé exactamente cuál de ellos. Nunca te he pedido que me lo cuentes.

—No lo haré, si me lo permites, por el momento.

—¿Es bueno? Como persona y como amante, digo. —Clodia se volvió a levantar, en esta ocasión para abrir ligeramente uno de los dos ventanales del cubículo. La noche era fría, no parecía que estuviera ya muriendo el invierno; pero era necesario ventilar la estancia.

—Como amante, sí. Pero como persona es mejor. Respeta a su familia, pero conmigo encuentra lo que su esposa no le da. No puedo decirte cómo surgió todo.

—No lo hagas. —Clodia se colocó un manto por encima, y ofreció otro a Cerena.

—¿Cuánto tiempo se quedarán los godos?

—Nadie lo sabe. En la curia creen que unas pocas semanas.

—Señora. —Cerena miró fijamente a su *domina*. La droga comenzaba a hacer sus efectos y notaba una somnolencia agradable que le dificultaba articular la frase—. Estas cosas que dices, que el Imperio se va a acabar...

—¿Si es para bien? —Clodia también experimentaba una sensación de relax creciente, que le invadía en sus párpados, en su rostro, en su pecho y, lo mejor de todo, en su alma. Cerena asentía mientras inhalaba de nuevo la droga—. No lo sé. No me hace gracia que los bárbaros se metan en nuestras vidas. Pero nuestras vidas ya no son como las de nuestros ancestros. Ese Teodosio y sus obispos decidieron lo que había que creer y lo que no. Y ahora su hijo Honorio.

—A... la... religión... de Cristo... —Cerena estaba ya muy colocada. Apenas seguía la conversación a pesar de sus esfuerzos—. ¿Te... refieres... a eso?

—Sí. —Clodia estaba más acostumbrada a la droga. Disfrutaba el *papaver*, la adormidera, tanto en semillas como en jugos. Aun así, le parecía notar como si su lengua quemara y comenzara a trabarse—. Impusieron en mi niñez que eso que aquel emperador llamó catolicismo fuera la *religio* obligatoria. A la mierda con los templos. A la mierda con nuestros dioses. A la mierda todo.

—Pero... señora... las enseñanzas... de Cristo... son buenas... —Cerena apenas podía ya abrir los ojos.

—Eso... podemos... discutirlo... otro día...

Clodia ayudó a su sirvienta a recostarse en su propio lecho. Por unas horas dormirían juntas.

Cerró el ventanal y se acostó, escuchando la respiración profunda de Cerena en su nuca. Rezumaba paz. La misma que sentía ella en ese momento. Sabía que era efímera.

Ahora, en el inicio del nuevo día, recordaba con espanto la conversación escueta con Minicio y con agrado la charla con Cerena.

Un mismo cubículo y sensaciones tan distintas.

Cerena se había despertado en los primerísimos instantes del amanecer. Sobreponiéndose a los efectos de la droga, la joven se había incorporado del lecho a duras penas, creyendo que dejaba a su *domina* plenamente dormida. La había mirado con admiración. Los mechones de sus amplios rizos volcaban sobre el lado izquierdo de su cara, mientras hundía el derecho en los almohadones de plumas que recogían su cabeza. Estaba orgullosa de su *domina*. Le parecía que, en mitad de tanta basura de la oligarquía local, comenzando por el propio *dominus*, Clodia rebosaba inteligencia y dignidad.

Mientras, la *domina* había terminado de decidirse por no desayunar. No tenía el cuerpo para ingerir nada.

La jornada iba a ser dura. Los dos godos acudirían en cualquier momento del día. Cerena, como el resto de los sirvientes, ya estaba trabajando, tanto en la cocina como en la limpieza del peristilo que rodeaba el patio central de la *domus*.

Clodia decidió regresar al lecho por unos instantes. Tenía la sensación de que en cualquier momento su cabeza se iba a abrir. Colocó dos almohadones bajo sus cabellos y cerró los ojos. No era el mejor estado para afrontar lo que venía en pocas horas. Pero tenía dominadas las sensaciones de los amaneceres siguientes a las noches en las que se había entregado a la droga. Sabía perfectamente que en pocos instantes sería la Clodia que todos esperaban de ella.

Pensó, sin embargo, que eso le importaba menos que estar plena de capacidades para no perder detalle de esos extraños godos. Y de todo lo que pudiera ocurrir.

11

Rufo

Apenas los primeros rayos del sol habían comenzado a reflejarse en las tejas de las techumbres de las *domus* de Barcinona, Rufo había salido de la suya en dirección a la de Apolonio. Se había convocado una reunión de urgencia previa al reparto de los centenares de nobles godos que iban a ser acogidos en las mejores casas de la ciudad.

Mientras intentaba caminar a un ritmo veloz, aún recordaba las recientes caricias de Clodia, sus besos húmedos y el poderío de sus caderas.

No había conocido a nadie igual.

Desde su primera juventud había follado con frecuencia, tanto con chicas de su edad como con alguna dama entrada en años de la oligarquía local. Procedente de una de las familias con más tradición de la curia de Barcinona, y adornado de una belleza que le convertía en objeto de deseo tanto entre dichas damas como entre algunos de sus esposos, había logrado tejer algunas relaciones sólidas durante años. Sólidas en lo sexual, pero también en lo económico y en lo político. Eso le había servido para auparse en los negocios y en los cargos locales.

Pero Clodia era diferente.

Tenía que reconocer que al principio lo hacía con ella solamente por placer. Era, sin duda, la mujer más atractiva de Barcinona y, en lo que conocía, de la Tarraconensis. Pero todo había dado un giro inesperado. Después de los primerísimos polvos con ella, había empezado a darse cuenta de que la atracción era muy profunda. Y mutua.

No sabía en qué quedaría todo eso. No tenía ni idea. Y, de momento, prefería no tenerla.

Su esposa no sabía nada. Pero no tendría inconveniente en decírselo si la cosa iba a más. La hegemonía del cristianismo había comenzado a cambiar las normas sociales sobre el matrimonio. Mientras doblaba la última esquina camino a la *domus* de Apolonio, pensaba que Clodia quizá tuviera razón en algo que le había susurrado al oído después de uno de los polvos.

—El puto clero, las putas obras de la iglesia esa... Aprovechan las donaciones de algunos de entre los nuestros que lo único que quieren es estar los primeros en todo. Modesto, sobre todo. Pero no solamente él. Ahora el matrimonio es lo que llaman un sacramento. Yo con mi Minicio y tú con tu Albina hasta la muerte, querido. No nos impedirán follar, pero sí nos condenarán.

Ahora sonreía recordando los susurros de Clodia que habían antecedido a abrazos que le habían extrañado. Sí. Porque nunca había experimentado algo así. Eran mucho más que contactos carnales. Suponían una comunicación intensa. Esa mujer los necesitaba. Y él también.

El hijo de puta de Minicio lo debía ser aún más en la *domus* que en la curia y en sus asuntos sucios, que eran muchos. ¿Le pegaría? No estaba seguro; nunca se lo había dicho ella, y él nunca lo había preguntado. Pero tenía esa impresión. Deseaba equivocarse. Era indudable que era un cerdo con ella. Claro que se decía a sí mismo que tenía una visión parcial, la de la propia Clodia. Pero creía a su amante.

Sabía que acostarse con Clodia conllevaba riesgos. Y no por la reputación de ella. Eso a él le traía sin cuidado. Todos los que la criticaban, en realidad, querían follársela. O ser ella. ¡Ja! Ni en sus mejores sueños. Clodia era muy selecta, elegía bien con quién follar. Podía ser por un atractivo físico, o por un interés intelectual.

Ella misma le había contado que durante dos o tres años había estado viéndose con un comerciante de Tarraco simplemente por el hecho de que aquel iluso le proporcionaba copias de Plinio o de Virgilio a las que de otro modo hubiera tardado en acceder. Lo contaba sin remordimiento y sin culpa. Y a él le parecía muy bien.

Dos o tres de las damas más influyentes de la provincia habían tenido algo con ella. Era un rumor en toda Barcinona.

En una ocasión se lo preguntó, temiendo su reacción. Y, para su sorpresa, se lo confirmó con serenidad. Le dijo que no eran dos o tres, sino varias más de otras ciudades de la provincia, en Egara y en Dertosa. También sabía que por su lecho habían pasado efebos que apenas eran aún hombres, pero que a ella le proporcionaban el placer de la juventud, juventud que había dejado atrás hacía tiempo.

Le daba igual. El atractivo de Clodia era irresistible para cualquier hombre. Pensó que también para cualquier mujer. Entendía a esas damas de la Tarraconensis y de la propia Barcinona. Y a los efebos. Y al comerciante de libros. Él mismo había comenzado aquello como una suerte de divertimento.

Pero todo había cambiado.

Volvió a pensar en el riesgo. A Minicio le debían muchos favores en la ciudad. Y podría querer cobrárselos.

Era capaz de enviarle un sicario. Por más que detestara a su esposa, la consideraba una propiedad. Sí. Como se enterase, le enviaría un sicario y estaría en un problema. O muerto, más bien. Estaba confundido. Clodia le gustaba cada vez más y estaba dispuesto a casi todo. Pero nunca había sido un temerario.

Quizá había llegado el momento de serlo.

Fue recibido por uno de los sirvientes de la *domus* de Apolonio. No le caía bien ese sirio. Se notaba que el tipo había hecho fortuna. A esas horas la mañana estaba dando sus primeros pasos, y ya nada menos que seis o siete sirvientes repasaban con detalle los rincones del peristilo. Un *impluvium* central recogía las aguas de lluvia, que en las próximas semanas —que ya serían las primeras de la primavera— no serían infrecuentes. El sirviente que le había abierto el portón exterior le acompañó a la estancia principal en la que Apolonio recibía a sus visitas.

El anfitrión de la reunión era un emprendedor de éxito en la zona costera de la provincia. Rufo había hecho algunos negocios con él y tenía una buena opinión de su capacidad como negociante.

Más allá de eso, no le gustaba un pelo. Habían compartido las fiestas tan habituales de la oligarquía de Barcinona, y también alguna en Tarraco. Sus respectivas esposas parecían congeniar en las interminables fases posteriores a las comilonas, en las que ellos pergeñaban detalles de sus inversiones, de las compras de cargamentos en los puertos, o de los alquileres de los locales en la capital de la provincia y en la misma Barcinona.

Recordaba que, en una ocasión, Apolonio le había ayudado a gestionar un problema con un inquilino en una de las minúsculas viviendas que Rufo tenía en propiedad en una calle no muy lejana a los antiguos foros de

Tarraco. Sin embargo, luego se enteró de que se había servido de aquello para machacar a su antiguo inquilino, endosándole alquileres infames desproporcionados en el precio. Pero el hecho de que no le gustara no invalidaba que apreciara su visión.

Y los tiempos no estaban como para desaprovechar los análisis de gente inteligente, por más que, como le sucedía con Apolonio, no le interesaba como eventual amigo. De hecho él mismo era uno de los que al sirio le llamaba despectivamente «el griego».

Cuando recibió el mensaje en la tarde anterior de la convocatoria de reunión, no dudó un instante en contestar al sirviente portador del mismo.

—Dile a tu *dominus* que allí estaré.

Ahora le pareció reconocer al mensajero en uno de los muchachos que arrastraban hierbajos voladizos en la esquina meridional del gran patio. Fue en ese instante cuando el sirviente que le condujo hasta el lugar de la reunión bajó la cabeza y le indicó con la mano izquierda que pasara a la estancia.

Se oían voces de fondo. Pensó que debían de haber empezado la reunión hacía un buen rato, a juzgar por el acaloramiento al que parecían haber llegado.

—¡Ah! Aquí está Rufo. Pasa, amigo, pasa, toma asiento. Estamos ya todos, entonces. —Apolonio no se levantó. Tenía prisa por liquidar la reunión. El tiempo apremiaba. A Rufo no le gustó en absoluto que empleara la palabra «amigo», pero no le sorprendió—. Ahorrémonos cualquier preámbulo. De hecho, Rufo, ya habíamos empezado sin ti.

—Ya, ya...

—Queridos, ha llegado el momento. Como bien sabéis, los godos estarán en nuestras casas dentro de seis, a lo sumo ocho horas. En la primera parte de la tarde. Puede que se retrasen, pero debemos contar igualmente con la posibilidad contraria.

—Amigos, pensamos que esto no llegaría nunca, pero... —Domicio, como era habitual, secundaba las palabras de Apolonio. A Rufo le asqueaba que también aquel lacayo del sirio usara la palabra «amigos».

Había una relación curiosa entre Apolonio y Domicio. No se trataba de una cuestión de mando o de jerarquía, sino más bien de influencia moral. A Domicio le iba bien estar a la sombra de Apolonio. Cuando este arribó a la Tarraconensis desde Siria fue el primero que le mostró los entresijos de la sociedad local, algo que el sirio nunca olvidó.

Al crecer económicamente, la influencia de Apolonio en Barcinona fue un resorte para Domicio, que adoptó una posición de cierta sumisión que aquel potenció en su propio beneficio. Formaban una suerte de pareja en los negocios y en la política, aunque con una jerarquía muy clara. Eso sí, contaron casi desde el principio con el odio de Minicio, que veía en el sirio un rival de fuste.

Pero, en general y en poco tiempo, Apolonio se ganó la consideración de los curiales barcinonenses por su capacidad para moverse con solvencia entre grupos que durante décadas habían sido antagónicos entre sí. Y todo eso le vino muy bien a Domicio.

—Pero ha llegado. —Titio, el curial más viejo y más respetado en Barcinona, bebía de un vaso cerámico una infusión muy caliente hecha con hierbas cuyo aroma llegaba hasta la nariz de Rufo, en el otro extremo de la sala. A este el olor le parecía nauseabundo—. La cuestión es cómo actuar. Hasta ahora lo hemos hecho razonablemente bien.

Rufo pensaba que Titio había sido mucho más severo que Apolonio. Sin cantinelas. Sin llamadas a los «amigos». Parecía como si quisiera llevar la discusión al núcleo verdaderamente importante, sin zarandajas.

A Rufo le gustaba el anciano Titio. Su padre ya le había hablado bien de él. Moralmente impecable, encarnaba algo muy querido para Rufo y su ya fallecido padre: el *mos maiorum*, la costumbre de los antepasados.

La misma que ahora estaba en crisis. La misma que personajes como Apolonio o Minicio, capaces de venderse a los godos, estaban dispuestos a enterrar. Que Titio tuviera que albergar al rey godo y a la dama imperial era algo que Rufo comprendía. Era el curial de más prestigio. Era propio de la política del momento. De la necesidad. No empañaba para nada su opinión sobre el viejo.

Lo había hablado varias veces con Clodia, y ambos pensaban igual. También ella recelaba de los tiempos. De hecho, ahora se daba cuenta de que había sido ella quien había exacerbado en él esos pensamientos. Se decían mutuamente que entre el cristianismo y los godos los valores de Roma se iban a perder en las cloacas.

Por eso convenía agarrarse a cualquier esperanza, por local o minúscula que fuera. Por frágil que resultara, como la vejez que anunciaba una pronta muerte de Titio. A ambos les parecía que el anciano encarnaba lo mejor de la tradición romana. Y en los pocos años en los que le había venido escuchando en la curia le parecía, de largo, el mejor orador de Barcinona.

Mientras le daba vueltas, escuchó la voz del agradador de Apolonio.

—¿Y podemos hacer otra cosa que acatar, acogerlos y, llegado el caso, poner el culo? —Domicio elevó el tono.

—No. De momento no. Las actuaciones han de ser estudiadas, pensadas, y siempre en función de los acontecimientos. —Titio parecía querer frenar al impulsivo Domicio.

—Porque no podemos cambiarlos por nosotros mismos, Domicio. —Apolonio quiso apuntalar la posición de Titio.

—Los listados de adjudicaciones fueron repartidos hace bastantes días, cada propietario de *domus* relevante de la ciudad sabe a quién hospeda. En la mía, como todos sabéis, ya están Ataúlfo y Placidia. He traído a más sirvientes de mis *villae* de los campos del interior. No tendrán queja alguna, todo lo contrario. Y la seguridad está igualmente garantizada. He venido a esta pequeña reunión pero regreso de inmediato. —Titio bebió un largo sorbo del brebaje.

A Rufo aquel bebistrajo comenzó a darle arcadas. No comprendía cómo el anciano se mantenía en pie bebiendo semejante preparado. Tomó una pasta matinal de las que el servicio de la *domus* había dejado encima de la mesa principal de la sala. Respetaba tanto a Titio que se preguntó a sí mismo si aquello no le lastimaría el estómago. Sonrió por la bobada que acababa de pensar. Seguramente estaba exagerando. Entre tanta sabandija, la figura de Titio era para él poco menos que la inalcanzable expresión de la bondad y de la rectitud.

—Nuestros esclavos y sirvientes están ya aleccionados. —Rufo quiso intervenir—. Esta tarde nuestras *domus* serán godas. Nuestra *civitas* será una miserable Gothia. Habrá que cambiarle el nombre...

Su sarcasmo tuvo el efecto deseado. Hubo un silencio que solamente Titio fue capaz de romper.

—Mmm, Rufo tiene su parte de razón. —El anciano le sonrió levemente—. Como dijo Fredebado, Ataúlfo había pensado hacer de lo romano una Gothia, pero al parecer se ha desdicho. Aunque, sí. No nos engañemos.

Barcinona será una Gothia estas próximas semanas. —Titio parecía no querer dejar caer la discusión.

—Quizá hayamos de verlo como una oportunidad. —Apolonio, el anfitrión, utilizó un tono muy suave—. Una oportunidad de negocio. Aniano es más listo que todos nosotros juntos y no es casualidad que esté por aquí. No lo he convocado a la reunión puesto que no pertenece a la curia, pero deberíamos aprender de su capacidad.

La invitación y lo hablado con Aniano habían surtido efecto. Domicio pensó para sí con cierta excitación que Apolonio parecía estar ya trabajando para él. También pensó que era el único de los presentes, además del propio Apolonio, que sabía lo hablado en casa del sirio.

Rufo sentía asco escuchando las palabras de Apolonio. Por ese tipo de cosas tenía sus recelos hacia él. Y, en semejante situación, tales recelos bordeaban el odio. Oportunidad... ¡una mierda! Eso es lo que tenían encima. Notó que los nervios empezaban a poseerle y comenzó a pasear por la estancia.

—Estoy de acuerdo. Pero a mí me toca los cojones que ese tipo, ese Aniano, nos dé lecciones. —Domicio buscaba poner un contrapunto. Apolonio le había dicho que jugaran así a crear un clima favorable a Aniano, pero sin que fuera muy evidente que estaban compinchados con él para hacer fortuna con los godos.

—Pues tengo entendido que habéis decidido ampliar vuestros negocios con él. —Rufo deslizó una sonrisa irónica.

Apolonio y Domicio no pudieron evitar cruzar una mirada de alarma. ¿Cómo podía saber eso Rufo? ¿Era el único que lo sabía?

Apolonio hizo un gesto imperceptible para los demás. Salvo para Domicio.

—¡A ti qué coño te importa! —Domicio encajó muy mal la ironía.

—¡¡Señores!! ¡¡Curiales!! —Titio apoyó el brebaje en la mesa y elevó el tono de voz, levantándose de su asiento.

—¡Tranquilo, Titio, esto no es la curia, es la casa de Apolonio, y aquí eres un invitado más! —Domicio miró de nuevo a Apolonio buscando su aprobación.

Nadie se dirigía de ese modo a Titio desde hacía mucho tiempo. Si acaso Minicio o su esbirro Helvio.

—Calma, calma. —Apolonio estaba decidido a que aquella reunión no fracasara. Quería un acuerdo de mínimos sobre las primeras horas de la Barcinona ocupada por los godos—. No, no es la curia, como bien dice Domicio. Es mi casa. Y como anfitrión, quiero que nos comprometamos a promover el entendimiento con los jefes godos en estas primeras horas y días. Y que lo trasladéis a los otros curiales que son clientes vuestros. Cada uno de nosotros controla en torno a media docena de las familias mejor situadas de la ciudad, y, a su vez, cada una de ellas a otras tantas de las *insulae* de pequeños propietarios y de las de los menestorosos. Eso quiero de vosotros.

—Me parece inteligente, Apolonio. Propio de ti. —Titio parecía satisfecho. Sin embargo, dirigió una mirada de preocupación a su derecha, interpelando a un hombre de unos cuarenta años, con barba corta y pelo oscuro que ya albergaba algunas canas—. Atilio, estás muy callado. Durante los últimos días no has tomado la palabra en la curia, y todos te respetamos. Más de lo que tú mismo crees. Habla, te lo ruego.

De nuevo hubo un silencio en la estancia. Solamente se interrumpió por el sonido que Titio hacía al sorber su brebaje.

—Gracias, Apolonio, por contar conmigo para esta reunión. Sí, he estado silente en los últimos días. Pero he observado. Y he escuchado. —Atilio mordisqueaba una de las pastas, que, en un colorido que mezclaba gamas pardas y doradas, estaban hechas de harina de cereales aderezada con miel y uvas pasas.

—¿Y bien? —Titio volvió a tomar asiento.

Todos querían escuchar a Atilio.

Su familia procedía, en más de ocho generaciones atrás, del sur de la Galia. Con el tiempo, sus antepasados ramificaron los negocios, como era habitual en las oligarquías de la zona, arribando a los puertos de la Tarraconensis. La rama de la que descendía Atilio había logrado ser una de las más poderosas de Barcinona ya dos generaciones anteriores a la suya.

Puso una mano sobre el hombro de Apolonio y continuó.

—Apolonio y Titio tienen toda la razón. Ya dije hace meses que ellos eran los indicados para llevar adelante las negociaciones. Y lo han hecho muy bien. La primera lección que hemos aprendido, espero que todos, es que no tenemos mucho margen. Más bien ninguno. Eso no quiere decir... —Hizo una pausa como queriendo meditar sus próximas palabras—. Eso no quiere decir que esa supuesta Gothia nos haga gracia. ¡A mí, ninguna!

—¡Je! ¡A buenas horas! —Masculló Domicio sin levantar el tono.

—Nuestro mundo se hunde. Sería bueno que comenzásemos a ser conscientes. Recordad que hay bárbaros en las otras provincias de Hispania. Y nuestros colegas de la Gallaecia o de la Baetica no parecen muy contentos, a juzgar por las noticias, cada vez más escasas, que tenemos de ellos gracias a los viajeros y a las cartas que cada vez llegan con más dificultad.

—Pronto no llegarán. Eso si estamos vivos para enviarlas —apuntaló Rufo.

Atilio estaba verdaderamente apesadumbrado. Su rostro sombrío no daba lugar a equívocos.

—Sé bien que en Gallaecia los suevos parecen ir ganando terreno, y que los nuestros allí capitulan. Al parecer esos suevos han formado lo que llaman un *regnum*. —La estancia mantenía un silencio absoluto. Atilio se dio una pausa y prosiguió—. Más de un milenio de historia romana. Nuestros antepasados echaron a patadas al último rey en la noche de los tiempos, y ahora vienen esos bárbaros con sus reinos y sus reyes. A eso me refiero. Por no hablar de otras cosas...

—Sabemos de tus escasas simpatías por la religión de Cristo, Atilio. —Domicio no miró a Apolonio en esta ocasión. Era fervoroso cristiano y sabía por dónde iba Atilio—. Nuestro emperador Teodosio, que en gloria esté, hizo lo que debía. Cerrar los templos y ordenar que el credo sea obligatorio. Nuestras tradiciones no son incompatibles con la enseñanza de Cristo, Atilio. Es mejor que os olvidéis de los supuestos dioses.

—Sí. Sabemos que habéis ganado esa partida. A la vista está. No tengo duda alguna de que las obras de ampliación de la iglesia avanzarán rápidamente, y eso que ahora mismo vuestra sede episcopal está vacante. Hasta algunas casas habéis entregado para ganar terreno para esa iglesia, como hizo la familia de Modesto. A este paso cambiaréis el aspecto de la ciudad en pocos años.

—No lo dudes, Atilio. Ni por un instante. —Domicio parecía inflado de satisfacción—. Hasta esos godos son cristianos, aunque sigan las monstruosas enseñanzas de aquel Arrio. Dicen algo así como que Cristo no es divino, tengo entendido. ¡Ja, ja, ja! ¡Putos ignorantes!

Hasta ese momento había permanecido callado.

Uno de los asistentes a la reunión miraba con fijeza a unos y a otros mientras se mesaba la barba un tanto descuidada. Pero acababan de mencionarle.

Modesto era uno de los curiales con mayor arraigo familiar en Barcinona. La lista de sus antepasados alcanzaba a la época de la fundación de la ciudad en época de Augusto, cuatrocientos años atrás.

Su padre ya se había convertido al cristianismo antes de que Teodosio hubiera accedido al poder. Él mismo fue bautizado siendo un crío, antes de la pubertad. Los Modestos eran algo así como la avanzadilla del cristianismo en Barcinona. Y, dentro del cristianismo, de la facción que se había impuesto primero con Teodosio y ahora con sus hijos, lo que se había dado en llamar catolicismo. Esperaban que un día no muy lejano un miembro de la familia fuera obispo de la ciudad.

Modesto decidió intervenir justo en ese instante.

—No le des muchas vueltas, Domicio. —Miró con displicencia a su colega. Pensaba que Domicio era una bestia incapaz de argumentar con sutileza—. Atilio es un hombre muy inteligente y sabrá comprender que la Verdad es Cristo. Y no Ovidio. —Sonrió y ahora se dirigió hacia Atilio—. En cuanto a los godos, Atilio, no tengas dudas. Tarde o temprano también entenderán que Cristo es el Hijo de Dios, sí, pero de su misma naturaleza. Ya se dijo en el Concilio de Nicea hace algo menos de cien años. De momento, conformémonos con un hecho: son cristianos.

—¿Y con todo lo que está sucediendo, con un rey godo instalado en una de las casas de Titio, pensáis que debemos discutir sobre si ese Cristo vuestro es divino, es humano, o lo que sea? —Atilio parecía molesto.

—Atilio tiene razón —intervino Apolonio, mirando con severidad a Domicio y al propio Modesto. No le interesaba ahora mismo una lucha de bandos ni un ambiente caldeado—. Seamos prácticos. Una vez apuntalada la seguridad personal de Ataúlfo y de Placidia, lo más importante en las próximas horas es acoger a los godos con corrección. Aunque nos dé asco. No tenemos alternativa.

—Así sea. —Sentenció Modesto con un ademán afectado.

—¿Qué hay de las otras facciones de la curia? —quiso saber Rufo. No mencionaba por su nombre al esposo de su amante, pero todos comprendieron que preguntaba por Minicio.

—Minicio no es bienvenido en esta casa, Rufo. Es cierto que él controla más familias que nadie en la ciudad. Pero también lo es que no moverá un dedo contra los godos porque pretende enriquecerse con ellos. —Apolonio fue tajante.

Domicio le miraba con admiración. No dejaba de sorprenderle la capacidad que tenía aquel sirio para dominar las situaciones, para despistar a sus posibles adversarios.

—¿No es eso lo que propones tú, entonces? —profundizó Rufo. Tenía recientes las palabras de Clodia, el recelo ante la llegada de los bárbaros, y el asco nauseabundo que a su amante le generaba el ansia de Minicio por aprovechar la nueva situación.

A Apolonio la pregunta hiriente de Rufo le ponía en una situación incómoda. No quería desvelar su posición, al menos por el momento.

Mejor que las miradas críticas se dirigieran hacia Minicio. Rufo le estaba ya irritando con sus comentarios sutiles. O sabía algo o hacía ver que lo sabía para ver si confirmaba sus sospechas. Decidió intentar anularlas con uno de sus juegos retóricos. Al menos ante los otros asistentes a la reunión. Resolvió dejar entrever parte de su estrategia. Quizá, vista la peligrosidad de Rufo, merecía la pena dejar caer ya el nombre de Aniano.

—No, no es lo mismo. Si yo no estoy equivocado, Minicio pretende venderse a los godos. Ser servil con ellos. Algo así como su letrina andante. No es mi posición, Rufo. Pero quizá haya alternativas. Podemos obtener beneficios, pero sin renunciar a nuestras tradiciones, a nuestra identidad. No seremos la letrina del godo.

Rufo guardó silencio y no contestó.

—Esa es una buena posición, Apolonio. Aprovechar los nuevos tiempos para enriquecerse, pero sin perder la identidad. ¿En verdad te lo crees tú mismo? —Atilio parecía indignado.

—Sí, creo que así debe ser. De hecho, Aniano...

—Aniano es un tipo muy listo, Apolonio. Coincido contigo en eso. Pero dista de ser un referente moral. Comerciaría con lo que vosotros llamáis el diablo. —Atilio esbozó una sonrisa que pretendía ser hostil a Apolonio.

—Puede ser, Atilio, puede ser. En cualquier caso, os pido a todos que mantengamos una línea común. Y que ante cualquier novedad relevante, usemos a nuestros mensajeros para comunicarla a los demás. Quería llegar a este punto. Atendedme bien. Ofrezco mi casa como núcleo de comunicación. Cualquier información que me hagáis llegar, será inmediatamente distribuida a todos y a cada uno de nosotros. Mis sirvientes son excelentes en ese aspecto. Algunos de vosotros bien lo sabéis. —Apolonio fue depositando su mirada en todos y cada uno de sus interlocutores. La dejaba quieta durante el instante suficiente como para ofrecerles la seguridad que sabía que buscaban.

—Eso te da mucho poder, Apolonio. Si hacemos eso, sabrás antes que los demás cualquier detalle que pueda ser importante.

La afirmación de Atilio era una muestra de desconfianza que Apolonio ya esperaba. Y tenía una respuesta preparada.

—Es cierto. No lo voy a negar. Pero también me expondrá más a los godos, si se percatan de que estoy en el centro de todos nosotros. ¿No creéis? Estáis a tiempo de proponer alternativas. —Abrió los brazos y les enseñó las palmas de las manos.

Nadie habló.

Todos miraron a Atilio en señal de desaprobación. Incluso Titio lo hizo. Sin despedirse, salió a la mayor velocidad que sus debilitadas piernas le permitían. Quería estar cuanto antes en su *domus*. Allí estaban nada menos que el rey godo y la hermana del emperador, a quienes había recibido con toda la pompa de la que había sido capaz. Ahora debía regresar.

El anfitrión había logrado su propósito.

A los pocos instantes, los curiales convocados por Apolonio fueron saliendo de su *domus*. Era cuestión de pocas horas que los godos se fueran instalando en la ciudad.

Fue entonces cuando Atilio se acercó a Rufo. Este no pudo disimular una expresión de extrañeza. No tanto por el hecho de que su colega se acercara para hablar con él, sino por la expresión oscura y sombría de su rostro.

—Ten. Dáselo a Clodia. Ella sabrá entenderlo. Dile que me lo enviaron anoche. Tenemos que hablar. —Atilio susurraba las sílabas con dificultad. Sus ojos desprendían un brillo en el que Rufo creyó ver miedo.

Le entregó con suma discreción un pequeño fragmento de pergamino arrugado.

Rufo lo desdobló.

Llevaba escritas dos palabras.

CAVE CREDAS

Guárdate de creer. No te fíes.

12

Lucio y Crescentina.
Aniano y Minicio

En una vivienda modesta en la zona meridional de la ciudad había una actividad frenética en el segundo piso de un pequeño edificio de tres plantas.

Los ricos que aún quedaban en Barcinona vivían en *domus*. Pero la gran mayoría de la población se hacinaba en las pocas *insulae* que había intramuros, y sobre todo en casas muy humildes en los *suburbia* de la ciudad. Esas escasas *insulae* de Barcinona eran edificios no muy altos, entre dos y cuatro plantas, con materiales más bien perecederos, y repletos de viviendas.

Quedaban pocas. En los últimos años, incluso, algunas *domus* habían invadido parte de las calles. Los tiempos habían cambiado mucho. Muchas ciudades habían comenzado a ser canteras de sí mismas. Las gentes echaban mano de aquello que expoliaban de los antiguos templos, de los edificios de espectáculos, de donde podían. Porque se habían dado cuenta de que nadie les iba a decir nada.

Eso sucedía justo enfrente de la casa en la que vivían Lucio y Crescentina. Una de las *domus* se había ido ampliando en la generación anterior y había ocupado la calle casi hasta la mitad de la misma. Lo que antes hubiera sido una invasión de un espacio compartido, ahora no suponía ninguna novedad. Los más poderosos lo hacían para ampliar sus viviendas. Los demás, para incluir espacio para animales o para pequeñas huertas en lo que antes habían sido jardines esplendorosos.

Una mujer entrada en la treintena, y su esposo, de la misma edad, se afanaban en cerrar paquetes de pequeño tamaño, envolviéndolos con unas telas de color azulado que a su vez eran recogidas por unas lizas finas. En ellos había dulces de todo tipo. Frutas confitadas se mezclaban con pequeñas pastas de trigo y miel.

—¡Mételos en los sacos! Con esto creo que está todo. —Crescentina habló a su esposo en un tono alto que denotaba la urgencia del momento.

Cualquiera que los viera pensaría que estaban robando y que les urgía salir corriendo de aquella diminuta vivienda. Pero no era sí. Era su casa. O, mejor dicho, la que Minicio les había alquilado. Se trataba de uno de los muchos alquileres que Minicio tenía en Barcinona.

De hecho, toda la *insula* era de él. Algunas *insulae* habían sido derribadas hacía unos años. Ahora bien, de entre las que persistían, las que eran de su propiedad le deparaban unos buenos ingresos. Porque como esa tenía varias. Menos que sus abuelos, eso sí, «porque los tiempos han cambiado», como le gustaba decir ante sus amigotes en las charlas en las que le encantaba recitar la retahíla de sus propiedades. Era una manera de justificarse. Porque sus abuelos habían sido los últimos de la familia que habían disfrutado de un patrimonio mucho más amplio del que ahora tenía Minicio. Las guerras, los usurpadores, los bárbaros, todo había terminado por deteriorar la situación. Pero se ufanaba de haber salido adelante. Y de anticipar que, en poco tiempo, lograría competir con sus propios antepasados. Iba a ser tan rico como ellos.

Pocas cosas le gustaban más que hablar de eso. Cuando reunía a algunos curiales en su *domus* y se ponían hasta las cejas de comer y de beber, se despachaba a gusto. Que si tal *cliens*, que si tal piso de tal *insula*, que si tal villa del interior...

Con el tiempo, sus compañeros de glotonería se sabían de memoria las propiedades de Minicio. Aguantaban sus peroratas por tres motivos. Primero, porque no tenían más remedio. Segundo, porque querían hacer negocios con él. Tercero, porque se comía y se bebía como en ningún sitio de la ciudad. Así que le dejaban explayarse fingiendo interés y admiración, mientras se ponían hasta el culo de todo.

—Era lo único que faltaba. Vámonos. —Lucio agarró a Crescentina del brazo y marcharon escaleras abajo.

Cada uno llevaba un saco agarrado con mucho cuidado y cargado sobre su espalda. Se miraron. No pesaban mucho. Pero no querían que nada se rompiera. Caminaban con los sacos, que no les impedían avanzar a cierta velocidad por las calles estrechas y frías.

Estaban acostumbrados al trabajo duro en su *taberna*, el establecimiento en el que despachaban cerca del antiguo foro. Su tienda estaba especializada en productos alimentarios de cierta calidad. La gente común de Barcinona no compraba allí, desde luego. Solamente la oligarquía local podía permitirse los pasteles de oca, los jamones exquisitos, las ostras, las langostas, o los dulces que Lucio y Crescentina vendían desde hacía años.

Hasta hacía un tiempo, su establecimiento era más bien una cantina en la que dispensaban vino barato y salchichas o *puls* de cereales. Ahora ya no. Ahora era un comercio, una tienda, una auténtica *taberna* que se había terminado transformando en un espacio de delicias para los estómagos y, sobre todo, para las monedas más relucientes de la ciudad.

Por fin. Por fin lo habían logrado. El sueño de Lucio desde hacía tantos y tantos años. Que había compartido con Crescentina desde que empezaron a verse. De eso ya casi ni se acordaban. Pero no todo era tan maravilloso. Ni se encontraban en el punto cimero de sus sueños. Habían logrado alcanzar el negocio, pero no la propiedad del mismo. La *taberna* era, en realidad, de Minicio. La tenía alquilada al matrimonio. Vivían, comían, se acostaban, trabajaban, en propiedades de Minicio. Sí, el ruin Minicio, que explotaba a sus *clientes*. Así lo veían al principio Crescentina y Lucio, como un dictador, un tirano, al que habían consagrado sus vidas.

Con el tiempo, se fueron dando cuenta de que viviendo a la sombra de aquel monstruo no les iba tan mal. Más bien al contrario. Después de todo, fue el propio Minicio quien los había convencido para reconvertirse y orientarse a otro tipo de público. Fue una buena idea. El negocio iba mucho mejor desde entonces. Esperaban dentro de poco poder alquilar una vivienda más grande.

Y, en sus sueños más íntimos, no veían imposible que algún día Minicio les dejara el negocio en su *testamentum*. Lo habían hablado entre ellos muchas veces. Miles de veces. Después de todo, ese seboso y Clodia no tenían hijos. Y no era infrecuente que los principales *domini* y *patroni* donaran en testamento algunos de sus bienes a sus *clientes*, a su servicio, incluso a sus esclavos. Él mismo se lo había dejado caer en alguna ocasión.

En eso confiaba Lucio a muerte. Ahora sí. Hasta hace poco no lo veía claro. Pero ahora seguiría las órdenes de Minicio a ojos ciegos. Haría todo lo que le pidiera. «Todo.» Así le había contestado cuando su *patronus* se lo preguntó hacía algunas semanas. No sabía bien ni a qué se refería ni la causa del énfasis que puso en la pregunta. Pero no tuvo dudas en la contestación.

Cumplían todas sus obligaciones con él. Para eso eran *clientes* del *patronus* y del *dominus* o gran propietario. Para obedecerle y para intentar sacar algo a cambio. Ahí estaba su esperanza. El gordo les había insinuado que la fidelidad que le estaban prestando sería ampliamente recompensada. Sobre todo desde que le hizo aquella extraña pregunta a Lucio y este insistió tres veces en que no había duda posible.

«Todo.»

No es que Crescentina se fiara de Minicio, pero Lucio había decidido apostar toda su suerte a ese dado. Y ella estaba en el mismo carro. Lo que pensara para sus adentros quedaba aparcado. Al menos, de momento. Así que estaban entregados a Minicio. En cuerpo y alma. Habían visto que su situación había mejorado considerablemente en los últimos años. Todo lo que les había prometido se había ido cumpliendo.

Ellos tenían un hijo, también llamado Lucio, de catorce años, que les ayudaba en las tareas de la tienda. Cuando lo tuvo, Crescentina era poco mayor que su hijo ahora. Tendría unos diecisiete o dieciocho años. El parto se complicó mucho y el bebé estuvo a punto de morir. Se decía a sí misma que todo el esfuerzo, todo el trabajo, todas las fechorías, todo por lo que había pasado, tendría sentido si Lucio heredaba un negocio en buena marcha.

Así que, cuando Lucio padre le contó lo de la pregunta de Minicio, a ella le pareció bien. Tuvo que pensarlo un poco. Pero llegó a esa conclusión. «¡Qué diablos!» «Sí. Haremos lo que diga ese miserable.»

Lucio hijo se hallaba en ese mismo momento dirigiendo las tareas de traslado de otros paquetes desde la tienda en la zona del antiguo foro hasta la mismísima *do-*

mus de Minicio. Ayudaba a sus padres en cualquier cosa. A pesar de su corta edad, ya tenía claro que mejor quedarse en la tienda que ir a trabajos casi forzados en alguna de las villas del interior. Había heredado de ellos la capacidad para intuir por dónde le interesaba ir. Y por dónde no. Porque las cosas en la ciudad no estaban ni mucho menos claras. Había muchas *tabernae* que habían cerrado. De hecho, varios locales habían quedado vacíos y sus dueños no conseguían alquilarlos. Aquello le daba muy mala espina. ¡Y encima ahora lo de los godos! Pero él tenía suerte. A ellos sí les iba bien. Y, por lo que había oído a sus padres, el *patronus* tenía algo entre manos. Y eso siempre sería bueno para ellos.

De momento, había que afanarse para preparar un buen banquete. Era el último encargo de Minicio. El oligarca barcinonense estaba dispuesto a impresionar a los dos godos que esa misma tarde iban a asentarse en su casa.

Mientras Lucio y Crescentina organizaban sus cosas para no defraudar a su *patronus*, y al mismo tiempo que Apolonio acogía a Titio, Rufo, Atilio y a otros curiales en su casa, acontecía otra reunión en la zona norte de la ciudad. El más poderoso de los curiales, Minicio, era a su vez recibido por Aniano. Todo el mundo intentaba tener información. Entre las clases pudientes, Barcinona era un ir y venir. Unos y otros visitaban las casas de los demás. Querían saber. Lo que fuera.

Así que la de la casa de Apolonio era una más de las numerosas reuniones que en ese mismo instante había por la ciudad.

Como la de Aniano y Minicio.

En las escasísimas ocasiones en las que se habían visto, Aniano había percibido el recelo en la mirada de aquel miserable. Sabía perfectamente que no dudaba en abusar de su posición en Barcinona para lograr los más infames favores de sus clientes. Decenas de familias le debían el mantenimiento de su carnicería, de su tienda de textiles o de su cantina. Había sufragado deudas, cobrándose, eso sí, un interés desmedido, que en todos los casos incluía una obediencia eterna. Para ellos y para sus hijos. La única esperanza de aquellas gentes era que Minicio no tenía hijos y, por lo tanto, la herencia directa de sus deudas quedaba en el aire, a la espera del *testamentum* que, seguramente, iría en beneficio de alguno de sus compañeros de juergas en la curia. No les quedaba otra que obedecer al infame.

Todo eso lo sabía Aniano. Pero él era un hombre de negocios y de mercados, de grandes rutas navales y de compras y ventas. Recelaba de esos *patroni* locales que durante generaciones iban heredando las mismas sillas que sus ancestros en las curias. De hecho, Barcinona no era, sino una pequeña pieza en el gran mosaico de sus negocios.

No obstante, quería convencer a Minicio de que la crisis del Imperio y, en particular, la presencia de los godos, abría nuevos panoramas para ampliar sus intereses comerciales al resto de Hispania. De la mano de los godos, serían inmensamente ricos. Aún más. En el fondo sabía que no le iba a costar nada conseguirlo. En los últimos días ya había ido percatándose de que Minicio había llegado a esa misma conclusión. Y no solamente él. La cena con Apolonio y Domicio le resultó fructífera. No deseaba escondérselo a Minicio. Pensó que, en el tema de los negocios, y tratándose de la ciudad de aquellos tipos, era mejor ser claro. En otras cosas, no.

—Es un desayuno muy frugal, pero espero que sea de tu agrado. —Aniano ordenó al servicio que saliera de la estancia.

Una jarra de leche, otra de vino, unas pastas de harina de trigo, dos quesos muy escogidos de excelentes leches de oveja y de vaca, habían atraído la atención de Minicio. Él solía desayunar embutidos, tocinos y carnes. Así que ese desayuno de Aniano le parecía escaso, pero no estaba dispuesto a desaprovechar aquellos quesos y el vino, que a buen seguro sería aún mejor que el que él tenía en sus despensas.

El tipo debía haberlo comprado, junto a los quesos, en algún establecimiento exclusivo de Tarraco, porque en el de Crescentina y Lucio seguro que no lo tenían. Estaba seguro. Dudaba entre dos *tabernae* de la capital provincial que a veces él mismo frecuentaba. Cuando volviera lo buscaría. O encargaría a Lucio que empezara a hacerse con él.

Ese guapito de Aniano era aún más rico que él. Figurín estirado. Amasaba cantidades ingentes de dinero, pero no tenía ni idea de cómo gastarlo. Él lo era todo o casi todo en Barcinona y sus *suburbia*, pero le faltaba dar un salto. El gran salto. El que llevaba tanto tiempo esperando.

Tomó un pedazo de queso que cortó con un gran cuchillo que consideró demasiado fino para unos quesos tan curados, especialmente el de leche de oveja.

—Sabrás que Apolonio ha convocado a esos estúpidos. A su esbirro Domicio, a Titio, a Rufo, a Atilio, y probablemente a alguno más...

—Sí. No te engañaré, Minicio. Cené con Apolonio y Domicio, y estoy al tanto.

—Eso no lo sabía —gruñó Minicio con la boca llena de queso. Le pareció espléndido.

—Mi intención no es otra que ampliar mis negocios en Hispania. Creo que la situación es óptima para tipos listos.

—Mmm, continúa. —Minicio se llevó un sorbo de vino al gaznate, pero el líquido resbaló por los laterales de su barbilla.

—Tampoco te engañaré en esto. He propuesto a Apolonio y a Domicio que colaboren conmigo.

—¡Ja, ja, ja! ¿Esos dos? ¿En calidad de qué?

—Me facilitarán la tarea para conocer las necesidades de los *domini* del interior de la Tarraconensis.

—¿Necesidades? —Minicio cogió una pasta y mientras la mordisqueaba con fruición cortó otro pedazo de queso de oveja.

Le llamaba la atención que aquel tipo estrafalario hubiera dicho al servicio que saliera. Él apenas lo hacía y no estaba acostumbrado a partirse los pedazos que se llevaba a la boca. Estaba claro que deseaba estar en absoluta confianza.

—Vidrio, vino, pescado, joyas, cueros, *garum*... Todo. Los cauces habituales del comercio están cambiando, amigo mío. Quien primero sepa reconducirlos, ganará. Pero yo solo no puedo hacerlo.

—Grrrr... —Minicio intentaba tragar, puesto que había engullido un trozo demasiado grande de queso, y se apuraba a masticar y a beber más vino.

Con un gesto de la cabeza exhortó a Aniano para que continuase.

—Necesito ayuda. Apolonio y Domicio pueden darme esa información. Pero tú puedes controlar la situación en la ciudad. Tus clientelas suman más que todas las que dominan los que ahora están reunidos en casa de Apolonio.

—Mmm, ya veo. Te sirves de unos y de otros, para la ciudad y para el interior. Y dime, Aniano, ¿en qué te basas para creer que aceptaré? —Minicio sabía bien la respuesta.

—En que yo controlo un gran número de *societates*, las compañías que harán llegar los productos, tanto por tierra, desde mis bases en la Galia, como por mar, desde Italia y el norte de África. Y vosotros no. Como mucho accedéis a algunos cargamentos en el puerto de Tarraco, pero ni en vuestros mejores sueños acumuláis semejante capacidad de adquisición y, por lo tanto, de venta. —Aniano sonrió y tomó una pasta, que mordisqueó solamente en el borde que se acercó a la boca.

Minicio no cabía en sí de gozo. Pero intentó disimularlo. Por fin alguien entendía su lenguaje. Y, se dijo a sí mismo, él había demostrado ser un excelente actor. Podría actuar en los teatros. En los mismos que empezaban ahora a ser desmantelados. El triunfo del cristianismo había mermado los grandes espectáculos. Los hijos de Teodosio se habían empeñado en acelerar el proceso. Creía que pronto no habría un solo lugar en el Imperio en el que se representase una comedia.

En eso sí coincidía con Clodia. Recordó fugazmente las conversaciones que mantenía con ella en los primeros años. Todo había cambiado desde entonces. Pero sí. En eso tenía razón esa golfa, pensó. Y él, Minicio, descendiente de una de las ramas de la aristocracia más selecta de Barcinona, acababa de representar el papel de su vida. Estaba orgulloso de sí mismo. Como siempre.

Sí. Ante el inteligente Aniano, ante el guapito Aniano, ante el fino Aniano, un tipo que se movía en una escala imperial que creía inalcanzable, él, Minicio, había demostrado ser aún más listo. Se lo dijo una y mil veces en el trayecto de la *domus* de Aniano a la suya propia. Le había dejado explayarse sobre sus capacidades, sobre el diagnóstico de la situación. Le había permitido escucharse a sí mismo. Maldito engreído. ¡Je! Después de todo, era casi un recién llegado. ¡A él le iba a contar cosas de la ciudad! De su ciudad. ¡Su ciudad!

Él llevaba tiempo masticando la situación. En cuanto supo que los godos venían a la ciudad —se regodeó— puso a trabajar su cerebro sin par. Sabía que Apolonio y su lacayo también iban a colaborar en la apertura de negocios hacia el interior que podía intuirse con la nueva situación. Pero ellos eran mequetrefes a su lado. Nada que ver con él. Se vanagloriaba de las decenas y decenas de clientelas que tenía en la ciudad y en los valles del interior. Esa plataforma no la tenían Apolonio ni el idiota de Domicio ni de lejos.

Todo estaba saliendo bien.

Ensimismado en sus pensamientos, Minicio entró en su *domus* a la máxima velocidad que le permitía su desproporcionado cuerpo. Al girar la última esquina, vio que por delante de él caminaban a buen ritmo Crescentina y Lucio, cargados con sendos sacos. Debían de ser los últimos manjares. No quiso, o no pudo, alcanzarlos; permaneció observando a unos cinco pasos de la entrada, abierta de par en par. Sudaba. Y respiraba mal, muy mal. Podía ver desde allí cómo los sirvientes se movían con celeridad de un lado a otro, mientras Lucio hijo, con una capacidad de mando que sorprendió a Minicio, dirigía la instalación de los víveres que había traído de la tienda con varios de los sirvientes de la *domus*.

Esperaba que, por una vez, Clodia hubiera hecho algo bien y estuviera todo preparado. Los godos llegaban esa misma tarde.

13

Tulga

—¡¡Ha muerto!!

Me sobresalta el grito. Escucho la exclamación de Nigidia.

A pesar de que ya es una mujer madura, ahora mismo me da la impresión de ser una muchacha desvalida. Se ha abrazado a Noga y derrama lágrimas. Noga, que es mucho más joven, contiene su emoción, pero me mira fijamente. No le aguanto la mirada y la llevo al suelo, como si colgara una pesa de plomo de ella.

A veces me ocurre con ella. Cuando me dirige la mirada profunda, la de los reproches, la del amor, la del enfado, la de la pena, hay momentos en los cuales no soy capaz de sostenérsela. Ella me lo ha hecho ver. Y espero poder enmendarlo. Pero de momento, me sigue ocurriendo. Como ahora.

No es la primera vez que veo morir a un niño. Las dichosas marchas. Tanto campamento y tanta mierda. Ya ocurrió en las campañas de Italia y en la marcha hacia la Galia. Incluso en la que nos ha traído hasta aquí. Decían que era una chorrada. Que, comparado con el trayecto del Ilírico a Italia, y luego a la Galia, era como un juego de niños. Pasar de Galia al nordeste de Hispania.

Sí, decían que era un juego de niños. Y una mierda. El paso por las montañas ha sido jodido, pero se complicó justamente al bajarlas. Nos pillaron varias tempestades que agravaron las gripes de los mayores y de los chicos. Y han caído algunos niños. Los viejos ya han vivido. La naturaleza les va avisando de que en cualquier momento les llegará la hora. Pero los niños...

No termino de acostumbrarme. Y eso que no tengo hijos y que no sé realmente cómo debe ser el drama de perder uno. A juzgar por las grietas que he visto que dejan las muertes en sus madres y en sus padres. Son espadazos en sus almas. Mierda, joder. Mientras estábamos en Burdigala y la corta temporada en Narbona apenas morían entre los nuestros. La gente estaba más vigilada, más cuidada.

Espero que esto no dure mucho. Que dejen entrar a las multitudes a la ciudad de una vez. Aunque no creo que quepan. Esto tiene pinta de que nos van a enviar a algún otro sitio. No tengo olfato político aún, claro. Ya me lo dice Agila y tiene razón. Pero eso creo.

Levanto la mirada. Y vuelvo a encontrarme con la suya. Con la de Noga. No lo sé. Pero... No, no lo sé. No estoy seguro. También me ocurre eso con ella. Que no siempre sé por qué me mira así. Creo que es una mirada de reproche.

Desde antes de los primeros momentos del alba hemos estado preparándolo todo. Saldremos en unos instantes para Barcinona. Vamos unos doscientos. Los miembros del Consejo y los jefes guerreros. La mayor parte se asentarán por grupos de cinco en las principales casas de la ciudad. Ataúlfo y Placidia ya están instalados en la de ese curial anciano. Solamente algunos nobles de renombre, como Fredebado, Walia, Becila, Wilesindo, entre otros, irán ellos solos a la *domus* que le corresponda a cada uno. Incluso Sigerico habrá de compartir espacio con su monstruo particular, Guberico.

Yo voy con Agila. Eso me tranquiliza. Menos mal que lo tengo cerca. A veces pienso si dependo demasiado de él. Pero siempre llego a la misma conclusión. Si no fuera por Agila hubiera sido uno de los muchachos que quedaron perdidos por las calles de Roma hace cinco años. Cuando entramos con Alarico, algunos de los chicos de mi edad aprovecharon para hacerse con los comercios cuyos propietarios habían huido. Formaban unas bandas armadas que no tuvieron mucho problema, a pesar de su juventud, en meter el miedo en el cuerpo a bastantes romanos.

Es cierto que los que procedemos de familias nobles estábamos más vigilados. Pero de entre los más jóvenes a los que yo conocía, no pocos de ellos, durante aquellos días dentro de Roma, se dedicaron a beber, a destrozar, a violar, e incluso algunos, los más necesitados de sangre y de reconocimiento, a matar por diversión...

Algunos de los muchachos de mi edad que, como yo, procedían de la nobleza goda, lideraban esas bandas. Estaban vigilados, sí, pero también les dieron margen de maniobra. Era su primer mando.

Habían dejado de ser niños hacía muy poco y ahora comandaban a tres, cuatro, o seis muchachos como ellos. Dejaron que fuera así como parte de su aprendizaje. Cosa que Agila no permitió que yo hiciera. Y ahora se lo agradezco. Se aprovechaban de las ganas de juerga de otros muchos. Creían hacer méritos por asaltar una casa y llevarse los joyeros de las damas más ricas, repletos de pendientes y de collares de oro. Y más aún por violarlas. Y, si acaso, por matar a quien se interpusiera.

A los pocos días, cuando aquello acabó y salimos de Roma, se demostró que ni eran méritos ni nada parecido. No sirvió para nada. Algunos sí se quedaron con negocios de romanos. Pero fueron los menos. Y con la violencia no se consiguió ni mejorar nuestra situación ni instalarnos en la ciudad ni en los ricos campos del sur de Italia. Nada. Sí, apalancamos tesoros romanos, que aún tenemos con nosotros. Pero aquí estamos, de camino a instalarnos unas decenas de nobles dentro de una ciudad pequeña de Hispania mientras nuestras gentes esperan a varias millas a ver qué coño pasa. Y todo porque Constancio ha querido. Y porque Honorio lo ha permitido.

Eso. Nada.

Si Agila no me hubiera inculcado los valores de respeto y de tolerancia, de lealtad, de verdad, estoy seguro de que me hubiera metido en esos líos. Permanecí a su lado aquellos días. Y también las semanas siguientes, sin entregarme al saqueo de las aldeas itálicas que dejamos atrás una vez abandonada Roma.

Cuando murió Alarico y le sucedió Ataúlfo, confirmó a Agila como uno de sus principales consejeros. Entonces me vi de lleno en los asuntos centrales de nuestro pueblo. Como un acompañante, un aprendiz, o algo así. Sí. Pero en el corazón de la política. De todos modos, mi agradecimiento a Agila no se debe a eso, sino a lo otro. Le debo ser yo, en realidad. Y no haberme perdido en el pillaje fácil de estos últimos años. Sí. Ser yo. Le debo el hecho mismo, aparentemente simple y al mismo tiempo complejo, de ser yo.

Mis pensamientos de agradecimiento profundo a Agila se interrumpen por la urgencia del momento.

El niño.

Me acerco a Noga, que no se despega de Nigidia. Han ido a avisar a Agila. Nigidia me mira con un semblante desencajado. La muerte del pequeño la ha destrozado. Me sorprende. ¿Cuántos niños han podido morir desde que entramos por última vez en Italia para saquear Roma? ¿Cien, doscientos, quizá incluso cerca de unos mil? Pero esta muerte le ha afectado mucho. Podía haber sido uno de sus hijos. Haber cuidado al pequeño en las últimas semanas como si fuera uno de ellos le ha marcado.

Me acerco aún más. Rodeo con mis brazos a Noga. En ese instante me doy cuenta. Noto su rechazo. Sí, su mirada de hace unos instantes era un reproche gélido. Ha tensado los antebrazos, sujetos a Nigidia, y los ha movido para estirar su espalda. No quiere que la abrace.

—¡Déjanos!

Noga ni siquiera se vuelve para mirarme. Doy tres pasos hacia atrás. Nigidia sí me sigue con la mirada, incapaz de articular palabra. Ahora ya no llora, solamente emite gemidos de dolor.

—¡¡Lárgate!! ¿No os ibais ya a la ciudad?

Nunca la había visto así. Jamás me había reprochado nada. No sé muy bien cómo comportarme ni qué hacer ni qué decir. ¿Intento abrazarla de nuevo? ¿Me voy sin responder nada y me uno al grupo que está ya a punto de partir?

En ese mismo momento noto una mano en mi hombro derecho. Es Agila. Habían ido a buscarlo por encargo de Nigidia. Con su fuerza descomunal me lleva varios pasos hacia atrás y voltea mi cuerpo hacia él.

—Ssshhh, tranquilo. Déjala que se encierre en su dolor. Han cuidado de ese niño. Y ahora de su madre, al menos los primeros días. Noga es muy joven. Habrá de acostumbrarse a esto —me dice esas palabras, que apenas logran consolar mi zozobra.

—¡A esta puta mierda, quieres decir!

—Sí, a esta puta mierda.

Antes de acabar la frase, se acerca a Nigidia, que se aparta ligeramente de Noga y se abraza a su esposo, rompiendo a llorar de nuevo. Noga vuelve a fijarse en mí. Esta vez no se limita a enviarme el reproche con su mirada. Su voz suena ahogada.

—Esto nos ocurre por vuestra culpa. Si hubierais sido capaces de negociar mejor con el Imperio, ahora seguiríamos en la Galia. Y el niño estaría vivo.

No pronuncio ni una sola palabra. Los ropajes parece que me pesan el triple, y los dedos de las manos se me han enfriado. Nunca había experimentado esa sensación salvo cuando las calenturas de las enfermedades me hacían estragos siendo un niño. Un niño que sí sobrevivió.

—Noga, sé valiente. Ellos han de ir ahora allí. Serán unas semanas. —Nigidia intenta calmar a Noga. Pero ella misma está destrozada.

Agila comienza a abrazarla y en pocos instantes se tranquiliza. Acto seguido encierra en sus dos poderosas manos las mejillas de Noga y le da un beso en la frente. Ambas mujeres se van hacia el grupo que rodea a la madre del niño, que no quiere apartarse de su pequeño. Su cuerpecito yace sin vida apoyado en las piernas de la madre, que tiene la mirada perdida y el rostro completamente blanco.

Agila y yo nos volvemos y vamos a reunirnos con la expedición de los nobles godos. Partimos hacia Barcinona, en una marcha que nos llevará unas cuantas horas. Antes de alejarnos del campamento, miro hacia atrás. La madre del niño clava su mirada en mí.

14

Tulga

Yo ya había visto alguna *domus* en Burdigala y en Narbona. Esta del tal Minicio no les anda a la zaga a bastantes de aquellas. En las dos ciudades había algunas mucho más grandes y ostentosas. Y, desde luego, en Roma había auténticos palacios. Nos habían dicho que en Barcinona la casa más grande era como la más pequeña de Burdigala o de Narbona. Pero no sé si es así. Esta no está nada mal.

Hemos entrado en Barcinona en torno a la hora undécima. Hemos caminado por las mismas calles del otro día. En realidad, la ciudad sí es muy pequeña. Pero estaban menos desiertas que el día que acudimos a la curia por primera vez. Al llegar a la zona del antiguo foro, que está claro que debió de tener días mejores, nos hemos ido dividiendo. Los curiales han ido acompañando a cada noble godo, o a los grupos de hasta cinco, a la *domus* correspondiente.

En las horas de marcha desde el campamento a la ciudad, Agila me había ido instruyendo sobre la situación.

—No debes preocuparte por Noga. Es aún muy joven y ha de adaptarse a estas situaciones.

—No sé... Me he quedado muy preocupado. Nunca la había visto así.

—No creo que la veas muchas más veces así.

—¿Qué quieres decir?

—Estaremos unas semanas alojados en la ciudad, a lo sumo unos pocos meses. En cuanto nuestro rey y el emperador lleguen a un acuerdo, nos instalaremos en algún sitio con más calma y podrás convivir con Noga. Todos los godos encontraremos estabilidad entonces. También vosotros.

Agila siempre tiene una palabra de tranquilidad para mí. Lo mismo que cuando tiene que criticarme o reñirme. También lo hace.

Cuando nos aproximábamos a las murallas de Barcinona con sus más de setenta torres que ya se atisbaban en la distancia, Agila había querido cambiar de conversación.

—Voy a explicarte bien dónde vamos. —Agila se puso entonces muy serio, mientras miraba al conjunto de nuestra expedición, unos doscientos nobles godos camino de una pequeña ciudad romana de la Tarraconensis en Hispania.

—Me dijiste que a la *domus* del tal Minicio.

—Eso es. Ese botarate está casado con Clodia. Nuestros contactos en la ciudad nos han dicho que es guapísima, de una belleza irresistible. ¡Esperemos resistirla! —Me había mirado con esa expresión intrigante que en ocasiones me deja pensativo.

—¿Qué sabéis de ellos? —Me había atrevido a preguntar directamente por nuestros anfitriones.

—A ver... Estamos bien informados. Minicio forma parte de la oligarquía local, como todos los dueños de las *domus* en las que nos vamos a alojar. Pertenece a una rama menor de los Minicios. Algunos de sus más ilustres antepasados fueron incluso senadores de Roma. Hoy en día es el curial más poderoso de la ciudad.

—¡Vaya!

—Pero este y sus ancestros están muy rebajaditos. Venidos a menos. A mucho menos. Ya lo comprobarás, ya. De hecho estaba en la curia el otro día y lo viste. Su apariencia es vomitiva. Rebosa en carnes y en grasas, apenas puede respirar ni moverse. Los godos le damos asco, pero el cabrón busca hacer negocios si el Imperio y nuestro rey alcanzan un acuerdo. Explota sus redes clientelares de mala manera. Un hijo de puta. Y creo que su mujer opina lo mismo. Pero no debemos subestimarlo. Es un hijo de puta, sí, pero un hijo de puta listo.

—Uf, vaya personaje. ¿Y ella?

—No tenemos muchos datos, pero además de su belleza los informantes nos dicen que es una mujer extremadamente inteligente. Según parece es una lectora impenitente. Conoce a los clásicos, los grandes poetas y los historiadores. Y ha tenido y tiene amantes.

—Y el otro, ¿lo sabe?

—Sí. Aunque quizá no del todo. Nuestros informes dicen que deja hacer, siempre y cuando sea todo en secreto. A Minicio solamente le preocupa Minicio.

—Agila, ¿no nos prepararán una emboscada? Ellos conocen la ciudad, es pequeña, tiene muchas calles estrechas, es una ratonera... —Era una preocupación que me acompañaba desde que supimos que nos alojaríamos en una ciudad como esa. Decían que era muy pequeña. A diferencia de otras ciudades romanas, no tenía muchos espacios abiertos.

—No. No tienen medios. La oligarquía está desarmada, no tienen ejércitos disponibles en la zona, y nosotros somos guerreros bien pertrechados. Todos llevamos nuestras espadas y puñales. La casa en la que están Ataúlfo y Placidia está muy vigilada, y su dueño, Titio, es leal al entendimiento con nuestro rey. —La respuesta de mi mentor y amigo me había tranquilizado.

La charla con Agila me había venido muy bien. Veo las cosas con otra calma, dentro de la inquietud que todo esto me crea. Aún tengo clavada la mirada recriminatoria de Noga.

Hemos entrado en la *domus* de Minicio. Los sirvientes tenían el portón de entrada abierto. Formaban en dos líneas desde el mismo umbral de la puerta. Hay algunos más bajos que nosotros, tanto muchachos como muchachas, y veo a dos africanos que igualan a Agila en altura. Puede incluso que sean más altos. Nos hacen una especie de pasillo que va desde la entrada hasta el patio central de la *domus*.

Veo algunos bustos en los laterales del corredor, a buen seguro las *imagines maiorum*, los retratos de los antepasados más ilustres de los Minicios. Esos a los que se refería Agila antes en la charla del trayecto hasta la ciudad. Sus efigies severas nos miran. Si no fueran de piedra, diría que con displicencia.

Tiempos romanos pasados que no creo que vuelvan. ¿O sí?

Parece como si desde el inframundo esas miradas reclamasen a sus descendientes que dieran los pasos necesarios para volver a hacer invencible a Roma. Me pregunto qué pensarían si supieran que quienes ellos llaman «bárbaros» estamos aquí, en la casa de sus descendientes. O si vieran lo que nosotros mismos hicimos hace cinco años en el mismísimo corazón del Imperio.

Mientras miro sus rostros pétreos, Agila toma la palabra y me doy cuenta de que el anfitrión y su esposa nos esperan al final del corredor, en una esquina del patio.

—Noble Minicio, gracias por acogernos en tu muy digna y esplendorosa *domus*. —Mi maestro ha adoptado un tono solemne y ampuloso, que solamente le he escuchado en las ocasiones en las que deseaba frenar el ímpetu de Guberico o de otros nobles un poco histéricos en el Consejo godo.

Agila no había exagerado en su descripción sobre Minicio. Yo ya lo había visto en la curia. Pero ahora, de cerca, su obesidad rebosante y la expresión mezquina de su mirada aún impresionan más.

Minicio se encuentra erguido en la escasa medida en la que puede hacerlo. A pesar de no tratarse de un acto oficial, ha decidido ponerse la toga. Sin duda, quiere marcar las distancias con nosotros. Desea hacer ver que él es el romano y nosotros los bárbaros.

Me parece un mero fantoche.

Le acompaña su esposa. Tampoco en eso ha exagerado Agila. Sí, lo es. Es bellísima. Su pelo oscuro y rizado se abre paso junto a su tez blanquecina. Es muy atractiva. Mucho. Su cuerpo marca una figura con curvas, me cuesta no fijarme en ella. Es una mujer madura, no sé, debe de estar cerca de los cuarenta, quizá menos. Treinta y alguno.

Me acabo de dar cuenta de que mantiene fija la mirada en Agila mientras su esposo va a tomar la palabra.

—Godos, sed bienvenidos a Barcinona y a la casa de Lucio Minicio. Estáis en suelo romano, y bajo el techo de una familia de abolengo en la provincia Tarraconensis. Espero que seáis dignos de dormir bajo semejantes techumbres. Así lo esperamos mi esposa Clodia y yo mismo. —Minicio engola la voz, ya de por sí profunda y grave.

Toma la mano de su mujer. Advierto un gesto reacio de la dama, pero al mismo tiempo muy contenido. Debe estar acostumbrada a estos rituales de presentación o a actos de sociedad en la ciudad en los que aparezca con este tipo, con su esposo. Harán representaciones similares a esta con cierta frecuencia. O eso imagino.

—Os saludamos, Minicio y Clodia. Y os agradecemos el alojamiento. Como bien sabéis, nadie conoce hasta cuándo estaremos en Barcinona. Todo depende de los acuerdos de nuestro rey con vuestro emperador. Pueden ser unas semanas...

—O unos meses. No os preocupéis, godos. —Minicio interrumpe a mi mentor y da unos pasos hacia delante. Le cuesta andar. Su sobrepeso es mayúsculo. Se acerca a Agila y le coge del brazo—. Propongo que nos dediquemos por unas horas a saborear unos humildes manjares que he dispuesto para celebrar este momento. Dejad vuestros escasos equipajes a los sirvientes. Ellos los instalarán en los cubículos que hemos adaptado para vosotros. Acompañadnos.

—Será un honor para mi joven discípulo y amigo, Tulga, y para mí mismo, Agila, miembro del Consejo godo y del séquito de nuestro rey Ataúlfo.

Me sorprende la facilidad con la que Agila utiliza ese estilo grandilocuente. Se vuelve para guiñarme un ojo. Está, sin duda, mucho más relajado que yo. Noto la tensión en mis músculos y me duelen los ojos, algo que solamente me ocurre cuando presiento un peligro o no domino la situación.

—Sé perfectamente quiénes sois, godos. No olvides que no solamente vosotros tenéis informes.

Nos conducen a una sala grande, con mosaicos en el suelo que muestran ciclos agrarios del vino y del cereal. Varias mesas en el centro presentan bandejas con víveres. En la sala hay un hombre y una mujer, ambos de mediana edad. Se afanan en colocar los últimos condimentos sobre las viandas que rebosan en las bandejas.

Entre la pinta que tiene todo y el olor que llega, noto que mis tripas empiezan a hacerse notar.

Un muchacho dispone unas jarras con vino y procede a servir en copas estilizadas en un cristal que debe ser carísimo.

—Os anuncio que Lucio y Crescentina conocen los secretos de la mejor cocina y tienen acceso a los más excelsos productos en toda la Tarraconensis. —Minicio extiende con parsimonia su mano derecha, embutida en los pesados pliegues de la toga.

De entre los sirvientes que nos han flanqueado la entrada, dos de los jóvenes han pasado a la gran sala para ayudar a servir el ágape. Una muchacha se coloca al lado de Clodia. Me doy cuenta de que no se separa de ella.

—Debéis de estar hambrientos, godos. Aunque aún es pronto, creo que podemos entregarnos a estos manjares como una cena propia de un día como el de hoy.

En eso tiene razón Minicio. En la marcha solamente hemos comido unos panes que portábamos desde el campamento. La caminata ha despertado nuestro apetito. Pero lo que tenemos delante ha terminado de provocarlo.

Miro detenidamente a las mesas. Hay de todo. Aceitunas oscuras, claras, salmonetes fritos, lomos gruesos de pescados grandes desalados y extendidos bajo capas de aceite, gigantescas chuletas de ternera asadas en brasas y ya troceadas, pasteles de carne...

El anfitrión hace gestos inequívocos para que empecemos a comer. En pocos instantes, Agila y yo tenemos ya los dedos llenos de grasa y nos hemos llevado a la boca varios de esos manjares.

Hay que reconocer que tiene buen gusto el tipo este. No sé si he comido así nunca. Ni siquiera en las fiestas de

Narbona. Menudo botarate, no me extraña que esté como está.

—Lucio, Crescentina, debo felicitaros. Habéis acertado plenamente. Os diría que los pasteles de carne se llevarían el primer premio en un certamen. Serían el mejor verso en una prueba de poesía. —Minicio se quita un derrame de pastel de una de las comisuras de su boca mientras eleva el tono para felicitar a la pareja. El muchacho sigue sirviendo el vino, que también es excelso.

—Dime, Agila, según tengo entendido eres un fino observador de la política. ¿Cómo ves los acontecimientos? —Por primera vez toma la palabra nuestra anfitriona. Apenas ha probado bocado. Tiene una de las copas en la mano derecha, y hace un gesto al joven para que la llene.

—Noble Clodia, nadie sabe lo que puede ocurrir. —Agila hace una pausa. Mira fijamente a la dama y prosigue—. Honorio sabe que los godos somos importantes para Roma. Creo que está buscando, pensando, para qué podemos serle útiles exactamente.

—Hace cinco años no lo fuisteis precisamente. Fue miserable vuestra entrada en Roma y todos los saqueos a los que allí os entregasteis. —Clodia hace una afirmación severa.

Se refiere a los días en los que estuvimos saqueando la ciudad imperial. Está claro que no nos aprecia. Me doy cuenta al instante de que su esposo está molesto. No me equivoco.

—Querida, son cosas de la política que a nosotros se nos escapan. —Minicio se lleva un trozo de asado a la boca—. ¡Si Honorio ni siquiera vive en Roma!

—Nuestro emperador está demasiado preocupado por la religión, por perseguir a los que no somos de su secta, la misma que su padre hizo oficial. —Clodia mantiene la mirada y tensa los músculos de su cara—. Según cuentan, lo único que estos godos dejaron sin atacar fueron las iglesias de Roma. No creo que sea una casualidad. Sois dos caras de una misma moneda.

—Nosotros respetamos las iglesias en Roma, noble Clodia. Así es. No olvidéis que somos cristianos, aunque tengamos diferencias con lo que vosotros llamáis catolicismo.

—¿Nosotros? Querrás decir Teodosio y, ahora, sus descendientes. Aquí en Barcinona también tenéis iglesia, podéis meteros allí a rezar.

Minicio está muy incómodo con la conversación, pero no parece dispuesto a poner fin a la misma, sino más bien a los pasteles de carne. Mientras devora el penúltimo, me doy cuenta de que mira con el ojo izquierdo a Agila. Parece que espera su respuesta a las quejas de Clodia.

—Sí. Pero si todo sale bien, Roma y los godos vamos a tener una esperanza juntos...

—¡Ah! ¿Te refieres a la chorrada esa de la Gothia que queríais imponer al Imperio? Vosotros mismos ya habéis dicho que os habéis dado cuenta de que eso es imposible. —Minicio tritura con deleite el pastel, mientras lleva el pulgar y el índice de su mano derecha hacia una ostra.

Agila ya se ha comido varias. A mí no me gustan. He probado las carnes y están muy bien asadas, aunque llevan demasiados condimentos y hierbas.

—No me refiero a eso, Minicio. Ya dijo nuestro rey que esa era su primera idea. Una Gothia sobre el Imperio. No. No es eso. —Agila acaba de coger uno de los salmonetes fritos, mientras Lucio y Crescentina se llevan la bandeja vacía de pasteles de carne.

«Crescentina.» «Cres-cen-ti-na.» A veces me cuesta mucho memorizar los nombres romanos, sobre todo si son largos.

Entre los nuestros hablamos latín desde hace tiempo. Nos han educado para eso. Al menos a los nobles. Mantenemos la lengua goda para nuestras canciones, nuestros relatos ancestrales, y nuestras discusiones, palabrotas, chanzas...

Sin embargo, me cuesta aprender sus nombres. Imagino que a ellos les pasa algo parecido con nuestro «Fredebado» o «Guberico».

—Yo te he entendido a la primera, godo. —Clodia levanta con elegancia una ceja.

—Me alegra saberlo —contesta Agila aparentemente embobado.

Clodia toma una aceituna. La mastica con calma. Parece que desea que la atención se centre en ella. Deposita el hueso en un cuenco que la sirvienta que se mantiene junto a ella ha dispuesto a la altura de su busto. Lo retira. La dama lleva la ceja a su sitio natural. Sonríe.

Desde luego, es una belleza. Miro de reojo a Agila y parece embelesado.

—Te refieres a la criatura.

—Sí, así es, señora. —Mi maestro no parpadea.

—El hijo de vuestro rey y de Gala Placidia sería un día un candidato claro al trono imperial. Nieto de Teodosio, hijo de su hija, sobrino de su hijo. Y, además, hijo del rey godo. Vaya, vaya, lo tenéis todo muy bien resuelto, godo. —Clodia hace un gesto para que le sirvan más vino en la copa.

—Nunca está todo controlado del todo, señora. Clodia, si me lo permites. La política alberga oscuros vericuetos que a veces no podemos ni imaginar. —Me parece que Agila resulta poco creíble. Pero los romanos parecen seguirle en su razonamiento.

—Desde luego, noble Agila. —Minicio parece mucho más dispuesto que su esposa a llevar la conversación por senderos amistosos—. Y ahí entramos nosotros. Los romanos tenemos más de mil años de experiencia política. De esos oscuros vericuetos que dices sabemos mucho más que vosotros, ¡Ja, ja, ja!

La risotada del tipo me sorprende. No sé a qué viene. Se le ven restos de la comida en la boca. Su esposa lo mira con odio. No puede esconderlo, por más que intente no exhibirlo. O esa impresión tengo.

La tarde ha ido más o menos bien. Se ha alargado hasta las primeras horas de la noche. Una vez concluida, los sirvientes nos han conducido a los cubículos. El mío es más pequeño que el de Agila, a quien han instalado inmediatamente antes que a mí, así que he podido verlo. Pero no puedo quejarme. Pocas veces he dormido en un sitio tan agradable. En alguna de las *domus* de Narbona pude disfrutar de las comodidades de las grandes casas de la oligarquía de las ciudades romanas. Esta era una estancia dedicada a una parte del servicio, que han adecuado para mí. Un lecho en el centro, con un gran baúl a los pies, y una especie de aparador en el lateral más largo, junto a la puerta.

Voy a visitar a Agila.

Las lucernas iluminan las estancias y los corredores externos que flanquean el patio, y tomo una de ellas, sobre un pequeño platillo. Me doy cuenta de que tiene una cruz diminuta grabada en la parte superior. Es el símbolo cristiano, lo sé bien porque nos lo han explicado nuestros sacerdotes que nos han venido instruyendo estos años en la religión de Cristo.

No sé qué pensará Clodia de esta lamparita. Por lo que he podido comprobar, no es muy partidaria del cristianismo. En eso los informes tenían razón. En eso y en todo lo demás que me había contado Agila. No puedo quitarme de la cabeza sus rizos y la fuerza de la expresión de su rostro, la sinuosidad de su cuerpo, pero también sus agudas contestaciones.

Me dirijo hacia el cubículo más próximo al mío, en el que está Agila. Me asomo a la puerta. Está desembalando su escasísimo equipaje. Ha dejado la espada en el suelo junto al lecho, pero veo sobre el mismo su puñal preferido. Es corto, con una empuñadura en plata trabajada con filigranas. Tanto en Italia como en la Galia he observado muy de cerca cómo lo utiliza, y no recomendaría a nadie que fuera su enemigo. Me ha visto y me lanza, como de costumbre, una sonrisa. Poso la lucerna en uno de los muebles de la estancia que han adjudicado a Agila.

—Bueno, bueno ¿qué te parece?

—Pues que tenías razón. Es una belleza.

—No me refiero a eso. O no solamente a eso.

—Pues sí. Que vuestros informes eran correctos.

—Siempre lo son.

—Que Minicio es muy listo, y que quiere estar en la partida.

—Eso es.

—Y que Clodia no lo soporta. Es más, diría que lo odia.

—Exacto. Pero no es asunto nuestro. ¿No?

Es ese preciso instante ambos, acostumbrados a aguzar la vista y el oído en situaciones críticas, nos miramos fijamente. Asentimos. Los dos hemos oído lo mismo. Con una mirada nos lo comunicamos. No hacen falta palabras. Me ha parecido escuchar unos pasos veloces, pero intencionadamente sigilosos. Agila pone su dedo índice sobre sus labios, y de un salto se hace con el puñal que estaba encima de la cama. Me hace un gesto para que le siga. Asoma parte de su rostro por la puerta, pero no se decide a salir. Mueve rápidamente los dedos de la mano izquierda llevándolos hacia la palma, quiere que me ponga a su lado.

Entonces la vemos. Mejor dicho, vemos una capa larga y ondulada, en un tono oscuro, pardo, y una capucha que no permite distinguir el rostro en la noche. Pero es ella.

Va escondida y escondiéndose. Uno de los esclavos africanos escolta su deambular por el corredor. Se dirige a la puerta. Sin despedirse, sale ella sola. Es la *domina* de la casa en la que estamos.

Es Clodia.

15

Aniano

En ese mismo atardecer que ya buscaba la noche, y en una *domus* no muy lejana a la de Minicio, los anfitriones se esmeraban en atenciones a su huésped principal. Además, habían invitado a cenar a Modesto y al noble godo a quien este acogía, Wilesindo.

—¿Está todo a tu gusto, querido amigo?

Aniano se había esforzado en que así fuera. Respetaba profundamente a Fredebado desde los tiempos en los que los godos estaban en las Galias. Lo consideraba un hombre sabio y justo.

—Así es, Aniano. No esperaba menos de ti. Lucilia, es un honor estar hospedado en vuestra casa. Para ser más concreto, en una de vuestras casas. —Fredebado sonreía—. La estancia que habéis dispuesto para mí es mucho más de lo que mi avejentado cuerpo merece.

La *domus* de Aniano estaba al lado de la de Modesto. Era el barrio al nordeste de la ciudad. En los últimos decenios había habido bastantes cambios en ese sector. Algunas *domus* habían ido desapareciendo, y otras se habían ampliado, en no pocas ocasiones, a costa de las anteriores. Además, en esa zona de Barcinona se había construido la iglesia. La misma que ahora estaba en pleno inicio de una reforma.

Modesto había invertido en los últimos meses sumas sustanciales en el inicio de las obras de ampliación de la iglesia. De hecho, sus abuelos y sus padres ya habían donado décadas atrás dos de sus casas para que en ellas se estableciera la primera iglesia, aún muy humilde.

El baptisterio en el que se bautizaba a los neófitos era de planta cuadrada y quedaba anexo, justo al norte de esa primera basílica. Ahora, como el resto del pequeño complejo, se encontraba en el inicio de unas obras de expansión. Modesto y los demás oligarcas implicados en las obras estaban convencidos de que los tiempos les favorecían y que las decisiones imperiales al respecto del catolicismo harían inevitable el crecimiento de la Iglesia.

Durante décadas, algunos habían optado por mantenerse fieles a los cultos tradicionales romanos. Pero cada vez eran menos. Y, en Barcinona, solamente el loco de Atilio y pocos más. Modesto pensaba que eran carnaza a extinguir. Luego estaban los que dentro del cristianismo eran considerados como *haeretici*, herejes. A esos ya les estaba llegando su hora. Los abuelos de Modesto, fuertemente convencidos de que lo aprobado en Nicea en época del emperador Constantino era la verdadera religión, habían sido parte de la oligarquía que demandaba a los emperadores más caña contra los disidentes.

El tiempo les dio la razón.

Y cuando los padres de Modesto vieron que Teodosio definitivamente hacía oficial lo niceno, lo que se llamó «catolicismo», entonces, y solo entonces, supieron que habían ganado. Así que ahora Modesto recogía los frutos de la inversión de sus abuelos y de sus padres. Y esperaba que su donación para la ampliación de la iglesia supusiera que la familia, en un futuro, pudiera acceder al obispado de la ciudad. Y quién sabe si a cotas mayores. Al metropolitano provincial, al de Tarraco. ¿Por qué no?

Sea como fuere, Modesto y quienes habían actuado como él y sus ancestros ya estaban situados en primera fila del espectáculo. Y esperaban ser protagonistas en breve. Nadie iba a impedirlo. Ni los godos, ni ese loco de Atilio, ni nadie. Los demás tendrían que ponerse a la cola.

—Lo más importante es que las primeras horas, los primeros días, todo marche sin quebrantos. Es una situación difícil. Creo que el Imperio ha elegido bien impulsándoos hasta aquí. —Aniano parecía preocupado.

—¿Tú crees? —Fredebado estaba agotado. A su edad la marcha desde el campamento lo había dejado completamente exhausto.

—Barcinona es una ciudad de tamaño muy reducido. Las imponentes torres no deben engañaros. No cabéis los miles y miles que habéis llegado hasta aquí. Eso sí, puede ser un punto de lanzamiento para vuestra presencia en Hispania.

—Algo así como una prueba, quieres decir...

—Sí. Como sabes la política queda lejos de mis intereses. —Miró a Lucilia y le tendió la mano, que su esposa aceptó de buen grado—. Pero esa impresión tengo.

Modesto asistía a la charla entre Aniano y Fredebado con cierto rictus de repugnancia. Odiaba a los godos. En su catolicismo más profundo, le parecían doblemente repugnantes: por ser bárbaros y por ser lo que él y sus colegas llamaban «arrianos». Había oído hablar de que algunas cabezas de la cristiandad, como Agustín, estaban intentando justificar o explicar el saqueo de Roma por aquellos seres abominables. Pensaba que daba lo mismo. Nadie dentro de una generación sabría quién era aquel tal Agustín, por más éxito que empezaran a tener algunos de sus libros que se copiaban por doquier, para sorpresa y desagrado de Modesto. De todos modos, mantenía una actitud opaca sobre su verdadera opinión sobre lo que consideraba majaderías del tal Agustín. Y, toda vez que la opinión mayoritaria entre los cristianos era que sus ideas funcionaban, se acogía a la hipocresía como mecanismo de camuflaje. Apuraba una infusión de hierbas que los sirvientes de Lucilia y Aniano les habían servido tras la cena.

—Dicen que nuestro sabio Agustín, desde el norte de África, acaba de empezar a escribir una gran obra. Que desmontará a la vez a los idólatras y a los bárbaros. Que demuestra que, pese a todos los desmanes que podáis cometer, siempre nos quedará la ciudad celestial. —Modesto estaba enojado. Aquella situación le desbordaba. Y no quería ocultarlo desde la primera noche, por más que disimulara su verdadera opinión sobre el tarado de Agustín—. Y quiero que sepáis, godos, que aquí ya la hemos empezado a construir. La antigua basílica está en obras, la estamos ampliando. Ahora mismo carecemos de obispo, el anterior falleció hace unas semanas, y pronto elegiremos a otro. Ni se os ocurra bloquear nuestra obra.

—Tranquilo, noble Modesto, tranquilo. —Tomó la palabra Wilesindo, que miró con complicidad a Fredebado antes de continuar—. Te recuerdo que somos cristianos. Si Fredebado no me corrije, quiero que sepas que nuestro obispo, Sigesaro, no interferirá en vuestra comunidad.

—Yo no estaría tan seguro de eso. —Modesto se indignaba cada vez más.

—Somos lo que vosotros llamáis «arrianos», pero creemos en Cristo. Si nos lo permitís entraremos a orar en vuestra iglesia, pero no pronunciaremos fórmula de fe alguna. Guardaremos silencio absoluto.

—Reuniremos a los presbíteros y diáconos y decidiremos. —Modesto fruncía el ceño y miró al suelo tras su escueta contestación.

Un largo silencio se extendió entre los asistentes. El anfitrión quiso solventar la conversación, que parecía encallar.

—Bueno, amigos, creo que a todos nos resulta extraña la situación. Se trata de llevarla de la mejor manera posible. —Aniano miró a Lucilia.

Le imitaron los otros.

—Nuestra idea es dar una fiesta, una gran fiesta, en nuestra casa. Lógicamente no podemos invitar a todos los nobles godos, pero sí a una representación. Os rogamos que escojáis unos cuarenta de entre vosotros, y acudirá lo mejor de la sociedad de Barcinona. —El tono de Lucilia sonaba amistoso, pero tajante.

—Es una gran idea, si se me permite decirlo —anotó Fredebado con un rostro apacible. El que antecedía al sueño. Entre el cansancio de la marcha y las viandas de la velada, estaba deseando refugiarse en el lecho. Pero por respeto a los anfitriones no dijo nada.

—Es momento de consensos. Ya lo dijo Cicerón en su momento, hablaba de *consensus iuris* y de *consensus omnium*. Los consensos del derecho y la política, y de todos en general. —Aniano miró a Modesto—. Antes de que protestes, Modesto, sí, es cierto, Cicerón escribía antes del nacimiento de Cristo. Pero sus ideas no son tan inválidas.

—No, no lo son. Pero dentro de poco nadie recordará quién era Cicerón, Aniano. El mundo está cambiando, y cambia para siempre. —Modesto parecía orgulloso de la frase que acababa de pronunciar, le parecía una sentencia inapelable.

—Después de todo, la *res publica* sigue siendo la *res publica*, aunque en su forma de *Imperium*. —Aniano sonreía intentando transmitir placidez—. Las leyes imperiales siguen mencionando ese concepto. Es la cosa de todos. Y es nuestra obligación tejer consensos en nuestra escala, en este caso en Barcinona. Sí, daremos una gran fiesta.

—Es loable vuestra iniciativa, queridos Aniano y Lucilia. —Modesto parecía realmente sorprendido—. Aprecio vuestro gusto literario. Porque, he de decir, Cicerón ha quedado para eso, para el gusto o el regusto literario. Más os convendría leer a Tertuliano o a Lactancio.

—¿Y a Agustín? —Aniano parecía divertido con la situación.

—Y por supuesto al gran Agustín, aún vivo, afortunadamente. —Modesto tuvo la sensación de tragar saliva con más dificultad.

—¿Creéis que el mundo de Cicerón está muerto? —Fredebado quiso profundizar en la charla, a la que asistía entusiasmado.

Había leído a algunos autores romanos. Y no a pocos.

Lo había hecho cuando en su infancia sus preceptores le enseñaron la lengua latina antes incluso del paso del Danubio. Ya entonces las aristocracias godas se formaban aprendiendo latín e imitando costumbres romanas en el vestir, en los adornos, en los símbolos de prestigio tales como cinturones y anillos.

Y algunos de los nobles se hacían con copias de libros romanos.

Muchas veces eran copias que habían pasado ya por múltiples manos. Eran fragmentarias, o estaban muy mutiladas. Pero al menos permitían acceder a parte de lo que los antiguos habían dejado escrito. A la mayoría de los nobles godos no les interesaba lo más mínimo lo que hubieran escrito Salustio o Tácito.

Pero no a todos. El padre de Fredebado siempre sintió curiosidad. Creía, como algunos otros de su estatus, que estar informado de lo que pensaban los romanos era la mejor manera de pactar con ellos o, llegado el caso, de derrotarlos.

—¡Je! Buena pregunta hace nuestro godo. —Modesto parecía encantado en ese instante—. No en la lengua, no en las bases de nuestro derecho, y tampoco en otras muchas cosas. ¡Pero Cristo inaugura una nueva época para la humanidad! Y más vale que los que no se han enterado lo hagan cuanto antes.

—¿Qué quieres decir, Modesto? ¿Te refieres a idólatras, aquí en Barcinona? —Aniano parecía muy interesado en la posible respuesta. Utilizó la palabra con toda la intención, para hacer saltar los resortes en la mente de su interlocutor.

—Tú lo has dicho. Sí. A eso me refiero. —Modesto había terminado de encenderse. Se encontraba a gusto, en su terreno.

—¿Y por qué detestas a los idólatras? —preguntó Lucilia con interés y una pizca de ironía, que no pasó desapercibida a ninguno de los presentes.

—Personajes como Atilio son, en sí mismos, la idolatría. Habláis de *consensus*. Pues bien. Quiebran el nuevo *consensus*.

—¿El nuevo *consensus*? —Lucilia animaba a Modesto, en parte divertida por la calentura del personaje, y en parte asustada por su perturbación.

—¡El consenso de Cristo! Que es el de nuestro augusto Honorio, como lo fue el de su padre Teodosio. Ellos han puesto al verdadero Dios en la cima del Imperio, y ellos han cerrado templos y han limpiado el mundo de idólatras.

El silencio se adueñó de nuevo de la estancia. Esta vez ninguno de los presentes quiso romperlo.

16

Clodia

No muy lejos, y avanzada la noche, un tipo regordete, con mofletes sonrosados y nariz con forma redondeada, se asomaba a la calle y miraba a izquierda y a derecha. Su amigo acababa de entrar en su pequeña vivienda, situada en la primera planta de un edificio de dos.

La de arriba estaba vacía; hacía años que su propietario no encontraba un inquilino al que endosársela. El edificio tenía graves problemas en la estructura, la techumbre estaba parcialmente derruida, y el dueño no disponía de capacidad para emprender obras de reforma alguna. Una de tantas familias propietarias que comenzaban a ir hacia abajo en los últimos años.

—¿Cuándo iba a venir?

El hombre parecía muy preocupado. Aunque su amigo le había sometido a esa zozobra desde hacía unos meses, no terminaba de acostumbrarse. Lo hacía por su amistad desde la infancia. La misma amistad que le había llevado a plantearse un dilema del que estaba ya seguro de que nunca se iba a recuperar. Tantas noches le había dado vueltas sin encontrar respuesta que lo dejaba por imposible. Era consciente de que actuaba por amistad hacia él, sin poder resolver el dilema y apechugando con la angustia que le generaba. ¿Debía ayudar a su amigo o, por el contrario, tenía que imponer los dogmas que había aprendido y que ahora enseñaba a los demás?

Era clérigo en la iglesia de Barcinona, y uno de los encargados del pequeño complejo, el mismo que se había levantado décadas atrás sobre las *domus* de la familia de Modesto y de otros donantes. En ausencia de obispo en las últimas semanas, se había visto desbordado por la situación. Los pocos clérigos que integraban la comunidad estable de la ciudad estaban jerarquizados. Había muy pocos presbíteros y algunos diáconos. Como él.

Las ambiciones de unos y otros iban promocionando varias candidaturas al obispado. Pero todo dependería de las fuerzas locales, de las influencias de personajes como Modesto, y de la posición que tomaran los obispos de ciudades cercanas, en particular el de Tarraco. Las donaciones se estaban multiplicando para las obras de ampliación de la basílica y de unas dotaciones episcopales. Todo eso iba a deparar nuevos espacios para el clero. Seguramente él se terminaría trasladando al nuevo complejo cuando las obras concluyeran. Aunque iban lentas y no tenía la certeza de llegar a verlo todo concluido. Quizá los de la próxima generación, los *pueri* que pululaban por la iglesia para recibir sus primeras letras, llegaran a disfrutar plenamente de la ampliación de la iglesia y del nuevo complejo episcopal que se estaba proyectando.

De momento vivía en aquella cochambrosa vivienda, eso sí, con la tranquilidad de habitarla en solitario. Era una antigua *insula* que se había visto reducida y que, de seguir así, en poco tiempo tendría solamente la planta que él habitaba, o quizá incluso ni eso. Los cimientos, a lo sumo.

Gregorio pensaba que eso y la profunda amistad de su amigo habían provocado que pudiera ofrecerle la única salida que le quedaba a Rufo para solucionar su problema. La amistad y la intimidad. Para hacer lo que más le gustaba en el mundo. Lo que ansiaba cada mañana cuando se levantaba pronto. Encontrarse con Clodia. Y lejos de sus respectivas *domus*.

Su amigo se lo había contado con detalle desde que empezaron. Se veían a veces en la de él, las más en la de ella, o mejor dicho en la del terrible Minicio. Lo había llegado a conocer y estaba seguro de que Rufo no exageraba. Minicio era una mala bestia.

Rufo, su amigo Rufo. En realidad, se estaba tragando el dilema por él. Le había salvado en infinidad de ocasiones cuando eran niños en las peleas en las calles aledañas al foro. Sus familias procedían en ambos casos de la oligarquía. Rufo había llevado una carrera política habitual en esos cuadros curiales. Pero él no.

Gregorio había sido el único de sus hermanos que decidió entregar su vida a Cristo. Estudió las Escrituras en Tarraco, y se formó allí. Profundizó en el análisis de los martirios de la zona, en especial el de Fructuoso y sus diáconos en Tarraco. Recopiló fragmentos de las supuestas actas de aquellas ejecuciones e hizo exégesis de las mismas.

Le sirvió para formarse, sí, pero también para aumentar su fe. Porque había algunos en la numerosa comunidad de cristianos de Tarraco que no estaban seguros de que fueran tan genuinas, pero querían creerlo. Y él, a pesar de su juventud, les dio motivos para hacerlo.

Fue después, siendo ya maduro, cuando regresó a su ciudad natal, a Barcinona. Se integró en la iglesia local, y pronto descubrió hasta qué punto el apoyo de un viejo amigo como Rufo iba a ser para él muy importante. Porque, al poco de llegar, se dio cuenta de que en la iglesia barcinonense había muchas cosas que no le gustaban un pelo. Ya no era tiempo de mártires, pero sí de soldados de Cristo. Que para el caso, pensaba, era muy parecido. Pero no como los que pretendían Modesto y otros exaltados. No. Él, Gregorio, creía en la caridad, en la atención a las viudas y a los pobres, que cada día eran más numerosos en las iglesias del Imperio. Y la pequeña de Barcinona no era una excepción.

Más allá del orgullo de los presbíteros que se presentaban como dignos sucesores de los anteriores obispos de la ciudad, él se dedicaba al estudio de los pocos textos de los Padres que arribaban a la ciudad. Aunque sus amigos en Tarraco le hacían llegar avisos cuando llegaban las novedades, aprovechando los frecuentes mensajeros que cruzaban ambas comunidades. Y él, entonces, con permiso de sus presbíteros, se acercaba allí para estudiarlas.

No podía negarle nada a Rufo. O sí. Pero el recuerdo de la generosidad de su amigo en los difíciles años de la infancia, cuando Gregorio ya manifestaba que ni su físico ni su intelecto estaban dados para la calle y la ostentación de la fuerza, preponderaba sobre todo lo demás. Y, por si hubiera alguna duda, en los últimos tiempos su amigo le había ayudado a soportar las inquinas de los contubernios eclesiásticos barcinonenses.

—¿No decías que venía ya? —Volvió a preguntar. Estaba muy nervioso.

—Sí. Tranquilo. Hoy es un día de mucho ajetreo. Se nos han instalado los godos. Me prometió que en cuanto estuviera todo controlado, se acercaría.

—Como para no saberlo. Han prometido que no tomarán el mando de la iglesia. Veremos...

Gregorio estaba en un sinvivir. Si alguien se enteraba de que Clodia y Rufo tenían allí uno de sus nidos de amor preferidos, él sería expulsado de la Iglesia como institución, de «su iglesia» como su segunda piel, y en todo caso excomulgado para siempre.

La condena total.

Esperaba que la situación no se prolongase mucho más. Y eso que no siempre le necesitaban a él. Sí, era cierto. Otras veces se veían en sus casas. Clodia debía tener al servicio muy controlado y, durante las ausencias de Minicio, los encuentros tenían lugar en su biblioteca. Cuando Rufo le daba los detalles, Gregorio tenía que pararle al instante. «No, no digas más. No quiero saber.» Su amigo se divertía ante la zozobra del clérigo cuando comenzaba a contarle sus encuentros. Y eso que solamente le decía cosas sin mucha enjundia. No se le ocurriría contarle las más íntimas. Por respeto a Clodia y a sí mismo, y también a su propio amigo. Pero le divertía que, solamente iniciando una frase sobre cómo lograban eludir al animal de Minicio, Gregorio se inquietara y le pidiera que no le contara ni un solo dato más.

Que Rufo y Clodia hubieran logrado a veces verse en sus *domus* era un hecho. Pero cuando la situación era más difícil, recurrían a él. Así que les dejaba su cuchitril. Entonces se maldecía a sí mismo. «Se lo has intentado explicar. Fornicar fuera del matrimonio es pecado. Lo dicen los cánones, la Iglesia. Pero no le has insistido lo suficiente. Y les dejas tu casa para que forniquen. Eres un pecador, Gregorio.»

Casi empezaba a pensar que la excomunión y la condena eterna era el más justo de los castigos. El que él mismo se merecía. Enfrascado en sus temores, apenas pudo oír los dos golpes en la puerta. Fue Rufo quien le alertó.

—¡Anda, abre! ¡Ahí está! —Rufo no pudo contener una sonrisa.

Su amigo se apresuró a abrir la puerta.

Sí. Era Clodia.

Llevaba puesta una capa parda, con una amplia capucha que no dejaba ni uno solo de sus rizos fuera de la misma. Esta vez había venido sin uno de los esclavos africanos que le había acompañado las veces en las que había acudido a la morada de Gregorio. Pasó resoplando, y, sin quitarse la capa ni mediar palabra, dio un beso en la frente al anfitrión y abrazó a Rufo.

Se fundieron en un beso que a Gregorio le pareció eterno.

—Eeeeemmmm. —No sabía muy bien cómo interrumpirlos. Decidió no hacerlo—. Yo os dejo, vendré en tres horas.

Lo que escuchó le sorprendió.

—No. Me temo que esta vez no va a ser necesario. —Rufo se distanció levemente de Clodia. Ahora le besó la mejilla, luego repitió en los labios y dirigió una mirada sombría a su amigo.

Clodia parecía tan sorprendida como Gregorio. Ambos se miraron, como queriendo saber. Con un gesto se dieron a entender que ni uno ni otro comprendían.

—Ninguno podemos estar apenas una hora hoy aquí. Tenemos a los godos en las *domus*. Hay que regresar cuanto antes. He dicho que venía a una cuestión de urgencia en una de las casas de los curiales. ¿Cómo ha ido lo de los godos? —preguntaba a Clodia.

—Dentro de la catástrofe general que esto supone, no muy mal. Ya sabéis que nosotros tenemos dos. Un miembro del Consejo godo y su discípulo o su ahijado, no lo sé bien. —Clodia hizo una pausa y miró fijamente a Rufo. A pesar de ser un día tan especial y, para ella, tan triste, acababa de convencerse de que su amante tenía otra preocupación más inmediata. Cabeceó dos veces como para incitarle a hablar de una vez.

—Tengo algo que deciros. Un mensaje para Clodia. Y quizá tú puedas ayudarnos, Gregorio. Dado que no tenemos mucho tiempo, esta vez no podremos... —Miró a Clodia con pesar; ella le tomó la mano. Con aquella mirada inquieta de sus ojos azulados, Rufo supo que deseaba conocer cuanto antes lo que ocurría.

—Sentaos, por favor. Rufo, si ya estaba preocupado antes de que llegaseis, ahora lo estoy más aún. Habla de una vez. —Sirvió un poco de vino en tres copas cerámicas que estaban ya muy deterioradas.

—Bien. Ayer, en una reunión en casa de Apolonio, Atilio me entregó esto. Es un mensaje que alguien le ha hecho llegar. Por su expresión, creo que está asustado. Y no es fácil asustar a Atilio.

Rufo lo puso encima de la mesa y lo extendió. Bastó un suave movimiento con los dedos. Gregorio acercó una lucerna. Los tres leyeron lo que solamente eran dos palabras: «cave credas».

Se miraron.

Fue Gregorio el primero que habló.

—«Guárdate de creer.» «No te fíes.» «Ten cuidado en creer.» ¿A quién? ¿A quiénes? ¿En qué? ¿A qué? Buf, no sé qué es esto. Es una expresión normal y corriente. Cualquiera podría haberla dicho. Y sobre cualquiera. Y sobre cualquier cosa.

—Me dijo que te lo mostrara a ti, Clodia. —Rufo estaba totalmente aturdido. Lo único que tenía claro era el rostro sombrío de Atilio y el miedo reflejado en su mirada cuando le confió el mensaje.

Hasta entonces no había dicho nada. Pero en el mismo instante en el que su amante había extendido el texto encima de la mesa, lo había identificado.

Tenía una memoria prodigiosa. Desde que era una niña se había dado cuenta. Al principio solamente con los juegos. Memorizaba los pequeños dulces que sus maestras le proponían en modestas combinaciones con las manos. Con el tiempo, se percató de que podía aspirar a acumulaciones prodigiosas. El gusto y, finalmente, el amor por la Historia, por los libros, le permitía almacenar en la mente un sinfín de locuciones y frases cortas sobre la base de las cuales reconstruía, si no literalmente, sí el espíritu de fragmentos extensos de prosistas, narradores, historiadores.

Lo mismo le sucedía con los versos de los poetas, aunque con mayor dificultad, para desesperación de sus profesores en la educación avanzada que recibió en Tarraco. Con los años, ella misma había sido su profesora. Poesía, historia, tratados políticos... Todo le interesaba. Adquiriendo por doquier copias de Catulo, de Virgilio, pero también de Séneca, de Cicerón, de Tácito, su mente almacenaba infinidad de citas y de referencias, que se movían como una plaga de hormigas.

En el castigo eterno que había supuesto su convivencia con Minicio, eso y el sexo ocasional con sus amantes era lo único que la mantenía con vida.

Por eso no dudó.

Al ver las dos palabras, y pensando en Atilio y en su conocimiento de los textos, lo supo. Había hablado con él en varias ocasiones. Conocía muy bien la historia romana y a los grandes autores. Recordaba perfectamente haber comentado con él algunas obras. Y creía estar segura de que también habían charlado sobre el autor del que procedían las dos palabras escritas en el mensaje. Sí, solamente dos palabras, muy comunes, usadas en la vida cotidiana, en el día a día cuando se hacía una advertencia. Gregorio tenía razón, cualquiera podía decirlas.

Sin embargo, dirigidas a Atilio y de manera anónima, estaba convencida de que más bien debían de ser una alusión a uno de esos grandes autores. A ese en concreto.

Clodia tomó la lucerna de las manos de Gregorio, apartándola del texto y posándola en una esquina de la mesa. Dio tres o cuatro pasos hacia atrás y apoyó su espalda en la maltrecha pared. Se tomó un respiro y, por fin, habló.

—Sí, Gregorio. Es una expresión usual. Pero no en el contexto de un mensaje anónimo, de una amenaza, dirigida a Atilio. Él es casi el único de los vuestros, Rufo, que ha intentado dar batalla a los nicenos, a los católicos. —Clodia miraba con sincero afecto a Gregorio—. Conoce nuestros textos, muy anteriores al Cristo de esos teodosianos. Y por eso, quienquiera que sea, le ha enviado esto. —Clodia parecía reprochar a Rufo la actitud del conjunto de la oligarquía urbana en los últimos años.

—¿Por qué dices eso? ¿Por qué le han enviado esas dos palabras? ¿Qué coño significa el mensaje? —Rufo empezaba a estar nervioso.

—Cicerón. Es Cicerón. —Clodia sonrió. No pudo evitarlo, a pesar de la situación de tensión a la que no era ni mucho menos ajena.

—¿Cómo? —La cara de Rufo no podía expresar más sorpresa. Lo mismo le sucedía a Gregorio.

—La expresión es usual, sí. Pero siendo Atilio el único curial defensor activo de los textos tradicionales, de la Roma anterior, tiene que tener otro sentido. Y es lo único que se me ocurre ahora mismo. —Clodia se sentó. Puso las dos manos en el brazo izquierdo de Rufo, apoyó su rostro blanquecino en el antebrazo de su amante y, con la mirada fija en la escueta llama que emergía de la lucerna, continuó—. Puede ser de otro autor, de otra obra en la que yo ahora no caiga, claro. Pero Cicerón pone esas palabras en una de las frases con las que construyó su discurso en defensa de Ligario. En una especie de interpelación al mismísimo Julio César. Estoy segura.

Ambos hombres se miraron. No sabían nada sobre lo que estaba hablando Clodia. ¿Cicerón? ¿Julio César?

Ella era consciente. Así que quiso darles más detalles.

—Según se contaba, Ligario había sido uno de los enemigos de César, uno de quienes se enfrentaron a él en las guerras civiles. Nada más vencer en la batalla de Tapso, en el norte de África, se planteó su condena. Cicerón pronunció un discurso en su defensa con tanta elocuencia que, se decía, convenció al dictador.

Rufo y Gregorio no pestañeaban. Escuchaban cada sílaba con una admiración sincera, y con la inquietud de intuir algún peligro inminente que ambos eran aún incapaces de concretar.

—Cualquiera que conozca los discursos de Cicerón sabe que utiliza esa expresión en una de las frases en las que llama la atención de César, le interpela, «cave credas». —Dejó de mirar la llama, se incorporó del brazo de Rufo, y de nuevo se puso en pie.

—Pero... Pero... —Gregorio bebió un largo sorbo de vino.

—¿Por qué se lo han enviado a Atilio? ¿Qué le están diciendo? —Rufo se volvió hacia donde estaba Clodia, abriendo las manos en un estado de preocupación creciente.

—Porque sabrían que, a su vez, Atilio iba a identificar las palabras. Es de los pocos entre los curiales, casi diría el único, que conoce bien a Cicerón.

—Eso explicaría que me diera el mensaje para que te avisara a ti. Lo cual, por cierto, implica que conoce nuestra relación. —Rufo pensaba lo más rápidamente de lo que era capaz. Y lo hacía en voz alta.

—Sí. Atilio quería que yo estuviera al tanto. Esperaba que también yo identificara el doble sentido. No es tanto la expresión en sí, sino que la usara textualmente Cicerón. Lo que no sé es a qué puede referirse en concreto.

—¿Creer? ¿Que no crea en qué? ¿O en quiénes?

—En Cristo. —Gregorio echó hacia delante sus carnes rebosantes, y apretó su cara con las manos, pasando del tono sonrosado habitual en él a un amoratado. Presionaba al mismo tiempo que su mente se esforzaba por comprender—. Atilio no cree en Cristo. Y Cicerón tampoco creía, claro, porque fue anterior.

—Pero ¿qué tiene que ver un discurso perdido de Cicerón, que solamente conocéis unos pocos iniciados?

—Rufo parecía no dar por buena la interpretación de su amigo.

—No lo sé. Gregorio puede tener razón. Pueden referirse a Cristo. O a alguna persona en concreto. O puede ser una amenaza.

Con la última palabra de Clodia se abrió un silencio en la vivienda de Gregorio. Solamente se oía el sonido intermitente producido por las aves que revoloteaban en la techumbre de la planta superior y deshabitada.

Lo habían aprendido de sus primeros maestros. Aquellos a los que los niños acomodados de la Tarraconensis tenían acceso. Y por ese motivo los tres sabían cómo había sido asesinado el autor de aquel discurso pronunciado hacía algo más de cuatrocientos años.

17

Atilio

Con las primeras luces del día siguiente, algunos de los pesos pesados de la oligarquía de Barcinona estaban convocados en el viejo edificio de la curia. Necesitado de una reconstrucción urgente, había acogido durante siglos, con varias reformas incluidas, las reuniones de los curiales.

Con el tiempo, algunas de las familias habían dejado de pertenecer a la curia, bien porque se hubieran extinguido, bien porque hubieran tomado otros derroteros a veces más satisfactorios para sus fortunas, bien porque, por el contrario, se hubieran arruinado.

Era algo así como un símbolo de la vieja ciudad romana que intentaba persistir en un mundo que vivía cambios vertiginosos. Algunos de sus integrantes se daban cuenta de que convenía formar de parte de ellos, incluso acelerarlos para sacar provecho antes que los demás. Otros pensaban que lo más digno era intentar frenarlos. Los más numerosos, por el contrario, se afanaban simplemente en sobrevivir.

Para entonces, ya estaban echados los dados.

Cada uno sabía qué posición tenía.

Y creía conocer la del otro. Por eso Helvio no engañaba a nadie con su discurso.

—¡Curiales de Barcinona! Ya tenemos a los godos aquí. Ha llegado el momento de que los echemos a patadas en cuanto podamos.

Nadie respondió.

Todos sabían que era una mera marioneta de Minicio. Y que jugaba al despiste. No tenían ni la más mínima duda de que Minicio no perdería ocasión de resultar vencedor en aquella carrera hacia ningún sitio. Sacaría tajada de todos los desastres posibles. De cualquier negocio explorable. De las ruinas de los demás. De todos ellos, si pudiera. Entre ellos, solamente Apolonio tenía en su fuero interno la esperanza de vencer a Minicio. De ocupar el primer puesto en influencia en la ciudad. De aprovechar mejor que él la presencia de los godos y todo lo que eso pudiera implicar. De ganar.

Domicio estaba al lado de Apolonio, como siempre.

—¡No pretenderán que alguien secunde semejante locura! Pero si ellos mismos quieren abrir nuevos negocios con esta situación. Y más que nosotros, si pueden. —Domicio susurraba las palabras a Apolonio, dejándolas caer con cuidado, pendiente de que sus compañeros no oyesen nada.

—Desde luego. Es pura distracción. —Apolonio parecía sosegado, como era su costumbre.

Nadie contestó a las palabras de Helvio.

Ni siquiera estaban todos los oligarcas locales. Algunos, los menos, habían huido. Preferían perder sus negocios y su casa dentro de la ciudad, para marchar a sus villas del sur de la provincia, o del interior, descendiendo peldaños en su estatus, acaso para siempre. Ellos y sus descendientes.

La mayoría, en cambio, sí se había quedado en la ciudad, y cada uno de ellos había hospedado a uno, dos, o hasta cinco godos. Para todos ellos había sido una noche dura. Ninguno había dormido nada. Ni siquiera Minicio. ¿Cuánto iba a durar aquella situación? Les habían prometido que sólo serían unas semanas. Seguramente Placidia daría a luz en los próximos días. Lo más probable, o eso querían creer, era que, en cuanto el bebé tuviera fuerzas, los godos se fueran a otro lugar. La ciudad no daba como para mantenerlos mucho tiempo, contando con las multitudes que estaban acampadas a unas millas.

Muchas miradas se fijaban en Aniano. No pertenecía a la curia, pero le habían permitido entrar en la sesión de aquella mañana. Todo era extraordinario, y nadie se opuso a la petición del viejo Titio para que aceptasen que el hombre de negocios de éxito, el acaudalado personaje con bienes en Galia, Italia y la propia Tarraconensis, les acompañase esa mañana.

Después de todo, él había acogido nada menos que a Fredebado. Y el propio Titio a Ataúlfo y a Placidia. La seguridad de los presentes dependía en buena medida de que no les ocurriera nada a esas tres personas. Y eran conscientes de ello.

Parecía como si se diera por supuesto que debían dejar que hablara Titio en primer lugar. Era, de hecho, la costumbre. La intervención de Helvio se vio como algo inoportuno, saltándose el protocolo habitual de sus reuniones. Que su jefe, Minicio, fuera el amo y señor de los destinos de tantos barcinonenses humildes no significaba que pudiera campar a sus anchas en la reunión de lo que quedaba de la Barcinona que había levantado estatuas a emperadores, que había tenido senadores y que celebraba sus orígenes gloriosos que remitían a la noche de los tiempos, nada menos que a la época del mismísimo Augusto.

—¡Bien, bien, bien! ¡*Laetitia,* curiales! ¡Qué alegría! Compruebo con una alegría que inunda mi corazón que

Helvio podrá ser en su día el verdadero *princeps* entre nosotros. El primero en hablar.

En otros días, la carcajada hubiera sido unánime. La ironía de Titio fue casi hiriente para el «mulo de Minicio», como llamaban a Helvio sus más agudos detractores, entre los que, por supuesto, se encontraba Titio. La difícil situación pesaba mucho sobre sus almas. Nadie rio. O casi nadie. Sí lo hizo Aniano, que no quitaba ojo a cada una de las caras que identificaba como más relevantes en aquella colmena de vanidades.

Titio miró a algunos de los asistentes. Sus familias habían mantenido las magistraturas locales durante siglos. Habían reproducido las formas de vida romanas en su pequeño mundo local, como en tantas otras ciudades de Hispania y del resto del Imperio. Las *civitates* eran la base del mundo romano. Muchos de los más ricos, en Barcinona y en otras tantas ciudades, tenían mansiones campestres, *villae*, que además eran centros de explotación agraria, con cientos de campesinos trabajando sus tierras, cultivando sus huertas, recogiendo sus olivas, manteniendo y vendimiando sus viñas, o cuidando sus rebaños. Pero las decisiones importantes se tomaban dentro de las murallas, dentro de aquel gigantesco cinturón pétreo dotado con más de setenta torres. Las mismas que habían impresionado a los godos.

El foro, los templos a los dioses y al emperador, los comercios o *tabernae*, las cantinas, todo lo que había sido el entramado urbano de la ciudad estaba ahora sometido a cuestión. Los más preclaros entre ellos habían detectado hacía tiempo que la crisis de los cauces comerciales no venía sola. Pero no sabían cómo actuar, ni siquiera si podían hacerlo. De momento se reunían, como venían haciéndolo desde siempre. Era como si se miraran al ombligo para reconocerse en su romanidad y buscar allí, agazapados y escondidos, las respuestas que necesitaban. Despúes de todo, siglos de vida romana rodeaban a aquellos tipos encerrados en su viejo edificio curial. Pero en el fondo casi todos pensaban que apenas podían hacer nada ante la ola que ya algunos intuían mucho tiempo atrás.

Les había hecho pensar aún más en todos sus problemas el hecho más reciente, la ruptura con su modo de vida, la *nouitas* que había alterado sus cotidianeidad. Ese mismo día las mejores casas de Barcinona estaban copadas por cientos de godos. Y una auténtica multitud esperaba a unas millas.

Nunca se habían visto en una situación semejante.

La incertidumbre les atenazaba, y eran muy pocos los que podían articular palabra delante de sus compañeros. Así que Titio se dispuso a hablar. Tragó dos veces saliva y volvió a mirar con gesto recio a varios de sus compañeros más veteranos.

—Queridos colegas. Mis abuelos, y los abuelos de mis abuelos, competían con los vuestros por los mejores puestos en nuestra ciudad. Ninguno de ellos hubiera imaginado nunca estar en la situación en la que sus descendientes están hoy. ¡Nosotros! —El silencio era absoluto. Titio hizo una pausa, su tono denotaba tristeza y un alto grado de melancolía—. La vejez me permite ver las cosas con la distancia que da una muerte próxima. El rey godo y la hermana del emperador están en mi casa. Sus generales, sus consejeros, los jefes de sus familias, todos ellos están en las vuestras. Lo hemos hablado una y mil veces. Esperamos que esto dure solamente unas semanas.

—¡Eso espero, o el hijo de puta del godo que tengo en casa se beberá mi mejor vino y se llevará a mis mejores sirvientes! —exclamó uno de los curiales desde el fondo de la vieja sala.

Algunos de los presentes sonrieron como reacción paradójica a la tristeza que les devoraba. Estaban atemorizados.

—¡¡Eso si no te rebana con esos cuchillos que llevan!! ¡¡O si no te parte en dos con esas espadas!! —Ahora era Helvio quien chillaba.

Nadie reía.

—Todos tenemos miedo, Helvio. No vamos a engañarnos. Y todos quisiéramos que esto pasara cuanto antes. Pero no está en nuestras manos. Sí lo está que actuemos con inteligencia, que evitemos cualquier problema en nuestras *domus*. Y poco más. Como veis, he pedido a Aniano que hoy estuviera con nosotros. Su experiencia puede ayudarnos en este trance. Aniano, cuando quieras...

Titio se sentó con cierta dificultad. Tenía para sí muchas más dudas de las que acababa de dejar entrever sobre si había sido una buena idea proponer a Aniano que interviniera en la curia o no. Pero, en su fuero interno, pensaba que quizá empezaba a llegar el momento de romper ciertas ataduras, protocolos, que llevaban mucho tiempo marcando de antemano sus reuniones. Podían apostar de antemano para acertar el resultado de las mismas. De hecho, algunos lo hacían. Los problemas que acuciaban a la ciudad, incapaz de mantener su foro, sus principales edificios, eran solamente una pequeña muestra de los que carcomían al Imperio. Y lo sabían. Las cartas aún circulaban, y sus colegas en otras ciudades de Hispania y del sur de la Galia les habían informado de que en otros sitios las cosas no eran muy distintas.

Aniano se levantó con naturalidad. Esperó a que el runrún cesara.

Sabía que no era bien recibido por la mayor parte de los presentes. Lo veían como un intruso. Después de todo, aunque tenía casa allí, lo era. Con todo, conocía a no pocos de ellos debido a las visitas escasas que había hecho a Barcinona para supervisar sus negocios en la zona. No tenía muy buena opinión de aquella gente. Creía que estaban demasiado orgullosos de sus torres y que el mundo más allá de las mismas no les importaba. Salvo que se tratara de sus negocios en las villas o en otros mercados próximos, claro. Pero, al mismo tiempo, sabía con certeza absoluta que, en eso, no eran distintos de los miembros de otras curias de ciudades que conocía mejor tanto en la Galia como en Italia.

—Gracias, Titio. Es un honor para mí poder hablar ante vosotros.

—¡Ya lo creo! —Esta vez la socarronería de Helvio sí tuvo éxito y se escucharon algunas risotadas.

—Así es, Helvio. Así es. —Aniano transformó su semblante proyectando una seriedad que rozaba el enfado—. De todos modos he tratado con los godos más que ninguno de vosotros. Solamente en las últimas semanas, con las negociaciones que habéis llevado para la instalación, algunos habéis comenzado a saber algo sobre ellos.

—¡¡Ilústranos!! —Helvio se había venido arriba y explotó su vena más socarrona.

—Está lejos de mi intención hacer semejante cosa. Ya Titio, el más sabio entre todos los presentes, os ha aconsejado bien. Actuemos con inteligencia. No digo que nos humillemos. Pero hemos de saber aprovechar algo que está a nuestro favor. Ataúlfo no desea enfrentarse al emperador. Otros en su Consejo, en cambio, sí lo desean.

»Nadie moverá un dedo contra nosotros, porque están a la espera de lo que puedan pactar con el Imperio. Y eso nos sobrepasa a todos nosotros. No está a nuestro alcance y haríamos muy mal si pensáramos lo contrario. Así que lo más conveniente es pasar estas semanas de la manera más apacible posible.

Se hizo de nuevo un silencio abrumador. Ni siquiera Helvio quiso romperlo para emitir una de sus lacerantes salidas de tono. Muy a duras penas, Minicio logró ponerse en pie para tomar la palabra.

—Sabéis bien que no me prodigo en la oratoria. En esto me diferencio de Titio o de Apolonio... —Dejó caer las sílabas para lograr que su ironía alcanzara un mayor efecto entre su público. Mientras intentaba respirar para continuar hablando, un incisivo se dejaba ver en su sonrisa, tanto que parecía estar a punto de perforar su labio inferior—. He de decir que Aniano está en lo cierto. Mantengámonos cada uno en nuestro puesto, cada uno en el lugar que le corresponde, y así conservaremos nuestro mundo en pie.

De nuevo el silencio.

Transcurridos unos instantes, varios de los presentes se levantaron para dirigirse hacia la puerta. Uno de los que aún permanecían sentados se puso en pie y alzó la voz. Era Atilio.

—¡¡Esperad!!

Atilio era respetado por sus compañeros de la aristocracia local. La gran mayoría de la misma se había convertido al catolicismo en la generación de sus padres. Algunas familias, como la de Modesto, lo habían hecho incluso antes. Para este, Atilio era un loco, un perturbado peligroso que desafiaba el nuevo orden de las cosas. Un quebradero de cabeza en su proyecto personal de lograr que Barcinona fuera algo así como la punta de lanza de la ortodoxia religiosa en la extensa Tarraconensis, más allá de la capitalidad eclesiástica de Tarraco. Para otros, era un intelectual, un hombre muy culto, que en materia religiosa había quedado trasnochado. Sin embargo, en las escasísimas ocasiones en las que tomaba la palabra, todos le escuchaban.

—Todos, incluso yo, hemos asumido que hemos de acoger godos en nuestras casas. El emperador los ha empujado hasta aquí, y no tenemos alternativa. Eso es cierto, y Titio tiene razón. —Atilio se había puesto la toga esa mañana. Agarró con sus manos los amplios pliegues que envolvían su cuerpo escuálido, al tiempo que miraba a su alrededor con un gesto triste—. Pero al menos permitidme decir que todo esto es el final del mundo.

Modesto se revolvía en su asiento. Había pensado dejar hablar a Atilio y no contestar. Pero no pudo reprimirse.

—¿El final del mundo, dices? ¿Nos vas a deleitar con una tontería de las tuyas? —Modesto se sentó. Creyó que era mejor que Atilio se explayara. Pensó que el ridículo que iba a hacer era quizá suficiente castigo.

El silencio era de nuevo absoluto. Todos esperaban la reanudación del discurso de Atilio. Retomó la palabra y comenzó a usar las palabras con voz queda y un tono suave, obligando a sus colegas a aguzar sus oídos.

—No, no lo haré, Modesto. Algunos de los vuestros creéis en un determinado final del mundo. No sé si es tu caso. Los nicenos, o católicos, como os hacéis llamar ahora, creéis en un Juicio Final. Y sé de algunos que leen ciertos evangelios y cartas que vosotros mismos habéis prohibido; son textos que anuncian que ese final del mundo está próximo, muy próximo.

»Sí, bien lo sabéis. ¿O acaso no lo sabíais? Soy buen lector, ando siempre detrás de libros interesantes. Y, por mucho que los hayáis prohibido, he accedido a algunos fragmentos. He sabido, sin ir más lejos, de la existencia de algunos de ellos que os anuncian el final del mundo para dentro de unas décadas... —Dejó caer las palabras, que tuvieron un efecto inmenso entre los presentes. Incluso los menos creyentes se revolvieron en sus asientos.

Modesto apretaba con fuerza los nudillos de su mano izquierda con los dedos de la derecha—. Barcinona es una ciudad pequeña, es verdad. Pero no es imposible conocer esos textos. Vuestros obispos los han condenado durante muchos años. Pero no han conseguido hacerlos desaparecer. Y dudo mucho que lo consigan.

»Y ahora llegan los godos. ¿Os habéis vendido a ellos, miserables? Ya tenéis experiencia en eso de venderos. ¿O acaso no se vendió vuestro Inocencio en Roma al godo? ¿Vais a negar que el obispo de Roma pactó con Alarico para que no tocara las iglesias mientras sus hombres saqueaban las propiedades, violaban a las mujeres, y esclavizaban a los niños? —Giró con fuerza los pliegues de su toga con el brazo derecho—. Imagino que eso es lo que queréis para Barcinona. Por eso hablo del fin del mundo. Pero no del que creen vuestras supersticiones.

Se sentó.

Ni siquiera Modesto quiso romper el silencio. Pero sí se desdijo de sus propios pensamientos. Pensó que el ridículo no era suficiente castigo para Atilio.

18

Tulga

—No desayunan mal estos cabrones. —Agila está masticando una chuleta de cerdo que agarra con la mano derecha.

Yo apenas he podido pegar ojo. Habíamos visto a la *domina* de la casa salir a hurtadillas hacía solamente unas horas, avanzada la noche. Decidimos acostarnos, exhaustos por la caminata desde los campamentos y por la tensión del primer día de alojamiento dentro de la ciudad.

En un rato mi mentor tiene que acudir a la *domus* de Titio. Ataúlfo ha convocado allí solamente a algunos miembros de su Consejo. Asistirá la mismísima Placidia. Mi amigo, Wilesindo, Walia, entre otros, y por supuesto Fredebado, han de ir a la mansión para informar al rey sobre la situación. Sobre cómo hemos sido recibidos. Sobre los próximos pasos a dar. O a no dar.

Luego me lo contará todo Agila. Como siempre hace.

Sabemos que los romanos están reunidos en la curia. El propio Titio les ha pedido que acudan.

—Tranquilo, no saldrá nada de ahí. Son incapaces de tomar ninguna decisión que no sea ordenar a sus sirvientes que nos hagan la comida y nos limpien la ropa. —Agila estaba haciendo, en realidad, un sarcasmo. Me lo había dicho hacía un rato, mientras nos vestíamos para ir a comer algo, muy poco antes de que despuntara el alba—. Más me preocupa lo de... —Se refería, sin duda, a la salida nocturna de Clodia—. No nos interesa el más mínimo sobresalto en cada uno de nuestros entornos durante estos días. Y esta *domus* es el nuestro. Escucha. Más tarde, cuando yo acuda a la casa de Titio para ver al rey, intenta sonsacarle algo. Sé discreto, muchacho.

Eso había sido mientras nos preparábamos en el cubículo de mi amigo. Ahora, después de ponerse hasta las cejas de chuleta de cerdo, ha de salir enseguida hacia la reunión. Y yo me quedaré aquí. Encogido de miedo.

Cada vez que Agila me encarga una misión, por pequeña que sea, tengo dos sensaciones. Una de ellas es la ilusión y un cierto hormigueo en el estómago, puesto que me excita poder participar. Significa que mi amigo confía en mí y que me entrega responsabilidades. La otra es el temor a hacerlo mal. Hasta ahora no ha sucedido. Quizá porque las que me ha ido encargando han sido menores; apenas algunas tonterías. Pero esto es distinto.

Si Agila me ha propuesto que sonsaque a Clodia, es que cree que puedo hacerlo. Y, como él siempre dice, saber lo que piensan y hacen los demás, sobre todo si son nuestros enemigos, nos da ventaja. No tengo claro que Clodia sea nuestra enemiga, pero no deja de ser romana. Y estamos en un punto en el que nadie podría asegurar si los romanos son nuestros aliados o nuestros enemigos. No creo que lo sepan ni los mismísimos Honorio y Ataúlfo. Como para decidirlo yo. Bastante tengo con la misión que mi mentor me ha confiado. Haré lo que pueda.

De momento, no ha sido ninguna mala idea ponernos hasta arriba para comenzar el día mientras los curiales de Barcinona creen resolver todos sus problemas en su reunión. Por lo poco que habíamos ido viendo en las negociaciones y en los días previos, parecían tener una afición desmedida por encerrarse a discutir en edificios cerrados. Algo parecido les sucedía a sus colegas del sur de Galia y en la mismísima Roma.

Lo habíamos visto hacía siete años, cuando el primer asedio a la gran ciudad. Los achacosos senadores iban a su curia, la sede del Senado, para encerrarse y discutir si aceptaban nuestras demandas de metales preciosos, especias, telas lujosas, entre otros muchos materiales, o si no lo hacían.

Agila me contó luego muchos detalles sobre aquello, porque estaba acompañando a su maestro Fredebado en la embajada que Alarico enviaba al emperador para negociar. Pero Honorio se había refugiado en Rávena y no quería saber nada del tema. Menudo cobarde. Tras los asedios, vino finalmente nuestra entrada en Roma y todo lo que allí sucedió durante esos días de verano. Este agosto hará cinco años de aquello.

—Muchas reuniones, mucha curia, mucho Senado, pero ni una puta solución. —Es lo que escuchaba yo a Agila cuando regresaba de cada legación—. ¡Parece que estos cabrones quieran que degollemos a todo bicho viviente!

Hubo asesinatos, violaciones, robos, saqueos, destrucciones. Pero no arrasamos la ciudad. Ni mucho menos. Aquellos senadores se reunían, se reunían, y se volvían a reunir. En parte asumieron algunas de nuestras demandas, y pagaban, nos entregaban cantidades ingentes de plata, de sedas muy elaboradas, pero no hubo manera de conseguir lo que Alarico quería.

Para entonces yo ya me había dado cuenta de que el Imperio es como un animal enorme al que le cuesta moverse. Muchas oficinas, mucho personal en cada capital de provincia y de diócesis, un engendro administrativo que agrupa a muchas provincias. Muchos impuestos y recaudadores. Muchas cuentas, apuntan todo, registran todo. Agila dice que no comprende cómo algunos de nuestros nobles pretenden crear un reino con un sistema de poder parecido al de los romanos. Siempre llega a la misma conclusión «Tulga, espero que nunca sea así, o que, al menos, yo no lo vea».

Recuerdo bien nuestras conversaciones en aquellos días de los asedios y, finalmente, del saqueo de Roma. Algunas de las frases de mi amigo se me han quedado grabadas a fuego en mi memoria.

Y también la amargura con la que se expresaba. Como si la reacción que percibía del Senado romano fuera algo que no esperaba. Como si no le sorprendiera la del emperador, a quien consideraba un cobarde y un inútil. Como si aún creyera que el Senado, como reducto de la romanidad desde la formación de la ciudad, tendría nervio suficiente para reaccionar. Como si sus propias expectativas fueran tan altas que, al no cumplirse, hubieran impulsado un resorte interior de decepción y, quizá, de cuestionamiento de nuestros propios movimientos, incluido el mismísimo saqueo de Roma.

—No comprenden que no queremos destruir Roma. Queremos que nos reconozcan, que nuestro rey sea uno de sus generales supremos. Ese inoperante de Honorio no mueve un dedo. Como está bien recluido en Rávena, deja a su pueblo a su suerte.

Yo no había visto nunca a Agila así. Luego entendí la causa. Si el emperador hubiera accedido a todas y cada una de las demandas de Alarico, seguramente se hubieran salvado muchas vidas. Después de aquello, miles de esclavos y de campesinos itálicos, de razas muy diferentes, se nos unieron. No pocos terminaron quedándose por el camino, o viviendo en la Galia. Pero, como dice Agila, aquello cambió la historia de nuestro pueblo. Ya en la época del Ilírico, tras el paso del Danubio, se nos fueron uniendo comunidades de etnias muy diversas. Pero lo de Italia fue un cambio definitivo. Así que entre nuestra gente hay descendientes de aquellos grupos que pasaron el gran río. Pero también hay procedencias muy diversas, producto de nuestro rumbo por distintas provincias del Imperio en las últimas décadas.

Me lo ha dicho varias veces.

—A ver, Tulga. Somos godos, sí. Pero desde que entramos en el Imperio hace casi cuarenta años, se nos han ido uniendo gentes de varias estirpes bárbaras, incluso romanos y griegos. Y algo parecido ocurre con otros grupos por casi todo el Imperio. No somos solamente nosotros. Cuanto más tarde el emperador en despertarse, en entender que tiene que dar una salida a nuestro pueblo, que forma ya parte de su puto mundo, más doloroso será su despertar.

Joder, qué bueno está esto.

Han horneado unas masas de trigo y les han añadido nueces y miel, y las acompañan con unos quesos muy tiernos, apenas curados. Agila y yo nos estamos deleitando con todo esto. De repente, veo que se pone muy serio y que me está mirando con fijeza.

—Me tengo que ir. Me esperan en casa del viejo Titio. El rey quiere vernos, lo sabes. Ya te contaré. Pero espero que tú también me cuentes a mí. Intenta charlar un rato con la *domina* de este palacete. Tulga, intenta sonsacarle.

Minicio está en la reunión de la curia, no sé si tardará en regresar. Si lo hiciera, habla también con él. Yo volveré al atardecer.

Agila se ha levantado y me dice esto, que ya me había insinuado en el cubículo, mientras me pone las dos manos en los hombros. Está claro que confía en mí. Ahora he de intentar no fallarle.

Ha pasado un buen rato desde que Agila se ha marchado. No estoy acostumbrado a la inactividad, y he estado paseando por el corredor del patio. Me he detenido en varios de los bustos que esta gente conserva.

Agila ya me lo había explicado alguna vez. Los ricos guardan las máscaras o las esculturas de sus antepasados. Quienes pueden, lo hacen durante siglos. No tengo ni idea sobre cuánto tiempo tendrán estas tres que tengo enfrente de mí. Me miran con un gesto desafiante. ¿Quiénes serán? ¿Habrán vivido solamente en la ciudad o conocieron mundo?

No conservan inscripciones ni identificaciones. O se han perdido o sus descendientes se han encargado de garantizar la conservación de sus nombres y gestas en la memoria familiar. Ahora que lo pienso, no es tan distinto a nuestras leyendas sobre las primeras grandes familias godas. Claro que no tenemos casas con retratos de ancestros de cada familia medianamente importante. Sigo mirándolos. ¿Quiénes serían estos personajes? Como si me hubieran leído la mente, escucho una contestación a mis preguntas.

—Eran antepasados de mi esposo. Los Minicios. Uno de esos tres llegó a ser senador en Roma.

Noto una extraña fragancia, muy fuerte, como de hierbas de monte, con una penetración intensa en mis fosas nasales que, por un momento, me termina produciendo un carraspeo que me hace sentir imbécil.

Vuelvo la cabeza hacia mi izquierda, de donde me parece que procede la voz. Tiene un tono suave pero seguro, amable pero distante. Me sorprende tanta paradoja en tan pocas palabras.

Es Clodia.

—Tulga, y disculpa si pronuncio mal tu nombre, espero que tú y tu amigo estéis a gusto y que la noche haya transcurrido sin sobresaltos.

Pienso de inmediato en que el único sobresalto nos lo ha proporcionado ella misma. Su salida nocturna. Si fuera capaz de enterarme de algo sobre eso, Agila estaría más que contento. Pero no sé muy bien qué estrategia seguir. Me dejo llevar y espero mi oportunidad.

—Sí, ha sido una noche agradable. Dentro de lo que cabe, porque también para nosotros todo esto es extraño, noble Clodia.

Repaso en mi mente las palabras que acabo de pronunciar y me parecen estúpidas. Veremos.

—La primavera ya se va abriendo paso. Las noches aquí suelen ser frescas pero no frías, al menos hasta dentro de unas semanas. Luego ya comenzarán a ser cálidas. Pero para eso faltan aún unos pocos meses y quizá para entonces ya no estéis aquí. —Sonríe y me invita con un gesto a caminar juntos por el corredor.

Clodia lleva un vestido azulado que apenas puedo ver, porque se ha colocado un manto blanquecino por encima. No es, desde luego, la gran capa oscura con capucha que portaba esta noche cuando salió de aquí.

—¿Cómo es la vida aquí? Barcinona es una ciudad pequeña. —Espero que mi comentario no le haya molestado.

—Tienes razón. Lo es. Tarraco es mucho más grande y, desde luego, tiene más actividad. Digamos que el Imperio en estos momentos casi acaba por aquí. Más allá de la Tarraconensis los bárbaros hacen de las suyas... —Se da cuenta y parece querer rectificar—. Quiero decir los suevos y esos otros grupos que han entrado hace unos años.

—Ya. —Soy intencionadamente seco.

—Algunos dicen que vosotros sois capaces de echarlos. Que podríais ser una especie de brazo armado del Imperio. —Ignoro si está rectificando. Mejor dejar que lleve ella la iniciativa de la conversación.

—¿Quién lo dice? ¿Minicio?

—No. —Se queda pensativa mirando a una de las esculturas.

Me fijo en ella. Es el retrato de un hombre calvo, enjuto; debió de ser extremadamente delgado, a juzgar por sus facciones. Algo así como la antítesis del Minicio actual. La paradoja me resulta irónica, casi humorística. De hecho, me temo que estoy esbozando una sonrisa e intento, de inmediato, controlarla. Más que nada porque si Clodia me pregunta por qué sonrío, no seré capaz de ofrecerle una respuesta convincente más allá de la verdad. Así que intento concentrarme en una frase que retome el asunto político.

—Nadie lo sabe. Supongo que el Imperio y nuestro rey tendrán que pactar todo eso mientras estamos aquí.

—Sí, es posible. Se dice que estáis aquí porque el Imperio lo ha querido. Que vosotros deseabais seguir en la Galia. ¿Es eso cierto?

Clodia deja de mirar el rostro del hombre enjuto y, tras dar tres o cuatro pasos, se centra en uno de un joven. Tiene las orejas muy despegadas y la nariz muy fina, muestra una expresión arrogante. Debió de morir a una edad aproximada a la mía. ¿Moriría en algún combate? ¿Asesinado en su casa? ¿Quizá en esta misma *domus*? Intento concentrarme de nuevo. La fragancia de Clodia se ha apoderado de nuevo de mis fosas nasales, y vuelvo a carraspear. Sí, definitivamente, debo de parecerle un imbécil.

—Lo que yo diga es solamente la impresión de...

—De un joven. —No me deja continuar—. Como el de ese busto. ¿Sabes que fue gobernador de una provincia y que murió envenenado? Ocurrió hace más de cien años. Las malas lenguas dicen que fue su mujer. Que deseaba su muerte porque estaba enamorada de un hombre mucho mayor. Y temía las represalias de su marido. Así que se lo quitó de en medio.

—Sí. Eso es. De un joven. —Hago caso omiso del comentario. Porque no sé cómo interpretarlo. No parece una alusión a Minicio, que es bastante mayor que Clodia. ¿O sí? Buf, me está costando mucho esto. Me temo que voy a fracasar y que no le voy a sonsacar nada.

—No tan joven, Tulga. Es así, Tulga, ¿verdad? No termino de estar segura. —Sonríe y muestra unos dientes blancos.

Es entonces cuando me fijo en su boca con más detenimiento. Lleva pintados los labios en un tono ocre, y el contraste con los ojos me lleva de nuevo a ellos. «De nuevo», sí, porque ya me han llamado la atención con recurrencia. Los maquillajes de los párpados casi coinciden con el color suavemente azulado de su vestido. No sé si lo elige por el color de sus ojos o es una coincidencia.

—Sí. Eso es. Tulga. —Intento devolver torpemente la sonrisa. Noto un cosquilleo en mi estómago. Decido volverme y mirar hacia la zona abierta del patio—. Sí, ha sido el Imperio quien nos ha hecho venir hasta aquí.

—No os conozco de nada ni a ti ni a tu amigo. Pero tengo ojos y veo. Durante la cena me he fijado en cómo lo miras. Me da la impresión de que Agila, ¿Agila? —Sonríe y espera a que le confirme que ha dicho bien su nombre. Afirmo con otra sonrisa y continúa—. Creo que Agila es para ti alguien muy especial.

—Lo es. Me ha cuidado desde que yo era un niño. Mis padres murieron. Ha sido como un padre para mí. No del todo, porque no nos llevamos tantos años. Es mi amigo, mi maestro, y mi mentor en el Consejo de los godos.

—Pertenecéis ambos a la aristocracia goda...

—Sí. No funcionamos como la vuestra, pero sí. Mi padre era uno de los jefes guerreros, más o menos de la misma jerarquía que el padre de Agila. Hay otros nobles con más solera e influencia, como Fredebado, Walia, Sigerico... Pero nuestras familias llevan mucho tiempo entre los nobles.

—¿Qué te ha enseñado Agila, Tulga? —Clodia borra la sonrisa de su cara. Me parece que sí está realmente interesada en la conversación. Se coloca un pasador en la parte trasera de su cabellera. Es hermosa. Mucho.

—¡Buf! Muchísimas cosas. Desde luego lo poco que sé de guerra, de combatir, de armas, me lo ha enseñado él.

—¡Ah! Ha sido un maestro de la guerra, entonces. —Vuelve a sonreír, pero ahora con cierto desdén.

—No. No. No he terminado. Me ha enseñado cosas mucho más importantes. La amistad, la lealtad, que nunca se debe romper. Puedo decirle cosas en las que no estoy de acuerdo y él no se enfada, por ejemplo. En cambio, lo hace si no se las digo.

—La lealtad. A veces pienso que es un mito. —Clodia permanece concentrada en la charla. Me clava sus ojos azulados y me cuesta mantenerle la mirada, de hecho no puedo hacerlo.

—No, no lo es. Existe. Agila daría su vida por mí. Y yo por él.

—¿Y qué más te ha enseñado, Tulga?

—Nuestras tradiciones, la obediencia a nuestro rey, las canciones y los relatos sobre el origen de nuestro pueblo... También me ha enseñado a escuchar y a no juzgar demasiado deprisa a los demás. No sé, muchas cosas.

Ella vuelve a ajustarse el pasador en su pelo. Mira de nuevo los bustos del corredor, pero su gesto se ensombrece de repente.

—Honorio es digno hijo de su padre. —Clodia retoma la política—. Un iluso. Cree que la religión le salvará y que sus generales tienen todo bajo control, especialmente ese tal Constancio.

—Bueno, se dice que Constancio desea a Placidia. Pero es la esposa de nuestro rey. Dudo mucho que Ataúlfo ceda a ninguna presión. —Vuelvo a mirar hacia el corredor. Clodia ha dado un paso o dos. Está más cerca de mí. El cosquilleo en el estómago no cesa. Huelo de nuevo su fragancia. No estoy acostumbrado. Me resulta muy cargante. Intento que no se note—. ¿No eres religiosa, Clodia?

—No. No creo en el Cristo de Teodosio y de su hijo, que más o menos debe de ser casi como el vuestro. Pero tampoco en los dioses antiguos de Roma, aunque me parecen más respetables, siquiera por su antigüedad. A los cuales el papá y el hijito les han ido cerrando los templos. Tampoco me quita el sueño. No. Solamente creo en lo que veo, en lo que siento, y en lo que aprendo.

—¿Aprender?

—Sí. De los libros. Es mi gran pasión. Compro copias de libros y los leo. No tengo una gran biblioteca, si la comparamos con otras. Pero en Barcinona es la mejor. Solamente la de Atilio la supera en algunos aspectos, sobre todo en textos griegos. Pero no en lo demás.

—Mi educación incluyó el aprendizaje del latín y no solamente como lengua para hablar, como estamos haciendo ahora. Tuve la suerte de tener un buen maestro.

—¿Agila?

—¿Agila? —Sonrío—. Bueno, sí, Agila lo es. Y algo de latín me enseñó. Pero había un hombre mayor que nos enseñaba a varios muchachos de mi generación. También enseñó a la de Agila.

—¿Y qué le ocurrió?

—Murió al poco de que saliéramos de Roma. —Me doy cuenta, repentinamente y para mi sorpresa, de que la fragancia de Clodia ya no me parece tan cargante.

—Uno de estos días quizá te enseñe mi biblioteca. Dame un poco de tiempo para que me acostumbre a vuestra presencia y me pensaré si os la muestro a Agila y a ti.

—¡Con Agila ni te molestes! —Intento no reírme—. No le interesan mucho los libros.

Clodia detiene el paso. Vuelve repentinamente el cuello, mirando hacia el portón que comunica las dependencias interiores con la parte del corredor en la que nos encontramos. Parece como si quisiera asegurarse de que nadie la escucha. Da un paso hacia mí. Vuelvo a notar intensamente su fragancia. Más, mucho más que hasta este momento.

—Sé que me habéis visto esta noche.

19

Tulga

Agila me va a matar.

No he sido capaz de contestar a Clodia. Y se ha marchado. Ha dicho que pasaría el día leyendo en su biblioteca. Nos debió de ver apurar con nuestras cabezas el mínimo espacio junto a la puerta mientras la observábamos salir por el corredor y el portón. Pero ¿por qué me lo habrá dicho? ¿Qué interés puede tener en hacerme ver que sabe que la vimos salir? Miro los bustos del corredor, pero no creo que ellos vayan a darme las respuestas.

He estado corto, muy corto. Tenía que haberle contestado directamente, tanto como lo ha sido ella para soltarme de pronto que lo sabía. Que sabía que la habíamos visto salir. Debía haberle preguntado por qué me lo contaba. Y, de paso, que adónde iba. Es posible que no me hubiera soltado nada. Pero al menos ahora no tendría que decirle a Agila que me he quedado callado como un idiota. Como lo que soy.

Enfrascado en mis pensamientos, y torturándome con ellos a la espera del regreso de mi amigo, oigo voces. Salen de una de las puertas que jalonan el corredor. Creo que es la que da hacia la cocina. Me acerco.

—¡¡Rápido, Crescentina, saca los cangrejos del agua, se te van a pasar!!

—¡¡Sácalos tú, malnacido!! ¡Estoy condimentando las verduras!

Me asomo. Es la pareja que sirvió la cena. Parece que están enfangados en otra.

—¡¡Qué ganas tengo de acabar con esto!! ¡Si Minicio tiene razón, queda poco para que dejemos de tener que hacerlo! Solamente algún encargo más...

Veo sonreír al tipo. Por un instante me da la impresión de que se trata de una sonrisa maliciosa. Casi diría que maligna. La viva imagen del mal sonriente. Él no me había visto a mí, pero me doy cuenta de que, al verme en la puerta, su gesto se ha vuelto rígido. La sonrisa inquietante ha desaparecido al momento. Me hace un gesto con la cabeza, mínimo, tanto que apenas lo percibo. Debe de ser un saludo.

—Os hemos servido el otro día, señor —me dice ceremonioso mientras agita dos pequeños sacos sobre unas verduras—. Mi nombre es Lucio, y mi esposa es Crescentina.

—Sí, fue de nuestro agrado. Espero que no os importe que os observe un rato. No tengo nada que hacer hasta que regrese mi compañero. —«Compañero»; creo que es la primera vez en mi vida que uso esa palabra para referirme a Agila. Me ha salido instintivamente. No creo que él piense lo mismo cuando regrese.

Ella se afana en sacar unos cangrejos pequeños de una gran olla con agua hirviendo. Ha puesto laurel, lo huelo desde aquí. Saludo a ambos.

—Señor, esperamos que la cena fuera de vuestro agrado. Estamos preparando otra para este atardecer. Minicio nos ha encargado las dos primeras cenas de vuestra estancia. Es un anfitrión excelente. —Lucio tiene ahora las dos manos sumergidas en una fuente de cristal, es ovalada y tiene como única decoración unos patos diminutos en relieve en los laterales. Me acerco y miro por encima. Está repleta de hígados cortados que están macerando en aceite y hierbas—. Hay que mezclarlo todo varias veces, en caso contrario no se lograría el sabor deseado.

Compruebo con gozo que hay un pequeño taburete de madera detrás de la pareja. Me siento. La charla con Clodia ha sido un poco tensa. Al menos para mí. Y agradezco sentarme. Intento relajarme y me detengo en los detalles de las operaciones que la pareja lleva a cabo con contundencia. Han debido de hacer estas cosas muchas veces. Veo cómo Crescentina agarra con determinación una enorme langosta y la mete en otra olla aún más grande que en la que ha cocido los cangrejos.

—¿Trabajáis hace mucho para Minicio? —Sé que Agila no se contentará con lo poco que pueda sacarles a estos dos tipos, pero será mejor que un silencio absoluto.

—Sí, hace años. Somos *clientes* suyos. Es un *patronus* excelente y nos está promocionando. Dentro de poco...

Por un momento, por un mínimo momento, me ha dado la sensación de que la misma sonrisa maligna del hombre quería asomar en su faz. Pero no ha dado tiempo ni a que él acabara la frase ni a que la siniestra mueca emergiera en su lóbrego rostro.

—¡¡Ssshhh!! ¡¡Calla!! —Crescentina le propina un codazo y un puntapié a su esposo, mientras aprieta con el brazo derecho y un palo de madera y consigue que la langosta no porfíe por salir de la olla.

Hago como que no me he percatado de la posición defensiva que Crescentina ha impuesto a Lucio. Pero me ha llamado la atención y trataré de llegar a algún sitio dando más vueltas.

—¿Os dedicáis a cocinar en fiestas?

—Sí, pronto lo haremos en una enorme que se celebrará en otra *domus*... —Lucio miró a su esposa y decidió no seguir.

—Pero además de eso tenemos una tienda, una *taberna* cerca del antiguo foro. Tratamos con productos selectos, godo. Quiero decir, señor. —Crescentina ha logrado definitivamente dominar a la langosta.

—¿Cómo están los negocios en Barcinona?

—Mal, muy mal... —Lucio se vuelve y me mira con una expresión que me parece de resignación—. Nuestros abuelos fueron más prósperos. Las cosas han empeorado en las dos últimas generaciones. La gente cada vez tiene menos monedas. Y las que tienen valen menos cada día. Sobreviven como pueden. Nosotros no podemos quejarnos porque Minicio coloca nuestros productos.

Lucio ha sacado sus manos de la fuente de los hígados. Se echa un poco de agua de una jarra de barro que tiene a su derecha. Coge un cuchillo. Es grande, de un solo filo, pero con una hoja larga y ancha. Camina cuatro o cinco pasos a la izquierda, pasando detrás de su mujer. Hay un pollo enorme, ya previamente pelado. Con gran destreza hace dos cortes secos, certeros y rápidos.

Este hombre domina el cuchillo, aunque no creo que como Agila. La mera comparación me hace gracia. Que se borra en cuanto veo con qué precisión hace unos cortes rápidos, rapidísimos, que abren cada porción de pollo que acaba de cortar. No quiero imaginar lo que esa técnica tan depurada pudiera hacer en un cuerpo humano.

Crescentina pone agua fría sobre los cangrejos. Ignoro para qué.

—Es Minicio el principal *dominus* de Barcinona, ¿verdad?

—Es un carcamal. Pero sí. Lo es. —Crescentina no parece tener muchas simpatías hacia Minicio.

—Pero nos va bien, mujer. Si hacemos todo lo que nos diga, prosperaremos. De hecho ya lo estamos haciendo. —Lucio me mira y muestra una expresión de profunda convicción.

—En eso Lucio tiene razón. Yo creo que tiene a todos los curiales metidos en su barriga, por eso está tan gordo. —Crescentina no quita ojo a la cocción de la langosta mientras saca otra de una caja de madera y le va soltando las correas de liza—. ¡Es el principal *dominus* de la ciudad, no solo de esta casa y de sus clientelas! —Suelta una risa gutural que soy incapaz de discernir.

Me levanto del taburete y me despido de la pareja.

Salgo al corredor y uno de los sirvientes africanos abre la puerta para dejar entrar a alguien. Es Agila. Han terminado pronto la reunión con el rey en casa de Titio. Sus ojos se detienen en mí y me hace un gesto con la cabeza indicando la dirección a mi derecha. Veo que hay un banco de piedra entre las hojas de hiedra que caen de la techumbre de tejas hacia el jardín lateral del atrio. Nos dirigimos hacia él.

—¿Cómo te ha ido? —me pregunta mientras nos sentamos.

—No muy bien, me temo.

—¿No muy bien?

—Clodia nos vio.

—¿Nos vio?

Me da la impresión de que mi amigo comienza a enfadarse y que intuye el desastre que le voy a contar. Repite mis frases dando a entender que espera otras, que esas no le valen para nada.

—Sí. Me lo ha dicho hoy. Hemos hablado un rato. Ahí, en el corredor.

—¿Y adónde iba? Aunque imagino que te habrá mentido cuando le hayas preguntado.

—No lo sé. No se lo he preguntado.

Agila me mira. Veo la rabia en sus ojos. Espero su nueva pregunta, pero no la hace. De hecho, no hace ninguna. Se levanta. Me doy cuenta de que está apretando los puños. Camina hacia un seto y se detiene a observarlo con detenimiento. Creo que admira la perfección del corte. Supongo que la compara con mi imperfección o, mejor dicho, con mi estupidez. Permanece ahí quieto unos instantes. A mí se me hacen eternos.

Se vuelve. La expresión de su cara parece menos tensa.

—Está bien. No se lo has preguntado. Quizá sea incluso mejor así.

Se hace un silencio. Tengo que reposar lo que me ha dicho. ¿Mejor? ¿Por qué? Estos giros de Agila me sorprenden. No soy capaz de comprenderlos. A veces parece que va a hacer una afirmación en un sentido, y cambia a otro repentinamente. Después de hacer como ahora, retirarse hacia un rincón, o en un lateral de una calle o un camino. Permanece unos instantes mirando hacia algún punto fijo, como buscando la inspiración que le conduce a esos giros que a mí aún me quedan muy lejanos. Desde luego, no pienso preguntarle la razón de su cambio de opinión. Así que, de momento, creo que es mejor cambiar el tema. Me decido, y pregunto.

—¿Cómo ha ido con el rey? ¿Qué ha dicho?

—Ataúlfo está bien. Ese viejo Titio es un excelente anfitrión para ellos. Y Placidia dará a luz en cualquier momento, es cosa de semanas, incluso de días.

—¿Y no os ha dicho cuánto tiempo estaremos aquí?

—No. Y eso que se lo hemos preguntado. Creo que ha sido Wilesindo. Ataúlfo solamente le ha sonreído. Supongo que dependerá del nacimiento. Y, desde luego, de lo que esté negociando con Honorio. Eso solamente lo sabe él, de momento. Y, como mucho, Walia y Fredebado, pero no sueltan prenda.

—Y tú, ¿qué crees?

—Si tuviera que apostar... Creo que en cuanto el bebé tenga unos días o semanas, Ataúlfo comunicará algo. Y que nos iremos de aquí. Mi intuición es que el Imperio nos enviará al interior de Hispania para enfrentarnos a los suevos y a los otros. O quizá nos reclame de nuevo en la Galia. Temen a los usurpadores, a otros pueblos... Pero creo que en esta ciudad no seguiremos. En cuanto el bebé pueda viajar, marcharemos. Eso intuyo.

—Pero eso es la guerra, y al servicio de Roma.

—Sí.

Agila contesta con la mirada perdida. Pero de repente me percato de que no es así. Está contemplando los bustos de los antepasados de Minicio. En ese mismo instante, uno de los sirvientes negros se dirige hasta nosotros, procedente de una de las puertas del corredor.

—Minicio ha llegado. El *dominus* quiere que os preparéis para la cena.

—Así lo haremos —contesta Agila y pone una de sus poderosas manos sobre mi hombro. Parece haber recuperado la alegría.

—Bueno, Tulga. Prepara tu estómago, y también tu vista y tus oídos. Procura estar más espabilado esta vez.

Intento sonreírle. Pero no soy capaz.

La sala del comedor rebosa mesas auxiliares. Están repletas de bandejas. Veo las langostas que ha cocido Crescentina. Les ha añadido una salsa anaranjada por encima. Los hígados que ha macerado y cocinado Lucio. Los pollos. Las frutas. El vino. Mientras Agila me indica que me haga con una copa para llenarla de vino, escucho una voz que pronuncia mi nombre.

—Tulga, porque te llamas Tulga, ¿verdad? Para mí es difícil memorizar vuestros nombres, espero que sepas comprenderlo y disculparme.

Quien me interpela es Minicio. A pesar de que no hace calor ni mucho menos, está sudando. Con un gesto indica a una sirvienta que llene mi copa de vino.

Lucio se esmera en remover constantemente los hígados. Crescentina se ha marchado a la cocina.

—Sí, así es. Te agradecemos este recibimiento, como también hiciste ayer, noble Minicio. —Me escucho a mí mismo y vuelvo a sentirme imbécil.

—Minicio, cuéntanos lo que quieras o puedas sobre vuestra reunión de hoy. —Agila ha decidido salvarme.

—¡Oh, un desastre! Cada uno va a lo suyo. Ese Atilio solamente quiere jodernos los negocios.

—Atilio... ¿No es Atilio quien entre los vuestros quisiera echarnos? —Agila está probando los hígados y parece que no le disgustan, precisamente.

—Sí. A vosotros y a Cristo. Solo piensa en el pasado. Pobre loco. Ese pasado no volverá. Jamás.

Me doy cuenta de que la expresión de Clodia parece como si quisiera encubrir una ira desatada que la rompe por dentro. Lo he notado en el mismo instante en el que Minicio ha pronunciado esa frase sobre Atilio. Quizá sean imaginaciones mías. Pero la tensión de sus facciones y lo inyectados que parecen sus ojos me llevan a esa conclusión.

—Pero no tiene apoyos, ¿no? —Me atrevo a intervenir. Llevo dos copas ya de este vino. Es muy suave, más que otros que he probado.

—Nunca se sabe, muchacho. —Minicio habla mientras mastica un trozo de pollo que ha arrancado con dificultad con sus dedos rechonchos—. Puede convencer a bastantes. Las cosas no están tan claras. A mí me tiene un odio profundo. No se da cuenta de que no me interesan ni sus ideas ni la religión del emperador. Solo acumular más oro. Atilio no será ningún obstáculo.

En ese instante me doy cuenta de que Minicio mira con una sonrisa extraña a Lucio. Este inclina la cabeza.

—Bueno, bueno, godos... ¿Y qué tal vuestro rey?

—Hoy estaba muy animado. El inminente nacimiento del bebé... —Agila contesta a Minicio mientras vuelve a tomar uno de los hígados.

—Algunos de mis colegas están muy ilusionados con eso. Cosa que no deja de sorprenderme. —Minicio engulle un pedazo ingente de langosta.

—Señor, si todo está a vuestro gusto, nos retiraremos a continuar nuestras tareas.

—Id, id... tenéis mucho que hacer.

Crescentina y Lucio se retiran.

Minicio les había ordenado venir para preparar la cena y disponerla, pero son los sirvientes quienes se encargan de liquidar esto. Por la expresión de su cara deformada, parece que está satisfecho con los manjares que han vuelto a traer hoy. Lucio y Crescentina desaparecen de la sala sigilosamente.

—A mí... no. —Clodia toma la palabra mientras Crescentina y Lucio desaparecen de nuestra vista.

—¿Perdón, querida? —Minicio vuelve a meterse en la boca un pedazo gigantesco de langosta.

—Que a mí no me sorprende que algunas de las ratas de la curia estén deseando que nazca el bebé. Y, si pudieran, rezarían a su dios para que no fueran semanas, sino años, el tiempo que el bebé y sus padres se quedaran aquí.

Me doy cuenta de que Minicio mira a su esposa con verdadero odio. Pero, además, con sorpresa.

—Ardo en deseos de que te explayes, noble Clodia.
—Agila adopta un tono ceremonioso, mientras introduce sus manos en una vasija enorme pintada en tonos azulados y amarillos que contiene agua y limones cortados en finas rodajas.

—Todos creen que remontarán sus negocios con vosotros por aquí. Que Barcinona sea una especie de punto de arranque de una nueva época. Y que eso les enriquezca. Eso piensan.

Mientras habla, mira de reojo a su esposo. Escruta sus reacciones. Pero Minicio permanece ahora impertérrito. Parece como si la sorpresa inicial haya desaparecido después de que Clodia haya comenzado a hilvanar su argumento. Lo que me hace pensar que, quizá, temiera que su esposa fuera por otros derroteros, que desde luego no soy capaz de imaginar.

—No todos. —Se limita a afirmar con sequedad.

—No. Atilio no. Sería deseable que convenciera a otros más. Y que los otros Atilios, quiero decir, los otros nobles con principios de otras ciudades, también convenzan a sus colegas en Tarraco, en Ilerda, en Dertosa... Y no solo en la Tarraconensis.

Agila y yo nos miramos.

Clodia está encendida. Su cuello parece inflamarse mientras habla, y sus ojos enrojecen, o eso me parece. Está aún más bella que en la conversación que hemos tenido en el corredor. En ese momento su aroma me había invadido. Me provocaba repulsa pero, pronto, mientras hablábamos, había dejado de hacerlo.

Ahora me llega su valor. Ha puesto una pasión intensísima en sus palabras. Y eso me ha parecido hermoso. Y verdadero. A juzgar por la expresión de Minicio, sus afirmaciones no le están haciendo ninguna gracia; más bien al contrario.

—Esto que has dicho es una perorata. Sería una buena chanza si no lo dijeras en serio, querida. —Minicio bebe más vino y eructa. Diría que está ya medio borracho—. Además, ya lo he dicho antes. Atilio no será ningún problema.

Nos hemos retirado a nuestras estancias. De momento entramos en el cubículo de Agila. Noto perturbado a mi amigo. Está sentado en el lateral del lecho. Tiene su cuchillo en la mano derecha, y repasa suavemente el filo con el dedo índice de la mano izquierda. Está concentrado. Lo sé. Es uno de sus gestos característicos cuando está pensando.

—¿Los hígados? Demasiado fuertes, ¿no? —bromeo.

—Sí... Pero estaban excelentes. Hay que reconocerlo. —Sigue acariciando el filo con el dedo.

—¿Qué ocurre, Agila?

—Algo no va bien. Aún no sé lo que es. Pero lo intuyo.

—¿Qué crees que debemos hacer?

—Nada. Esperar. En estos momentos no debemos mover un dedo —lo dice mientras mira fijamente el suyo, que se ha detenido en la punta del cuchillo—. Solamente observar y esperar.

—Ya...

No parece que quiera decirme qué piensa realmente. Ha sucedido en otras ocasiones y desde muy jovencito aprendí que debo respetar sus silencios.

—Hablando de observar... Ponte al lado de la puerta, ábrela aún menos que la noche pasada. Deja solamente el espacio mínimo para que tu ojo vea el corredor. Solamente quiero saber cuándo sale Clodia.

—¿Cuándo? ¿Das por sentado que lo hará?

—Sí.

20

Clodia

La noche había avanzado. Faltaban cuatro o cinco horas para el alba.

Cerena iba por delante. A unos cuatro pasos le seguía su *domina*, cubierta con su capa y su capucha. Minicio dormía en su cubículo. Uno de los africanos permanecía en la puerta y daría el aviso al otro, que se encontraba a unos quince pasos en el pasillo interior, presto para salir a la carrera ante una eventualidad fatal y poder dar la alerta a Cerena.

La joven había salido ya al corredor. Miraba primero hacia su derecha, fijándola en las puertas que acompaña-ban a la esquina que formaba el lateral corto del patio con el lado largo del corredor en el que se encontraba. Luego sus ojos se detuvieron en el lado opuesto, por el que discurría el resto del corredor hasta la puerta de la *domus*. Con un gesto muy leve, movió los dedos de su mano izquierda para que su *domina* saliera al corredor.

Clodia salió de los aposentos sin titubear. Alcanzan-do en dos pasos a Cerena, le lanzó una mirada de agrade-cimiento sincero, y la sobrepasó por la izquierda. Sin embargo, le dio tiempo a ver que los godos tenían la puerta mínimamente abierta. Eran más ingenuos de lo que creía. Si pensaban que no les iba a ver, ese Agila debía ser más infantil aún que su amigo joven.

Antes de alcanzar la puerta, le invadió un pensamiento. ¿Y si la seguían? Decidió no pensarlo dos veces.

Había salido ya de la *domus* del cerdo. De su cárcel.

No le costó mucho llegar a la desvencijada puerta de la diminuta *insula* en la que vivía Gregorio. Por decir algo. Ella estaba acostumbrada a los lujos. Le dolía que su amigo Gregorio hubiera decidido vivir en semejante cuchitril. Por sus orígenes familiares, podría disfrutar de las comodidades de las *domus* de los mejores barrios de la ciudad. La dichosa religión. Pensaba que el Cristo ese al que seguía Gregorio con tanto fervorín debía de haber sido una buena persona. Una muy buena persona. Pero no opinaba lo mismo de los jefes que estaban al frente de las *ecclesiae*. Los últimos obispos de Barcinona habían dado mucho que hablar y se habían metido en varios jaleos. Pero, por lo que tenía entendido, mucho menos que los de Tarraco. A mayor gloria, a mayor poder, más convencida estaba de que eso no iba con ella.

Claro que al conocer a individuos como Gregorio su convencimiento disminuía un poco. Gregorio era honesto, leal, generoso, diáfano. Y su convicción, su pasión por ser clérigo, por trabajar en las obras de la ampliación de la iglesia, por mantener limpio el baptisterio, por innumerables muestras de caridad, le dejaban boquiabierta. Todas esas cosas le hacían dudar. Pero solo a veces.

Y siempre regresaba a la misma conclusión. No. No iba con ella. Apreciaba, quería a Gregorio. Lo conocía de antes, claro. Pero desde que había empezado lo suyo con Rufo y habían comenzado a frecuentar la covacha del clérigo, lo había tratado con mucha intensidad. Y no le extrañaba en absoluto el cariño que Rufo le profesaba. Ellos eran amigos desde la infancia.

Descubrir la integridad de Gregorio le afianzaba en lo que llevaba ya un tiempo sintiendo por Rufo. Porque el valor que su amante daba a la amistad con Gregorio, a sus ojos, a los de Clodia, aumentaba aún más su proximidad afectiva hacia Rufo. Y todo teniendo en cuenta que Gregorio pertenecía a un mundo que a ella le era completamente ajeno. Incluso pese al propio Gregorio, estaba segura de que le seguiría siendo ajeno para siempre.

—¿Algún progreso? —Gregorio abrió la puerta con calma, pero la cerró con rapidez.

Clodia percibió la preocupación del clérigo en cuanto vio su expresión. Le dio un beso en la mejilla sonrosada y abultada. No. No había ningún progreso con respecto a Atilio. Rufo había intentado hablar con él. Pero no pudo localizarlo. Sus sirvientes le dijeron que había acudido a una reunión importante. Ella seguía pensando que se trataba de una amenaza, y que por algún motivo el texto remitía a Cicerón. Tenía algo que ver con Cicerón. Pero no caía en qué podía ser, más allá de la frase en sí. Puede que tuvieran ellos razón y fuera una jugarreta, una broma, toda vez que la frase era habitual. Quizá alguien quería asustarlo, sin más. Pero... Como mensaje anónimo...

No. Tenía que ser una amenaza. Una amenaza seria, auténtica. Estaba convencida de eso. El propio Atilio así debía de haberlo entendido porque le pasó la nota a Rufo en secreto. Y le encargó que se la diera a Clodia, porque ella sabría descifrarla. Solo ella, además del propio Atilio.

—No. Creo que es lo que os dije. —Clodia se dirigió al fondo de la estancia, y se fundió en un abrazo con Rufo.

—El pálpito de Clodia es fuerte, Gregorio. He intentado hablar con Atilio. Mañana por la mañana volveré a acercarme a su casa. No sé qué reunión tan importante será esa a la que ha acudido. —Rufo hablaba abrazado a Clodia.

Tosió. Y Gregorio supo al instante qué significaba aquella tos.

En la última ocasión solamente el mensaje a Atilio había alterado lo que comenzaba a ser algo habitual. La tos de Rufo anunciaba la marcha inmediata de Gregorio. Exactamente lo mismo que iba a suceder en ese preciso instante.

Otra vez los problemas de conciencia. Otra vez las dudas. Otra vez el replanteamiento. ¿Le diría a su amigo que quizá era el momento de buscarse otro sitio? Si las respectivas *domus* eran ahora lugares imposibles, con los godos rondando, quizá debieran plantearse un hueco en algunas de las pocas *insulae* que quedaban en la ciudad.

Rufo era un hombre adinerado, no le costaría mucho hacerse con un alquiler a alguno de los muchos propietarios venidos a menos. Pero no era una cuestión de dinero. No había elegido el cuchitril de Gregorio para ahorrarse un alquiler. Lo había hecho porque necesitaba la confianza de un lugar próximo, en el que la amistad de su amigo cobijara lo que, para él, comenzaba a ser algo muy importante.

No obstante, sí, Rufo había pensado alguna vez en un alquiler. Claro que teniendo en cuenta que muchos alquileres dependían de Minicio y de sus *societates*, el riesgo era alto. Por eso había pensado que fuera Gregorio quien diera la cara, quien alquilara algún otro sitio, aparte del tugurio en el que vivía. Podría acudir a algún propietario de los muchos que se habían arruinado en los últimos años, que aparentemente no tuvieran nada que ver con Minicio. Pero a las pocas semanas podría descubrir que había caído en las redes de la extensa clientela del gordo.

Y algo parecido sucedía si buscaba un intermediario, que podría ser el mismo Minicio. No sospecharía nada si acudía a él para alquilarle alguno de los tugurios que tuviera en cartera en la ciudad. Nunca pensaría que el clérigo le alquilaba el piso donde su propia mujer y Rufo se iban a follar a su salud. Pero, a la larga, sus tentáculos, que eran numerosos y a veces invisibles en la ciudad, harían preguntas. ¿Para qué quiere ese clérigo otra vivienda? Pronto saldría a flote la vieja amistad con Rufo... Y adiós. No, alquilar otra cosa en Barcinona era un riesgo demasiado alto. El de los alquileres era el reino de Minicio.

Que Minicio pudiera saberlo, sospecharlo al menos, era algo asumido por los tres. Pero no movería un dedo siempre que no los pillara en persona, o que alguien pudiera verlos. En ese caso ordenaría que los matasen. Seguro.

Así que mientras pensaba estas cosas, Gregorio recogía una bolsa de cuero en la que había introducido unos preparados para limpiar el enlucido de los alrededores del baptisterio. Solía acudir a limpiar en la iglesia y en el baptisterio. Las obras de ampliación del pequeño complejo habían deteriorado algunos sectores. Al tener que irse de casa para dejar a los dos a solas unas dos o tres horas, al menos aprovecharía para adecentar el perímetro de la pequeña piscina cuadrada situada al norte de la pequeña iglesia de Barcinona.

—Bueno... —Gregorio se ponía muy muy, pero que muy colorado, cada vez que tenía que despedirse de la pareja. No sabía muy bien qué palabras utilizar.

—Anda... Ve... —Rufo agradeció con una sonrisa abierta, plena, el gesto de su amigo.

Pensaba que el mundo a veces no era tan malo. Personas como Gregorio, prestas a ayudar en todo lo que se les pidiera, con una lealtad a prueba de cualquier veleidad, compensaban el auge de los Minicios en todas las Barcinonas, de todos los miserables en todas las ciudades.

Clodia rompió por un instante el abrazo en el que estaba fundida con Rufo desde que había llegado a la vivienda de Gregorio. Cuando este se disponía ya a salir, se le acercó en tres pasos. Puso su mano blanquecina sobre el hombro del clérigo, y logró frenarlo. De nuevo le dio un beso en la mejilla, pero además lo giró hacia sí para darle un abrazo sentido, sincero, y profundo.

Gregorio la miró con los ojos humedecidos. Sabía que el afecto era verdadero. Y mutuo. Cerró la puerta y se fue.

Fue Rufo quien dio el primer paso.

Clodia lo esperaba arrimada a la pared. Aún llevaba puesta la capa. Con la capucha retirada, claro. Rufo pensó que no podía ser más guapa. Mientras se dirigía con calma hacia ella, clavó su mirada en sus ojos azulados. Le dio un primer beso suave, que ella recibió turbándose. Se lo devolvió con mucha más intensidad.

Se apartó por un instante de él. Dio unos pasos hacia su izquierda, colocándose sobre la puerta. Descansaba en ella sus talones, su trasero, su espalda, su cabeza. Le dio toda su lengua mientras él intentaba corresponderle mientras desprendía la capa tirando de ambos laterales al mismo tiempo. La prenda no cayó al suelo del todo, puesto que Clodia seguía con la espalda apoyada en la puerta que Gregorio acababa de cerrar.

Ella buscó con sus dedos la espalda de su amante, introduciéndolos por los pliegues de la túnica ajustada, con un suave colorido ocre, que portaba Rufo esa noche. Los pliegues que daban paso a las axilas permitían una gran comodidad de la prenda. Pero ahora estaban ocupados por los finos dedos de Clodia, que, una vez que logró su propósito de alcanzar la espalda de Rufo, los apretó como exigiendo que su amante la aprisionara contra la puerta.

Ella dio un paso al frente, hundiendo aún más su lengua en la boca ardiente de su amante. Fue entonces cuando la capa por fin cayó en el umbral interior del portón. Al sentir que ya no la tenía detrás de ella y que se encontraba más libre, volvió a apoyar su espalda en la madera irregular y muy deteriorada del portón del tugurio de Gregorio.

Rufo intentaba seguir como podía el ritmo del beso de Clodia, que con la fruición del mismo le comunicaba que no pensaba ir ni a la cama ni a la mesa. Quería que fuera allí mismo. Contra la puerta. Él la entendió a la primera. Fue desprendiendo con celeridad la túnica lisa que ella llevaba encima de una mínima lencería de lino tratado y caro, y luego se quitó la túnica a menos velocidad de la que hubiera deseado. Pensó que había elegido mal. Se había puesto la más ajustada que tenía. Tardó unos instantes que a ambos se les hicieron eternos.

Acarició sus largos rizos mientras despedía el beso y bajaba su mano derecha y luego la izquierda para retirar la fina línea de tejido que cubría los pezones y parte de los pechos de su amada. Para entonces ella ya se había quitado la no menos fina cubierta de una seda gruesa, pero extremadamente suave que llevaba como prenda íntima inferior.

Notó la humedad y se retorció.

Él bajó besando su abdomen y se detuvo en su coño con una suavidad y una dulzura que Clodia disfrutó con plenitud. Luego ella asió a su amante de los brazos para animarle a incorporarse y le agarró la polla, que para entonces estaba totalmente endurecida. La masajeó con ganas y se la introdujo.

Él gimió y ella comenzó a sentirla toda dentro.

Clodia apretó sus muslos contra los costados de Rufo. Follaron con fuerza mientras hacía fuerza con su espalda hacia la madera. Notaba el dolor porque había algunas esquirlas desprendidas casi por completo de la destartalada puerta que se le estaban clavando en los omóplatos. Notó también una astilla rozando su cabeza, amenazando con clavarse en ella. Pero le daba igual.

Se corrieron juntos.

Seguían de pie cuando se fundieron en un beso largo, dulce. Un beso de amor.

Mientras, Gregorio cargaba con su bolsa hacia el extremo norte de la ciudad. Dos de las calles que cruzó eran ahora más estrechas que cuando era un niño que jugaba al escondite con sus amigos; entre ellos y, para Gregorio, por encima de todos ellos, Rufo.

Los cambios en las propiedades, la especulación del suelo, y la amortización de edificios y plazas públicas habían provocado que algunas *domus* hubieran pasado a invadir el espacio de las calles. Mientras sorteaba unos muros que casi cerraban el paso en una de ellas, pensó que era el signo de los tiempos. Por eso estaba, como clérigo, más agradecido a familias como la de Modesto, que habían donado décadas atrás algunas de sus *domus* para la primera iglesia de la ciudad y para el primer baptisterio. Con el triunfo absoluto de la variante católica del cristianismo, decidieron dar el paso para ampliar ambas estructuras y dar empaque al complejo eclesiástico de Barcinona.

Debido a la ausencia de obispo durante los últimos meses, y en el período vacante a la espera de una nueva elección, los presbíteros habían confiado en Gregorio como uno de los escasos clérigos que tenían llave de acceso a la iglesia y al baptisterio. Sabía perfectamente que esa tarde y esa noche no habría nadie en la iglesia. Los presbíteros habían dado orden expresa de que fuera así. Lo hacían de vez en cuando, para que se secaran los estucos que los operarios iban disponiendo sobre los muros en la ampliación de la iglesia. A la mañana siguiente volvería la normalidad. Pero él tenía permiso para ir a limpiar lo que creyera conveniente siempre que eso ocurría. Y hoy le venía estupendamente acercarse, porque encontraba contenido a la ausencia «forzada» de su pequeño refugio.

Había varios planes para las ampliaciones de ambos espacios. Pero los presbíteros estaban de acuerdo en que la conclusión esencial sería el engrandecimiento del complejo. Y los donantes también. Modesto se había encargado de coordinar las afluencias de los *solidi* suficientes como para pagar materiales y operarios. Estaba bastante claro que nada se opondría a la vieja idea de Modesto, que no era otra que superar a sus antepasados en donaciones a la iglesia de Barcinona.

Gregorio esbozaba una sonrisa. Desde luego, no era por lo que sospechaba que en ese momento estaban haciendo Rufo y Clodia. Él no sabía exactamente qué era, y tampoco le importaba. A esas alturas de su vida se había hecho a la idea de que el sexo con otra persona era algo que él nunca iba a disfrutar. Aunque, se decía a sí mismo, tampoco estaba seguro de por qué disfrutaban tanto haciéndolo. Pero sí debía ser placentero. O eso se decía a sí mismo, a juzgar por los comentarios que Rufo le contó cuando eran adolescentes y se veía con muchachas. Algunas eran de la propia aristocracia local. Se encontraban en completo secreto. Y su amigo se lo contaba como si fuera un triunfo. Gregorio no sabía bien en qué. La mayoría de las veces, el joven Rufo se veía con prostitutas del *suburbium* de Barcino y, sobre todo, de Tarraco, que eran, decía Rufo, mucho más sabias y, además, se anunciaban en los tugurios con sus especialidades. Claro que Gregorio nunca quiso preguntar a Rufo qué era exactamente aquello de las «especialidades».

Apartó unas lonas que tapaban unos andamiajes de madera. Y volvió a sonreír, rememorando su inocencia extrema, de la que tanto se carcajeaba Rufo desde que tenían doce o trece años. Sabía que su amigo no lo hacía para humillarle. ¡Qué va! Todo lo contrario. Rufo solamente se reía de él cuando estaban a solas. Si había una tercera persona, una solo, lo defendía a muerte. Si alguno de los imbéciles que solían bravuconear se metía con él por su gordura, o por no haber estado con chicas, Rufo salía a defenderle. Y nadie continuaba la broma.

Abrió el portón que daba acceso a la pequeña sala donde estaba el baptisterio cuadrado, la pequeña piscina en la que los neófitos se sumergían y eran bautizados en la religión de Jesucristo. Había una puerta interior que comunicaba con la iglesia, puesto que el baptisterio, en cierta manera, era una continuación de la misma. Pero, toda vez que pretendía centrarse solamente en la limpieza de los bordes de la piscina cuadrangular, entró por la puerta exterior del baptisterio.

Mientras cerraba la puerta, volvió a sus pensamientos.

¡Y tanto que Rufo lo había salvado de más de una y de más de diez palizas de esos energúmenos! Claro que eso era solamente la parte más infantil, adolescente, de una amistad tan verdadera que hacía que los dos amigos se conocieran tan profundamente. Rufo era una persona muy importante en su vida. Empezaba a pensar que, estando ya solo en el mundo, sin familia alguna, quizá... ¿la más importante? Podía ser. Sí. Así que, aunque no sabía muy bien en qué consistía lo que estaban haciendo esos dos, otra vez se le habían quitado las dudas. Les seguiría dejando su cuchitril mientras lo necesitaran.

Estaba pensando en eso cuando lo vio.

O, más bien, lo que quedaba de él.

Un hombre yacía en el centro del baptisterio. Con medio cuerpo sobre la piscina bautismal, y la cintura y las piernas apoyando en el perímetro del suelo, justamente la zona que Gregorio se disponía a acicalar. Muerto. Estaba muerto. No se movía en absoluto. Los mínimos instantes en los que Gregorio permaneció paralizado por el pavor fueron suficientes como para tener claro que aquello era un cadáver.

Estaba desnudo. Completamente.

La parte delantera del tronco avanzaba hacia la piscina, de modo que, desde la puerta, Gregorio no podía verle la cara. Tenía enfrente de su propia expresión aterrorizada las plantas de los pies desnudos del difunto. Las rodillas debajo del pecho le presentaban en una posición muy forzada, agachado. Como suplicante.

Gregorio, poniendo sus dos manos tras la espalda y apoyándolas en la puerta como para darse un impulso necesario, avanzó varios pasos. Muy lentamente. Se acercó al cadáver. Más adelante se sorprendería de lo que pensó que era bien un valor que no conocía en sí mismo, bien una osadía debida a la ignorancia. Sí, más adelante pensó que debía haberse marchado para informar de inmediato a algún presbítero. Pero no lo hizo. Quería saber quién era.

Aunque lo sabía. Lo sabía desde que vio aquel cuerpo desnudo. Inerte.

Caminó dos, tres, cuatro pasos. Y frenó en seco a su primera sospecha.

A la derecha de la piscina, en los espacios del suelo del baptisterio que el clérigo iba a limpiar esa misma noche, para así aprovechar las dos o tres horas que Rufo le había pedido, alguien había tirado, o quizá había depositado con intención y calma asesina, una cabeza.

Sí. Era la cabeza de Atilio.

Gregorio se deslizó, tropezó con el cuerpo del curial y cayó hacia su izquierda, aunque logró amortiguar el golpe con sus manos rechonchas.

Empezó a sentir la necesidad de vomitar. Iba a hacerlo cuando notó que las arcadas parecían darle una tregua. Sus ojos habían visto algo y parecía como si hubieran alertado a su estómago para que aguantara el vómito que, intuía, iba a ser mucho más intenso en cuanto comprobara qué tenía ante sus ojos.

Manos. Eran manos. Dos. Estaban colocadas más delante de la cabeza, muy próximas al muro situado enfrente del de la entrada lateral por la que había accedido el diácono. La sangre aún manaba parcialmente por los cortes que las habían desprendido de su dueño.

Sin pararse a pensar ni un momento más, Gregorio no pudo contener el vómito, y echó todo lo que llevaba en su estómago en la piscina bautismal. Su propio cuerpo estaba a la izquierda del cadáver. Exactamente en la misma posición. Ambos troncos volcaban hacia la piscina, mientras las rodillas flexionadas se les encajaban en el pecho. Uno, muerto. Otro vivo.

Mientras vomitaba, Gregorio miró con el rabillo de su ojo derecho hacia lo que tenía a su derecha. Vio el cuello sin cabeza del que manaba sangre y del que emergían conductos, oscuridad y horror.

Siguió vomitando durante un buen rato. Notaba cómo su estómago quería vaciarse aún más. Pero debía darse prisa. Había que avisar a la curia. Primero a Rufo, claro. Pensó rápido. O, al menos, lo intentó. No tenía su cerebro en su mejor momento de lucidez. Había sido

Atilio quien le había entregado el mensaje. Aquel hombre había intuido algo horrible detrás de aquellas simples dos palabras, que Clodia había creído descifrar como una amenaza directa.

Se volvió con celeridad moviendo su pesado cuerpo hacia la puerta.

Se dio la vuelta y vio las letras. Leyó.

Alguien había pintado unas letras pequeñas de un color rojo intenso en el lateral del baptisterio. Lo justo para que se pudieran leer. E igual de justo para que la cantidad de sangre permitiera al asesino no demorarse mucho allí y huir con tiempo suficiente. Gregorio no tuvo dudas. Eran letras escritas con la sangre de Atilio: «cave credas».

21

Clodia. Rufo

Llegó a su casa. Aunque fuera alquilada, era su casa. Ahora más que nunca, necesitaba sentirla como suya. Había vuelto a vomitar durante el breve regreso acelerado. Se había asegurado de cerrar bien el portón lateral del baptisterio. Tenía unos instantes, que le gustaría fueran efímeros, para avisar a Rufo.

Él sabría qué hacer. Después de todo, él era el político. Él cenaba, se reunía, se codeaba, con todo el que era alguien en Barcinona. «Esto lo tiene que resolver él.» «Él.» Ni por un momento se le ocurrió entonces avisar a los presbíteros. Más adelante pensaría que quizá era lo que tenía que haber hecho. Pero en ese momento pensó que era mejor no hacerlo. Que no tenía confianza con ellos. Que recelaba de las ambiciones de algunos. Y, sobre todo, que había sido el mismísimo Atilio quien había entregado el mensaje del «cave credas» a Rufo.

A pesar de su obesidad y de dos parones breves para descargar con vómitos su estómago y su garganta, Gregorio había recorrido la distancia entre el baptisterio y su casa en un tiempo mínimo. Era noche cerrada. La típica noche de esos días del final del invierno en Barcinona en los que un primer calor ya se hacía presente en las horas centrales del día, como queriendo anunciar la proximidad de la primavera. Esos mismos días en los que durante la noche refrescaba bastante. Incluso así, estaba sudando. Sacó la enorme llave de hierro y abrió la puerta de casa.

Le daba igual lo que se fuera a encontrar. La urgencia mandaba.

Cuando sus ojos lograron hacerse con una idea de lo que había, no pudo evitar un suspiro muy leve mientras se volvía para cerrar la puerta. Clodia y Rufo estaban vestidos. Más bien, estaban vistiéndose. Gregorio descansó su enorme espalda en la madera, la misma en la que hasta hacía unos momentos la había tenido Clodia.

Tomó aire y notó al instante el calor de la estancia. Por un momento le pareció ver la prenda interior de Clodia que ajustaba sus senos mientras se colocaba su vestimenta y tomaba la capa con la que había llegado. Y el torso desnudo de Rufo mientras comenzaba a embutirse en su túnica.

—Buf. Ya puedo darme prisa. Ese hijo de puta puede que esté aún despierto. —Clodia resoplaba y parecía preocupada por Minicio—. Hola, Gregorio, muchas grac... —No acabó la frase.

Se dio cuenta al instante. Algo había ocurrido. Algo grave. Gregorio estaba completamente pálido, y, sin embargo, sudaba abundantemente, tanto que podían distinguir los goterones desde el otro extremo de la estancia. Cuando apareció, Rufo estaba a punto de ir a besar a Clodia a modo de despedida, pero la expresión de zozobra de su amante le hizo clavar la mirada en su amigo.

El silencio quedaba extrañamente fragmentado por la respiración acelerada del clérigo. Ambos mantuvieron silencio. Esperaban las breves palabras de Gregorio.

—Dios mío... —Tragó saliva e inspiró. Necesitaba respirar.

Más silencio. Más respiración de Gregorio, que mantenía la palidez extrema de su rostro mientras se pasaba una manga por el sudor de las sienes, de la frente y de su amplio bocio.

—¡Habla! ¡Habla de una puta vez! —Rufo perdió los nervios.

Imaginaba lo que Gregorio tenía que decir. En realidad, estaba casi seguro. Quizá en su interior albergase la esperanza de que fuera otra cosa, pero la respiración dificultosa de su amigo aceleró su inquietud. Y también su certeza.

—Muerto... Asesinado.

—¿Atilio? —Rufo se acercó a Gregorio. Clodia permanecía inmóvil, pero mantenía la calma, algo que su amante había perdido hacía ya unos instantes.

—Sí.

—¿Dónde? —Clodia hizo la pregunta con una serenidad pasmosa, que hizo pensar a los otros dos que les llevaba mucha ventaja para encarar situaciones críticas.

—En el baptisterio. —Gregorio se colocó la mano en su pecho. Dio varios pasos adelante con dificultad. Apoyó sus gruesos dedos en el borde la mesa.

—¿En el baptisterio? ¿Qué coj...?

Rufo intentaba controlar su ansiedad. Pero no era capaz. Recordaba vívidamente la expresión de horror en la cara de Atilio cuando le había pasado el mensaje. A él. A Rufo. El mismo que no había podido localizarle. El mismo que no había podido evitar el asesinato. El mismo que estaba follando, quién sabe si en el mismo momento en el que alguien había acabado con la vida de uno de los pocos curiales a quienes Rufo verdaderamente respetaba en aquel nido de avispas.

—Lo han degollado. —Tragó saliva de nuevo y continuó—. Bueno...

—¡¡Sigue, joder, sigue, cuéntalo todo de una puta vez!!

—Gregorio. Siéntate. —Clodia asió con afecto al clérigo por el brazo, mientras dirigía una mirada de cierto reproche a Rufo.

—No solamente lo han degollado... Le han cortado la cabeza. He encontrado su cadáver tendido con medio cuerpo hacia la piscina bautismal. Y la cabeza estaba en un lateral. El que yo iba a limpiar.

Hubo un silencio tétrico. El silencio del horror. La ansiedad abandonó a Rufo, poseído ya por la pesadumbre. Se sentó en uno de los taburetes. Clodia, sin embargo, cerró los párpados que ocultaron sus azulados ojos. No le costó mucho darse cuenta. En realidad, lo pensó en el mismo momento en el que Gregorio había mencionado el detalle de la cabeza.

—Y también le han cortado las manos, ¿no es así?

Gregorio y Rufo se miraron.

El asombro sustituyó por un instante al miedo. Ninguno de los dos dijo nada. Les costaba sostener la mirada a Clodia, que con su aplomo estaba tirando del carro en un momento crítico en el que ni Rufo ni Gregorio sabían qué decir y, mucho menos, qué hacer.

Gregorio, además, sabía que Clodia acababa de acertar.

—Sí. Así es. Pero, Clodia... Dios mío. ¿Cómo puedes saberlo?

—Tenéis tan abandonados a nuestros maestros que no me extraña que no lo veáis. —No tenía ganas de hacer reproches en ese momento. Se trataba de organizarse cuanto antes. Ya habría tiempo.

—¿Por qué dices eso ahora? —Rufo leyó los pensamientos de Gregorio.

—Cicerón. Han asesinado a Atilio como los sicarios de Antonio, de Marco Antonio, liquidaron a Marco Tulio Cicerón. Le cortaron la cabeza y las manos y las exhibieron en los *Rostra*, la plataforma desde la que hablaban los oradores en el foro. La cabeza de sus pensamientos y las manos con las que había escrito sus discursos furibundos contra Antonio. —Clodia explicó la historia de la muerte de Cicerón dominada por un gesto sombrío.

—Es cierto. No sé cómo no he sido capaz de acordarme.

—Yo sí lo sé, Gregorio. —Clodia acogió con afecto una de las manos de Gregorio entre las suyas—. Porque habéis enterrado ese mundo. Y no sabéis casi nada de él.

Rufo guardaba silencio.

—Pero, pero... —Gregorio miraba al suelo, sin soltar la mano de las de Clodia. Agradecía en lo más profundo de su corazón el afecto de quien, sin lugar a dudas, podía considerar para siempre como su amiga.

—Los *Rostra*. El Foro. Ese mundo se muere, si no se ha muerto ya. Como Atilio. Las ciudades llevan cambiando desde hace una o dos generaciones. Los foros se están hundiendo, hay comercios, a veces incluso pequeñas granjas...

—Pero entonces, ¿por qué lo han asesinado en el baptisterio? —Rufo formuló la pregunta con escasa convicción de encontrar respuesta.

Una vez más su amante le sorprendió. Y también una vez más se dio cuenta de su imbecilidad, de que no la conocía, de que tenía mil profundidades aún por explorar, de que no sabría si estaría jamás a la altura de ella.

Rufo miró a Clodia. Cada vez la quería más. No solamente se trataba de la atracción que sentía hacia ella, y que hacía que en cada ocasión en la que se encontraba cerca de ella la deseara con todas sus fuerzas.

La había ido conociendo poco a poco. Y acababa de percatarse allí, en ese preciso instante, de que la admiraba. Admiraba a Clodia. Sí, la quería y la admiraba.

La calma con la que se había comportado en el momento en el que Gregorio se había presentado lívido, anunciando una noticia horrenda, era propia de una personalidad fuerte y serena. Claro que de eso no se había dado cuenta de inmediato, poseído como estaba por el pavor. Ahora sí. Ahora sí lo veía claro.

Por más que los tres imaginasen que algo terrible le hubiera ocurrido a Atilio, ninguno sospechaba que lo fuera hasta semejante punto. Rufo se dio cuenta de que había manchas de vómito en la túnica de Gregorio, que no dejaba de pasarse su mano izquierda por la frente, aún sudorosa. Miró de nuevo a Clodia, que tomó su mano con suavidad, pero con firmeza. Al sentir la fuerza de su amada, se vio con energía para preguntar lo que los tres tenían en la cabeza.

—¿Qué hacemos?

—Hay que comunicarlo. A la curia. A Titio, naturalmente. Y ellos se encargarán de todo lo demás. —Clodia pronunció las palabras con parsimonia, dejándolas caer para que su amante y su amigo las pudieran digerir.

—Sí. No puede ser de otra forma. —Rufo hablaba con el conocimiento de pertenecer a la curia, al tiempo que calculaba las consecuencias políticas del asunto.

—¿Y el cuerpo? ¿Qué hacemos con el cuerpo? —Gregorio parecía más tranquilo. Pero al pensar en los restos de Atilio que acababa de ver, regresaba de inmediato un malestar que, en realidad, no era otra cosa que terror.

—Los principales de la curia se encargarán de todo. Si no se ponen muy de acuerdo tendrán que recurrir al gobernador provincial. Pero no creo que el asunto llegue a Tarraco. No les conviene. —Rufo empezaba a tranquilizarse. Seguía protegido por la mano de Clodia, a la que se agarraba con ansia.

—Os aseguro que intentarán taparlo. Uno de ellos es el asesino. Esto debe de ser un ajuste de cuentas o algo parecido, y no querrán poner nervioso al malnacido que haya hecho esto. Ninguno querrá. Para no ser el siguiente. —Clodia sonreía, lo que llamó de inmediato la atención de ambos hombres.

—¿Cómo puedes estar tan serena? ¿Cómo puedes sonreír? —Gregorio estaba al borde de un nuevo vómito.

—Porque conozco a esos indeseables, Gregorio. Porque los conozco.

Rufo besó la mano de su amada. Puso la mano encima del hombro de su amigo. Intentaba tranquilizarle.

—He de irme... —Clodia susurró las palabras con pesar.

—Tenemos que separarnos. Clodia ha de regresar a casa de inmediato. Gregorio, quizá es bueno que me acompañes.

—¿Acompañarte? —Gregorio se acababa de recuperar del último amago de vómito y entraba en un nuevo sobresalto.

—Sí. A la *domus* de Titio. Como sabrás, allí está el rey godo y Gala Placidia. Pero es a Titio a quien debemos informar. Y él llevará el asunto a la curia.

—¿Y por qué debo ir yo a la casa de Titio? —A Gregorio le daba pavor enfrentarse a semejante situación, máxime con la vigilancia de soldados que habría en un lugar en el que estaba el rey godo y la hermana del emperador.

—¿Quién ha descubierto el cuerpo?

—Anda, vámonos.

Rufo y Clodia se fundieron en un beso. Ambos se miraron con un gesto sombrío. Se estaban deseando suerte y, sobre todo, máxima precaución. Había un asesino suelto que había elegido una víctima entre uno de los miembros más preclaros de la curia. Pagano. Como Clodia. Ambos lo sabían y ninguno quiso incidir en ello. La mirada era más que suficiente.

Mientras Clodia alcanzaba su cubículo, protegida siempre por la vigilancia de sus fieles africanos y de Cerena, que controlaban el de Minicio y el paso desde el portón al de la *domina*, Rufo y Gregorio se apresuraban a llegar a la *domus* de Titio. A pesar de lo avanzado de la noche, se oían las conversaciones de los soldados. La guardia personal de Ataúlfo, rey de los godos, se había distribuido ya desde dos calles al sur y otras dos al norte de la *domus* de Titio, controlando con menos efectivos los flancos que quedaban al este y al oeste, inmediatamente anexos a otras *domus*. Las corazas de mallas finas y las espadas largas brillaban con la luz de la luna.

Al llegar a la primera vigilancia, Gregorio se estremeció. Se había venido preparando desde que salieran unos instantes antes de su propia vivienda. Por un lado pensaba que los detendrían y que no los dejarían pasar. Que alguien descubriría los restos de Atilio antes de que les diera tiempo a informar a Titio, el más prestigioso de los curiales. Que pensarían en él, por increíble que pareciera.

Además de dos o tres presbíteros, superiores en jerarquía a él, era el único clérigo que tenía llave y que acudía alguna noche para seguir limpiando los restos que dejaban las obras de ampliación que se estaban iniciando en el baptisterio.

Pero, por otro lado, se decía a sí mismo que no. Que no iban a ir a por él. «Tranquilo, Gregorio. Además, no seas egoísta.» «Rufo explicará claramente a los guardias godos lo ocurrido y hará llamar a Titio.» «Titio respeta a Rufo. Le creerá.»

Intentaba afianzar esos pensamientos cuando oyó la ruda voz del soldado.

—¿Dónde pretendéis ir? —exclamó en un tono elevado el godo.

Gregorio no había visto nunca un godo. Sabía que una de las legaciones se había acercado a la iglesia en una de las primeras visitas a la ciudad, pero él no estaba allí ese día, sino en su agujero leyendo y estudiando las *Vitae* de santos del desierto. El godo sacaba más de una cabeza a Rufo, a quien siempre había considerado muy alto. Un mostacho rubicundo ocultaba buena parte de su expresión, que a Gregorio le pareció absolutamente inanimada, como de un muñeco de madera como aquellos con los que jugaba con Rufo cuando tenían tres años. Al verlos llegar, el godo había empuñado una espada que al clérigo le pareció casi tan larga como él. Tragó saliva mientras esperaba la respuesta de su amigo.

—Soy Valerio Rufo, miembro de la curia de la ciudad. Os ruego hagáis llamar a Titio, decidle quién le busca. No dudará en atenderme. Es muy urgente.

Gregorio estaba conmovido por la serenidad de Rufo quien, a su vez, y en su interior, achacaba a Clodia la fuerza que había sacado para presentarse de ese modo ante la guardia regia de Ataúlfo.

Rufo se dijo a sí mismo que debía de haber parecido convincente. O eso parecía a juzgar por el gesto de asentimiento que hizo el gigante del mostacho, que llamó a uno de sus subalternos. Este, a su vez, se dirigió hacia la calle que quedaba más cercana a la mansión de Titio. Rufo siguió con la vista al último de los guardias que portaba el mensaje oral para el *dominus*.

Ambos amigos se miraron durante unos instantes, que a ellos les parecieron horas, que transcurrieron hasta que el primer subalterno regresó con novedades, que anunció con un susurro al oído del gigante del mostacho.

—¡Podéis pasar, Titio os recibirá!

Antes de que el godo hubiera concluido su exclamación, Rufo ya había dado el primer paso hacia el interior tras el primer cordón de vigilancia, acercándose al segundo. La orden había sido clara y los guardias dejaron pasar a la pareja de romanos. Rufo vio enseguida, a unos veinte pasos, el portón abierto de la *domus* de Titio.

Cruzaron el umbral y allí estaba. Les esperaba con una túnica ancha, muy fina y extremadamente corta, que Titio usaba para dormir. Rufo hubiera esbozado una sonrisa de no ser por la razón que les llevaba allí. Titio mostraba una expresión de asombro que intentaba abrirse camino en la somnolencia que aún lo dominaba. Era muy evidente que lo habían despertado. Se decía que los ancianos dormían poco. Pero, por lo que se veía, no era el caso de Titio.

El peristilo de la *domus* estaba repleto de soldados que hacían guardia protegiendo a su rey y a Placidia. Titio, sin poder contener un bostezo, indicó con la mano a Rufo el centro del gran patio, en la zona del *impluvium*. Estaba claro que deseaba mantener allí la conversación, lo más lejos posible de los muros de la casa. Pero sin desaparecer ni un momento de las miradas felinas de los guardias de Ataúlfo.

—¿Qué coño pasa? —No era habitual que Titio utilizara ese lenguaje.

Gregorio dio dos pasos atrás. La situación ya le superaba por completo. Decidió que Rufo debía llevar la iniciativa también en ese trance. Sabía que le iba a llegar enseguida el momento de hablar. Para eso lo había llevado su amigo hasta semejante ratonera.

La mansión de Titio era, sin duda, una de las mejores de Barcinona, de las pocas que conservaba intacto el aroma de esplendor que se había logrado mantener hasta la generación anterior. Gregorio detenía su mirada en los funambulismos que las enredaderas exhibían en los laterales del patio porticado.

—Atilio. Ha muerto. —Rufo intentó pronunciar las sílabas en el tono más suave que fue capaz de modular.

Sabía que Titio tenía en buena estima a Atilio, y a la inversa. No estaba seguro, empero, sobre si habían sido amigos. De ahí su prudencia.

—¿Có... cómo? —Titio se sentó en un banco de piedra con pinturas que emulaban el jardín que les rodeaba.

—Titio ¿erais amigos? —Rufo quería calcular cómo proporcionarle el resto de la información.

—Lo éramos.

El anciano parecía más anciano que nunca. Rufo estaba acostumbrado a escuchar sus discursos en la curia. Él abría los debates y, generalmente, también los cerraba. La solidez de sus planteamientos se revestía con su tono de voz potente y, al tiempo, elegante. Admiraba a Titio. Y, sin embargo, ahora estaba impresionado por su vejez y por su aparente debilidad. La noticia de la muerte de Atilio le había devuelto a un estado de indefensión que Rufo percibía con claridad.

Tuvo la impresión de que Titio barruntaba lo que le iba a contar de inmediato.

—Titio. —Rufo bajó aún más el tono de su voz y deslizó con cautela las palabras—. Atilio... Le han asesinado.

El anciano curial guardó silencio, mirando con fijeza hacia uno de los laterales porticados en los que los guardias godos no perdían detalle de los hombres que charlaban en el centro del peristilo. La noche era muy fresca. La luna lucía en plenitud y provocaba claroscuros en el rostro de Titio, surcado por profundas y largas arrugas. El anciano no se daba cuenta de que su cuerpo tenía frío. Pero la noticia le había impactado demasiado como para percatarse de ello.

—¿Cómo ha sido? —acertó a preguntar, invadido por la tristeza.

—Degollado. Le han cortado la cabeza. Y las manos. En el baptisterio. Lo ha descubierto Gregorio.

Rufo hizo un gesto a Gregorio para que se acercara aún más y contase lo que acababa de ver.

—He ido esta noche a limpiar los laterales del baptisterio, tal y como tenía previsto. —Miró a Rufo, buscando complicidad y fuerzas para continuar, y luego a Titio. Apretó los dientes y prosiguió—. Y allí estaba. Con el cuerpo arrodillado encima de la piscina bautismal, la cabeza a un lado y las dos manos al otro.

—Le han cortado la cabeza y las manos... como a Cicerón. —Titio ensombreció aún más su expresión.

Rufo estaba pálido. Titio había acertado de lleno. Se vio en la necesidad de contarle la amenaza previa a Atilio, aunque intentó proteger a Clodia.

—Exacto. Atilio me entregó un mensaje que alguien le había hecho llegar.

—Por todos los cielos... —Titio se daba cuenta definitivamente de que el asunto no era un golpe violento repentino—. ¿Y qué decía el mensaje?

—Solamente dos palabras, «cave credas».

Titio dirigió su mirada al suelo. Rufo comprendió que esperaba algo más de información.

—La expresión es muy frecuente, son palabras habituales. Pero un amigo, mucho más docto que yo en los textos, me dijo que era un pasaje de Cicerón bastante conocido. El que haya muerto ahora así lo confirma, claro.

—¿Un amigo? Yo creo que nadie en la curia sabía más sobre los textos que el propio Atilio... —Titio clavó ahora sus grises ojos en Rufo, que buscaba afanosamente una salida a la posible encerrona.

—No debo decir su nombre. Me lo pidió y se lo juré.

—Así sea.

Se abrió un profundo silencio entre los tres hombres. Se escuchaban algunas toses entre los soldados de la guardia. Rufo no estaba seguro sobre si se trataba de toses naturales o estaban ya exhortándoles a terminar la conversación.

—¿Qué hacemos ahora, Titio?

—Está claro que es alguien de aquí. De Barcinona. —Titio parecía muy convencido.

—¿No será un godo? —Gregorio lo pensó desde el momento en el que vio la violencia desatada contra Atilio enfrente de él, al abrir la puerta del baptisterio. En su imaginario, pensaba que solamente un godo era capaz de hacer algo así. Aunque fueran cristianos, bien era cierto que arrianos, los consideraba unas bestias a las que aún había que explicarles todas las enseñanzas de Cristo y de los Padres.

—Atilio tenía enemigos. Muchos. Era partidario acérrimo de los cultos tradicionales, enemigo del cristianismo y de las decisiones de Teodosio y de sus hijos. Y sus discursos en la curia molestaron a más de uno.

—¿Modesto? —Titio tuvo ese nombre en la cabeza desde el primer momento. Le costaba creer que hubiera matado en suelo sagrado, en cualquier caso.

—Podría ser. Que lo hayan asesinado recordando la horrible muerte de Cicerón es una suerte de aviso. Y está la amenaza, el mensaje. Querían silenciarlo.

—Pero ¿Modesto o algún sicario suyo asesinaría en suelo sagrado? ¿En los espacios que su familia cedió para la iglesia y el baptisterio? Es difícil pensar en eso... —Gregorio seguía siendo partidario de la hipótesis goda.

—Hay que avisar a la curia. Al alba convocaré a los curiales y trataremos de gestionar este asunto sin la intervención del gobernador provincial. Pensaré cómo.

Ninguno de los tres hombres dijo nada más.

22

Tulga

Ha habido mucho jaleo en la *domus* de Minicio. Al amanecer han llegado unos emisarios de la curia. Todos los curiales tenían que acudir con urgencia. Agila ha escuchado las voces antes que yo y se ha puesto primero en pie, y ha venido a mi cubículo a avisarme. Al salir, me he dado cuenta de que varios hombres hablaban con Minicio, a quien habían sacado de la cama. En unos instantes los sirvientes le han ayudado a vestirse y han salido de la casa como si les persiguiera el mismísimo diablo.

Ahora, al cabo de tres horas han regresado.

Minicio nos ha hecho llamar a su *tablinum*, la estancia en la que guarda sus documentos y en la que despacha a su extensísima clientela de dependientes de la ciudad y de los *suburbia*.

Con un gesto displicente nos indica que tomemos asiento. Su mesa de trabajo y su silla de madera oscura con un alto respaldo se sitúan en una especie de elevación, puesto que un peldaño separa esa posición del resto de la estancia. Esto aumenta la preeminencia del *dominus* y del *patronus* sobre los *clientes* que acuden atemorizados a visitarlo cada mañana para pedirle una rebaja en el alquiler, una demora en los pagos, la colocación de un hijo, o una venganza. El suelo está cubierto con mosaicos con una decoración geométrica de lazos que van y vienen, y las paredes están pintadas con motivos florales y animales.

—Bien. Vengo de la curia, como sabéis. Titio ha convocado una reunión urgente.

Me doy cuenta de que está sudando. La mañana es calurosa, para ser del final del invierno, o casi ya de principios de la primavera. Pero me da la impresión de que ha pasado unas horas tensas.

—El hecho de que nos hayas citado aquí, en este fastuoso *tablinum*, es síntoma de que algo pasa. Te lo agradecemos profundamente. Somos todo oídos. —Agila sabe cómo tratar a este tipo.

—No me agradezcas nada, Agila. No lo hago por gusto. Hemos decidido entre todos que era necesario avisar a los huéspedes godos.

—¿Qué ha sucedido? —Me atrevo a preguntar después de haber consultado a mi amigo con una rápida mirada que él ha refrendado con una leve inclinación de cabeza.

—Ha habido un asesinato. Han liquidado a uno de los nuestros. Le han cortado la cabeza y las manos.

—¿La cabeza y las manos? —Esta vez no he mirado a Agila para pedir permiso.

—Eso he dicho. —Minicio es tajante, por no decir asquerosamente cortante.

—¿A quién han asesinado? —Agila parece querer asumir la iniciativa de la conversación, me doy cuenta. Cállate, Tulguita.

—Atilio. Uno de los curiales más respetados por algunos, y odiado por muchos más.

—¿Por qué? —Agila incorpora parte de su cuerpo adelante, como queriendo escuchar mejor lo que Minicio va a contar.

—Atilio es..., quiero decir, era..., pagano. No cree... creía, en Jesucristo. Era uno de los pocos que quedan. Mi mujer es otra. Quedan muy pocos.

—Sí. Eso lo sabemos. Ten en cuenta que nuestros informes sobre la oligarquía local no son malos precisamente. Conocemos algunos detalles de las entretelas de vuestra ciudad. Pero ¿no creerás ni en broma que lo han asesinado por eso, no? —Agila está realmente sorprendido.

—Yo no sé nada. Ni creo que sea por eso ni por otra cosa. Sí sé que tenía enemigos por ese motivo. En la curia han explicado que es la muerte que tuvo Cicerón. Al parecer, Marco Antonio se vengó de él. Mostrar su cabeza y manos suponía decir algo así como «este cabrón ya no pensará ni hablará ni escribirá nada, contra mí, ni contra nadie». —La risilla maliciosa de Minicio suena como el sonido agudo que emite una rata.

Agila me mira y queda en silencio por un instante.

—Suena a que han querido silenciarlo. Yo no descartaría el motivo religioso, desde luego.

Minicio, que hasta entonces se miraba con extrema atención las uñas perfectamente tratadas de sus manos regordetas, levanta la vista hacia la puerta de su *tablinum*. Agila y yo seguimos su mirada y nos giramos hacia atrás.

Es Clodia. Está en la puerta. Lleva el pelo recogido, desde aquí no distingo el final de su moño. Su belleza nos ha impactado a los tres. Me doy cuenta de cómo la mira Agila.

—¿Qué ocurre?

—Querida, pasa. Toma asiento... —Minicio engola la voz.

Clodia se ha sentado a mi derecha. De nuevo percibo su perfume, que ya no me marea ni me molesta. Más bien al contrario.

—Han asesinado a Atilio. —Minicio ha mirado fijamente a su esposa mientras pronunciaba las palabras, como escrutando su reacción.

—¿Qué? ¿Cuándo? —Clodia parece sumamente sorprendida. Me llama la atención cómo ha subido el tono de su voz repentinamente.

—Lo encontró un clérigo, el tal Gregorio ese, en el baptisterio. Lo halló esta misma noche, mientras iba a limpiar. Vaya entretenimientos que tienen algunos. —Vuelve a reír con maldad.

Minicio aparta unos documentos que tiene encima de la mesa y apoya los brazos gruesos y blanquecinos encima de la madera. Lleva un anillo de oro con unas letras, no soy capaz de distinguirlas desde aquí, pero puede que sea su nombre, porque comienza con una «m».

—¿Cómo ha sido? —Clodia parece muy apesadumbrada.

—Le han cortado la cabeza y las manos. Como a Cicerón. Lo han comentado en la curia. Vengo de allí ahora mismo. Se ha decidido entregar el cuerpo a la familia y tapar el asunto. De momento. Se trata de que no trascienda. Y menos con el rey de los godos a unas pocas calles del puto baptisterio ese.

Minicio ha contestado a su esposa de nuevo con extrema frialdad. Miro a Clodia y me parece que no le importa mucho. Tiene cara de cansada.

Minicio se levanta con extrema dificultad. Deja la mesa a su izquierda. Da dos o tres pasos muy lentamente. Apoya de nuevo sus brazos, esta vez en una estantería repleta de documentos y unos pocos libros. Deteniendo la mirada en ellos, y sin girarse hacia nosotros, emite un bufido.

—¡Puto Atilio de mierda! Era un inútil vivo, y me va a traer problemas ahora, muerto. ¡Podían haberlo escondido a trocitos en un basurero!

—¿Por qué dices eso, Minicio? —Agila parece dispuesto a enterarse de algo más.

—No me interesa que ahora haya jaleo, godo. Mis negocios prosperarán si el Imperio confía en vosotros. Y lo que pase en Barcinona puede ser definitivo para que Honorio os encargue avanzar hacia el interior de Hispania. Y detrás iremos los inversores.

—¿Inversores? ¿O ratas a la búsqueda de despojos de los demás? —Clodia ha hecho la pregunta con una voz profunda, triste. Es cierto que guarda rencor a su esposo. El gordo no parece ni inmutarse.

—Llámalo como quieras. Pero sirve para que tú te compres esos libros asquerosamente caros, entre otras muchas zarandajas, claro.

—¡Atilio era un buen hombre! ¡Un sabio! —Juraría que a Clodia se le enrojecen los ojos.

—¡Un imbécil! —Minicio se ha dado la vuelta. Mira a su mujer con desdén. Yo diría que con asco.

—¿Qué ha dicho Titio en la curia? —Agila se inmiscuye en la discusión de la «pareja».

—¡Lo acabo de decir! El cuerpo a la familia, y todo a tapar.

—¿Hay sospechas?

Mi amigo parece dispuesto a sacar todo lo que pueda porque el gordo no aguantará mucho más. Parece que necesite salir a respirar al peristilo. Ha empezado a sudar, y eso que estamos en plena mañana, aún no es mediodía.

—No. Algunos han planteado si será uno de los vuestros. Otros dicen que es una venganza personal de alguien de aquí.

—¿De los nuestros? —No he podido contenerme. Agila me mira y frunce el ceño.

—Para los godos vivir en una ciudad tan pequeña

puede llegar a ser muy frustrante, ¿no es así? —Minicio arrastra una mueca desafiante.

—No lo creas. Los godos nos adaptamos a todo. —Agila mira directamente a nuestro anfitrión. Como diciéndole «incluso a ti».

—¡En fin, que se joda Atilio!

El *dominus* se acaba de tirar un pedo. Joder. A mi lado. Se larga.

Cuando se ha marchado, aparte del olor asqueroso, ha dejado un ambiente de silencio a su paso. Esta vez Agila permanece callado. Pero no se levanta. Es como si estuviera rumiando la conversación, desgranando la paja del grano, como tantas otras veces me ha enseñado. «Tienes que saber depurar las conversaciones.» «Aprende a separar.» Me lo había explicado muchas veces antes de las reuniones con otros nobles. Su cabeza debe de estar en pleno proceso.

Así que me lanzo.

—Clodia, lamento la muerte de Atilio. Parece que tenías muy buen concepto de él.

Me mira con lo que, me parece, o lo deseo, parece una expresión de sincero afecto.

—No tenía mucha relación con él. Pero era un hombre muy culto. Conocía los fundamentos de la historia, la poesía, la oratoria romanas. Ya no quedan personas como él. Los demás, algunos, muy pocos, intentamos comprar, copiar, leer libros. Pero cada vez escasean más, son más caros. Y Atilio tenía coraje. No acumulaba los libros. Le servían para respirar, para vivir. Sé bien que en la curia, sus discursos...

Hace una pausa. Ignoro por qué. Al mencionar la curia y sus discursos, se ha quedado muda. Transcurren unos instantes. Agila parece que escucha a la dama, pero creo que está en otro lugar. Su cabeza no está en este *ta-*

blinum. Imagino que sigue dándole vueltas a las palabras de Minicio.

Clodia parece haberse rehecho.

—Se cuenta que sus discursos en la curia eran la voz de nuestros antiguos. En plena época del hijo del perverso Teodosio...

—¿Clodia, crees en las dos versiones que han manejado en la curia? —Agila se levanta de la silla y comienza a pasear por el *tablinum*.

—Puede ser. Sí. Pero me inclino más por la primera versión que por la segunda. No creo que haya sido un godo. Ha sido alguien de aquí. Tengo motivos para creer que puede haber habido amenazas previas.

—¿Motivos? —Agila pone sus manos atrás.

—Sí. Motivos.

—No soy nadie para preguntar qué motivos, naturalmente. —Mi amigo está tenso.

—No. No lo eres, godo. —Clodia no esconde que está molesta por el comentario de Agila.

—Si te inclinas por la primera posibilidad, ¿qué tipo de venganza puede ser, entonces? —Me animo a preguntar.

—Religiosa. Sin duda.

Clodia ha abierto sus ojos al máximo mientras pronuncia con contundencia su respuesta. No puedo dejar de mirarlos.

—Explícate un poco más, por favor. —Agila se vuelve a sentar. Gira la cabeza y el torso hacia la izquierda y un poco hacia atrás, buscando confirmar que Minicio no ha regresado.

—Atilio llevaba años combatiendo la intolerancia. Los cristianos fueron perseguidos. Fuisteis. Siempre se me olvida que lo sois. Pero de eso hace más de cien años. Ahora sois vosotros los que perseguís. Teodosio y sus hijos han cerrado templos, han aplicado la ley imperial a las creencias antiguas. Y Atilio estaba en contra de todo eso. Claro que ni él, ni mil como él, pueden hacer nada. Es una guerra que está ya perdida. Pero algunos se la tenían jurada.

—¿Modesto? —Mi amigo desliza el nombre marcando cada una de las sílabas.

—Sí. Modesto y otros. —Clodia parece sorprendida—. Te veo muy bien informado, Agila.

—Ya he dicho varias veces que nuestros informes son buenos. Si logramos entrar en el Imperio en su momento fue por eso mismo. —Lanza una sonrisa a nuestra anfitriona, que parece satisfecha por la respuesta.

—No quiero parecer igual de intolerante que lo que critico de ellos. La mayoría de los cristianos son muy buena gente. Creen en su Jesucristo, van a su iglesia... Pero los emperadores han jodido todo. Y llevamos años en los que quienes no creemos una sola palabra de su religión lo tenemos muy mal, godos. Muy mal. Y no creo que vosotros vayáis a cambiar eso, ¿verdad?

—No lo creo. —Agila vuelve a sonreír, pero esta vez no logra la misma receptividad en Clodia.

—Así que eso es lo que puede haber pasado. Alguien ha dicho algo así como «a todos los listillos, ya sabéis cómo acabaréis si no calláis como no lo ha hecho el puto Atilio». Sí. Algo así.

—¿Y lo de Cicerón? —pregunto con temor a la posible mofa de la *domina*.

—Cicerón vivió bastante años antes que Jesús, no tiene nada que ver con el cristianismo. Salvo que quieras que hablemos de Filosofía. Hay algunas cosas del estoicismo ciceroniano que... en fin... mejor lo dejamos ahora. —Sonríe, y continúa—. Pero el castigo que le dieron es la base de la idea asesina. Lo han usado justamente para eso.

—¿Para qué? —pregunto embelesado.

—Para que los posibles Atilios se callen. Hablar más de la cuenta les llevará a la muerte. Puede haber sido una venganza contra Atilio, pero también un aviso al resto. De todos modos no me encaja del todo. Apenas hay ya oposición alguna. Ya os he dicho que Teodosio y sus hijos no han dejado casi nada de lo que se oponga a los obispos.

—¿Tienes miedo, Clodia? —Agila muestra un gesto sombrío.

—No. Yo no tengo actividad pública. Saben lo que pienso. Mi esposo no creo que lo haya escondido mucho para protegerme. Pero de ahí a que me asesinen... No. No lo harán. Siquiera para aparentar, Minicio se vengaría. No porque me quiera, sino también para aparentar. Y sabría la identidad del autor. Tiene una red de informantes muy densa en Barcinona y en los *suburbia*.

Me impresiona la dignidad de Clodia. Aguanta a ese infame y cree en su mundo más esencial. Es posible que esté condenado, que ya no vuelva nunca. Quizá la recreación de la muerte de ese Cicerón sea una especie de símbolo, como ella parece dar a entender.

No lo sé. A Agila y a mí nos interesa el intríngulis local de este asesinato. En si esa discordia local puede afectar o no a nuestra estancia aquí, que espero que no se prolongue demasiado. Noga y todos los demás no se lo merecen.

—Bueno, Tulga, creo que podemos ir a dar un paseo y comentar todo esto. —Agila no ha acabado la frase cuando Minicio aparece de nuevo en la puerta. Viene aún más sudoroso que como se ha marchado.

—Se me ha olvidado mencionarlo. Aniano, que es lo que tú llamarías una «rata», Clodia, y yo lo calificaría como un hombre muy rico y muy inteligente, celebra esta noche una gran fiesta. Ha invitado a la mayor parte de la curia y a los nobles godos. Así que nos veremos todos allí esta noche. Espero que no hablemos solamente del puto Atilio de los cojones. —Da media vuelta y se va sin despedirse.

—Sí, llegó el mensajero a primera hora esta mañana. Mi esposo estaba en la curia. Aniano no pertenece a ella y ha enviado las invitaciones a primera hora. Dedicaré las siguientes horas a mis preparativos. Si me perdonáis...

Clodia se levanta lentamente. Intuyo sus pechos tersos cuando se pone de pie. A pesar de la edad conserva intacta la belleza que debió de tener a la mía. Hace un gesto leve a modo de despedida. Agila y yo la seguimos con nuestras miradas.

—Vaya, vaya, Tulga... ¡Una fiesta!

—Sí... Y por lo que parece, bastante nutrida.

—Exacto. Ya sabíamos que ese Aniano es un tipo importante. Con conexiones en Italia y especialmente en la Galia. Imagino que desea fortalecer un ambiente bueno en la ciudad. Supongo que la noticia del asesinato de Atilio le habrá asustado. No sé si su idea de organizar una fiesta es anterior o inmediatamente posterior a que se conociera el crimen esta noche y esta madrugada. Pero, sea como fuere, es una buena jugada.

Conozco a mi amigo.

Sus ojos delatan que se han excitado todos sus sentidos. Intuye algo. Y no quiere perdérselo.

23

Tulga. Clodia

Al atardecer ya estamos todos preparados.

Nuestros dos anfitriones y nosotros dos.

Minicio se ha puesto una túnica fina y muy amplia, en colores amarillentos y azulados, muy chillones. Resulta bastante ridículo. O eso me parece a mí. Clodia lleva un vestido de seda que deja entrever su cuerpo. Sus ojos azulados van realzados por unos tonos grises en sus párpados y una línea oscura bajo los ojos que levemente asoma en el final de los mismos. Ha sustituido el moño de esta mañana por una larga coleta abierta hacia atrás, con un pasador muy amplio.

Agila y yo llevamos túnica larga. Cuando vinimos a la ciudad se dejó claro que había que traer alguna prenda especialmente pensada para las recepciones y las fiestas que daría la oligarquía local. Eso sí, ambos portamos puñal.

La *domus* de Aniano está muy cercana a la de Minicio. Llegamos y hay ya varias antorchas iluminando la entrada, a pesar de que aún no es de noche, aunque no falta mucho. Se arremolinan unas decenas de personas en la puerta, que invaden la calle, por lo demás muy estrecha. Minicio y Clodia se adelantan, mientras que Agila me coge del brazo.

—Vamos a esperar un momento a los nuestros.

No veo aún ni a Fredebado ni a Walia ni a Wilesindo ni desde luego al rey. Aunque el gigantón Guberico destaca por encima de todo el grupo que está esperando a que se les vaya dando paso de uno en uno, o de matrimonio en matrimonio. Es entonces cuando escuchamos una voz muy conocida detrás de nosotros.

—¡Agila! ¡Tulga! —Es Wilesindo, que viene con Fredebado. Caminan despacio; al vernos, han acelerado el paso.

—¿Los demás? —Agila hace un gesto con el cuello, indicando con la barbilla hacia la dirección de la puerta, como dando a entender que solamente se distingue a Guberico.

—Varios han debido de entrar ya. Los demás ya llegarán. El rey está dentro. Titio negoció con Aniano que entraría acompañado solamente por cuatro guardias antes de que llegara ningún invitado. Placidia se ha quedado en la *domus* de Titio, está a punto de dar a luz en cualquier momento. Es cosa de días, quizá de horas.

—Entramos, entonces —afirma Agila. Fredebado asiente.

Hay varios sirvientes del anfitrión de la fiesta que entregan una flor a cada dama que entra. Aniano espera en el inicio del corredor del patio. Saluda uno a uno a sus invitados. Nos toca el turno.

—Agila, poco a poco nos vamos conociendo. Este es tu joven amigo, Tulga, ¿no es así?

—Así es, Aniano. El futuro del pueblo godo. Gracias por invitarnos y, en general, por la iniciativa de la fiesta. Creo que es una buena idea.

—Ahora hablaremos, Agila... Pero no te consideres el pasado del pueblo godo. Aún no. —Aniano esboza una leve sonrisa, mientras mira a los siguientes invitados que caminan detrás de nosotros. Mi amigo recibe de buen grado la broma del anfitrión.

Nos dirigimos hacia el fondo del corredor. Pasamos junto a dos estancias amplias que quedan a nuestra derecha y en las que hay ya numerosos invitados. Guberico es uno de ellos, está en la primera sala, acompañando ¡cómo no! a Sigerico.

Entre las dos salas y el patio debe de haber ya unas cuarenta personas en la *domus*. Y faltan aún al menos dos docenas. La mansión es espectacular, aunque hemos visto otras mucho más grandes en Burdigala y en Arelate. También en Narbona.

Las antorchas se reparten por todo el corredor y el patio, sujetas tanto a las paredes en el primer caso, como a soportes de metal pintado de negro en el segundo.

Se han formado ya los primeros corros.

Agila me hace un gesto con la cabeza. En el mismo corredor se encuentra nuestro rey. Está rodeado de romanos y acompañado por uno de los nuestros, Wilesindo. Dada la estatura media, por no decir baja, de Ataúlfo, no destaca por encima de sus interlocutores. Sin embargo, me doy cuenta de que todos ellos le miran con cierta devoción.

—No siempre se puede charlar con un rey godo. Mira cómo babean esos romanos —me dice Agila con una sonrisa, mientras nos acercamos al grupo.

Contesto a mi amigo con otra sonrisa, al tiempo que nos unimos. El rey nos ha visto. Lleva una túnica azulada y unos pequeños tirabuzones asoman en su melena, que por otra parte lleva más corta que la mayoría de los nobles del Consejo. Al vernos, nos sonríe.

—Se nos ha unido lo mejor de la nobleza goda, Agila y el joven Tulga. El presente y el futuro de los godos.

Inclino levemente la cabeza en señal de respeto a nuestro rey. Me sorprende que su afirmación se parezca tanto a la que nos ha comentado Aniano en la entrada. No sé cómo interpretarlo. Esperaré el momento oportuno para preguntárselo a Agila.

—Estábamos hablando del asesinato de Atilio. —El rey parece tranquilo al respecto—. No perturbará los planes de paz que estamos trazando entre el Imperio y el pueblo godo.

—Y pronto nacerá vuestro bebé, noble rey —habla uno de los romanos. Ignoro su nombre.

—Así es. Puede ser esta misma noche, o mañana, no mucho más tarde. —El rey amplía ahora su sonrisa, mientras se lleva a los labios una copa de vidrio repleta de vino. Los otros hacen lo mismo—. Esta fiesta es, en sí misma, una muestra de lo que serán las relaciones entre romanos y godos. Ya hicimos grandes amigos en las ciudades de la Galia, y Barcinona no será diferente.

—Os deseamos que seáis muy felices en vuestra estancia en nuestra ciudad, glorioso rey —habla otro de los romanos. No tengo ni idea de quién es. Pero sus ojillos no me dan muy buena espina. Me doy cuenta de que Agila permanece muy serio.

—Ya lo estoy siendo, ya lo estoy siendo. Mi esposa también. Está con las molestias y los dolores lógicos del momento. Pero está feliz.

Unos sirvientes vienen a paso muy ligero cargados con unos platos de color anaranjado intenso. Algunos están repletos de aceitunas y otros de embutidos y nueces. También hay un queso, pero muy diluido y unas tortas en los laterales para untarlas en la masa amarillenta. Uno de los platos de queso, acaba de pasar a mi lado y el olor es sugerente. Tengo ganas de probarlo.

Los del corro esperan a que el rey mueva un dedo. Cuando lo hace, el resto también. Dos de los guardias están inmediatamente detrás de Ataúlfo. Los otros dos se reparten unos pasos más a la izquierda y a la derecha, respectivamente.

No podía soportarlo. Ya no.

No soportaba ni un día más a Minicio.

La atracción que sentía por Rufo no ayudaba a que el odio hacia Minicio fuera menor, sino mayor. Ya se lo tenía, claro. Desde hacía años. Pero había llegado al punto de no poder soportarlo. Mientras departía en un grupo en el que había otras esposas de curiales, entre ellas Lucilia, la anfitriona, y alguno de sus esposos, observaba cómo Minicio estaba en un corro con varios godos. Eso sí, acompañado de su marioneta, Helvio.

Clodia fingía mantener la atención a lo que estaba contando Lucilia. Pero no podía evitar concentrarla en los movimientos, si es que así se les podía llamar, del cerdo. Y en los de Rufo. Su amante estaba en un corro en el que podía distinguir a Modesto.

Ese abyecto, si no era el asesino de Atilio, al menos lo habría celebrado con el mejor de sus vinos, que seguramente sería una fruslería. Se gastaba el dinero en ofrendas a las iglesias de los mártires de Tarraco y en las obras de Barcinona, el imbécil. Condenado repugnante, ese Modesto. Pensó que le salvaba que estaban ahí los godos y que en ese momento eran la prioridad. Porque, si no, ella misma hubiera movido a Rufo para que el asunto se investigara en Tarraco.

Pero no era el momento.

Ya buscaría la ocasión para investigar lo de Modesto. Y, desde luego, para vengarse de Minicio. Llevaba tiempo pensándolo. No sabía aún cómo, pero lo haría. De algún modo o de otro le haría pagar las vejaciones, las humillaciones, todo lo que había hecho contra ella.

Mientras le poseían estos pensamientos, se dio cuenta de que Rufo le dirigía una sonrisa. Muy leve. Tanto que nadie, en ninguno de los corros, podía haberse percatado. Solamente ella. Ella, sí. Se la devolvió de la misma manera. No. Nadie podía haberse enterado de nada.

Lucilia la miraba con atención mientras hablaba, extrañada por la concentración que Clodia parecía poner en las chorradas que estaba diciendo. Había decidido hablar de tonterías para romper el hielo de la conversación. No conocía a Clodia. Pero no le parecía una mujer que atendiera con facilidad a las bobadas que había decidido soltar para intentar buscar algún hilo de conversación entre lo que, en su fuero interno, le parecía, sin duda, un magma de mediocridad.

En realidad, no conocía allí a casi nadie. Su vida se había desarrollado sobre todo en las Galias y aquella pequeña ciudad de la Tarraconensis no le interesaba en absoluto. Pero había querido acompañar a Aniano. Algo le decía que debía venir. Estar con él. Su hijo estaba muy bien atendido en Arelate. Por ese lado estaba tranquila, dentro de lo que podía estarlo. De todos modos, habían pasado ya unas semanas desde que habían acudido a Barcinona. La pequeña casita era para ella una especie de juego, era como meterse de repente en una cáscara de caracola. Su casa de Arelate era, fácilmente, seis o siete veces la que tenían en Barcinona. Así que, en el fondo, tenía ganas de que lo que fuera que Aniano tenía que hacer allí acabase cuanto antes.

De hecho, estaba deseando regresar a Arelate para ver a su hijo. Le parecía que las familias de la oligarquía de Barcinona estaban varios peldaños por debajo de las de Arelate o de las de Narbona. Eso seguro. Y que los personajes realmente influyentes allí eran sobre todo Minicio y, en menor medida, Titio y Apolonio.

Su esposo le había dado algunos detalles de las fuerzas vivas de la ciudad. Y ella había memorizado sus nombres. Así, sabía perfectamente quién era quién en su fiesta. No le apetecía en absoluto ofrecerla, pero Aniano había insistido. Decía que era fundamental para los nuevos negocios que pretendía emprender en Hispania. Pero, al poco de haberla empezado ya lo tenía claro. No había nadie que le pareciese interesante. Aunque le llamó la atención el porte de Clodia. Algo le decía que su mirada y la expresión de su rostro transmitía una profundidad que no hallaba en ningún otro invitado de la fiesta. Había algo extraño en ella. Y quería saber qué era. Así que decidió escrutarla, intentando por todos los medios que ella no se diera cuenta.

Apolonio, Domicio y los demás le resultaban aburridos, con muy pocas inquietudes, y sus esposas meros bustos silentes. Y el tal Minicio le parecía un tipo abominable. Sin embargo, definitivamente Clodia parecía otra cosa. Cuando se la presentaron al inicio de la fiesta, se fijó en su estilo elegante, su rostro bellísimo, y la expresividad de sus grandes ojos azulados. Al instante intuyó que era un personaje. Ahora ya no le quitaba ojo. Lo hacía disimuladamente. Pero la vigilaba.

Claro que algo le había contado Aniano. «Dicen que lee a Virgilio y a Tácito y que puede conversar sobre historia, arte, poesía, tragedia. Creo que os llevaríais bien.» Ella no dominaba semejante elenco de autores ni de materias, pero siempre había estado interesada. Y había recibido una educación elevada por los maestros de Arelate. Alguno de ellos lo era ahora de su hijo.

Volvió a pensar en lo mismo en lo que acababa de centrar sus pensamientos. Y llegaba a la misma conclusión. Por todo eso le parecía más extraño aún que Clodia fijara tanto la atención en las bobadas que, intencionadamente, estaba diciendo en el corro que le había tocado. Era una suerte de juego para ella misma. Soltaba las gilipolleces y sondeaba las reacciones de sus interlocutores. Pensaba que Clodia retiraría su atención al instante. Y, sin embargo, allí estaba, mirándola aparentemente prendada de las estupideces sobre la primavera que había decidido soltar.

Así que quiso dar un paso más allá.

—Clodia, te veo muy interesada en los avances de la primavera.

—¿Per... perdón?

Confirmó sus sospechas. No le había puesto ni una mínima atención. Había clavado sus ojazos en ella no por escucharla, sino por tener la cabeza en otro sitio. Sí se había dado cuenta de que en dos o tres ocasiones había mirado hacia otros corros. Más aún. Juraría que había esbozado una sonrisa a alguien. Clodia le había sonreído a alguien.

Vaya, vaya, vaya. Por fin había algo de diversión.

Estaba igualmente segura de que Clodia no sabía que ella la había visto. No, no lo sabía. Que la había visto sonreír. Fue tan, tan, tan leve, que pretendía que nadie se diera cuenta. Pero no contaba con ella, con Lucilia. Se vanagloriaba de conocer el comportamiento humano, tras cientos, acaso miles, de fiestas, cenas, con las altas sociedades de Italia y de la Galia. Se dijo a sí misma que sí, que era excelente en eso. Se le daba muy bien.

Y Clodia no podía engañarla.

Esa sonrisa era muy particular. Lucilia la había visto más veces, en contextos muy diferentes, en fiestas en Roma, en Arelate, o en Campania. Y, en la mayor parte de las ocasiones, tenía información sobre las relaciones entre el origen y el destino de ese tipo de sonrisas. Y su instinto no le fallaba. Al menos, no le había fallado hasta ahora.

Quedaba por responder la pregunta. ¿A quién? ¿A quién sonreía Clodia? Y, ¿a quién lo hacía con un sigilo que solamente alguien adiestrado en la naturaleza humana, como ella misma, hubiera podido descubrir? Era un reto, un pequeño reto, que por fin generaba algo de auténtica diversión en el páramo siniestro y aburrido que, hasta ese momento, le parecía aquella ciudad torreada.

Se concentró. Mientras mantenía una conversación estúpida a la que estaba segura que Clodia no atendía, pese a que fingiera hacerlo. Se concentró, sí, porque deseaba saber quién era el afortunado. Quería saber a quién sonreía Clodia.

Seguro que no a Minicio, claro. Todo el mundo en la ciudad sabía que el matrimonio se detestaba. Aniano se lo había contado varias veces. Así que tenía un amigo o una amiga, acaso un amante. Y estaba allí. Claro que ahora mismo no podía investigar. Si se daba la vuelta para rastrear con la vista los corros que quedaban detrás de ella, que era hacia donde sin ninguna duda había visto que Clodia dirigía su extremadamente tenue sonrisa, ella percibiría el movimiento. No. Le interesaba aparentar que no había visto esa pequeña mueca, ese gesto casi imperceptible para todo el mundo en la fiesta menos para ella, para Lucilia.

Mientras, Minicio charlaba animadamente con unos godos. Se trataba de Wilesindo, Fredebado, y Sigerico, quien, por un momento, se había apartado de su sempiterno acompañante, el gigante Guberico.

Se fijó en Lucio y Crescentina. Los había contratado Aniano previa petición de permiso al *patronus* de ambos, es decir, a él mismo. A Minicio. Vislumbraba sus movimientos con sus ojillos apenas perceptibles en aquellas carnes hinchadas que formaban su cara. Aunque le interesaba mucho la charla con los godos, quería estar pendiente de Lucio y Crescentina. Vio cómo daban órdenes a los sirvientes del anfitrión para la disposición de las viandas principales en varias mesas que se habían colocado tanto en el patio como en las estancias. Y cómo supervisaban a los que iban portando las bandejas con los aperitivos por los corros de invitados.

Se sintió orgulloso. Pero no de ellos, sino de sí mismo.

Era el *patronus* más poderoso de Barcinona, y Lucio y Crescentina se lo demostrarían a todos esos godos, además de a los curiales, que ya lo sabían. Que el mismísimo Aniano hubiera querido contratar a sus dos clientes era una muestra de su supremacía local. Sí, era el mejor. Y lo iba a ser más en cuanto comenzaran los movimientos godos hacia otras partes de Hispania. En eso confiaba y estaba seguro de que iba a empezar a nadar en oro antes del próximo invierno.

—Ese asunto del asesinato... ¿cómo está? —Fredebado estaba interesado en saber los últimos detalles.

Minicio desvió su mirada de sus clientes y la dirigió hacia el godo.

—Finiquitado. Habrá sido una venganza. O religiosa o por deudas. —Minicio se estaba llevando a la boca un muslito de codorniz enrollado en una tira muy fina de tocino de cerdo.

—Nos alegra saberlo. Un escándalo en este preciso momento no sería beneficioso para los acuerdos políticos. —Wilesindo parecía muy preocupado.

—Desde luego. Ni para los negocios. Para los actuales, y para los que vendrán de aquí a unas semanas, en cuanto el Imperio os envíe hacia el interior de Hispania y haya que reorganizar los abastecimientos. Allí estaré para entonces. —Minicio tragaba la carne que desprendía del muslito con rápidas y pequeñas dentelladas.

—No es tan seguro que el Imperio pacte con nosotros entrar hacia el interior de las provincias hispanas, Minicio. —Sigerico tomó la palabra justo antes de paladear el vino, que le pareció excelente—. ¿No es así, Fredebado? Tú estás mucho más interesado que yo.

Minicio seguía con la vista a Lucio y a Crescentina. Pero no veía al primero. De repente lo había perdido. Pensó que ese imbécil no debía desviarse ni un instante de las tareas que tenía encomendadas. Así que imaginó que habría ido a por más vino o a supervisar la cocina.

—Sí, coincido contigo, Sigerico. Ya sabemos que a ti no te haría mucha gracia un pacto con el Imperio. ¡Si no lo suscribes tú! ¡Ja, ja, ja! —Fredebado cogió del brazo a Sigerico haciéndole ver que se trataba de una broma. Pero tanto Sigerico como Wilesindo, y desde luego el propio Fredebado, sabían que había mucho fondo en el comentario.

—No... No os preocupéis por eso. De haber un acuerdo, lo refrendará aquel hombre. —Sigerico apuntó con su copa de vidrio hacia el corro en el que estaba Ataúlfo, que parecía estar despidiéndose de sus interlocutores.

—Desde luego, desde luego. Así será, en todo caso. Voy a saludar a Aniano y a algunos curiales. —Fredebado se despidió del corro con una sonrisa.

Los cuatro guardias que acompañaban a Ataúlfo le escoltaron a través del corredor hasta la puerta de la *domus* de Aniano, que acompañaba al rey godo. Todos pensaron que su presencia en la fiesta se debía al deseo de refrendar las buenas relaciones entre romanos y godos. Pero también estimaron que quisiera reunirse con su esposa cuanto antes, puesto que podía dar a luz incluso esa misma noche.

En otro corro, Rufo permanecía en silencio. Había visto cómo Clodia correspondía a su sonrisa. Era como un lenguaje secreto del que nadie podía sospechar nada. Eso le tranquilizaba. Ahora escuchaba a Modesto. Sentía aversión hacia aquel tipo engreído que creía saberlo todo sobre todo.

—Nadie se alegra de una muerte. Y menos de una muerte como esa. Pero, qué queréis que os diga. De pasarle a alguien, mejor que haya sido al puto Atilio. Ya no podrá tocar los cojones con sus discursitos preparados y pedantes. —Modesto fue elevando el tono mientras avanzaba en su frase. Al acabar, tomó nueces, ya preparadas y sin cáscara, de una de las bandejas que un sirviente pasaba a su lado.

Aquello era demasiado para Rufo.

—Eso que dices es terrible, Modesto. Atilio no ha muerto leyendo debajo de una higuera. Alguien le ha asesinado y ha mutilado su cuerpo. Todos estamos seguros de que tú no tienes nada que ver, por supuesto. —La ironía de Rufo fue captada de inmediato por los integrantes del corro, todos ellos curiales.

—¿Estás acusándome, Rufo? —Modesto tragó las nueces y mostró su indignación.

—No, en absoluto. Pero al menos podrías contener tu alegría desbordante.

Rufo estaba verdaderamente molesto. Disculpándose, se apartó del corro y, tomando una copa de vino de una de las bandejas portadas por los sirvientes, se perdió en el corredor, asomándose a la cocina.

Su movimiento no fue percibido por Clodia, puesto que, ahora sí, estaba pendiente de los comentarios de Lucilia. Y lo estaba porque la anfitriona acababa de dar un giro inesperado a la conversación.

—Me han comentado que posees una excelente biblioteca, Clodia.

—Bueno... No sé si es excelente. Pero es el producto

de años de lecturas, compras, copias... Cada vez es más difícil dotarla, pero hago lo que puedo, sí. Si lo deseas, puedes visitarla cuando quieras.

—¡Hay otras cosas más entretenidas que los libros, noble Clodia! —Les interrumpió un gigante godo. Guberico se había fijado en Clodia y se había acercado al corro.

—Seguramente para ti, sí. Estoy convencida.

Clodia intentó controlar su ira por la irrupción del bárbaro. El olor a vino que desprendía aumentó su repulsión. Se dio cuenta de cómo babeaba mientras le miraba al culo, las tetas, a la boca... Era repugnante.

—Sé quién eres, señora. La esposa de Minicio. Yo también estoy convencido de algo. Ese gordo seguro que no te da lo que tú te mereces. Me llamo Guberico, señora. Soy tan alto como grande es lo que tengo entre las piernas, para cuando quieras enseñarme... ¡tus libros! —La risa de Guberico atronó envuelta en su aliento alcoholizado.

Sigerico se había percatado de la situación y se acercó al grupo.

—Por lo que oigo, tú eres Clodia. Mi nombre es Sigerico. Hemos oído hablar mucho de ti, noble dama. Te ruego disculpes la ineptitud de mi amigo Guberico. No está acostumbrado a un vino tan excelente como el que nos ofrece hoy Aniano.

Guberico escuchó a su patrono y se retiró mascullando algo que a Clodia le sonó a amenaza.

—Gracias, Sigerico. Como anfitriona de la fiesta, deseo agradecer tu intervención. —Lucilia intentaba aferrarse a la serenidad que mostraba el noble godo, percatándose de su autoridad sobre el gigantón. Parecía que el incidente estaba zanjado, y eso logró tranquilizarla.

Fue entonces cuando se escuchó. Era un grito. Y sonaba a angustia, a miedo, a terror.

—¡Oh, Dios mío! ¡Por los santos mártires de Tarraco! ¡Oh, Dios mío! —Se trataba de una voz femenina de mediana edad.

—¿Quién es? ¿Quién grita?

—¿Dónde es? ¿Qué ocurre?

Las preguntas se hicieron repentinamente y por doquier, tanto en las estancias como en el patio. La noche ya se había impuesto y las antorchas iluminaban con poderío y con elegancia los rincones de la *domus* de Aniano, algunos de los cuales, sin embargo, permanecían dominados por las sombras.

Diferentes voces comenzaron a proferir exclamaciones aterradas. Provocaron la alarma general en los diferentes corros, que se deshicieron desembocando en una masa informe que se agolpaba hacia la zona de la que procedían los gritos, en una de las esquinas del patio hacia las dependencias interiores de la *domus*.

—¡¡Las cocinas!! ¡¡Procede de las cocinas!!

—¡¡Un muerto!! ¡¡Hay un muerto en las cocinas!!

La puerta de la cocina daba al corredor. Había no menos de treinta personas arremolinadas en torno a ella. Las que quedaban más alejadas de la entrada cuchicheaban. Entre las que habían logrado entrar, se veían gestos de pavor en mitad de un silencio siniestro. Otros se dirigían hacia el atrio gritando una y otra vez. Un muerto. Había un muerto.

Aniano trataba de poner calma, mientras Fredebado indicaba a los godos que se hicieran hacia atrás, hacia el centro del patio, para dejar que fuera el anfitrión y el resto de los romanos presentes quienes tomaran la iniciativa de lo que había sucedido. Sin embargo, para cuando dio esas órdenes, Fredebado ya había escrutado con su vista de viejo lince a la mayor parte de los godos, que se habían ido concentrando a su alrededor.

Desde los jardines centrales del patio, algunos nobles godos estaban ya acercándose a las columnas del peristilo. Seguían atentos todo lo que ocurría, con la mano cercana a sus puñales. No les fue difícil escuchar las voces de preocupación de los curiales que intentaban, sin mucho éxito, entrar en la cocina.

Entre los apiñados en la puerta, Minicio apartó a Lucio con un golpe de brazo y sin mediar palabra. Titio pidió que le dejaran el paso expedito, intentando hacer valer su condición de principal y más respetado miembro de la curia. Apolonio y Domicio habían logrado ya entrar. Fue el sirio quien preguntó.

—¿Un muerto? ¿Otro? ¿Quién es?

Dos sirvientes de Aniano, además de Crescentina y dos cocineros, se reunían junto a otro miembro del servicio de la casa, que había estado ayudando en el abastecimiento desde la zona de despensas en el fragor de las labores de cocina. Su rostro era pálido o, más bien, pétreo. Inexpresivo. Llevaba manchas de sangre en su túnica corta de color claro. Detrás de él había una puerta estrecha, que daba a un pasillo muy angosto que desembocaba en las despensas de la *domus* de Aniano.

Apolonio decidió entrar.

Penetró en el pasillo, que no presentaba estancias ni a derecha ni a izquierda, sino solamente al final. Había una sala grande con varios tabiques que no llegaban hasta el techo. A la derecha había otra puerta, que estaba abierta. Se asomó a ella y vio que allí nacía otro pasillo que parecía conducir a las estancias de la *domus*. Las mismas en las que, hasta hacía un momento, se apelotonaban los romanos y los godos tomando las primeras viandas del aperitivo antes de la cena que, barruntaba ya Apolonio, sería suspendida de inmediato.

En el centro de la gran sala, en el espacio que se abría

por las estructuras de los muros que no llegaban al techo y que dejaban otros dos a los laterales, yacía un cuerpo. No le hizo falta acercarse mucho. Lo distinguió de inmediato.

Era Rufo. Lo habían degollado.

Apolonio retrocedió y llegó hasta la cocina, donde ya le esperaba Titio, que finalmente había conseguido entrar. El anciano curial estaba acompañado del anfitrión, Aniano, ambos rodeados de otros curiales. Distinguió en una mirada fugaz y medio perdida a Minicio, a Domicio, a Helvio, a Modesto...

Apolonio pronunció en voz muy baja el nombre del asesinado. Porque estaba más que claro que se trataba de un asesinato.

Como si fuera agua cayendo a velocidad por un desnivel, el nombre corrió por la *domus* de boca en boca. «Rufo.» «Rufo.» «Rufo.» «Rufo.»

En mitad del alboroto, nadie se dio cuenta de que Lucilia, habiendo escuchado el nombre del asesinado, permanecía serena y con la mirada fija y clavada en Clodia.

24

Tulga

—¡Otro asesinato!

Creo que el que ha hablado es Apolonio. Poco a poco me voy familiarizando con los nombres.

—¡Calma! ¡Calma! —Escucho a Aniano, que viene de la cocina.

El anfitrión se dirige hacia el patio, hacia donde estamos la mayor parte de los nobles godos. Le cuesta llegar. Va tomando por el brazo a algunos de los curiales, intentando tranquilizar los ánimos.

Habla directamente a Fredebado.

—Han asesinado a uno de los curiales, a Rufo. Lo han encontrado degollado en la zona de despensas. Lo ha visto uno de los sirvientes de cocinas al entrar en las despensas. Me acaba de decir que se ha acercado al cuerpo y que lo ha intentado incorporar. Pero solamente ha podido comprobar que estaba muerto. —Su gesto es lúgubre.

—¿También le han cortado las manos y la cabeza? —Fredebado intuye que haya podido ser así, como en el caso de ese Atolio o Atilio.

¡Degollado! Solamente pensar en esa posibilidad me produce escalofríos. No por el hecho de la muerte en sí, sino por el lugar en el que estamos. Si hay un tipo que se dedica a cortar gargantas, y, si puede, cabezas y manos, estamos todos en peligro. Porque esto es una ratonera, apenas hay escapatoria, las *domus* están muy apretadas en este barrio del nordeste.

Me tranquiliza ver cómo Fredebado mantiene la calma. Lleva décadas mediando entre las venganzas de la nobleza goda y se nota que esto no le asusta lo más mínimo. Tampoco a Agila, por el semblante que mantiene. Ambos esperan con atención la respuesta de Aniano.

—No. Le han asesinado con un corte certero en la garganta.

—Ya. Una cosa rápida —interviene Agila.

—Así es. Fredebado, creo que deberíais manteneros al margen de todo esto. Los curiales decidieron tapar el asunto de Atilio, y barrunto que querrán hacer lo mismo con el de Rufo. Esperemos que no haya un tercer crimen. Sería entonces casi imposible evitar que el tema pasara a manos del gobierno de la Tarraconensis. —No se equivocaban tampoco nuestros informes sobre Aniano y su capacidad de organización. No me extraña que tenga sociedades en numerosos lugares del Imperio.

—Por supuesto. No se nos pasaría por la cabeza intervenir. Y menos en este momento. El bebé está a punto de nacer, y es posible que el Imperio tenga ya planteada su propuesta en unos días, a lo sumo unas semanas.

—Bien. Voy a intentar tranquilizar a esta gente. Podéis acercaros si lo deseáis. —El anfitrión abre su brazo izquierdo para animarnos a acudir a la zona de cocinas.

Agila me hace un gesto tras advertir la leve inclinación de cabeza por parte de Fredebado. Vamos unos diez o doce con él hacia la esquina en la que los curiales y sus esposas se han acumulado.

Con tino, Aniano va intentando aportar serenidad. Me sorprende el aplomo de ese hombre. Sabíamos que estaba acostumbrado a los negocios difíciles, y que se codea con la alta aristocracia de Italia y de la Galia. Pero ahora lo está demostrando. Le veo hacerse hueco entre la multitud y regresar a la cocina.

Hemos llegado a la esquina. Algunos de los nuestros han quedado en el centro del patio porticado. Sigerico y su sombra, Guberico, entre ellos. Fredebado también. Está claro que ha decidido que sea mi mentor quien se acerque al lugar del crimen. Y yo le sigo. Agila se introduce a duras penas entre las damas y sus esposos que, de puntillas, estiran sus cuellos hasta límites que, si no fuera por la situación, me parecen incluso graciosos.

Veo a Clodia a la izquierda. Le acompaña la anfitriona, Lu... Lucilia, creo recordar.

Clodia está pálida. No. Pálida, no. Lívida. Está lívida.

Sigo a Agila, voy justo detrás de él. Un curial con cara de pocos amigos me mira con un gesto desagradable, diría que de odio. No sé quién es. Seguimos avanzando. Nos cuesta, pero estamos ya en el umbral de la puerta que da acceso a la zona de cocina y despensas.

Hay mucha gente. Agila y yo conseguimos entrar. También Wilesindo. Ignoro si han accedido los demás, porque nosotros tres ya estamos en la cocina y a nuestra espalda las decenas de personas que se acumulaban en la puerta nos cierran el paso. De todos modos no queremos ir hacia atrás, sino hacia delante.

Aniano está conversando con Titio y con otro curial que no conozco. Minicio está dentro de la cocina, bebiendo agua y, como casi siempre que lo he visto, sudando de lo lindo.

Hay otra puerta y un pasillo estrecho, muy estrecho, que se lanza hacia una oscuridad ligeramente mitigada por lucernas en las paredes.

Distingo al fondo la apertura de otra puerta. Hay más gente en ese pasillo.

—Agila, Wilesindo, Tulga... venid. Lo han asesinado aquí mismo, en las despensas. —Aniano nos llama—. Ya conocéis a Titio. Titio, creo que tú también a Agila, y probablemente a Wilesindo y a Tulga.

El curial anciano, Titio, asiente con parsimonia.

—Sí. Poco a poco nos hacemos con los nombres. Disculpadnos, godos, pero para nosotros es un poco difícil aprenderlos —contesta Titio; Wilesindo parece impresionado por la situación.

Me da la impresión de que Titio está desbordado. La edad le pesa como una losa. No me lo pareció en la curia, desde luego. Pero ahora sí. Como hombre más prestigioso de la curia, debería controlar la situación. Sin embargo, está claro que esa responsabilidad ha recaído aquí, en el lugar del asesinato, en Aniano. Para eso es el anfitrión y ha nadado en aguas mucho más complicadas que las de Barcinona.

—Lo han encontrado en las despensas. Toda vez que había muchísimo movimiento en las cocinas y en el pasillo exterior que da al atrio, han tenido que degollarlo ahí mismo. Lo habían visto hace muy poco en los corros. Ha tenido que ser ahora mismo y en las despensas, en el mismo lugar en el que está el cuerpo. Lo han debido de asesinar muy rápidamente allí. Las despensas están al fondo del pasillo. Vamos.

Aniano transmite ánimo y templanza en sus palabras. Aunque es fácil percibir la preocupación que tiene en su interior. Avanza con paso decidido hacia el fondo del pasillo. Le seguimos.

Una estancia enorme aparece ante nosotros. Hay varias paredes. Armarios con envases de cerámica y de vidrio acumulan víveres. En un rápido vistazo veo frutas, pescados en salazón, legumbres... Varios armarios abiertos, y otros cerrados.

A la izquierda un grupo de mujeres, unas cuatro; no he vuelto a mirar para cerciorarme de cuántas son exactamente. Parecen consolar a una de ellas. Imagino que es la esposa del asesinado.

—Bien. Ahí está. —Aniano abre su brazo derecho, indicando la posición del cadáver.

He visto muertos en numerosas ocasiones. Demasiados. En las batallas del norte de Italia aún era muy chico. Pero recuerdo los del saqueo en Roma, aunque fueran pocos. Y, sobre todo, los de las marchas, tanto en Italia como en las Galias. Hasta el niño del otro día. Pues eso. Demasiados.

Pero hay algo en esta muerte... No me lo explico a mí mismo. No soy capaz. Pero hay algo... Frialdad, distancia, no sé qué puede ser. Detecto algo extraño, pero no sé qué es. No conocía al tipo. Seguramente lo habré visto en la curia, pero no recuerdo su cara. Es, era, un hombre fuerte. Por los rasgos de su cara, debía de estar empezando la madurez, pero era joven aún. Algo más joven que Agila, quizá. No sé.

—Sí, lo han degollado. El corte no es muy grande, pero lo suficiente como para acabar con él. —Agila habla con conocimiento de causa. ¡Anda que no ha degollado él a enemigos!

—El asesino ha debido de huir por esa otra puerta. —Aniano señala al fondo a la derecha. Efectivamente, hay una puerta. Está abierta. Se intuye otro pasillo.

—¿Hacia dónde conduce? —pregunta Wilesindo.

—Comunica con las zonas de las dependencias domésticas de la casa. Es una salida muy oportuna si en la cocina hay un incendio. Sin duda, ha huido por ahí.

—Pero ¿quién es exactamente Rufo? ¿Por qué lo habrán liquidado? —Wilesindo pregunta mientras se apoya en una mesa lateral de madera pintada en blanco. Hay una fuente enorme encima con frutas confitadas. Toma una y se la lleva a la boca. Yo sería incapaz. No es que esté especialmente impresionado por la muerte. Incluso así, no podría tomar nada ahora mismo. Y menos con la viuda y el anfitrión delante.

—Nunca destacó por nada en concreto. Pero era un buen hombre. Había tenido cargos en la ciudad. Últimamente estaba más distante —contesta Titio, claramente apesadumbrado.

—¿Creéis que los dos asesinatos están conectados? —Agila hace la pregunta que todos tenemos en la cabeza.

—Mmm, es posible. —Aniano se lleva la mano a la barbilla, mientras mira a las mujeres que permanecen en la esquina opuesta.

—Pero ¿qué motivo puede haber? ¿Y qué tenían en común Atolio y Rufo? —Me atrevo a preguntar. Agila no hace ningún gesto, señal de que aprueba mi intervención.

—Atilio. Atolio no, Atilio. No lo sé bien. Titio, ¿qué opinas? —Aniano hace ver algo que ya sabíamos, y es que él no es miembro de la curia, y que no conoce bien las interioridades de la ciudad.

—No lo sé. En verdad todo esto me supera. Hacía tiempo que no había asesinatos por venganzas en Barcinona. Puede haber una relación entre las dos muertes. Han ocurrido con unas horas de diferencia. La de Atilio fue ayer, como muy tarde, en los últimos momentos del atardecer o al principio de la noche, teniendo en cuenta el momento en el que el clérigo descubrió el cuerpo. La de hoy... La de hoy ha sido ahora mismo, hace unos instantes. Todos hemos visto a Rufo, y... —El anciano no puede seguir hablando. No llora, pero está emocionado.

Y muy apesadumbrado. Es como si intuyera algo que no quiere decir.

Miro a Agila, como implorándole que haga alguna pregunta que permita avanzar un poco. Los curiales están bloqueados. No aportan ningún dato que pueda explicar las muertes.

—El asesino no es ningún novato. No es fácil degollar a un hombre. No recuerdo a Atilio, aunque lo he visto en la curia. Pero aquí tenemos a Rufo. Se trata de un hombre fuerte. Quizá ha habido más de un implicado. Uno o dos hombres sujetando y otro degollando. Porque, de no ser así... —Me parece como si Agila cambiara la expresión de su cara mientras pronuncia las últimas palabras.

—De no ser así ¿qué? —Wilesindo se impacienta.

—De no ser así, tengo que decir algo. Estamos ante un especialista. Un asesino con experiencia y eficacia supremas.

Los curiales se miran entre sí. También lo hacemos Wilesindo y yo mismo.

—Decís que ha huido. —Ahora interviene Wilesindo, que ya no se apoya en la mesa blanca—. ¿Y si no es así? ¿Y si es uno de los presentes en la fiesta y ha regresado para que nadie le eche en falta?

—Buena pregunta, godo. La curia de Barcinona no es un dechado de virtudes. Hay maldad, hay envidia, hay traición. Pero no hay asesinos de ese estilo. —Titio parece orgulloso de lo que está diciendo.

—Pero podrían haber contratado a uno. Que hubiera venido de Tarraco, por ejemplo. O de más lejos. Algunos curiales de aquí tienen contactos en regiones muy lejanas.

—Sí, claro. No es imposible. Pero... —Titio intenta aportar argumentos, pero no se le ocurre ninguno.

—No, Titio, no es imposible. Yo mismo tengo esas conexiones. Y, en menores posibilidades, también Minicio, Apolonio...

Me parece que Aniano habla con franqueza. Ha interpelado a Apolonio, que no tarda en contestar. Me doy cuenta de que este último traga saliva antes de tomar la palabra.

—¿Verdaderamente puede alguien creer que yo he contratado un sicario para quitar de en medio a Atilio y a Rufo? ¿Por qué? No son... No eran enemigos míos.

—La clave podría estar en las relaciones entre Atilio y Rufo. Si alguien pudiera saber algo que lo diga.

—Atilio solamente pensaba en sus libros, y Rufo en sus negocios, últimamente estaba apartado de la política.

—Apolonio lo afirma como queriendo despejar cualquier sospecha, pero me parece sincero.

—Pero no de las mujeres —habla un curial, creo que es Modesto. Más que hablar, susurra, imagino que para evitar ser escuchado por la viuda y sus acompañantes.

Es entonces cuando se oye desde atrás una voz ahogada, que se interrumpe por la necesidad de respirar y la dificultar de continuar.

—¡Modesto! Yo sería incapaz de ordenar el asesinato de nadie. Y menos de Rufo. A mí no me ha hecho nada.

—Quien habla es Minicio, que apoya un brazo en el lateral de la puerta en la que muere el pasillo que desde la cocina conduce hasta aquí.

—¿Estás seguro de eso? —replica Modesto.

—Completamente. No tengo, o no tenía, ninguna simpatía por ninguno de los dos. Atilio era un loco, y Rufo un engreído.

—En lo de Atilio estoy de acuerdo. Incluso en lo de Rufo, podría estarlo. Pero puede haber interesados en hacerlo desaparecer. ¿Y si lo de Atilio ha sido una jugada para despistar? Todos saben que era mi peor enemigo, y yo lo era de él. Pero juro por Jesucristo y todos los santos que yo no lo he matado ni he ordenado ni he contratado a nadie para que lo haga.

—No jures tanto, Modesto. Podría volverse en tu contra. —Apolonio esboza una sonrisa que me parece cínica.

—¡Cállate, sirio de mierda! ¡Venderías a tu madre por un *solidus* con la efigie de Honorio! ¡Qué sabrás tú de religión! Si no vas nunca a la iglesia y cuando vas estás fingiendo.

—Bueno, bueno, bueno... Parece que Modesto está nervioso. ¿No deberías estar complacido por el asesinato de Atilio? Y tú, Minicio, ¿no deberías estarlo por el de Rufo? —Apolonio esgrime una ironía que parece estar a punto de sacar completamente de quicio a sus compañeros.

El gordo ni se inmuta. Bastante tiene con respirar. Lo hace con extrema dificultad. No me extraña. Hemos visto lo que come. Lo extraño es que no haya sacado fuera sus intestinos. No me sorprendería que lo hiciera en cualquier momento. Ahora está apoyado en un armario cerrado. Parece que empieza a respirar con algo más de regularidad.

Me pierdo bastante con el calado de las acusaciones. No sé bien a qué se refieren. Veo que Agila sonríe, él debe de saber algo más, espero que luego me lo cuente. Me fijo en las caras. La de Modesto, la de Titio, la de Apolonio, la del propio Minicio. Hay una tensión total. Son dos asesinatos en unas horas. Pero parece como si esto fuera solamente una capa superficial de algo más profundo. Sin duda alguna, debe de tratarse de las rivalidades entre ellos, de las que nosotros tenemos solamente una idea muy sumaria.

—¡Ya basta de discusiones! —Titio intenta interceder entre sus colegas—. Más nos valdría encontrar al asesino de Rufo. Y también al de Atilio. Sean diferentes o el mismo.

En ese instante se oye una voz alterada, procedente del exterior, del patio. Es una de las sirvientas de Aniano.

—¡Señor, señor!

—¡Abridle paso! —Es como si Aniano comprendiera que la joven es portadora de noticias importantes. Abre los brazos exhortando a todos los que estamos en la cocina a que la dejemos pasar.

—¡Acaban de venir de la *domus* de Titio! ¡Dos guardias godos!

Rápidamente llevo mi mirada al anciano curial. Dos guardias godos han venido desde su casa hasta la de Aniano. Me doy cuenta de que, ahora sí, Fredebado asoma la cabeza como puede entre la multitud que se agolpa en la entrada de la cocina. El viejo no andará perdido. Seguro.

—Habla, habla de una vez.

—Han traído un mensaje. Ha nacido el bebé. El hijo de Placidia y de Ataúlfo. Es un niño.

Es difícil describir las expresiones en los dos o tres rostros en los que me fijo de inmediato. Mi amigo y mentor parece tranquilo, satisfecho. A Fredebado, al fondo, aún en la puerta de la cocina, se le encienden las pupilas. Aniano esboza una leve sonrisa. Titio parece haber encontrado un bálsamo a su inquietud.

Sin embargo, hay algo que no me encaja. Es la misma sensación que he tenido al contemplar el cadáver de Rufo. Y me exaspera no saber de qué se trata, ni por qué me invade semejante inquietud. Pero lo cierto es que lo hace.

A nuestras espaldas, al fondo del pasillo, se sigue oyendo el lamento de la viuda de Rufo. Pero ahora nadie mira ya hacia allí.

25

Tulga. Clodia

La fiesta de Aniano ha quedado interrumpida definitivamente. Fredebado y Agila han acudido directamente
desde la casa de Aniano a la de Titio para estar junto al
rey y a Placidia y rendir los primeros honores a su hijo.

Agila me ha encargado que regrese con Minicio y
Clodia. La noche es cerrada. El breve paseo ha transcurrido en silencio absoluto. Nadie ha querido decir nada
ni de Rufo ni del asesinato. Ni de las posibles conexiones
con el de ese Atilio. Al llegar a la *domus*, Minicio ha ordenado que le trajeran agua fresca. La noche es menos
fría que la de días atrás. Mucho menos. El *dominus* se ha
ido a su cubículo sin pronunciar ni una sola palabra de
despedida.

Su esposa está sentada en uno de los bancos de piedra
del patio. Con un gesto muy leve ha indicado a sus sirvientes que se retiren. Los africanos se afanaban a preguntarle si deseaba algo, y lo mismo esa esclava preferida
suya, Cerena. Pero ni ha contestado.

Decido ir al otro extremo del patio. La vegetación es
escasa pero muy elegida, hay flores y también hiedras.
Miro de reojo a Clodia. Varias lucernas y antorchas pro-
yectan sus luces en el patio y porfían con las sombras.

Los tonos amarillentos y ocres que proceden de sus luces invaden su rostro, que por un momento parece menos blanquecino. Ella tiene fija la mirada en el suelo.

Así que me confío y la vuelvo a mirar, pero esta vez con más detenimiento. Está bellísima. Lleva un vestido muy fino y sobre él una estola azulada, casi a juego con sus ojos. A estas alturas ya me he dado cuenta de que le gusta combinar tanto el maquillaje como el vestuario con el tono de sus ojos. Intuyo desde aquí sus pechos. No puedo evitar detener mi mirada en ellos. El generoso escote de su atuendo deja entreverlos. Ella ha curvado levemente su torso hacia abajo, como queriendo hundir aún más su mirada en el jardín del patio que tiene enfrente.

No me ve. Diría incluso que ni se ha dado cuenta de que estoy aún aquí. No puedo evitar fijarme aún más. Suerte que la luz amarillenta que emiten las antorchas ha decidido recrearse en ella. Distingo incluso la oscuridad de la tenue cinta que sostiene sus pechos.

Me ha visto.

Clodia ha levantado su mirada hacia mí mientras yo estaba absorto. Debe de pensar que soy un imbécil, desde luego. Parece esbozar una sonrisa, pero no estoy seguro. Las caprichosas luces no dirigen ahora sus abrazos hacia ella, sino hacia el lateral del banco que queda libre. Veo que posa su mano izquierda ahí. Justo ahí. Tampoco estoy seguro, pero creo que hace un gesto con su cuello girando su cabeza. Me está diciendo que vaya. Creo que quiere que me siente a su lado.

Sin estar muy convencido de que sea eso lo que me está diciendo y, de hecho, sin estar siquiera seguro de que me esté diciendo algo, me dirijo hacia ella. Doy los pasos con cautela, como esperando a que alce su mano en cualquier instante para decirme, como a sus sirvientes, que desea estar sola.

Pero no lo hace.

—Ven, siéntate a mi lado, por favor. —Su voz suena profunda, aunque el tono es muy bajo.

—Sí, claro, desde luego.

Una vez sentado, pongo una mano en cada una de mis rodillas. Miro al frente. Por un instante giro levemente la cabeza hacia mi derecha. Diría que Clodia está llorando o, más bien, a punto de hacerlo. Pero sus lágrimas no quieren desprenderse de sus ojos. No me sorprende.

—Es extraño.

Abro las palmas de las manos, levantándolas de mis rodillas. Ella ha entendido que deseo que me diga qué ve tan extraño.

—No te conozco, godo. Tulga, quiero decir. Y, sin embargo, me inspiras confianza.

—Gracias.

—¿Tienes mujer, Tulga?

—Sí. No estamos unidos en matrimonio aún. Se llama Noga. Está en los campamentos con todos los demás, a unas millas.

—¿Deseas verla?

—Sí. —Ha debido notar mi turbación, o debe de haber subido el tono rojizo a mi cara, porque Clodia me mira y esboza una sonrisa mirando mis carrillos—. Pero tardaré semanas. Hasta que no se aclare la situación aquí y llegue el pacto definitivo con Honorio, tenemos que estar en la ciudad. Además...

—Además, ha nacido el niño.

—Eso es. Habrá que esperar a que pasen las primeras semanas.

Giro levemente mi torso para poder mantener la conversación cara a cara. Las lágrimas siguen sin caer, pero se acumulan en sus ojos.

—Clodia, algo te ocurre. No soy quién para entrometerme en tus asuntos...

—No. No lo eres.

No esperaba esa respuesta. Ha subido el tono y ha sido intencionadamente tajante. Se abre un silencio.

—Discúlpame. Antes te decía que me inspiras confianza. Acabo de ser muy injusta. Me gustaría tener un amigo y...

No acaba la frase.

Rompe a llorar.

Ahora sí, sus lágrimas abandonan el paraíso azulado en el que se resistían a perderse por su rostro claro, despejado, solamente teñido por un suave maquillaje por el que las lágrimas se deslizan. Algunas se pierden cuello abajo, otras no pasan de sus mandíbulas, las más afortunadas alcanzan las comisuras de sus labios.

No sé qué hacer. La abrazaría. Creo que necesita que la abracen. Pero en las circunstancias actuales, no puedo permitir un problema. Si aparece Minicio puede pensar otra cosa. Y lo último que interesa ahora es un supuesto escándalo. Y menos después de los dos asesinatos. Y menos aún recién nacido el hijo de Placidia y Ataúlfo. No, no debo abrazarla.

La abrazo. La abrazo con suavidad, como queriendo saber si ella lo prefiere o no. Sigue llorando. Su cuerpo se retuerce. Es como si quisiera que el déspota de su esposo no se enterase. No creo que lo hiciera ni aunque ella gritara. Debe de estar en el sueño más profundo.

Se refugia en mi pecho. Noto cómo su rostro mojado humedece parte de mi atuendo. Y aún percibo más cómo lo hunde contra mi pecho.

Está destrozada.

Aprieto ligeramente más el abrazo. Ella echa la cara hacia atrás. Me mira. Tiene los ojos enrojecidos. Por un instante parece que va a dejar de llorar. Intenta contenerse. No, rompe otra vez. Vuelve a apretarse contra mi pecho.

La abrazo con fuerza y miro por encima de sus cabellos hacia el corredor. Uno de los dos africanos está delante de la puerta de acceso a las dependencias domésticas. No sé si nos vigila o si, más bien, nos protege de su *dominus*.

—Clodia ¿qué ocurre? ¿Puedo ayudarte en algo? —Susurro en su oído. Minicio puede estar dormido, pero quizá alguno de sus esclavos nos pueda estar escuchando. Aunque me da la impresión de que todos ellos son más leales a Clodia.

Ella se aparta de mí ligeramente. Pasa su mano izquierda por sus párpados. Yo la mía por su rostro, que poco a poco se va secando. No quito ojo al africano, que hace lo propio conmigo.

Clodia ha dejado de llorar. Me mira con los párpados entornados, no es la mirada de ojos grandes que me cautivó desde el primer día, desde luego, pero a su belleza une el mal momento por el que, sin duda, está pasando. Y no veo la manera de poder ayudarla si no me dice lo que le ocurre.

Ha dicho que confía en mí y se lo quiero demostrar.

—No creo que puedas, Tulga. —Parece sosegada. Habla en un tono mínimo, apenas la escucho. Me acerco ligeramente. Ella mira hacia atrás. No quiere que la escuchen, eso está claro—. Pero confío en ti...

—¿Es por Minicio? —Decido lanzarme a preguntar.

—Sí y no.

No contesto.

Ella entiende que estoy perdido. No sé a qué se refiere. Pero tiene que ver con sus salidas nocturnas, estoy seguro. De momento prefiero no mencionar el asunto. Aunque me temo que no tardaré mucho en hacerlo si quiero avanzar. Deseo ayudar a Clodia si es que puedo. No obstante, no se me olvida ni por un instante que he de informar a Agila de todo lo que pueda ocurrir.

—Los asesinatos. Y los asesinados...

—Sí. Los dos eran miembros de la curia. ¿Te han afectado mucho sus muertes?

—Sí. Mucho. Atilio era un sabio, uno de los últimos. Comprendía nuestros textos más antiguos. Tenía una buena colección de libros, pero sobre todo sus lecturas. Había tenido la suerte de viajar en su juventud a Roma y a Cartago. Había accedido a colecciones fabulosas, con volúmenes de la época más antigua de la República romana.

—Clodia, mis conocimientos de historia romana son, me temo, muy sumarios.

—Era un hombre sabio. Y se enfrentó a esos teodosianos. A ese Modesto.

—¿Crees que lo ha asesinado Modesto, o alguien contratado por él? ¿Y a Rufo también? ¿Cómo eran las relaciones entre Modesto y Rufo? ¿Tenía alguna conexión Rufo con Atilio?

Está claro que me he pasado con las preguntas. Hace unos instantes Clodia estaba aún hundiendo en mi pecho su rostro humedecido por las lágrimas. Y ahora la machaco con preguntas. Me mira fijamente. Su expresión se ha vuelto sombría, casi siniestra.

—Rufo y Atilio no eran amigos, pero se llevaban bien. Atilio había pasado a Rufo una nota que había recibido.

—Sí. Nos hemos enterado. El asunto ha llegado a nosotros. Parecía una amenaza.

—Lo era. Quien la redactó sabía bien que Atilio la comprendería. Eran, en apariencia, palabras habituales, de la lengua coloquial. Pero, entregadas a Atilio... Evocaban sus conocimientos de los textos antiguos. Eran parte de un discurso de Cicerón. Parece como si quien le amenazaba desease herirle en su corazón más querido.

—¿Y Rufo?

Cuando he pronunciado el final de su nombre, he percibido algo en Clodia. Su mirada se ha vuelto fría. Más bien, desafiante.

—A Rufo no le interesaba mucho la Historia, ni la Filosofía. Pero coincidía con Atilio en que no soportaba a los intolerantes. Y tampoco a quienes pisan a los demás hasta ahogarlos.

—¿Sospechas que entre esos tipos a los que te refieres esté el asesino de ambos, suponiendo que sea el mismo?

Pero no hay respuesta. Clodia se ha quedado en silencio.

—Tulga, voy a llorar en muchas más ocasiones. Lo sé. Y, como te he dicho antes, necesito un amigo. Alguien en quien confiar.

Ahora soy yo quien permanece en silencio. Va a contarme algo. Algo muy importante. Ha marcado las sílabas finales y ha tensado los músculos de su cara y de su cuello.

—Sé que Agila y tú me habéis visto.

—Para ser leal a tu confianza, he de confirmártelo. Sí, te hemos visto.

—Lo sé. Pero, cuando me percaté, ya me daba igual.

No contesto. No encuentro las palabras para no ofenderla.

—Tulga, Rufo y yo somos... éramos amantes.

Ha deslizado las palabras, las sílabas, aún más que antes. Su tono de voz ha sido dulce, pero contundente. Suave, pero firme. No hay atisbo de emoción. Parece como si el llanto y las convulsiones anteriores hayan agotado su emotividad.

Definitivamente, la noche es mucho menos fresca. Al punto que me parece casi calurosa. Pero se ha levantado una brisa que agradezco y que espero que me ayude a continuar la conversación. No quiero meter la pata. Si hace un instante no encontraba palabras para contestar, ahora me resulta aún más difícil. Me decanto por lo más sencillo. Guardo silencio. Miro al frente. A las hiedras del lado opuesto del patio en el que antes me encontraba. Giro la cabeza y veo cómo Clodia parece tranquila. Una sonrisa asoma en su cara. Creo que desea continuar hablando.

—Todo empezó como con otros. Con una atracción, con las ganas de evadirme de este puto tirano —hace un gesto con su mano derecha señalando la zona de aposentos—, de la asfixiante sociedad barcinonense, de todo.

—Entiendo.

—Pero pronto nos dimos cuenta los dos de que había algo más. Había una amistad profunda.

—Sí.

—¿Entiendes, Tulga? Una amistad, una complicidad en la que ambos sabíamos cómo estaba el otro solamente con verle la cara, en la que una broma era recibida con otra más burda.

—Eso me recuerda a la mía con Agila.

—Eso es. Por lo que voy viendo, vosotros os entendéis con una mirada. Así que sabes bien de lo que estoy hablando.

—Sí.

—Y, además, había amor. Amor de verdad. Cierto es que no nos ha dado mucho tiempo a cultivarlo. Pero, además de una atracción difícilmente controlable, empezaba a haber amor.

Sus ojos comienzan a brillar de nuevo. Siento que pueda ser la antesala de nuevas convulsiones y llantos.

Acaso sea mejor dejarla sola con sus pensamientos, con sus sentimientos.

—Quizá prefieres... quizá preferirías que me retirara al cubículo, querrás estar sola esta noche.

—No. Todo lo contrario. Te lo he dicho antes. Necesito un amigo, alguien en quien confiar. Ya te lo he dejado claro. Y te agradezco mucho que pueda ser así, si a ti te parece bien.

—Sí. Me parece muy bien, Clodia. Sigue hablando.

Hay un gato gris que ha trepado por la altura del muro que cierra el patio, justamente por donde las hiedras aparecen más espesas. Se queda mirándonos un instante. Pero decide volver por donde ha venido. Debe ser que nuestra conversación le aburre.

—Nos veíamos cuando podíamos. A veces, aunque pocas, aquí mismo.

—¿Aquí mismo? ¿No era muy arriesgado? ¿Y Minicio?

—Ese cerdo no sabe nada. Me hubiera asesinado nada más saberlo. No por la furia de perderme, desde luego. Ni siquiera por celos. No hubiera soportado humillaciones.

—¿Y no habrá preferido liquidar a Rufo antes que a ti?

—También me lo he preguntado. Y lo he hecho desde que han gritado el nombre de Rufo cuando ha aparecido el cadáver.

—¿Y?

—Minicio no podría hacerle a Rufo ni un arañazo en la nariz. Ten por seguro que es así. Lo sé bien.

—No lo dudo. Pero Minicio es una de las mayores fortunas de la zona, y no le sería fácil contratar sicarios. O, incluso, echar mano de alguno de sus *clientes*.

—Sí. Eso es cierto. Pero no creo que lo haya hecho. Además, está el asunto de Atilio.

—¿Qué quieres decir? ¿Qué Minicio no ha tenido nada que ver en el asesinato de Atilio? ¿Cómo puedes saberlo?

—Porque Atilio no era obstáculo alguno para los negocios del cerdo. Atilio molestaba a personajes como Modesto. Minicio no tiene creencias más allá del culto al santo; a él mismo, quiero decir.

—Que Modesto haya podido encargar el asesinato de Atilio es probable, por todo lo que se cuenta de su conflicto religioso. Pero ¿para qué querría Modesto asesinar también a Rufo?

—Tulga... La muerte de Atilio es un escarmiento. Recuerdas lo que te he dicho antes de la frase de uno de los discursos de Cicerón, ¿verdad?

—¿La de la amenaza? Sí, claro, lo recuerdo bien. Ya te he dicho que el asunto ha llegado también hasta nosotros. Recuerda que Fredebado, nuestro noble más preclaro, y Titio, el más prestigioso entre vuestros curiales, están compartiendo información constantemente.

—Que a Atilio le cortaran la cabeza y las manos no es casual. Es lo que hicieron también con Cicerón. Tulga, la muerte de Atilio es un mensaje.

—¿Un mensaje?

—Sí. Un mensaje. No habrá más «Atilios». ¿Comprendes?

—Creo que sí. Alguien ha querido decir que no permitirá más palos en las ruedas de la fe.

—Si quieres llamarlo así...

—Pero entonces, eso apunta a Modesto.

—Sí. O a alguien de su entorno.

—Pero sigo sin comprender. Si ha sido Modesto o alguien cercano a él. ¿Para qué querrían liquidar, quiero decir, asesinar a Rufo? Nunca se significó mucho en la línea de Atilio.

—Estás dando por sentado que hay un único asesino, Tulga. Y, en honor a la verdad, tengo que decirte que yo no estoy tan segura.

—¿Crees que hay dos? ¿Dos asesinos?

—Ahora mismo, es la única conclusión a la que puedo llegar.

Aprieto los labios. Pienso en las posibilidades, dentro de lo que nosotros podemos conocer de la curia. Es un ajuste de cuentas o algo así. Eso está claro.

Clodia mira hacia el suelo. Luego levanta sus ojos, que parecen querer volver a ser grandes de nuevo.

—Han querido silenciar a Atilio, Tulga. Lo de Rufo es diferente. No estaba muy al tanto de sus negocios. Apenas hablábamos de esas cosas cuando nos veíamos. Pero el motivo del asesinato de Atilio no puede ser el mismo que el de Rufo. Y me cuesta creer que entrara nadie de fuera en la fiesta. Es cierto que había mucha gente. Pero pienso que fue alguien de la fiesta. Un invitado, quiero decir. Uno de los nuestros, no de los vuestros.

Me sorprende la entereza de Clodia. Con la misma fuerza con la que ha apretado su angustia, su emoción y su rabia contra mi pecho por la muerte de Rufo, ha recobrado ahora la serenidad que desprendía desde que la hemos conocido.

—Nosotros somos muy dados a las venganzas, Clodia. Pero, por el momento, no creo que ni los más brutos de entre los nuestros tengan —no puedo remediar tener a Guberico en mente— motivos para matar a ningún curial de Barcinona.

—Eso es. Creo, Tulga, que los dos asesinatos son muy diferentes. Y que son dos los asesinos.

Ha vuelto el gato. El mismo de antes. En esta ocasión lleva un ratoncillo colgando de la boca. Se ha parado enfrente de nosotros. Muestra, orgulloso, su presa. Y, de repente, se da media vuelta y toma otra vez el camino de las hiedras y salta el muro hacia la calle.

Clodia permanece ahora en silencio. Yo también. Parece como si las elucubraciones sobre los posibles autores de los crímenes hayan conseguido despejar su mente. Como si se hubiera dado a sí misma una tregua. Como si la pena inmensa que siente por la muerte de su amante le hubiera concedido un instante de paz y de sosiego.

Me levanto del banco y le dirijo una mirada de afecto. Me la devuelve con creces. Asiente dos veces, como queriendo dar a entender que está bien. Y que damos por concluida la charla y, sobre todo, el momento de confianza que hemos pasado juntos.

Espero que no sea el último.

26

Clodia

Habían pasado varias semanas desde los asesinatos y desde el nacimiento del hijo de Ataúlfo y Gala Placidia. Semanas de rumores y de desconfianzas. Los asesinatos estaban en boca de todos. De romanos y de godos. Entre los primeros, se evocaban viejas cuitas y venganzas para intentar comprender. Unos recordaban a antiguos enemigos de Atilio, y no solamente a Modesto. Otros, buscaban los lados oscuros de los negocios de Rufo, detectando posibles agraviados.

Pero nadie llegaba a una conclusión clara, más allá del acuerdo de los curiales para que ambos asesinatos quedaran tapados para siempre. Sobre todo porque las semanas iban transcurriendo y no había habido ningún otro. Creían que el tiempo les beneficiaba.

Desde el día siguiente de la muerte de Rufo, cada hora que se iba al baúl del pasado sin un nuevo asesinato, reafirmaba a los partidarios del olvido, que eran todos. El miedo les atenazaba, y pensaban que llevar el asunto a instancias mayores podría activar de nuevo las iras y las venganzas que, sin duda, estaban detrás de las dos muertes. Todos, con Titio a la cabeza, pensaron que era más conveniente intentar olvidar cuanto antes. Y, así, se terminó la primavera, que dio paso al inicio de un verano que había entrado con fuerza en Barcinona.

Entre los godos, Fredebado había dado orden de no remover el tema. No por la misma razón que los romanos, desde luego. No por el miedo. No por la angustia. La orden procedía del mismísimo rey, Ataúlfo. Centrado en las negociaciones con el emperador Honorio para conseguir definir un nuevo acuerdo, y en el crecimiento del bebé, pensaba que aquellas dos muertes eran un asunto local, sin recorrido político alguno. Que eran las tripas de la sociedad barcinonense y que no debían inmiscuirse. Allá ellos.

Además, el bebé no estaba creciendo bien. Desde los primeros días dio síntomas de debilidad. Le habían llamado Teodosio, como a su abuelo materno, el emperador que dominó todo el mundo romano y que impuso oficialmente la variante que él mismo llamaba «católica» como *religio* obligatoria. Muchos deseaban que fuera la esperanza de una nueva época, en la que romanos y godos vivieran bajo el gobierno de un futuro emperador hijo de una dama imperial y de un rey godo. Y, además, Honorio seguía sin tener hijos, y no había mucha esperanza de que los tuviera.

Mientras el verano había comenzado a triunfar, Clodia se había encerrado en su biblioteca. No quería que la viera nadie. Sabía que era imposible evitar algunos saludos de rigor con el cerdo. Pero no le preocupaba.

Invertía todo el tiempo que estaba levantada, que cada vez era menos, en la lectura y en las lágrimas. Sí, lloraba. Lloraba por impotencia. Por no haber podido evitar la muerte de Rufo. Por no haber podido disfrutar de lo que empezaba a creer que era amor. Por no haberse fugado con él.

Cuando no lloraba, leía. La biblioteca era algo así

como un espíritu que acogía con cariño su alma atormentada. Así que todas esas semanas había avanzado en lecturas que tenía pendientes. Se trataba de libros que le habían llegado desde Tarraco en los meses anteriores. Ya había comenzado a leer algunas de las últimas copias antes del romance con Rufo. Luego bajó el ritmo de lecturas, porque prefería pasar el tiempo que pudiera con él, y el resto en planear cómo pasarlo. A pesar de que contaba con la lealtad de los sirvientes, no era fácil organizarlo todo. Y terminaron recurriendo a Gregorio.

Ahora, sin embargo, tenía todo el tiempo del mundo. Leía con fruición. Eso le ayudaba a intentar no pensar en Rufo. Y tampoco en el asesino. O en los asesinos. Porque seguía estando segura de que se trataba de dos asesinos. Pese a lo que creía la mayor parte de la ciudad, eran dos. Estaba convencida. De todos modos, su mente había intentado enterrar todo aquello. Aunque no por las mismas razones que lo habían decidido Titio, Apolonio, Minicio y los demás. Ella no tenía miedo, como todos ellos. Tenía asco. Asco por los asesinos. Asco por la asfixia de aquella sociedad de petulantes. Y había aprendido en los libros y sobre todo en el poco tiempo en el que había empezado a conocer el amor con Rufo, que no merecía la pena vivir llena de asco.

Por eso agradecía las charlas con Cerena y Tulga. Eran siempre muy breves y, salvo en dos o tres ocasiones, siempre por separado. Detectaba permanentemente que ambos mantenían una precaución obsesiva por no mencionar el nombre de Rufo. Era como si temieran una reacción airada suya. O como si estuvieran aterrorizados por un posible suicidio.

No andaban muy desencaminados. Sí, lo había pensado. La misma noche del asesinato. Después de que Tulga se marchase a su cubículo, permaneció un buen rato en el mismo banco del patio. El gato había regresado un par de veces más. Al ver sus ojos brillantes, Clodia se había perdido en la inmensidad de la angustia y del dolor. Fue la primera vez que lo pensó con fuerza. Manteniendo la mirada al gato.

Semanas después se había acordado con cierta sorna de aquel momento. No sabía por qué la mirada del felino le había inspirado lo que estuvo a punto de ser una decisión. Hubiera sido fácil. Hubiera podido ir a la cocina y echar mano de uno de los cuchillos más afilados. Y hacerlo ella misma. O pedírselo a Cerena. O, mejor, a uno de los africanos. Sabía que lo harían. Eran leales hasta ese punto. Lo pensó varias veces. Cuatro, acaso cinco, durante las primeras semanas.

Ahora, hacía al menos un mes que no lo había vuelto a pensar. Había encontrado en la biblioteca el sosiego que necesitaba. Además, las pequeñas charlas con Cerena y con Tulga le permitían una cierta sociabilidad, la única que estaba dispuesta a practicar.

Sin embargo, pronto iba a tener que hacer una excepción. Una excepción inesperada.

A Clodia le sorprendió el mensaje. Lucilia, la esposa de Aniano, le había invitado a su casa. Lo había entregado uno de los sirvientes de la remitente. El joven llegó muy temprano, en torno a la hora cuarta.

El texto era breve, ciertamente enigmático, y por eso le interesó. De lo contrario, hubiera contestado amablemente con un texto también breve, pero que anotase algún detalle, algo así como:

Apreciada Lucilia. Agradezco mucho tu amable invitación. Pero comprenderás que no pueda acudir. Mis obligaciones me retienen en la adquisición y en la comprobación de libros que han llegado recientemente desde Tarraco y desde Narbona. Espero que pronto se abra la oportunidad de poder aceptar. Con el máximo agradecimiento.

Era lo que tenía pensado contestar cuando comenzó a leer el mensaje de Lucilia:

Apreciada Clodia. Me encantaría que aceptases acudir a nuestra casa para vernos nosotras dos. En torno a la hora décima, si te va bien [...].

Sin embargo, cambió de idea al leer la última frase:

Creo conocer la razón de tu pesar. Y a veces cargas como esas se llevan mejor en amistad.

En ese preciso instante decidió aceptar. Al mensajero que esperaba pacientemente la respuesta, le dijo que no era necesario redactar un texto, que no iba a entregarle mensaje alguno más que su palabra de agradecimiento y de aceptación. Acudiría.

El resto de la mañana lo dedicó a tomar un baño y a acicalarse, además de tomar un almuerzo muy frugal. Lucilia le había convocado para una hora de fuerte calor, y deseaba tener la mente despejada por lo que pudiera suceder.

Mientras tomaba el baño, daba vueltas en su mente una y otra vez a la última frase del texto que le habían entregado. El mensaje era intrigante. No era posible que Lucilia supiera lo de Rufo. En modo alguno.

Al menos, por dos razones.

La primera era que Aniano y Lucilia vivían más tiempo, mucho más tiempo, en Italia y en la Galia, sobre todo en Arelate, que en Barcinona. En realidad, Lucilia no podía saber casi nada de la sociedad barcinonense.

Lo que la llevaba a la segunda razón. Rufo y ella habían cuidado todos los detalles. Ni siquiera Minicio había sospechado nada. Mucho menos dos foráneos como Aniano y Lucilia. No. No podía saber nada.

¿A qué «pesar» podía referirse? Le dio una y mil vueltas mientras transcurrían las horas. Lo pensó durante el baño, que había decidido tomar casi frío, mientras Cerena le frotaba con suavidad la espalda con unas sales que tenían un tono rojizo. Más tarde, mientras tomaba unas olivas maceradas y unos pedazos de pan recién horneado en la *domus*, caviló sobre el posible significado. Y siempre llegaba a la misma conclusión: Minicio.

¿A qué otro «pesar», que no fuera Minicio, podría referirse Lucilia?

También había pensado que podría tratarse de Atilio. Que Lucilia se refiriera al quebranto producido por la única voz que en la curia hacía frente a la hegemonía absoluta de los teodosianos. A la aflicción que produce la certeza de una guerra perdida. La guerra de las ideas. Cualquier miembro bien informado de la aristocracia barcinonense sabía que las ideas de Atilio y las de ella eran muy similares, por no decir idénticas. Ese vínculo sí podía ser conocido por Lucilia. Era posible. Así que era la otra opción que se le ocurría.

Después del baño y antes del almuerzo intencionadamente parco, se había tendido para que Cerena relajase aún más su cuerpo, masajeando los músculos de los hombros, de la cabeza, de la espalda, de las nalgas, de las piernas. Mientras Cerena le aplicaba por el cuerpo desnudo un bálsamo que se unía a su piel humedecida tanto por los restos del baño como por el sudor incipiente que provocaba el calor cada vez más insoportable, volvía a la misma conclusión. Tenía que tratarse de Minicio o, como casi imposible alternativa, de Atilio.

Ese «pesar» del mensaje de Lucilia no podía referirse a nada más.

Llegó a la casa de Aniano y de Lucilia justamente sobre la hora décima. El sol inmisericorde castigaba a la ciudad. Ni siquiera la muy ligera brisa procedente del mar conseguía aliviar el calor. Máxime dentro de las murallas de la ciudad. Clodia pensó en su villa de la costa, y en que quizá no fuera mala idea ir a pasar allí unos días. O unas semanas, quién sabe. Al menos allí no había murallas con torres que frenaran parte de la escasa brisa veraniega. Allí, en su pequeña villa sobre la cima de un farallón rocoso entre Barcinona y Tarraco, podría entregarse a la lectura, pero también al frescor del regalo que el mar hacía de vez en cuando a quienes tenían la suerte de poder vivir junto a él. Barcinona era desde luego una ciudad portuaria, pero Clodia siempre tenía la sensación de estar encerrada en una cápsula de piedras y torres.

Sumergida en tales pensamientos, fue recibida por Lucilia. A Clodia le daba la impresión de que Lucilia era aproximadamente de su edad. Dos, tres, cuatro años más, a lo sumo. Desde luego los treinta ya no los cumplía, y quizá anduviese más cerca de los cuarenta. Eso le parecía.

Sin embargo, cuando se acercó para coger sus manos con suavidad con gesto afectuoso, le pareció que debía estar a mediados de la treintena. Definitivamente, más o menos coincidían en su edad. Tenía el pelo lacio y castaño, se dijo a sí misma que muy diferente al suyo, oscuro y con grandes rizos que eran acaso uno de sus mayores orgullos físicos. Lucilia desplegó una sonrisa que a Clodia le pareció franca.

—¡Bienvenida a casa, Clodia!

—Muchas gracias, Lucilia. Agradezco mucho la invitación. Ha sido un honor que...

—¡Déjate de bobadas y de protocolos! Ven, siéntate. Justamente anoche nos trajeron más hielo desde los neveros de la montaña. He ordenado que mis sirvientes nos preparasen una jarra de agua muy fría con unos toques de fruta. Nada como eso para apaciguar este calor infame.

—¡Ah, estupendo! A nosotros se nos acabó el hielo hace dos días, pero aún no nos han servido repuestos.

Una de las sirvientas entregó a Clodia un vaso alto y fino de cristal esmerilado, que procedió a llenar de un líquido rosáceo frío y repleto de pedacitos de hielo. Con una sonrisa pidió permiso a Lucilia para saborear el gélido elixir. Le pareció una maravilla.

—Aniano ha pagado muy bien a los carreteros que nos traen el hielo y a los abastecedores que han mantenido los neveros en la primavera.

—He oído que vuestra posición en Italia y en la Galia es muy elevada.

—Sí, no nos podemos quejar. Aniano tiene un olfato muy bueno para los negocios, y sus contactos son muy densos. Yo regresaré dentro de muy pocos días a Arelate para seguir supervisando la educación de nuestro hijo. Mi esposo permanecerá un tiempo aquí en la Tarraconensis, a la espera de los pactos entre los godos y el Imperio. Y de los negocios que se abran de inmediato.

—Lucilia... Yo... A mí... ¿Cómo decírtelo?

—Sí, querida, no te preocupes. Te ayudo. Te ha sorprendido mi invitación, y especialmente el uso de la palabra «pesar» y la afirmación de que puedo intuir en qué consiste ese pesar. Es lógico.

Clodia miraba a Lucilia con cierta admiración y, al mismo tiempo, con un desasosiego creciente. Había acertado absolutamente.

¿Qué sabía aquella mujer? Volvía al mismo corolario. Toda vez que resultaba imposible que estuviera enterada de su romance con Rufo, tenía que ser algo relacionado con Minicio. Sin descartar, incluso, alguna eventualidad en torno al asesinato de Atilio.

Su anfitriona mantenía un rictus que le resultaba inquietante, pero que al mismo tiempo le provocaba esa admiración que había comenzado a sentir hacia ella. Controlaba la información que, sin duda, iba a transmitirle. Pero no lo iba a hacer de repente. Eso ya le había quedado claro. Y le gustaba. No que se lo hiciera a ella, claro. Le gustaba su capacidad de dominio que, hasta un punto, le recordaba a momentos difíciles en los que ella misma la había logrado ejercer. Por ejemplo, con sus amantes. Con todos ellos. Menos con Rufo. Con él siempre se volcaba. Había ocurrido desde la primera vez en la que estuvieron a solas. Ya entonces hablaron de cosas que ella usualmente demoraba en compartir con sus amantes. Al menos, transcurridos los primeros encuentros. Con Rufo, no. Y no le disgustaba. Más bien, al contrario. El tener una sensación parecida con Lucilia le resultó agradable. Porque era consciente de su necesidad de amistad. De confianza.

Decidió mantener silencio, a pesar de que era su turno en la conversación. Quizá así Lucilia se percataría de que no estaba dispuesta a lucha alguna. No. Solamente deseaba que, cuanto antes, Lucilia le dijera lo que sabía. A partir de ahí, vería cómo llevar la charla o, llegado el caso, la discusión. Pero estaba dispuesta a todo. A no escatimarle nada. Para entonces tenía ya la convicción de que Lucilia y ella podrían ser muy buenas amigas.

Transcurridos unos instantes, Lucilia sonrió. Pero no se trataba de una sonrisa irónica ni mucho menos malévola. Eso lo percibió Clodia al momento. Por el contrario, era una sonrisa de complicidad que, le pareció, rozaba incluso la compasión. Por un momento, le pareció comprender. Pero no le dio tiempo a avanzar en ese pensamiento, porque Lucilia hizo un gesto claro a los sirvientes para que se retiraran y cerraran las puertas de la gran sala en la que, ahora ya completamente solas, las dos mujeres se miraban fijamente a los ojos.

—Acaso he sido un poco presuntuosa en mi mensaje, Clodia. Quizá no esté tan segura de lo que creo saber.

—¿Entonces?

—Entonces, me parece que, si estoy en lo cierto, una buena amiga, siquiera por los pocos días que me restan en la ciudad, puede venirte bien.

—Sí. Estoy segura. Y te lo agradezco mucho. —Clodia sintió una incipiente alegría interior—. Tú dirás, Lucilia. Imagino que de lo que vas a hablar no es de mi biblioteca que, como comentamos en la fiesta, puedes conocer en el momento que lo desees. Será un placer mostrártela y...

—Ssshhh —Lucilia la interrumpió con otra sonrisa muy similar a la que había exhibido hacía un instante. Y extendió las palmas de las manos hacia delante, moviéndolas de arriba hacia abajo y a la inversa, como dando a entender que deseaba tranquilizar a su invitada.

Clodia sentía los nervios en el fondo de su estómago. Se sirvió más preparado helado en su vaso. Le ofreció a la anfitriona, que negó con la cabeza. Bebió dos largos sorbos, como queriendo tomar fuerzas de ellos. Porque sabía que Lucilia iba a apostar fuerte.

—Clodia, no es fácil afirmar lo que voy a afirmar. —Hizo una larga pausa, y continuó—. Creo... creo que Rufo y tú os amabais.

No hubo respuesta.

Clodia sostuvo la mirada de su anfitriona. Nunca había sido una persona débil. Todo lo contrario. Y los años de convivencia con el cerdo no habían logrado que eso cambiase. Mantuvo su carácter fuerte, aquilatado por la formación humana que le había transmitido su familia. Era la única manera de resistir. Logró encontrar sus espacios de libertad, sus refugios, sus libros, y los hombres con los que se había acostado, con los que había gozado del sexo, y sobre todo de un sentimiento de afirmación íntima que ni Minicio ni ningún otro de los «Minicios» del mundo le iban a arrebatar. Así que cuando Lucilia hizo semejante afirmación, fue capaz de mantener la calma. No esperaba que mencionara a Rufo, desde luego. No. El «pesar» al que se refería Lucilia no era Minicio. Ni Atilio. Estaba preparada para cualquiera de las dos alternativas. Un asunto turbio, uno más, del cerdo, o una información sobre el asesinato de Atilio.

No Rufo. No. No esperaba nada sobre Rufo. Ahora que empezaba a asumir que había muerto, que lo habían asesinado y que no merecía ya la pena revolverlo todo. Justo ahora, Lucilia desmontaba toda su serenidad mental, toda la calma que había conquistado en las últimas semanas. Pero en ese mismo instante en el que era consciente de que todo eso estaba sucediendo, había decidido que no iba a expresar su turbación. No delante de Lucilia. Así que fue capaz de sostener la mirada a su anfitriona.

—Naturalmente, te estarás preguntando cómo he llegado a semejante conclusión.

Clodia seguía en silencio, con la espalda erguida y sosteniendo una mirada dura que escondía la ansiedad que comenzaba a devorarla por dentro.

—No. Tranquila. Nadie me ha dicho nada.

No pudo evitar un suspiro, que fue imperceptible para Lucilia. En el fondo, seguía pensando que nadie sabía nada sobre lo suyo con Rufo. A excepción de Gregorio, claro. Pero, por lo que ya conocía del gran amigo de Rufo, el clérigo no se habría ido de la lengua ante nadie.

—Es pura experiencia, Clodia.

—¿Perdón? —Ahora sí quiso romper el silencio. Parecía como si Lucilia quisiera embutirla en la conversación. Como si le estuviera diciendo algo así como «Clodia, dialoga conmigo; en el silencio no obtendrás nada». Eso le gustó.

—Experiencia en millares de fiestas mucho más lustrosas que la de aquel día. En nuestras casas en Italia y también en la Galia. Y no solamente como anfitriones, sino como invitados.

—¿Qué quieres decir exactamente, Lucilia? —Clodia no se dio cuenta, pero levantó ligeramente su ceja izquierda.

—Estoy acostumbrada a ver cómo los personajes llevan a cabo sus representaciones teatrales en las fiestas. Cómo cada uno cumple un determinado papel. Lo más divertido es cuando tienes conocimiento, cuando sabes realmente cuál es el texto, por decirlo así, que cada actor, que cada actriz, va a plasmar esa tarde, o esa noche. ¿Me comprendes?

A Clodia le pareció brillante el símil que Lucilia había desplegado. Y creía que sí, que entendía. Dejó que continuara.

—En una ciudad tan pequeña como Barcinona, eso es más difícil. Sois muy pocos en la, digamos, aristocracia local. Imagina multiplicar por diez, o por veinte, los invitados a una fiesta, en comparación con la de aquel día. Y en esa misma proporción sus fortunas.

Ahora fue Lucilia quien se sirvió más líquido. En realidad, la última cantidad que quedaba en la jarra. Se percató de que Clodia aún tenía el vaso lleno. Así que apuró lo que calculaba que le daría para un sorbo, dos a los sumo. Y decidió juntarlos en uno solo, que apuró con deleite.

—Sigue, te lo ruego. —Clodia centró su mirada en el vaso que Lucilia se llevó a los labios. Se dio cuenta de que los llevaba ligeramente pintados en un tono rosáceo. Le pareció divertido que estuviera a tono con el color del líquido gélido del que estaban dando cuenta. Estaba segura de que se trataba de una mera casualidad.

—En esas grandes fiestas de las que te hablo, unos y otros tienen cosas que esconder. A veces, demasiadas. Cuantos más son, y cuanta mayor es su fortuna, más tienen que guardar bajo el manto hipócrita de las apariencias.

—Ya...

—Ahí pongo en práctica la experiencia a la que me refería antes, Clodia.

—¿Y cómo ocurre?

—Normalmente, tengo la suerte de saber lo que quieren esconder. Ya te he dicho que mi esposo es un hombre muy bien informado, con contactos muy poderosos y muy numerosos, las dos cosas. Y yo también tengo amigas que saben perfectamente de qué pie cojea cada, llamémosle así, «actor». Y también cada «actriz».

—Entiendo.

—Entonces empieza el juego. Una de mis amigas, Egidia, es particularmente hábil en estos terrenos. Cuando coincidimos en algunas de esas fiestas, es capaz de detectar el más mínimo error en la representación. La más estrecha grieta en las formas en las que quienes tienen algo que esconder exhiben sus dotes teatrales. ¿Comprendes esto también?

—Sí.

—Lo difícil, Clodia, es acertar cuando no tienes el, por seguir con el símil, el, digamos, «texto», como te decía antes. Es decir, cuando no sabes...

—Lo que tienen que esconder. Cuando desconoces

la información. —Clodia decidió dar un largo sorbo a la bebida, que refrescó su garganta y le dio ánimos para no desfallecer en la conversación, que ya a esas alturas tenía perfectamente identificada y valorada.

—¡Exacto! Eso es.

—Bien... Tú dirás...

—Las dos expresiones que vi el otro día en tu rostro, Clodia, no pueden pertenecer a otra cosa que el amor.

Un silencio casi tan gélido como el brebaje que disfrutaban se interpuso entre ambas. Y no iba a ser Clodia quien lo rompiera.

—Sí. El amor. La sonrisa cómplice que lanzabas la he visto muchas veces, Clodia. Muchísimas. Pero en esos casos suelo saber el contenido, conozco anécdotas, hechos, informaciones, a veces solamente rumores. Es una de las grietas a las que me refería antes.

—Comprendo.

—Pero no podía saber de quién se trataba. No pude detectarlo entonces. Sí, claro está, cuando corrió de boca en boca el nombre del curial asesinado. Y fue en ese momento en el que tu otra expresión emergió y pude saber de quién se trataba.

—¿Por qué? Dímelo, Lucilia, dímelo. —La angustia había aflorado finalmente en la expresión y en el tono de voz de Clodia.

—Porque vi en ella el terror. El miedo. —Lucilia hizo una pausa y clavó su mirada en los ojos de Clodia, que para ese momento parecían implorar ayuda—. Y el dolor.

27

Clodia. Tulga

Sentía una ansiedad que golpeaba su cerebro y su pecho. Caminaba a cierta velocidad, porque sabía que esa tarde Gregorio estaba en la iglesia o en el baptisterio. No es que lo supiera por haber tenido algún aviso del gran amigo de su amante, sino porque casi todas las tardes estaba allí. Necesitaba hablar con él.

Que Lucilia hubiera descubierto lo suyo con Rufo era una muestra de que alguien más lo pudiera descubrir. No por boca de la propia Lucilia. De eso estaba segura. Al final de la conversación le había prometido amistad y lealtad. Y le parecía que era sincera. Sí, después de todo, tenía en ella a una amiga, a una nueva amiga. Lástima que se fuera a marchar a Arelate en pocos días. Pero al menos, ante cualquier bajón, podría recurrir a ella.

Hasta la charla con Lucilia, creía que había superado los temores y el dolor. Ya durante la conversación, intuyó que no era del todo así. A pesar de la sinceridad y de la nueva amistad que había encontrado en la esposa de Aniano, todo se había removido en su interior. El amor por Rufo, el miedo a otro asesinato, el dolor por su pérdida, la inquietud por lo ocurrido a Atilio. Todo había revivido en su mente.

Así que, aunque hacía semanas que no veía a Gregorio, nada más salir de la casa de Aniano y de Lucilia decidió acudir a la iglesia. La había pisado en contadas ocasiones, y siempre por obligaciones. No sentía odio hacia el cristianismo como tal. Le resultaba indiferente la cuestión religiosa, todo eso de si Jesucristo era dios, o hijo de dios, o lo que fuera. Lo que no podía soportar era su hegemonía total, la intolerancia que Teodosio y sus hijos habían terminado imponiendo, el cierre de los templos tradicionales, o el uso de la *lex* para perseguir a lo que ellos llamaban «idólatras», refiriéndose a los partidarios de los cultos tradicionales, a quienes ahora algunos clérigos también empezaban a llamar, despectivamente, «paganos».

Y no solamente eso.

También le resultaba odioso que persiguieran incluso a cristianos. A quienes, en su propio seno, no asumían la ortodoxia de los cánones que los emperadores habían decidido apoyar incluso con la fuerza coercitiva de las leyes.

Les llamaban *haereses* y *haeretici*, decían, por haberse desviado del camino que por concilios y decretos imperiales se consideraban correctos. Habían utilizado una palabra de origen griego que significaba «elección», y también «desviación» para referirse a esos cristianos que tenían otras interpretaciones sobre Jesucristo, o sobre las mujeres cercanas a Cristo, o sobre los apóstoles, o sobre los ritos. Así que usaron la ley y los concilios para combatir y perseguir a los «herejes».

Deseaba que a Gregorio no le sucediera nada.

Desde luego, ella misma no captaba las sutilezas de las discusiones teológicas entre los propios cristianos, por la sencilla razón de que no le interesaban en absoluto. Había leído por curiosidad a algunos de ellos, a algunos cristianos. Sobre todo a los que más éxito habían tenido, como Tertuliano, que había defendido a los suyos en la época en la que no tenían las cosas fáciles, pero también a Lactancio, que ya escribía en época de Constantino, el primer emperador que había apoyado claramente al cristianismo. Gregorio le parecía, ante todo y sobre todo, una persona excelente, generosa y leal. Esperaba que no estuviera metido en ninguna variante alternativa, en una de esas «herejías», y que intolerantes como Modesto y sus contactos en el clero lo terminaran depurando.

Se acercó a la puerta de la iglesia, que estaba abierta. Era un edificio rectangular, relativamente pequeño, pero cabían varias decenas de fieles sin ningún problema, además de los diáconos y los presbíteros. Se había abierto paso sobre la base de dos *domus* que eran propiedad de la familia de Modesto, al norte de la ciudad y muy cerca de los lienzos al norte y nordeste de Barcinona. Una prolongación de muralla pequeña al norte albergaba el baptisterio, de planta cuadrada, que acogía en su interior la piscina bautismal, igualmente cuadrangular. Allí había aparecido Atilio. Y su cabeza. Y sus manos.

Vio a un muchacho, no tendría más de once o doce años, en la misma puerta. Parecía esperar a alguien. Debía de ser uno de los *pueri*, uno de los chicos que servían a los presbíteros y a los diáconos, y que aprendían con ellos las letras y los conocimientos sumarios. Otra cosa que asustaba a Clodia. Que poco a poco aquellas gentes se hubieran hecho con la educación de los jóvenes. No de todos, afortunadamente. Pero pensaba que era cuestión de poco tiempo que fuera así. Los presbíteros y los diáconos habían asumido el mando eclesiástico en ausencia de un obispo. Barcinona había tenido obispos hasta hacía poco. De hecho, se esperaba que en breve se eligiera a otro.

—Hola, muchacho. ¿Has visto a Gregorio?

—Sí, está en el baptisterio. Van a venir a tomar medidas para las obras y...

—Muchas gracias, voy a verle. Gracias.

Clodia pasó al interior de la iglesia, bordeando unas viejas columnas que creía reaprovechadas de algún edificio sagrado, o de alguna casa, quizá incluso de las mismas casas que habían servido de solar para el edificio cristiano. Habían articulado varios andamios de madera, y algunos obreros se afanaban en trabajar en la parte alta de los muros. Recordó que, desde hacía un tiempo, Modesto había logrado embaucar a algunas de las familias más poderosas de Barcinona y de sus *suburbia* para invertir *solidi* en la ampliación de la iglesia. Esperaban que las más poderosas monedas, precisamente esos *solidi* de oro, pudieran garantizarle un lugar en el cielo. Y, de paso, otro en la jerarquía eclesiástica para alguno de sus hijos.

Accedió al baptisterio, que tenía también una puerta exterior. La misma por la que Gregorio había accedido el día del asesinato de Atilio. Ella prefirió el acceso interior. Una abertura estrecha le permitió ver enseguida la oronda figura de su amigo.

—Gregorio...

El clérigo estaba agachado, con unos documentos esparcidos por el suelo. Contenían dibujos y renglones escritos por debajo de cada uno. Le pareció que eran octógonos. También había algún círculo y varios cuadrados. El clérigo contestó antes de darse la vuelta y de levantarse con cierta dificultad.

—¡Clodia! ¡Qué alegría verte!

—Lo mismo digo, amigo. Lo mismo digo. ¿Cómo te ha ido estas últimas semanas en las que no nos hemos visto?

—Bien, bien. Estamos con los estudios preliminares. Modesto y otros donantes están empeñados en que las obras de ampliación de la iglesia también repercutan en el baptisterio.

—Vaya, vaya, estáis lanzados... —El gesto reprobatorio de Clodia no pasó desapercibido a Gregorio.

—No creas, todo esto va muy lento. Te diría que no estoy convencido de que mis ojos logren llegar a ver el final de las obras de ampliación. Durarán varios años.

—¿Y esos dibujos?

—Son planos y cálculos. Han estado calculando las posibilidades. Parece que desean convertir el baptisterio cuadrado en uno octogonal. Es una obra complicada, pero parece que factible. Tampoco sé si yo lo veré, Clodia. Pero no creo que hayas venido a hablar sobre las obras de ampliación de la iglesia y el baptisterio. En eso sí estoy seguro que acierto.

Había tres banquetas de madera en uno de los laterales. Gregorio se sentó en una de ellas. A Clodia le hizo gracia que un hombre tan grueso como aquel clérigo fuera capaz de sostenerse sobre semejantes tablillas. Pensó que era lo único milagroso que había en aquel recinto: la fortaleza de aquellos asientos.

—No, desde luego. —Le dirigió una sonrisa. Notaba que su ansiedad había comenzado a disminuir.

—Ven, siéntate. No va a entrar nadie aquí, al menos en un rato. Van a venir, pero más tarde.

—No, estaré solamente un instante. Vengo de casa de Aniano y de Lucilia.

—¡Ah! No sabía que intimases con ellos. De hecho, pensaba que ya ni siquiera estaban en la ciudad.

—Sí. Aunque ella se va dentro de pocos días. Él va a permanecer un tiempo para afianzar sus negocios.

—¿Y qué relación hay entre que les hayas visitado y que vengas ahora a verme a mí? —El tono de Gregorio no era agresivo ni mucho menos, sino de extrañeza. Sin embargo, a Clodia le pareció detectar un punto de amargura. Como si le echase en cara que no hubiera ido a verlo hacía ya varias semanas.

—¿Estás seguro de que no va a entrar nadie?

—Sí. Al menos por unos instantes.

—En realidad, me he visto con Lucilia. Me ha hecho llegar un mensaje esta misma mañana a primera hora. Y vengo ahora de su casa.

Gregorio miraba a Clodia implorándole que, de una vez, le dijera qué ocurría. Aunque empezaba a sospecharlo.

Ella hizo una pausa. Miró al clérigo con fijeza.

—Lucilia sabe lo mío con Rufo.

Gregorio se levantó de la silla, que crujió con los movimientos que el clérigo tuvo que hacer para ponerse en pie. Por un momento Clodia pensó que tendría que echarle una mano. Pero no fue necesario.

Estaba claro que Gregorio estaba azorado. Clodia no esperaba menos.

—¿Lo sabe alguien más?

—No. Creemos que no, quiero decir. Ella lo intuyó en la fiesta, y desde luego ha acertado, claro. Su actitud ha sido de lealtad y de amistad. Confío en que no saldrá de ahí.

—¿Y qué opina del asesinato? ¿Y del de Atilio?

—No tiene nada claro y, desde luego, ninguna información.

—¿En qué afecta que Lucilia sepa lo tuyo con Rufo a la situación actual?

Le sorprendió la velocidad con la que Gregorio soltaba sus preguntas una detrás de otra, como si las tuviera preparadas de antemano.

—Pues no lo sé, Gregorio, no lo sé. Vengo pensándolo desde que he salido de su casa y hasta que he llegado aquí. Pensaba que tú quizá podrías ayudarme a entender en qué cambia, si es que hay cambios.

Clodia miró hacia atrás, hacia la abertura que comunicaba el baptisterio con la iglesia. Los obreros seguían trabajando sobre los andamios en la nave, ajenos a su charla.

—Clodia, yo ni siquiera tengo claro si es el mismo asesino o no. ¿Qué opina Lucilia?

—Apenas hemos hablado de eso. Nos hemos centrado en... bueno, ya sabes... en lo que teníamos Rufo y yo. En cómo ella ha logrado saberlo.

—¿Sigues pensando que son dos asesinos?

—Sí. Estoy segura. No hay ningún vínculo entre Rufo y Atilio.

—Salvo tú.

Gregorio pronunció las palabras con cautela, con temor a la reacción de Clodia, pero convencido de que debía de haber alguna posible relación entre las muertes. Y, por más que se había esforzado en pensar cuál, solamente le venía a la mente el nombre de Clodia.

—¿Qué quieres decir? —Volvió a mirar hacia la abertura.

—Que eras la amante de Rufo. Y que, en esta ciudad, solamente tú, además de Atilio, tiene los conocimientos sobre los textos romanos antiguos. Ese es el vínculo. Atilio y Rufo, además de la curia, solamente te tenían a ti como vínculo intermedio entre ambos.

—Ya veo. Pero no comprendo hacia dónde quieres ir a parar.

—A ningún sitio. No he llegado a ninguna conclusión más allá.

—Si yo soy el vínculo ¿crees que Minicio puede estar detrás?

—Lo he pensado varias veces, Clodia. Pero, sinceramente, no lo creo.

—Yo tampoco lo creía. Pero todo esto empieza a revivir en mi mente, y Minicio no ocupa precisamente un buen lugar en ella, Gregorio. Creo que puede estar detrás del asesinato de Rufo.

Dio un beso en la frente al clérigo, y salió por la abertura, hacia la puerta principal de la iglesia. En ella, el mismo muchacho seguía en el lugar en el que estaba antes. Y con la misma actitud de espera. Pasó a su lado con celeridad y tomó una de las estrechas calles que se dirigían hacia su casa.

He entrado al fondo de la *domus* de este curial. Me había llegado el mensaje a mitad de la mañana y no perdí ni un momento. Ya estoy aquí. El viejo está ya muy deteriorado, muy enfermo. Becila me ha pedido que le visite esta tarde. Es probable que no pase de esta semana.

Me ha extrañado mucho que me haya convocado. El mensajero me ha comunicado el aviso mientras estábamos en casa de Minicio. Clodia estaba en sus dependencias. A primera hora de la tarde ha salido. Ignoro adónde. Se ha marchado de la *domus* muy pocos instantes antes de que lo hiciera yo.

Antes de salir he pedido permiso a Agila, que me ha asegurado que él no sabía nada del aviso de Becila. Habíamos estado hablando desde primera hora de la mañana sobre el niño de nuestro rey y de Placidia, y sobre el asesinato. Los asesinatos.

Agila está convencido de que son venganzas internas de los curiales. Dice que son muy pocos y que no se soportan entre ellos. Que no le extrañaría que hubiera más muertos. Que la crisis del Imperio les ha puesto muy nerviosos. Que no saben hacia dónde girar sus inversiones. Que temen que nosotros acaparemos sus propiedades. Y que esa es la situación general del Imperio, para nuestro beneficio.

No lo sé. Puede ser.

También me ha contado que Fredebado está muy ilusionado con el nacimiento del bebé, casi más que el rey y Placidia. Que desde su infancia ha visto cómo Fredebado luchaba, precisamente, para intentar no luchar más. Y que ese bebé es la esperanza de que no haya que hacerlo nunca más. Que ha visto a Ataúlfo y a Placidia preocupados por la salud del pequeño Teodosio. Pero que al mismo tiempo los ha encontrado muy optimistas y con muchas ganas de tratar con los eventuales emisarios de Honorio sobre nuestro destino. Me ha dado el permiso para ir yo solo a ver a Becila. Me ha dicho que debía entenderlo como un honor. Que un héroe de los godos reclamara mi presencia, siendo aún tan joven, era una especie de refrendo a mi preparación y a mí mismo.

Así que cuando he salido de la *domus* de Minicio y de Clodia para ver a Becila, el paso por las dos o tres calles por las que he tenido que transitar me ha servido para aposentar mis pensamientos. Si todo sale bien, veré pronto a Noga y nuestra gente podrá dirigirse hacia algún destino en el que podamos establecernos definitivamente.

Becila me mira con ojos vidriosos. En realidad, no sé si me ve. Está acostado, con dos almohadones bajo su escuálida cabeza. No; creo que no me ha visto entrar.

—Becila... Soy Tulga.

El viejo extiende un brazo. Me sorprende que pueda hacerlo sin aparente dificultad. Los dedos huesudos me buscan con ansia. Me acerco y los pone sobre mi cabeza y luego sobre mi cara. El tacto es gélido. Tiene los dedos amoratados y helados, y los aprieta con fuerza hacia mi nariz y mi barbilla.

—Joven Tulga, lo mejor de nuestro futuro, del de la *gens Gothorum*, como dicen los romanos.

—Dime, Becila, ¿cómo te encuentras?

El viejo se incorpora, o trata de hacerlo, para apoyar

su espalda en los almohadones. Me acerco a él y le ayudo. Al tomar parte de su costado con mis manos, noto que los huesos están a punto de romperse. Me asusto y rebajo la presión sobre el costado y su espalda. Al final, entre los dos logramos que consiga descansar el poco peso que le queda sobre ambos almohadones.

—Ya lo ves tú mismo, hijo. Mal. Me queda muy poco. Ninguno de ellos me lo dice, pero yo lo sé. Y ellos también.

—¿Quiénes, Becila?

—Fredebado, Wilesindo, Walia, Agila, todos ellos. Sé que lo hacen por mi bien. O por lo que ellos creen que es mi bien. No desean que me desmoralice. Y les comprendo. Yo en su lugar hubiera hecho lo mismo.

—Desde luego. Ellos te quieren y te respetan, Becila. Todo nuestro pueblo te lo ha mostrado en numerosas ocasiones. Y ellos especialmente.

—Lo sé, joven Tulga, lo sé. Escucha, hijo, siéntate aquí a mi lado, en el borde de este lecho.

Así lo hago.

—Nunca fue fácil...

Becila no acaba la frase, mientras su mirada perdida no da ninguna señal de a qué se pueda referir.

—¿A qué te refieres, noble Becila?

—Nunca fue fácil mantener a nuestra gente unida. Mucho menos ahora, que somos más y de procedencias muy diversas. Hasta griegos entre los nuestros, o hijos de griegos, y de algunos romanos. Hay sármatas, escitas, alanos, hunos. Es todo muy complejo, Tulga.

—Sí, lo sé. Becila, tú eres el maestro de Fredebado, a su vez maestro de Agila. La época en la que había unas cuantas familias de estirpe originarias de Gothia se ha ido acabando y...

—No. No se ha ido acabando. Se ha acabado.

—¿Qué quieres decir?

—Que son nuevos tiempos, Tulga. Ese bebé que ha nacido... Ese bebé... Es la esperanza de un nuevo mundo. Un mundo de entendimientos. Nuestro rey lo sabe, y ha hecho muy bien en emparentar con la casa teodosiana a través de Placidia. Además de que entre ellos hay amor verdadero. Ahora, el pequeño Teodosio, el bebé, alumbrará una nueva era de paz...

No logra acabar la frase, me da la impresión de que el viejo está a punto de ahogarse. Sus ojos blanquean repentinamente. Pero logra sobreponerse.

Intento contestarle.

—Así es. Todos estamos ilusionados, y...

—No he acabado, Tulga. —Becila me coge ahora la mano con fuerza, una fuerza descomunal para el estado en el que se encuentra. Por un momento me planteo el vigor que tuvo que tener este hombre hace cinco o seis décadas—. Alumbrará una nueva era de paz, si... Si lo permiten.

—¿Qué... qué quieres decir?

El viejo gira su cabeza. Me mira fijamente. Sigo pensando que no me ve.

—Siempre ha sido lo mismo. Entre los nuestros, unos contra otros. —Toma un respiro, y continúa con mucha dificultad—. Antes era entre los jefes de los grandes grupos familiares, luego entre lo que los romanos llamaban nuestros *iudices*, y ahora... Ahora hay un *rex*, Tulga. Protegedle. Velad por él.

—Ataúlfo está rodeado de una fuerte seguridad. La *domus* está muy vigilada por los guardias. Y los nobles le apoyan.

—No todos, hijo, no todos.

—Sí. Lo sabemos. Agila me ha puesto al día. Pero Sigerico, por mucho que tenga cuentas pendientes con él por lo de la muerte de su hermano Saro, no cometerá ese error.

—Eso espero. No creo que sea tan estúpido. —Hace una larga pausa para coger aire—. Es más inteligente que Saro. De todos modos, no te he llamado por eso. O no solamente por eso.

—Tú dirás, maestro.

—No... Tu maestro es Agila. Eso quería decirte. Mi vida se acaba. Puede que pase esta noche, pero no creo que pase muchas más. Quiero que seas consciente... que seas consciente de que tu generación va a recibir un gran legado. —Otra pausa, esta vez muy larga—. Eso quería decirte. No nos decepciones.

»No a mí, que ya estaré muerto para cuando tú estés entre los principales. Tampoco a mi querido Fredebado, que no tardará mucho en seguirme.

—¿A quién, entonces?

Aunque imagino la respuesta, he hecho la pregunta para darle tiempo. Le cuesta muchísimo hablar, está haciendo un gran esfuerzo. Temo que pueda morir ahora mismo.

—A tu maestro Agila, que es lo mejor del Consejo que rodea a Ataúlfo. No le decepciones, Tulga. —Intenta acercarse hacia mí, apenas puede moverse, pero saca fuerzas de flaqueza y eleva el tono de su voz, que parece proceder ya de otro mundo—. ¡No decepciones a Agila!

Becila comienza a toser. Está muy débil. Parece como si el vigor con el que ha cogido mi mano hubiera desaparecido por completo. Un ligero vómito asoma por la comisura de los labios. Ante la angustia de las toses de Becila, dos sirvientes entran en el cubículo. Vienen con unas vasijas de bocas muy anchas que acercan al anciano y que recogen el líquido que pende viscoso de su barbilla.

Tomo su mano y, sin apretarla, intento transmitirle agradecimiento por haberme hecho llamar y, sobre todo, por el mensaje que ha querido inculcarme.

Nunca lo olvidaré.

28

Tulga. Clodia

Han pasado varios días desde la conversación con Becila.

No comprendo muy bien por qué me convocó a mí. Y por qué me dijo todo eso. He estado dándole vueltas, pero no termino de entenderlo. Tampoco Agila. Nada más regresar de la visita le pregunté y no me aclaró mucho más. Solamente me dijo que era prueba de la alta estima en la que Becila me tenía, y que debía estar orgulloso por semejante motivo. Lo estoy, desde luego. Pero sigo sin comprender por qué me hizo llamar; y yo no termino de apurar el sentido de sus palabras.

Esta mañana ha habido una visita. Aniano, Apolonio y Domicio han venido y se han encerrado con Minicio en el *tablinum*.

—Están nerviosos.

Agila intentaba interpretar la reunión. Nos habían dicho que no entrásemos, aunque Minicio había dejado claro que luego podríamos acceder.

—¿Por qué? —Una vez más, dependía de mi amigo para entender qué pasaba a nuestro alrededor.

—Porque no hay noticias del pacto entre el emperador Honorio y Ataúlfo. Y esta gente pensaba que nos iban a movilizar ya. El bebé ya nació y, aunque no goza de muy buena salud, va tirando para adelante. Quieren que nos vayamos. Y sacar tajada de los próximos movimientos que Honorio y Ataúlfo puedan pactar.

Hemos pasado por el corredor lateral del patio, y desde aquí se oyen voces de la discusión que los cuatro hombres parecen tener. Clodia está sentada en uno de los bancos del patio, hablando con un muchacho al que hemos visto otras veces. Es uno de los mensajeros que envía, desde Tarraco, el comerciante de libros con el que Clodia trata. Ha debido traerle un nuevo pedido. Ella sostiene unos pequeños pergaminos con las dos manos, que van unidos en el lateral. Nos acercamos.

—Una nueva adquisición. —Agila le sonríe, mientras no pierde ojo de la puerta del *tablinum* de Minicio, que continúa cerrada.

Clodia devuelve la sonrisa a mi amigo y me dirige otra a mí. Aunque no contesta.

—¿Qué libro es, Clodia? —Es muy probable que yo no tenga ni idea de qué autor es cuando ella me lo diga. Pero, por si acaso, lo intento.

—Es uno de los últimos libros de las historias de Amiano Marcelino.

—¡Ah! El romano de Antioquía. Un militar. Escribió hace unos años sobre vuestros emperadores, pero también sobre nosotros, tengo entendido. —Agila parece satisfecho con su respuesta. Es cierto, me ha hablado de ese Marcelino en alguna ocasión.

—Así es. Aunque aún tengo varios de sus libros de historias acumulados sin leer. He estado leyendo otras cosas en los últimos tiempos. No veo el momento de poder encerrarme con ellos. De hecho, espero empezar hoy mismo, o mañana.

Apenas Clodia termina de enunciar su deseo, Agila

fija su mirada felina en el otro extremo del patio, en el corredor y en la puerta del *tablinum*. Porque se ha abierto.

Uno de los hombres se asoma a la puerta. No es Minicio. Me lo imagino sentado en su gran silla y, ante la dificultad de sus movimientos para incorporarse, seguro que ha pedido a sus interlocutores que salgan, sin duda, para avisarnos a Agila y a mí.

—¡Godos, podéis entrar! —Creo que es el tipo que acompaña siempre a Apolonio, el tal Domicio.

Agila se despide de Clodia, acto seguido lo hago yo. Ella se levanta y se dirige con nosotros hacia el corredor del patio, aunque, al llegar a la puerta del *tablinum*, gira a la izquierda para buscar la entrada hacia la zona doméstica, sin duda, para ir a su biblioteca. Agila y yo entramos en el *tablinum*. Como me imaginaba, Minicio está sentado en su gran silla, con sus manos gruesas apoyadas en la mesa. Aniano y Apolonio están sentados. Se levantan cuando entramos Agila y yo. Domicio, una vez que hemos entrado, cierra la puerta a nuestras espaldas.

—¡Godos! Agila, Tulga, sentaos, sentaos, quedan dos sillas libres aún. Podéis serviros un poco de agua fría. Gracias a las gestiones de Aniano, esta última noche nos llegó un carro con hielo procedente de los neveros de las montañas. ¡Menos mal!

Minicio guiña un ojo a Aniano, que responde con una inclinación de la cabeza, que a mí me parece excesivamente cortés. Me da tiempo a fijarme brevemente en las expresiones de los cuatro romanos. Y, si he de fiarme de mi impresión, parece que han tenido una charla tensa.

—Bien, estábamos hablando, como podéis imaginar, de la dificultad que presenta la situación. —Minicio, como siempre, habla con interrupciones debido a las necesarias pausas que debe hacer por su pésima respiración.

—Sí, así es. —Agila responde, pero en realidad no dice nada. Esa táctica se la he visto en otras ocasiones.

—El emperador y vuestro rey no han concretado plan alguno. No se sabe cuánto tiempo vais a continuar aquí. —Aniano desliza las palabras con cortesía, como midiendo sus consecuencias, y observando fijamente a Agila.

—Desde luego. —Agila me mira y se pone en pie, como queriendo dar ya por terminada la reunión—. Pero todos esperamos que en breve lleguen mensajeros de la corte imperial con las noticias al respecto.

—Y luego está el tema del niño —habla ahora Apolonio.

—¿Qué quieres decir, sirio? —Agila se ha puesto especialmente serio y distante, no sé por qué.

—Sabes tan bien, o mejor que nosotros, que es posible que el niño no vaya a sobrevivir. Al parecer está muy enfermo, y...

—¡Patrañas! —Agila se muestra ahora cortante—. El pequeño Teodosio se recuperará.

—Agila, pon atención. —Apolonio elige un tono suave en su explicación—. Como bien sabes, hemos formado una especie de acuerdo para ampliar nuestros negocios hacia el interior de la Tarraconensis y de otras provincias de Hispania, en el caso de que haya un tratado entre vosotros y el Imperio. Aniano está acostumbrado a las fusiones de este tipo de *societates* de negocios y encabezará las inversiones, en las que entramos también Minicio, Domicio, y yo mismo. Los que estamos aquí.

—Sí, más o menos estábamos enterados. Supongo que el Consejo de los nobles godos no pondrá problemas, siempre y cuando los términos del eventual tratado con el Imperio sean del máximo interés para nosotros.

—Agila acoge bien el tono negociador de Apolonio, pero ha querido hacer un matiz final.

—Por supuesto, por supuesto —añade Aniano.

—Abre la puerta, Domicio. Aquí hace un calor insoportable. —Minicio suda verdaderos goterones que resbalan por su rostro hinchado.

Domicio se levanta de mala gana y abre la puerta del *tablinum*. Veo a Clodia al fondo, sentada en el banco del patio más próximo al muro de hiedras. Me sorprende porque parecía resuelta a encerrarse en su biblioteca. Ha debido decidir que la sombra era un sitio idóneo para leer, aunque, sin duda, estaría más fresca en la biblioteca, que da a una zona de la *domus* más protegida del sol en la mayor parte del día, pero no tanto a esta hora. Quizá por eso se ha decantado finalmente por regresar al atrio.

—Agila, confiamos en que nos informéis de cualquier mínima variación de las negociaciones de vuestro rey con el Imperio. —Apolonio vuelve a utilizar un tono mediador, en realidad un poco empalagoso.

Aniano asiente con la cabeza, como dando respaldo a la petición del curial.

—Sí, contad con ello. Ya dijimos, desde el primer momento de las negociaciones previas, que nosotros veníamos a Barcinona porque Constancio, ese imbécil, nos ha expulsado de los enclaves del sur de la Galia bloqueando los puertos.

»No hemos venido a conquistar nada. La ciudad es pequeña, no puede acoger a toda nuestra gente. Y así estamos. Esperando los nuevos acuerdos. Así que no tenemos ninguna intención de fastidiar vuestros negocios. Todo lo contrario.

—Gracias, Agila. Dice mucho de tu nobleza lo que acabas de afirmar. —Apolonio parece muy satisfecho.

—Creo, amigos, que podemos salir al patio. Voy a dar orden de que nos traigan más agua fría y, de paso, algo para acompañarla. También haré que nos sirvan vino. —Minicio apoya las manos en la mesa para levantar sus carnes rechonchas de la silla.

Salimos todos al patio, distribuyéndonos entre los bancos, mientras Cerena trae agua fría, a la que todos nos entregamos con fruición. De inmediato otros dos sirvientes aparecen con vino y unas bandejas con carnes embutidas y saladas, ya cortadas y con pedazos de pan ya preparados y unas pequeñas vasijas de boca muy ancha con aceite de oliva.

Clodia nos mira con sorpresa. Claramente no esperaba que acudiéramos al atrio. No parece expresar desagrado, por más que, intuyo, lo lleva por dentro.

—¿Cómo va la lectura de ese Atiano Marcelino? —le pregunto mientras me mira y me señala uno de los vasos en los que Cerena ha servido agua fría, pidiéndome que se lo acerque.

—Amiano, no Atiano. Amiano Marcelino —me corrige con una sonrisa muy abierta, casi una antesala de carcajada—. Bien, es un texto ágil para ser Historia, que es acaso lo que más me gusta leer, pero que en ocasiones resulta un tanto farragosa.

—¿Habla de nosotros, de los godos?

—Sí, ya lo creo.

—¿Menciona a Becila? Fue uno de los héroes del paso del gran río, de nuestra entrada en el Imperio.

—No, de momento no he visto citado ese nombre. Como te dije, he logrado copias de los últimos libros. Si lo deseas, puedes pasar esta tarde o mañana por la biblioteca y te los mostraré; podemos comentar juntos algunas de las frases que os dedica.

—Es una buena idea...

Pero no acabo la frase.

Se oyen unos gritos en el portón principal de la *domus*, y los dos africanos se plantan al instante allí, abren y los gritos se oyen con más claridad.

—¡Agila! ¡Romanos! ¡Minicio, déjanos entrar!

Es Guberico. Me resulta curioso comprobar que su altura es muy similar a la de los africanos. Detrás de él viene Sigerico, que se mantiene silencioso. Los africanos giran sus poderosos cuellos, mientras con las manos y sus torsos cierran el paso a los dos nuestros. Buscan la aprobación o la denegación de su *dominus*. Me fijo en Minicio. La cara de sorpresa da paso a un gesto de asentimiento.

—Agila, parece que vienen buscándote —masculla el propio Minicio con su risita infame mientras intenta reponerse de la sorpresa tomando con su mano derecha una copa e indicando a Cerena que la llene de vino.

Mi amigo se pone de pie al instante.

Guberico avanza con paso decidido. El gigantón impone. Los romanos también se ponen en pie; no así Minicio, que apura su copa con una tranquilidad que me resulta ajena. Yo mismo estoy nervioso. ¿Qué hacen estos dos aquí? ¿A qué vienen las prisas? Mi amigo me mira con gesto de preocupación. Me da la impresión de que intuye algo. En el último instante, antes de que se vuelva a oír la voz del gigante godo, me doy cuenta de lo que puede suceder. Creo que acabo de intuir lo mismo que mi amigo.

Y el gigante lo confirma.

—¡Teodosio! ¡El bebé Teodosio! ¡¡Ha muerto!! —exclama Guberico.

Mientras habla, o mejor dicho berrea, escupe su saliva en la cara de Agila, que no mueve un solo músculo.

Sí, en el último instante se me ha pasado por la cabeza. Que Guberico, y sobre todo Sigerico, se hayan presentado de esta forma en la *domus* de Minicio, no podía ser ningún buen augurio de nada. El pequeño ha muerto. Toda la ilusión que Fredebado había puesto en la criatura. Fredebado y mi amigo, claro. Y la mayor parte de los nobles godos. La esperanza de un heredero romano y godo para el Imperio.

¿Qué va a pasar ahora? Miro a mi amigo. Ha aguantado la mala noticia con una serenidad llamativa. Y también los escupitajos del gigantón. Y ahora, ¿qué ocurrirá? Varios pensamientos me invaden la mente. Mientras intento ordenarlos, veo cómo los romanos siguen de pie, mientras que Agila se sienta. Guberico y Sigerico buscan un hueco en los bancos para sentarse. El gigante pide de malas maneras a Cerena que le llene una copa de vino. Se la bebe de un trago. Pide otra. Me mira.

—¿Qué, jovencito Tulga? ¿Sorprendido? ¿Quizá tú fueras el único que pensaba de verdad que el bebé iba a sobrevivir? —lo dice con una carcajada estruendosa.

—No es una buena noticia, Guberico. Es pésima. Quizá si te lo explica Sigerico lo veas con más claridad que si lo hago yo —contesta Agila por mí, sacándome del aprieto.

—Me temo que Agila tiene razón, Guberico. Es un mal asunto. En las negociaciones con el Imperio, la existencia del niño podría haber facilitado mucho las cosas. —Sigerico habla con frialdad, pero parece estar en la misma posición que mi amigo y maestro.

—Eso por no hablar de lo que hubiera contribuido a consolidar la casa de Alarico y de su cuñado Ataúlfo en la jefatura de nuestra gente, Sigerico. —Agila suelta las palabras con amargura. Está preocupado. Y esta última frase no le hace ninguna gracia a Sigerico.

—Sí. Eso es difícilmente discutible. Quizá por eso Guberico no está tan triste como tú, Agila. ¿Verdad, Guberico?

—Así es. ¡Más vino! —El gigante alarga su brazo inmenso mientras Cerena vuelve a llenar su copa. A su lado, la sirvienta parece una muñequita de madera con ojos de piedrecitas pintadas.

—Y ahora, ¿qué va a suceder?

Aniano pregunta con un gesto de preocupación que hace que los rasgos de su cara difieran bastante de lo que yo he visto hasta ahora en él. Parece que esté a punto de perder la serenidad pasmosa y su posición distante.

—Habrá que enterrarlo según dispongan Ataúlfo y Placidia. —Agila está verdaderamente compungido.

—¡Vaya, vaya, vaya! ¡Sabes elegir bien, Minicio! —exclama el gigante.

Guberico permanece sentado, pero mira con descaro a Clodia. Ella se ha percatado, pero dirige su mirada hacia el libro, queriendo ignorar lo que pueda decir semejante bestia.

Miro a Minicio. Se ríe.

—Escucha, mujer. —Guberico vuelve a beber más vino, que asoma por las comisuras de sus labios. Se pasa el antebrazo por la boca, restregándose con fuerza—. Te hice un ofrecimiento en la fiesta y todavía no has respondido....

Clodia se levanta. Con paso firme se dirige cruzando el patio en diagonal a la esquina del corredor, entrando en las dependencias domésticas.

—¡Cómo me ha puesto! ¡Minicio, igual tenemos que llegar a un acuerdo tú y yo! ¡Eh! ¡No bromeo!

Minicio vuelve a reírse. Y asiente. Creo que ha asentido.

Miro a Agila. Me ha entendido a la primera.

—Guberico, ni se te ocurra seguir por ahí.

—Ah, ¿me lo vas a impedir tú, Agilila? A-gi-li-la —repite el diminutivo marcando cada sílaba con sorna.

—¡Bien! ¡Ya vale! ¡Guberico, acábate el vino y vá-monos! Agila, creo que deberíamos acudir a la *domus* de Titio. Debemos ver a nuestro rey. Y los nobles tendre-mos que tratar con él el asunto del funeral. —Sigerico ha logrado frenar a la bestia que siempre va con él.

Los romanos cuchichean entre sí. No sé qué estarán diciendo. Imagino que hacen sus propios cálculos. La muerte del niño puede que altere todos esos planes que tenían para llenarse de oro a cuenta de nuestras posibles misiones en Hispania.

Oigo la voz de mi amigo, que se ha colocado al lado de Sigerico y, junto a él y al gigante, se va dirigiendo ha-cia el portón de la *domus*.

—Tulga, ve a ver cómo se encuentra Clodia. Yo voy con ellos a la *domus* de Titio.

29

Tulga. Clodia. Crescentina

He cruzado el patio en la misma dirección que lo ha hecho Clodia hace un momento, en diagonal y hacia las dependencias domésticas. Una vez dentro, giro a la derecha, y luego sigo un pasillo hasta el fondo. Allí hay una sala grande, redonda, de la que parten dos pasillos. Uno, a la izquierda, se dirige hacia los *cubicula*. El otro, a la derecha, hacia la biblioteca de Clodia.

Uno de los africanos se encuentra en la puerta de la biblioteca de Clodia. Tiene los dos brazos cruzados. Con uno solo sería capaz de destrozarme. Me mira fijamente.

—Avisa a tu *domina*. Dile que Tulga quiere visitarla aquí en su biblioteca.

El africano no dice nada. Me mira con cierto desdén. Se da la vuelta y abre la puerta, entra en la biblioteca sin cerrarla. Así que puedo escuchar lo que hablan.

—Señora. El godo quiere verte. Aquí.

—¿Cuál de los dos?

—El joven.

—Sí. Dile a Tulga que pase.

A pesar de lo que he escuchado, sigo en mi posición. Aguardo a que el africano me lo confirme.

—Puedes pasar. Mi *domina* te espera.

Entro en la sala. Es rectangular. Clodia está recostada encima de unos cojines, deben de ser por lo menos diez. Se apelotonan en el fondo de la estancia. Se levanta al verme. La estancia está repleta de armarios, algunos cerrados y otros abiertos, colmados de libros. Aunque me fijo en Clodia, que viene hacia mí, me doy cuenta de que, en la parte alta de los muros, hay pinturas de decoración vegetal, que me recuerda a las hiedras del patio. Clodia da tres o cuatro pasos hacia la entrada de la sala. Pasa al lado de una gran mesa de mármol en el centro. Apoya su mano izquierda en el borde. Hay varios rollos encima del mármol.

—Tulga... No pensaba que fueras a venir. Verdaderamente, es una agradable sorpresa.

—En realidad, me ha pedido Agila que te viera. Se han ido a la *domus* de Titio para encontrarse con Ataúlfo y Placidia. Imagino que intentarán consolarlos en este momento tan duro. Y que comenzarán a preparar el funeral.

—Ya...

—Clodia, siento mucho lo que ha ocurrido. Ese Guberico es una bestia, en absoluto digna de pisar...

No me deja terminar.

—Ssshhh. Olvidémoslo. Llevo muchos años viviendo con Minicio. Estoy acostumbrada. Pero sí, ha sido espantoso.

—Y tu esposo, Minicio, no ha sido capaz de intervenir.

—No solamente eso. Creo que ha disfrutado con la escena.

—Lo siento, Clodia.

Se hace un silencio. Ella me mira con lo que me parece que es una mezcla de ansiedad, temor, agradecimiento y, al mismo tiempo, confianza en sí misma y fuerza interior.

—Ven. Quiero mostrarte algo. ¿Ves estos rollos? Acércate, acércate.

Me dirijo hacia la mesa. Sí, son los *volumina*, los rollos que había visto antes. Al lado hay dos pequeños códices. En verdad el *codex* es más manejable y cómodo que el *volumen*. No me extraña que se haya ido imponiendo. En Burdigala y en Narbona los he visto en las bibliotecas de los aristócratas que nos invitaban a las fiestas. Y Fredebado también tiene unos pocos.

—Son los últimos libros de Marcelino.

—¡Ah! ¿En los que habla de nosotros?

—Sí. He empezado a leerlos, pero aún no he terminado, ni mucho menos. No os pone muy mal. —Clodia intenta sonreír, pero no puede. Hace una pequeña mueca, pero el impacto por lo ocurrido es demasiado grande.

—¿Qué cuenta?

—Habla sobre vuestro paso del Danubio, sobre las guerras anteriores que habíais tenido contra los emperadores, y todo lo que sucedió después.

—¿La gran victoria sobre Valente?

—Exacto. Pero no me ha dado tiempo a leer lo que dice de la batalla.

—Yo no había nacido. Fredebado fue uno de los héroes jóvenes de esa batalla. Él podría contarte muchas cosas. Dicen que no se encontró el cuerpo del emperador. Algunos cuentan que huyó y que se refugió en una aldea, logrando vivir de incógnito hasta el resto de sus días. Otros que su cuerpo fue uno de los miles de cadáveres apilados. Otros que fue quemado...

—Cuando logre leer la versión de Amiano Marcelino, te podré decir. Como sucede en nuestros textos de Historia, depende de las fuentes a las que accediera. Aunque era un tipo muy bien informado, como decíamos.

—¿Cómo estás, Clodia?

—Bueno, he tenido épocas mejores.

—No te preocupes por Guberico. Agila estaba presente, y te puedo asegurar que ese gigantón no hará ninguna barbaridad a la que se oponga mi amigo. Sabe que tendría a los guardias regios encima de él en pocos instantes. Mi mentor es uno de los hombres de máxima confianza de Ataúlfo. Y el suyo, Sigerico, más bien todo lo contrario.

—Ya. Se dice que entre vosotros hay muchas historias de venganzas de sangre. Cuentan que Sigerico se la tiene jurada a Ataúlfo.

—Sí. Es por lo de Saro, su hermano. Pero en los últimos tiempos ha mostrado que acata la autoridad de Ataúlfo. Creo que Sigerico no es imbécil y que sabe que no debe mover un dedo. Hay una lealtad completa de los nobles godos hacia el rey.

—Ya...

—Pero tengo la impresión de que tu pesar va más allá de lo que acaba de ocurrir con Guberico. Claro que puede ser una impresión equivocada.

—Qué curioso, has dicho «pesar».

—Sí, tu pesar. ¿Por qué te parece curioso?

—No, por nada. Una amiga mencionaba esa misma palabra...

—¿Para referirse a ti?

—No me acuerdo. —Ahora sí sonríe.

—¿Es por Minicio?

—Bueno, Minicio es una constante en lo que tú llamas mi «pesar».

—Entonces ¿hay alguna variante?

—Las muertes...

—¿Los asesinatos de hace semanas?

—Sí. Ambos eran amigos míos. Rufo y Atilio. Eran buenas personas. Y los asesinaron. Y nadie ha querido investigar nada.

—Nosotros no hemos querido inmiscuirnos. Es un tema propio de la nobleza local. Seguramente se trata de venganzas internas. Habláis mucho de las nuestras, pero no os quedáis muy atrás. He visto casos similares en Burdigala y en Narbona.

—Pero yo no estoy convencida de que sean necesariamente venganzas, Tulga. No estoy convencida.

—¿Qué quieres decir?

—Creo que hay dos asesinos.

—¿Dos asesinos?

—Sí. Atilio ha sido asesinado por sus ideas. Era partidario de los dioses tradicionales, y eso, en este momento, es muy peligroso.

—¿Y Rufo?

—Lo de Rufo es diferente. Tiene que ser una venganza local. Temas de negocios, o...

—¿O?

—Bueno... Voy a hablar en voz muy baja, Tulga. Bien sabes la identidad de esa amante, pero no la mencionaré puesto que ahora mismo no tengo la certeza de que no nos escuchen. Subiré de nuevo el tono de mi voz ahora mismo y hablaremos en mera hipótesis, aunque tú sabes de quién se trata... Acaso tuviera alguna amante. Y alguien quizá quiso poner fin al asunto.

Me doy cuenta de que las sombras se han apoderado del rostro de Clodia. Y son esas sombras las que me impulsan, sin saber muy bien cómo, a relacionar unas cosas con otras.

Tendré que hablarlo con Agila.

—Sí. Puede ser. Y esa mujer ¿sospecha de alguien?, ¿de su marido, quizá? —Yo mismo me sorprendo de mantener un tono que no denote mis nervios.

—Su marido es un... En fin, no creo que moviera un dedo para nada. Otra cosa sucedería si creyera que eso pudiera afectar a sus intereses, a sus negocios. —Y eso ya comienza a hacer dudar a la mujer.

—Pero quizá el marido no sabe nada...

—Eso es. Es probable, sí. —Se mantiene pensativa—. Entonces el asesino de Rufo ha sido otro.

—Bueno, pues dejando aparte la historia de esa mujer, de la amante de Rufo ¿Sospechas de alguien concreto de la curia en los dos casos?

—Uf, es difícil. Aparentemente Modesto tiene muchas posibilidades de estar detrás del asesinato de Atilio. Y, en el de Rufo, son varios los curiales con negocios que quizá pensaron que podrían entrar en conflicto con el posible acuerdo con vuestro pueblo si el Imperio os encarga nuevos destinos. Pero de ahí a degollarlo... No sé. No me cuadra nada.

—Debe ser muy difícil tu vida con Minicio. —He decidido cambiar de asunto, no sé cómo va a reaccionar, pero me interesa realmente lo que Clodia pueda contarme sobre eso. No sé por qué. O no quiero saberlo. O reconocerlo.

—Lo es. Pero tengo mis espacios de libertad. En realidad, mi espacio. Mira a tu alrededor. Es esta estancia. Los libros que ves. Las lecturas, las horas de reflexión y, en fin, lo que he vivido aquí...

—Ya. Comprendo.

—Es un mundo de hombres, ya sabes, la historia romana se fraguó en la idea del *pater familias*. Desde nuestros primeros tiempos. *Pater*... todo es eso, patriarcal, mandan ellos, Tulga. Sobre nuestras vidas y sobre nuestras muertes. Se lo reconocía el *ius*, el derecho, la ley, la *lex*, desde siempre. No tenemos derechos políticos. Y de lo demás, para qué vamos a hablar.

—No creas que somos tan distintos. Nosotros de momento no usamos leyes escritas con largas redacciones como las vuestras. Pero hay grupos en la nobleza goda que creen que habrá que hacerlo.

—¡Ah! ¿Sí?

—Sí. Si los acuerdos con el Imperio alguna vez fructifican en que nuestra *gens* tenga un territorio fijo, algunos piensan que se podría fijar un *regnum*, con nuestro *rex* al frente. Claro que, ahora mismo, es imposible.

—Por eso era tan importante el niño.

—Sí. Pero no solamente el niño. Los acuerdos con Honorio deben de ser inminentes. Eso me dice Agila.

—Agila parece un gran hombre.

—Lo es. He aprendido de él todo lo que sé. Y si soy algo, lo soy gracias a él. He comprobado su lealtad a sus amigos, y su severidad con sus enemigos.

—Llevo días, semanas, preguntándotelo, imbécil. ¿Qué hiciste? No te vi en un buen rato en las cocinas en la fiesta de Aniano. Y al poco apareció el cadáver. Claro que tú solo no pudiste ser. No tienes fuerza para liquidar a ese Rufo. ¿Quién fue? ¿Apolonio, Minicio? Tú no das un paso sin que el *patronus* te lo diga. ¿Le tendisteis una trampa? ¿Han querido quitarse un posible problema en la curia y en las negociaciones con los godos?

La ira de Crescentina iba a más. Las semanas de incertidumbre, o más bien de certidumbre, le habían ido carcomiendo. Al principio ni se lo había planteado. Pero, con el paso de las horas, y luego de los días, fue atando cabos.

Recordaba cómo Minicio solía hablar mal de Rufo. Decía que era un mimo, un personaje que actuaba a impulsos y sin rumbo, ajeno a la estrategia de enriquecimiento que el propio Minicio tenía. O Apolonio, con el que, al parecer, había decidido converger en sus negocios con los godos. Con lo que pudiera pasar si el Imperio ponía a los godos a conquistar Hispania.

Sí, ahora ataba cabos. Recordaba perfectamente cómo, varias semanas antes del asesinato de Rufo, Minicio lo había puesto a parir. Fue en una visita a la *taberna*. Ellos estaban recibiendo un pedido. Un comerciante de Tarraco les había traído unos recipientes de cristal. Unos veinte. Servían un poco para todo. Para servir frutos secos, para colocar alguna flor, para meter dentro una pequeña lucerna... Estaban desembalando y pagando al comerciante cuando apareció Minicio. Siempre que acudía a la tienda aprovechaba para picar algo de jamón, o se llevaba entera alguna salchicha seca a la boca. Y queso. Siempre cogía queso.

Sí, Crescentina tenía fresco el recuerdo en su memoria. Cuando el comerciante marchó, oyó a Minicio decir cosas terribles sobre Rufo. No podía componer ahora las frases completas, pero sí su esencia. «Puto imbécil.» «Rata asquerosa.» «¿Acaso no sabe con quién se enfrenta?» «¿Cree que puede hacerme frente?» «¡Cuánto ganaría esta ciudad, y yo mismo, si desaparece de una vez!» Ni ella ni Lucio preguntaron la causa de las imprecaciones de Minicio hacia Rufo.

Ahora, al relacionar unas cosas con otras, se resistía a pensarlo. Ella siempre había sido quien había tomado las decisiones importantes en la pareja. Pero Lucio... Lucio siempre ejecutaba. Y lo mismo, pero con mucha más fuerza, ocurría con las órdenes de Minicio.

Sí, era cierto que dependían de ese seboso. Así había sido durante años. La obediencia había sido absoluta. Pero había sido para bien. O eso creía hasta ese momento. Claro que, por otro lado, los planes que tenían pintaban muy bien. Y, hasta ahora, todo lo que les había dicho se había ido cumpliendo. De hecho, en los próximos días se iban a trasladar a la nueva casa, y dejarían para siempre el apestoso cuchitril en el que malvivían.

Tantos esfuerzos, tantas fiestas dadas y cocinadas para aquella red de parásitos, iban a tener al fin una recompensa. Pero ahora se preguntaba si había más «recompensas». O, más bien, si el precio se había doblado. Que le preocupaba más, mucho más. No era cosa del Rufo ese. No. Pero si se levantaban más pesquisas de la cuenta, irían a por ellos. Las maldiciones de Minicio contra Rufo por aparentar una integridad incólume, acusándole de ser uno de los posibles obstáculos a los pactos con los godos para los negocios que estaban por venir, no se habían borrado de su memoria. Ni las imprecaciones. Que ahora entendía como el deseo de Minicio expresado con sinceridad sobre la base de la ira. El deseo de la muerte inmediata de Rufo.

No lo pensó esa misma noche del asesinato. Fue relacionando todo después. Sí. A Minicio y a Apolonio les interesaba hacer desaparecer al tal Rufo. Ella lo había visto varias veces. Desde luego, era muy atractivo. Estaba muy bueno. Pero era fuerte, muy fuerte. Lucio no podría con él ni en sus mejores sueños. Pero si había en el lugar del crimen otro *cliens* de Minicio, o de Apolonio, un cómplice, o dos más, la cosa cambiaba. Podrían haber utilizado cualquier artimaña para acercarlo a la zona de despensas. El momento era idóneo. Había una multitud. Ella mismo comprobó que había un ajetreo descontrolado en la cocina y sus aledaños.

Había imaginado el crimen varias veces en las últimas semanas. Lucio no habría sido el ejecutor directo. Al menos, no el único. Estaba completamente segura. Pero sí formaba parte del asesinato. También estaba convencida de eso. No lo vio durante unos instantes, y, ¡zas! apareció el buenorro degollado. O bien Minicio, o bien Apolonio debieron de contratar a un sicario, ¡y no a un *cliens*! Ninguno de los *clientes* de ambos que ella conocía era capaz de eso.

Así que llevaba semanas interrogando a Lucio, que no contestaba absolutamente nada. Como mucho un «no» seco. Sin ninguna explicación. Sí, estaba segura. Pero creyó oportuno esperar un poco más. Todo estaba a punto de resolverse. La situación para ellos estaba cambiando ya. Sería una imbécil si lo echaba todo a perder. Bastante imbécil era ya Lucio como aumentar ella el número de imbéciles en la familia. Lo hecho, hecho estaba.

¡Vaya con Lucio!

30

Tulga. Clodia

Ya ha terminado el funeral del bebé.

Hace un buen rato.

De hecho, ahora estamos ya en la *domus* de Titio. Están presentes algunos de los curiales, con él a la cabeza. Minicio, Apolonio, Domicio, Modesto, entre otros. También está Aniano. Y, por los nuestros, Agila, Fredebado, Wilesindo, Walia, nuestro obispo Sigesaro, Sigerico y su gigantón. Ataúlfo y Placidia se han retirado a su cubículo.

Todo ha tenido lugar entre el final de la mañana y las primeras horas de la tarde. Hemos caminado fuera de las murallas de la ciudad. En una zona de tumbas, había una especie de capilla u oratorio muy pequeño. Han llevado allí los restos del pequeño Teodosio, dentro de una arqueta de plata con algunos remates de oro. La portaban algunos de los guardias personales del rey. Los curiales y nosotros íbamos detrás de ellos. Solamente Fredebado caminaba al lado de la pareja. En realidad, dos pasos a la izquierda de nuestro rey. Por delante de la arqueta, abrían la procesión fúnebre Sigesaro y los presbíteros y diáconos de Barcinona, con más clérigos detrás de ellos.

Se veía a Ataúlfo y a Placidia completamente destrozados. Nuestro rey llevaba puesto sobre sus hombros el *paludamentum*, el manto militar romano, el mismo que llevaba el día de la boda en Narbona. A pesar de que han intentado mantener un rictus de severidad, apenas dados los primeros pasos desde la *domus* de Titio, y justo antes de cruzar la puerta para salir de la ciudad, se han venido abajo. Siendo él un hombre no muy alto, más bien de una estatura media, y estando totalmente hundido, ha hecho un esfuerzo por abrazar a Placidia mientras caminaban. En algunos momentos en los que daba la impresión de que Ataúlfo no podía sostener a Placidia, Fredebado les ha ayudado. Aunque, dada su vejez y la consiguiente escasez de fuerzas, los guardias han tenido que acudir con celeridad.

Esos parones han retrasado bastante la procesión fúnebre. De todos modos la zona de tumbas y el oratorio estaban muy próximos a la muralla en la parte exterior de la misma. Una tormenta veraniega se ha apoderado de todos nosotros, y el panorama ha sido ciertamente tétrico.

No cabíamos todos en el oratorio. Estábamos presentes todos los miembros de la nobleza goda que residimos en Barcinona, y los curiales de la ciudad al completo. Además, muchas gentes de las capas medias e ínfimas de Barcinona y de los *suburbia* se iban uniendo a la comitiva, observando cómo se comportaban el rey godo, la dama imperial y todo su cortejo.

Así que hemos ido entrando los que ocupábamos las primeras filas detrás del clero, la pequeña arqueta de metales preciosos con el cuerpecillo de Teodosio, y la destrozada pareja.

Dos presbíteros católicos y nuestro obispo Sigesaro han llevado los oficios fúnebres. Sigesaro, además, ha pronunciado una larga homilía de elogio al bebé difunto y a sus padres. Sus palabras resonaban con fuerza en los gruesos muros del pequeño oratorio. Me he fijado en que había varias tumbas en torno a un sepulcro principal, que debía de ser de algún mártir local, o de alguien especialmente venerado. He de enterarme de quién era. Podía haberlo preguntado allí. Pero el silencio era tan apabullante que no me he atrevido.

Sigesaro estaba realmente compungido. Creo que era consciente de la relevancia política del *funus* que presidía. Pronunció un largo discurso, midiendo su contenido y haciendo largas pausas entre frase y frase. Se dirigía a Placidia y a Ataúlfo con lágrimas en los ojos una y otra vez. En otros momentos del discurso, recorría con su mirada los rostros de cada uno de los presentes, incluyéndome a mí.

Varias frases de Sigesaro han quedado en mis oídos y en mi mente. Algunas se las había oído a Fredebado, e incluso a Agila. O, al menos, eran muy similares. Es como si el mensaje de fondo estuviera en sus cabezas desde que se supo que Placidia estaba embarazada. O desde que se celebró el matrimonio con nuestro rey en Narbona hace meses. O quizá desde que nos la llevamos de Roma hace ahora cinco años. La idea de una esperanza en un futuro de unión entre romanos y godos. Esperanza que acababa de morir con el pequeño.

El niño a quien hoy enterramos está con el Señor. Esa es la buena nueva que os debe regocijar a todos.

La mala es que él, su propio nombre, era la esperanza de nuestro pueblo y del romano. Sí, hablo en pasado. Tal es la mala nueva. Con su muerte, pareciera que esa esperanza se entierra dentro de la arqueta que tenemos ante nosotros.

¡Pero no debe ser así!

Las diferencias religiosas que nos separan, que nosotros tengamos una interpretación sobre la naturaleza de Jesucristo y vosotros otra, son hoy un motivo de unión.

Porque todos creemos en Dios Padre. En Él, y con Él, está ahora ya el pequeño Teodosio.

Sus padres, cabezas de la *gens Gothorum* y del Imperio romano, alumbraron la esperanza de nuestro tiempo.

No quede esa esperanza entre estos muros. Ayudemos a que se difunda en todo el orbe. Un futuro, una Gothia y un Imperio unidos, como el propio Ataúlfo dejó dicho en Narbona.

Salgamos, salgamos de aquí unidos y proclamémoslo a todos.

Ahora vemos la lluvia desde el corredor del patio de la *domus* de Titio. Parece que va a aflojar ya, coincidiendo con el final de la tarde. Los sirvientes se afanan en atendernos a todos. Están ofreciendo agua fría, vino, y unas pastas saladas. Titio ha dicho que ha dado orden de sacar parte del mobiliario del comedor para que quepamos todos.

—Podéis pasar ya. —La voz de Titio resuena entre las columnas del corredor y los muros enlucidos, sorteando los bustos de sus antepasados.

Vamos entrando. Nos siguen los sirvientes, que van colocando las vasijas y las fuentes encima de la única mesa que han dejado en la sala.

—Ataúlfo y Placidia están descansando. Creo que podríamos valorar entre todos la situación. —Titio abre las manos en una actitud que casi me parece suplicante.

—Fredebado, tú eres quizá el más perspicaz y venerable de cuantos estamos aquí, con el permiso de Titio, claro está. —Aniano hace una leve reverencia en señal de respeto hacia el anfitrión—. La muerte del pequeño es, sin duda, un duro golpe, pero todos esperamos que no afecte a los posibles planes del emperador y del propio Ataúlfo, a quien te rogamos transmitas nuestro dolor más profundo y sincero en cuanto se reponga y pueda salir del cubículo.

—Gracias, Aniano. Tus palabras son muestra de tu hondura y de tu bondad.

—Mmm, a ver, godos, se trata de que esto no afecte a los posibles negocios futuros. Lo siento, Titio, pero he de pedirte una silla. —Minicio, como es habitual, se mueve con dificultad. Se ha apoyado en la pared. Me temo que la impregnará con su sudor. No creo que a Titio le haga mucha gracia comprobar cómo sus pinturas vegetales se cubren con el sudor de este tipo.

—No creo que sea el momento de hablar de eso ahora. —Agila se muestra tajante.

—Exacto. Acabamos de enterrar al hijo de nuestro rey —apoya Wilesindo.

—Bueno... Tengo entendido que hay más hijos del rey desperdigados en algunas otras *domus* con algunos otros nobles. Tenéis repuesto —comenta Domicio con cierta sorna.

—Esos otros hijos de Ataúlfo tienen un papel secundario. Nuestras esperanzas se centraban en el pequeño Teodosio. El rey quería poner Gothia al servicio del Imperio romano. ¡Y qué mejor que dirigido, en su día, por su descendiente tenido con la hija de Teodosio y hermana de Honorio! Os recuerdo, romanos, que Honorio no tiene hijos. Y dudo mucho que los tenga alguna vez. —Fredebado está realmente molesto.

—¿Y? —pregunta con desdén Modesto.

—¿Es necesario que os recuerde vuestro problema con los usurpadores? Los ejemplos se acumulan en los últimos años. Sin ir más lejos, ese Máximo que estuvo aquí, en Barcinona, acuñando monedas incluso... La legitimidad de quien acabamos de enterrar hubiera asegurado la casa teodosiana, pero también la lealtad goda —apuntala Fredebado.

—¿Es que esa lealtad peligra? —pregunta Aniano

con un tono suave, intentando no incomodar a Fredebado. Se ha percatado de su enfado.

—No. Por el momento, no —contesta Agila.

—Vaya, pensaba que iba a responder Fredebado —replica con cierta inquietud el propio Aniano.

—Lo que ha dicho Agila es cierto, Aniano. —Fredebado refrenda a su discípulo y amigo.

—De todos modos, lo más probable es que los acuerdos con el Imperio se vayan a ir concretando en las próximas semanas. Esperamos algún enviado del emperador —afirma Wilesindo en un tono apaciguador.

Me fijo en Sigerico. Como suele ser habitual, permanece en silencio, mientras pasa una y otra vez dos dedos por la punta de su barba.

—Señora, me habéis llamado...

Cerena hablaba a Clodia con mucho tacto. Sabía lo que había sufrido en las semanas que fueron pasando tras los asesinatos, en especial tras el segundo de ellos. Pensaba que haría una locura en cualquier momento. Y no se lo podía permitir. Quería mucho a su *domina* como para abandonarla y no evitar que se dejara morir de dolor y de angustia, o, peor, que lo acelerara.

Ella sabía lo de Rufo. Clodia se lo había dicho desde el principio. De hecho, Cerena había sido clave para la coordinación con los africanos y con algún sirviente más en las ocasiones en las que Rufo había acudido a la *domus*. Y también en las que era ella quien salía. Que eran más.

No era muy dada a juicios morales. Más bien nada. Su infancia había sido un infierno. Habían abusado de ella desde que era una niña. Y la violaron varias veces en su adolescencia portuaria. Le debía todo a Clodia por haberla sacado de aquello. Su *domina* era la única referencia sólida que tenía en la vida. No, no iba a dejar que transitara sola en semejante trance.

Cuando se enteró del asesinato de Rufo, se dijo a sí misma que no iba a permitir que su *domina* se suicidara. Estaba siempre con ella, salvo en los casos concretos en los que Clodia le ordenaba que la dejara sola. Había estado a punto de entrar en un fondo sin luz alguna. Pero, al menos que ella supiera, solamente a punto. El *papaver* había logrado que no alcanzara ese fondo, aunque estuviera muy cerca de hacerlo. Y lo compartían. Habían sido decenas las noches en las que había reclamado su presencia y lo habían consumido.

También en eso admiraba a Clodia. Su capacidad para confiar en otra persona, incluso en una sirvienta como era ella, en un mundo en el que la distancia entre los señores y sus sirvientes y esclavos era imposible de salvar. Pero no con Clodia.

—Sí. Ven, siéntate.

Clodia estaba tumbada en la cama, aunque con su espalda erguida y apoyada en gruesos almohadones.

Tenía una vasija cilíndrica y muy ancha en la mano. Esta vez las semillas de *papaver* habían sido machacadas y tratadas para ser diluidas y bebidas.

Cerena le envió una sonrisa de comprensión. Se sentó en el lateral de la cama, como había hecho tantas y tantas veces durante las últimas semanas.

—Toma. —Clodia le acercó la vasija, y Cerena bebió un sorbo. Miró a su *domina* y bebió otro.

—¿Cómo te encuentras hoy, señora? —le preguntó mientras le pasaba la vasija.

—Hoy no tengo mi mejor día, Cerena. Todo se ha removido dentro de mi cabeza últimamente.

—¿Ha ocurrido algo, señora?

—Tuve una conversación con Lucilia, la esposa de Aniano. Es una mujer muy inteligente y, en fin, se dio cuenta. Supo lo de Rufo. El día de su asesinato, en la fiesta. —Titubeó—. No añadas siempre «señora» cuando tenemos estas charlas entre nosotras, te lo ruego. —Dio un largo sorbo al *papaver*.

—Así lo haré... —Iba a añadir «señora» pero se contuvo—. ¿Crees que al saberlo Lucilia puede haberse difundido el asunto?

—No lo creo. Confío en ella.

—Si tú has visto que Lucilia es buena persona, seguro que es así.

—Hablando de buenas personas...

Cerena mantuvo la expectación. Aunque intuía por dónde iba a ir la conversación de manera repentina.

—Creo que va siendo hora de que me digas quién es ese hombre. Tu amante. Siempre me dices que es buena persona. Pero no sé quién es.

—Me pidió que nunca se lo dijera a nadie. Y sobre todo a ti.

—¿Y sobre todo a mí? —Clodia le pasó la vasija a Cerena.

—Exacto. No puedo decirlo. De todos modos, quizá la próxima vez que pueda estar con él le pida que me permita hablarlo contigo, sabiendo que tú eres una tumba como yo lo soy en tus asuntos, señ... —Cerena frenó a tiempo y dio un sorbo al líquido con *papaver*.

—¿Cómo habéis conseguido veros?

—Han sido solamente tres veces. Él me conocía porque, como imaginarás, ha estado aquí varias veces, en fiestas y en ágapes organizados por tu esposo.

—Sí, lo imaginaba.

—Fue hace unos meses cuando me pasó con mucho sigilo un pequeño mensaje que dobló tanto como para que cupiera en el puño de mi mano y aún me sobrara espacio en la mano.

—Y ¿qué decía el mensaje?

—Me citaba en la pequeña *insula* que está justo enfrente del foro, a la altura de la estatua de Dexter. Ponía algo así como «Mañana. Hora décima. Piso segundo. *Insula* junto a Dexter».

—Mmm, sí, hay una *insula* en esa zona, la única que queda junto a ese lateral del foro, tiene solamente dos alturas. Llegó a tener tres hace unos años. Tienes suerte de que no sé quién es el propietario ahora. De lo contrario, ya habría acertado su identidad. ¿Es esa *insula* que te digo?

—Esa es.

—Ya... Y os habéis visto las tres veces allí.

—Sí.

—Y las citas las concretaba cuando venía a reunirse con Minicio o a alguna de las cenas que ha habido aquí estos últimos meses.

—Sí.

—Eso reduce el número de candidatos.

Clodia sonrió y guiñó un ojo a su sirvienta, que aún parecía preocupada por si su *domina* insistía para saber el nombre del tipo. Cosa que no hizo.

Se abrió una larga pausa en la conversación.

—Entonces señ..., ¿entonces, cuál es el problema? ¿Qué te inquieta? —Fue Cerena quien terminó lo que quedaba en la vasija. Notaba ya, poco a poco, los efectos del *papaver*, que, al igual que a su *domina*, le gustaba, le relajaba, y le llevaba a un mundo de confidencias mutuas en el que se sentía muy cómoda.

—Que —también Clodia comenzaba a sentir el efecto del bebedizo— había logrado comenzar... no a olvidar, pero sí a... asumir...

—Y ahora... lo vuelves a tener... todo... delante de ti.

—Eso es.

—¿Y? —Cerena recostó su cabeza en la cadera de Clodia, que comenzó a acariciarle el mentón y los cabellos.

—Creo... que fue... Minicio.

Cerena levantó la cabeza y miró a su señora.

Se fijó en la expresión de su rostro, a pesar de lo poco que podía mantener la concentración, dominada ya casi en exclusiva por el *papaver*. Se dio cuenta de que Clodia tenía la mirada perdida. Totalmente perdida.

—¿Porque sabía... lo vuestro?

—Sí. Creo que de algún modo se enteró... Aunque puede que fuera por los negocios. Rufo se oponía a algunos trapicheos que querían montar... Apolonio... y Minicio.

—Si fuera así... ¿temes por tu vida?

—Sí, Cerena... empiezo a tener... miedo. Pero... tengo algo más.

Cerena volvió a apoyar su cabeza en la cadera de su *domina*. Pero ahora lograba dirigir su mirada hacia los rizos que caían por el lateral de la cara de Clodia. Aunque buscaba los ojos azules, no los encontraba. Permaneció tumbada.

—Ven... gan... za.

Lo último que le dio tiempo a ver era la potente luz del atardecer, que entraba por la puerta del cubículo, que estaba abierta. Hasta allí llegaba procedente del corredor y, a su vez, del patio. Le vino a la cabeza la imagen de sus hiedras. No sabía por qué.

Cuando Clodia susurró la última sílaba, ambas mujeres se miraron, sonrieron y, poco a poco, se quedaron profundamente dormidas.

31

Tulga

Estamos agolpados en el amplio comedor de la *domus* de Titio. Empiezan a marcharse algunos curiales. Apolonio y su inseparable Domicio, Modesto, incluso Minicio. Al parecer, hay una cena en casa de Domicio. Se encontrarán varios curiales allí.

En unos instantes, estamos solamente nosotros, los nobles godos, además de nuestro anfitrión. Nadie quiere molestar a Ataúlfo y a Placidia. Los sirvientes se afanan en retirar las bandejas que ya están vacías, y las copas que ya han sido usadas.

—Fredebado, me vais a disculpar. A pesar de que estemos aún en plena tarde, debo irme a descansar. Para un anciano como yo la caminata y la tensión han sido demasiado extenuantes. —Titio está visiblemente fatigado.

—Por descontado, Titio. Te comprendo muy bien. Yo también lo estoy. El caso es que estábamos hablando...

—No te preocupes. Podéis quedaros el tiempo que preciséis. Cualquier cosa que necesitéis, ordenádsela a mis esclavos y sirvientes. Ya he dado órdenes al respecto.

—Gracias, Titio. —Fredebado hace una leve inclinación de cabeza, y se vuelve acercándose a Agila y a Wilesindo. Habla en voz baja con ellos.

Salimos todos del comedor, acompañando a Titio hacia el corredor.

Veo cómo el anciano romano se retira hacia un pasillo oscuro que se adentra en las tripas de la *domus*. Camina encorvado. Como si le pesara la responsabilidad del momento. Sabe que su época se acaba con él. Dentro de poco será uno de los bustos de sus antepasados, uno más en este corredor.

Las cosas están cambiando muy deprisa. Incluso yo lo percibo, siendo como soy aún muy joven. Hace pocos años estábamos en el Ilírico, luego en Italia, después en la Galia, y ahora en Hispania. Así que personajes como Fredebado o Titio, que han vivido durante décadas a miles de millas sin pensar nunca que iban a conocerse, deben de percibir que todo va muy deprisa. Seguro.

—Creo que debemos hablar. Haremos un buen uso de la hospitalidad de Titio. Por unos instantes os ruego que os mantengáis aquí conmigo. Hablemos. —Fredebado usa un tono elevado para que le oigan todos.

Agila y Wilesindo estaban al fondo del corredor, en el extremo opuesto por el que Titio ha tomado el pasillo hacia el interior, comentando algo junto a uno de los bustos de las *imagines maiorum* de la familia de Titio.

—Estoy de acuerdo. —Sigerico hace una de sus escasísimas intervenciones.

—Sí. Hablemos —añade Wilesindo, que viene caminando con Agila y se acercan a la puerta del comedor, en la que los demás estamos ya esperándoles.

—Bien. Hemos de superar la tristeza que a todos nos embarga. Y estudiar los pasos a dar. —Como siempre, Fredebado lleva la iniciativa.

—En todo caso habrá que esperar a la recuperación de nuestro rey —afirma con contundencia Agila.

—Sí, de hecho, hemos pensado Wilesindo y yo que, si os parece bien, intentemos convencerle para que en los próximos días se relaje cuanto pueda. No tardarán en llegar noticias del Imperio. Estoy seguro —asevera Fredebado.

—¿Y qué has pensado para que Ataúlfo se relaje? —pregunta Argobio, uno de los nobles.

—Le gusta mucho el paseo a caballo. Intentaremos que vuelva a practicar su afición, hace mucho que no lo hace. Estos meses aquí, encerrados dentro de estas murallas y estas casas, se lo han puesto más difícil. —Wilesindo mira a Argobio mientras habla, obteniendo un asentimiento complacido como respuesta—. Cuando el niño enfermó, decidimos traer más caballos y aprovechar una parte desocupada de la *domus* de al lado. Hace días que, además de su caballo habitual, hemos traído otros tres de sus caballerizas del campamento —termina de explicar con detalle Wilesindo.

—Es una buena idea. Va a costarle mucho recuperarse. Tiene a sus otros hijos, pero hace tiempo que había apostado por este matrimonio con Placidia, y por ese niño —afirma Sigerico con un tono pesaroso que me suena ficticio.

—Lo he dicho otras veces. Y lo ha explicado muy bien nuestro obispo Sigesaro hoy en el funeral, Sigerico. Ese niño era la esperanza de nuestra gente. Me atrevería a decir que también de los romanos. Pero a mí lo que me interesa es lo nuestro. —Fredebado parece contrariado.

—¿Estás seguro, viejo? —Una de las habituales muestras de la «sutileza» de Guberico.

—Habla con más respeto a Fredebado, Guberico —salta Agila tajante.

—¿Sabemos cuándo llegarán los enviados del emperador? —pregunta Sigerico.

—El asunto lo lleva directamente Ataúlfo. Pero llegarán en breve —contesta Fredebado.

—Creo que de momento debemos centrarnos en arropar en este momento difícil a nuestro rey; la idea de los caballos es buena. Wilesindo, supervisas tú todo eso, si estamos de acuerdo. Sería bueno, Fredebado, que lo traslades al resto de los nobles. —Agila toma la iniciativa.

—Sí, Fredebado ya había confiado en mí esa responsabilidad —contesta Wilesindo con orgullo que me parece sincero.

—No deja de ser una coincidencia —deja caer Fredebado.

—¿A qué te refieres? —pregunta Agila.

Me hace cierta gracia ver cómo Agila utiliza un tono muy similar al que me sale a mí con el propio Agila. Después de todo, Fredebado es su maestro, y Agila es el mío.

—A que hayan muerto casi a la vez el pequeño Teodosio y nuestro mayor anciano, Becila. El mismo día —contesta el anciano.

No sabía nada. Noto un golpe en el pecho. La sensación de algo que, aunque esperado, no deja de ser impactante.

—¿Ha muerto Becila? —pregunta Agila un tanto agitado.

—Sí. Me avisaron justo antes del entierro. No tuve ni tiempo de ir a ver su cadáver. Iremos enseguida todos nosotros.

—¿Cómo ha muerto? —me atrevo a preguntar.

—¿Cómo iba a morir? En su cama, de viejo —me contesta Fredebado con cierto desdén—. Para mí es un golpe muy duro. Crecí a su sombra. Aprendí todo de su arrojo militar y de su bondad inmensa.

—Lo siento mucho, muchísimo —susurro entre dientes.

—Tulga, sería bueno que fueras a la *domus* de Minicio y nos esperes allí. Me gustaría que estuvieras presente si Minicio recibe a algunos curiales esta tarde o ya de noche.

»Se reúnen ahora en casa de Domicio, pero quisiera saber si hay algún movimiento inmediatamente después. Nosotros vamos a terminar nuestra reunión y Fredebado cree que el rey nos va a recibir, vamos a ayudarle y a acompañarle esta noche. Y seguramente iremos a velar el cadáver de Becila.

—Pero, Agila, yo creo que... —intento oponerme.

No hay respuesta. Solamente la mirada, para mí omnipotente, de Agila. Me despido de los presentes y voy hacia la salida del comedor.

Se oye un ruido, como de un golpe fuerte y una especie de chasquido posterior.

Y, de inmediato, se percibe el leve sonido de unas pisadas. Pisadas rápidas. Alguien corre.

Yo ya estaba casi a la altura de la puerta del comedor, de modo que soy el primero que llega al corredor. Me alcanzan Agila y Sigerico, seguidos de Guberico, a quien le cuesta un poco más moverse dada su corpulencia. Detrás vienen los demás.

—¡¡Alto!! —grita Fredebado con voz temblorosa, aún desde el fondo de la estancia. Ha dejado que los demás salgamos a la búsqueda de una explicación, o de quien haya provocado el estruendo.

No se ve a nadie.

—¡¡Mirad!! —Me sale de dentro la exclamación.

Uno de los bustos de mármol de los antepasados de Titio está en el suelo. Roto en pedazos.

—Alguien nos estaba espiando. Alguien escuchaba. —Fredebado parece apesadumbrado.

—Sí. Sin duda —dice Agila.

—¿Quién ha podido ser? —pregunta Wilesindo.

—Si lo pillo le abro las tripas ahí mismo —dice Guberico cerrando los puños.

—No. Habría que hacer que hablara —responde Sigerico.

—Puede ser alguien enviado por algún otro de los nuestros —sugiere Agila.

—O por los romanos. Esta gente está medio loca. Vivir entre estas murallas, entre setenta y no sé cuántas torres, tiene que afectar a las cabezas —apunta Guberico. Me sorprende su aportación.

—Sea quien sea, nos estaba escuchando —comenta Argobio.

—Debe de ser alguien entre los romanos. Seguro —sentencia Sigerico.

—Habrá que tener los ojos bien abiertos. Tulga, haz lo que te he dicho —me ordena Agila al tiempo que van regresando a la sala.

Mientras camino hacia la *domus* de Minicio y de Clodia, me viene a la mente la imagen del viejo Becila. Era el héroe vivo que había conocido los tiempos más antiguos de los nuestros. El siguiente es Fredebado, aunque pertenece a una generación posterior. Cuando Fredebado era un muchacho entró en la protección de Becila, que había conocido a emisarios nada menos que del mismísimo Constantino. Y había hecho la guerra, siendo muy joven, casi un niño, contra las legiones de ese mismo emperador romano, hace más de ochenta años. Y también algunos pactos. ¡Así que no debe ser mentira eso que dicen de que tiene, tenía, más de cien años!

Era la época en la que nuestra gente vivía más allá del gran río, mucho antes de que se cruzara. Cuando se cruzó, en la época de nuestro jefe Fritigerno y del emperador Valente, Fredebado ya era uno de nuestros jóvenes nobles más respetados y descollaba entre los mejores militares, mientras que Becila por entonces estaba a punto de convertirse en un anciano.

Todo esto me lo ha contado Agila. Y lo he oído mil veces en las cenas de los campamentos o en las fiestas en Narbona o en Burdigala. Imagino que dentro de poco tiempo se cantarán canciones sobre Becila, como sucede con nuestros héroes más antiguos.

Me acerco ya a la casa de Minicio y Clodia.

Becila... Habiendo visto todo lo que ha visto en el mundo, aún me pregunto por qué quiso verme. ¿Por qué me diría lo que me dijo? ¿En qué basa, basaba, su confianza en mí? ¿Qué le preocupaba?

32

Tulga. Clodia

Llego a la casa.

Uno de los africanos me hace un gesto inequívoco para que le siga. Cuando llegamos a las dependencias domésticas, le pregunto, aunque conozco de antemano la respuesta positiva.

—Es tu *domina*, ¿verdad? ¿Me espera en la biblioteca?

Pero no hay respuesta. Tras unos instantes, el africano se detiene. Hay algo que no comprendo. No es la puerta de la biblioteca, sino la del cubículo de Clodia. Miro al sirviente. Su única respuesta es cruzarse los brazos. Se coloca a mi izquierda, al lado de la puerta. Mueve ligeramente la cabeza indicando claramente que entre. El africano balancea reiteradamente su brazo izquierdo, para confirmar que he de pasar. Con el derecho golpea con sus nudillos la madera oscura. Cuatro veces.

La puerta se abre. Solamente un poco.

Miro al hombre, que ya no hace gesto alguno. Empujo muy ligeramente la puerta con mi mano derecha. Al instante noto que, desde dentro, están llevando la puerta para que quede espacio a través del cual pueda entrar. Entro y giro mi cabeza hacia la derecha. Es Cerena. Está pálida. Tiene los ojos entreabiertos.

—Señorrr.... Goddddo. Tulga. Passsa. Miiiiii *dooooo-mina* te está... esperando.

—Ssshhh, Cerena, retírate. —Oigo la voz, o mejor dicho el susurro, de Clodia.

Está sentada en una silla muy baja y muy ancha, cubierta con unos cojines delgados en el asiento y en los laterales. Está recostada, más que sentada. Cerena pasa a mi lado muy lentamente e intenta cerrar la puerta al salir. Mientras la cierra, me doy cuenta de que el africano sigue ahí. De hecho, es él quien, una vez que Cerena ha salido, cierra la puerta por fuera.

—Ssshhh... Tulga, ven, pasa, siéntate. —Clodia se levanta y se sienta a los pies de la cama.

—Pero... Es tu cubículo. No debería. Y Minicio...

—Minicio está en otra de esas reuniones.

—Sí, lo sé, iban a cenar a casa de Domicio. Los he visto hace un momento, salían de casa de Titio.

—Exacto. Ha hecho llegar un mensaje a mis sirvientes a través de uno de los de Titio. Llegará tarde, muy tarde. Tienen mucho que hablar.

Eso es cierto. La muerte del pequeño Teodosio ha alterado todos los planes de unos y de otros. Aunque en los últimos días la salud del bebé había empeorado muchísimo y podíamos hacernos a la idea.

Ahora mismo Agila y los otros están consolando a Ataúlfo y a Placidia, y los curiales se reparten en diversos conciliábulos. Unos y otros tienen que ir midiendo sus próximos pasos. No me ha gustado que Agila no me haya dejado ir con ellos esta vez. Voy a intentar mantener la conversación con Clodia, aunque me encuentro agotado.

—Algo le ocurría a Cerena...

—Sí. El *papaver*. Aunque se está aficionando, aún no controla las cantidades que toma. Y le afecta demasiado.

No es mi caso. Las bonanzas de su ingestión me duran muy poco tiempo. Hasta hace unos instantes, estaba tal y como has visto a Cerena ahora.

—¡Ah! ¿Habéis tomado *papaver*? ¿Lo sueles tomar? Me cuesta hacerme a la idea. No imaginaba que...

—Es uno de mis grandes amigos. Diría que, después de la muerte de Rufo, el *papaver* es mi mejor amigo. Ya te dije que necesitaba amigos.

Ahora me doy cuenta. Clodia está despeinada, tiene los rizos sobre sus mejillas, cuando generalmente los lleva recogidos, salvo alguno que se resiste y en ocasiones queda liberado. A pesar de que su tez es blanquecina, hoy está particularmente pálida. Y sus ojos azules apenas asoman, están entreabiertos y parecen querer ganar terreno a los párpados, aunque sin mucho éxito.

—Sí. Y sabes que puedes contar conmigo y con Agila.

Clodia se levanta y se dirige hacia una pequeña mesa que hay en el lateral de su cubículo. Toma una jarra y una copa. Se sirve. Es vino. Me hace un gesto preguntándome si llena la otra copa. Porque hay dos. Le digo que sí. Me la pone en la mano derecha, y esboza una sonrisa que no termina de romper.

—Creo que las últimas novedades no son muy buenas para vosotros, según he oído. En una ciudad como Barcinona, encerrados como estamos dentro de estas murallas, todo se sabe pronto.

—Bueno, la muerte del bebé no es algo bueno para nosotros ni para nadie. Era la gran esperanza de...

—La gran esperanza ¿de qué?, ¿de quiénes?

—No comprendo.

—Sería la gran esperanza de tipos como Modesto o como Minicio, en todo caso. De todos los Modestos y de todos los Minicios que hay en esta parte del Imperio, desde las Galias e Italia hacia acá.

Se sienta sobre la cama, en el lateral más próximo a mí. Poco a poco, se va recostando.

—¿De todos los Modestos y de todos los Minicios?

—Sí. De los grupos que sostienen el Imperio. Del clero católico, de las familias poderosas que han decidido prestar sus recursos y a sus hijos y ser obispos ellos mismos. Y de quienes han moldeado sus negocios y sus *societates* para medrar y llenarse de oro a través de negocios con los, y discúlpame, bárbaros. —Enmudece por un momento, dominada por la ira. Respira con profundidad para tomar fuerzas—. ¡Sí, eso es, los Modestos y los Minicios!

Aunque hilvana bien las frases, noto que Clodia desliza con dificultad algunas de las sílabas. Debe de ser por el *papaver*.

Aunque desde luego no ha perdido su lucidez. Ni su belleza. Apoya el brazo izquierdo en el borde de los pies de la cama. Recostada así, da un largo sorbo de vino desde la copa que sostiene con la mano derecha.

—No digo que no a nada de lo que has dicho. No digo que no tengas razón.

—La tengo. O, al menos, es mi razón.

—Y creo que tu preocupación no va solamente por la situación del Imperio, o esa impresión tengo.

—Y aciertas. —Se inclina fuertemente, mostrándome el inicio del volumen de sus pechos—. Aunque te aseguro que mi preocupación por el Imperio es muy muy sincera. Y no porque me guste la figura del emperador. De ningún emperador. Los emperadores, desde Augusto, se cargaron el verdadero poder de las magistraturas y de los comicios. Por más que siempre estuvieran, casi desde el principio, en manos de las familias más poderosas de la *nobilitas*. Pero no las controlaba una persona. Un autócrata.

—Hablas de la República. De eso hace mucho tiempo, Clodia. Nunca volveréis a tener una República. —Doy un sorbo y el vino es excelente. Doy otro de inmediato.

—Lo sé. Todo lo que tiene que ver con la política, con la vida de las personas, es *res publica*. No solamente una forma de gobierno. Las leyes imperiales siguen hablando hoy mismo de *res publica*. Así sucede con los textos oficiales, con los pensadores... —Clodia da ahora un sorbo muy largo.

—Siempre hubo Modestos y Minicios, pues. En vuestro mundo quiero decir.

—Sí, claro. Pero ahora esos Modestos y Minicios han decidido que el Imperio sea cristiano o, mejor dicho, que triunfe una rama de ese cristianismo. Y que se persiga a las demás. Y, desde luego, a nosotros, a quienes llaman «idólatras». Y también que van a pactar con los bárbaros por doquier.

—¿Tan segura estás de todas esas cosas?

—La prueba es que estáis aquí. No hay que irse muy lejos. Toma esta pequeña ciudad como referencia. Los godos estáis aquí. Y el templo católico y el baptisterio están en obras, y no precisamente para cerrarlos.

Clodia apura su copa. Se levanta y se vuelve a servir. Bebe con ansia, y yo también. Mientras se acerca a mí, apuro de un trago largo el vino que me quedaba. Se inclina levemente y llena mi copa. Noto su fragancia. Aquella que me mareó el primer día, y a la que terminé por acostumbrarme porque la *domus* estaba impregnada de ella.

Cuando levanto la vista de la copa, me topo con sus ojos. Clodia me está mirando fijamente.

—No hay solución, Tulga. Mi mundo se hunde. O se ha hundido ya. La muerte de Atilio ha sido para mí como un jarro de agua fría. Aunque no, no exactamente. Porque un jarro de agua fría te sorprende. Y a mí no me ha sorprendido del todo. La intolerancia hace tiempo que ha ganado este juego.

—¿Crees que fue un crimen religioso?

—Estoy convencida. El mensaje que le enviaron no era una advertencia.

—¿No? Todos pensamos que sí. Cuando se difundió en la curia y nos lo hicieron saber a nosotros, daba esa impresión.

—Sí. Yo también lo pensé.

—¿Entonces?

—Ahora ya no lo pienso. No era una advertencia, puesto que lo iban a matar igualmente. Los asesinos no esperaban que Atilio se hiciera un fervoroso católico, o que entrara en esa nueva moda de locos que llaman monacato, que se hiciera un *monachus*.

—¿Qué quieres decir? —Tomo un largo trago de vino.

—No era una advertencia porque no pretendían que se convirtiera. Lo iban a asesinar de todos modos. Lo mataron para exhibirse.

—¿Para exhibirse?

—Sí. Para exhibir su poder. Algo así como: «¿Véis? Esto es lo que hacemos con los idólatras radicales que hablan contra nosotros. Muere como Cicerón».

—Pero Cicerón es anterior a Cristo.

—Sí. Pero escribió y habló muy duramente contra Antonio, contra Marco Antonio. Y lo pagó. Quizá intuyó que Antonio, como luego Octaviano, el futuro Augusto, querían cambiar el mundo. Como había hecho César, pero aún más.

Mantengo silencio. No me veo con conocimientos para sostenerle la conversación.

—No lo sé. Quizá lo intuyó. Lo cierto es que Antonio y Octaviano se terminaron enfrentando a muerte años después.

—Sí. Y ganó Octaviano. —Eso sí lo sé.

—Exacto. Su conversión en Augusto llega hasta hoy, Tulga. Nuestros emperadores siguen asumiendo el nombre de Augusto. Lo de Atilio no fue una advertencia. Fue una muestra de poder.

—¿Y lo de Rufo?

Mientras hago la pregunta, mantengo la mirada fija en los ojos de Clodia. El vino no parece haberle afectado, puesto que los párpados se van abriendo cada vez más y las dos esferas azules vuelven a ser las habituales.

—Lo de Rufo es una venganza. Puede haber sido Minicio. —Clodia se ha vuelto a sentar, o a recostar, en el borde de los pies de la cama, justo enfrente de mí.

—¿Y por qué Minicio? —Ya me quedó más o menos claro el otro día que Rufo y Clodia eran amantes, o eso pensé. Pero de momento no se lo digo.

—Podía tener sus razones.

—¿Por los negocios de Rufo?

—No. —Clodia hace una larga pausa. Bebe un sorbo de vino y me mira con tristeza—. Tulga, ya te dije que Rufo y yo éramos amantes.

Mantengo silencio.

—Aunque no creo que te sorprenda que te lo recuerde.

—No. —Decido no mentir.

—Y te lo agradezco.

—¿El qué?

—Que no me mientas.

—¿Minicio lo sabía?

—Creía que no, aunque es difícil. Piensa que sus clientelas son extensísimas, tiene sus redes echadas por toda la ciudad y sus *suburbia*. Así que, conforme han ido pasando las semanas, empiezo a pensar que sí. Que sí lo sabía. Y que lo asesinó.

—Pero, en caso de ser así, él no hubiera podido... Rufo era más ágil, más joven, más fuerte.

Clodia me mira y aprieta los labios con rabia.

—Así es. Pero Minicio pudo contratar a un sicario. O echar mano de alguno de sus *clientes*. Lo cogieron por sorpresa en las cocinas o cerca. O de algún modo lograron engañarlo para entrar en aquel pasillo tan oscuro.

—¿Temes por ti?

—Antes, sí. Sobre todo en el momento en el que supe lo de Atilio. Ahora, no. Creo que ha sido Minicio. Y que a mí no me hará nada. Quiere que yo sufra.

—¿Quiere que sufras?

—Sí. Que lamente lo ocurrido. Que padezca por considerarme culpable de lo que le ha hecho a Rufo. Pero no va a suceder nada de eso. Durante estas semanas, sí, he llegado a pensar en todo eso. Incluso en... —hace una pausa breve, vuelve a morderse el labio— en quitarme la vida. Pero quizá es mejor pensar en algo más útil. Como la venganza.

Bebo el último sorbo de la copa, de modo que me he acabado otra. Clodia se ha dado cuenta. Hace un rato que ella también la ha acabado. Regresa a la mesita y trae con ella la jarra. Queda muy poco vino, lo suficiente como para llenar un tercio de cada una de las dos copas.

—Y ¿qué tienes pensado hacer?

—De momento nada.

Hay un silencio. Ambos apuramos las copas. Bebemos con ganas, con deleite.

Clodia está ahora sentada en el mismo borde de los pies de su lecho. Detrás de ella la cama aparece enorme y distante.

—Es una cama muy grande.

—Sí. Aunque suelo dormir sola. Minicio, como sabes, tiene su propio cubículo. Menos mal.

—¿Hace mucho que con él no...?

—Prefiero no hablar de eso.

—He visto cómo te habla, cómo te trata.

Noto mis sienes calientes, es un amago de ira, que logro controlar. Ese monstruo no merece estar vivo, en realidad. Y menos tener a Clodia en la misma casa en la que él respira o lo intenta.

—Has visto solamente una pequeña parte. Hace algunos años, pocos, encontré una solución, y es pasar la mayor parte del tiempo en la biblioteca. Me da la vida.

Clodia me mira. Se estira hacia abajo y deja su copa en el suelo. Acerca hacia mí su brazo derecho y toma la mía. Hace lo mismo que con la suya.

Se levanta. Da dos o tres pasos. Sigo sentado o más bien recostado en este asiento tan amplio que deja espacio a mis flancos y a mi espalda. Está seria. Muy seria. Frunce ligeramente el ceño.

Se sienta encima de mí. Me besa. Primero en mi barbilla. Luego en el cuello. Se detiene un buen rato ahí. Por un instante aparta su cara y me mira con fijeza. Me resulta casi imposible no hacer lo mismo con ella. Deseo besarla. Estoy perplejo. No sé qué hacer. Noga. Pienso en Noga. Debo levantarme.

Es lo que voy a hacer.

Intento incorporarme. Justo en ese instante, noto cómo las nalgas y los muslos de Clodia hacen fuerza hacia abajo, intentando oponer resistencia a que me largue de aquí.

Vuelve a besarme en el cuello. Su beso se traslada. Se detiene en mi labio inferior. No quiero emplear la fuerza para apartarla de mí. Solamente la justa para poder escabullirme. Voy a intentarlo de nuevo.

Cuando voy a comenzar a intentar incorporarme por

segunda vez, el beso ya no está en el labio inferior. Está dentro de mí. Clodia ha introducido su lengua en mi boca. Y yo no lo he impedido. Vuelvo a pensar en Noga.

Noto el sabor del vino, y también una mezcla de sensaciones amargas y dulces al mismo tiempo. Debe de ser el *papaver* y la mezcla en la que lo hayan tomado. Pero ella no está ni mucho menos inconsciente, sino lúcida. Muy lúcida.

Me ha gustado el sabor. El del vino en otra boca ya lo conocía, desde luego. No el del *papaver*. Me gusta.

Por un instante vuelve a retroceder. Una vez más, su rostro está frente al mío, las puntas de la nariz casi se tocan. Tiene los ojos cerrados. Los abre. Me mira fijamente. Clodia deja de oponer resistencia a que yo me vaya, sus muslos y sus nalgas ya no están tensas. Porque ya no hay nada a lo que oponerse. No intento irme de aquí. No deseo marcharme, sino quedarme.

Ahora soy yo quien beso sus labios. Y entro en su boca. Acaricio sus caderas y trato de apartar su vestido. No lleva nada protegiendo su sexo. Imaginaba que iba a encontrar alguna de esas finas prendas íntimas a las que los romanos son tan aficionados. Después de todo, nosotros también las utilizamos. Pero no hay nada.

Llevo los dedos de ambas manos hacia el interior de sus muslos. Ella hace lo mismo. Se aparta ligeramente para que ambos tengamos espacio. Deslizo con fruición mi lengua dentro de su boca. Y ella en la mía.

Para entonces, ambos nos hemos dado cuenta de que, desde hace un rato, aceleramos al mismo ritmo.

33

Clodia. Lucilia

Tulga se había largado poco después del polvo. Había estado bien. Muy bien. Pero nunca lo hubiera pensado. Nunca hubiera pensado que terminaría haciéndolo con el joven godo. Y más después de lo que había sentido por Rufo. Y de que lo asesinaran.

Le parecía que Tulga era un tipo muy atractivo. Igual que Agila. Eran godos, sí. Pero rezumaban nobleza, lealtad, optimismo, vitalidad. Y estaban muy buenos. Los tonos claros de sus cabellos, sus barbas, sus cuerpos poderosos. Todo eso le atraía. Lo había hablado con Cerena, y estaba de acuerdo. A ella también le parecía que pasar un buen rato con ellos debía de ser un gustazo.

Sin embargo, había algo más. Cuando hablaba con ellos, le daba la impresión de que entraba en un mundo sano. Sin malicia. Esa lealtad que le llamó la atención desde el primer día, esa amistad profunda entre ambos, le había conmovido. Y más cuando fueron pasando los días y las semanas. No había visto nunca algo así. Acostumbrada al cerdo, y a los otros cerdos de la ciudad, estos meses con Tulga y con Agila habían llevado una paz a la *domus* que a ella le empezaba a parecer necesaria. Y que echaría mucho de menos cuando se fueran, cosa que, al parecer, era inminente. No pensaba todo eso por haber follado con Tulga. Más bien era al revés. Había querido hacerlo con él porque todos esos sentimientos habían terminado provocando que sintiera la atracción. Era una consecuencia, no una causa.

Después del polvo, Tulga se había ido de inmediato. Pero había sido una decisión conjunta. Ambos estaban de acuerdo en que era lo mejor. Minicio podía presentarse en el cubículo. Especialmente si venía borracho de la cena en casa de Domicio. Que era lo más probable. Porque casi siempre venía borracho de las cenas en casa de los otros cerdos. Y solamente entonces el hijo de puta acudía al cubículo de ella. Aunque no podía hacer nada. No podía estando sereno, mucho menos borracho. Pero, aun así, intentaba abusar de ella. Ciertamente había aprendido, con los años, a evitar la violencia, al menos en parte. Dejaba que el otro creyera que hacía algo, y ya.

Había llegado a la conclusión de que era lo más rápido y lo más llevadero. Ojalá le dieran lo suyo a ese animal. Por cierto, no descartaba que Minicio fuera a que le dieran. Siempre lo había pensado. En el fondo, sospechaba que era lo que más le gustaba. Con lo cual ella ganaba terreno.

Así que Tulga se había ido. A ambos les apetecía mucho pasar la noche juntos. Abrazados. Ella no abrazaba a nadie desde Rufo. Y solamente en ratos cortos, porque siempre tenían que irse. Si no fuera por el cerdo, hubiera dormido con Tulga toda la noche. Seguro. Aunque ahora mismo eso le daba igual. O le importaba menos. Esa paz, esa tranquilidad, esa lealtad, esa amistad que había imaginado que encontraba en Tulga, podía ser una realidad. Le parecía que ya lo era.

Lucilia le había enviado un mensaje. Había llegado poco después del polvo con Tulga. Quería volver a verla, charlar. Pensó que, hablando de nuevas amistades y nuevas lealtades, era también el caso de Lucilia. Parecía que todo comenzaba a marchar mejor. Había encontrado dos nuevos amigos.

Claro que, a diferencia de Tulga, a quien tenía instalado nada menos que en la *domus*, a Lucilia no la veía todos los días. Por eso se alegró sobremanera cuando Cerena le pasó el mensaje que había traído uno de los sirvientes de Lucilia. Sí, era una nueva amiga. Le parecía que tenía profundidad, que era extraordinariamente inteligente, y que conocía la naturaleza humana. Lástima que tuviera que irse pronto. De modo que estaba decidida a frecuentarla lo máximo posible antes de que regresara a Arelate. Y quizá era recíproco, porque no de otra manera entendía el mensaje que acababa de recibir de ella.

Así que a primera hora de la mañana estaba allí.

—¡Clodia! ¿Cómo estás? —Lucilia la había recibido con una amplia sonrisa.

Había preparado ella misma unas bebidas con hierbas aromáticas. Toda vez que había dado la orden a sus sirvientes para quedarse a solas con Clodia, también fue ella quien sirvió la bebida. Añadió hielo. Clodia ya se imaginaba que Lucilia serviría bebidas frías, como la otra vez.

—Son hierbas de las montañas que quedan hacia el interior, por el nacimiento de estos pequeños ríos que desembocan cerca de la ciudad. Unos proveedores de Aniano las recolectan y las secan. Nos las han regalado hace unos días.

—Mmm, sí, están buenas estas mezclas. Mi esposo las adquiere a través de Lucio y Crescentina, pero en menos ocasiones de lo que debiéramos. Son refrescantes e incitan a la serenidad.

—¿Las tomas calientes en el invierno? Tienen propiedades para los fríos en la nariz y en la garganta.

—Sí, pero solamente a veces.

Ambas mujeres se miraron. Se apreciaban mutuamente. Se habían dado cuenta en la última ocasión.

—No creo que me hayas avisado para charlar sobre hierbas, Lucilia. —Clodia sonreía a su nueva amiga.

—No. Así es.

—Dime.

—Solamente quería saber cómo te encontrabas, cómo estás. Qué tal llevas lo de Rufo.

—Gracias, Lucilia. Estoy mejor.

—No hay novedades sobre su asesinato, ¿verdad?

—No. Ninguna. Al menos no he conseguido saber nada a través de Minicio y de los curiales que pasan por casa. Imagino que Aniano no sabe nada tampoco.

—No. Pero yo he estado pensando...

Clodia imaginaba lo que Lucilia iba a decir. Y hubiera apostado.

Cuando iba a Tarraco a proveerse de *papaver* y de libros, le gustaba apostar a cuestiones que luego le parecían inverosímiles. Sumida en sus momentos de libertad y de lejanía del cerdo, metida en *papaver* y en vino, apostaba a combates de hombres, a peleas de perros, a juegos de azar, a lo que fuera. A lo que encontrara en los barrios portuarios de Tarraco que tanto le habían salvado. Le habían salvado porque, en su inframundo, había encontrado una salida al infierno de su vida cotidiana. Hasta que decidió ir prescindiendo de ellos para recluirse casi por completo en la biblioteca. Y en sus amantes.

Y ahora apostaría a que sabía lo que Lucilia le iba a decir. Y hubiera ganado.

—Lo diré sin tapujos. Clodia, creo que Minicio ordenó la muerte de Rufo.

—¿Qué?

No sabía si confesarle que ella había llegado a la misma conclusión de un modo definitivo. Dejó que Lucilia continuase.

—No veo otra posibilidad. Rufo no era importante, entiéndeme bien, en el juego político local. En parte porque él mismo lo había decidido. Alguna vez lo he hablado con Aniano, y eso me ha dado a entender. Sabes que, aunque mi esposo no pertenece a la curia y apenas vivimos aquí, está muy bien informado.

—Sí, lo sé.

—Si Rufo no era relevante en las peleas políticas de esta ciudad, no hay otro motivo. Ni otro posible autor. Fue Minicio. Encargaría el asesinato a algún *cliens* suyo. Seguro. Sabía que habría mucha gente en la fiesta y que nuestra casa de aquí no es muy grande para albergar a tantos invitados. Sabría, por tanto, que habría ocasión. Como así fue, claro.

Clodia dejó la bebida encima de la mesa. Había dado unos sorbos para no violentar la hospitalidad de Lucilia. Pero le parecía que estaba demasiado cargada de hierbas. Y le resultaba muy amarga.

Casi tanto como el tema que estaban tocando. Sí. Hubiera ganado la apuesta.

—El propio Rufo me lo había dicho. No le interesaba la política. Sí en su juventud, pero ahora ya no. En realidad, odiaba a buena parte de los curiales porque pensaba que se mordían unos a otros y que la ciudad hacía tiempo que estaba colapsada.

—Luego tienes la misma idea. —Lucilia se levantó, y movió las manos hacia arriba de una manera impetuosa.

—Sí, Lucilia, yo también lo creo.

Clodia estaba pensando contarle lo de Tulga. Pero decidió no hacerlo. Al menos por el momento. Quizá nunca volviera a suceder y quedar en algo precioso, pero efímero y entre ellos dos. Para siempre. Decidió concentrar sus pensamientos en el tema del asesinato. Sí, creía que Lucilia tenía razón.

—No tenemos ninguna prueba, claro. —Lucilia estaba verdaderamente nerviosa.

Que Clodia le hubiera confesado que también tenía su misma sospecha le había dado energía para buscar los puntos oscuros del asunto. E intentar aclararlos. Había visto en aquella mujer la dignidad de una persona condenada a una existencia dominada por un monstruo, uno de aquellos tipos que realmente eran parásitos.

Una de las cosas que admiraba en Aniano era precisamente todo lo contrario. Aniano desprendía vitalidad, emprendimiento, inteligencia. Se habían conocido en Arelate. Él había nacido en la gran ciudad de las Galias. Ella procedía del norte, de Tréveris. Se había criado en la ciudad que un día había sido una de las capitales del Imperio por causa de las campañas militares de los generales de los emperadores. Hija de un burócrata imperial, a su padre le habían terminado mejorando el destino. Cuando llegaron a Arelate, su padre la envió a los mejores profesores.

Y en ese ambiente conoció a Aniano.

Él ya por entonces pasaba la mayor parte del tiempo en Italia. Había hecho mucha fortuna con sus negocios, que, en esencia, consistían en llevar y traer mercancías entre Occidente y Oriente. Al poco de conocerse, las dos partes del Imperio se habían dividido a la muerte de Teodosio. Eso, paradójicamente, convirtió a Aniano en un tipo inmensamente rico. Porque solamente los más hábiles hombres de negocios entendieron a qué puertas debían llamar para continuar comerciando con vino, con especias, con aceites, con tejidos, con joyas...

A diferencia de otros, que compraron a muy bajo precio las *societates* de quienes no pudieron hacer frente ni a las crisis políticas ni a las penetraciones de bárbaros tanto en Oriente como en Occidente, y que echaban a la calle a la mayor parte del personal para abaratar los costes, Aniano actuó de otra manera.

Sí. También compraba a bajo precio, en particular *societates* navieras y de transporte terrestre. Pero mantenía a los empleados. Al principio ganaba menos que sus colegas que habían dejado solamente a una décima parte de operarios. Pero, con el tiempo, lograba mantener las *societates* y ganar mucho más, porque se imponía a las otras.

A veces, incluso, terminaba haciéndose con las que los otros habían gestionado de la otra manera. A Lucilia no le extrañaba en absoluto que Aniano fuera querido por sus operarios, sus dependientes, sus intermediarios, sus gestores. Toda la red de personas que le representaban y que actuaban por él en numerosas provincias de las dos partes del Imperio.

No solamente lo admiraba. También lo amaba. Aniano y ella tenían una profunda complicidad. Se entendían con cada gesto, con cada broma o con cada inicio de discusión. Hacían el amor con frecuencia. Aunque los viajes eran cada vez más numerosos. Y más largos. Por eso recibió con una gran alegría la posibilidad de acompañarle a Barcinona. No porque le apeteciera ir a la ciudad, en la que habían comprado una pequeña casa ante la posibilidad de ampliar negocios en la zona. No, la ciudad no le interesaba en absoluto. Lo que quería era estar con él.

En los últimos dos años, no sabía muy bien por qué, Aniano había aumentado sus viajes hasta el punto de que casi ni se veían. Así que, cuando surgió lo de ir a Barcinona, ella no lo dudó. Además, al principio él le dijo que serían unos pocos días y que no merecía la pena que fuera con él a una ciudad tan irrelevante. Luego, cuando le comentó que era probable que tuviera que estar unas semanas, quizá meses, ella insistió en acompañarle. Claro que todo tenía sus puntos negativos. Suponía dejar a su hijo en Arelate. Pero esos meses entraba en la fase definitiva de su formación. Y los maestros habían recomendado que quedara poco menos que recluido con ellos. Aquello costaba una fortuna. Que afortunadamente podían permitirse. De modo que el viaje a Barcinona era como una suerte de reencuentro de la pareja.

La gestión de las propiedades, de las casas, de las fincas, de las *societates*, había mantenido en los últimos dos años a Aniano casi por completo en Italia. Y ella no estaba dispuesta a que ocurriera eso mismo ahora en su pequeña casa de Barcinona. Después de todo, no comprendía muy bien por qué una ciudad tan pequeña, encerrada en unas murallas desproporcionadas, había atraído tanto la atención de su esposo.

Luego él se lo explicó. Los negocios se iban a multiplicar por veinte, por cuarenta, con los nuevos acontecimientos en Hispania. Y él quería estar allí. Al menos al principio. Barcinona, con el rey godo y sus nobles dentro de la ciudad, era un punto de arranque perfecto para estar a tiempo en el comienzo de los cambios que iban a hacer de Hispania, según le había explicado Aniano, un nuevo horizonte de negocios para él, para su familia, para sus *societates*, y para todos sus operarios.

Así que, mientras pensaba en Aniano, encontraba más contraste con el monstruo que tenía que padecer aquella mujer tan hermosa, tan digna, tan inteligente y culta. No le extrañaba en absoluto que Clodia se hubiera estado acostando con Rufo. Podría hacerlo con cualquier hombre o mujer que quisiera en aquella ciudad. Lucilia pensó que en otra más grande ocurriría lo mismo. La belleza y la personalidad de Clodia desatarían pasiones en Arelate y en las principales ciudades que ella misma había conocido, y en otras de las que le había hablado Aniano.

Así que estaba decidida a ayudarla. A buscar alguna prueba, algún indicio fehaciente que mostrara que Minicio era un asesino. Que había ordenado que liquidasen a Rufo. Con eso, lograría hacer justicia en los dos sentidos. Acusarían formalmente a Minicio, y Clodia se libraría de él.

—No sé cómo, pero intentaremos encontrar indicios, Clodia.

Lucilia miró hacia el suelo, como buscando ahí la respuesta al dilema que se les planteaba.

—Yo tampoco sé cómo. Me he llegado a plantear decírselo abiertamente. Y estudiar su reacción. Pero cuando lo tengo delante en lo único que pienso es en encerrarme en mi biblioteca.

Crescentina iba de un lado para otro. Igual que Lucio. Les ayudaba su hijo, que aunque no tenía muchas luces, o eso se decía a sí misma, al menos era trabajador. En eso sí había salido a ellos el niño. Ahora ya era un muchacho. Pronto habría que ver con quién andaba y, sobre todo, con quién podía casar.

Todos los esfuerzos de Lucio y de ella por fin habían valido para algo. Estrenaban casa. Adiós al cuchitril. Lo prometido por Minicio se había cumplido. Ahora bien, con creces. Con demasiadas creces. Nunca hubiera pensado que la nueva casa iba a ser una *domus*. Muy pequeña, quizá la más diminuta de Barcinona. ¡Una *domus*! Nunca lo hubiera imaginado.

Sí, habían acertado con su *patronus*. No tenía ya ningún problema de conciencia. Si Lucio estaba implicado en el asesinato del Rufo ese, pues peor para el curial. Ya no iba a preguntar más a su esposo si había tenido algo que ver. Aunque ella estaba segura. Desconocía los motivos. Y no quería saberlos. Los motivos del asesinato, claro. La causa de que Minicio quisiera sacarse de encima a ese figurín. Porque lo quería eliminar, eso estaba claro. Ella lo sabía. Estaba segura. Y cuando estaba segura de algo, se convertía en verdad. Siempre había sido así. Tanto que Lucio le preguntaba a ella para saber cualquier cosa. A nadie más. Bueno, a Minicio también, claro.

Con la crisis, Minicio había logrado comprar a precio de baratija varias *domus* de los barrios del sur de la ciudad, junto a las murallas y a la puerta meridional. Y el cabrón de él las había dividido en otras más pequeñas. Y había logrado buenos alquileres para los tiempos que corrían, multiplicando la ganancia.

Hacía unos días que les había regalado esta. Sí. Regalado. Cuando le fueron a preguntar el precio del alquiler, el seboso, porque seguía siendo un seboso, se lo dejó bien claro.

—Ssshhh, alquiler, dice... Me puedo permitir este regalo. Quiero hacerlo. Habéis sido muy leales. Y lo seguiréis siendo, ¿verdad, Lucio?

Crescentina recordaba aquel diálogo como si fuera ahora mismo. Habían pasado dos o tres días, pero en su mente era como si transcurriera ahora, mientras iba colocando unos muebles que también Minicio les había regalado. El énfasis que el *patronus* había puesto en la palabra «regalo» era para ella el síntoma más claro de que Lucio estaba metido hasta las cejas en el asunto de Rufo. Pero tenía claro que no lo iba a remover.

Veía a Lucio empujar un armario hacia la pared, mientras ella disponía ropas de cama. Después de todo, no se había equivocado con Lucio. Ambos procedían de los *suburbia* de Barcinona. Él de los portuarios, ella de los del interior. Se habían conocido de muchachos, porque los padres de ella comerciaban con productos de huerta con los de él, que colocaban los pescados que no habían logrado vender a los aristócratas de la ciudad. Siempre hacían lo mismo. Apartaban los mejores pescados para el mercado de intramuros, y los peores para los hortelanos de los *suburbia* del interior.

Así fue como se conocieron, prácticamente de niños, o ya en su adolescencia. Lucio, que era hijo único, cargaba con las cajas de pescados más pequeños; su padre y sus tíos, que no tenían hijos, con las de los más grandes. La familia de Crescentina, sus padres y sus tres hermanas, cambiaban los pescados por las peores verduras y hortalizas. Que no eran malas. Ella pensaba que de aquellas vegas no salía nada malo. Bueno, salvo el genio de su madre.

Ahora, pasados tantos años, lo sabía. Era consciente de que su propio mal carácter, porque sabía que lo tenía, procedía de su madre.

Y que solamente hubieran tenido un hijo era cosa de Lucio, de su familia. Por lo que fuera, esa gente no producía hijos. Se decía a sí misma que no porque no fornicaran. Claro que ahora no lo hacían nunca. Lucio ya, el pobre... Si se la encontraba para orinar ya tenía que estar contento. Y ella, para qué engañarse a sí misma. Se decía a veces que la sequedad le provocaría dolor en el caso de que el flojo de su marido se le acercara. Pero no iba a pasar. Ya no.

También se decía a sí misma que eso era reciente. Que no siempre había sido así. Y que sí habían fornicado. Y mucho. Sobre todo cuando, al crecer, sus familias les encargaban los repartos dentro de la ciudad. Eso había sido bastante antes de su matrimonio. Ella y Lucio buscaban rincones en las vías de acceso a la ciudad tanto desde el interior como desde el puerto. Y claro, ellos conocían los arbustos del entorno de las vías como la palma de la mano.

No, lo de un solo hijo no fue porque no se arrimaran. Fue por cosas de esas que no podemos entender. Que se nos escapan. Pero sí, esa debía de ser la explicación de que no hubieran tenido ya más hijos. Estaba segura. Y, como siempre, si estaba segura, es que era verdad.

Que Minicio les hubiera regalado la *domus* no podía tener otra explicación. Lucio fue uno de los que se cargó a Rufo. Pues bien. Allá con los problemas de conciencia. Ella no era muy creyente, pero quizá los clérigos tenían razón y Dios perdonaba los pecados. No, mejor que no se confesara. Que nadie supiera que era un asesino, o que había ayudado a un asesino. Pero si le confesaba a Dios en su intimidad que lo había hecho, quizá semejante pecado le fuera perdonado.

El patio de su *domus* era de risa, si lo comparaba con los de las *domus* a las que acudían a trabajar para preparar las comidas opíparas habituales en las fiestas de la oligarquía local. En realidad, se notaba mucho que era un cuarto de lo que antiguamente había sido. Los obreros habían hecho un buen trabajo para Minicio, había que reconocerlo. Además de una cocina que, pensó, no era gran cosa, pero suficiente para ellos, había dos habitaciones, una para el matrimonio y otra para el muchacho. Con una letrina en medio.

Al entrar en la diminuta *domus* y comprobar que tenía una pequeña letrina, no tardó mucho en usarla. Se sentó encima del agujero circular. Bueno, no era del todo circular. Los rebordes estaban muy mal trazados. Pero le dio igual. Le pareció un lujo. Qué suerte tenían aquellos potentados. Podían resolverlo todo, incluso eso, en su casa. Sin ir a las cochambrosas letrinas públicas, o sin hacerlo en un rincón de la calle que ya tenía pillado porque sabía que allí no la veían.

Sí. Todo lo que había soñado se estaba empezando a cumplir. Minicio había cumplido. Y tanto. Y el servicio extra que Lucio le había prestado había tenido un premio maravilloso.

Porque lo había hecho. Estaba segura.

34

Tulga

Estamos en el cubículo de Agila. Se ha tumbado encima de la cama. Está claro que los acontecimientos están complicándose.

La muerte del niño ha sido un golpe duro. Fredebado lo había dejado claro desde hacía muchos meses, desde que se supo que Placidia estaba embarazada. El niño iba a ser una pieza clave en las negociaciones con el Imperio y, con el tiempo, podría ser la esperanza de un tiempo de paz entre romanos y bárbaros. De un nuevo mundo. De esa Gothia que no entrara en conflicto con el Imperio, como había adelantado Ataúlfo en uno de sus discursos en Narbona, poco antes de que tuviéramos que venir hacia Barcinona. Idea que una y otra vez repetía Fredebado. Y en la que creía Agila.

Aún estoy aturdido por lo que ha sucedido. Nunca lo hubiera pensado. Y me debato entre dos pensamientos. Mis contradicciones, que pelean una contra otra. Por un lado siento culpa. He traicionado a Noga. No se lo merece. La distancia es de unas pocas millas. Y, sin embargo, ahora mismo ella me parece lejanísima.

Por otro, estar con Clodia ha sido maravilloso. No ha sido un polvo cualquiera. Quizá por eso tengo esta pelea interna desde que he salido de su cubículo. No, no ha sido un polvo como cualquier otro.

En las juergas del asedio a Roma, Agila y yo estuvimos con bastantes chicas. Fueron casi tres años de asedios y, aunque yo era muy joven, Agila me introdujo en el sexo, llevándome a casas de prostitutas y a reuniones en las que cada uno acabábamos con una o con dos chicas. Eso sucedió muy a menudo en Italia, tanto en los años de asedios a Roma como en los meses posteriores, antes y después de la muerte de Alarico.

Y también cuando nos marchamos de allí bajo la jefatura de Ataúlfo y fuimos a las Galias. Para entonces yo ya estaba con Noga. Agila me explicaba que no traicionábamos ni a Nigidia ni a Noga. Que es habitual entre los nobles godos que tengamos sexo con otras chicas. Pero son efímeros, son polvos aislados. En el instante en el que Clodia ha dado esos dos o tres pasos desde los pies de la cama hacia la amplia silla en la que yo me encontraba, antes incluso de que se sentase encima de mí, intuía lo que iba a pasar. Lo que podía representar. El calado que podía tener en mí.

Ignoro si en ella. Pero en mí, lo tiene.

Agila sigue tumbado encima de la cama. En silencio. Ha venido muy preocupado. Se da cuenta de que estoy deseando escuchar. Saber qué ocurre. Cómo están Ataúlfo y Placidia. Qué se ha decidido, si es que se ha decidido algo.

—He visto al rey más afectado de lo que pensaba. Placidia está hundida. El bebé estaba débil desde el mismo momento del parto, pero...

—Se pensaba que podría salir...

—Muchos lo pensaban, sí. Otros, como Guberico y sus secuaces, imagino que habrán hecho oraciones tanto a Jesucristo como a los dioses ancestrales para ver si el niño no remontaba.

—¿Temes que hagan algo?

—Puede ser. Pero no; en la práctica, Sigerico es muy calculador. No creo que dé un paso al frente.

—¿Qué estaban haciendo ambos ahora?

—Placidia no llora. Incluso ayuda a consolar a sus sirvientas, las pocas que tiene y que trajo desde el saqueo de Roma. Es una mujer muy fuerte. Saldrá de esto. Me preocupa más el rey. No pronuncia palabra alguna. Se dedica a cuidar él mismo de los caballos. Como lo oyes. Él en persona. Parece obsesionado. Desde que se los han traído se encierra en las caballerizas que han habilitado.

—Bueno, quizá es una buena idea.

Agila se incorpora del lecho. Percibo en su rostro y en su expresión sombría una inquietud que trata de aminorar con una falsa sonrisa.

—Sí, estoy de acuerdo. Se le ocurrió a Wilesindo traer dos o tres de los mejores caballos del rey e instalarlos en una de las viviendas vacías. Ha sido un acierto. A Ataúlfo le ha parecido muy bien, porque necesita airearse, hablar con sus caballos, que es una de sus aficiones preferidas. Las malas lenguas entre algunos nobles dicen que habla demasiado con ellos. Y que el hecho de que no estuvieran dentro de la ciudad en estos meses le ha sacado de quicio. No creo que sea verdad. No lo es.

Agila suspira y se vuelve a tumbar encima del lecho, colocando su brazo izquierdo flexionado sobre su frente.

Necesito decírselo. No puedo masticar yo solo mi tensión durante mucho tiempo más. Además, Agila me aconsejará bien. Me arriesgo, eso sí, a una bronca importante. Ya lo estoy imaginando.

«Pero ¿qué has hecho?»

«¿Cómo se te ocurre?»

«¡Si estabas muy apretado haberte ido a uno de los

lupanares de los *suburbia*! También hay dos o tres en las calles cercanas al foro. Tulga, eres un imbécil.»

«A ver qué dice Noga de esto. Porque tendrás que decírselo.»

Allá voy.

—Agila... Tengo que hablar contigo.

No se inmuta. Continúa con el brazo sobre su frente.

—Sí, claro.

—Creo que esto no te va a gustar nada. Lo que tengo que decirte, quiero decir.

Lleva el brazo a su cadera, luego al lecho y sobre él va incorporando su cuerpo con parsimonia. Se vuelve hacia mí y se sienta en el borde. Conozco esa mirada. Ahora mismo está inquieto por lo que le vaya a contar.

—Agila. —No sé cómo empezar. Joder—. He hecho algo. No te va a gustar.

—Me estás empezando a asustar. Y no estoy para sustos. Dime de una puta vez qué has hecho, Tulga.

Tomo aire.

—He estado... He estado con Clodia.

—¿Cómo que has estado con Clodia? ¿No se te habrá ocurrido...?

—Sí.

Silencio. Agila mira hacia el techo. Respira profundamente.

—¿Cúando? ¿Cómo ha sido? ¿Aquí? ¿En este cubículo? Cuéntame los detalles. No por morbo, sino porque necesito saberlo antes de contestar.

Intento memorizar las preguntas de mi amigo. Me cuesta porque estoy aturdido. Sí, me cuesta enfrentarme a Agila, contarle cuestiones que son profundas o problemáticas. Y es lo que me está sucediendo ahora mismo. Pero confío en él. Aunque me insulte o me deje apartado. No me extrañaría nada que me envíe al campamento. Nada en absoluto. De hecho, desde que salí del cubículo de Clodia imaginaba que iba a ser la decisión que va a tomar ahora mismo Agila en cuanto sepa el asunto.

—Anoche. Minicio estaba en la cena de Domicio, y tú en la casa de Titio con Ataúlfo y Placidia y los otros nobles. —Hago una pausa. Intento recordar las preguntas de Agila. Me cuesta mantenerle la mirada, pero lo logro—. No. En el de ella. Uno de los africanos y la muchacha, Cerena, lo saben. Me vieron entrar. Clodia le dijo al africano que me llevara a su cubículo. Empezamos a hablar. Yo sentado en una silla enfrente de su cama. Y ella vino a sentarse encima de mí. Y así fue.

Otro silencio. Agila permanece pensativo. Se levanta y camina en círculo, muy despacio, como buscando las palabras en cada paso que da.

—Tulga, Tulga...

Me temo lo peor. Cuando dice mi nombre es que está realmente enfadado. El problema no es tanto el enfado, sino la consecuencia. Que me aparte de él por un tiempo. Que me envíe al campamento. O algo peor. No sé. Noto el sudor en mis manos.

—A ver... No ha habido fuerza en ningún caso. Eso espero.

—No. Por supuesto. Ha sido mutuo.

—Eso es muy importante. No te imagino forzando a una mujer. Y menos a la de nuestro anfitrión. Y menos en un momento crucial en las negociaciones con el Imperio. ¡Y menos recién fallecido el bebé de nuestro rey y de la hermana del emperador! Y menos... —Agila se está encendiendo por momentos.

—Sé que no debía hacerlo. Sé que ha sido un error. Un error doble. Una traición a Noga. Y a ti. Te he fallado, Agila.

—Bueno, vamos a estudiar el asunto por un momento. Con calma. —Vuelve a sentarse—. Lo sucedido con Clodia, si lo controlas, no tiene por qué alterar las negociaciones. En absoluto. La cuestión es que el tema no vaya a más. —Sostiene las palabras en el aire mientras me escruta con su mirada felina. Esa mirada que le he visto poner en decenas de ocasiones combatiendo con enemigos o analizando a sus rivales entre los nobles godos.

—Pues...

—Espero una respuesta, Tulga.

—Clodia y yo no tenemos nada, Agila. Pero...

—Pero ¿qué?

—Pero no estoy seguro. Ella y yo nos respetamos mucho mutuamente. Y me parece que empezamos a tener una confianza muy plena. Y...

—Y, ¿qué?

—Una confianza plena y preciosa.

Agila sonríe. No es una sonrisa forzada. O eso me parece.

—Probablemente, estás esperando que te envíe directamente al campamento. Que te envíe con Noga. Y eso con suerte. ¿No?

Ha acertado. Siempre acierta. A veces pienso que me conoce mejor que yo. No contesto. Pero aprieto los labios y asiento levemente con la cabeza.

—Pues bien. Nada de eso va a ocurrir.

He debido poner un gesto de sorpresa muy impactante, puesto que Agila levanta su mano derecha con la palma hacia mí, como pidiendo calma.

—No. No va a ocurrir. No voy a hacer nada de eso.

Guardo silencio.

—Seamos sensatos. Tú controla bien lo que haces con Clodia. Intenta no volverla a ver. A solas, quiero decir. Como os pille Minicio, entonces sí podríamos tener un problema. En todo lo demás, no te preocupes. Estas cosas pasan. Pero a mí me toca ahora mismo valorar todos los resquicios políticos de cualquier cosa que pueda ocurrir dentro de las setenta y tantas torres de las murallas de esta ratonera. Todo lo demás ahora mismo me es indiferente.

Sigo en silencio.

—Tulga, sabes que confío en ti. Absolutamente. A muerte. Sabes todos los pasos que estamos dando. Te tengo al tanto de todo. Estoy haciendo contigo lo que hizo Fredebado conmigo, y Becila con él. ¿Lo entiendes, verdad?

—Sí. Desde luego. —Noto emoción en mis ojos, en mi garganta, y en mis palabras.

—Tengo que manejar muchas cosas, Tulga. Y tú eres muy importante para mí. No puedes dar pasos en falso ahora. Es un momento crítico. Nuestras tropas estarán preparadas si el Imperio quiere que entremos hacia el interior de Hispania y hagamos frente a suevos, vándalos y alanos. ¿Te das cuenta?

—Sí.

—Confío en ti. Eres la siguiente generación. Estás llamado a estar entre los principales en su momento...

Guardo silencio.

—No hace falta que diga nada más, ¿verdad?

—No.

Agila da unos pasos firmes, se acerca a mí y me abraza. Es un abrazo largo, sentido.

Me doy cuenta de que llora.

Agila está llorando.

35

Gregorio. Modesto. Sigesaro

La mañana era extremadamente calurosa. Sin embargo, dentro de la iglesia no se estaba mal. Gregorio se maldecía a sí mismo por estar tan entrado en carnes y por sudar a chorros. Ya de niño había sido un poco glotón. Pero llevaba unos años en los que no comía ni la mitad que antes. Las labores en las obras de la iglesia le habían hecho llegar a casa siempre exhausto, buscando el lecho con denuedo. No cenaba. Y el desayuno era muy frugal. Así que no entendía cómo estaba igual de gordo que antes.

Había llegado algo más tarde que otras veces.

Los operarios ya trabajaban sobre andamios tanto en el exterior como en el interior. Se trataba de alzar los muros, elevarlos casi al doble de la altura que la iglesia tenía hasta ahora, que era la adecuada a las *domus* que la familia de Modesto y alguna otra de su rama colateral habían cedido a la autoridad episcopal de Barcinona para que se hiciera la primera iglesia intramuros y se adecuara el entorno.

Hasta entonces había algunos pequeños oratorios en los *suburbia* con funciones funerarias, pero que permitían a la comunidad cristiana reunirse y orar a Jesucristo y a sus mártires. Desde que las persecuciones habían terminado y, sobre todo, cuando se vio claro que el Imperio se decantaba por el cristianismo, los ancestros de Modesto habían cedido las casas para levantar la primera iglesia dentro de las murallas.

Ahora se trataba de ampliarla como correspondía al triunfo absoluto de la rama católica que, dentro del cristianismo, se había impuesto de la mano de Teodosio y, ahora, de su hijo Honorio.

Modesto quería ser el patrono de una de las mejores iglesias de las *civitates* de Hispania. Y estar así en primer lugar para cuando los pactos con los bárbaros dieran lugar a nuevas consecuencias que solamente los más inteligentes, como él, barruntaban.

Porque estaba claro. Él era mucho más listo que todos sus compañeros de la curia. El jodido Minicio lo sería en los negocios. Eso era difícilmente discutible. También Apolonio valía para eso. Pero él, Modesto, les ganaba a todos en estrategia más allá de los *solidi* inmediatos.

Había mucho más en juego. Modesto se decía a sí mismo que, mientras ellos solamente pensaban en importar más vino o en exportar más aceite, o en ampliar sus larguísimas listas de *clientes* que hacían todo lo que sus *patroni* les pedían, él estaba en otras cosas. Estaba en impedir que otros discursos, que otras versiones de las cosas, pudieran amenazar lo que consideraba que era ya una hegemonía ganadora. Ahora se trataba de hacerla invencible.

Cuando Gregorio llegó a la iglesia se encontró con algo que no esperaba en absoluto. Desde luego, no le extrañó encontrar allí a Modesto y a Fulgencio, el presbítero de más peso dentro del clero local. Muchos decían que estaba llamado a ser obispo y seguir la estela de los últimos prelados de la ciudad, Paciano y Lampio. Pero de momento nada estaba decidido. Modesto era el principal patrono de las obras, y Fulgencio era algo así como la cabeza del clero en ausencia de obispo, así que era una de las habituales visitas de ambos a las obras.

Lo que verdaderamente extrañó a Gregorio fue comprobar que también estuviera presente Sigesaro, el obispo arriano de los godos. Lo había visto varias veces en la iglesia en los últimos meses. Sin embargo, no le había oído hablar hasta el discurso en el funeral del pequeño Teodosio. Y le impresionó su claridad, su capacidad retórica, y el contenido de lo que aquel godo dijo. El simbolismo de la esperanza política que había despertado el pequeño en la posible unión de romanos y de godos, se unía, en las palabras de Sigesaro, a la religiosa, entre católicos y arrianos. A Gregorio aquel discurso le había sonado a música celestial, a la añorada paz política y religiosa. Le había entusiasmado.

—¡Ah! Gregorio, buenos días. —Fulgencio alzó la cabeza y estiró su espalda. Era un hombre fuerte y daba una sensación de poderío y fuerza. Se volvió hacia el obispo godo—. Sigesaro, es Gregorio, uno de nuestros diáconos. Ponnos al tanto de cómo va todo.

El tono autoritario de Fulgencio disgustaba a Gregorio. Pero, por descontado, era su superior jerárquico. Dirigió su respuesta al obispo godo, toda vez que el presbítero era lo que le estaba pidiendo. Era una suerte de demostración de fuerza frente al prelado hereje.

—Bueno, Fulgencio conoce bien los detalles. Lo esencial, Sigesaro, que puedes conocer ahora mismo es que estamos alzando el muro norte, y más hacia el norte aún vamos a ampliar para construir un aula episcopal. Una especie de residencia para el obispo de la ciudad y un lugar en el que pueda recibir a los fieles y a las autoridades.

El obispo godo parecía fuertemente impresionado. Era un hombre mayor, casi anciano. Los cabellos blancos, que un día fueron rubios, caían por los laterales de su cara hasta la altura de las mandíbulas. Cargaba con ojeras muy marcadas, y sus ojos eran pequeños y muy claros.

—Os felicito, hermanos. Aunque discrepemos en la naturaleza de Jesucristo, creemos en Dios, somos cristianos todos. La ciudad va a tener una iglesia grande y un complejo para su pastor. Esperemos que, si algún día nosotros podemos asentarnos perennemente en algún sitio, podamos construir templos y espacios como estos.

—Discúlpame, apreciado obispo. No he comentado que estamos ampliando también el baptisterio.

—Al final hemos decidido que pase de su planta actual cuadrangular a una octogonal, mucho más bella y exuberante —añadió Fulgencio henchido de orgullo. Miraba a Modesto, interpelándole.

—La actual ha servido durante décadas, pero hora es ya de ampliarla —afirmó el diácono con rotundidad.

—A pesar de lo ocurrido... —Sigesaro cerró ligeramente sus párpados, con lo que el cariz de su mirada adquiría tintes afilados que no pasaron desapercibidos a ninguno de los otros tres hombres.

—Sé que hay rumores. Que en muchos cenáculos de la ciudad se me acusa del asesinato de Atilio. Ese tipo era un malnacido. Un idólatra. Pero yo no le maté. Y tampoco ordené a nadie que lo hiciera. —Mientras hablaba, Modesto alzaba la vista contemplando a los obreros que trabajaban en la parte alta del muro septentrional.

—Gregorio, tengo entendido que fuiste tú quien descubrió el cuerpo de ese desdichado, ¿no es así? —Sigesaro suavizó su mirada cuando se dirigió a Gregorio, algo que el diácono agradeció en sus adentros.

—Así es. Me dirigía a limpiar el entorno de la piscina bautismal. Y allí me lo topé. Le habían cortado las manos y la cabeza.

—Sí. No os sorprenda que conozcamos vuestra Historia. El mismo castigo que los sicarios de Marco Antonio propiciaron a Cicerón, ¿no es así? —apuntó el prelado godo.

—Eso cuentan —contestó Fulgencio con desdén.

A Fulgencio no le interesaba en absoluto ese detalle. No pretendía que el asunto fuera a mayores, puesto que su gran proyecto era o bien culminar o bien, como mínimo, avanzar en las obras de la iglesia y el baptisterio cuanto antes.

Alguien tendría que capitalizar semejante triunfo. Y tenía claro quién iba a ser. Ya lo había hablado con Modesto. El curial movería los hilos necesarios entre la comunidad de fieles; para eso tenía predicamento entre los sectores más católicos del *populus*. Y el propio Fulgencio ya estaba trabajando su designación con otros obispos de la Tarraconensis y, en particular, con el metropolitano de Tarraco. Después de todo, la provisión de obispo dependía de una suerte de simbiosis entre la voluntad popular y las entretelas eclesiásticas.

Y, a esas alturas, Fulgencio creía tener todas las posibilidades. Pero nada debía perturbar su plan. Así que recibió la noticia del asesinato de Atilio con pesar. No porque el personaje le mereciera simpatía. Le resultaba odioso, abominable. De hecho, en su fuero interno se alegraba de su muerte. Uno menos. Uno de los más peligrosos, además. Lo que le inquietaba era que el escándalo pudiera alterar el plan de obras. Pero entre él y Modesto se habían encargado en las últimas semanas de controlar el asunto. Las obras iban bien.

Fulgencio se decía muchas veces a sí mismo que el gordo de Gregorio era un tipo manejable. Lo usaría hasta que estuviera encumbrado como obispo, momento en el que pretendía renovar el clero de la ciudad, al menos el más cercano a él. Ya lo enviaría a alguna pequeña iglesia de los *suburbia*. Menudo patán. Pero de momento le era útil. La verdad es que llevaba bien el tinglado de las obras.

Aunque, para sus ambiciosos planes, que tenían como destino final ocupar algún día la sede metropolitana eclesiástica de la Tarraconensis, necesitaría clérigos más agresivos. Clérigos que comprendieran que se debían dejar la piel por su *pater*. Para preparar el asalto nada más y nada menos que a Tarraco. Pero todo a su debido tiempo. De momento había que conseguir el obispado de Barcinona.

—Sigesaro, estaría bien que hablásemos un poco sobre tu discurso fúnebre en honor al pequeño Teodosio. —Gregorio percibió con claridad que Modesto deseaba cambiar de tema. Estaba manifiestamente incómodo con el asunto del asesinato de Atilio.

—Cuando lo desees. —Sigesaro cruzó sus dedos y puso sus manos delante de su panza, que era prácticamente inexistente.

—Resulta enternecedora tu llamada a la concordia entre arrianos y católicos. —El tono irónico de Modesto no pasó desapercibido ni a Fulgencio ni a Gregorio.

—¿Qué quieres decir, curial? —Sigesaro estaba dispuesto para la batalla.

Al prelado godo no le asustaba Modesto. Se había enfrentado con otros «Modestos» en el Ilírico y en Italia, siendo clérigo. Y luego en la Galia, en ciudades como

Burdigala y Narbona. En numerosas fiestas le habían interpelado con descarada intención de desdoro algunos de esos «Modestos», aunque más ricos, influyentes, y poderosos que el de Barcinona que ahora tenía delante.

Así que no le tenía ningún miedo. A pesar de que estaba convencido de que era el asesino de Atilio. No sabía si también de Rufo. Pero desde luego lo era de Atilio. Aunque ahora se hiciera el despistado, se había ocupado de recabar las informaciones más detalladas a las que pudo acceder a través de nobles como Wilesindo y Agila. Ese Modesto era un pájaro de cuenta. Y su enfrentamiento con Atilio en la curia venía de lejos. De muy lejos. Estaba claro que el tal Atilio era un idólatra. Pero Modesto se había enfrentado a él de malas maneras, perdiendo el necesario decoro que a Sigesaro le parecía irrenunciable si de discutir de religión se trataba.

Estaba convencido de que algún día llegaría una especie de unión entre romanos y godos. En eso coincidía con Ataúlfo. Estaba justamente al lado de este en el discurso que el rey dio en Narbona, en el que anunció que abandonaba cualquier veleidad de conquista del mundo romano, para disgusto de algunos de los nobles godos presentes en aquella velada.

Les llamaban «arrianos» por tener serias dudas sobre la naturaleza divina de Jesucristo, y por cuestionar la relación esencial entre el Padre y el Hijo. Aquello que Arrio había defendido hacía un siglo. Pero, al menos eso pensaba Sigesaro en su propio caso, sus convicciones cristianas eran sinceras. Se lo decía a sí mismo en los momentos críticos en los que sus planteamientos religiosos parecían venirse abajo.

Porque Sigesaro dudaba. Como creyente. Como cristiano. Dudaba. Pero siempre salía fortalecido en sus convicciones. Las crisis le hacían más fuerte. El cristianismo era algo reciente entre los suyos, se remontaba a un par de generaciones hacia atrás, tres a lo sumo, entre grupos muy reducidos, y cristalizó sobre todo al cruzar el gran río. Al entrar en el Imperio. Y eso había sido hacía casi cuarenta años. Muy poco tiempo.

Lo tenía claro. Tipos como Modesto no iban a amilanarle. Ni a él ni a los más creyentes entre los suyos. Que sabía bien que, en el fondo, eran pocos. Por eso tenía esperanzas en los pactos que pudieran fraguar entre ellos y el Imperio en los próximos días.

Es lo que había intentado explicar en el discurso fúnebre en honor al bebé. Sabía que no le quedaba mucho tiempo de vida. Pero estaba decidido a tutelar la ampliación de las creencias cristianas entre los suyos. Y también el entendimiento entre la aristocracia goda y la romana en la búsqueda de la paz. Porque, ahora que los cabellos blancos marcaban su ancianidad, se daba cuenta de que nunca la habían conocido.

—Quiero decir que no te lo crees ni tú. Lo que dijiste en la *laudatio* fúnebre. Ni tú.

Modesto estaba encendiéndose por momentos. Caminaba hacia el baptisterio. Gregorio y Fulgencio le siguieron. El presbítero invitaba al prelado godo a seguirles para visitar la piscina bautismal.

—Sí. Yo creo en lo que digo. Siempre. Y más en un discurso de esa enjundia, curial. —Sigesaro deslizó con suavidad la última palabra.

No deseaba herir a su contrincante, pero estaba dispuesto a marcar las distancias necesarias en cuanto a la legitimidad para la discusión religiosa. Discusión que había visto en lontananza desde el momento en el que Fulgencio le había presentado a Modesto en la visita a la iglesia. Pero a la que se llegaba ahora.

—Mientras no aceptéis por completo la divinidad de

Cristo, no hay nada que hacer. Aún no sé cómo podéis consideraros cristianos. —Modesto hizo un gesto de desdén, mientras caminaba hacia la piscina.

Unos operarios se encontraban midiendo los laterales. Al ver llegar a los cuatro hombres, se apartaron y se retiraron hacia la iglesia.

—Somos cristianos porque creemos en Dios Padre y en su Hijo Jesucristo. No hay nada más que decir. No voy a entrar en sutilezas teológicas con alguien que ni siquiera pertenece al clero. Salvo que Fulgencio o Gregorio deseen entrar en la discusión, claro está.

A Modesto le sorprendió el tono tajante de Sigesaro, puesto que no lo esperaba. Observó a los dos clérigos, que dirigieron sus miradas hacia la piscina. Cada uno de los cuatro hombres se situaba en uno de los laterales del cuadrado. Y no parecían dispuestos a moverse de allí hasta que uno de los otros hablara.

Fue Fulgencio quien lo hizo.

—Creo que a nadie de los que estamos aquí nos interesa ahora una discusión profunda sobre la naturaleza de Cristo. —Dio una palmada como deseando finalizar la reunión.

Gregorio no añadió nada. No le gustaba aquella discusión. Hacía tiempo que se decía a sí mismo que las sutilezas teológicas arrastraban al cristianismo en su conjunto hacia el paroxismo. La historia de concilios desde la época de Constantino hasta sus propios días era una prueba de ello. Y le resultaban aberrantes las imposiciones del catolicismo sobre la base de decretos por Teodosio, la persecución de idólatras externos y de herejes internos por ese mismo emperador y ahora por su hijo Honorio. Creía en la convicción, no en la imposición.

Tampoco ayudaba a su tranquilidad interior la actitud de personajes como Fulgencio. Se había dado cuenta de que a él lo detestaba, de que lo consideraba un diácono inútil, como mucho válido para la gestión de las obras de la iglesia y del baptisterio. Lo mismo no se había dado cuenta de que él lo sabía. Pero le daba igual. Él cumpliría su misión, sus obligaciones, y no aspiraba a nada más.

No como Fulgencio. Quizá el presbítero tampoco se había percatado de que Gregorio se daba cuenta de sus ambiciones. Y de las de otros presbíteros. Todos ellos estaban en la carrera episcopal y, quién sabe, en la metropolitana. Se reirían de él en sus cenáculos reducidos a los que solamente accedían ellos, los presbíteros. Estaba seguro. Pero también le daba igual.

Y más después del asesinato de Rufo. Encontrar el cadáver mutilado de Atilio ya le había supuesto un impacto emocional incalculable. Pero la muerte de su amigo... Aún no se había recuperado. Se decía a sí mismo todas las noches que Rufo hubiera querido que no se hundiera, que consolara a Clodia, puesto que ella necesitaría su ayuda. Pero no había sido capaz de cumplir ninguna de las dos cosas. Por eso le daba igual Modesto, Fulgencio, y todo lo demás. Bastante tenía con no encerrarse en su casa y no salir jamás. No le gustaba nada del mundo en el que vivía, en el que había creído, y que ahora tomaba formas insospechadas para él hasta hacía muy poco tiempo. Embebido en estos pensamientos, salió detrás de los otros tres hombres, que se despidieron con frialdad.

Cuando se encontraba en la puerta de la iglesia, acudió hacia él un muchacho de rostro reluciente y chispeso. Era uno de los *pueri* de la iglesia, de los muchachos que servían en los oficios y que se educaban con los clérigos.

—¡Diácono! ¡Diácono Gregorio! —El muchacho parecía alterado.

Gregorio le miró con serenidad, como animándole a que hablara.

—Quería contarte algo. Son dos cosas.

—Claro, hijo, claro.

El chico le hizo gestos para que saliera hacia la calle y le siguiera. Gregorio se dio cuenta y lo hizo. Se colocaron en una esquina justo enfrente de la iglesia. Los operarios que trabajaban en los andamios exteriores al muro no podían oírles desde allá arriba.

—Verás... La dama...

—La dama ¿qué dama?

—La dama que vino a visitarte.

Gregorio no salía de su asombro. Estaba completamente perdido. Fue entonces cuando miró fijamente al chico e hizo memoria. Porque ni por un momento podía imaginar que aludiera a su visita. Así que, cuando se dio cuenta de que se refería a ella, reaccionó con sorpresa.

—¡Sí! Clodia. Vino a verme a la iglesia, sí, ¡tú estabas en la puerta, esperando a los presbíteros que vendrían a comprobar las obras!

—Sí.

—¿Qué ocurre con Clodia, hijo?

—Verás... Quizá no debiera decírtelo, pero tú siempre eres muy bueno con nosotros.

—Si crees que no debes decírmelo, no lo hagas, muchacho.

—Él me preguntó por ella.

—¿Él? ¿Quién?

—Fulgencio. Acaba de salir delante de ti.

Gregorio notó cómo su pecho comenzaba a palpitar.

—¿Có... cómo? ¿Y qué preguntó?

—Que a qué había venido. No sé cómo pudo enterarse. Nosotros decimos que las orejas de Fulgencio están repartidas por toda Barcinona.

—¿Qué contestaste?

—Que no lo sabía.

—Bien hecho, hijo. Dijiste la verdad.

Gregorio miró a su izquierda y a su derecha.

—Decías que eran dos cosas...

—La segunda es que —el muchacho estaba pálido— al final de la tarde de aquel día vi salir a alguien.

—¿De qué día? ¿De dónde? ¿A quién? —Gregorio notaba otra vez la palpitación en su pecho. Porque imaginaba a qué tarde y a qué lugar se refería el *puer*.

—La del asesinato de ese curial. Vi salir a un hombre del baptisterio. Fulgencio me había enviado a la iglesia para avisar al obrero jefe de que parasen por ese día. Pero cuando llegué ya no había operario alguno. Y lo vi.

—¿Le viste la cara? ¿Quién era? —Gregorio temía colapsar en cualquier momento.

—No. Era un hombre alto. Y salió embozado. No miró hacia ningún lado, salió a toda velocidad por esta misma calle.

36

Gregorio. Clodia

Esa noche sí iba a cenar. Necesitaba meter algo en el estómago. Las dos revelaciones del *puer* le habían trastocado por completo. Las taquicardias iban y venían. Iban y venían. Sí; iban y venían, y no le daban tregua.

El trayecto a su cuchitril fue toda una aventura. Temía estar vigilado por Fulgencio. Y también temía encontrarse con el misterioso hombre a quien había visto el *puer*. Si había matado en el baptisterio, no era temeroso de Dios. Y él era un hombre de Dios. Luego se dijo que era un egoísta, que solamente pensaba en él. Y se respondía a sí mismo que no era cierto.

En la misma calle en la que habló con el *puer*, encargó al chico que fuera a la *domus* de Minicio y Clodia y que transmitiera a la dama un mensaje oral. Que Clodia fuera a verle. A él. A Gregorio. Le dejó bien claro al muchacho que solamente comunicara el mensaje a cualquiera de los africanos o a la tal Cerena. Bien sabía cuánto habían ayudado a su amigo y a Clodia a verse en la *domus* cuando Minicio no estaba.

—A nadie más, ¿me has entendido?

El *puer* había cabeceado con insistencia. Gregorio le había prometido darle un descanso en alguna de las tareas que llevaba a cabo en la iglesia. Pero el chico se mostró valiente y decidido. Dijo que no era necesario.

Sabía que Clodia no podría venir de inmediato. Pero vendría. Sacó un pedazo de queso viejo y roído que tenía en un armario. Y tomó la navaja que había al lado, que había utilizado por última vez hacía bastantes días, la última ocasión en la que había cenado unos trozos pequeños de ese mismo queso. Pero esa noche era diferente. Aunque no era noche cerrada. Aún no. Pero para él era noche. Para su cuerpo y para su estado de ánimo, lo era. Estaba agotado. Durante la tarde se habían avivado sus inquietudes.

Una y otra vez le venían las palabras del chico a la mente. Por más que tuviera que atender a unas viudas, como era habitual en la iglesia. Los presbíteros tenían claro que, cuando se lograra levantar el nuevo complejo episcopal, que estaba aún en fase muy preliminar, las viudas y los pobres a los que los clérigos asistían tendrían que desempeñar tareas de limpieza y mantenimiento. Algo hacían ya en la iglesia. Pero en cuanto esta fuera más grande y estuviera hecho el edificio anexo, la cosa cambiaría. Harían falta más manos.

Ahora, mientras miraba el queso como queriendo encontrar respuestas en él, recordaba cómo le habían hablado tres viudas en la puerta de la iglesia. Le comentaban algo de unos tejidos que pretendían trabajar para los cortinajes del interior del templo, Gregorio oía, pero no escuchaba. Solamente pensaba una y otra vez en el chico, en Fulgencio, y en el hombre embozado.

Le costó hundir la navaja en el queso. Estaba durísimo. Tras dos intentos fracasados, decidió presionar con la punta y girarla de derecha a izquierda y de izquierda a derecha. Poco a poco, logró hacer saltar algunas esquirlas de queso, que se llevó a la boca con ansiedad.

Al rato llamaron a la puerta. Era ella. Seguro.

—¿Cómo estás? Me has leído el pensamiento, Gregorio. Tenía pensado venir a verte cuanto antes —le dijo, mientras se fundían en un abrazo.

Clodia parecía apurada. Gregorio se dio cuenta nada más abrir la puerta. Estaba sudorosa, y los ojos desprendían preocupación. Y eso que aún no sabía nada de lo que le iba a contar. O eso esperaba.

—Bueno, ahora te cuento. Dime cómo estás tú.

—Me acuerdo mucho de él, Gregorio. —Clodia hizo una pausa, miró al suelo, y continuó—. Aunque tengo algo que contarte. Y debo pedirte consejo, además.

—¿A mí? ¿En qué podría aconsejarte yo? Tú tienes mucha más vida, has visto infinitamente más cosas del mundo que yo, tanto de lo bueno, como de lo malo.

—Pero me has hecho llamar. Tú también tienes algo que decirme.

—Así es. Pero preferiría que comenzaras tú.

Gregorio buscaba ganar tiempo. No sabía muy bien cómo contarle a Clodia lo que debía decirle. Estaba seguro de que lo que le fuera a decir ella no era muy novedoso. Pero se equivocaba.

—Gregorio... Nadie más lo sabe. Ni lo sabrá. Salvo que esto vaya a más, que no lo sé. No lo creo.

—¿Qué ha pasado? —Comenzaba a darse cuenta de que estaba en un error.

—He tenido algo con Tulga, uno de los dos godos que están en la *domus*. —Clodia había bajado la mirada. Comenzó a levantarla parsimoniosamente, escrutando la reacción del gran amigo de Rufo.

—¿Has tenido algo...?

—Sí. Solamente una vez.

—Clodia...

—Me siento mal. Por Rufo. Pero tú eres amigo y, además, clérigo. Estáis acostumbrados a las confesiones.

—Pero...

—No, no me voy a confesar, no te preocupes. Pero sí quiero contarte todo lo que siento porque, solamente escuchándome, ya me ayudas mucho.

—Clodia... Rufo...

—Por eso mismo quería verte. Iba a venir. Pero tu mensaje se ha adelantado.

Gregorio cruzó sus dedos y sonrió a Clodia, como queriendo darle ánimos para que continuara hablando.

—No me olvido ni un solo día de él, Gregorio. Pienso en Rufo varias veces al día. Echo de menos su presencia. Que no pudiéramos vernos muy a menudo no suponía que no lo tuviera presente en mi cotidianeidad. Porque empezaba a amarle y porque, no te voy a engañar, pensar en nuestra relación me evadía del mundo del cerdo.

—Lo sé, Clodia, lo sé.

—Y claro, cuando nos veíamos, cuando hacíamos el amor... En fin, no quiero que suene prepotente, pero creo que no puedes imaginarlo.

—No. No es prepotencia por tu parte. Es la realidad. No puedo imaginarlo. Pero, precisamente por todo lo que me estás diciendo, no comprendo cómo tan pronto has podido... en fin... con ese godo.

—No te pido que lo entiendas. Solamente que me escuches.

Gregorio cabeceó con parsimonia.

—He amado a Rufo, Gregorio. Pero Rufo no está. Alguien se lo ha llevado. Nos ha dejado sin él.

El diácono comenzaba a sentir emoción. No eran las taquicardias, sino un temblor en la boca y en las facciones de su cara. Estaba al borde del llanto.

—Pero mi mundo, como yo lo llamo, Gregorio, es un embrollo. A menudo me siento como en un laberinto. Necesito un amigo muy próximo, alguien a quien pueda ver todos los días. Y aparecieron esos godos. Sobre todo Tulga. No te diré que yo misma no esté sorprendida por lo que ha ocurrido. Claro que lo estoy. Pero, créeme, no estoy arrepentida.

—No soy quién para juzgarte, sino para comprenderte. Y te comprendo, Clodia. Hay recovecos del alma que se me escapan. No he conocido el amor como sí lo habéis conocido vosotros. Pero sé que actúas con sinceridad y bondad.

—Gracias, amigo. Te aseguro que esto no cambia para nada lo que he sentido con y por Rufo. Las dos cosas. Con él, por las veces que hemos podido estar juntos. Por él, tanto en vida como ahora, que alguien nos lo ha arrebatado. Pero no puedo arrepentirme de haber estado con ese joven godo. Y no me refiero a haber estado con él. Que tampoco. Pero no me arrepiento de sentir la necesidad de su amistad, de su lealtad, de su proximidad. Dentro de aquellas paredes, ahora mismo solamente él y Cerena aparecen como asideros de mi cuerpo y de mi alma.

—Eso aún lo entiendo mejor, amiga. Las necesidades del cuerpo y del alma a veces no coinciden, otras sí. Y comprendo bien las tuyas.

Clodia dio un beso al clérigo en su mejilla. Gregorio lo agradeció con una sonrisa y carraspeó, como buscando huecos en su garganta de los que extraer las palabras que necesitaba decir.

—Clodia, soy yo ahora quien tiene algo que contarte.

La cara de su amiga mostró extrañeza. No por el contenido de la frase, sino por el tono grave utilizado por el clérigo. Imaginaba que Gregorio debía de tener que decirle algo, pero no pensó que fuera novedad alguna. Que simplemente quería verla, charlar con ella, y darse ánimos mutuamente. Que era ella la única que debía decir algo nuevo.

—Uno de los *pueri* ha hablado conmigo esta mañana.

—¿De los que tenéis en la iglesia? ¿Esos chicos a los que enseñáis?

—Sí.

—Ya sabes lo que pienso de eso. Que hayáis comenzado a mantener y educar a chavales no me gusta nada. Terminaréis por controlar toda la educación. Algo leí sobre el emperador Juliano al respecto.

—¿El sobrino de Constantino?

—Exacto. Intentó revertir el papel que su tío y sus primos dieron al cristianismo. Y sobre todo trató de conseguir evitar que los obispos y los clérigos controlaran la educación de los críos y de los mayores. Pero no le dio tiempo a consolidar sus primeras decisiones. Murió en la campaña contra los persas.

—Bueno, pero lo que tengo que decirte va más allá de la opinión que ambos tengamos sobre la enseñanza a los *pueri*—dijo Gregorio visiblemente molesto con su amiga.

Clodia guardó silencio.

—El chico me ha contado dos cosas. No sé por cuál empezar.

—Elige tú el orden. —Empezaba a estar preocupada.

—Vio a alguien salir del baptisterio. La tarde del asesinato de Atilio. Antes del final de la tarde o del principio de la noche.

—¿Y? —Clodia abrió las manos, como pidiendo más detalles.

—Solamente vio que era un hombre alto. Iba embozado.

—Eso nos deja a la mitad de la curia fuera, y a la otra mitad dentro. Por no contar asesinos a sueldo de fuera de la ciudad, o clientes de varios curiales dentro de la muralla y también de los *surburbia*. Nada, no tenemos nada.

—Sí. Eso mismo he pensado yo.

—¿Y la otra?

—El chico me ha dicho —ahora Gregorio tenía más dificultad para hablar— que te vigilan.

—¿Me vigilan? ¿Quién? —El tono de su amiga era menos áspero de lo que hubiera imaginado. Como si no le pillara por sorpresa.

—Bueno, no me ha dicho exactamente eso. Me ha contado que Fulgencio, el principal presbítero, preguntó por ti. Al parecer te vieron entrar al baptisterio cuando viniste a verme. No sé nada más.

—Pero ¿para qué querría Fulgencio saber algo de mí?

—Quizá fue solamente conocer qué te llevaba a la iglesia, sabiendo como sabe que eres idólatr... pagan..., quiero decir que no crees en Jesucristo.

—Puede ser, sí. Aunque...

—Aunque podría querer saber de qué hablábamos tú y yo.

De repente el rostro de Clodia palideció.

—Gregorio...

El clérigo comenzó a sentir de nuevo las palpitaciones. Imaginaba la pregunta.

Y acertó.

—El presbítero Fulgencio... Es un hombre bastante alto, ¿verdad?

Gregorio ni contestó.

37

Cerena

Cerena caminaba a paso ligero. Le había hecho llegar el mensaje. Se lo había entregado a ella misma uno de los sirvientes de él.

A primera hora de la tarde debían verse donde siempre. Contaba con la complicidad de Clodia, que, también como siempre, había avalado ante Minicio la visita al familiar muy enfermo. Que naturalmente no existía.

No tenía muchas oportunidades de salir de la *domus*. Ella no era exactamente una esclava. Era una sirvienta. No es que ya no hubiera esclavos. Claro que los había. Ella siempre había pensado, por ejemplo, que los africanos de la *domus* lo eran. Aunque ellos le decían que no. Que eran libres ante el derecho. Porque esa era la gran diferencia. Era el Imperio, a través de las leyes, del derecho, el que establecía la gran distancia: la libertad. El *ius* y la *lex*, el derecho y la ley, marcaban los matices que hacían ser esclavo o libre. Otra cosa era la realidad, claro.

No era infrecuente que algunos esclavos vivieran mejor que numerosos libres. Pero, ante la ley, o se era libre o se era esclavo. Había menos esclavos que antes, pero aún eran muchos. Cerena conocía a decenas de ellos dentro de la propia Barcinona. Esperaban tener algún día la concesión de libertad por sus *domini*. Estos, los grandes propietarios, acumulaban esclavos y sirvientes, con independencia de su estatus jurídico; y también *clientes* que, en la práctica y, aunque tuvieran sus comercios, sus talleres, o sus huertas, dependían de los *domini* para sus vidas y las de sus hijos.

Sí, seguía habiendo esclavos en el Imperio, pero menos que antes. Cerena pensaba que ella, después de todo, había tenido suerte. Una suerte que tenía cara y ojos: Clodia.

Fue ella quien le había sacado de los tugurios y de los antros portuarios de Tarraco y quien le había proporcionado una nueva vida en las comodidades de la *domus* en Barcinona. Había pasado de una infancia y adolescencia repleta de violaciones, prostitución, vinos malolientes, a la bondad de su *domina* y a una vida tranquila.

Sí, era cierto que debía soportar a Minicio. Pero gracias a la tutela personal de Clodia, estaba a salvo de su *dominus*, que buscaba consuelo en otros lugares. Consuelo que, por lo que Clodia le había contado, debía ser más bien mental que físico, porque no estaba para muchos trotes.

Aunque aún era joven, pensaba que la mayoría de las chicas a su edad ya estaban casadas y tenían algún hijo. No le preocupaba en absoluto. Todo llegaría. Claro que pasándose todo el día en la *domus*, era más difícil. Pero llegaría.

Sí le sorprendió el interés que había despertado en él. Se había dado cuenta de que le gustaba. Eso estaba claro. En las primeras visitas que él había hecho a Minicio, ya le había clavado la mirada. Y ella lo había notado. Y así sucedió varias veces. Hasta que, en una de ellas, él le había hecho un gesto con la cabeza, señalando el patio, aprovechando que Minicio estaba completamente borracho y Clodia, como de costumbre, se había encerrado en su biblioteca. Hablaron por primera vez con cierta calma. Y él le propuso que se vieran. A solas. Le dijo dónde, le dio las instrucciones que debía seguir, y los argumentos que podría usar con Clodia, sabedor como era de la especial relación que tenían *domina* y sirvienta. Y así empezaron.

Él tenía familia. Pensó que no era ninguna novedad; que lo mismo sucedía con los amantes con los que se veía Clodia. Le fue de mucha utilidad todo lo que su *domina* le contaba sobre cómo tratarlos, sobre cómo hablar con ellos, y sobre cómo amarlos.

Al principio pensó que él ya no querría verla más. No estuvo muy bien. La primera vez, no. Porque ella guardaba muy mal recuerdo del sexo. No lo había hecho desde Tarraco, y entonces, durante aquellos años que pusieron un final muy precoz a su infancia, era por la fuerza y por dinero. Por nada más. Ahora era diferente. Porque a ella también le gustaba mucho él. Mucho. Se sorprendió, claro, de que un hombre de su posición se fijara en ella. Y más aún de que la citara. Pero lo que nunca podría haber imaginado era que la cosa fuera a más. Que se siguieran viendo. Que fuera en serio.

Se acercó al foro y lo atravesó en diagonal. Uno de los templos estaba ya prácticamente derruido, no por haber sido destruido, sino por haber servido de cantera. La gente había ido cogiendo piedras, algunas grandes, otras pequeñas, y se las llevaba para apuntalar sus casas. Los más ricos se habían hecho con columnas, con estatuas, con mobiliario, y los menos habían pillado lo que habían podido.

Giró hacia la esquina. Pasó al lado de la estatua dedicada a Numio Emiliano Dexter. Las letras de la inscripción dejaban claro que el tipo era de rango senatorial, que había sido gobernador de Asia unas pocas décadas antes, y que los provinciales de allí habían costeado la estatua, que había recibido el permiso imperial.

Al verla, Cerena pensaba que algunos de los de Barcinona habían llegado a puestos muy altos, esos de los que tanto se vanagloriaba su *dominus* cuando recibía visitas y se pavoneaba dando un repaso a los rostros de sus ancestros y contando sus gestas.

Quedaban ya muy pocas *insulae* en Barcinona. La mayoría de las que aún estaban en pie eran propiedad de Minicio. Bien lo sabía ella. Muchas mañanas los *clientes* hacían fila ante su *dominus* para pedirle favores. Uno de los más recurrentes era la bajada de los precios de los alquileres. Recordaba cómo, hacía unos pocos días, un tendero de los *suburbia* le había pedido que le rebajara solamente una décima parte del alquiler. Minicio se había negado. El hombre le había explicado que tenía cuatro hijos, que las ventas habían bajado, que cada vez había menos monedas en las manos del personal, que sus productos encontraban poca salida, que el miedo a los bárbaros había hecho que muchos se fueran a las casas abandonadas de sus antepasados en las montañas, que, que, que, que... Pero nada de eso había valido.

Subió las escaleras.

La vivienda era muy pequeña. Ocupaba el segundo piso. Segundo y último, porque la *insula* tenía ya solamente dos plantas. Él siempre llegaba antes. Así que sabía que ya estaría esperándola.

No hizo falta que llamara a la puerta. Estaba entreabierta. De hecho, él había visto caminar a Cerena al lado de la estatua de Dexter. La había localizado con su mirada desde la pequeña ventana de la vivienda, asomándose ligeramente por el lateral. Quería ver, pero no ser visto.

Así que cuando calculó que estaba a punto de subir las escaleras, dejó la puerta abierta. Era una de las propiedades que había comprado al poco de llegar a la ciudad. No es que se hubiera hecho con muchas, pero sí con algunas. Los negocios le iban bien, aunque no tanto como a algunos, en particular como a Minicio.

Pensaba que era un impresentable, un botarate que trataba a su esposa como si fuera una cosa sin alma. Era un infame. Él se decía a sí mismo que tener amantes era otra cosa. No se sentía peor por tener ahora a Cerena. Pero sí creía que Minicio era mucho peor que él. Tratar así a Clodia, como hacía Minicio, le resultaba inhumano.

Cuando vivía en Oriente ya había tenido amantes. De hecho, las había tenido siempre. Le gustaban las mujeres, y él a ellas. Siempre había sido así.

Para la primera ocasión, dudó mucho si citarse con Cerena. No porque fuera sirvienta, que le daba igual. Hacía tiempo que eso no le preocupaba. Pero el hecho de que fuera sirvienta en otra casa, sí. Le daba miedo que Minicio les descubriera y pudiera utilizar la información para desacreditarle en la curia. Pero de momento lo llevaban muy bien. Se veían pocas veces, cosa que le disgustaba. Era el precio a pagar para reducir las posibilidades de que Minicio les descubriera. Por eso le había dicho a Cerena que no dijera ni una sola letra de su nombre a Clodia. Conocía el vínculo estrecho que *domina* y sirvienta tenían, así que contaba con que Clodia se enteraría de que Cerena tenía un amante. Pero confiaba en que no supiera nunca su nombre. Le había dicho a Cerena que, si eso ocurría, si Clodia sabía algún día quién era él, todo acabaría.

—Hacía mucho tiempo esta vez. —Ella le abrazó con fuerza.

—Sí. —Él correspondió al abrazo.

No dijeron nada más. No intercambiaron palabra alguna, solo abrazos, caricias, besos. Hicieron el amor dos veces. El verano les sumió en un sopor regado en sudor intenso. Ambos se quedaron dormidos. Abrazados.

Fue él el primero que se incorporó. Ella se dio cuenta cuando dejó de notar el brazo y el aliento de su amante. Eso la despertaba. Nunca se había explicado cómo era posible que, estando dormida, percibiera esas sensaciones. Pero así era. Dormían juntos muy poco tiempo, una hora como mucho. Las citas eran siempre breves. No se podían permitir más.

—Creo que vamos a vernos más —dijo él con parsimonia, mientras se vestía.

—¿Cómo dices? —Cerena estaba sorprendida. Muy sorprendida. ¿Lo habría entendido bien?

—Lo que has oído.

—Pero ¿no es muy arriesgado? Para ti, quiero decir.

Quiso disimular su alegría, su emoción. Estaba deseando levantarse del lecho y besarle, pero no pretendía poner en riesgo a su amante. Lo último que quería es que aquello cesara. Y si el riesgo significaba aumentar las posibilidades de un final, pensó que debía disimular su entusiasmo.

—Lo es. Pero las cosas van a cambiar, Cerena.

—¿Van a cambiar?

Ella se incorporó. Tomó el almohadón que habían compartido hasta hacía unos instantes y lo abrazó con fuerza.

—Sí.

—Pero ¿en qué sentido?

—Esto de los godos... En pocos días va a haber cambios. Cambios importantes. Y yo voy a estar ahí, en primera línea.

—No puedes decir nada más ¿verdad? —Lo intuyó por el tono de voz que usaba, mucho más suave de lo que ya era habitual en él.

—Eso es. Tampoco estoy totalmente seguro de qué va a ocurrir. Pero algo va a suceder, y todo se acelerará. Y recogeré beneficios. Quizá no de inmediato, pero sí en breve. Y entonces, entonces, Cerena...

—Entonces ¿qué?

—Entonces nos iremos.

Hubo un silencio.

Cerena se levantó. De momento no pensaba ni en vestirse. Ni en si debía marcharse o quedarse. Ni en nada. Se acercó a él. Puso sus manos encima del pecho de su amante, que ya se había puesto la elegante túnica muy fina que solía utilizar en verano. Tenía varias iguales, variando ligeramente el colorido.

—¿Nos iremos? —Cerena notó que sus labios temblaban. Apoyó más fuerte las manos en el tejido de la túnica. Le pareció notar que a él le palpitaba el pecho.

—Sí. Hacia el interior.

—¿De la Tarraconensis?

—No. Del resto de Hispania. Quizá al sur. A Hispalis. Tengo algunos contactos comerciales en el valle del Baetis. Y si los pactos del Imperio con los godos fructifican, habrá mucho negocio, sobre todo si vencen a esos otros bárbaros que están por el resto de las provincias. Y tengo entendido que Hispalis es una ciudad en auge...

—Pero ¿y tu familia?

—Eso lo resolveré yo, Cerena.

Se abrazaron. Durante un tiempo que se les hizo corto, muy corto.

Ella se vistió a toda prisa. Después de despedirse con un beso muy profundo, salió aceleradamente, bajando las escaleras de dos en dos. Se disponía a cruzar de nuevo el foro. Se detuvo junto a la estatua de Dexter. Le dio la impresión de que el personaje tan ilustre le miraba con complicidad.

No se dio cuenta de que quien realmente la miraba estaba en un lateral de la ventana de la vivienda. La misma de la que acababa de bajar.

Apolonio permanecía inmóvil mientras observaba a su amante cruzar el foro.

38

Ataúlfo

Habían pasado varios días desde la muerte del bebé. Placidia comenzaba a recuperarse. Pero él no. No veía la salida. Tenía otros hijos de otras mujeres. Sabía que, cuando fueran un poco más mayores, quizá terminasen peleándose por su herencia política. Eso sin contar con que otro noble se hiciera con la jefatura de los godos.

También sabía que tenía enemigos. Algunos más visibles, como Sigerico o Guberico. Otros, menos. Pero no era nada nuevo. También los había tenido su cuñado, Alarico. Y, antes, otros jefes godos, como Fritigerno, o como Atanarico. No, nada nuevo. Por eso había dejado a sus hijos mayores al cobijo del obispo Sigesaro. Con él se educarían bien. Les estaba enseñando las letras y los conocimientos sumarios que debían adquirir.

Sigesaro le parecía un buen hombre. Aunque no todos los godos fueran cristianos, muchos de ellos sí lo eran. Al principio, solamente por conveniencia. Pero ahora, pasados los años, no pocos lo eran por convicción. Todo eso se había acelerado en los últimos tiempos. Esperaba un pacto definitivo con el Imperio, pero no terminaba de llegar. No comprendía por qué.

Si acaso por ese tipo infame, Constancio, el hombre fuerte de Honorio. Ya sabía que deseaba hacerse con Placidia. Con el pretexto de devolvérsela a su hermano, el emperador. Pero Constancio pretendía casarse con ella, establecer un vínculo directo con la línea dinástica. Estaba claro que el emperador ni tenía hijos ni tenía pinta de poder tenerlos. Eso lo sabía Constancio. Y Placidia se convertía en un resorte de legitimidad imperial.

Pero quería a su mujer. Ya no era solamente una cuestión política. Era personal. No iba a permitir que ese Constancio se la llevara de su lado. Cuando supo que estaba embarazada, sintió un doble regocijo. Tener un hijo con ella y un posible heredero a la jefatura de los godos y al Imperio. Eso apartaba a sus otros hijos de cualquier carrera sucesoria. Pero ya buscaría la forma de compensarles.

Cuando se empezó a dar cuenta de que el bebé no iba bien, vislumbró lo que podía pasar. Pero no se hizo a la idea hasta que realmente ocurrió. Hasta que el pequeño Teodosio no se movía en los brazos de su madre. Ni en los suyos.

Ahora, mientras paseaba por las caballerizas que los nobles godos habían improvisado cerca de la *domus* de Titio en la que se alojaban, recordaba la sensación que había tenido cuando Placidia le pasó el cuerpecito de su hijo muerto. Sintió un frío paralizante en sus brazos y en su pecho, y un calor abrasador en su cabeza. Movió con cuidado su cabecita, mientras observaba cómo Placidia tenía la mirada perdida y la tez lívida. Los días que transcurrieron desde aquel momento habían sido un infierno. Se admiró de la templanza de su mujer, al tiempo que él se adentraba en largas horas y días de llanto inconsolable.

Agradeció mucho a su gente que le habilitasen las caballerizas tan cerca de la casa de Titio. Y que le trajeran desde los campamentos a sus caballos preferidos. Le encantaba pasear por las caballerizas, repasar el estado de las mismas, hablar con los mozos. Y, sobre todo, charlar con los caballos. Sí, porque él charlaba con ellos. Les hablaba de sus alegrías, de sus inquietudes. Lo había hecho desde que estaba en el Ilírico y en Panonia, y luego ya en Italia y en la Galia. Sí, sus consejeros habían acertado con la decisión. Traerle ahora los caballos tan cerca, dentro de esa pequeña ciudad que había sido escenario de alegrías y de la peor tragedia, era un síntoma de lo bien que le conocían. Fredebado, Agila, Walia y, sobre todo, Wilesindo, principal muñidor de la feliz ocurrencia.

Le había sorprendido que fuera él quien tuviera la idea. No pensaba que fuera tan capaz. Fredebado le había hablado muy bien de él. «Ponlo cerca de ti, es muy hábil, muy sabio, y conoce bien estos nuevos tiempos. Ponlo cerca de ti.» El viejo zorro, siempre conociendo a los jóvenes que podrían ayudar más. Como Agila. Les había enseñado bien a esos dos, a Wilesindo y a Agila.

Artero y sagaz Fredebado. Menos mal que contaba con él.

La generación de Becila ya había desaparecido, y la de Fredebado casi. Estaba seguro de que con ellos, con todos los miembros de ambas generaciones, se iba lo mejor de los godos. A ellos, a los de su propia generación, les correspondía ahora fijar el rumbo, el destino, que necesariamente no podía estar en ir de un lado para otro. De ahí sus ansias por un acuerdo definitivo con el Imperio.

Mientras Ataúlfo se acercaba a uno de sus caballos y comenzaba a «hablar con él», uno de sus colaboradores más cercanos venía acompañado hacia las caballerizas. A su izquierda llevaba un tipo deforme y de estatura casi diminuta. Hacía las veces de hazmerreír en los banquetes y en los festejos de la aristocracia goda. Se llamaba Evervulfo. Era un antiguo *cliens* de Saro, el general godo que en su día había sido eliminado por el propio Ataúlfo. Saro, el hermano de Sigerico.

A su derecha caminaba un tipo alto, fuerte y rudo. Al verlo, los guardias quedaron impresionados. No por no haberlo reconocido, puesto que lo habían visto con frecuencia. Sino por tenerlo a un palmo de ellos, al punto que su fuerte aliento les llegaba directamente a la nariz. Era Guberico.

Los tres hombres hablaron con los guardias. No fue una conversación muy larga. El del centro había dispuesto quiénes serían los miembros de la guardia regia que tendrían el turno ese atardecer. Para eso había organizado las caballerizas a su antojo.

Él y todos los que sabían lo que iba a ocurrir. Así que no le llevó ni frase y media conseguir que le permitieran el paso. A él y a sus dos rudos acompañantes.

Mientras sorteaban unas vigas de madera que estaban cruzadas en el corredor principal de la *domus* que había sido transformada en cuadras, el tipo dejó que los otros dos fueran por delante de él. Se colocó detrás del gigantón, mientras miraba las dificultades con las que Evervulfo caminaba. Comparaba la cima de la cabeza del hombrecillo con su propio cuerpo. No salía de su asombro. ¿Cómo era posible que un hombre adulto midiera poco más de la distancia que hay hasta su propia cintura?

Había otros tres guardias regios en el corredor, tras las vigas cruzadas. Guberico y Evervulfo miraron hacia atrás, buscando el semblante de su acompañante, que les contestó con una sonrisa. Y con un gesto les exhortó a seguir hacia su verdadero objetivo. «Malas bestias.» «No comprenden nada.» «No saben que cuando yo organizo algo, lo organizo bien.» «Hasta ahora se ha desaprovechado mi talento, pero eso va a cambiar.» «Eso y otras cosas.»

Llevaba tiempo rumiándolo. Le costó encontrar los aliados oportunos. Sabía que algo jugaba a su favor, y algo en contra. A su favor, que el rey confiaba en él. Y su entorno también. En su contra, que no podría ser rey. No tenía apoyos para eso. Pero le era indiferente, de momento.

La nueva etapa que estaba a punto de abrirse le colocaría cerca, muy cerca, de poderlo ser. Y eso era lo que contaba. Le llevó meses trabajarse los apoyos que necesitaba, pero los logró. Decidió aprovechar las ansias de venganza de Sigerico, que anhelaba asesinar al verdugo de su hermano Saro. Y, claro, ser él el nuevo rey de los godos. Para sus fines, decidió que colaboraría con Sigerico. Y con sus apoyos. Que, para su sorpresa, descubrió que no eran pocos.

Luego hubo que urdir todo el asunto de las caballerizas, hacerse con el control de la guardia regia, con la designación de los turnos, con el despliegue en las improvisadas cuadras en una *domus*. Eso fue lo más fácil. Lo más difícil había sido hallar las personas concretas que podrían estar en el momento final, en el hito culminante. Y lo había conseguido. Muy a última hora, en el instante postrero, eso sí. Pero lo había conseguido.

Para Wilesindo, estaba a punto de empezar lo mejor. Por fin había llegado no tanto el momento, como el principio de «su» momento. Ya llegaría la hora de llevar adelante el resto de sus planes. De momento, había que liquidar a ese imbécil y aupar a Sigerico. Ya le llegaría a él el turno. Ninguno entre la aristocracia goda podía igualarle en cálculo político y en estrategia. De eso estaba seguro.

Mientras Wilesindo hablaba brevemente con los guardias del corredor, Evervulfo recordaba a su antiguo señor. El general Saro, uno de los jefes de la guerra más poderosos entre los godos. Evervulfo había estado siempre a su servicio. Había ido con él a los campos de batalla y había gozado en los banquetes y en las fiestas. Saro nunca le había menospreciado por su estatura. De hecho, ningún godo osaba reírse de él por temor a la reacción de Saro. Todos sabían que, de hacerlo, serían ejecutados fulminantemente. Saro tenía especial devoción por su servidor, al punto que lo había promocionado. Había pasado de ser un mero *cliens* a estar a su lado en los mejores y en los peores momentos.

Por su deformidad y tamaño, en la guerra solamente podía llevar a cabo labores menores, de intendencia y poco más. Pero que Saro siempre elogiaba y hacía entender a los demás que eran trabajos importantes. Sí, su *patronus* era un tipo fiero. Podía matar a un hombre sin pestañear. Pero Evervulfo lo adoraba. Creía que le debía la vida, y juró defender la suya hasta su último aliento. Por eso se hundió en una sima cuando supo que Ataúlfo lo había eliminado. Qué infortunio de emboscada. Saro siempre había ido por libre, tenía acuerdos y rupturas con el Imperio con independencia de los pactos a los que llegaban los dos putos cuñados, los dos putos Alarico y Ataúlfo. ¡Cuántas veces se maldecía a sí mismo por haber cogido aquellas fiebres justo el día antes! No pudo hacer nada. Nada. No pudo salvar a su señor. Ni morir por él. Que era lo que había jurado. Defenderlo hasta morir si era necesario.

Desde aquel día, se había dicho a sí mismo que su vida solamente tenía sentido para la venganza. Otra vez. Como en tantas y tantas historias familiares entre los godos. Conocía muchas.

Ahora, él iba a protagonizar otra. Una que se cantaría en las canciones de los linajes godos y que quizá alguien alguna vez recogería por escrito. Se lo juró también. Porque sabía que, si la cosa salía mal, moriría al instante. Se trataba de que saliera bien.

Todo parecía muy bien abrochado. Wilesindo había trazado un plan perfecto, con numerosos cómplices entre la nobleza goda. Él mismo había actuado con sutileza. Había entrado en la clientela de Ataúlfo. Como un hazmerreír. Como alguien que era exhibido como un ser extraño. De quien se mofaban el rey y sus secuaces cuando estaban borrachos. Y, cuanto más reían, más lo hacía él por dentro. Porque sabía que llegaría su momento. El de la venganza. Ahora, enseguida, iba a derrochar esas risas y muchas más desde el fondo de sus entrañas.

A su lado estaba Guberico. Evervulfo quería vengar a Saro. Pero también Guberico. Porque era la mano derecha de Sigerico, el hermano querido de Saro. Había guerreado al lado de ambos muchas veces. Había matado, había rapiñado, se había entregado con ellos al vino, a las matanzas, a las violaciones.

Se decía a sí mismo cuánto había disfrutado cortando gargantas, sintiendo cómo su espada hendía las vísceras de los enemigos, violando a mujeres, incluso a veces matando a niños. Así que, aunque era noble, y siendo consciente de sus limitaciones, decidió servirles. Ellos eran mucho más inteligentes que él. Y bien que le habían premiado. Siempre le dejaban las mejores mujeres después de los combates, de los repartos de botín o, a veces, de las juergas que acababan en matanzas en aldeas o en los *suburbia* de ciudades.

También le susurraba su mente muchas veces que Saro dominaba muy bien esos aspectos que para él, Guberico, eran lo mejor de la vida. Por no decir lo único. De hecho, estos meses en Barcinona le estaban pareciendo insoportables. ¡Cuánto echaba de menos a Saro para salir a rapiñar y a violar a los *suburbia*!

Lo tenía claro: Sigerico era más sibilino, pero el que realmente sabía era Saro. Por eso lo eliminaron. Siempre lo creyó. Se lo cargaron por ser el único que realmente entendía que la guerra y el dominio sobre los demás está por encima de la política. Desde entonces, casi se habían acabado las juergas que a él le gustaban.

Y ahora era el momento del hermano de Saro, Sigerico.

Los ojos le brillaban cuando Sigerico le contó el plan y le prometió que, de inmediato, iba a tener una buena juerga asegurada.

No dudó ni un instante cuando le pidió que acompañara a Wilesindo y a Evervulfo y que se cerciorara de que todo iba bien. Era una forma de decirle que lo hiciera él, porque Sigerico no se fiaba ni mucho menos de que la fuerza de los otros dos fuera suficiente. Y no solamente Sigerico. Los otros también preferían que fuera Guberico quien acompañara a Evervulfo y a Wilesindo. No podrían ser muchos más. Tenían bien aquilatados los detalles, pero no podían enviar una legación multitudinaria a visitar a Ataúlfo. Eso despertaría sospechas entre los nobles más leales al rey.

Que acudiera Guberico era una garantía. Sobre todo sabiendo como sabían que Wilesindo era hábil y que se había asegurado de que los guardias exteriores e interiores de las improvisadas caballerizas les iban a ser fieles. Ya los habían reclutado con ese fin, habían estudiado muy bien los turnos, y, por si hubiera dudas, los habían colmado de *solidi*. Aquellos guardias tenían oro para varios años. Parte de los tesoros acumulados por Saro iban a servir para vengarle.

Y para colocar a su hermano como nuevo rey de los godos.

Lo encontraron hablando. Maldito loco. Creía que los caballos le escuchaban. Despreciable inútil. Qué ganas de clavarle el puñal. Evervulfo lo llevaba bajo la manga. Lo mismo que había hecho Guberico. Este, dada la inusitada altura de su cuerpo, había logrado esconder una espada corta, pero espada al fin y al cabo.

Comenzaron a notar la tensión y el aceleramiento en sus pechos nada más pasar las vigas, al mirar hacia atrás y ver que Wilesindo les había dado la consigna definitiva. Y ambos pagaban el precio de un sudor intenso.

Fueron muy rápidos.

Wilesindo, que los había terminado alcanzando, se hizo a un lado. Sabía perfectamente que Guberico, por sí solo, era más que suficiente para terminar el asunto. Pero quería que Evervulfo diera el primer golpe. Era su toque maestro. El punto propio que Wilesindo había aportado a la conspiración. Ya se encargaría luego de vender bien el producto de su imaginación sin par, de su talento hasta ahora despreciado. Sí. Había llegado la hora de desplegarlo a raudales para preparar su propio camino.

Bien es cierto que, cuando sugirió la idea de Evervulfo, Sigerico tuvo muchas dudas. Luego decidieron que el odio acumulado durante años, más la sorpresa, puesto que Ataúlfo no podía sospechar nada en la tranquilidad de la protección de su guardia, y el hecho de que no pudiera acudir ayuda alguna, eran soportes suficientes para pensar que Evervulfo tenía su oportunidad y que no la iba a dejar desaprovechar. Pero hubo acuerdo en que la serenidad la proporcionaba la presencia de Guberico. Y, por supuesto, todo el preparativo de la guardia que había muñido Wilesindo.

Concentrado en su «charla» con uno de los caballos, de espaldas hacia la entrada de la cuadra, el rey permanecía ajeno a lo que estaba a punto de suceder.

No sintió apenas nada.

Al principio, un golpe en el costado, una mano que le sujetaba. Una punzada. Muy fuerte. Muy intensa. Cuando se giró para intentar saber de qué se trataba y echar mano a su espada, desde abajo le llegó una sensación de frío repentino, que dio paso a un calor infame.

Y lo vio.

Era el pe... queñ... E... se, ese bu... fón.

Mientras colocaba su mano izquierda en la garganta, e intentaba blandir su espada, lo vio. El gigante se plantó encima de él y, de un tajo, rajó su garganta por completo. Tanto que faltó poco que la cabeza se desprendiera del cuerpo.

Claro que eso Ataúlfo ya no pudo verlo.

39

Tulga

No veo a Agila. Se ha ido a toda prisa y no me he dado cuenta.

Estoy en la biblioteca con Clodia. No ha pasado nada esta vez. Pienso mucho en Noga, no debo traicionarla. Pero me resulta muy complicado. Muy difícil. Clodia me atrae sexualmente, eso está claro. Mucho. Muchísimo.

Pero además me impresiona su dignidad, su fuerza mental, su pasión por los libros. A mí no me interesan mucho. Sin embargo, tal y como ella cuenta su contenido, su procedencia, cómo ha conseguido cada copia, todo cobra vida ante mí, adquiere un interés que nunca hubiera sospechado.

Me cuesta estar a su lado y no besarla.

Me está enseñando una copia de Tácito. Antes, Cerena había entrado en la sala en el preciso instante en el que Clodia buscaba los rollos en uno de sus armarios. Venía para darme un aviso de Agila. Al parecer le había dicho que repitiera con exactitud las palabras: «Tulga, permanece en la casa. Ya vendré».

Cuando Cerena se ha marchado, Clodia ha desplegado uno de los *volumina*. El historiador Tácito repasaba los sucesos de los primeros augustos. Ella, subrayando algunos pasajes con su dedo, me explica cómo el autor intentaba mostrar lo que ella creía que eran sus convicciones republicanas, ciertamente enmascaradas eso sí, pero visibles para lectores iniciados. Como ella ahora.

Mientras me lo explica, me imagino a Tácito intentando no perder literalmente la cabeza. Pero mi mente rápidamente se larga a otro sitio. A la mano de Clodia que sostiene el libro, a su brazo, a su cuello, a su boca. Me cuesta mucho. Tanto que no puedo. Beso su brazo, que se mantiene aún tenso, haciendo fuerza para que el *volumen* no vuelva a enrollarse. Ella gira su cabeza hacia mí, y nos envolvemos en un beso largo, profundo. Pero el libro sigue en su sitio. Clodia no ha levantado su mano de él.

—Ssshhh, paremos. No he hablado con los africanos, no tengo manera de evitar que Minicio pudiera entrar.

Nos damos otro beso. Vuelvo a intentar concentrarme en el libro. Lo mismo que hace ella.

—Fíjate cuando utiliza la palabra *libertas*, por ejemplo, al referirse al final de la monarquía y el inicio de la República. Pero, en la práctica, no es la libertad de todos los del *populus*.

—¿No? ¿A qué libertad se refiere?

—Alude sobre todo a la de la clase poderosa, a la idea de no tener un autócrata en el poder, un emperador. Fíjate las palabras que utiliza para referirse a cómo Augusto se hizo con el poder y neutralizó a los militares, al pueblo, a los ricos...

Clodia desliza su dedo debajo de las palabras. Es maravilloso comprender el pasaje en el que el autor deja entrever su crítica. Pero solamente eso. La deja entrever.

—Fíjate, Tulga. Se ve cómo Tácito responsabilizaba a Augusto de haberse hecho con todo el poder a través de donativos, recompensas, y la capitalización de la paz. En fin, de erigirse en emperador.

—Pero lo hizo después, ¿no? Por lo que me dijiste el otro día.

—Sí, bastantes décadas después de la muerte de Augusto. Pero cuando escribía había emperadores. Y ahora, tres siglos después de Tácito, también.

—Ya...

De repente, Clodia parece enfervorizarse. Toma mi mano, y hace que sea mi dedo índice quien señale un fragmento del texto.

—Mira, mira estas palabras: *quotus quisque reliquus, qui rem publicam vidisset?* Se pregunta si para entonces quedaba alguien que hubiera vivido, que hubiera conocido la República.

Me parece fascinante escuchar de labios de Clodia la explicación de la frase, de su significado político. Me atrae. Mucho. Beso su cuello, me detengo en él un instante. Ella ladea suavemente su cabeza hacia la derecha, como acariciando mi nariz y mi boca. Pero ambos recordamos que no contamos con la protección de los africanos.

—Crees que nunca acabará el sistema de emperadores, ¿verdad?

—La *libertas* a la que se refería Tácito quedó enterrada desde Augusto. A pesar de que era un concepto muy restringido, como te digo, no para todo el *populus*, ni mucho menos. De boquilla, sí, pero en la práctica eran los oligarcas los que defendían sus privilegios. —Se toma un respiro—. Para contestarte, no, creo que no. Mientras haya Imperio, habrá emperadores. No creo que se regrese nunca a la ausencia de emperador, a la República.

—¿Entonces?

Clodia sonríe. A continuación me mira con un gesto de tristeza.

—Entonces, nada. Este mundo toca a su fin, Tulga. Y se hundirá con emperadores al frente. No lo dudes.

—Te veo muy pesimista.

—Serán los años. Soy mayor que tú, no lo olvides.

Empiezo a pensar en su contestación, y medito brevemente sobre sus implicaciones, cuando se abre la puerta de la biblioteca. Nadie ha llamado. Lo cual me hace pensar rápidamente quién puede ser la persona que va a entrar.

Minicio accede a la biblioteca con paso decidido, dentro de lo poco que en él es posible. No pone cara de sorpresa al verme. Supongo que ya sabía antes que estaba dentro, lo habrá preguntado a los sirvientes. Toda vez que, como me ha dicho Clodia, no había distribuido las órdenes preceptivas para que nos dejaran a solas, no han impedido con cualquier excusa el acceso del *dominus*.

No, no muestra sorpresa. Sin embargo, su rostro parece marcado por la ansiedad o el nerviosismo. Se acerca a la mesa y apoya sus dos manos en ella. Toma aire. Mira a Clodia con desdén, diría que con odio. De repente, sin embargo, clava su mirada en mí.

—Godo... Tulga... Ha llegado un mensaje de tu jefe, o tu amigo. O lo que sea.

—¿De Agila?

La conversación con Clodia me ha hecho olvidar por un instante a Agila. Se había largado, pero lo que me había vuelto a extrañar era esa orden de que me quedara aquí. Joder. Algo pasa. Y ahora envía otro mensaje. ¿Qué coño está pasando?

—Es para los dos. Para ti y para mí.

Más sorpresa aún. ¿Un mensaje de Agila para este tipo y para mí? Ahora ya empiezo a preocuparme de verdad.

Miro a Clodia, que está enrollando el *volumen* con parsimonia y sumo cuidado, como ajena a lo que Minicio acaba de decirme.

—¿Qué dice el mensaje?

—Que vayamos de inmediato a la *domus* de Titio.

—¿A la de Titio? Allí están Ataúlfo y Placidia.

—Exacto.

El rey. Imagino que desea comunicar algo, o anunciar algo. Quizá son los nuevos acuerdos con el Imperio. Sí. Tiene que ser eso. No de otro modo citaría a nobles godos y a curiales como Minicio. Debe de haber dado la orden a todos sus consejeros para que nos localicen. Se rumoreaba que podía estar negociando con enviados secretos del emperador. Quizá se trate de algo de eso.

¡Ya era hora! Por fin vamos a salir de aquí.

Me viene a la mente Noga. Me asalta una doble sensación, de alegría y de pesar por la traición. Pero vamos a volver a vernos. Y pronto.

Si es una reunión urgente en casa de Titio, no puede ser otra cosa. Ha debido llegar un embajador de Honorio y han fructificado las conversaciones hoy mismo. ¡Claro! Por eso Agila se ha largado y me ha ordenado quedarme aquí. ¿Cómo he podido ser tan imbécil? No se me había ocurrido que pudiera ser por eso. Mientras me recreo en mi estupidez, camino hacia el corredor externo. Antes de salir de la biblioteca, he mirado a Clodia. Nos hemos despedido con una sonrisa. Ella se ha ido a sentar en los almohadones de la esquina de la sala.

Minicio me sigue, pero intento adecuar la velocidad de mi paso a la de él. La *domus* de Titio está muy cerca, pero calculo que vamos a tardar el triple que si fuera yo solo. O quizá más.

—Bueno, bueno, bueno ¿sabes algo sobre de qué va esto? —me pregunta en un tono socarrón, pero que, creo, intenta disimular cierta inquietud.

—No. —Pienso un poco y luego varío mi contestación—. Quizá sea el acuerdo con el Imperio. —Creo que Agila podría estar contento si le facilito alguna información sobre la eventual reacción de Minicio ante esta posibilidad.

Minicio intenta contestar de inmediato, pero no puede. Le cuesta un mundo compaginar los pasos con el habla. Se queda quieto un momento. Yo hago lo mismo. Le espero. Cierra aún más de lo habitual en él los ojillos infames que son incapaces de tener una mirada limpia.

—¿Estás seguro?

Me parece ver una sonrisa. Joder. Este despreciable está sonriendo. ¿A qué viene ese tono irónico en su pregunta? ¿Sabrá algo él? No quiero meter la pata, no sea que luego Agila pueda echármelo en cara. Bastantes errores he cometido ya aquí. Menos mal que, si es lo que yo creo, nos iremos de esta ciudad en breve.

Cuando vamos a llegar a la casa de Titio, mis esperanzas parecen confirmarse. Han doblado la guardia. Han debido de venir más soldados desde los campamentos. Veo al menos cuatro filas de guerreros, puede que haya alguna más hacia el callejón de la *domus*. No llevan hachas ni lanzas, pero sí espadas largas. Debe de ser por los enviados del emperador. Creo que esto confirma lo que he pensado. Imagino que Ataúlfo ha prometido a Honorio seguridad total para la recepción de su enviado.

El que tanto tiempo estábamos esperando. Se hablaba mucho de él. Estábamos pendientes de cerrar los pactos, pero todo dependía del dichoso enviado. Ha debido de llegar ya. Seguro.

Miro a Minicio. Viene dos o tres pasos detrás de mí. Le vuelvo a esperar. Me doy cuenta de que, conforme se acerca a la casa, esa sonrisa de antes no solamente no se ha borrado, sino que se ha ampliado.

Un grupo de cuatro guardias se adelanta y viene hacia nosotros. Sin mediar palabra, nos rodean. Sé lo que van a hacer. Intento serenarme. Simplemente, van a cachearnos. He estado a punto de coger el puñal, pero finalmente no lo he hecho. Por lo que veo después de que le toquen por todos los sitios, Minicio tampoco lleva nada. Hubiera sido una sorpresa lo contrario.

Uno de los jefes de guardia me conoce. Está claro que me esperaba. A mí y a este otro. Imagino que le han dado la descripción del tipo que iba a acompañarme. Habrá sido Agila que, al ordenar que me hicieran llegar el mensaje, habrá dicho con quién iba a venir. Y tratándose de Minicio no es fácil equivocarse.

Nos dejan pasar a los dos. Logramos pasar varias filas de guardias. Nos acompaña el jefe del cordón exterior. Lo que favorece que Minicio camine a mi lado, puesto que avanzamos muy despacio.

Llegamos al portón principal. Más guardias. Nuestro acompañante nos deja en la misma puerta. Con un gesto de la cabeza deja clara la orden a dos de los que están en el inicio del corredor de la casa de Titio, una vez pasada la puerta. Deben dejarnos entrar por el corredor hasta el patio y hacia las estancias de la *domus*.

Ya desde fuera de la casa se había venido oyendo el runrún. Me lo explico ahora, al comprobar que hay mucha gente en el atrio. Y me da la impresión de que aún hay más distribuida por las dependencias, porque asoman por las puertas. Hay algunos curiales, pero el resto son nobles godos. Al menos en lo que veo desde aquí.

Hay guardias nuestros, pero en menor número que los que rodean la casa.

Una vez dentro, Minicio se aparta ligeramente de mí. Sin mediar palabra, se aleja aún más y camina hacia la derecha, se coloca debajo del corredor cubierto, y se sitúa al lado de uno de los bustos de los antepasados de Titio. Distingo a Apolonio, que se encontraba unos pasos más adelantado y que, al ver a Minicio, retrocede y se acerca a él. Le dice algo al oído. El gordo se ríe. Bestia inmunda. Nunca lo había visto sonreír tanto como ahora.

Me doy cuenta de que han colocado una especie de tribuna. No llega a serlo, desde luego. Es muy pequeña. Han debido juntar muebles o algunas piezas de andamio, y las han cubierto con alfombras y telas de cortinajes.

¿Para qué es esto? Hay un tipo subido encima. Sí, una vez ahí arriba se le ve perfectamente desde aquí, desde la parte del patio más próxima a la entrada. El tipo lleva una túnica muy corta. Creo recordar haberlo visto antes. Sí. Es uno de los sirvientes de Titio. Está agachado. Parece colocar algo al fondo de la tarima que han improvisado. Supongo que será para anunciar las negociaciones, o incluso algún acuerdo preliminar.

Al mismo tiempo que el sirviente de Titio comienza a retirarse, decenas de godos y de curiales salen de las estancias, uniéndose a los que estamos en el patio. Lo que desde fuera era runrún, empieza a ser bullicio.

De repente, se oyen gritos. Hay algarabía.

¿Qué ocurre? ¿Dónde se ha metido Agila?

Mis oídos empiezan a distinguir alguna sílaba en mitad del alboroto. Intento asegurarme.

No entiendo. Sigue saliendo gente. Veo ahora a Titio. El anciano lleva un gesto alicaído, como preocupado. Junto a él camina Modesto y alguno más de los curiales. Y Aniano. Veo ahora que Minicio y Apolonio se han acercado ya a la tarima. Pero permanecen a una cierta distancia de la misma.

Oigo gritos. Pero no distingo las sílabas.

Luego, me doy cuenta de que quizá es mi mente la que no ha querido distinguirlas. Cuando ya no hay alternativa. Cuando mis oídos parecen haber decidido imponerse a lo que mi voluntad se niega a querer reconocer.

«¡Sigerico!» «¡Sigerico!» «¡Rey!»

«¡Sigerico rey!»

Noto frío en los brazos. Un frío intenso, que se va extendiendo hacia las piernas. Porque mis ojos ven que Sigerico camina con parsimonia, acompañado de un pequeño séquito de godos. Es entonces cuando comprendo todo. Sin embargo, el frío no es sino el comienzo de algo peor. Una poderosa presión se apodera de mis sienes cuando distingo las caras de los acompañantes de Sigerico. Desde luego, Guberico está justo detrás de él. Como casi siempre.

Las sienes. Otra vez las sienes.

No puede ser.

Fredebado.

Wilesindo.

No. Clavo la mirada. No puede ser. Las sienes parecen querer matarme cuando hace ya unos instantes que me he dado cuenta de que Agila camina junto a ellos. Sonriendo.

Lo que antes era algarabía, ahora es un jolgorio. Gritan a voces el nombre de Sigerico. También los curiales. Modesto, Minicio, Apolonio, todos. Titio, no. Permanece en silencio, con los hombros como queriéndole empujar hacia el suelo, quizá donde desee estar ahora mismo, como yo. Bien tapados para no ver lo que aquí está ocurriendo. Y lo que parece que va a ocurrir.

Han subido a la tarima. Fredebado va por delante. Le siguen Sigerico y Guberico. Inmediatamente detrás,

Agila y Wilesindo. Poco a poco, se distribuyen. Parece como si lo tuvieran ensayado. Nadie duda de dónde tiene que colocarse. Fredebado está en primera línea, y se mira con aplomo hacia todos los que abarrotamos el patio de la *domus* de Titio. Detrás de él, Sigerico y Guberico. Les flanquean Wilesindo, a mi izquierda, y Agila, a mi derecha, según miro desde aquí.

No comprendo. O sí. Que es peor.

He sido un imbécil. Un crío.

Me ha engañado. Agila me ha traicionado. Me ha engañado..

¿Cómo no me he dado cuenta? ¿Cómo es posible?

Levanto la mirada del suelo. La dirijo hacia el estrado. O lo que sea eso.

Se cruzan nuestras miradas. Agila me ha visto. No hace ni una sola mueca. Intento aguantar. Él parece no darle mucha importancia, y ahora hace un gesto a los curiales para que se acerquen más a la tarima, aunque desde luego permanecen abajo. Se colocan todos detrás de las filas de nobles godos que se agolpan y que, a gritos, parece como si quisieran subir.

—¡¡Godos!! —Fredebado intenta hacerse notar. Los nobles siguen chillando.

Me doy cuenta de que Agila está mirándome otra vez. Ahora soy yo quien no aguanto mucho y me fijo en Fredebado. Intenta ganar un momento de silencio. Entre los nuestros solamente, porque los romanos permanecen completamente silentes.

—¡¡Godos!!

Poco a poco, unos a otros van convenciéndose para escuchar a Fredebado. En unos instantes, se dan las condiciones para que pueda hablar.

—¡¡Godos!! ¡¡Ha muerto el rey!! Ataúlfo ha sido un gran rey. Es verdad. ¡Pero entre los nuestros se imponen los fuertes! —Hace una pausa. Mira por grupos a los nobles godos que están debajo de él, junto a la tarima. Respira hondo, como queriendo coger fuerzas. Y lo dice—: ¡¡Sigerico rey!! ¡¡Sigerico rey!!

Apenas ha terminado de pronunciar las palabras, vuelven a chillar, a gritar, nombran a Sigerico a voces, forzando sus gargantas.

Me doy cuenta ahora de que no pocos de ellos llevan jarras de vino. De las que los sirvientes de Titio usaban el día de la fiesta para servir el vino en el patio. No les han valido las copas. Alguno la vuelca sobre su cara, llenándose la tez de vino y buscando con su lengua las últimas gotas de la jarra. Otros se dan de beber entre sí.

Fredebado da un paso hacia atrás.

Y Sigerico tres hacia delante.

—Godos ¡soy vuestro rey!

—¡¡Sigerico!! ¡¡Sigerico!!

Los nobles gritan. Algunos curiales se dejan llevar por el vocerío y se unen a ellos. Veo cómo algunos sirvientes de Titio traen más vino. Lo llevan directamente a los nobles godos. Uno de ellos sube arriba. El gigante le ha llamado con un gesto bruto de su brazo. El pobre hombre habrá pensado que si quería seguir viviendo debía subirle la jarra a Guberico. Cuando la recibe, la levanta con poderío y la bebe en pocos tragos. Desde aquí no distingo bien, pero creo que se la ha pimplado en dos.

—¡¡Ataúlfo era débil!! ¡Saro está vengado! ¡Volveremos a ser fuertes! —Sigerico parece querer hilvanar más frases. Los gritos de la parte de abajo no se lo permiten. Muestra las dos palmas como pidiendo silencio.

Agila se ha colocado al lado de Wilesindo. Toda vez que Sigerico ha pasado a la primera línea, han quedado los dos hombres solos, detrás de Guberico. Fredebado se ha retirado a un lateral. Así que Agila y Wilesindo están juntos. Mi amigo... mi amigo habla algo con él al oído.

—¡Honorio no ha enviado a su legado, a su negociador! ¿Lo habéis visto?

—¡¡Nooo!! —gritan, entregándose a las risotadas.

—¿Estáis seguros? —Deja pasar unos instantes, y vuelve a repetir la pregunta con un gesto de desprecio—: ¿Lo habéis visto?

—¡¡Nooo!!

—El Imperio solamente conoce el lenguaje de la guerra. ¡Mañana haremos una demostración!

Poco a poco doy varios pasos a mi derecha. Me acerco al corredor. Distingo el busto junto al que antes estaba Minicio. Me coloco a su lado. Quizá me iría mejor si me convirtiera en piedra, como la cara de este tipo que tengo a dos palmos de mí. Debió morir hace siglos.

—¡La hermana de Honorio, Placidia, será quien reciba y dé el mensaje, a la vez! ¡Las noticias corren pronto! ¡Si Honorio y Constancio tienen ojos aquí, cosa que no dudo, recibirán el mensaje que Placidia protagonizará mañana! ¡Lo hará ella misma!

Los curiales ahora permanecen callados. Se miran unos a otros.

Tienen miedo.

—¡¡Curiales, me dirijo ahora a vosotros!! Nada os pasará, de momento. —Sigerico mira hacia atrás, buscando a Guberico. Ambos sonríen. Los nobles godos, abajo, han entendido la idea, y prorrumpen en más risotadas. Entre los romanos hay un silencio absoluto. Quien tenía alguna de las jarras de vino se ha deshecho de ella—. Id, id a vuestras *domus*, y dad orden a los sirvientes para que traigan todo el vino que podáis. Usad carros, o con vuestros mismos brazos. ¡Pero mi gente quiere vino!

Al escucharse esta última palabra, vuelve a desatarse el alboroto.

Salvo Titio, todos los curiales comienzan a desfilar hacia la puerta. Se dirigen hacia sus casas. No van a osar desafiar la orden de Sigerico. Y harán bien.

Intento unirme a ellos, meterme entre su grupo para salir cuanto antes de la casa. Estoy a punto de poner mi pie derecho fuera de la puerta cuando me giro hacia atrás. En el estrado aún están Sigerico, Guberico y Wilesindo. Fredebado ha debido bajar ya. Y al fondo, serio, mi amigo. Agila me ha visto. Parece querer decirme algo con su mirada. O quizá me lo estoy imaginando.

40

Gregorio

Mientras Sigerico era proclamado rey entre los godos, Gregorio estaba en la iglesia. Había acudido a orar. Esa tarde no tenía compromiso de vigilancia de las obras, puesto que le correspondía a otro de los diáconos. Los presbíteros, y en particular Fulgencio, decidían quiénes y cuándo debían ocuparse de tales tareas.

Gregorio necesitaba orar. Pero también pensar.

Lo que le había dicho el *puer* había levantado todas sus sospechas. Su mente repasaba diálogos y circunstancias de las semanas previas. Y de las anteriores al primer asesinato, al de Atilio. Le preocupaba la creciente intolerancia que él ya había detectado. Desde el principio. Las leyes imperiales sancionaban una especie de persecución a todo aquel que no profesara la *religio* de los emperadores. Él no estaba de acuerdo con eso. Las personas debían creer lo que quisieran. O nada. Pero la imposición tendría, a la larga, muy malas consecuencias. Estaba convencido.

Sin embargo, no podía hablarlo con nadie. Lo comentaba con Rufo. O, las pocas veces en las que había podido charlar con ella, con Clodia.

Estaba pensando incluso escribir sobre eso. Sabía que algunos obispos, pero incluso también algunos presbíteros y diáconos, escribían pequeños tratados sobre la actitud a tomar contra los herejes, y también contra los idólatras, a los que ahora llamaban cada vez con más frecuencia, despectivamente, *pagani*. Algunos osados, incluso, se habían atrevido a enviar sus diatribas a los emperadores, pidiéndoles, exhortándoles, casi exigiéndoles, que tuvieran más celo en la intolerancia.

Él se estaba empezando a plantear todo lo contrario. Escribir, sí. Pero para implorar lo contrario. Tolerancia. Sabía que tenía las de perder. Total, empezaba a darle igual casi todo. No solamente por la muerte de Atilio, que para él supuso un impacto de introspección, sino sobre todo por la de Rufo. Sin embargo, ahora, en la oscuridad de la iglesia, que solamente se rompía por velas y lucernas encendidas, y para su sorpresa, le venía a la mente una y otra vez más el asesinato de Atilio. Más que el de Rufo.

Y creía saber por qué.

Sí. La muerte de Atilio le había impresionado mucho. No solamente la escenificación de la misma, sino el hecho en sí. Desde luego que la cabeza y las manos cortadas estarían en su mente por lo que le quedase de vida. Eso, seguro. Pero aún le resultaba más preocupante la cuestión del asesinato, tuviera la forma que tuviera. La decisión de liquidar a Atilio, la posible causa, y el lugar.

Sobre todo le inquietaba que hubiera sido asesinado en un espacio sagrado. Nada menos. No era fácil entrar en la iglesia o en el baptisterio. Bien era cierto que las obras provocaban que el acceso fuera menos reservado. Había un trasiego de idas y venidas, descargas de materiales, movimiento de obreros, operarios, artesanos que trabajaban en el suelo, en los muros, en las ventanas. Y eso que solamente estaban comenzando. No quería ni pensar lo que iba a ser aquello en los próximos años. Porque estaba seguro de que las obras iban a durar años.

Las aportaciones de Modesto y de otros aristócratas de la ciudad habían revitalizado mucho el inicio de los trabajos. Al principio, todo parecía ser inmediato. Luego, las cosas quedaron muy paradas. Hasta que Modesto decidió capitalizar el asunto. Enseguida se vio que, en ausencia de obispo y hasta que se eligiera uno, Fulgencio había logrado hacerse con las riendas del cotarro.

No le gustaba Fulgencio. Le parecía el trasunto de Modesto dentro del cuerpo clerical de Barcinona. Por la intolerancia que manifestaba siempre que le era posible. Por cómo exacerbaba a la comunidad de fieles con sus discursos incendiarios contra los idólatras y contra los herejes. Sin embargo, le reconocía una capacidad de mando y de organización nada común. Lo achacaba al origen del tipo.

Pertenecía a la vieja aristocracia senatorial. En su caso, de Tarraco, la capital de la provincia. Como sucedió con tantas y tantas familias, algunas de las ramas de mayor prestigio y mejor posición fueron viniendo a menos. Fue lo que ocurrió con los ancestros de Fulgencio, varias generaciones anteriores a la de sus padres, puesto que cayeron en desgracia política y en ruina económica.

Solamente la habilidad de uno de los descendientes permitió a la familia irse recomponiendo poco a poco, pero nunca ya con el rango que habían tenido. Las ramas sucesivas tuvieron que conformarse con destacar a nivel municipal, si acaso provincial. Aquel descendiente era el abuelo de Fulgencio. Y fue quien entendió que, de haber varios hijos varones, convenía que uno de ellos entrara en el clero.

Es lo que sucedió con uno de sus hijos, a la sazón tío del propio Fulgencio, que llegó a ser diácono en la iglesia episcopal de Tarraco. Y ahora le tocaba a él. Había superado a su tío, puesto que había logrado entrar en el selecto grupo de presbíteros, aunque fuera en una sede menor, comparada a Tarraco, como era Barcinona.

Su padre había acudido a la ciudad al norte de la capital provincial enviado por su abuelo. Este había logrado levantar a su familia sobre la base de inteligencia y de un cierto riesgo que, frente a otros casos de colegas que estaban en una situación similar, le había resultado rentable.

Además de los negocios que había emprendido en la propia Tarraco, con unas pocas visitas a Barcinona fue capaz de convencer a varios artesanos de la cerámica para que trabajasen para él, con la promesa de dar una buena salida a sus productos no desde el puerto de Barcinona, sino desde el de Tarraco.

Su hijo sería su representante en la ciudad, y quien llevaría el día a día de las necesidades de material de los artesanos y, sobre todo, del control de la producción y del traslado de la misma al puerto de Tarraco. Tenía allí garantizada una salida mucho más rentable que desde el de Barcinona. Así que lo envió a esta ciudad. Allí controlaría la producción y los envíos a Tarraco. Tenía mucha confianza en él. Era su hijo pequeño. El mayor quedaba en Tarraco al frente del grueso de los negocios familiares. El mediano había entrado en el clero de la ciudad. Y el pequeño se encargaría del asunto alfarero. No era fácil, pero sabía que era el más hábil de los tres hermanos.

Y el tiempo le dio la razón. Consolidó el tinglado, logró establecer los contactos para el traslado de los productos desde Barcinona a Tarraco, y todo parecía ir muy bien. Se casó con una dama de la oligarquía barcinonense. La pareja se entendía sin apenas problemas. De aquella unión nacieron dos niños. La madre falleció en el segundo parto, y su padre no quiso otro matrimonio. El mayor pronto quedó reservado para el negocio, siendo la sombra de su padre, y el otro se fue formando en las cuestiones eclesiásticas de manera que, ya muy joven, entró en el clero.

Al final de una mañana de otoño, cuando volvió a casa, Fulgencio no encontró a nadie. No era extraño. Su padre y su hermano estarían hablando con los alfareros, o supervisando el empaquetado de las vasijas, los cuencos, los platos, para el traslado que, cada cuatro días, hacían a Tarraco. De hecho, acababa de recordarlo. Esa misma mañana tocaba envío. Así que su hermano y su padre estarían en las afueras de Barcinona, revisando las cargas. No tardarían en regresar.

Pero sí tardaron. De hecho, no regresaron nunca. Jamás.

Habían sido abordados por unos ladrones. Eso había sucedido unos seis años atrás. Eran tiempos en los que el Imperio tenía graves dificultades para imponer el orden. Y más en Hispania. Las usurpaciones de varios generales contra Honorio, y la entrada de pueblos bárbaros, habían puesto todo patas arriba. Y los grupos organizados de salteadores vieron llegado su momento de máxima ganancia.

Los robos eran constantes, y los asaltos también. Pero esa mañana su hermano y su padre estaban desprevenidos. A pesar de todo lo que se oía, creían que la ciudad, con sus más de setenta torres, era inexpugnable para las bandas armadas de bandidos. Y de hecho, en la práctica lo era. Pero no sus *suburbia*. Así que, mientras cerraban el trato con los dueños de carruajes que iban a llevar la carga a Tarraco, fueron atacados por una de esas bandas, que había decidido entregarse a correrías en la vía que discurría paralela a la costa. No les fue difícil hacerse con el botín, no solamente de aquellos dos tipos que negociaban unos transportes y llevaban monedas. Porque también atacaron a otros que a esa misma hora comerciaban con ganados, con productos de huerta y con pescados.

Eran decenas y decenas de ladrones, asesinos, matones de bajos fondos de ciudades, otros procedentes de aldeas del interior. En conjunto, superaban el centenar. Se habían agrupado para asegurar sus ataques y por lo tanto sus ganancias, y este era uno de los más numerosos que nunca se habían visto en toda la Tarraconensis.

Fue una matanza. Los bandidos dedicaron varias horas a matar a quienes no les dio tiempo de huir. Los que lo lograron, consiguieron entrar en la ciudad, cuyas puertas quedaron cerradas dejando a algún desafortunado fuera. Aunque, para entonces, los bandidos no tenían ninguna intención de acercarse a la muralla. Los pocos supervivientes fueron contando a quien se encontraban, ya bajo la protección que otorgaba la ciudad, todo lo que había ocurrido. Fue así como Fulgencio se enteró, ya al atardecer, del trágico destino de su padre y de su hermano.

Y fue él mismo quien, en pocos días, tuvo que pactar con uno de los *patroni* más poderosos de la ciudad para que se hiciera cargo del negocio. Le entregaría una porción mínima de las ganancias, realmente ridícula. Pero era el precio que tenía que pagar para que el negocio fundado por su abuelo desde Tarraco, gestionado por su padre y su hermano, no desapareciera. Era un homenaje íntimo, profundo. Que no podía excluir el sentimiento, igualmente íntimo y profundo, de una necesidad perentoria de venganza.

Aunque logró dominarla, puesto que decidió que no debía centrarse en ella. Más aún, su obligación como hombre de Iglesia era rechazarla, superarla, imponerse a ella. Pero no era capaz. El pacto al que había llegado con

Modesto le liberaba de cualquier preocupación por el negocio. Sabía que estaba en buenas manos. Modesto y su familia tenían más que acreditada su experiencia en la gestión de *patrimonia* y de negocios muy variopintos. Y, además, era un fervoroso cristiano, y más concretamente, católico. Había sido su familia quien había donado, años atrás, los espacios domésticos sobre los que se abrió la primera iglesia intramuros.

Así que cuando el propio Modesto decidió donar más espacio y más dinero para las obras de ampliación, fue muy fácil para Fulgencio entenderse con él. Ambos pensaban que había que seguir la senda marcada por los emperadores en los últimos tiempos. Acabar con los idólatras y con los herejes. Esa era su misión en el mundo. Para Fulgencio, aquello fue una suerte. Una salida. Ya sabía cómo encauzar su furia. Su odio por aquellos desgraciados que no merecían perdón alguno.

Gregorio estaba absorto en sus pensamientos sobre Fulgencio. Y, lo peor de todo, creía que comenzaba a atar algunos cabos.

Fue entonces cuando sintió una presencia detrás de él.

—Ssshhh. —Le llamaba con un susurro muy suave—. Gregorio.

Se volvió. Sospechaba que se trataba de él. Sí. Era Fulgencio.

Estaban completamente solos en la iglesia. No sabía dónde se habrían ido los obreros, y tampoco los clérigos que esa tarde tenían que supervisar los trabajos. Le extrañó muchísimo entrar a orar y encontrarse totalmente a solas. Decidió que, hasta que se enterase de lo que ocurría, disfrutaría del manjar de la soledad. El manjar espiritual que le permitía comunicarse mejor con Dios.

Pero su dicha se había venido abajo en el momento en el que oyó pasos en la distancia entre la puerta de acceso y el lugar central en el que él se encontraba. Conocía su manera de andar, la contundencia de sus pisadas que recogían la corpulencia y la energía que le caracterizaban.

—Fulgencio... Creía estar solo. Pero he oído tus pasos. Y he acertado. Imaginaba que eras tú —afirmó Gregorio mientras se volvía hacia su superior.

—Ven, vamos hacia el baptisterio.

El diácono siguió al presbítero. Ambos desplazaron las telas pesadas y anaranjadas que colgaban de uno de los andamios en el muro lateral, y lograron avanzar, sorteando unos baldes que se entrometían entre la estancia principal de la iglesia y la zona del baptisterio.

—Supongo que no te has enterado.

Ahora Fulgencio utilizaba su tono de voz habitual, que a Gregorio le parecía poderoso y, a veces, sobreactuado. Tenía fuerza suficiente como para no hacer necesario forzar el tono, como habitualmente hacía el presbítero, especialmente en sus largas homilías.

Gregorio palideció. Le extrañaba que Fulgencio hubiera venido a hablar con él. Con todo lo que estaba pasando en la ciudad en los últimos meses, ya no sabía qué pensar.

—No... ¿Qué ha ocurrido... ahora?

—He venido porque imaginaba que algún hermano estaría por aquí aún. Quizá es mejor que vayas a tu casa. Como han hecho todos. Cuando has llegado no habría ya nadie, supongo.

—No. Así es. Estaba todo vacío. Me ha extrañado mucho, porque...

—Claro. Los operarios y los diáconos que hoy se encargaban de todo se han ido a casa. Lo que deberías hacer tú. —Fulgencio lanzó una mirada áspera a Gregorio—.Vete a casa.

—Pero ¿qué ocurre?

—La noticia ha corrido en unos instantes por toda la ciudad. Los godos han asesinado a su rey. Han elegido a otro.

Gregorio miró al suelo. Veía en él el gran cuadrado de la piscina bautismal, que en un tiempo, no sabían aún cuánto, sería octogonal. Si el proyecto seguía adelante, claro. Quedaría realmente impactante, aunque a él le convencía más, por lo humilde, su forma actual.

—¿Hay violencia? —preguntó a su superior sin levantar la mirada de los laterales del cuadrado. Los mismos en los que había encontrado mutilado a Atilio. Mejor dicho, a sus restos.

—De momento, no. Pero todo es posible.

En mitad de la angustia que le dominaba, Gregorio vio claro lo que debía hacer.

—Después de todo, ya ha habido violencia. Sin ir más lejos, aquí mismo, en el baptisterio. —Miró a Fulgencio como escrutando su reacción.

Reacción que no se produjo. El presbítero mantenía su rictus habitual, con los músculos tensados y la mirada desafiante.

—Así es. Fue terrible. Y en suelo sagrado.

—Parece extraño que no hayamos investigado nada.

—¿Qué quieres decir, Gregorio?

—Que no hemos hecho preguntas, ni a los *pueri*, ni a los operarios, tanto a los obreros, como a los artesanos. Y tampoco entre el escalafón clerical. Alguien tuvo que ver algo. —Decidió por el momento silenciar al *puer* que le había informado sobre el tipo alto—. Por no hablar de...

—Por no hablar ¿de qué?

A Gregorio le daba la sensación de que a su superior le estaba ganando la partida el enojo. Que antecede a la ira. Al menos en el caso de Fulgencio. Lo había comprobado en otras ocasiones cuando se trataba de discusiones sobre los idólatras y los herejes.

—Por no hablar del acceso a la iglesia y al baptisterio. Atilio no pudo entrar aquí libremente.

—¿Y a qué nos conduce eso?

—A que tenía que haber alguien esperando. A él, a Atilio.

—¿Alguien con quien debía hablar aquí, en el baptisterio? —Fulgencio estaba visiblemente nervioso.

Gregorio se percató y decidió aventurarse e insistir. Se sorprendió a sí mismo por el valor que estaba derrochando. O eso quiso pensar, acaso para darse ánimos.

—Sí. Sin duda. Y, quizá, ese alguien...

—Ese alguien. —Fulgencio apremiaba a Gregorio para que continuara y rompiera la pausa que, intencionadamente, este había provocado para estudiar la expresión de su interlocutor.

—Ese alguien pudo ser, y de hecho creo que fue, su asesino.

Gregorio soltó su frase y dio dos pasos hacia atrás, buscando la salida del baptisterio.

De repente temió por su vida.

Era una sensación que no había tenido jamás. Nunca. Pero, al pronunciarla, algo le alarmó: las conclusiones a las que iba llegando, o la mirada de Fulgencio, o la soledad de la iglesia y del baptisterio, o todo en su conjunto. Buscó con ansiedad la salida. Los baldes otra vez. Aunque quería correr, no podía. No debía. Sabía que, de hacerlo, Fulgencio lo alcanzaría en pocas zancadas. Así que, con una desesperación que notaba en aumento, buscó el sigilo, aprovechando que el presbítero dudaba, o eso parecía, ensimismado en reflexiones sobre lo que Gregorio acababa de decirle.

El diácono estaba convencido de que, en cuanto dichos pensamientos cesaran, Fulgencio se abalanzaría sobre él. Para cuando este decidió volver su cabeza, Gregorio había logrado saltar sobre los baldes, aunque dos de ellos cayeron al suelo derramando el líquido espeso que los obreros utilizaban para los enlucidos del muro.

Estaba ya cerca de la puerta. A dos, a lo sumo, a tres pasos.

Y oyó los gritos de su presbítero. Y, sobre todo, el segundo.

—¡¡Espera!! ¡¡No tengas miedo!! —Una pausa, dos respiraciones aceleradas—. ¡¡Yo no maté a Atilio!!

41

Agila. Gregorio

Sigerico estaba recibiendo las lealtades de la nobleza goda.

La mayoría de quienes se acercaban a él estaban ya completamente borrachos. Cuando llegaban hasta él, intentaban disimular, aunque no estaban convencidos de que fuera necesario.

Otros, los más prudentes, apenas habían probado el vino, por si acaso había que estar lúcidos antes de que aquello concluyera.

—¡Lealtad a nuestro rey, a muerte con Sigerico!

—¡¡A muerte con Sigerico!!

La voz atronadora del gigante Guberico retumbaba dentro del corredor. La nobleza goda se había agrupado desde la columnata hacia el muro, colmatando por completo el corredor. De entre el grupo surgía una fila, que se iba rellenando continuamente, y que concluía ante el nuevo rey. Uno a uno, los nobles godos se acercaban a él.

Aún no había dado tiempo a que los curiales y sus sirvientes regresaran con vino. De todos modos, las reservas de Titio eran excelentes y cuantiosas. Claro que estaban a punto de acabarse.

Wilesindo se acercó a Agila.

Estaba seguro de que era el más inteligente y el más audaz de los nobles godos vivos posteriores a la generación de Fredebado. Después de él mismo, claro. En eso no tenía ninguna duda.

Pero recelaba de su lealtad inquebrantable a Alarico y a Ataúlfo. Nunca hubiera pensado que pudieran contar con él para la conjura contra este último. Por eso, cuando en los primeros sondeos de voluntades el viejo Fredebado le dijo que no era imposible del todo contar con Agila, las cosas comenzaron a cambiar.

El astuto Fredebado. Wilesindo no salía de su asombro con las cualidades del viejo. En su juventud había aprendido de Becila, era cierto. Pero le ganaba. Becila habría sido un gran guerrero y todas esas chorradas. Pero su discípulo le había superado. Wilesindo estaba seguro de que Fredebado era capaz de engañar a Becila sin que este se diera cuenta de nada. Sus dotes para la política, las conjuras, los secretismos, no tenían par. Y él aprendió todo eso. Porque, después de todo, Fredebado era su maestro. Como lo era de Agila. Claro que Agila desarrolló más las cualidades militares y esa honestidad tan exasperante, perdiendo ocasión de potenciar más esas otras cualidades que hacían de Wilesindo, según su propio análisis, el más inteligente y hábil de los nobles godos.

Por eso le insistió desde el principio en que tenía que dejar a Tulga fuera del asunto. En las discusiones que mantuvieron aún en Narbona, antes de salir para Barcinona, él, Wilesindo, fue el único capaz de encontrar el argumento sutil capaz de hacer entender a Agila que debía dejar al margen a su amigo y pupilo. «Es aún joven, pero aprenderá. Sorpréndele, y aprenderá.»

Estaba convencido de que esa idea de sorpresa, como lección final en el aprendizaje del joven, fue la clave para que Agila dejara a Tulga al margen. Wilesindo se decía una y otra vez a sí mismo que lo que nunca podría sospechar Agila era que se trataba de un argumento falaz, creado de la nada por él mismo para lograr apartar a Tulga, puesto que no descartaba que pudiera avisar a Walia y a otros nobles en el último instante. Pero no quería utilizar la verdad con Agila. No podía ponerle en la disyuntiva de contar o no con Tulga. El muchacho podría estropear con una mínima indiscreción.

Con la argucia de la sorpresa como lección de vida y de política, lograba hacer creer a Agila que, apartando al joven, en realidad, estaba contando con él. Sí. Solamente a él, a Wilesindo, podía ocurrírsele semejante genialidad. Estaba ya seguro de que ni siquiera al zorro de Fredebado.

Cuando supo que Agila estaba decidido, todo se aceleró.

Fue la primera vez que Wilesindo pensó que era factible. Que se podía dar un giro a la situación. Claro que los demás, ilusos, creerían que era para vengar a Saro y para encumbrar a Sigerico.

Solamente él sabía la verdad. La verdad de Wilesindo. Sigerico y ese gigante que no le dejaba solo ni para ir a mear ocuparían el máximo poder. Pero era cuestión de meses, a lo sumo dos o tres años. No tenían apoyos suficientes como para durar mucho tiempo. Y él se las compondría para ir ganando adeptos. Sobre todo si llegaba de una puta vez el pacto con el Imperio. Ya se encargaría él de buscar mediadores y de entendérselas con el emperador.

El único problema que intuía era, precisamente, Agila. Demasiado tenaz, demasiado fuerte, demasiado perspicaz. Pero esperaba convencerlo con el tiempo para eliminar a Sigerico y dar el golpe definitivo que le colocara a él como merecido rey de los godos. Y, si no, buscaría la forma de borrarlo de la faz de la tierra.

—Bueno, bueno... Todo ha salido bien —le susurró a Agila al oído, mientras el resto de los nobles seguía cumplimentando a Sigerico bajo la atenta mirada de Guberico.

—Muy bien, cabría decir. —Agila le mostró la copa repleta de vino, a la que correspondió Wilesindo con la suya.

—No veo a tu joven aprendiz por aquí. —Wilesindo deslizó una sonrisa procaz.

—Mi aprendiz exactamente no es, tú bien lo sabes. Es mi amigo. Y supongo que ahora se habrá visto traicionado. Sí, estaba al fondo del patio. Ha salido hace un rato amparado en la turba de curiales.

—Se habrá visto traicionado. Pero, cuando llegue el momento, tú le explicarás que era su última lección. La aprenderá, sin duda. Y te estará eternamente agradecido.

—Ahora mismo es demasiado pronto. Sí, bien dices. Cuando llegue el momento. —Agila apuró el vino y volvió la cabeza hacia su izquierda, puesto que se había percatado de que Fredebado se acercaba.

—No ha habido motines ni revueltas, ni siquiera conatos. Mucho mejor de lo esperado —dijo el anciano godo.

Agila hizo un gesto a uno de los sirvientes de Titio para que acercaran más vino al grupo de tres hombres. Estaban apartados, a unos diez pasos del pórtico, que continuaba abarrotado de nobles godos buscando rendir honores y lealtad a su nuevo rey.

—No. No deja de ser una paradoja. —Wilesindo saboreaba el vino con deleite.

—¿A qué te refieres? —preguntó Agila.

—A que tanta lealtad, los asedios y el saqueo en Roma, tanto funeral a Alarico en Italia, al niño de Teodosio aquí, tanto viaje, las marchas, los campamentos, las ciudades de las Galias, tantas guerras... todo eso haya acabado en una cuadra.

—Tu idea fue particularmente brillante, Wilesindo. Siempre reconocí en ti la habilidad por encontrar soluciones a los problemas más acuciantes que os proponía cuando erais muchachos —afirmó Fredebado con orgullo.

—Lo fue. Mirad a ese Evervulfo —dijo Wilesindo en un tono burlesco.

Los tres hombres se volvieron hacia el corredor. Uno de los nobles godos más corpulentos lo sostenía sobre sus hombros, mientras otros cuatro le atiborraban a vino cuando el fuerte se agachaba en un juego que pronto terminaría con el de arriba completamente borracho

—Ahora mismo es un héroe —concluyó, mirando a Agila y a Fredebado con una expresión de triunfo en su rostro.

—¿Có... cómo dices? —Gregorio se había detenido justo antes de salir de la iglesia.

Había logrado irse del baptisterio antes de que Fulgencio reaccionara. Eso para él ya era un logro.

Ahora, a punto de poner pie en la calle, algo le decía que pararse para atender la interpelación de Fulgencio podía suponer su sentencia de muerte. Pero otra parte de él le decía que el tono con el que le había chillado el presbítero era algo totalmente nuevo. Y lo era porque le había parecido detectar en él un ruego, una súplica. Un rasgo de humildad hasta entonces desconocido en Fulgencio. Algo que a Gregorio le impelió a detenerse y escucharlo.

—No, Gregorio. Yo no he sido. —Fulgencio había logrado que su diácono dejara de huir. Rebajó el tono hasta que sonó inusitadamente suave, tanto que a él mismo le sorprendió.

Gregorio decidió escuchar. Pero no se movía de la puerta. De hecho, tenía el pie derecho muy próximo a la calle.

—Sé lo que has pensado. Has creído que fui yo. Que mi intolerancia hacia los paganos puede llegar hasta el punto del asesinato.

Gregorio permanecía silente.

—Algo muy malo he debido de hacer para que el mejor de nuestros diáconos piense eso de mí.

La imagen del hombre alto saliendo del baptisterio la tarde del asesinato de Atilio, según le había contado el *puer*, invadía la mente de Gregorio y la recorría a gran velocidad una y otra vez mientras el presbítero aparecía ante él como nunca antes. Le parecía sincero. Humano. Débil.

—¿A qué te refieres, Fulgencio?

—Gregorio, yo no soy un asesino. —Fulgencio bajó aún más el tono.

—Yo no he dicho eso.

Fue Fulgencio quien calló ahora, dando a entender a su interlocutor que deseaba que continuase. Al no hacerlo, intentó motivarlo.

—Pero lo has pensado. No por otro motivo has intentado huir. Aún estás a punto de hacerlo. Huir de mí.

Por un instante ambos clérigos permanecieron en silencio, cruzando sus miradas a medio camino entre la tensión y la comprensión. Cada uno intentaba entender al otro.

—Yo odiaba a Atilio. Es verdad. Y también lo es que los cristianos no debemos odiar a nadie. Pero quien esté libre de pecado, que tire la primera piedra. Recuerda el Evangelio de Juan, Gregorio. Sí, odiaba a Atilio y a todos los Atilios que se oponen al triunfo total del mensaje de Jesucristo, pero en su correcta interpretación.

—La nuestra, ¿no es eso? —Gregorio mantenía aún la tensión por si debía dar un salto hacia su derecha para huir de allí—. La que impuso por un edicto el emperador Teodosio hace más de treinta años, y luego confirmada en más leyes. Leyes, Fulgencio, y no convicciones.

—Las convicciones soportan, permiten, y justifican las leyes, Gregorio.

—Pero no en religión. Hemos pasado de perseguidos a perseguidores, Fulgencio. Y en tus homilías incitas a eso.

—Hay que depurar al *populus* de las impurezas de la herejía. Y enterrar para siempre a la idolatría y a los idólatras.

—Es lo que le sucedió a Atilio, ¿no es así? —Gregorio se armó de valor para sacar de su garganta semejante frase. Mantenía un pie muy cercano a la puerta y, por ende, a la calle.

—¡Yo no maté a Atilio! —Fulgencio subió el tono.

—¿Puedes decirme algo para que te crea? —Gregorio volvía a sorprenderse a sí mismo.

—Sí. Por eso he intentado hablar contigo antes de que salieras despavorido.

El diácono se dio cuenta de que Fulgencio había pasado de una efímera actitud de súplica a otra de reproche. Apretó los labios esperando escuchar lo que el presbítero le iba a decir. No sabía si le iba a convencer, pero tuvo el presentimiento de que algo iba a remover dentro de él.

—Modesto me pidió la llave. La de la puerta exterior del baptisterio. No la de la iglesia. Sabía que esa tarde no habría nadie porque me preguntó cuáles eran los planes para los operarios.

—¿Modesto?

Gregorio se zambulló en todo lo que sabía sobre Modesto, sobre su familia, sobre las donaciones a la iglesia. Pero, sobre todo, en su estatura.

Pensó en lo que el *puer* le había contado, y se debatía entre si Modesto, precisamente Modesto, podía ser considerado un tipo alto. Desde luego, Fulgencio lo era mucho más. Y eso seguía inquietándole.

En ese momento recordó lo otro que el *puer* le había contado. Que Fulgencio había preguntado por Clodia. Tuvo que pensar muy rápidamente. Decidió no inquirirle nada sobre ese asunto, porque desvelaría su fuente y el *puer* podría pagar las consecuencias. Estaba enfrascado en semejantes pensamientos cuando fue alertado por el inusual tono rebajado al que recurrió de nuevo Fulgencio.

—Pero lo que me dijo Modesto, para ser precisos, es que la llave la quería otra persona. Se la había pedido. Y me dijo que no podía negársela. Por eso acudió a mí. Porque también era consciente de que a él, a Modesto, se la iba a entregar. Una igual a la que suelo utilizar yo, que tenemos para casos de emergencia o de pérdida.

—¿Otra persona? ¿Alguien... le pidió que consiguiera la llave?

—Sí. Pero no me dijo quién.

42

Clodia. Cerena. Tulga

Minicio se afanaba en dar órdenes a los africanos y a los otros sirvientes. Le importunaba mucho entregar todo su vino. En realidad, lo que le chinchaba era entregar el bueno. Porque el regular y el malo, en fin. Pero el bueno... De todos modos, si todo salía como suponía, esperaba reponerlo pronto. Y con creces.

Había cosas que aún no le cuadraban mucho. Aunque lo de Sigerico estaba cantado. Pero, así, de esta forma... Ya le daría una o dos vueltas. Necesitaba algo de tiempo para relacionar unas cosas con otras. Aunque estaba convencido de que los negocios, tal y como había imaginado, iban a prosperar. La cosa estaba bastante bien encaminada.

—¡¡Vamos, carga ya ese vino de una vez, y llévalo a la *domus* de Titio!! —gritaba con denuedo a uno de los sirvientes, un muchacho de unos quince años, aunque aparentaba más.

El chico era esclavo y en alguna ocasión le había pedido la libertad. Lo llevaba claro. ¡La libertad! Como mucho, en su testamento. Sí, en su testamento quizá incluyera la manumisión del chaval. Igual así lograba algo de perdón en los cielos, si es que existían. Aunque, bien mirado, el chaval podría antes ganárselo, currárselo. Hacía tiempo que lo estaba pensando. Total, con Clodia ya no hacía nada. Ni con ninguna. Había ido alguna vez a los mejores lupanares de la ciudad, y también a los de Tarraco, que aún eran más sofisticados. Y tampoco.

Helvio, que solía acompañarle también a eso, le había sugerido que probara con alguno de los muchachos que por allí estaban. Cobraban más o menos lo mismo. No era cuestión de dinero. Alguna vez lo había probado y no le iba mucho. Sin embargo, el esclavo era otra cosa. Tenía mucha más prestancia que los que había visto en las otras *domus*. Podría obligarle, pero le quitaría morbo al asunto. Así que, ahora que lo pensaba, igual hacía caso a Helvio. Pero no en los prostíbulos, sino en su propia casa.

Clodia ni se iba a enterar. Además, aunque se enterase, le daba lo mismo. Se decía a sí mismo que era una zorra, que se follaba a lo que se movía, que se pensaba que él, Minicio, de los Minicios de Barcinona, no se enteraba. No sabía con quién se la estaba jugando.

Hablaría con el chico. Decía que tenía quince, pero aparentaba veinte. Sí, desde luego. Se lo diría. Si quería la libertad cuando a él le tocara hacer testamento, él tendría que tocar otras cosas. Y pronto.

—¡Vamos, llevad eso ya! ¡No quiero que los bestias esos vengan a buscarlo, me joderán toda la casa!

Se afanaban y, con celeridad, iban sacando el vino en dos pequeños carros que habían traído Lucio y Crescentina.

Mientras, Clodia permanecía con su espalda apoyada en el muro del corredor. Le sorprendía tanta actividad a primera hora de la noche. Minicio debió de adivinar sus pensamientos, y se acercó a ella. Le gustaba jactarse de lo informado que estaba y de la ignorancia supina en la que, a su juicio, vivía su esposa. Él creía que tantos libros le habían provocado un colapso que la había convertido en un mueble más de la biblioteca. Salvo cuando se encontraba con sus amantes, claro. Como Rufo. Lo mismo pensaba que él no sabía lo de Rufo. ¡Ja! Pero ese ya había llevado lo suyo. No pudo evitar una sonrisa mientras se acercaba a ella.

—¿Sabes para qué es el vino? Mejor dicho. ¿para quiénes?

—No. Has venido muy apresurado.

—Para los putos godos. Se han cargado a su rey o como lo llamen. Han puesto a otro. Y están celebrándolo. Se van a beber todo el vino de la ciudad a este paso.

Clodia suspiró. No entendía la política de los bárbaros. De hecho, ya no entendía la romana. Esperaba que Agila y, sobre todo Tulga, estuvieran bien. Semejante asunto podía conllevar violencia. Así que fue lo primero por lo que se le ocurrió preguntar. Pero no quiso mencionar a Tulga. Si sus sospechas sobre el asesinato de Rufo tenían fundamento, cualquier posible apariencia de interés por Tulga podría ser su condena a muerte.

—¿Hay violencia? No se oye nada desde aquí. Sí, algunos gritos. Estamos cerca de la casa de Titio.

—No. Al parecer ha sido todo pacífico. Salvo para Ataúlfo, claro. Lo han degollado. Se lo han cepillado en las cuadras que habían preparado cerca de la *domus* de Titio.

—¿Sabes algo de... Placidia? —Iba a decirlo, iba a preguntar por Tulga, pero se arrepintió al momento, no quería ponerlo en peligro

—No. Salvo que la tienen recluida en este momento. Al parecer, han reservado algo para ella. Pero no creo que se atrevan a matarla. Lo hubieran hecho ya. Imagino que la utilizarán para negociar con Honorio.

A Clodia le entraron ganas de vomitar. De repente, la angustia se apoderó de ella. Por lo que contaba Minicio, que venía de la casa de Titio y había visto lo que estaba ocurriendo, lo más probable era que Tulga y Agila estuvieran bien. Pero, por un momento, pensó que algún cabo quedaba suelto. Algo en su cabeza le hizo pensar que había visto u oído algo en los últimos días que le había pasado desapercibido. Hasta ahora. Era como un acertijo. No tenía ni idea de qué era. Estaba segura de tener una sensación extraña. Y era lo que le provocaba la necesidad de vomitar, que finalmente pudo controlar.

Se fue a la biblioteca. Cuando abrió la puerta, se encontró a Cerena limpiando los armarios. Lo hacía con el cuidado con el que la propia Clodia le había enseñado para no deteriorar ningún libro. Clodia aún se sentía mal, pero acababa de desaparecer la angustia que sentía hacía tan solo unos instantes. La presencia de Cerena le proporcionaba serenidad, aliento, templanza, calma. Sobre todo en las últimas semanas. Todo lo que había ocurrido en los últimos meses hubiera provocado en ella una zozobra casi terminal.

—Vaya, vaya, has decidido limpiar hoy. Pero hace poco que limpiaste los armarios, ¿no es así?

—Sí. Unos días.

—¿Entonces?

—Me he enterado de lo de los godos. Del asesinato de su rey, de la proclamación de otro. Me lo han dicho los africanos. Les han encargado vaciar la bodega.

—Sí, están cargando el vino. Lo llevan a casa de Titio.

Cerena no contestó. Siguió concentrada en la limpieza, como ajena a lo que Clodia le estaba preguntando. Su *domina* la conocía muy bien, y sabía que había algo que aún no le había contado. Y que, por algún motivo, estaba relacionado con lo que acababa de suceder. No de otro modo Cerena tendría esa actitud repentina.

—Deja eso. ¡Déjalo! —Clodia nunca había utilizado ese tono para dirigirse a Cerena.

Cerena se quedó quieta en el mismo instante en el que oyó la voz de su *domina*. El tono empleado por Clodia había logrado su propósito.

—Hay algo que te preocupa, Cerena. Dime lo que es. Entre nosotras no debe haber secretos.

Cerena se sentó. Apoyó el codo encima de la mesa, y la mano sobre su frente. Su expresión era angustiosa, y Clodia se dio cuenta.

—Creo que es esto a lo que se refería él.

—¿Él? ¿Quién es «él»? Y, ¿qué es «esto»?

Hubo una larga pausa. Las dos mujeres se miraron. Su complicidad era la base de una relación que a Clodia le parecía de lo mejor que había disfrutado en su vida. De una amistad en un mundo hostil, dominado por Minicio y por todos los Minicios.

Solamente Rufo había sido una excepción. O había empezado a serla, porque el asesino no dio tiempo a que fuera, nadie lo sabría ya, acaso una nueva vida para ella.

Ahora había estado con Tulga. Le parecía que era otra cosa, una amistad, quizá. En cuanto llegasen los acuerdos con el Imperio el joven godo volvería con su prometida a los campamentos, y el conjunto de los godos marcharían a los lugares que el emperador tuviera dispuestos para ellos. Porque, a esas alturas, Clodia empezaba a suponer que el destino de los godos no era tan propio de ellos como aquellos tipos pensaban.

Rufo había sido algo muy distinto para ella. De ser cierto que era Minicio, cosa que esperaba investigar en cuanto pudiera hablar en más ocasiones con Gregorio, estaba dispuesta a llevar a cabo lo que su espíritu, su ánimo interior, le reclamaba con pasión.

Venganza.

Estaba segura de que Gregorio estaría intentando recopilar algún dato, algo, por minúsculo que fuera, que les ayudara, al menos, a imaginar qué había podido pasar en los dos asesinatos. Por más que, en su fuero interno, estaba ya convencida de que había sido Minicio. Por eso, cuando preguntó a Cerena, temía que cualquier cosa fuera posible. La angustia que percibió en la expresión de su sirvienta no dejaba lugar a dudas. Algo inquietante se había apoderado de las preocupaciones de Cerena. Y Clodia quería saber qué era. Repitió las preguntas.

—Cerena, contesta. ¿Quién es «él»? Y, ¿a qué te refieres con la palabra «esto»?

Cerena se pasó la mano izquierda por las cejas, a las que sometió a una presión con sus dedos índice y pulgar. Se detuvo a reflexionar unos instantes antes de contestar. ¿Debía mencionar a Clodia el nombre de su amante? ¿No era mejor protegerlo? Todo se había precipitado. En realidad, es lo que dijo él. Que las cosas iban a cambiar y mucho. Había prometido que no diría a nadie su nombre. Pero ella era especial. Muy especial. ¿Qué hacer?

—No. No puedo decirlo. Se lo prometí.

Clodia mantenía silencio, como dando una tregua para que Cerena cambiara de opinión y revelara el nombre.

—Pero sí puedo contarte que conmigo es muy bueno. No estoy acostumbrada, Clodia. Salvo contigo, claro. Tú me sacaste de aquel horror.

—De acuerdo. No te preguntaré más quién es.

Cerena quería sonreír, pero no pudo. No fue capaz porque intuía la molestia que a su *domina* le había causado que no quisiera contestar. Luego le pareció que Clodia realmente entendía que no diera el nombre.

—También me preguntabas por lo que él me había contado. La última vez, quiero decir.

—Sí.

—Me dijo que habría cambios. No sé cuáles, pero relacionados con los godos. Que algo pasaría. Y que cuando todo eso ocurriera, él estaría en primera línea.

Clodia permaneció pensativa unos instantes.

—Vaya, vaya... ¿Eso te dijo?

—Sí. ¿A qué podría referirse?

—Mmm... es evidente que ha acertado en cuanto a lo de los godos. Han liquidado a su rey y han elegido a otro.

—Y eso, ¿qué quiere decir?

—Que tu amante tiene información privilegiada. Muy privilegiada. Que sabía lo que iba a ocurrir con el rey godo antes de que ocurriera. ¿Te das cuenta de lo que eso significa?

Fue Cerena quien mantuvo silencio ahora.

—Significa —se contestó Clodia a sí misma— que ha habido una conjura y que hay romanos en ella. Porque tu amante es un curial. Alguna vez lo hemos comentado. Si un curial sabía que iban a asesinar a Ataúlfo, es que hay una trama romana en todo esto.

Al punto de acabar la frase, Clodia permaneció meditabunda. Se acababa de dar cuenta de lo que ella misma había dicho. Una trama romana. En el asesinato del rey godo.

Enseguida le vino otra pregunta a la cabeza. Miró a Cerena. No porque creyera que ella tuviera la respuesta, sino por compartir con ella su hallazgo y, de paso, preguntar si «él» había dejado caer algo al respecto.

—Cerena ¿habrá alguna relación entre el asesinato de Ataúlfo y los de Atilio y Rufo? —Tragó saliva al mencionar su nombre.

—No lo sé, yo no puedo saberlo y, además...

—Y, además, él no ha mencionado nada sobre los asesinatos, ¿verdad?

—No. Solamente habló de cambios en los godos, y afirmó que él estaría en primera línea, como te he dicho. Que no sabía exactamente lo que iba a suceder, pero que esperaba obtener beneficios.

—Ya.

—Y, bueno, al final...

—Al final, ¿qué? —Clodia comenzaba a alterarse.

—Al final me dijo que íbamos a vernos más, y que me llevaría con él.

—¿Qué?

—Sí. Al sur. Mencionó Hispalis.

—Hispalis. Sí. Está muy lejos.

—Y que él se encargaría de su familia.

Clodia no salía de su asombro. Intentaba pensar en todo lo que Cerena le estaba contando. Reunía las piezas para intentar componer algo que tuviera lógica. Iba a hacer alguna pregunta más cuando se oyó la llamada en la puerta de la biblioteca. Clodia la había cerrado al entrar. Y quien llamaba tenía prisa. Golpéo con fuerza varias veces.

Fue Cerena quien abrió.

Era Tulga.

Entro con paso ligero hacia la sala. Veo a Clodia enfrente, junto a la mesa. Deseo encontrarme con ella. Quiero abrazarla. De repente, advierto que Cerena también está.

Aminoro el paso.

—¡Tulga! ¡Estás bien! Creía que así sería, pero no tenía la certeza aún. ¿Qué ha ocurrido? —Clodia da dos o tres pasos hacia mí.

Aumentan las ganas de abrazarla. De besarla. Necesito estar con ella. Contárselo todo.

—Sí. Estoy bien, teniendo en cuenta las circunstancias. Han asesinado a Ataúlfo, y han proclamado a Sigerico. Pero... sí. Estoy bien.

Miro a Cerena, intento sonreírle, aunque me temo que no he sido capaz. Ambas mujeres me siguen con la vista mientras me acerco a la esquina del fondo en la que están los numerosos cojines y almohadones en los que Clodia suele recostarse y leer. No veo el momento de tumbarme en ellos. Me gustaría que fuera con Clodia, pero ahora mismo no puede ser.

Lo hago de todos modos. Estoy agotado. Agotado por lo que acabo de ver. Por lo que siento.

—¿Qué ha sucedido? Ya sé que han asesinado a vuestro rey. ¡Estás completamente pálido! ¿Y Agila, dónde está Agila? —Clodia parece muy preocupada.

Escucho ese nombre. Algo se revuelve en mi interior. Siento arcadas. Es una mezcla de desesperación, tristeza, ansiedad, y asco. Mucho asco.

—Agila... —La miro fijamente, y ella hace lo mismo. Sus ojos me dan fuerzas, a estas alturas ya lo tengo bastante claro. Así que continúo—: Agila está con el nuevo rey, Sigerico. Es uno de sus hombres.

Al poco de decir la frase, regresan las arcadas. Logro contenerme. Me pongo de pie.

—¿¿Qué?? ¡Pero si Agila es uno de los hombres leales a Ataúlfo! O era... Ambos lo habéis dejado claro aquí todos estos meses cuando hemos hablado de vuestras cosas.

—Sí. Eso creía yo. Lo creía a muerte.

—Agila, Agila... —Clodia parece querer medir sus próximas sílabas—. ¿Es un traidor?

—Imagino que al nuevo rey, no.

Me doy cuenta de que Clodia se acerca hacia mí. Ha comprendido bien la amargura que encubre mi sarcasmo.

Estoy en el fondo de la estancia. Me he incorporado apoyando mi brazo en los almohadones, con más esfuerzo del que hubiera sospechado. La tensión me ha machacado. Es como si me hubieran dado una paliza. Clodia me sujeta por la cintura. Me abraza. Y me besa. Me besa profundamente. Cerena está entre nosotros y la mesa. Nos apartamos ligeramente el uno del otro. Veo la expresión de sorpresa de Cerena.

—Señora, soy una tumba, un sepulcro.

—Ahora me vuelves a llamar «señora». Sí, lo sé, Cerena, lo sé —contesta Clodia mientras me abraza por el costado.

Cerena asiente ligeramente. Está turbada.

—Tulga, ¿qué ha hecho Agila? ¿Qué ha pasado? ¿Cómo ha sido el asesinato? ¿Y Placidia? —me pregunta Clodia.

—Ay, son muchas preguntas.

—Sí, pero cuéntamelo. Todo.

—Han asesinado a Ataúlfo en las cuadras. Improvisaron unas caballerizas para que pudiera entretenerse. La muerte del niño fue un golpe muy duro, y...

—¿Improvisaron? Por el contrario, tendrían previsto que esas caballerizas fueran el escenario de su muerte. Pensaban que ahí lo pillarían.

—Así es. Seguramente porque controlaban los turnos de guardia. De hecho, fue Wilesindo, uno de los nobles más leales a Ataúlfo, amigo de Agila, quien... ¿Sabes? Ambos fueron discípulos de Fredebado. —Me cuesta mucho seguir—. Digo que... ese Wilesindo era quien controlaba el asunto de las caballerizas.

—Comprendo.

—Fue una encerrona.

Clodia aprieta aún más su brazo izquierdo sobre mi costado.

—Han proclamado a Sigerico. Que está detrás de todo, claro. Pero lo peor ha sido ver a Agila allí... allí arriba, junto al nuevo rey y ese monstruo de Guberico.

Me cuesta no derrumbarme. No llorar desconsoladamente. No proferir las maldiciones que se agolpan en la mente, cada vez más confusa.

—Estuvieron aquí hace poco. Los recuerdo bien. Aquel gigante quiso propasarse conmigo. —El tono de Clodia es de profundo lamento, aunque sin perder un ápice de su energía habitual.

—Guberico es una máquina de matar, de destrozar, y también es un violador compulsivo. Todos nosotros lo sabemos. En las campañas en Italia, y también en la Galia, hizo verdaderas maldades.

—Y Agila. Tu Agila. ¿Cómo ha podido?

—No lo sé, no sé qué ha podido pasar por su cabeza. ¡¡No me dijo nada!! ¡¡Joder!! ¡No me dijo nada! —Estoy al borde del llanto.

—A veces hay lugares oscuros, Tulga. En la vida y en el alma.

No puedo contestar. Me derrumbo.

Ahora soy yo quien aprieta con fuerza.

43

Apolonio y Minicio.
Gregorio y Modesto

No veía a Clodia. Estaría en la biblioteca. Como siempre. Minicio sabía que aún le quedaba vino. Pero casi todo había salido ya para la *domus* de Titio. La tarde hacía ya un rato que había desembocado en la noche. Si aquellos tipos seguían bebiendo a ese ritmo, iba a ser larga. Muy larga.

Había visto entrar al godo, al joven. El otro no había venido. Estaría ya borracho en los festejos que se traían entre manos esos bárbaros. Tenía ganas de irse a dormir.

Pero no podía. Apolonio le había dicho que pasaría por la *domus*. Él, como todos, también se había ido a la suya para dar orden de cargar el vino hacia la de Titio. Pero, al verse ambos allí, en la proclamación del tal Sigerico, Apolonio le dijo que tenían que hablar. Que él vendría a su *domus*. Cuando pudiera.

Así que no le sorprendió que apareciera por el portón principal.

—¿Qué? ¿Ya no te queda ni gota de vino, no? —Apolonio parecía satisfecho, a pesar del caos general en todas las *domus* de la ciudad. Incluida la suya.

—Para serte sincero...

—¡Sincero! ¿Sincero tú, Minicio? ¡No creeré una palabra de lo que me digas! —Definitivamente, Apolonio venía de muy buen humor.

—Sí, me queda algo, pero muy poco. ¡Putos locos!

—Bueno, bueno, bueno... Tenemos que hablar.

—Sí. —Minicio se rascó la cabeza con el dedo meñique de su mano izquierda, e hizo un gesto con la derecha apuntando hacia el corredor—. Vamos al *tablinum*.

Ambos hombres se dirigieron al lugar sagrado de Minicio. El sitio en el que despachaba las cosas que a él le importaban. Las únicas, en realidad, que le importaban. Los negocios con mercaderes, los apaños con otros curiales, y las explotaciones a sus *clientes* de la ciudad y de sus *suburbia*, manejadas sobre la base de favores que aparentemente les concedía escuchando sus peticiones matutinas.

Caminaron despacio hacia el *tablinum*. Por dos motivos. Primero, porque a Minicio, como era costumbre, le costaba dar tres pasos seguidos. Segundo, porque Apolonio demoraba el paso con la excusa de no dejar atrás a su colega de curia, aunque su intención era hallar con la vista a Cerena. No lo logró.

—Bueno ¿qué opinas?

Apolonio cruzó las piernas, colocando la derecha sobre la izquierda, y disponiendo con su mano los pliegues de la túnica. La misma que llevaba al verse con Cerena. Su preferida en los días de calor extremo.

—¿Qué quieres que opine? —Minicio se dejó caer a plomo sobre su silla.

—¡Viejo zorro! Siempre esperando que los demás nos mojemos.

A pesar de las palabras de Apolonio, Minicio sonreía. A su colega eso no le sorprendía. Le había visto esa misma sonrisa en infinidad de ocasiones.

Por ejemplo, y sin ir más lejos, en aquella sala, en el *tablinum*. Ordenando a un *cliens* y a su familia quedarse en la calle por no poder hacer frente a la última liquidación del alquiler. O negando la ayuda a una viuda cuyo esposo era *cliens* y manifestar ella que no podía hacer frente a las obligaciones en el trabajo en algunas de las fincas que Minicio, su *patronus*, tenía en las afueras.

También la había visto en la curia. La misma sonrisa. Como cuando Minicio humillaba a algunos curiales, destapando ante los demás su situación económica, o sus visitas a los muchachos de Tarraco a los que el propio Minicio había acudido en alguna ocasión. Claro que nadie, ni siquiera Titio, se atrevía a decir nada. Ni de eso ni de cualquier otra cosa. Por eso cuando, tiempo atrás, empezó a haber rumores sobre los amantes de Clodia, nadie abrió el pico.

Minicio iba a contestar a Apolonio. Mientras elegía las palabras, se fijaba en él. Lo había conseguido. Había logrado aminorar el ansia de protagonismo del sirio. Cuando llegó a la ciudad, parecía que se iba a comer el mundo. Sí, parecía como si las redes clientelares de Minicio pudieran, por vez primera, no ser hegemónicas en Barcinona.

Por encima de su cadáver.

Le costó tiempo. Pero lo doblegó. Logró que entrara finalmente en su sombra. Claro que con una táctica sutil, que el sirio asqueroso no comprendió nunca. Imbécil. Le hizo creer que sería una parte sustancial, poco menos que un socio en igualdad de condiciones, en los negocios que se iban a abrir enseguida.

Claro que Minicio no podía leer el pensamiento de Apolonio. Este, al fijarse ahora en esa sonrisa, pensaba que el gordo seboso no era consciente de su decadencia.

Apolonio estaba convencido de que Minicio no se enteraba. No se daba cuenta de que todo había acabado.

Que el viejo mundo de las curias se extinguía. Que habría que redefinir las clientelas. Que los godos, o esos otros bárbaros que deambulaban por la Baetica, por la Gallaecia, por Lusitania, por la Carthaginensis, serían, tarde o temprano, los señores de la guerra, pero también de la política.

Apolonio se recreaba en sus pensamientos a toda velocidad, habiendo decidido ya cómo llevar la conversación con Minicio.

Porque creía que no, que no había ganado Minicio. Ni siquiera Aniano, que era un tipo listo. Sí, Aniano lo era. Y mucho. Pero tenía sus ojos puestos en Italia y en la Galia. Para Aniano los negocios en Barcinona eran un entretenimiento. No comprendía siquiera por qué había venido tantas semanas, tantos meses. Él hubiera despachado el asunto con algún enviado, alguno de sus gestores. Bueno, Aniano sabría lo que hacía. Lo cierto es que la oportunidad que le había abierto había sido muy interesante, y él la había aprovechado, sirviéndose del idiota de Domicio, que haría todo lo que él dijera. Eso sí lo había aprendido de Minicio. Lo de tener a un espantajo que le sirviera como fuerza de choque en las discusiones y para encubrir sus verdaderas estrategias.

—¿Quieres que me moje, Apolonio?

—Claro, aunque sea la primera y la última vez en tu vida.

—Bien. —Minicio sacó la punta de su lengua y humedeció sus labios—. Pues lo haré. El asunto puede irse de las manos. Eso creo.

No era, ni por asomo, la respuesta que Apolonio esperaba. Le había dicho a Minicio que iría a charlar con él para comentar el golpe de los godos, pero aquella salida del viejo zorro le resultó una auténtica novedad. Intentó disimular su sorpresa para no reconocer la iniciativa que de repente había tomado la conversación. Aunque no fue del todo capaz.

—¿A qué te refieres?

—Bueno, según lo que sabíamos, los días de ese Ataúlfo estaban contados. Hasta ahí no hay ninguna sorpresa.

—No. No la hay. Algo sabíamos, pero se nos suministró la información a muestras pequeñísimas. No sé por qué dices que se nos ha ido de las manos. Si nosotros no hemos hecho nada.

Apolonio temía la próxima respuesta, puesto que en su misma frase acogía su duda interna. La que en él había provocado Minicio, y ya de lleno. Así que cuando su interlocutor la lanzó, no solamente se sorprendió. Sino que, además, se intimidó.

Porque, al escuchar las sílabas que pronunció el tipo que tenía sentado enfrente, Apolonio entendió que sabía menos de lo que pensaba. Todo lo contrario que Minicio.

—No. Nosotros no.

Encontró la casa que buscaba. Había estado solamente dos veces. Las suficientes como para terminar dando con ella.

Eso sí, le había costado moverse por las estrechas calles de la ciudad, toda vez que había un intenso trasiego de sirvientes de las casas de los oligarcas. Se esforzaban en empujar pequeños carruajes que llevaban vino a algún sitio. Suponía que tendría que ver con lo que Fulgencio le acababa de contar. Pero la halló. Estaba muy cerca de la iglesia. Como no podía ser de otra forma. La familia había donado hacía ya décadas unas casas que iban a remodelar. La donación sirvió para levantar la primera iglesia intramuros. La que ahora existía y la que comenzaba a ser ampliada en una obra que duraría años y que, pensaba Modesto, él no vería concluir. Nunca. Estaba seguro.

La casa de Modesto era una de las más fastuosas de la ciudad, junto a la de Titio, la de Minicio, y pocas más. También en ella los esclavos y los sirvientes andaban sacando vino, que portaban en pequeñas carretas. Tuvo que esperar a que un grupo de tres lograra sacar un carro muy pequeño, pero cargado de ánforas que pesaban lo suyo. Se hizo un hueco entre otros sirvientes que parecía que entraban a proveerse de más vino, para entrar al atrio.

Allí estaba el *dominus* dando las órdenes. A Gregorio le pareció que estaba preocupado. Sus gestos indicaban la fuerte tensión a la que estaba sometido en ese instante. Cuando Modesto lo vio, Gregorio pensó que el hombre estaba a punto de caerse. Su expresión era de un delirio entre el agotamiento y la necesidad urgente de sacar todo el vino de su casa. No tenía tiempo que perder. Podía haber vidas en juego. Más asesinatos. De hecho, estaba seguro de que los iba a haber.

—Modesto...

—Eres uno de los diáconos, sí, claro, con esta oscuridad y este jaleo no conocería de lejos ni a mi madre. Acércate, acércate. Eres Gregorio, ¿verdad?

No le sorprendió que recordara su nombre. La conversación con Fulgencio y Sigesaro en la que ambos habían participado había sido muy intensa.

—He de hablar contigo.

—No tengo tiempo, diácono. No tengo tiempo. ¿No ves cómo está esto? Bastante haré esta noche si sobrevivo. He de entregarles todo el vino, pero ahora mismo, cuanto antes. —Hizo ademán de apartarse hacia las zonas domésticas de la *domus*.

Gregorio se dio cuenta de que necesitaba un golpe. Algo que captara la atención de aquel tipo. Se armó de valor. Claro que, después de la conversación con Fulgencio, se veía capaz de casi cualquier cosa. Y lo achacaba, una vez más, a la impresión que le había causado la muerte de Atilio y al coraje que le había insuflado el asesinato de Rufo.

—De eso venía a hablarte. De sobrevivir. —Decidió bajar ligeramente el tono de voz—. A los asesinatos. Como al del baptisterio, por ejemplo.

—Aquello fue una desgracia. Una tragedia infame.

—Sí. Silenciada.

—¿Qué quieres decir, diácono?

—Que no habéis querido saber quién fue.

Modesto no contestó. Miró a Gregorio con desdén. Poco a poco, los músculos de su cara se fueron tensando.

—Ni tampoco os ha interesado investigar quién mató a Rufo.

Gregorio quiso apuntalar el asunto, porque iba a lanzar su pregunta y quería hacerlo sobre la base del desconcierto del tipo, que miraba a sus lados como buscando una salida. Decididamente, parecía dispuesto a dejar al clérigo con la palabra en la boca e irse hacia la bodega o hacia cualquier otro sitio.

—Diácono, márchate de mi casa. Tengo que seguir ordenando a mis sirvientes que saquen el vino en el orden que yo desee, eso sí. Espero que los godos no se den cuenta de eso. ¡Vete!

Gregorio vio llegado el momento de soltar la pregunta.

—¿Quién te pidió que reclamaras la llave a Fulgencio?

En ese preciso instante se oían las voces de los esclavos y de los sirvientes, el ruido de dos carretas que regresaban vacías desde la calle, y de un ánfora anaranjada que cayó al suelo y se hizo añicos en la única que aún se estaba cargando en la entrada del atrio. Pero no la respuesta de Modesto. Este guardaba un silencio absoluto.

Modesto miraba con asco a aquel hombre regordete, uno de los varios diáconos de la iglesia. No podía creerlo. Semejante desfachatez. Que un tipo que estaba al servicio eclesiástico de la iglesia construida en terrenos de su propia familia viniera a su casa, sí, a su casa, a decirle lo que le estaba diciendo. ¡A preguntarle eso!

Aguardó un instante, en la vana esperanza de que a quien ya consideraba su oponente, girara hacia otro tema. Pero Gregorio se mantenía firme. Nunca hubiera pensado que era capaz de eso. De soltarle semejante pregunta a uno de los tipos más poderosos de la ciudad. Y, para mayor jaleo, de la familia de donantes principales de la sede eclesiástica a la que él mismo pertenecía.

Era consciente, muy consciente, de los terrenos peligrosos en los que se estaba inmiscuyendo. Ya lo era en la charla con Fulgencio. Y también ahora. Pero había llegado a ese convencimiento sereno y profundo de que todo le daba igual. La misma sensación que había tenido con Fulgencio. Incluso aunque pensara en huir.

En el escaso trayecto que tuvo que emprender desde la iglesia hasta la *domus* de Modesto, esa sensación le había terminado de invadir por completo. Había confirmado los primeros síntomas que había sentido al enfrentarse a Fulgencio. Sí, era serenidad. Y profundidad. Serenidad de ánimo y profundidad de análisis, de pensar qué había pasado y qué estaba pasando, las dos cosas. Así que decidió que no se iba a arredrar ante Modesto ni ante nadie. Ya no.

—¿Quién te ha dicho eso?

—Eso ahora no importa.

—Ha sido Fulgencio, claro. Maldito imbécil.

Gregorio se fijó en que uno de los sirvientes recogía los pedazos de la ánfora anaranjada que se había roto, y en que otro comenzaba a frotar el suelo para limpiar el vino vertido en el suelo del corredor, aunque ya debía ser poco a juzgar por la cantidad que Gregorio distinguía desde su posición.

—Yo no he dicho quién ha sido.

—Así no podrá nunca colmar su ambición. ¡Estúpido! No llegará nunca a ser obispo de Barcinona, y mucho menos de Tarraco. ¡Engreído!

—Modesto, yo no te acuso de nada, no creo que seas un asesino. Pero hay dos crímenes. Quizá podamos evitar el tercero.

El curial no contestó.

—Dime a quién le diste la llave. O, lo que es lo mismo, dime quién te dijo que se la reclamases a Fulgencio. Es necesario saberlo. Cuanto antes. ¿Quien te pidió o te exigió eso? ¡Es el asesino! —Gregorio volvió a sorprenderse de su propia contundencia—. ¿A quién le entregaste la llave?

Modesto pareció, de repente, salir de la tensión en la que estaba. Fue como si hubiera encontrado la salida que tanto buscaba desde que intuyó a qué había venido aquel clérigo bobalicón a su casa en un momento así. ¡A molestarle a él! ¡Al mayor donante de la iglesia de Barcinona!

Tenía fe. Mucha fe. Llevaba años peleando en la curia contra gente como Atilio. Maldito impío, qué bien le había venido el recadito. Y qué acertado había sido lo de las manos y la cabeza. Incluso como Rufo que, aunque menos fanático, también le parecía que estaba más cercano a los idólatras que otra cosa. Bien muertos los dos. Pero ese diácono no iba a incordiarle mucho más. Así que sacó energías de donde, por un momento, pensó que ya no las tenía.

—¿Por qué debería decírtelo? —contestó con una sonrisa maliciosa y desafiante que no pasó desapercibida a Gregorio.

—¿No eres tan creyente?

—Sí. Lo soy. Más que todos los demás que vivís dentro de estas murallas.

—Pues te estás condenando. —Gregorio se dio la vuelta, consciente de que Modesto no iba a soltar prenda.

Cuando estaba a punto de alcanzar la puerta, le llegó la voz de Modesto, que había rebajado el tono buscando una apariencia de dulzura cargada de veneno.

—Después de todo, quizá eso no me importe tanto.

44

Clodia

Clodia salió de la biblioteca. Dejó allí solo a Tulga, embebido en sus pensamientos.

Cerena se quedó por unos instantes con él y, al poco, se fue hacia la zona de la cocina, la despensa y la pequeña bodega subterránea para ver si podía ayudar en mitad del caos reinante. Al salir al corredor para ir a buscar la puerta de la cocina, vio cómo una sombra salía del *tablinum* de Minicio. La sombra quedó iluminada por las grandes lucernas sostenidas con apliques de hierro y por una antorcha que quedaba en el patio inmediatamente al lado del corredor; le vio la cara.

Era Apolonio.

Él se volvió por un instante y cruzaron sus miradas. Él hizo ademán de sonreír, pero no fue capaz. A ella no le dio ni tiempo, puesto que su amante se dio la vuelta y salió por el corredor hacia el portón de entrada y se marchó de la casa.

Cerena se fijó en que Apolonio caminaba encorvado, como incrustado en sí mismo. Algo le ocurría. Algo preocupante. Estaba segura.

Mientras, Clodia estaba ya dentro del *tablinum*. Había llegado cuando Apolonio se estaba despidiendo de Minicio. Le llamó mucho la atención que el tono de voz del sirio fuera tan bajo. Imaginó que, o bien habían tenido una fuerte discusión, o bien los negocios no le iban tan estupendamente como se contaba por ahí.

Cuando estuvo dentro a solas con su esposo, cerró la puerta.

Se acordaba perfectamente de cuándo habían decidido sustituir el cortinaje que separaba la entrada del *tablinum* del atrio. Ordenaron instalar una puerta de madera. Había sido hacía unos ocho años, cuando aún intercambiaban alguna frase que les incumbiera a ambos. Apoyó la espalda en ella, y puso las dos manos detrás del trasero. Apretaba con ellas la madera como buscando un impulso que, creía, era probable que le faltara en algún momento de la conversación.

Algo le decía que era hora de hablar con Minicio. Todo se estaba precipitando, y se veía, por vez primera en mucho tiempo, con las fuerzas suficientes como para emprender semejante asunto. Otra vez las dos muertes. La de Atilio y, sobre todo, la de Rufo. Había pasado del trauma a la energía; de la desesperación al ánimo. Quería saber qué había ocurrido.

Sabía que Gregorio estaba también sobre algo. Quizá alguna pista. Eso fue lo que supuso durante la última vez que habían hablado. Lo que le había contado el *puer* a su amigo era muy interesante. Eso del hombre alto saliendo del baptisterio la tarde del asesinato de Atilio resultaba inquietante. ¿Quién podía ser? Desde aquel día Clodia se lo preguntaba una y otra vez.

Numerosos curiales eran altos; no la mayoría, desde luego. También otras personas que ella conocía en la ciudad podían encajar en esa somera o, más bien, raquítica descripción. Pero estaba convencida de que también otras muchas que no conocía. Eso sin descartar la posibilidad de un sicario venido de fuera.

Y lo que le dijo sobre Fulgencio... que había preguntado por ella. ¿Para qué? ¿Qué le inquietaba a Fulgencio? ¿Por qué estaría interesado en ella? En realidad, su decidido paganismo no creía que fuera un problema para el presbítero, toda vez que ella era consciente de su escasísima influencia, por no decir nula, en la deriva política y religiosa de la ciudad. Pero todo eso tampoco cambiaba nada. Gregorio no se iba a estar quieto. Y ella tampoco.

Lo encontró sentado en su silla. Conocía bien el semblante que en ese momento tenía el cerdo. Era de satisfacción. Estaba contento. No sabía la causa. Pero estaba complacido. ¿Sería por la charla con Apolonio?

—Tenemos que hablar —le dijo, apretando aún más sus manos contra la madera de la puerta. Dio dos pasos hacia delante y se acercó a la mesa.

—Clodia ¡qué agradable sorpresa verte en mi *tablinum*! —Minicio sonreía, al tiempo que con el corto y grueso brazo derecho indicaba a su esposa que se sentara.

Pensó para sus adentros que la desfachatez de Minicio no tenía límites. «Agradable sorpresa», decía el malnacido.

No se sentó. Por el contrario, retrocedió y volvió a apoyar la espalda y las manos en la puerta. Era una manera de decirle cuánto lo despreciaba.

—Seré muy breve. —Apretó una vez más las manos contra la madera.

—Tú dirás, querida...

Al escuchar la última palabra, sintió que algo le reventaba por dentro. Era el enfado. No, la ira. Era la ira. La ira que sentía hacia la peor persona que había conocido en su vida. Y que nunca conocería, porque de eso estaba completamente segura. No podía haber un ser humano peor que Minicio. Así que intentó controlar su ira y centrarse en lo que quería decirle.

—¿Ordenaste tú que matasen a Rufo?

Minicio no esperaba semejante pregunta. Barruntaba algo, pero pensaba que, como mucho, la presencia de Clodia nada menos que en el *tablinum* tendría que ver con algún favor para alguno de sus amantes. Seguro que la vulpeja de ella iba a intentar engatusarlo. Con cualquier excusa o pretexto.

Sabía lo de Rufo. Que habían sido amantes. Claro que lo sabía. ¿Se pensaba la imbécil que contando con la lealtad de los africanos y de Cerena estaba todo solucionado? ¿Que nadie la seguía al tugurio ese del clérigo donde se veía con el tal Rufo? Y también sabía lo de los demás, lo de todos los demás. Pero le daba igual. Hacía mucho tiempo que no sentía nada por ella. Si se marchaba, le haría un favor. Pero su ego le impedía aceptar cualquier tipo de humillación ante el resto de la oligarquía de la ciudad. Así que estaba dispuesto a escuchar casi cualquier oferta que Clodia le pudiera hacer. Pero ni de lejos esperaba semejante pregunta. Se tomó un tiempo para responder.

—No. —Quiso ser tajante con toda la intención.

—Tú sabías lo mío con Rufo. —Clodia decidió apostar fuerte—. Y decidiste asesinarlo. Para que nadie pudiera humillarte.

—Clodia, Clodia, Clodia. —Minicio recalcaba cada sílaba de su nombre con una musicalidad sarcástica.

—Justo ahora, que esperas que tus negocios vayan hacia arriba, ampliar tus redes clientelares al resto de Hispania, ¿no es así? No querías aparecer como un *stultus*, un imbécil. Y decidiste cortar por lo sano.

Minicio permanecía en silencio.

—Dime, Minicio. Aunque conozco la respuesta. Te

irritarían los rumores, las pintadas, las humillaciones, y no mis adulterios. ¿No es así?

Silencio.

—Dudo mucho que hayas leído a Marcial, patán asqueroso. Si fuera así, recordarías una de sus chanzas sobre el marido que no se enteraba de que su esposa y su amante se besaban a través de un bufón. Ella le daba un beso a este, al *morio*, que se iba a ver al amante; quien, de inmediato los recibía a través del bufón. Marcial decía, con razón, que el verdadero bufón era entonces el marido. —Clodia hizo una pausa y entonces le espetó, con los ojos llenos de una ira acumulada durante años—: ¿Te heriría si van pintando por la ciudad que eres un cornudo imbécil, un marido bufón, *morio maritus*? ¿Y que añadieran que además lo sabías porque tu mujer lo hacía con otros en tu presencia, *coram coniuge*, como en el texto de Marcial? ¡¡Dime!!

—¿De verdad quieres que te conteste?

—Estoy esperando. —Regresó de inmediato a la serenidad que, sabía, era su mejor arma contra el cerdo.

—¿A qué? ¿A lo de Rufo? ¿O a lo del marido imbécil y cornudo?

Ahora fue Clodia quien mantuvo silencio.

—No tienes ni idea. El mundo va a cambiar. Ya está cambiando, de hecho. Mira lo que acaba de pasar. Esos se han cepillado a su rey y han puesto a otro. Como si nada. ¿Crees que es por casualidad? ¿Por haberse mamado a vino?

—Sí. Claro que el mundo va a cambiar. Pero no en el sentido que tú esperas.

—¿En qué sentido, entonces?

—Están abrasando a impuestos a la gente. —Ahora Clodia sí se sentó.

—Mira, en eso sí estoy de acuerdo —interrumpió Minicio.

—No he terminado. Han construido un monstruo de burocracia y de impuestos. Todo lejísimos de lo que había sido el ejercicio del poder durante siglos desde los orígenes hasta el desdichado final de la República. Ni siquiera Augusto se atrevió a tanto.

—¿A qué te refieres? —Por un momento, a Minicio le dio la sensación de que le interesaba lo que Clodia estaba planteando.

—A ese monstruo. Al Imperio. Hay infinidad de provincias, de altos jerarcas mamando de la teta. Sí, Augusto creó el Imperio, para desgracia de Roma. Pero en los últimos tiempos han pervertido incluso esa cuestionable herencia. Burocracia, impuestos y persecución al pensamiento. —La expresión de Clodia se volvió sombría.

—Otra vez eso, la dichosa religión...

A Minicio se le extinguió su sensación de sorpresa. Aborrecía el tema del cristianismo y de la insistencia de Clodia en la necesidad de regresar a los cultos tradicionales de Roma. Era insoportable.

—Tú eres el que ha afirmado que el mundo está cambiando. Pero me temo que el cambio es el que te he dicho. Y conduce, más pronto que tarde, al precipicio. Aunque seguramente ni tú ni yo lo veremos.

Minicio dibujó en su abultada faz la sonrisa que, en su fuero interno, certificaba su triunfo sobre sus oponentes. La misma con la que acababa de cerrar la conversación con Apolonio.

—Puede ser. —Minicio quería regodearse. Adoptó un tono falsamente conciliador—. Tu análisis de los cambios que nos rodean es razonable y profundo. Sin embargo, mi capacidad es mucho más limitada.

Clodia echó la cabeza hacia arriba y cerró los ojos, como buscando un instante de relax.

—Siempre has sido más culta que yo. Eso es indudable. A mí no me interesa ni la poesía ni la tragedia ni nada de eso que tú lees. Soy consciente de mis errores y de mis defectos.

Clodia frunció el ceño. No esperaba semejante reconocimiento. Pensó que quizá quisiera pedirle algún favor, ignoraba cuál, toda vez que descartaba de antemano cualquier asunto sexual. Le dejó continuar.

—Pero creo que no me has querido nunca, Clodia.

Aún le sorprendió más. No dudó sobre la contestación.

—Eso no es cierto.

—Ah, ¿no?

—No, no del todo. Yo te quise. No con un amor profundo, desde luego.

—¿Entonces?

Clodia miró al suelo. Luego al cerdo. Se criticó a sí misma por mantener aquella conversación.

Pero, por otro lado, no atisbaba aún su final. Buscaba el momento de volver a sacar el asunto del asesinato de Rufo. Aquella bestia infame había desplegado sus habilidades para derivar la charla hacia otros lugares. Si se creía que no se había dado cuenta, estaba muy equivocado. Buscó las palabras y las eligió con denuedo.

—Te has comportado como una pesadilla conmigo. Cuando te percibía cerca, y hablo en pasado porque cada vez me ocurre menos, era como cuando las pesadillas invaden la mente de los niños. Y de los adultos. Con eso, Minicio, creo que resumo lo que has sido para mí. Una pesadilla.

El cerdo estaba entusiasmado. Primero, Apolonio. Ahora, esta otra. Decididamente, estaba siendo un día glorioso. Le encantaba que estuviera hundida, retorcida en su dolor. Pensaba que estaba concluyendo la conversación, así que comenzó el lento proceso de su incorporación en la silla para intentar ponerse de pie. Pero estaba en un error.

—Vuelvo a decirte lo de antes. ¡Contesta, y haz algo por mí siquiera por una sola vez! —Clodia se levantó y de nuevo fue a la puerta, como interponiéndose para que el otro no se marchara antes de tiempo.

—Mmm, vuelve a decirme a qué te referías, no lo recuerdo en este momento.

Minicio pasó la punta de su lengua por su labio superior, luego por el inferior. Otro de los síntomas de su triunfo. O así lo entendía él. Lo manifestaba con profusión tanto en la curia como en aquel mismo *tablinum* con sus *clientes*.

—Malnacido. —Clodia resistió a la fuerte tentación de marcharse de aquella habitación siniestra.

—¡Ah! ¡Sí! El asuntillo ese de ¿cómo se llamaba? Al no verlo ya por la curia se me ha ido olvidando su nombre. ¡Rufo! Rufo, ¿verdad?

Clodia intentó evitar que Minicio percibiera su indignación. El horror en su expresión. Y logró controlarse. No quería otorgarle semejante victoria.

—Sí.

—Te lo acabo de decir hace un momento. No. Yo no lo he asesinado ni he dado la orden para que alguien lo haga. —Minicio quiso marcar una pausa con la siguiente frase—. Y sí, sabía que te lo follabas.

«Y él a mí. Como nunca tú lo habrás hecho con nadie», se dijo ella para sus adentros.

Pero calculó, una vez más, que no le interesaba perder la serenidad en ese momento. Se volvió, abrió la puerta, y salió del *tablinum*.

Así que Minicio sabía lo suyo con Rufo... Vio que Tulga estaba sentado en uno de los bancos del patio. Mientras se acercaba a él, pensó que empezaba a cuadrarle todo.

45

Tulga. Clodia

Estoy sentado en el atrio. Disgustado. Agobiado. No sé muy bien qué pensar. Ni mucho menos qué hacer. Si es que debo hacer algo. Noto que alguien se acerca. Me vuelvo. Es ella. Ha salido del *tablinum* y se dirige hacia aquí. Viene con un gesto muy compungido. Se sienta a mi lado y me sonríe. Aunque me temo que es una sonrisa forzada.

—¿Cómo estás? —me pregunta.

—Bien.

Para mi propia sorpresa, soy capaz de sonreír. Claro que es solamente porque la tengo a mi lado.

—Creo, Tulga, que has descubierto en primera persona y, quizá, por primera vez en tu vida, el amargo sabor de la traición.

Asiento. Y vuelvo a intentar sonreír. Pero esta vez no puedo hacerlo.

—Eres muy joven. Aunque sé que has vivido más que cualquiera de los que a tu edad llevan su día a día aquí, protegidos por estas murallas. Sin tener que ir de un sitio a otro durante buena parte de su vida. Y eso debe darte fuerzas.

—¿Quieres aleccionarme? —De inmediato me arrepiento de la pregunta y del tono que he utilizado.

—No, no soy quién para dar lecciones.

—Discúlpame. No he querido decir...

—No importa. Pero escucha esto. Tendrás que asimilar la traición. Y es muy duro.

No contesto.

—Te dije que necesitaba un amigo. Quizá tú también una amiga. Alguien con quien compartir la angustia que provoca la traición más inesperada.

—Gracias, Clodia.

—Pronto podrás contar con tu prometida.

—Noga...

—Eso es, Noga. Pronto regresaréis a los campamentos, supongo. Si han dado ese golpe es porque tendrán amarrado un pacto con el Imperio. No creo que hayan sido tan imbéciles de eliminar al marido de la hermana del emperador sin tener previsto el próximo movimiento.

—No sabría qué contestarte a eso. —Mientras, pienso en Guberico y en su bestialidad innata y se me viene el mundo abajo.

—¿Nunca sospechaste nada?

Entiendo que me pregunta por Agila. No puedo quitármelo de la cabeza. Y quizá tenga razón ella y deba hablar de él. Pero por el momento me cuesta mucho, demasiado.

—No.

—Los primeros instantes en la traición son cruciales. Es bueno no estar solo, compartir con alguien tus primeros sentimientos.

No contesto. Me doy cuenta de que estoy apretando los labios.

—Tulga, es bueno que hablemos.

Sigo sin contestar.

—¿Crees que todo lo que has aprendido de él ha sido una mentira?

—¡No! —Mi tono de voz se ha elevado sin que yo lo pretendiera, de modo que lo rebajo—. No. He aprendido de él todo lo que sé, Clodia. Todo.

—Alguna vez me lo has dicho. Pero es bueno que hurgues en esas enseñanzas, en todo lo que has aprendido de él. Porque ahora, Tulga, debes comprender. Comprender qué ha pasado y, sobre todo, por qué ha pasado. Por qué lo ha hecho. Por qué te ha traicionado.

Cierro los ojos por un instante. Los vuelvo a abrir. Es una noche extremadamente calurosa, casi insoportable. Comienzan a regresar algunos de los sirvientes que habían llevado las carretas cargadas de vino a la *domus* de Titio.

—Aprendí que debemos ayudar a los demás. Ser leales con ellos. Generosos. Aprendí el significado de la palabra «amigo». Aprendí a tener valor. Aprendí tantas cosas, Clodia. —Estoy al borde del llanto.

—Son cosas muy importantes, Tulga.

Intento aguantar el temporal que está a punto de llevarme desde mis entrañas. Creo que ella se ha dado cuenta porque mira fijamente a mis ojos. Empiezan a deslizarse algunas lágrimas.

—¿Ves como necesitas una amiga? —Desliza suavemente su mano derecha por mis dos mejillas, secándome las lágrimas.

—Sí. Lo sé.

—Y no para amarnos. O no solamente para eso... —Clodia sonríe. Me parece que es una sonrisa limpia, sincera.

—Sí.

—Yo también te necesito como amigo. No imaginas hasta qué punto —hace una pausa mínima y se corrige a sí misma—, bueno, sí imaginas, porque has estado aquí estos meses.

—Tu vida no ha sido fácil.

—Sí lo ha sido en lo material. He tenido suerte. Mucha suerte.

—Pero...

—Exacto. El horror comenzó poco después del inicio de la vida con ese infame. Ten en cuenta que, para cuando vosotros os instalasteis aquí hace meses, llevaba ya unos pocos años en los cuales lo peor había pasado ya. De todos modos... —Parece como si Clodia dudara en contarme algo.

—Sigue, por favor.

—De todos modos, me imagino que os iréis dentro de muy poco tiempo. Y, hasta entonces, me gustaría verte mucho más. Estar contigo genera sosiego y paz en mí.

—A mí también me encantaría.

Clodia vuelve a sonreír. Sin embargo, al volver la cabeza hacia el corredor, cambia su semblante. Sigo su mirada y me doy cuenta de que está clavada sobre la puerta del *tablinum*. Se abre un silencio entre ambos.

—¿Has estado en el *tablinum*, no? —Decido romperlo.

—Sí. Hablando con él.

—¿Cómo ha ido?

—Necesitaba soltarle a la cara lo que pienso. Que asesinó a Rufo. Estoy segura de que contrató a un sicario. El carcamal ha confesado que sabía lo nuestro, lo que Rufo y yo teníamos.

—Ay, ¿lo sabía?

—Sí. Eso acaba de decirme. Como comprenderás, es poco menos que una confesión de asesinato. Solamente espero que deje de hacer el mal o, lo que es lo mismo, que muera pronto. Si no es así, buscaré la manera de que ocurra.

No me sorprende la afirmación de Clodia. Su vida

con ese tipo ha sido una acumulación de horrores. Voy a decir algo al respecto, pero ella retoma la palabra de inmediato.

—Dime, Tulga, ¿qué crees que va a ocurrir ahora? Con tu gente, me refiero. Con los godos.

Esa pregunta me la he empezado a plantear hace un rato, mientras estaba aquí en el atrio. Pero no era capaz de respondérmela puesto que una y otra vez terminaba en el mismo lugar: Agila.

—No lo sé. Visto lo visto, Sigerico debe de tener muchos más apoyos de los que yo nunca sospeché.

—¿Crees que os va a sacar de aquí de inmediato?

—Eso no depende solamente de nosotros, sino de los pactos a los que se llegue con el Imperio. Ignoro completamente si se alcanzarán ahora que está Sigerico como rey. —No tengo la mente despejada como para contestar otra cosa.

Se escucha un golpe no lejos de aquí.

No sé exactamente dónde. Clodia mira hacia la puerta. A pesar de los meses que llevamos en la casa, aún no percibo la procedencia de los ruidos con tanta precisión como ella.

Uno de los africanos se dirige hacia la entrada. Abre la puerta. Me da un vuelco mi interior. Será Agila. No sé ni qué le voy a decir. No sé ni si hablar con él.

—¡Gregorio! —exclama Clodia.

Se levanta enérgicamente del banco y camina con celeridad hacia la entrada.

Aunque desde aquí no veo bien, las lucernas y las antorchas me muestran que el tal Gregorio es un tipo grueso, de estatura mediana, y de unos treinta o treinta y cinco años.

Clodia y él se funden en un abrazo. Ella le coge la mano y vienen hacia el banco. Me levanto.

—Gregorio, es Tulga, uno de los godos que están en la *domus*. —Ahora se dirige a mí—: Gregorio es diácono de la iglesia de Barcinona, pero ante todo es un buen amigo, lo era especialmente de Rufo.

Ante el gesto de sorpresa del clérigo, Clodia parece verse en la obligación de intervenir rápidamente.

—Sí, Gregorio. Tulga sabe lo mío con Rufo. Para él no tengo secretos, igual que para ti.

El clérigo me mira de arriba abajo.

—De acuerdo —dice, como queriendo concluir ya la presentación.

—Estás muy sudoroso, no me extraña, esa túnica que llevas es demasiado gruesa para el verano, Gregorio —dice Clodia, mientras nos indica con las manos que vayamos hacia el banco, en el que cabemos los tres sentados sobradamente.

Uno de los africanos y otro sirviente de Minicio vuelven a sacar una última carreta con ánforas vinarias y salen hacia la *domus* de Titio. Minicio sigue encerrado en su *tablinum*.

—No, no es solamente el calor —dice Gregorio, pasándose la manga derecha por su frente, que muestra unos pliegues anchos y moldeados que llaman mi atención.

—Ya. —Clodia parece darle más tiempo para que se recupere e inicie lo que presumiblemente es la explicación de la causa que le ha llevado hasta aquí esta noche.

—Vengo de la *domus* de Modesto. Y antes he estado en la iglesia hablando con Fulgencio.

Clodia se ha puesto en guardia en cuanto su amigo ha pronunciado esos dos nombres.

—Modesto, el curial fanático religioso, y Fulgencio... —dejo caer las sílabas del segundo nombre para que me aclaren quién es.

—Fulgencio es otro clérigo, aunque de mayor rango que Gregorio. Otro fanático —apunta Clodia.

—Es presbítero. En ausencia de obispo, Fulgencio se ha hecho con la autoridad suficiente como para controlar la iglesia, su patrimonio, sus labores, ahora mismo es el más influyente entre los nuestros —aclara Gregorio.

—Vaya, habrás estado muy entretenido con esos dos —intenta bromear Clodia, que no logra el efecto deseado en su amigo. Me mira a mí como buscando complicidad, pero me falta mucha información como para entender la chanza.

—Clodia, es importante. Por eso he venido de inmediato aquí. Hay un trasiego espantoso por las calles, decenas de sirvientes de varias propiedades de la ciudad están entrando carretas con vino a la *domus* de Titio que, como sabes, queda muy cerca de la iglesia y de la de Modesto.

—Claro, Gregorio, estoy tan perdida, tan desorientada, que he necesitado hacer una pequeña broma.

—Tulga, habéis asesinado a vuestro rey y proclamado a otro. La zona de la casa de Titio es un hervidero. De hecho, se escucha ya el jolgorio desde el final de esta misma calle.

—Lo sé. Aunque sería preferible decir «han». Han asesinado al rey.

—Su gran amigo, la persona con la que ha aprendido casi todo, le ha traicionado. —Clodia pone una mano sobre el hombro de Gregorio y me mira con gesto muy serio.

—Clodia, hay algo muy importante que debo decirte. No hace falta que ella diga nada. Y no lo hace.

—Alguien pidió a Modesto que reclamara a Fulgencio la llave para acceder al baptisterio desde fuera, no desde la entrada de la iglesia.

—¿Qué?

—Me lo ha dicho el propio Fulgencio. Y en suelo sagrado. Me lo ha dicho en la iglesia.

—En suelo sagrado para ti, querido amigo. No estés tan convencido de que ese Fulgencio es tan creyente como tú. —Clodia levanta una ceja con extrema elegancia, y continúa—: Pero, si es cierto ¿quién? Porque claro, ese quién...

—Sería, sin duda, el asesino de Atilio. O quien encargó el crimen a un sicario. Así es —certifica Gregorio con seguridad.

—Por lo que estás contando, Modesto no te ha dicho quién le pidió que hiciera la gestión con Fulgencio sobre la llave. Ni en virtud de qué Modesto la hizo y se la dio.

—Exacto. Y eso es lo que más me preocupa.

—¿Por qué ese detalle, precisamente?

—Porque en estos momentos no tenemos obispo en Barcinona. Por encima de Fulgencio no hay ningún clérigo en la iglesia, únicamente están a su nivel los otros presbíteros; pero él se ha encargado en los últimos meses de imponer su, digamos, «voluntad», sobre ellos. En el entorno de la Tarraconensis, solamente otros obispos, y en especial el metropolitano de Tarraco, tienen mando directo sobre él.

—No veo la importancia —le digo, mientras veo cómo Clodia asiente.

—La tiene. Mucha. Muchísima. —Gregorio hace una pausa y vuelve a pasarse la manga por la frente—. Fulgencio no hubiera soltado esa llave a nadie. A nadie que no tenga autoridad. Y descarto, lógicamente, al gobernador provincial y al obispo metropolitano de Tarraco. La explicación es que Modesto, al ser el principal donante de las obras de ampliación de la iglesia, y su familia en su día de los espacios para la primera, tiene ascendiente suficiente como para pedirla. —Gregorio aprieta su mano izquierda con la derecha.

—¿Y? —pregunto, de un modo un poco atropellado.

—Pues que conozco a Fulgencio... Lo que estoy intentando explicar, godo, es que si no sabía quién se la pidió a Modesto, y si este no le dijo de quién venía la solicitud, no lo preguntó porque se olía que era un pez gordo. Muy gordo.

Nos quedamos los tres pensativos. Fijo mi mirada en la luz de las antorchas del atrio y en las lucernas sujetas en las paredes del corredor.

—Gregorio. —Clodia usa un tono bajo, grave, como salido de las profundidades de su ánimo, e intuyo lo que va a preguntar—. ¿Puede tener eso algo que ver con el asesinato de Rufo? Ya sabes que yo pienso que hay dos asesinos. Y que uno, el segundo, es Minicio, seguramente contratando a un asesino de fuera u ordenando el crimen a alguno de sus *clientes*.

—No lo sé aún. Yo también creo que son dos crímenes distintos, cometidos por distinta mano. He ido a ver a Modesto y no hay manera de que suelte prenda sobre el misterioso tipo que le encargó que pidiera la llave a Fulgencio.

—Esos fanáticos se cubren unos a otros —afirma Clodia con amargura.

—Espero tener tiempo para poder hablar de eso contigo. He reflexionado mucho. Sin embargo, no es el momento de disquisiciones teológicas. —Gregorio parece afligido, aunque a mí esos temas se me escapan por completo—. Es, por el contrario, momento de actuar, de intentar atar todos los cabos que aparecen ante nosotros.

—Partamos, pues, de la base según la cual fue Minicio quien encargó el asesinato de Rufo. Y que alguien con mucha influencia fue a ver a Modesto y le pidió la llave de la puerta del baptisterio, la pequeña entrada que permite acceder sin pasar por la iglesia.

—Alguien interesado en eliminar a un idólatra —Gregorio se interrumpe a sí mismo al percatarse de un gesto de Clodia—, a un partidario recalcitrante de los cultos tradicionales.

—No puede existir nadie más interesado que el propio Modesto —afirma Clodia, taxativa.

—Eso es. Yo estoy totalmente de acuerdo —confirma Gregorio.

—Luego... —Clodia permanece pensativa durante un mínimo instante— lo lógico es concluir que quizá Modesto ha inventado la historia de que alguien le pidió la llave. Que la pidió él mismo, para él. Para liquidar a Atilio.

—Es lo más probable, sí. —Gregorio agacha su ancha espalda y toca con la barriga sus rodillas—. Aunque no creo que fuera él mismo, o mejor dicho, él solo, quien matara a Atilio y quien le cortara la cabeza y las manos. Seguramente contrató a alguien. Pero no veo otra posibilidad. Modesto y Minicio liquidaron a Atilio y a Rufo, respectivamente.

—Contrataron a alguien para que los asesinara. Porque ellos no son capaces —concluye Clodia.

—Y, dada la estrechísima franja de tiempo entre ambos crímenes, lo lógico es suponer que contrataron a la misma persona. Al mismo asesino.

46

Agila y Aniano

—Bueno, mañana será otro día y habrá que empezar las negociaciones con el Imperio.

Wilesindo estaba bastante más sereno que la mayoría de los nobles godos, que daban cuenta rápidamente del vino que les iba llegando. Él también había bebido, pero menos que los otros. Alguno de los curiales había acompañado a sus sirvientes con las últimas remesas de vino. Habían sido aceptados por los godos en su fiesta, y estaban igual de borrachos que ellos. Por allí deambulaban como podían, entre otros, Apolonio y su inseparable Domicio. También Helvio, aunque en este caso sin Minicio.

Así que Wilesindo se había dirigido a uno de los pocos godos que, como él, estaban sobrios.

—Sí. Ya veremos cómo evoluciona esto —contestó Agila.

—No te veo muy entusiasmado —dijo Wilesindo.

Ambos hombres habían tenido una relación de cordialidad, afecto, y, al mismo tiempo, cierta rivalidad desde su más temprana juventud. Los dos habían sido discípulos de Fredebado, y los dos habían aprendido de él tanto el uso de las armas y las mejores técnicas de combate militar, como los secretos de la política y de la intriga.

Wilesindo había desarrollado una carrera más sofisticada. El tiempo que pasó estudiando en Constantinopla le había marcado para siempre. Fredebado dio a la formación de ambos muchachos un toque personal. Mientras que a Agila lo tuvo casi siempre a su lado, a Wilesindo lo enviaba a las ciudades romanas más relevantes. Cuando Wilesindo estuvo estudiando en Constantinopla siendo un muchacho, el Imperio aún no se había dividido en dos partes. Aunque faltaba muy poco. Ocurrió a los pocos meses de irse. Y, antes, había estado en Sirmium y en Tesalónica. Fredebado estaba convencido de que la aristocracia goda tenía que tener algunos reductos formados en la filosofía y el pensamiento romano, para conocer mejor el Imperio en el que ya estábamos instalados para cuando él tuvo jóvenes de la nobleza a los que instruir. Y lo mismo hicieron otros como él.

—Bueno, nunca lo he sido mucho, bien lo sabes tú —contestó Agila, chocando su copa de vino con la de su condiscípulo.

—¡Ja, ja, ja! ¡Sí! Lo sé. —Wilesindo encajó con complacencia el comentario de Agila.

Mientras ambos hablaban, la algarabía iba en aumento. Se vio a Sigerico con un manto entre escarlata y púrpura sobre sus hombros y torso, mientras sacaba la lengua a Guberico, que, entre carcajadas, le quitó el manto y se lo puso él. El gigante agarró una jarra de vino y se la echó por la cara. Una más de las muchas que había entre ingerido y derramado. Se quitó el manto y se lo colocó al pequeñajo Helvio, que se puso a gatear por el corredor, mientras uno de los nobles godos se sentaba sobre él a horcajadas. Apolonio empujó al godo y se colocó él sobre su colega de curia, mientras llamaban a voces a los sirvientes de Titio para que les trajeran sendas jarras de vino.

—Hemos hecho lo más fácil, en el fondo. —Agila mantenía el gesto serio.

—¿Tú crees? A mí no me lo parece. Asesinar a Ataúlfo no era fácil. Reconocerás que la idea de echar mano del patizambo enano ese de Evervulfo ha sido genial. Y no menos lo fue la de las cuadras.

—Lo fue. Eso no te lo discuto. Tú tienes un sentido refinado del poder y de la ejecución del mismo del que yo carezco.

—Sí. Es verdad. Digamos que tú eres más... ¿expeditivo?

—Puede ser.

—Esa es la principal diferencia entre nosotros dos, Agila. Fredebado nos enseñó bien a los dos. A mí me convirtió en un ser refinado, elegante y culto. A ti en un guerrero portentoso. Por eso nos hemos entendido tan bien durante años. Y por eso lo hacemos ahora.

Agila guardó silencio.

Guberico posó su mano descomunal sobre el hombro de Wilesindo. Venía acompañado por media docena de nobles godos y de ocho o nueve guardias, todos ellos completamente borrachos.

—¡Wile... Wilesindo! ¡Agila! ¡Acom... acompañadnos! Vamos a dar... vamos a dar ¡una caminata!

—¿Qué? —Wilesindo se volvió.

Aquel tipo le producía aversión. Era lo más lejano a lo que él consideraba que debía ser el entorno del poder regio godo. Pero era consciente de que, en ese momento, era un mal necesario. Sigerico lo tenía siempre con él. No había Sigerico sin Guberico. Y Sigerico era la única alternativa viable a Ataúlfo.

Se acababa de dar el primer paso de su plan más íntimo, el que nadie conocía. Solamente él, Wilesindo, la flor más elegante de la aristocracia goda, como le había denominado Fredebado en una ocasión delante de los consejeros más cercanos a Ataúlfo. No obstante, esto era solamente un paso. Sigerico no aguantaría mucho en el poder. Tenía poderosos enemigos dentro de la aristocracia goda, y estaba por ver cuál era la reacción del Imperio. En cualquier caso, por el momento lo veía asentado para algunos años.

Quizá debería explicar su plan a Agila. Aunque no ahora, más adelante. Tenerlo de su lado sería una de las claves de su éxito como futuro rey godo. De momento, había que afianzar el movimiento dado a favor de Sigerico. Así que no quiso desagradar a Guberico.

—De acuerdo, puede ser buena idea. Agila, deberíamos ir.

Con el final de la frase, Wilesindo hizo un gesto hacia la puerta de la *domus* de Titio. Agila lo comprendió a la primera. Y estaba de acuerdo. Guberico regresó al corredor y vino con dos grandes jarras de vino, una en cada mano, que puso, respectivamente, en las de Agila y Wilesindo.

—¡Bebed, coño, bebed! ¡Vamos a terminar de celebrar esto como se merece!

Los otros pegaron dos o tres tragos largos a las jarras. Notaban que el vino comenzaba a hacer sus efectos también en ellos. Habían bebido infinitamente menos que los demás, pero ya llevaban lo suyo encima. El grupo salió de la *domus* de Titio. Mientras estaban alcanzando la calle, se les unió Apolonio. La noche estaba muy avanzada, aunque aún faltaban unas pocas horas para el amanecer.

Tomaron la calle a mano izquierda, hacia el sur. Guberico iba en cabeza, marcando el paso a todos los demás. Casi de inmediato se detuvo. Miró a los otros mientras soltaba una carcajada y orinaba encima de un gran portón de madera.

Era la casa de Aniano.

Antes de que los demás llegaran, la golpeó con fuerza. En el caso de Guberico, era como decir que casi la echaba abajo.

Apareció uno de los sirvientes.

—¡¡Anda, avisa a tus amos, o tus dueños, o tus patrones, como sea que los llaméis, cojones!!

El sirviente no dijo nada. Miró a su derecha y vio el resto del grupo que llegaba desde unos diez o doce pasos calle arriba y se abalanzaba sobre la puerta. Se volvió y salió corriendo para avisar a su *dominus*.

Aniano estaba en el atrio. Había enviado a otros sirvientes con carretas hacia la casa de Titio, y se encontraba despachando con otros dos sobre las instrucciones que debían seguir durante la madrugada. Miró a la izquierda y no se impresionó por el grupo de guardias y nobles godos que daban claras muestras de estar fuera de sí. En buena medida, se esperaba algo parecido, teniendo en cuenta lo que había sucedido hacía unas horas. Reconoció varias caras a la luz de las lucernas de los muros de su atrio.

—¡Guberico, Agila, y Wilesindo! ¡Apolonio! Sed bienvenidos a mi casa. Os ofrecería vino, pero no sé si os hace falta.

—¡Calla, imbécil! ¡Estirado de mierda! —Guberico se puso a un palmo de Aniano, que escuchaba los gritos del gigante sin mover un solo músculo, ni siquiera cuando le caía saliva rosácea con olor a vino sobre su cara.

Los guardias sacaron sus espadas. Agila y Wilesindo les miraron sin decir una sola palabra. Agila intentaba concentrarse, pero el vino ingerido se lo ponía difícil. Algo parecido le ocurría a Wilesindo.

—¡Puto afeminado! ¡Otra cosa necesito de ti! ¿Sabéis lo que os digo? —gritaba dirigiéndose a los guardias armados y beodos, que a duras penas lograban sujetar sus espadas—. ¡Quien se niegue a entregarnos a sus mujeres esta noche, morirá! ¡Que les den por el culo! ¡Ya hemos aguantado bastante! ¿No empieza una nueva época? ¡Ja, ja, ja! ¡Por Sigerico!

—¡Por Sigerico! —gritaron los otros, agarrándose sus partes genitales mirando hacia Aniano, embriagados por el vino y por el aroma próximo a la violencia que tanto necesitaban.

Decidió intervenir.

Tenía que ser algo rápido y sutil. Y vio qué debía ser.

—¡No! Deja a Lucilia que siga durmiendo.

—¿Qué? ¿Qué dices... Agila? ¿Agilila... de mierda? —Guberico llegó hasta él dando tumbos, dejando a Aniano atrás, que le siguió con la mirada.

—Tengo... algo mejor. Para... ti.

—Ah, ¿sí? —Guberico volvió a carcajearse, escupiendo encima del rostro de Agila—. ¡Vamos! ¡Sigamos a este... oh... noble Agila! ¡¡Ooohhh...!! ¡¡Sigámosle!! —berreó intentando entonar una vieja canción goda mientras abrazaba a uno de los guardias.

47

Tulga. Clodia

En el mismo instante en el que Gregorio ha formulado su teoría según la cual tanto Modesto como Minicio contrataron al mismo asesino, se oyen voces que proceden de la calle. Al principio yo pensaba que era el jaleo de la casa de Titio. El vino habría hecho ya sus efectos. O habría comenzado a hacerlos. Cuando ha llegado Gregorio nos ha dicho que el alboroto era bastante llamativo desde el otro extremo de la calle.

Ya me estaba dando la impresión de que el vocerío del tumulto de la casa de Titio se oía cada vez más. Sin duda, por el vino, claro. Aún no les habrá dado tiempo a beberse las últimas ánforas que les han enviado, pero poco les faltará. Luego, ya al final de nuestra conversación, el alboroto parecía escucharse en progresivo aumento.

Hasta que lo he comprendido. Están aquí. Al menos unos cuantos.

Aporrean la puerta. Sale Minicio del *tablinum*. Lleva consigo un gesto de sueño. Es posible incluso que se haya quedado dormido encima de su mesa. Los golpes y los gritos son tremendos.

—¡¡Abre, puto Minicio, abre!!

Me quedo helado. Conozco esa voz. Por llamarla de alguna manera. Esa voz... es Guberico. ¿A qué viene ese aquí? Y le acompaña gente, se oyen las risotadas. Ocho o más hombres calculo. Siguen riéndose. Hablan a gritos, pero no les entiendo bien. Quizá más de diez.

Minicio, en el corredor, hace un gesto a los dos africanos, que se acercan a la puerta. Abren. Varios tipos se abalanzan sobre ellos. Pero lo hacen con sus espadas por delante. Han cogido desprevenidos a los dos africanos, que son atravesados casi al mismo tiempo.

Detrás vienen otros. Son guardias. De la guardia regia de Ataúlfo. No, de Sigerico ahora. ¿Qué hacen aquí? No tengo ni espada ni puñal, están en el cubículo. Mientras pienso si intento acercarme allí a recoger las armas, estoy ya rodeado por tres de esos.

Están borrachos.

Pero aun así se mantienen en pie. Los conozco bien. Incluso borrachos son capaces de acertarle a una mosca con la punta de su espada. Que se lo pregunten a los africanos, que yacen ya con las tripas traspasadas en la entrada de la *domus*.

Otros tres han acorralado a Gregorio y a Clodia. A Minicio se le acerca otro. Le pone la espada a dos palmos de la cara.

—¿Qué es esto? ¿Qué hacéis aquí? —pregunta Clodia, enérgica.

Uno de los tipos le pone la punta de su espada en la nuca.

Estoy mirando a Clodia, intentando acercarme con pasos muy cortos. Pero estos tres me vigilan de cerca. Si intento apartar al que tiene ella detrás, me atravesarán fácilmente.

Veo que entran varios nobles.

Y me doy cuenta.

Entre ellos acaban de entrar Agila y Wilesindo. Les acompaña Apolonio.

Intento reaccionar, llamar a mi amigo, pero se me viene encima Guberico.

—¡Joven Tulga! ¡Mira, Agila! ¡Mira quién está aquí!

Agila me mira con frialdad. No dice nada. Wilesindo le hace un comentario al oído que desde aquí no puedo escuchar. Permanecen en la entrada.

—¡Tenías razón, Agila! ¡Mucho mejor esto... que lo de casa... del puto Aniano ese! —grita Guberico mientras me pega un empujón—. ¡Sujetad a este!

Mientras los tres tipos me pinchan con sus espadas, los otros siguen rodeando a Clodia y a Gregorio. El clérigo ha roto a sudar de nuevo. Lo veo desde aquí, estoy como a diez pasos de ellos y las antorchas del atrio iluminan los goterones que le caen por sus carrillos hinchados.

—¡Escucha, Minicio! ¡Ha empezado un nuevo tiempo! ¡Y... hemos de celebrarlo! —exclama el gigante, correspondido por los gritos de sus secuaces, incluidos los que me rodean a mí.

Guberico está muy borracho, pero mantiene tanto su fuerza desmesurada como su vozarrón intimidante. Minicio permanece en el corredor. No tiene a ningún soldado a su lado. Permiten que quede a solas. Empiezo a temer lo que puede pasar aquí.

¡No puedo moverme!

Saben lo que hacen.

Dos de los guardias, que han entrado a la vez que Agila y Wilesindo, se van hacia el corredor y entran por las puertas hacia las dependencias domésticas. Los pierdo de vista. Lo peor es que mi mente se ha adelantado. He visto cometer atrocidades. Y el mismo que está en la entrada me ha contado otras peores que vio él hace tiempo. Le miro. Pero sigue hablando en voz muy baja con Wilesindo.

—¡Minicio! —vuelve a gritar Guberico—. Voy a dar... a esta mujer lo que tú no le has dado... hace muchos años. Ya quise dárselo... cuando estuve aquí. ¡¡Pienso desquitarme ahora!!

—¡Uh! —gritan todos los demás.

Vuelvo a mirar a Agila. Sé que entenderá mi mirada si la recibe. Intento implorarle. ¡Interviene! ¡Interviene y para esto! Hijo de puta. ¡Hijo de puta! No me mira. ¡No me mira!

Oigo gritos que proceden de las dependencias domésticas. Son de mujer. Arrastrada por uno de los guardias que habían entrado, traen a Cerena. Detrás viene el otro, que tiene vigilado a uno de los sirvientes.

—¡Vaya, vaya! ¡¡La fiesta va a ser... intensa!! —grita Guberico.

—Hemos liquidado otros dos criados ahí dentro —afirma orgulloso uno de los soldados, el que tiene a punta de espada a un sirviente.

—¡Pues no dejes a ese, imbécil! —le espeta Guberico. El guardia atraviesa al muchacho por completo con su espada, de tal manera que la punta sale por el costado. Me da tiempo a ver cómo Minicio se queda mirando. Si no fuera él, diría que es pena lo que domina la expresión de su rostro mientas contempla cómo el chico cae al suelo cuando el guardia saca con energía la espada de su cuerpo.

—¡¡Llévate a la chica!! ¡¡Y vosotros, podéis ir a por ella!! —vocifera Guberico, dirigiéndose a los nobles que están al lado de Wilesindo y Agila.

Dos de ellos sonríen y salen hacia el centro del atrio y luego caminan con celeridad llegando a la altura de Cerena, que grita mientras intenta soltarse.

—¡¡Apolonio!!

Su grito ha sido de terror. Llevo mi mirada hacia el curial, que permanece impertérrito. Se llevan a Cerena hacia el interior de la casa. Mientras, el joven sirviente que ha sido atravesado se retuerce y pierde la vida en cuestión de unos instantes. Oigo un alarido a mi derecha. Procede del lugar en el que estaban Clodia y Gregorio.

¡¡Es su voz!!

Mi mente adivina antes de que mi cabeza se vuelva y pueda contemplar la escena. Con su brazo, Guberico ha agarrado a Clodia por el cuello, y la arrastra por delante de mí hacia el corredor. No dice una palabra. Ha gritado, sí. Pero, al comprobar la inutilidad de su intento, ha decidido no hacerle el juego a la bestia que se la lleva hacia las fauces de la muerte. De la violación. De la violencia más cruel. De la infamia de la que es capaz el ser humano.

Me ha dado tiempo de ver sus ojos al pasar delante de mí. Me han mirado. El azul intenso se percibía a la luz de las antorchas del atrio. Mi conato de liberación ha sido un fracaso. Imposible.

Clodia se ha despedido. Se ha despedido de mí. Se ha despedido de la esperanza de aclarar la muerte de Rufo. Y la de Atilio. De sus libros. De su ansia de libertad.

De la vida.

48

Apolonio. Gregorio.
Aniano y Lucilia

Vio cómo se la llevaban. Y cómo chillaba y pronunciaba su nombre. Fue lo último que oyó de ella. Ahora, saliendo de la *domus* de Minicio y caminando muy despacio hacia la suya, recordaba esos instantes. Tenía una doble sensación, de pesar y de culpa.

No había sido capaz. No hizo nada. Habían violado a Cerena y la habían matado. Como a Clodia. Y él había permanecido mudo en el atrio, al lado del clérigo Gregorio y enfrente del godo ese que era el único que había intentado oponerse. Claro que los soldados no le habían dejado. Por un momento creyó que lo habían atravesado con la espada. Cuando intentó quitarse de encima a los guardias, vio cómo una de las espadas desaparecía detrás de su costado. Pero no llegaron a hundirla.

Al principio, se debatió en su interior sobre si intentar intervenir o no. Pero estaba seguro de que lo haría Minicio. Por más que detestara a Clodia, impediría la masacre. Prometería algo a esas bestias. Dinero, propiedades, algo.

Así que Apolonio esperó. Esperó hasta el último instante. Porque él no iba a hacerlo. No estaba dispuesto a morir allí. No tenía ninguna intención. Le quedaban muchas cosas por hacer, muchos negocios por emprender.

Sí, le gustaba estar con Cerena. Pero no pensaba morir por ella.

Otra cosa hubiera sido que Minicio hubiera parado todo. Estaba convencido de que lo haría. Hasta el último instante. Incluso cuando arrastraron a Clodia y a Cerena hacia las estancias. Solamente tuvo la certeza absoluta de que Minicio no iba a hacer absolutamente nada cuando el gigante salió con un puñal impregnado de sangre, y uno de los guardias hizo lo mismo con el suyo. Las habían matado y enseñaban su prueba, chocando los puñales en un juego macabro. Ahí terminó todo. Y Minicio no había hecho nada.

Él no se sentía peor persona que Minicio. Ni, desde luego, igual a él. No se consideraba un monstruo, sino uno de los tipos más inteligentes de aquella ciudad de la que esperaba salir pronto. Había llegado desde Siria por las exigencias de su propia familia, pero esperaba dar el salto a algo más grande. Él se merecía más, mucho más. Se lo decía a sí mismo con frecuencia, como para animarse entre tanta mediocridad. No era mediocre. También eso se lo decía a sí mismo. Y ahora se machacaba diciéndose que era buena persona, una muy buena persona. En realidad, se lo estaba diciendo desde que vio a Cerena con vida por última vez, desde que hizo como que no oía su grito desesperado mencionando su nombre.

Así que su sentimiento de culpa se esfumaba ahora pensando en mercados más extensos, con amplias posibilidades para alguien tan brillante como él. Y todo lo que había sabido durante los últimos meses le había convencido de que había llegado la hora. Su hora.

No, no iba a morir por Cerena. No iba a poner en juego su vida y su futuro por ella. Tenía planes, muchos planes. Lo había hablado con su «aliado», como le gustaba llamarlo. El que casi nadie sabía quién era. Él sí, claro. Porque su «aliado» enseguida se había dado cuenta de que solamente podía contar de verdad con él, con Apolonio. Era el único capaz de entender el trasfondo de sus estrategias y los movimientos necesarios para concretarlas.

Sí, ambos eran los únicos capaces de hacer algo grande en aquella ciudaducha torreada. ¡Y pensar que él procedía de Antioquía! Había aguantado durante mucho tiempo. Demasiado. Disimulando, haciendo como que estaba integrado entre tanto imbécil. Así que cuando su nuevo aliado reveló su plan para hacerse ricos y para expandir sus tentáculos de negocio, no lo dudó.

Había pactado con él muchas cosas. Le había pasado información. Él quería saber todo lo que se cocía en los cenáculos barcinonenses. Necesitaba saber quién recelaba del Imperio. Pero también de los godos. Quién o quiénes alborotaban lo que pretendía que fuera un consenso silente. Si había alguna grieta que fragmentase lo que esperaba que fuera un nuevo horizonte de ganancias para ambos.

Todo eso necesitaba su nuevo aliado. Y se lo había dado.

Así que ahora llegaba el momento de rendir cuentas. No esa noche, claro. No. Se iría a descansar. Bastante había visto por aquel día. Pero al alba iría a buscarlo. Le recordaría todo lo hablado, todo lo pactado, todo lo pendiente.

Las cosas habían evolucionado tal y como él había previsto. No había duda de que aquel tipo sabía lo que hacía. Había sido rápido en todo. Y certero, muy certero. Se dio cuenta desde el principio.

El tipo necesitaba a alguien de confianza, alguien con quien contar. De hecho, no habría podido dar un solo paso sin él. No hubiera sabido cómo controlar a Minicio, ni hasta qué punto Atilio podía ser peligroso. Porque fue él quien se percató de que Atilio lo era más de lo que podía parecer.

Ahora se daba cuenta de lo útiles que habían sido sus informaciones, las que él le había proporcionado. ¡Qué habilidad había tenido para camelarse al abobado de Minicio, que se creía más listo que ellos!

Y para eliminar al puto Atilio. Supo bien qué ficha tenía que quitar del juego porque él, Apolonio, se lo había señalado. Le había explicado claramente que era el único que podía poner en peligro el consenso de los idiotas. Aunque nunca imaginó que lo fuera a asesinar. No es que tuviera remordimientos. No le daba ninguna pena el Atilio ese. Por él, estaba mejor muerto que vivo. Pero no contaba con el asesinato. Estaba seguro de que también se había cargado a Rufo, aunque no era capaz de intuir la razón exacta. Si él lo había hecho, sería porque resultaba imprescindible para los negocios. Así que lo dio por bueno.

Llegaba el momento de que él, Apolonio, empezara a recoger beneficios.

Se dijo a sí mismo que pronto, muy pronto, no sabría ni quién era Cerena.

Gregorio iba a salir después de Apolonio. Minicio se había recluido en su *tablinum*. Pero decidió ir a verla. Sí. Tenía que ver a Clodia. Lo que quedara de ella.

Por eso entró en las estancias. Deambuló sin rumbo, de una a otra. Hasta que encontró su cubículo. No estaba encima del lecho, sino en el suelo. Tuvo que volver la cabeza dos veces antes de acercarse. La habían desnudado. Cuando vio cómo la llevaban por la fuerza al interior de la casa, ya sabía que la iban a violar. Y que la iban a matar. Como a la muchacha. A las dos.

Una herida abierta en el costado dejaba un reguero de sangre, la misma que el gigante había enseñado orgulloso en su puñal. Cogió una de las sábanas de la cama y tapó a Clodia por completo. Comenzó deslizando la tela desde los pies, ocultando con toda la delicadeza de la que fue capaz el resto del cuerpo.

Al llegar a la cara, quiso darle un último adiós. Hizo la señal de la cruz sobre su rostro. Cerró con cuidado sus ojos, que parecían querer decirle algo. Quizá que no, que no le orara a ese dios suyo. No por ella.

Pensó que no dejaba de ser una paradoja. Una trágica paradoja. Que ella, que no creía en Cristo, tuviera que ser tapada por un clérigo.

Gregorio se dijo a sí mismo que deseaba que Clodia le perdonase. Por eso y por las oraciones que, en silencio, intentó transmitir con todas sus fuerzas a su dios. Le pedía por ella, para que la acogiera en los cielos a pesar de no creer. No estaba muy seguro de estar haciendo lo correcto, pero no dudó en rezar para que se uniera a Rufo en una vida mejor. Oró también por la muchacha, cuyo nombre no recordaba en ese momento.

Hablaría con Fulgencio para el asunto del *funus*, e intentaría que fuera lo antes posible. Y volvería con refuerzos, con otros clérigos y algunos de los *pueri* que pudieran ayudar a que los cuerpos de todos los asesinados en aquella casa tuvieran un funeral cristiano.

Volvió a decirse a sí mismo que esperaba que Clodia fuera clemente, que le perdonara. Pero él no sabía hacerlo de otra manera. Y esperaba que ella lo comprendiera. Porque él creía en la resurrección y estaba seguro de que Clodia estaba ya en un mundo mucho mejor que el que él tenía a su alrededor.

Entonces pensó en acercarse a la biblioteca. Entró con sigilo, como si hubiera alguien. Como si Clodia estuviera leyendo uno de sus libros sobre la mesa. ¡Cuánto le había hablado Rufo sobre aquella sala! No pudo, o acaso no quiso, evitar una pequeña sonrisa al recordar cómo le tenía que cortar siempre cuando su amigo comenzaba a darle detalles sobre las cosas que hacía con Clodia allí, en aquella misma sala.

Sí, porque Gregorio llamaba «cosas» a los besos, las caricias, las posturas, todos los detalles que Rufo siempre deseaba contarle y que él impedía. Volvió a sonreír al rememorar las carcajadas de su amigo cuando él le hablaba así, le decía esa palabra, «cosas». A Rufo le divertía sobremanera el lenguaje y los eufemismos que él utilizaba porque, en el fondo, no sabía muy bien de qué hablaban. Gregorio lo sabía. Sabía que a Rufo eso le hacía gracia. En el fondo, era una complicidad que ambos disfrutaban.

Se detuvo en uno de los armarios. Había obras de teatro. Se fijó en que se trataba de una buena selección de obras de Plauto. En el mismo armario encontró unos *volumina* con fragmentos de poesías de Catulo. Había oído hablar de él, pero nunca había leído nada. Tomó uno de los libros. Había varios fragmentos. Comenzó a leer...

> Odio y amo. Tal vez te preguntes por qué me comporto así. Lo desconozco. Pero siento que ocurre así... y sufro.

Le pareció hermoso. Enrolló de nuevo el *volumen* y lo colocó en su lugar. Se percató de que le faltaban fuerzas. Se sentó. En la mesa había otros libros abiertos. Uno de ellos era de Amiano Marcelino. Sí, sabía que era un oficial del ejército que había escrito una historia romana hacía unos años.

Se asomó al libro. Mencionaba a los tervingios, grupos de godos una o dos generaciones anteriores a los que él había conocido. Leyó algunas frases que explicaban por qué el emperador Valente había ordenado acudir a la batalla en campo abierto contra ellos, enviando de ese modo a sus legiones a una muerte masiva, lo que provocaba la amargura del autor. Porque achacaba semejante decisión a la mera ambición del emperador. Se dijo a sí mismo que había numerosos ejemplos en la historia romana de lo mismo. Miles de hombres muertos por la estupidez de uno o de varios individuos.

Le llamó mucho la atención la gravedad del tono de aquel Marcelino. Parecía haber encontrado en aquella derrota un anuncio de los males que asolarían a Roma. Como si hubiera tenido una revelación. O, simplemente, que el hecho de conocer la Historia de manera tan profunda le permitía comprender la ruina de su propio mundo y de su época.

Gregorio se preguntó si ese Amiano Marcelino habría vivido lo suficiente como para conocer los avances de los bárbaros en Occidente. No solamente de esos godos de los que él hablaba en sus libros, sino de otros muchos, como sucedía en el resto de las provincias de Hispania. Le gustó la amargura de Marcelino porque se sintió identificado con ella. Sobre todo en ese preciso instante, en el que acababa de comprobar hasta qué punto los hombres venden a sus semejantes por su ambición. Y los conducen a la humillación, a la vejación, y a la mismísima muerte.

Transcurridos unos instantes, se dio cuenta de que no tenía ni el cuerpo ni la mente para leer más. Acababa de despedir a Clodia. Pronto saldría de allí e iría a buscar a Fulgencio, a intentar que con su autoridad se lograra cuanto antes que los cadáveres fueran retirados y que se preparara un funeral cristiano. Sería Minicio quien decidiría dónde irían los cuerpos y qué se haría con ellos. Eso le parecía lo más urgente, y sacaría fuerzas del fondo de su ánimo para llevarlo a cabo.

Iba a levantarse, pero no lo hizo. Detuvo su mirada en los armarios. No para asomarse a más libros, sino para preguntarse por el destino de los mismos. ¿Qué sería de aquellos libros?

Si quedaban en manos de Minicio, lo más seguro es que intentara venderlos al mejor postor. Y pensó que tenía que hacer algo. No sabía aún qué. Pero hablaría con Minicio. Quizá podría intentar convencerlo de algún modo. Si no se le ocurría la manera, plantearía el asunto al mismísimo Fulgencio. Seguro que él sí tendría una estrategia para conseguir que los libros permanecieran unidos y a salvo de las veleidades de aquel monstruo.

Eran, en sí mismos, la obra de una vida. La de Clodia. El reducto de libertad personal que aquella mujer había logrado crear. Y lo había hecho en un mundo de hostilidad, de patriarcalismo miserable, de odios y de envidias, de ahogamiento.

Sí. Se lo debía a Rufo y a Clodia. A Rufo no por los libros en sí, desde luego. Bien sabía que a su amigo no le importaban en absoluto. Pero estaba seguro de que sí le hubiera gustado que lo hiciera por Clodia.

Dirigió por última vez la mirada a los armarios. Se prometió a sí mismo que la siguiente vez que lo hiciera sería para conseguir salvarlos. No sabía cómo. No tenía ni idea. Pero lo lograría. Se fijó en los detalles, en cómo estaban colocados los *volumina*, y en cómo cada *codex* se apoyaba junto a otro, y este, a su vez, buscaba la compañía del siguiente.

Estaba maravillado y abrumado. Maravillado por la creación de Clodia. Y abrumado por la tarea ingente de intentar salvarla. No había podido salvarla a ella, pero intentaría lograrlo con su creación. Emocionado, bajó la cabeza y descansó su frente sobre la mesa. Comenzó a llorar. Lloraba de impotencia, de pena, de rabia. No se percató de que, junto a la puerta, pasaba un godo, ese Tulga, que le vio llorar y que se perdió por el pasillo hacia el fondo de las tripas de la *domus*.

Aniano había aguantado la presencia infame de Guberico y de su séquito de nobles y soldados godos, todos ellos ebrios.

De no ser por Agila, ese animal hubiera ido a por Lucilia.

Claro que él tenía un argumento que podía haber esgrimido y que, a buen seguro, habría detenido a Guberico. De ahí su solidez, su serenidad, y la seguridad de que la cosa no iba a ir a más. Al menos en su casa.

Ya estaba ahí Agila para impedirlo. Era el penúltimo obstáculo que iba a encontrar Guberico para hacer daño material o humano en su casa. El último hubiera sido él mismo. O, más que su propia persona, las cuatro, cinco o seis palabras que hubiera pronunciado si Agila no los hubiera hecho salir de su casa. Esas palabras hubieran provocado que, de inmediato, Guberico y los otros, tanto los godos como Apolonio, se hubieran ido para no entrar en su casa jamás. Nunca.

—¿Ya se han ido? —Lucilia salió de la profundidad del pasillo que daba acceso a las estancias.

—Sí. Estabas ahí todo el tiempo, ¿no es así?

—Sí.

—¿Estás bien?

—Sí.

—Noto cierta frialdad en tu respuesta. —Aniano se

volvió, manteniendo el mismo rictus gélido que había mostrado ante los embriagados visitantes.

—Me ha sorprendido muchísimo la serenidad que has tenido con esas bestias indeseables.

—¿Sí? ¿Por qué?

—Es como si... Es como si tuvieras controlada la situación. A pesar de que, por un instante, parecía como si fueran a destrozar nuestra casa... y a nosotros.

—Bueno, será la templanza que dan los negocios, Lucilia. He tenido que enfrentarme con zorros de muy distinto pelaje y condición.

—No. No. Hay algo más. Llevo ya mucho tiempo dándole vueltas a algo.

—Lucilia. —Aniano destensó los músculos de la cara. Ahora sí estaba preocupado.

—No creo que tus negocios sean, solamente, la principal de tus ocupaciones.

—¿Qué quieres decir?

—¿Por qué crees que insistí en venir a Barcinona? No creerás que tenía interés verdadero en dejar a nuestro hijo con sus maestros en Arelate y en visitar esta pequeña casa que tenemos aquí, ni esta diminuta ciudad...

—¿No pensarás que...?

—¡Ah, no! ¿Mujeres? No, no. Sé que tu amor por mí es sincero. Más allá de algún devaneo que hayas podido tener, eso no me inquieta.

—No comprendo entonces.

—Aniano ¿no tienes nada que decirme?

Era la primera vez. La primera. En todos estos años, nunca había tenido la más mínima duda. No debía decir ni una sola palabra. Ni siquiera a ella. A su amor.

Sí, era la primera vez que dudaba, pero esperaba que fuera la última en la que tuviera que actuar. Pondría la casa de Barcinona a la venta y poco menos que la regalaría. Lo haría en cuanto terminara su misión allí, en cuanto ellos alcanzaran un acuerdo con los godos, exactamente con los que habían estado detrás del asunto desde el principio.

Le había costado mucho. No solamente las muertes, que al fin y al cabo eran inevitables, sino convencer a esos imbéciles de la curia de que se trataba de una cuestión de negocios. Que tener sus ojos en cada una de las *domus* en las que se cocía algo en la ciudad era, solamente, la antesala del enriquecimiento de todos ellos. Le había llevado un esfuerzo que a él mismo le sorprendió. No porque no se lo tragaran, que lo hicieron de inmediato, sino por su propia lucha interna por dejar de ser lo que siempre había sido. Y, por descontado, también le resultó muy complicado inmiscuirse en las venganzas internas de los godos, y en saber con quiénes tenía que ir madurando el gran pacto final.

Aunque le tocaba a él mismo comenzar la negociación, le habían dicho que vendría otro colega para cerrarlo todo. Y entonces él y Lucilia se irían. Para siempre. Regresarían a Arelate y nunca más volverían a Barcinona.

Estaba llegando a la conclusión de que no quería recordar la que, esperaba, había sido su última gran actuación. La última como *curiosus*, como *agens in rebus*, como espía del emperador Honorio con poderes especiales para ejecutar su estrategia.

Llevaba tanto tiempo con Lucilia que no se acordaba ni de cómo era la vida antes de conocerla. Se comprendían, se amaban, se querían. Ella había soportado muchas cosas. Como sus eternos viajes por Italia y las islas, o por varias ciudades de la Galia, incluso llegando en una ocasión a Britania. Claro que de eso hacía mucho. Él era muy joven, pero ya entonces estaba con ella. No podía decirle nada. Ni en el pasado ni en el presente. Algunos de sus colegas, la mayoría de los *agentes in rebus*, sí lo hacían. Unos pocos escogidos, no. Y él era uno de ellos.

No podía porque era una orden.

Una orden imperial.

Siempre había estado convencido de que el bien común estaba por encima de cualquier otro bien particular. Era una máxima que había guiado su vida. Por eso la había consagrado, precisamente, al bien común. Todo, absolutamente todo lo que había hecho, era porque creía que beneficiaba a todos. Al orden establecido, al lugar que cada uno debe ocupar en el mundo, a que las cosas no fueran definitivamente a peor. A que todo pudiera seguir como estaba. O, más o menos, como estaba.

Había pasado por momentos muy difíciles. El de no decírselo a ella en los primeros instantes fue uno de ellos. Pero luego vinieron más. Muchos más.

Fueron tantas las pruebas que tuvo que pasar... Algunas se las pusieron ellos. Sí, ellos querían estar seguros de que todo iba a ir bien, de que él serviría para eso. Querían cerciorarse de que toda su inteligencia, la misma con la que había comenzado a destacar desde muy joven en los negocios, valía para todo lo demás. Después vinieron todas las que la vida le fue deparando. La vida que, en su caso, era mucho más complicada que la de cualquier otro de los tipos que había conocido y a los que, sin saberlo, él, Aniano, les salvaba. Porque estaba convencido de que él salvaba a las personas. Porque, de no haber intervenido, hubieran estado afectadas por los problemas que él había solucionado a favor del Imperio. Sin que ellas lo supieran, claro. Cada asesinato que había cometido en su vida, y eran varias decenas, había servido para salvar a miles de personas. De ahí hacia abajo, todo. Sobornos, fraudes, traiciones, secuestros. Todo.

No había tenido ninguna duda ni quebranto moral. Pensaba que, garantizando el orden de las cosas, también salvaba a las personas. Y por eso creía a muerte en ese ideal.

Hasta ese momento. El instante en el que ella parecía saberlo.

Por eso experimentaba la sensación por primera vez en su vida. La de la duda. La de decírselo. La de explicárselo. La de hacerle comprender que no por ocultárselo la había querido menos. Dudó. Dudó por unos instantes que se le hicieron eternos.

Y calló.

49

Tulga

Han pasado varios días desde la violación y la muerte de Clodia y de Cerena.

No sé cuántos. Cinco, seis, quizá siete. No lo sé con certeza.

Y ahora intento recordar lo que sucedió después. Justo después. Es la historia de una cobardía. De mi cobardía.

Tras la tragedia de aquella noche, estuve bebiendo durante horas. Muchas horas. En la bodega del «cerdo», como ella lo llamaba, aún quedaba algo de vino.

Y no era a mí a quien el *dominus* quería prestar atención. Al poco de marcharse Guberico con los otros nobles y los guardias, entró en su *tablinum*. Apolonio salió muy pronto. Gregorio entró hacia las estancias. Yo me senté en el suelo del atrio. Estuve allí durante horas.

Más tarde, cuando pasé al lado de la puerta de la biblioteca, que estaba abierta, vi que estaba allí el clérigo. Tenía un libro en sus manos y estaba llorando. Su llanto era grave, profundo. Debió de irse horas después, o quizá incluso algún día más tarde. No tengo manera de saberlo. No lo vi irse. Quizá se fue cuando yo estaba ya sumido en mis abismos en la bodega. Pero a buen seguro que, con mi propia excepción, fue el último en hacerlo.

En las horas en las que estuve en el atrio no sabía qué hacer. Miré a la izquierda y vi cómo Minicio enrollaba algún tipo de documentos. Estuvo un largo rato en su *tablinum*, con la puerta abierta. Como si no hubiera ocurrido nada. Y salió portando esos documentos que había preparado. Lo vi salir, y ni siquiera volvió la cabeza para ver quién estaba allí. Ni mucho menos fue a ver el cadáver de su mujer. Claro que yo tampoco lo hice.

Su expresión transmitía... orgullo. Diría que era el semblante de la victoria. De la mismísima victoria. Salió de la *domus* con paso más ligero de lo que en él era habitual. Imaginé que tendría mucho que hacer. Sobre todo, utilizar el contacto con Guberico, sellado con la muerte de ambas mujeres. Una alianza infame que se había cerrado aquella noche maldita.

Permanecí sentado en el suelo, de frente al portón principal. A mi izquierda, en el corredor, yacía el cadáver del joven sirviente. Enfrente, en la entrada, los de los dos africanos.

No. No tuve valor de ir a buscarlas. A recuperar sus cadáveres. A verlas, siquiera. Ni a Cerena... ni a ella.

Ahora me arrepiento. Debía haber ido. Besar sus labios. Hacer algo por enterrar sus cuerpos, hablar con alguien, incluso con Minicio, para que ocuparan un puesto de privilegio en las necrópolis de los *suburbia* de la ciudad. Seguro que él tenía costeado un buen sitio. Lo hará. Quedará bien con su mundo, con la curia. La enterrará. Organizará un *funus*. Seguro. Será capaz de pronunciar el discurso fúnebre. A su esposa querida. Loará su amor a los libros. Pero yo no soy mejor que él. Puede que incluso sea peor. Seguro que lo soy. No tuve valor para ir a buscarla, para verla por última vez.

Decidí que no contemplaría el cadáver de Clodia cuando me fijé en los cuerpos de los africanos. Con los estómagos reventados por las espadas de los guardias. Pero no por el temor a su estado, a la visibilidad de la violencia con la que Guberico la habría despachado. No, no era un miedo físico. Al fin y al cabo, estaba acostumbrado a ver cadáveres. Era porque los africanos tenían una expresión en su cara... como de... tranquilidad. De la tranquilidad que genera cumplir con el deber. Con las expectativas de quien ha confiado en ti. De haber hecho todo lo posible. Eso fue lo que me impidió buscar el cadáver de Clodia. No las vísceras abiertas de los africanos, sino sus semblantes de serenidad.

Porque entonces supe que yo no la tendría jamás.

Busqué la bodega. Pasé al lado de la biblioteca y vi a Gregorio. Pasé de largo y llegué hacia una desviación del pasillo central, que conducía a unos pocos escalones de piedra por los cuales se accedía a lo que, de no ser por unos recipientes enormes y un soporte de madera en el que apoyaban varias ánforas vinarias, se diría que no era otra cosa que una celda.

Me encerré en aquella pequeña estancia fresca y húmeda en la que aún quedaban varias ánforas que, no sabía por qué, los sirvientes no habían llevado a casa de Titio. Eso me hizo perder tres, acaso cuatro días, en mis propios vómitos, en un sueño que parecía eterno. Pero que no lo fue.

Fue en la mañana de uno de esos días posteriores cuando decidí incorporarme. Me puse en pie, dejando atrás los restos de mis vómitos y de mis orines, entre arcadas que me provocaron una última vomitona junto a la puerta de la pequeña bodega.

Salí arrastrando las piernas por el corredor y luego por el atrio, los dos pequeños mundos por los que tantas veces la había visto caminar. Los mismos en los que había percibido su fragancia, que pasó de ser para mí poco menos que una náusea al más deseado de los olores. Y fue al regresar a ambos mundos cuando escuché una algarabía que venía del norte.

Salí a la calle y no dudé en rastrear el origen del jolgorio con mis oídos.

Sí. Venía de las murallas. Me llevó muy poco llegar a ellas, puesto que la casa estaba muy cerca de la puerta norte. Había mucha gente subida en la estrechísima franja del paseo de ronda de la parte alta de la muralla. No pocas secciones del paseo estaban ya colmatadas por el descuido y la falta de mantenimiento, además de algunas casas que se habían construido embutiéndose de lleno sobre el lienzo de muralla. Pero otras aún persistían. Tenía enfrente de mí una de ellas.

Logré subir por las escaleras de piedra y hacerme un hueco entre una mujer gruesa y dos muchachos que tendrían unos quince años. La mujer me miró con desdén, y los chicos con cierto temor. Fueron ellos los que, al lanzar una exclamación en voz muy alta, como queriendo hacerse oír entre todos los que estábamos allí, provocaron que intuyera hacia qué punto debía orientar mi atención.

—¡Ya casi no se les ve! ¡Mirad!

Así que clavé mi mirada en el horizonte, en la dirección que marcaba el brazo derecho del chico que, con su grito, se había adelantado a su compañero, que iba a hacer lo mismo.

Era una mañana muy calurosa; el verano no daba tregua, salvo que la hubiera concedido en el tiempo que pasé encerrado en aquella apestosa bodega.

Al principio no veía nada interesante. Tuve que fijarme una vez más en la dirección prolongada desde el brazo del muchacho, que terminó poniéndolo en el hombro de su amigo.

Distinguí unos bultos. Me pareció ver uno y, a una distancia de unos cien pasos, otro. O, más bien, otros. Sí, era como decía el chico. Fueron desapareciendo paulatinamente en la línea del horizonte.

Casi al mismo tiempo, la gente que parecía haber estado enfervorecida, y cuyas voces y exclamaciones me habían llevado hasta allí, comenzaba a descender por las escaleras hacia las calles estrechas de la ciudad.

—¿Qué ha pasado? —pregunté a la mujer, que no me contestó.

Insistí a un hombre de mediana edad con el pelo muy rizado y rojizo. Me dio un codazo y me apartó mientras tomaba el primer peldaño hacia abajo. Me di cuenta de que llevaba el pecho cubierto por los restos de vómito. Casi toda mi túnica aún olía a vino.

Fueron los dos chicos los que quisieron contestarme.

—¡¡Placidia!! ¡¡Es la hermana del emperador, de Honorio!!

—¿Qué... qué?

—¡El rey godo ha ordenado que desfile a pie durante unas diez o doce millas! ¡Para humillarla! Casi llegará a los campamentos de los godos.

Agradecí a los dos muchachos su respuesta. Bajé la cabeza, y me hice un hueco entre el gentío que descendía hacia las calles. Deambulé durante un buen rato. No sabía qué hacer. Así que me dirigí hacia la zona del foro. Buscaba algún sitio que despachara vino. Me metí en el primer antro que encontré abierto.

Las palabras no salían de mí. No querían salir. Solamente veía los ojos azulados de ella pasando delante de mí y la expresión de horror que desprendían. Pero también de despedida, de la seguridad fría de que nunca más volverían a encontrarse con los míos. Ni con los de nadie más.

—No tengo monedas...

El tipo tenía una barba corta. La debía recortar de vez en cuando, porque no parecía descuidada. Estaba asistido por un mozalbete de unos once años.

Me miró de arriba abajo. Noté que se detenía en las manchas de mi pecho y en el olor de mi vestimenta, haciendo aspavientos como para exhibir que se daba cuenta de lo lamentable de mi aspecto. Bajó más la vista y se detuvo en mi cadera derecha.

—Mmm... Godo. Porque eres godo, ¿verdad? Llevas un buen puñal.

Entendí lo que quería decir, y lo dejé encima de unas tablas desvencijadas que usaba como mesa. Me daba igual mi puñal. Me traía recuerdos que, ahora, eran amargos. Sí, propios de la amargura que provoca la traición.

—Es tuyo. Si me sirves vino hasta que caiga al suelo. Y me dejarás dormir en aquel rincón.

El tipo miró hacia la mesa y escrutó con su vista los detalles de mi cuchillo. Luego a mí. Y otra vez al cuchillo.

—Un día completo, sin llegar a terminar el segundo. Ni uno más.

Así que volví a sumergirme en el vino. Había decidido que era el único amigo que me quedaba.

Había una pequeña escalera de madera al fondo del antro. Daba paso al piso de arriba, que tenía dos jergones de paja.

Pasé allí un día completo y la mitad o algo más del segundo, o eso creo, hasta que el de la barba recortada me cogió del brazo y me sacó a la calle. Escuché sus pasos, que parecía que fueran a desmontar la escalera, cuando subía a buscarme al jergón.

—¡Fuera, godo de mierda! —exclamó, mientras blandía «mi» puñal.

Imagino que el tipo tenía razón. Había bebido varias jarras de vino que, con el paso de las horas, había terminado siendo devuelto sobre la tela que encerraba la paja del jergón y sobre la madera del suelo. Yo mismo notaba el olor nauseabundo que desprendía tanto mi cuerpo como el jergón y el suelo.

Ahora, cuando llevo varias horas sentado en uno de los rincones cercanos a la puerta meridional de la ciudad, repaso en mi mente todo lo que ha ocurrido. Estoy pensando en irme hacia Tarraco, la capital de la provincia. A empezar una vida. Una distinta a la que he tenido hasta ahora.

No soy digno de Noga. La he traicionado. No podría volver a abrazarla porque sentiría que no le he sido leal. Aunque fue de Agila de quien había aprendido la lealtad. ¿Qué lealtad? ¿La que supedita todo a una victoria final? ¿La que pasa por encima de las personas que más nos quieren? Solamente podría verla para decirle todo, para contarle la verdad. Aunque volviese la cabeza para no verme jamás.

Y no he sido capaz de salvar ni a Cerena ni a Clodia.

No se me va de la cabeza la expresión de terror de sus ojos y la sensación de condena que me acompañará el resto de mi vida. Por no salvarla. Por no haber sabido lo que se venía encima. Porque hubiera avisado a Clodia. Porque, aquel día en el que acudió con Sigerico, Guberico había dado señales de que podría hacer cualquier barbaridad con ella.

Aquí estoy, en la puerta que da salida hacia el sur y hacia la vía que conduce a Tarraco. Permanezco sentado en el suelo con la cabeza hundida, levantándola solamente para otear la puerta meridional y terminar de decidir mi destino.

Ahora, recordando la mirada del tipo que me vendió el vino y el jergón de paja, me doy cuenta de que era mi propia mirada. Una mirada de desdén, de repugnancia incluso; la misma que percibí en la mujer del paseo de ronda de la muralla. Que también era la mía. La del asco que siento hacia mí mismo.

50

Tulga

Me invade un pensamiento repentino.

Es como si un impulso hubiera venido a sacarme de mi ánimo ausente, moribundo, inerte. El impulso que provoca la necesidad de comprender. No tanto de saber o de conocer, sino de comprender.

Hay una diferencia.

Cuando sabemos o conocemos, podemos darnos por satisfechos. Pero comprender supone hacer nuestra la realidad. Entenderla. Y necesito comprender. Comprender la traición. Y al traidor. He de ir a buscarlo. He de localizar a Agila. Necesito una explicación. Al menos, una mirada. Una palabra. Algo. Algo que me conduzca a comprender por qué ha hecho todo esto. Por qué ha condenado a Clodia a la muerte. Y a mí a una muerte en vida.

Me incorporo apoyando la palma de la mano derecha sobre el suelo. Me cuesta un poco. Al final, estos días en los que me he adentrado en las tinieblas de mi propio espíritu han hecho mella en mi cuerpo.

Me dirijo por la calle hacia la parte central de la ciudad, atravieso el foro y tomo una de las calles que conducen a las *domus* de los barrios septentrionales, buscando la casa de Titio. A pesar de que supone cruzar Barcinona casi por completo, no me lleva mucho tiempo.

Debo de estar a punto de llegar. Siento nervios, aunque intento apartarlos, enterrarlos en lo más profundo de mí. Pero suben desde el abismo de mi propia voluntad. No deseo que aparezcan, pero logran imponerse a ella.

Hay algo que me llama la atención. Al principio pienso que es la guardia regia habitual, la que rodeaba la casa de Titio cuando estaba Ataúlfo. Pero enseguida me percato de que hay varios cordones antes de llegar incluso a la esquina en la que comienza la *domus* de Titio.

Algo me alarma. El recuerdo del instante previo a la consciencia de la traición, a la seguridad de que Agila había hundido en mi espíritu una espada que quedaría dentro de mí para siempre. Semejante recuerdo se alimenta al ver los cordones de seguridad. Son más numerosos de lo que esperaba. Como el otro día. Exactamente igual.

Me acerco a la primera línea de guardias. El jefe del primer corte es diferente al del otro día. Pero me conoce. Me ha visto mil veces con Agila, con Fredebado, con Wilesindo... Me mira con cierto desprecio por mi apariencia que, desde luego, es bastante deplorable. Pero no es la misma mirada del tabernero del foro ni de la mujer de la muralla. Es un desdén superficial, que no pretende saber lo que hay dentro de mí y que, por lo tanto, no lo rechaza.

Transcurren unos instantes. El jefe de guardia varía ligeramente su expresión, mostrando cierto interés. Cuchichea algo con su ayudante. Ambos hacen lo propio con dos de los guardias que tienen más próximos. El jefe parece contarles algo, hablan en un tono que impide que yo pueda oír nada. Indudablemente, están comentando algo sobre mí.

Permanezco a la espera. Voy desarmado. La espada se quedó en casa de Minicio, y el puñal debe de haber sido colocado a buen precio por el tabernero a algún maleante amigacho suyo. Pero, aunque lo estuviera, no sería rival para estos tipos.

—Agila ha preguntado por ti.

Me atraviesa una sensación gélida, tanto en la garganta como en el pecho y estómago. ¿Cómo debo entender eso? ¿Querrá liquidarme a mí también? ¿Será para todo lo contrario? ¿Una disculpa?

Yo ya no tengo nada que perder.

—Aquí estoy. Si ha preguntado por mí, decidle que aquí estoy.

No contestan. Me dejan el paso expedito.

Como en la proclamación de Sigerico, se van pasando unos a otros la consigna para que me permitan ir avanzando. He superado tres líneas de guardia cuando alcanzo la puerta de la casa de Titio. Otra vez aquí. Donde empezó el fin. El fin de mi admiración por él, de mi respeto, de nuestra verdad, de nuestra amistad. De todo lo que habíamos construido. Él, enseñándome; yo, aprendiendo. Confiando el uno en el otro.

Nada más colocar un pie en el inicio del atrio, me doy cuenta.

Aquella improvisada tarima. La tarima donde le vi subir con el gigante, con Wilesindo, con Fredebado y con Sigerico. Tantas advertencias sobre Sigerico y su matón. Tanta lección sobre la lealtad a Ataúlfo, sobre los valores que él aprendió de sus mayores, y estos de los anteriores.

Esa tarima era como un símbolo de dónde se había roto todo. No en la tarima en sí, claro. Aquellas maderas eran un trasunto de lo que había muerto en el mismo instante en que Agila subió a ella y yo, desde el fondo del atrio, le vi.

La esperanza en un mundo mejor se basaba en un pasado de lealtad, de amistad, de enseñanzas. No era una esperanza de imbéciles o de crédulos. Tenía un fundamento, que era el pasado. Mi propia infancia, en la que él ya comenzó a ser mi referencia. Mi única referencia. Por eso creía que el futuro sería como él había dicho. Ahora, una vez quebrado todo, no puedo creer en nada. Al menos ahora tengo la certeza de que no existe aquello en lo que creía.

Todavía está allí. La tarima. Eso sí, no hay nadie encima de ella. No está Guberico deseoso de desenfreno por la proclamación de su señor. No está Fredebado exhibiendo toda la hipocresía de la que es capaz en su vejez. No está Wilesindo, ufano de sus conocimientos a los que ningún godo de su generación podrá acceder jamás.

No está Agila, mirándome desde su íntimo regodeo en mi debilidad y en mi ceguera. Porque pienso que se habrá regodeado. No habrá sufrido. Alguien capaz de semejante traición no sufre. O eso creo. Se habrá reído de mí. Ahora me doy cuenta de que se habrá reído, sí; pero no en el último momento, sino siempre. Durante años. Pensando que creaba a un monstruo, como lo es él. Un monstruo que sería capaz de traicionar. Eso es lo que me ha terminado de hundir en el abismo del que es tan difícil regresar. Porque también soy consciente ahora de que yo he traicionado. Lo pensé cuando estuve con Clodia.

Pero no he conocido la verdadera cara del traidor hasta estos días. Sumido en el sueño del vino y de la culpa, he visto que Tulga es como Agila. Que yo también soy traidor, digno hijo del monstruo. No sabiendo si era producto del sueño o de la verdad, intento conseguir que la duda se mantenga dentro de mí. Y para eso tengo que irme. Vengo para comprender. En cuanto comprenda, me iré.

Absorto en mi tortura interior, a duras penas me percato de que comienza un cierto movimiento en el atrio de Titio. No sé si el anciano habrá sobrevivido a estos días. Ignoro si durante las matanzas permitieron que continuara vivo. Recuerdo ahora sus hombros aquel día. Ya me llamaron la atención entonces. Su figura compungida era la del peso de la impotencia. La del sabio que conoce su imposibilidad para hacer lo justo, lo correcto.

Oigo pasos porque numerosos guardias deambulan por el corredor del atrio. Veo también a varios nobles que salen de las estancias y bordean las esculturas de las *imagines maiorum*, los ancestros más ilustres de la familia de Titio. Estoy seguro de que, en las próximas generaciones, harán un lugar especial a su propia *imago*. Y dirán de él que fue un hombre que intentó vadearse entre maldad y resentimiento, en un mundo que se acababa, pero que no dejaba que otro mejor pudiera surgir.

Ahí está Wilesindo...

Y cuando dirijo la mirada hacia su cintura, me doy cuenta. Wilesindo ha sido prendido. Han atado sus manos con correajes. Su cara está desfigurada. Han debido darle una paliza.

Verlo así me provoca una sensación, pero no sé exactamente cuál es. Contraste por ver desfigurado el rostro del más refinado de los miembros de la aristocracia goda. Insensibilidad, distancia, puesto que él también ha participado de la maldad, de la traición, de la creencia según la cual el destino de las personas está mediatizado por el de uno mismo.

Camina con ademán parsimonioso. Exterioriza el dolor físico, pero sobre todo una angustia interior. No levanta la mirada del suelo. Parece como si hubiera perdido peso desde la última vez que lo vi. Pero han pasado solamente unos seis o siete días desde entonces. Cuatro guardias lo vigilan. Detrás viene Fredebado. Al lado del viejo zorro va Agila. A unos diez pasos, varios guardias rodean a Walia.

Mi amigo, mi antiguo amigo, sale del grupo.

Me ha visto.

Ha hecho un gesto a Fredebado, y se ha ido hacia atrás para hablar un instante con Walia, una vez que los guardias le abren un estrecho pasillo para que se acerque a él. Es como si el estómago pegase un salto dentro de mí, avisándome de que algo malo va a suceder. Por un instante tengo la sensación de que voy a regresar a los vómitos de estos días. Entonces oigo su voz. La misma que durante toda mi vida me ha transmitido calma, sosiego, energía, impulso, afecto, valor. Ahora, nada.

—No merezco dirigirme a ti —me dice mientras atraviesa el atrio y está a punto de alcanzar mi posición, que sigue estando en la entrada. La misma desde la que le vi en la proclamación de Sigerico.

No contesto.

—Ayer liquidamos a Sigerico y proclamamos rey a Walia. Ese era el plan desde el principio, Tulga.

El frío no se ha ido de mí, a pesar del calor intenso. No quiero responder, me temo que, aunque quisiera, no sería capaz.

Sigue acercándose. Llega y se queda quieto a dos palmos de mí.

—No digas nada. Es normal. Pensaba que no iba a verte nunca más.

Por un instante pienso en darme la vuelta y salir. Salir corriendo, volver a cruzar el foro, y tomar la calle que lleva a la puerta que da salida a la vía hacia Tarraco. Es lo primero que tendría que haber hecho. Ha sido un error venir aquí. Pero permanezco. Quieto y en silencio. Termina venciendo la extraña sensación de querer saber. A veces nos empeñamos en eso, en querer saber, por más que, de antemano, ya sepamos. Sepamos lo peor.

—Tulga, perdóname.

Silencio.

—Perdóname. No te dije nada. No debía. O creí que no debía.

Silencio.

—Sabíamos desde hacía mucho tiempo que había en marcha una conjura contra Ataúlfo. Pero no estábamos seguros de hasta qué punto impregnaba a la aristocracia. Había que perder, para luego ganar. Así es la política. Así es la vida, Tulga.

Silencio.

—Fredebado urdió todo. Lo hizo con él. Con Aniano. Con el espía de Honorio. Solamente Fredebado y yo, además de Walia, y algunos de los jefes de la guardia, estábamos al tanto. Y nuestros hombres de confianza en la nobleza y la soldadesca, claro.

Así que era eso...

Intento reunir en mi mente todas las fichas de semejante juego. Como las que utilizábamos hasta hace más bien poco. Esas fichas de colores que lanzábamos en un tablero o en el suelo. Intento ahora reunirlas todas en mi pensamiento. Con la diferencia de que cada ficha es un momento, una persona, una conversación, un escenario. Pero no logro reunirlas todas.

—Pe... pero... en la tienda... de Fredebado. —Me dejo ir.

Pese a que mi mente está muy bloqueada, la memoria me trae la conversación en la tienda de Fredebado. Es una de las primeras fichas que me faltan. Allí estaba el viejo Fredebado, Wilesindo, Agila... Y hablaron de Sigerico. Lo recuerdo bien.

—¿En la tienda de Fredebado? ¿No lo comprendes aún? Formaba parte de tu entrenamiento, muchacho.

Viste con tus propios ojos y escuchaste con tus oídos cómo hablábamos sobre el peligro que suponía Sigerico, porque estaba acordado con Wilesindo. Te llamaríamos a ti para que no sospechases nada de mí ni de ellos. Wilesindo creía que estábamos en la conjura para asesinar a Ataúlfo y había que contar contigo como excusa para que creyera que realmente disimulábamos.

»Pero nuestro objetivo siempre fue el propio Wilesindo y los otros "Wilesindos", los otros nobles que deseaban realmente apoyar a Sigerico para romper cualquier posibilidad de pacto con el Imperio. Vamos a ejecutarlos a todos. Aquí ha caído Wilesindo, pero en otras *domus* hubo más arrestos anoche. Había que sacrificar a Ataúlfo, hacerles creer que podían ganar, que ganasen de hecho. Sigerico ordenó asesinar a los anteriores hijos de Ataúlfo, a pesar de que el obispo Sigesaro intentó evitarlo.

»Tulga, había que perder a Ataúlfo para que sacaran las cabezas. Solamente así podíamos dar el golpe definitivo. Con la aquiescencia de Aniano, que ahora logrará que lleguemos al acuerdo con el Imperio. Entregando a Placidia, claro.

Aprieto los dientes, mientras Agila sigue hablando.

—Aniano liquidó a Atilio porque supo a través de algunos curiales que el tipo estaba revolviendo mucho el corral. Y Atilio le amenazó. No me digas cómo, pero lo supo; o lo intuyó. Le dijo que sospechaba que era un *curiosus*, un *agens in rebus* del emperador. Aniano había logrado atraerse voluntades, en especial a algunos de los tipos más influyentes, y sobre todo a Apolonio. Fue él quien le informó sobre hasta qué punto la posición de Atilio podía desestabilizar nuestros planes.

»Todo lo religioso fue una excusa, una mera excusa. Logró atraerle hacia el baptisterio con la argucia de decirle que había encontrado una vía para debilitar a los clérigos. Desde el principio planteó el asesinato en un escenario religioso para desviar las atenciones. De ahí lo del mensaje, el guiño a la época de Cicerón, que todo pareciera una represalia religiosa.

Me viene a la mente la energía con la que Clodia mencionaba esos temas y lo convencida que estaba de que todo era un asunto religioso. Aunque en su caso fuera desde una posición precisamente contraria a todo lo que el presunto móvil religioso pretendía. Pero ella creyó que era realmente así.

No imaginó que, para otros, era una mera excusa, una asquerosa excusa.

—Aniano no se anda con minucias, Tulga. Tiene prerrogativas para hacer todo lo que crea que tiene que hacer. No quería cosas raras en la curia, nada de alta política ni de religión. Nada más allá de las rivalidades sempiternas entre esa gente. ¿Lo entiendes?

Fue Aniano...

Por eso Fulgencio le entregó la llave. Porque hizo valer su condición de espía del emperador. Gregorio tenía razón. A Fulgencio solamente le interesa medrar para lograr ser obispo de Barcinona o incluso de Tarraco. Y qué mejor apoyo que el favor imperial. Aniano se garantizaba que Fulgencio no diría una sola letra de su nombre. También la religión ha sido una excusa para él.

Agila debe de haber leído en mis ojos la palabra «Rufo».

—En la fiesta en su casa, Aniano estuvo hablando con Fredebado. Hablaron sobre la necesidad de acelerar los movimientos. La cosa se estaba complicando y había que poner una cuesta abajo para los pactos. Y, para eso, había que depurar a los infiltrados en la conspiración a favor de Sigerico. Estos pensaban que estábamos de su lado, claro.

»Pero tuvo que oírlo. Ese imbécil estaba escuchando.

Peor aún, se lo dijo al propio Aniano. Le dijo que les había oído. Así que él se encargó. Lo llevó de inmediato a las despensas con el pretexto de contárselo todo. El asunto, por lo que me detalló después, no tuvo mucha dificultad. Una vez en las despensas, y con una excusa estúpida, se colocó por un instante mínimo detrás de él y lo degolló, justo en el instante en el que no había nadie en el pasillo. Es un especialista de los cortes certeros y en el manejo de la sorpresa. Ha ejecutado a muchos tipos más fuertes que ese Rufo.

Clodia. Viene de nuevo su rostro a mí. Estaba convencida de que había sido Minicio quien había encargado el asesinato de Rufo. No por celos, no por saber lo suyo con Rufo, que lo sabía, sino por evitar los ataques despiadados de sus enemigos en la curia. Quizá por no saber cómo sería capaz de responder a ellos, por primera vez en su vida. Para él, los celos eran otra excusa. Pero estaba equivocada. Todo trataba sobre excusas, pero no la que ella creía. La muerte de Rufo era perfectamente asumible por estos maquinadores de excusas. Miserables.

Vuelvo a pensar en sus ojos. Esos ojos que, quiero creer, se estaban despidiendo.

—Se trataba de dejar hacer para que sacaran la cabeza quienes hasta entonces no la habían sacado, como Wilesindo y otros. Los hemos depurado. Ha sido difícil, tenían apoyos en ciertos sectores de la nobleza.

Intento contener la furia que crece dentro de mí. Lo hace tanto que creo que Agila se ha dado cuenta de que mis ojos comienzan a desprender odio. Odio hacia él y hacia todo lo que representa.

—Yo mismo atravesé con mi espada a Guberico. La vengué a ella, Tulga. Quiero que lo sepas.

No imagina, no puede imaginar, el asco que siento. Cree que con eso me puedo volver a acercar a él. El frío se empieza a transformar en calor, en un hervidero de sensaciones que van desde la ira hasta la desesperación, desde la decepción hasta las ganas de morir. O de matar.

—Ahora sí llegará el pacto con el Imperio. Walia logrará acelerarlo todo y contamos con Aniano, que moverá todo lo que hay que mover. Volveremos a los campamentos. Podrás regresar con Noga.

Noga. Otra víctima. Viva, pero víctima. De la traición. De mi traición.

—Probablemente, emprendamos expediciones en el resto de Hispania para combatir a suevos, y quizá también a vándalos y a alanos. Era necesario sacrificar a Ataúlfo. Entregaremos a Placidia al emperador. Ese ambicioso Constancio quiere ser emperador. Honorio sigue sin tener hijos. Y para conseguirlo desea casarse con ella. Que lo haga. Nos interesa el pacto con el Imperio, Tulga. Y, para lograrlo, había que depurar cualquier resistencia. Y lo hemos hecho. Tulga, tienes que...

Oigo a Agila. Pero empiezo a dejar de escucharlo. Construye con sus palabras un edificio en el que yo no quiero entrar. Me viene a la cabeza el horizonte que percibía en la puerta que da salida a la vía hacia Tarraco. Pienso, además, en otra. La opuesta. La septentrional, la que da salida hacia los campamentos.

Agila sigue hablando, pero el frío ha regresado a mí. Me ha vuelto a invadir.

51

Tulga

Cuánto tiempo esperando este momento. Al principio creí que nunca regresaría. Pasaron varios años cuando intuí lo contrario por primera vez. Algunas décadas después, era ya una obsesión. Pero no encontraba el momento. Las campañas militares y la vida de la corte me lo impidieron. Solamente la cercanía inminente de la muerte me ha impelido a hacerlo. A venir.

Pedí a mis nietos que me trajeran. A los que sobreviven. Varios de mis hijos y de mis nietos han muerto en campañas en la Galia y en Hispania. Los dos hijos que me quedan, ambos en la cincuentena, no nos han acompañado. Están en la corte del rey Eurico en Tolosa, en el sur de las Galias, donde vivimos. El mayor asesora al rey sobre cómo dictar sus *leges*. El menor ha llegado a los altos escalafones del clero arriano del reino. El mundo es muy pequeño. El hijo de Aniano es uno de los mayores jurisconsultos de esta época, y trabaja junto a mi hijo mayor. Como muchos otros romanos ricos que han decidido colaborar con nosotros.

El viaje ha sido agotador. Sé bien que es el último que haré. Aunque intentaré regresar a las Galias. Me gustaría morir al lado de los míos. Suponiendo que sobreviva, porque el impacto de la salvajada de venir hasta aquí se ha ido extendiendo por mi cuerpo. Al fin y al cabo, debo de tener la edad de Becila cuando lo conocí. Algún año menos, quizá. Se lo decía a mis dos nietos. Me han acompañado hasta el interior de la ciudad.

Hasta la casa.

Eurico envió hace dos o tres años a sus generales hacia aquí y logró hacerse con las principales ciudades de la costa de la Tarraconensis. Así que pedí a mis nietos que, en una de las expediciones de control, me trajeran. Una vez alcanzadas las proximidades de Barcinona, nos desviamos de la columna principal que se dirigía a Tarraco y entramos en la ciudad. Dejamos en los *suburbia* a los soldados que se encargaban de las monturas y del carruaje en el que hemos venido desde la Galia, para que se aprovisionasen de lo necesario. La última parada fue a unas veinte millas de aquí. Tener el favor de un rey tan poderoso como Eurico tiene estos pequeños beneficios. He prometido que será un momento. Solamente un momento. Y nos uniremos a la expedición en Tarraco.

Sí, ha sido difícil. Yo soy ya muy viejo. Demasiado. Decididamente, es muy probable que no regrese. Pero no me importa. O, más bien, precisamente por eso.

Entonces, cuando sucedió aquello hace casi sesenta años, pensé que Agila me había traicionado. Y, de hecho, fue así. Me traicionó. Pero eso me hizo creer que yo era muy distinto de él. Que nunca haría algo así. Fue esa creencia profunda lo que me hizo regresar al campamento. Salí aquel mismo día por la puerta septentrional, la misma por la que acabo de entrar ahora.

Noga y yo tuvimos hijos. Y, luego, nietos. Ella nunca supo nada sobre Clodia. No por cobardía, sino para evitar su sufrimiento. Siempre me quiso y siempre la quise. Fue así hasta el día de su muerte, hace ahora unos diez años.

Sin embargo, aquella convicción de ser distinto a Agila se vino abajo con el tiempo. Durante los primeros meses, intenté verlo lo menos posible. Además, Noga y yo empezamos a tener hijos. Luego, comenzamos a encontrarnos, a hablar. Él me pedía perdón insistentemente; tanto como yo le intentaba explicar que ya no era necesario.

Fue una época de expediciones y de batallas, porque lograron negociar el acuerdo con el Imperio. Así que estuvimos dos o tres años en Hispania, enfrentándonos a suevos, vándalos y alanos. Hubo muchas escaramuzas y emboscadas. En una de ellas, en el centro de Hispania, cerca de una pequeña ciudad llamada Toletum, cayó Agila. Yo no lo vi morir. Me lo dijeron semanas después, puesto que mi expedición estaba en el noroeste. Luego, el Imperio nos asentó en la Galia.

Aún no sabía hasta qué punto me parecía a él. Entonces, aquel día, pensé que él no sufría mientras me traicionaba. Ahora, sé que sí sufrió. Porque todos estos años he traicionado. Mucho, y a muchos. Y sí he sufrido.

He estado al lado de los reyes hasta hace nueve años, cuando Eurico liquidó a su hermano y se proclamó rey. Durante décadas he sido un consejero viejo al que casi nadie hacía caso, pero aparentaban respetar. Pero estoy ya al margen de casi todo. Sí, también en eso me parezco a Becila. En otra cosa no, pero en la vejez y en eso, sí. En que soy un viejo trasto al que veneran por mera tradición, pero al que muchos vienen a pedir consejo. Sobre cómo apartar a tal rival, sobre cómo liquidar a este otro, sobre cómo hacerse camino en la corte. O sobre cómo conseguir que uno de sus hijos medrara en el clero.

Y no solamente los nobles godos. También los romanos. Porque ellos saben, creo, que su Imperio se acabará pronto. En los últimos años se ha ido retirando de buena parte de la Galia. Ya casi solo les queda Italia, y muy poco más. Es cuestión de tiempo. De poco tiempo. Y los nobles romanos poco pueden hacer. Algunos se han empeñado en oponerse a nuestro rey y a nuestras tropas. Tanto en la Galia como aquí, en la Tarraconensis. Pero no son rivales para los soldados de Eurico.

Sin embargo, los más avispados de los romanos buscan árboles a cuya sombra cobijarse. Árboles godos. Y yo soy, o he sido, uno de esos árboles. Uno de los más grandes. En ese larguísimo intervalo, he ejercido el poder. He enviado a la muerte a no pocos de los nuestros. He cometido aberraciones. No he sido mejor que él. Más bien todo lo contrario.

Cavilaba sobre todo esto cuando he visto que, como la primera vez, tengo encima las torres de las murallas de Barcinona y he intuido que me enfrentaba al peor de todos mis miedos: el recuerdo. Mi memoria ha guardado grabado a fuego el plano de la ciudad y la manera de hallar la casa. Hemos entrado por la puerta norte, caminando muy despacio, puesto que no puedo hacerlo de otro modo.

La ciudad es muy pequeña y pronto se llega a cualquier sitio. Uno de mis nietos me ha permitido que me apoye en su brazo poderoso. Luego lo ha hecho el otro.

Al poco de entrar en la ciudad, me he dado cuenta de que aquellas obras en la iglesia debían de estar cercanas a su culminación. Poco a poco, hemos seguido caminando. Muy despacio. Mis nietos me han ayudado a no caer, además de este gran amigo, un cayado que me acompaña desde hace varios años.

Así que hemos conseguido llegar a la casa.

Cuando me han visto llegar con dos jóvenes poderosos ataviados como guerreros, los inquilinos se han asustado. Me han contado que son varias familias y que pagan un alquiler a un gran propietario. Han pensado que veníamos a hacer algo malo. No creo que sepan que todo lo malo ya se hizo aquí hace sesenta años.

He hablado con ellos. Para hacerles entender a lo que venía. Para explicarles que hace mucho tiempo vivió aquí alguien muy especial. Para que comprendan mi angustia. Para implorarles un momento. Y me han dejado entrar. He pedido a mis nietos que me esperasen fuera.

Estoy dentro. Dentro de la casa.

Noto las palpitaciones en el pecho. Como las notaba entonces. Una vida, ha transcurrido toda una vida. Aquí se despidió de mí. Sigo queriendo creer que lo hizo.

La impresión de haber estado aquí emerge en pugna con la imposibilidad de reconocer los detalles. Porque, como imaginaba, ha habido bastantes cambios. La han dividido en partes y ahora hay tres viviendas. Lo que antes era un atrio inmenso se ha convertido en espacios habitados por tres familias. Y la biblioteca se ha transformado en estancias compartidas. Me cuentan que los libros desaparecieron, y que ellos alquilaron las viviendas a un tipo cuyo abuelo era de origen sirio.

No me hace falta preguntar mucho más para ver que Apolonio terminó ganando la partida a Minicio. Agila me dio todos los detalles. Aniano les había engañado a ambos, por supuesto. Creyeron que todo era cosa de ampliar mercados. Pero Apolonio supo rehacerse, mientas que Minicio, poco a poco, fue perdiendo la mayor parte de sus clientelas y de sus rentas. Murió pronto y sin descendencia y Apolonio supo mover los hilos necesarios para hacerse con muchas de sus propiedades a un precio irrisorio. Propiedades que heredaron sus descendientes. Porque, a diferencia de Minicio, él sí los tuvo.

Insisto en preguntar sobre los libros, y me refieren que quien les alquiló las estancias les había dicho que su abuelo entregó todos los libros a un tal Gregorio. Así que Apolonio entregó los libros a Gregorio... Me pregunto por qué lo haría. Un tipo tan mezquino y sórdido. ¿Por qué decidiría darle los libros a Gregorio? Pienso en ello, pero no soy capaz de encontrar una respuesta. Cierro los ojos. Algo acabó bien. Quizá lo único.

Empiezo a emocionarme cuando continúo por un pasillo y alcanzo la puerta de lo que era su cubículo. Las palpitaciones se aceleran. Y mis ojos, hoy ya una tenue línea desdibujada, empiezan a avisarme de que están llenos de lágrimas. Me acompañan dos de los inquilinos. Uno de ellos se ofrece a ayudarme cuando se percata de que pierdo pie.

Ahí está la puerta. Creo que es otra, porque la madera parece peor tratada que entonces. O quizá sea la misma, no puedo estar seguro. Pregunto si puedo entrar. Les aclaro que será un instante. Uno solo. Me abren la puerta y me ayudan a entrar. Sí. Es aquí. Han doblado la estancia, puesto que es bastante más reducida que el cubículo original de ella. Han hecho dos de una.

A mi derecha, reconozco la ventana y el muro. Y donde estaba sentado aquel día... enfrente de su cama, y de ella misma antes de que se levantase y diera los pasos que la llevaron hacia mí... ahora hay una diminuta banqueta. Mi cuerpo se deja caer sobre ella. Levanto la mirada. Donde estaba su cama, hay dos jergones estrechos y desvencijados. En ese mismo instante, rompo a llorar. Lloro con rabia, con toda la que me queda y que se resiste a ser alcanzada por la muerte.

Vuelvo la cabeza hacia la derecha. Hay un mueble de madera oscura con un lateral enjaretado. Encima, un espejo pequeño. No le presto atención.

Hundo la cabeza en las palmas de las manos, suaves aún para ser las de un antiguo guerrero y un anciano muñidor de la política. Cabeceo sobre ellas inundándolas de lágrimas.

Entonces me doy cuenta.

El espejo.

Vuelvo a mirar a mi derecha. Imagino mi rostro sepultado entre profundas arrugas a través de las cuales se abren paso las lágrimas. Porque, en realidad, llevo lo que resta de mi mirada al soporte del espejo. Lo he reconocido. Una diminuta Venus con su rostro vuelto hacia mí clava sus ojos en los míos.

Nota del autor

Os propongo algo. Si camináis por el Barrio Gótico de Barcelona, podéis hacer un descenso. Sí, un descenso. Aunque no a los «infiernos». O tal vez sí, según se mire. Porque son los infiernos en los que algunos de los personajes de *Gothia* vivieron, amaron, padecieron. Al menos en mi imaginación. Y espero que, ahora, también en la vuestra.

Como detallaré enseguida, si hacéis ese descenso a los subsuelos de la Barcelona gótica o medieval, contemplaréis varios escenarios por los que ellos pudieron haber transitado. La arqueología lo ha hecho posible. Pienso en Clodia, en Tulga, en Minicio, en Gregorio, en Aniano, en Lucilia, entre otros tantos. Es en ese subsuelo que hoy podéis visitar donde ellos han vivido en mi imaginación y, por lo tanto, en la novela. Y en el que, a buen seguro, sí lo hicieron los personajes históricos (Ataúlfo, Placidia, Sigerico, Sigesaro) que, de un modo u otro, aunque muy secundariamente, aparecen en las páginas del libro. Son los escenarios de *Gothia*.

Esta novela se basa en un hecho histórico: el asesinato del rey godo Ataúlfo en la actual Barcelona. Ocurrió probablemente en el verano del año 415 d. C. Son varias las fuentes que dan referencia del asunto con más o menos detalles. Lo mencionan Orosio, Olimpiodoro, Hidacio, Jordanes e Isidoro de Sevilla, entre otros. Recogen diferentes variantes, no siempre coincidentes. Divergen en las circunstancias o en el nombre del asesino. Hidacio, que escribió varias décadas después de los hechos, apuntó que fue liquidado durante unas charlas familiares, versión que incorporaría Isidoro en el siglo VII. Olimpiodoro, por el contrario, que recoge una tradición más cercana a los hechos, señala que el asesinato se produjo mientras Ataúlfo inspeccionaba las cuadras y los establos. Podéis consultar los fragmentos de Olimpiodoro en la edición de R. C. Blockley, *The Fragmentary Classicising Historians of the Later Roman Empire. Eunapius, Olympiodorus, Priscus and Malchus*, II, Liverpool, 1983.

La mayor parte —no todos— de los datos históricos que aparecen sobre la estancia de Placidia y Ataúlfo en la actual Barcelona proceden, precisamente, de los fragmentos de Olimpiodoro, escritos en griego en las primeras décadas del siglo V. Digo que no todos porque la aparición de Evervulfo en la novela se fundamenta en la versión que en el siglo VI recogió Jordanes en Constantinopla. En cualquier caso, Ataúlfo fue asesinado y le sucedió Sigerico, hermano de Saro, que duró apenas siete días. Walia fue el rey que, finalmente, llegó al pacto con el Imperio que supuso la intervención goda en Hispania contra otros pueblos bárbaros y, finalmente, el inicio de la instalación de los godos en el sur de la Galia.

Así pues, el núcleo de la novela es un hecho histórico. Sin embargo, es un libro de ficción. Como anoto poco después del título, he imaginado cómo pudo o no pudo haber ocurrido. Imagino, sí. Porque la mayoría de los personajes, la gran mayoría, son ficticios: Tulga, Agila, Clodia, Rufo, Gregorio, Crescentina y Lucio, Minicio, Apolonio, Titio, Aniano, Lucilia, Guberico, Cerena... Todos son producto de mi imaginación. También lo son las entretelas, las conjuras, las tramas, las traiciones, que en la novela deambulan sobre la base del asesinato principal. No me interesa tanto la ficción de los personajes históricos como los sentimientos, las pasiones, las decepciones, las esperanzas, de personajes que son, en ese sentido, mis propias criaturas. Todo lo que hacen tipos infames como Apolonio o Minicio, o los grandes protagonistas, Clodia o Tulga, obedece, simplemente, a mis propios delirios creativos.

Sin embargo, la acción transcurre en un ambiente histórico. La actual Barcelona, la *Barcino* de la época altoimperial romana, que aparece también como *Barcilona* o *Barcinona* en la fase tardorromana en la que se desarrolla la novela. Las diferentes grafías del nombre de la ciudad en la Antigüedad tardía han sido analizadas con detalle por Marc Mayer, «El nom de Barcelona», en *Història de Barcelona, vol. 1. La ciutat antiga*, J. Sobrequés (dir.), Barcelona, 1992, 295-308.

Os lo decía antes. Podéis descender, literalmente, a la ciudad de *Gothia*.

Gracias a las excavaciones en el actual Barrio Gótico, conocemos bien cuál era el entramado urbano, algunas de las *domus*, y también las zonas de la primera iglesia intramuros y el baptisterio, seguramente formados en el siglo IV y luego ampliados en algún momento del siglo V. Son fundamentales los trabajos de Julia Beltrán de Heredia, por ejemplo, a modo de síntesis, J. Beltrán de Heredia (dir.), *De Barcino a Barcinona* (siglos I-VII), Barcelona, 2001, o más recientemente, su «Barcelona a l'Antiguitat Tardana. El cristianisme, els visigots i la ciutat. L'obertura al públic de l'aula episcopal i el baptisteri del Museu d'Història», *Quarhis*, 12, 2016, 236-237, entre otros muchos.

Hay algunos personajes históricos en la novela, desde luego: Walia, Sigerico, Placidia, Ataúlfo... Pero, como habéis visto, tienen un papel absolutamente secundario, mínimo, porque no me interesa forzar la lógica de la Historia. Pero quiero que sepáis que Ataúlfo sí asumió la jefatura de los godos tras la muerte de su cuñado Alarico en Italia y que sí se casó con Gala Placidia. Esta dama era hija del emperador de origen hispano Teodosio, hermana de Arcadio y Honorio, que fueron los augustos de las dos partes del Imperio a la muerte de su padre en 395. Con el tiempo, iba a ser la madre del emperador Valentiniano III, precisamente en su matrimonio con Constancio. De manera que este último se salió con la suya y se casó con Placidia. Antes se produjo el asesinato de su anterior esposo, Ataúlfo.

Así que eso también ocurrió. Efectivamente, Ataúlfo fue asesinado en Barcino/Barcilona/Barcinona muy probablemente en el verano del año 415. Según las distintas tradiciones que articulan las fuentes, a manos o bien de un tal Evervulfo o de Doubios. Sobre los problemas filológicos e históricos de las fuentes sobre el asesinato de Ataúlfo, os recomiendo el artículo de Marc Mayer, «El asesino de Ataúlfo», en *Humanitas: in honorem Antonio Fontán*, Madrid, 1992, 297-304. En la novela aparece el primero con los rasgos que las fuentes le atribuyen como antiguo servidor de Saro y personaje con alguna deformidad que provocaba la hilaridad en el entorno de Ataúlfo. Sobre Gala Placidia y Ataúlfo, son recomendables los ensayos de Pablo Fuentes Hinojo, *Gala Placidia. Una soberana del Imperio cristiano*, San Sebastián, 2004, y de Hagith Sivan, *Galla Placidia. The Last Roman Empress*, Oxford, 2011.

El título de la novela también tiene un fundamento histórico. Tiene que ver con la frase que Orosio, un autor de comienzos del siglo V, por lo tanto de la época de la novela, adjudica al rey godo Ataúlfo. No sabemos con certeza si la dijo o no, desde luego. Pero lo que Orosio señala, en un texto escrito aproximadamente uno o dos años después del asesinato del rey godo en Barcelona, es que Ataúlfo dijo en una ocasión que, al principio, pretendía hacer de la Romania (es decir, el mundo romano) una Gothia: *Gothia quod Romania fuisset* (Oros. *Hist. adv.* págs. 7. 43). Y que, después, al percatarse de que no era posible, estaba dispuesto a poner el poder godo al servicio del orden romano. De ahí el título de la novela.

La Historia es el telón de fondo de la novela. Cuento una historia que se ambienta en la Historia, por decirlo de alguna manera. Me refiero a las rivalidades internas entre la nobleza goda, la situación de la Barcelona tardorromana, la crisis del Imperio, las tensiones religiosas, la presencia de los godos en la ciudad durante aquel año, y, por supuesto, el asesinato de Ataúlfo. Hay una dimensión de explicación, que probablemente sea inherente a mi profesión universitaria, pero que es más bien una consecuencia de la propia narración literaria. No obstante, insisto, se trata de un libro de ficción.

Barcinona era una ciudad relativamente pequeña dentro del marco general del mundo romano. Tarraco, que era la capital de la provincia Tarraconensis, tenía en el Alto Imperio unas ochenta hectáreas, si contamos el entorno, y unas sesenta dentro de sus murallas, mientras que Barcino estaba en torno a las diez; podéis ver algunos detalles en Isabel Rodá, «Tarraco y Barcino en el Alto Imperio», *Revista de Historiografía*, 25, 2016, 245-272. Pues bien, es en esa ciudad en la que se ambienta *Gothia*. Una pequeña ciudad romana, sí, pero que contaba con una muralla imponente con más de setenta torres. La misma que, en la novela, tanto impresiona a Tulga cuando se acerca a ella por primera vez.

Como ya os he dicho, también los escenarios que habéis encontrado en la novela tienen una base histórica. El descenso a los subsuelos que os recomendaba al principio de esta Nota del autor lo podéis hacer una vez que entréis al Museo de Historia de la Ciudad de Barcelona. Gracias a las excavaciones sabemos que, probablemente, el primer baptisterio intramuros tenía una estructura cuadrangular, y que las obras de ampliación de la iglesia y la transformación del baptisterio en una planta octogonal son quizá producto de las obras llevadas a cabo en el siglo V. Lo mismo con la situación del foro, de las calles, o el posible edificio de la curia. Remito de nuevo a los trabajos de Julia Beltrán de Heredia citados anteriormente. En este caso concreto, además, podéis ver su «Novetats sobre el fòrum de Barcino: la cúria i altres edificis públics», *Quarhis*, 11, 2015, 126-146.

Es decir, que la narración literaria está anclada en escenarios que, en el estado actual de los conocimientos, la ciencia arqueológica entiende que pudieron ser efectivamente así.

La gran mayoría de los personajes son ficticios. He elegido el nombre de Clodia a modo de trasunto de la Clodia de finales de la República. En cierto modo, es un guiño a la Lesbia de Catulo, muy probablemente esa misma Clodia de finales de la República. He pretendido una mímesis suya de comienzos del siglo V d. C. El nombre de Rufo es otro eco a aquel personaje apasionante que fue Clodia, puesto que fue uno de sus amores, no exento de acusaciones de intentos de envenenamiento por parte de ella. Precisamente fue Cicerón quien defendió a Celio Rufo con su famoso discurso, *Pro Caelio*. Celio Rufo fue absuelto. Sobre Clodia, Clodio y Cicerón, T. A. Dorey, «Cicero, Clodia, and the "Pro Caelio"», *Greece & Rome*, 5.2, 1958, 175-180, y Francisco Pina Polo, «Cicerón contra Clodio: el lenguaje de la invectiva», *Gerión*, 9, 1991, 131-150.

La Clodia de la novela es una mujer que se expresa y siente en un mundo tradicional romano, patriarcal, y en el que la religión católica se ha ido imponiendo definitivamente desde los días de Teodosio en los que ella era muy joven. Es en ese mundo en el que Clodia intenta encontrar sus espacios de libertad. Hay alguna otra alusión a la época de aquella Clodia del siglo I a. C. Sobre todo la referencia a la muerte de Cicerón. Aparece evocada aquí en el asesinato de Atilio a quien, como al político y orador de la República, le cortan la cabeza y las manos. Clodia fue muy criticada por Cicerón, tanto por su forma de vida como por ser hermana de Clodio, a la sazón uno de los enemigos del propio Cicerón. Las acusaciones de este a Clodia van desde la brujería a la hechicería, pasando por el incesto, o la prostitución, entre otras. Como tantas veces, la imagen que tenemos es la que proporciona el enemigo, y no el atacado, cuya versión no ha llegado hasta nosotros.

Otros nombres de los personajes están tomados de la onomástica que conocemos en la Barcino altoimperial. Así, Crescentina, del siglo III, o los Minicios, que era una familia aristocrática. El personaje de Aniano está inspirado en los *agentes in rebus*, los poderosos espías del Imperio romano tardío. Algunas fuentes, en particular Olimpiodoro (frag. 30), dejan entrever que uno de ellos, Euplutius o Euplatius, fue quien estuvo en la trastienda de las negociaciones que, tras las muertes de Ataúlfo y Sigerico, supusieron la entrega de Placidia por los godos. En la novela, Aniano es un trasunto de personajes como ese Euplatius.

Estamos informados sobre los *agentes in rebus* no solamente por las fuentes literarias, sino también por numerosas leyes de los emperadores desde Constantino en adelante recogidas a mediados del siglo V en el *Codex Theodosianus*. No eran, ni mucho menos, un grupo homogéneo. Había distintos niveles, funciones, y privilegios. Formaban una especie de cuerpo especial de la administración imperial, agrupados en un departamento propio (*schola*) y, al parecer, algunos de ellos estaban acostumbrados a los abusos y los beneficios de su misión especial dentro del Imperio. Sobre el tema, con abundante bibliografía anterior, puede verse Raúl González Salinero, «Investigadores de la corrupción, corruptos: la degradación moral de los *agentes in rebus*», en *La corrupción en el mundo romano*, ed. Gonzalo Bravo y Raúl González Salinero, Madrid, 2008, pp. 191-207.

Atilio es un trasunto de la oposición pagana al triunfo de una de las ramas del cristianismo, el catolicismo. Sabemos que, en Occidente, dicha oposición estuvo situada a finales del siglo IV fundamentalmente en el Senado de Roma y en algunas ciudades, pero que no tuvo mucho margen de maniobra. Sobre todo este asunto, Alan Cameron, *The Last Pagans of Rome*, Oxford, 2010. La amenaza escrita que recibe Atilio se basa en una de las frases del discurso que Cicerón pronunció en defensa de Ligario, *Pro Ligario*.

Modesto es otro personaje de ficción, pero representa al sector de los oligarcas locales que en las ciudades imperiales de finales del siglo IV y comienzos del V decidieron invertir y donar propiedades o bienes a las iglesias. La actual Barcelona tenía obispado al menos desde avanzado el siglo IV. Tuvo un obispo muy conocido, Paciano. Era, a la sazón, padre de Numio Aemiliano Dexter, que llegó a ser prefecto en Italia veinte años antes de los hechos narrados en la novela. A Dexter le levantaron una estatua en Barcinona, con el favor imperial (en época de Teodosio), dedicada por los habitantes de Asia a quienes había gobernado. El texto de la dedicatoria aparece mencionado en la novela cuando Cerena, de camino a verse con su amante, pasa a su lado. La inscripción en CIL 2.4512 y, además, la podéis ver en <http://laststatues.classics.ox.ac.uk/database/detail-base.php?record=LSA-1989> y en el Museo de Arqueología de Barcelona. Posterior a Paciano e inmediatamente anterior al momento en el que transcurre la novela, el obispo de Barcinona era Lampio. Pero no sabemos con certeza absoluta quién lo era exactamente durante los meses en los que los godos estuvieron en la ciudad. De ahí que en la novela la sede aparezca como vacante en esos instantes. Sí sabemos, por el contrario, que los godos llevaban a su propio obispo, Sigesaro, que lógicamente sería arriano, puesto que tal era la fe más o menos oficial de los godos en esos momentos. Las fuentes anotan que, durante las matanzas tras el magnicidio, Sigesaro intentó proteger, sin éxito, a los hijos que Ataúlfo había tenido anteriormente.

Me gustaría contaros algunos detalles que he decidido incluir en la novela y que tienen una base histórica específica. Por ejemplo, los «colocones» de Clodia y de Cerena. El opio y/o adormidera (*papaver*) que toman era una sustancia de consumo habitual en el mundo romano, generalmente extraída de la amapola. Se tomaba de diferentes maneras: en semillas, en jugo, o consumiendo sus emanaciones en inhalaciones de manera similar a como hacen Clodia y Cerena. Dice Plinio el Viejo, *Naturalis Historia* XX. 76-80, que entre otras formas se tomaba también en pastillas (*in pastillos*), uno de los sistemas utilizados en la novela por Clodia. En el mismo pasaje afirma Plinio que la principal prueba o experimento del opio es el olor, *experimentum opii est primum in odore*, ponerlo en una lámpara o lucerna, *mox in lucernis*, para quemarlo con la llama y que luzca, y olerlo, aspirarlo, solamente cuando se haya apagado, *ut pura luceat flamma et ut extincto demum oleat* (*NH* XX. 76.204-206). Podéis encontrar la edición del texto latino en W. H. S. Jones, *Pliny. Natural History, Vol. VI, Libr. XX-XXIII*, Harvard University Press, Cambridge (Massachusetts), 1969.

Las referencias que cuenta Clodia sobre las citas de Virgilio y de Ovidio son ciertas, se hallan en la *Eneida* VI, 417-420 (Eneas y la Sibila entran en el inframundo tras lograr adormecer al perro Cerbero con una torta amasada con *papaver*) y en *Ars Amatoria* III, 645-649 (Ovidio aconseja a las mujeres que la usen para dormir a sus maridos y poder acudir a encontrarse con sus amantes). Sobre este tema puede verse Daniel Becerra Romero, «La importancia de la adormidera en el mundo romano», *Latomus*, 68, 2009, 340-349.

Por otro lado, en la discusión final entre Clodia y Minicio, el texto de Marcial que Clodia menciona sí existe. De hecho, se trata del epigrama 93 del libro duodécimo de epigramas de Marcial.

El funeral del pequeño Teodosio se basa en Olimpiodoro, frag. 26, así como la humillación a la que Sigerico, una vez asesinado Ataúlfo, expuso nada menos a la mismísima Placidia, a la que obligó a caminar varias millas fuera de la ciudad. En las páginas en las que aparece la muerte del niño Teodosio en la novela, el discurso de Sigesaro es ficticio. Ni siquiera sabemos si presidió el funeral. Pero es probable que tuviera un papel en dicho *funus*. Los detalles sobre la existencia de la arqueta, con algunas variaciones, los presenta, una vez más, Olimpiodoro. Sobre la muerte del niño, Javier Arce, *Bárbaros y romanos en Hispania, 400-507 A.D.*, Madrid, 2005, 82-83. Sobre la problemática arqueológica de la iglesia u oratorio que acogió sus restos, Jordina Sales Carbonell, «Teodosi, fill d'Ataülf i Gal·la Placídia, mai va estar enterrat a Sant Cugat del Vallès: notes de topografia paleocristiana barcelonesa», *Gausac*, 24, 2004, 53-58.

La conversación entre Clodia y Tulga sobre el uso de la *libertas* por parte de Tácito es un trasunto de la dificultad que en nuestros tiempos tenemos para comprender bien algunas palabras que en el mundo romano tenían un contenido político no exactamente idéntico al de los occidentales del siglo XXI, por más que su grafía sea prácticamente idéntica. Sobre el trasfondo histórico de esa conversación, Juan Carlos Tellería Sebastián, «El significado del concepto "libertas" en los "Annales" de Tácito», *Baetica*, 28.2, 2006, 273-298.

Quiero dar las gracias a mi editora en Ediciones B y Penguin Random House: a Lucía Luengo, tanto por su apoyo como por su confianza. Su apoyo en momentos muy complicados, y también en las charlas que tuvimos sobre ideas esenciales de la novela y de las que soy deudor. Y su confianza en que este proyecto podía ser posible. Gracias, Lucía. Mi agradecimiento también a Carmen Romero y a Clara Rasero, mis nuevas editoras, que han confiado en mí y en *Gothia*; y a Ana Bustelo, por revisar el texto con enorme profesionalidad. Es un placer y un honor trabajar con vosotras.

En fin, a ellas y a todo el equipo de Ediciones B y de Penguin Random House, por la ilusión y el trabajo que han puesto en el proceso de edición y de difusión de la novela.

A mi esposa, Delfina; y a nuestros hijos, Vega y Enrique. Ellos tres son los que dan sentido a todo.

A mis padres, a los que debo todo. A vosotros, lectores, que en no pocas ocasiones comentáis con detalle en los foros y aportáis críticas y sugerencias. Gracias. Nos leemos también, si os apetece, en mi cuenta de Twitter, @biclarense.

Índice